GRANDE SERTÃO: VEREDAS

JOÃO GUIMARÃES ROSA

GRANDE SERTÃO: VEREDAS

"*O diabo na rua, no meio do redemoinho...*"

22ª edição
13ª reimpressão

COMPANHIA DAS LETRAS

Copyright © by Nonada Cultural Ltda.
Copyright das cartas das pp. 439-40: © Herdeiros de Clarice Lispector e © Herdeiros de Fernando Sabino

*Grafia atualizada segundo o Acordo Ortográfico da Língua Portuguesa de 1990,
que entrou em vigor no Brasil em 2009.*

Consultoria
José Miguel Wisnik e Murilo Marcondes de Moura

Estabelecimento de texto, pesquisa iconográfica e cronologia
Érico Melo

Capa e projeto gráfico
Alceu Chiesorin Nunes

A capa deste volume foi elaborada a partir da adaptação do avesso do
Manto da apresentação, do artista Arthur Bispo do Rosário. Museu Bispo do Rosário
Arte Contemporânea, Rio de Janeiro

Bordado da capa
Francisca Teresinha Alves da Rocha/ Bordadeiras de Morro da Garça. Reprodução de Julio Kohl

Ilustrações das orelhas e do miolo
Poty Lazzarotto

Revisão
Huendel Viana e Carmen T. S. Costa

Dados Internacionais de Catalogação na Publicação (CIP)
(Câmara Brasileira do Livro, SP, Brasil)

Rosa, João Guimarães, 1908-1967.
  Grande sertão : veredas – "O diabo na rua, no meio do redemoinho..." / João Guimarães Rosa. — 22ª ed. — São Paulo : Companhia das Letras, 2019.

  ISBN 978-85-359-3198-3

  1. Romance brasileiro I. Título.

18-23163   CDD-B869

Índice para catálogo sistemático:
1. Romances : Literatura brasileira   B869

Iolanda Rodrigues Biode – Bibliotecária – CRB-8/10014

Todos os direitos desta edição reservados à
EDITORA SCHWARCZ S.A.
Rua Bandeira Paulista, 702, cj. 32
04532-002 — São Paulo — SP
Telefone: (11) 3707-3500
www.companhiadasletras.com.br
www.blogdacompanhia.com.br
facebook.com/companhiadasletras
instagram.com/companhiadasletras
twitter.com/cialetras

SUMÁRIO

NOTA SOBRE ESTA EDIÇÃO   7

GRANDE SERTÃO: VEREDAS   9

SOBRE *GRANDE SERTÃO: VEREDAS*   437

Cartas — *Fernando Sabino e Clarice Lispector*   439

Grande sertão: a fala — *Roberto Schwarz*   441

O certo no incerto: o pactário — *Walnice Nogueira Galvão*   445

A matéria vertente — *Benedito Nunes*   459

O mundo misturado — *Davi Arrigucci Jr.*   475

Cabo das tormentas — *Silviano Santiago*   505

CRONOLOGIA   515

SUGESTÕES DE LEITURA   555

CRÉDITOS DAS IMAGENS   559

NOTA SOBRE ESTA EDIÇÃO

Entre os editores brasileiros e estrangeiros que tiveram o privilégio de seu convívio, era bem conhecida a obsessão de João Guimarães Rosa pela integridade textual de seus livros. O escritor supervisionou cinco edições de *Grande sertão: veredas*, além das traduções inglesa, italiana e alemã, sempre atento aos detalhes, como demonstram as abundantes marcações manuscritas nas provas tipográficas e nos datiloscritos sobreviventes.

Esta nova edição do romance adota como referência a segunda edição, publicada pela Livraria José Olympio Editora em agosto de 1958 com a rubrica "texto definitivo". Até janeiro de 1967, quando saiu a quinta edição, não houve modificações a não ser a correção de um número restrito de gralhas.

A Companhia das Letras respeitou o critério básico de diminuir ao máximo as diferenças com a segunda edição de 1958, quando se fixou a fisionomia textual do romance. O texto foi estabelecido de modo a preservar a expressividade de sinais diacríticos, hifenização e outros pormenores morfológicos e ortográficos na aparência desimportantes, mas que se destacam no sistema polifônico do livro, sobretudo quando destoam das regras vigentes nas décadas de 1950 e 1960, ditadas pelo Formulário Ortográfico de 1943.

Através de um cotejo minucioso entre as edições de 1967 — que vinha servindo de base a edições mais recentes — e 1958, auxiliado por dicionários e vocabulários antigos, todas as variantes foram analisadas caso a caso. Grosso modo, foram admitidas apenas atualizações óbvias e inevitáveis como a queda da acentuação de "êle", "aquêle", "acêrto" e demais formas diferenciais abolidas pelos acordos ortográficos subsequentes, além de termos como "vôo", "idéia" e outros atingidos pela grafia corrente. No entanto, certas ocorrências singulares, como o acento circunflexo em "gemêsse", o obsoleto subtônico em "umbùzeiro" e o agudo enfático em "urubú", mereceram ser restituídas por corresponderem, acreditamos, a desvios intencionais e/ou arcaizantes da ortografia oficial, presentes desde a primeira edição de 1956 e reproduzidos nas tiragens subsequentes do romance até a morte do autor. Do mesmo modo, conservou-se a alternância entre a grafia canônica e a forma rosiana de um mesmo termo nos casos atribuíveis a artifícios autorais. Para citar um substantivo crucial, certos "buritís" do livro coexistem em perfeita irmandade com outros "buritis".

O propósito de anexar alguns textos críticos ao final deste livro foi o de fornecer um mostruário representativo da recepção de *Grande sertão: veredas*, título que logo se impôs como uma das obras-primas de nossa literatura. Esse reconhecimento imediato do valor da obra se manifestou, como era de se esperar, em uma enorme quantidade de abordagens, com perspectivas e resultados muito heterogêneos. Um dos marcos inaugurais dessa recepção foi o artigo "O sertão e o mundo", reproduzido na revista de cultura *Diálogo*, em 1957, e republicado com modificações posteriores como "O homem dos avessos", ensaio incluído em *Tese e antítese*, de Antonio Candido, em 1964. Nenhuma dessas versões infelizmente pôde ser incluída neste volume.

A fortuna crítica reunida aqui acolhe um breve recorte da correspondência entre Clarice Lispector e Fernando Sabino; "*Grande sertão:* a fala", de Roberto Schwarz; "O certo no incerto: o pactário", de Walnice Nogueira Galvão; "A matéria vertente", de Benedito Nunes; "O mundo misturado: Romance e experiência em Guimarães Rosa", de Davi Arrigucci Jr.; e "Cabo das tormentas", de Silviano Santiago. Os textos de Walnice Nogueira Galvão e Silviano Santiago foram extraídos de trabalhos mais longos, cuja publicação integral seria impraticável. Algo da diversidade das críticas provocadas por *Grande sertão: veredas* se verifica nestes ensaios, que foram dispostos cronologicamente, procurando dar a ver também, ao menos em parte, como se constituiu essa trama de leituras. Por fim, a edição inclui uma detalhada linha do tempo sobre a vida do autor e uma lista com indicações de textos relevantes publicados a respeito de *Grande sertão: veredas*.

A capa deste volume foi elaborada a partir de uma reprodução em bordado do avesso do *Manto da apresentação*, do artista Arthur Bispo do Rosário. Alceu Chiesorin Nunes adaptou o texto da obra, reproduzindo nomes dos personagens de *Grande sertão: veredas*, e Elisa Braga confeccionou o bordado. O projeto gráfico do livro conta também com os desenhos das orelhas e intervenções originais de Poty Lazzarotto, responsável pelas ilustrações das primeiras edições do romance.

A Companhia das Letras agradece a valiosa colaboração de Davi Arrigucci Jr., Murilo Marcondes de Moura, José Miguel Wisnik, Érico Melo, família Tess, família Guimarães Rosa, Roberto Halbouti, Elisabete Marin Ribas e Instituto de Estudos Brasileiros da Universidade de São Paulo.

GRANDE SERTÃO: VEREDAS

*A
Aracy, minha mulher, Ara,
pertence este livro.*

— Nonada. Tiros que o senhor ouviu foram de briga de homem não, Deus esteja. Alvejei mira em árvore, no quintal, no baixo do córrego. Por meu acerto. Todo dia isso faço, gosto; desde mal em minha mocidade. Daí, vieram me chamar. Causa dum bezerro: um bezerro branco, erroso, os olhos de nem ser — se viu —; e com máscara de cachorro. Me disseram; eu não quis avistar. Mesmo que, por defeito como nasceu, arrebitado de beiços, esse figurava rindo feito pessoa. Cara de gente, cara de cão: determinaram — era o demo. Povo prascóvio. Mataram. Dono dele nem sei quem for. Vieram emprestar minhas armas, cedi. Não tenho abusões. O senhor ri certas risadas... Olhe: quando é tiro de verdade, primeiro a cachorrada pega a latir, instantaneamente — depois, então, se vai ver se deu mortos. O senhor tolere, isto é o sertão. Uns querem que não seja: que situado sertão é por os campos-gerais a fora a dentro, eles dizem, fim de rumo, terras altas, demais do Urucúia. Toleima. Para os de Corinto e do Curvelo, então, o aqui não é dito sertão? Ah, que tem maior! Lugar sertão se divulga: é onde os pastos carecem de fechos; onde um pode torar dez, quinze léguas, sem topar com casa de morador; e onde criminoso vive seu cristo-jesus, arredado do arrocho de autoridade. O Urucúia vem dos montões oestes. Mas, hoje, que na beira dele, tudo dá — fazendões de fazendas, almargem de vargens de bom render, as vazantes; culturas que vão de mata em mata, madeiras de grossura, até ainda virgens dessas lá há. O *gerais* corre em volta. Esses gerais são sem tamanho. Enfim, cada um o que quer aprova, o senhor sabe: pão ou pães, é questão de opiniães... O sertão está em toda a parte.

Do demo? Não gloso. Senhor pergunte aos moradores. Em falso receio, desfalam no nome dele — dizem só: o *Que-Diga*. Vôte! não... Quem muito se evita, se convive. Sentença num Aristides — o que existe no buritizal primeiro desta minha mão direita, chamado a Vereda-da-Vaca-Mansa-de-Santa-Rita — todo o mundo crê: ele não pode passar em três lugares, designados: porque então a gente escuta um chorinho, atrás, e uma vozinha que avisando: — "Eu já vou! Eu já vou!..." — que é o capiroto, o *que-diga*... E um Jisé Simpilício — quem qualquer daqui jura ele tem um capeta em casa, miúdo satanazim, preso obrigado a ajudar em toda ganância que executa; razão que o Simpilício se empresa em vias de completar de rico. Apre, por isso dizem também que a besta pra ele rupêia, nega de banda, não deixando, quando ele quer amontar... Superstição. Jisé Simpilício e Aristides, mesmo estão se engordando, de assim não-ouvir ou ouvir. Ainda o senhor estude: agora mesmo, nestes dias de época, tem gente porfalando que o Diabo próprio parou, de passagem, no Andrequicé. Um Moço de fora, teria aparecido, e lá se louvou que, para aqui vir — normal, a cavalo, dum dia-e-meio — ele era capaz que só com uns vinte minutos bastava... porque costeava o Rio do Chico pelas cabeceiras! Ou, também, quem sabe — sem ofensas — não terá sido, por um exemplo, até mesmo o senhor quem se anunciou assim, quando passou por lá, por prazido divertimento engraçado? Há-de, não me dê crime, sei que não foi. E mal eu não quis. Só que uma pergunta, em hora, às vezes, clarêia razão de paz. Mas, o senhor entenda: o tal moço, se há, quis mangar. Pois, hem, que, despontar o Rio pelas nascentes, será a mesma coisa que um se redobrar nos internos deste nosso Estado nosso, custante viagem de uns três meses... Então? *Que-Diga?* Doideira. A fantasiação. E, o respeito de dar a ele assim esses nomes de rebuço, é que é mesmo um querer invocar que ele forme forma, com as presenças!

Não seja. Eu, pessoalmente, quase que já perdi nele a crença, mercês a Deus; é o que ao senhor lhe digo, à puridade. Sei que é bem estabelecido, que grassa nos Santos-Evangelhos. Em ocasião, conversei com um rapaz seminarista, muito condizente, conferindo no livro de rezas e revestido de paramenta, com uma vara de maria-preta na mão — proseou que ia adjutorar o padre, para extraírem o Cujo, do corpo vivo de uma velha, na Cachoeira-dos-Bois, ele ia com o vigário do Campo-Redondo... Me concebo. O senhor não é como eu? Não acreditei patavim. Compadre meu Quelemém descreve que o que revela efeito são os baixos espíritos descarnados, de terceira, fuzuando nas piores trevas e com ânsias de se travarem com os viventes — dão *encosto*. Compadre meu Quelemém é quem muito me consola — Quelemém de Góis. Mas ele tem de morar longe daqui, na Jijujá, Vereda do Buriti Pardo... Arres, me deixe lá, que — em endemoninhamento ou com encosto — o senhor mesmo deverá de ter conhecido diversos, homens, mulheres. Pois não sim? Por mim, tantos vi, que aprendi. Rincha-Mãe, Sangue-d'Outro, o Muitos-Beiços, o Rasga-em-Baixo, Faca-Fria, o Fancho-Bode, um Treciziano, o Azinhavre... o Hermógenes... Deles, punhadão. Se eu pudesse esquecer tantos nomes... Não sou amansador de cavalos! E, mesmo, quem de si de ser jagunço se entrete, já é por alguma competência entrante do demônio. Será não? Será?

De primeiro, eu fazia e mexia, e pensar não pensava. Não possuía os prazos. Vivi puxando difícil de difícel, peixe vivo no moquém: quem mói no asp'ro, não fantasêia. Mas, agora, feita a folga que me vem, e sem pequenos dessossegos, estou de range rede. E me inventei neste gosto, de especular ideia. O diabo existe e não existe? Dou o dito. Abrenúncio. Essas melancolias. O senhor vê: existe cachoeira; e pois? Mas cachoeira é barranco de chão, e água se caindo por ele, retombando; o senhor consome essa água, ou desfaz o barranco, sobra cachoeira alguma? Viver é negócio muito perigoso...

Explico ao senhor: o diabo vige dentro do homem, os crespos do homem — ou é o homem arruinado, ou o homem dos avessos. Solto, por si, cidadão, é que não tem diabo nenhum. Nenhum! — é o que digo. O senhor aprova? Me declare tudo, franco — é alta mercê que me faz: e pedir posso, encarecido. Este caso — por estúrdio que me vejam — é de minha certa importância. Tomara não fosse... Mas, não diga que o senhor, assisado e instruído, que acredita na pessoa dele?! Não? Lhe agradeço! Sua alta opinião compõe minha valia. Já sabia, esperava por ela — já o campo! Ah, a gente, na velhice, carece de ter sua aragem de descanso. Lhe agradeço. Tem diabo nenhum. Nem espírito. Nunca vi. Alguém devia de ver, então era eu mesmo, este vosso servidor. Fosse lhe contar... Bem, o diabo regula seu estado preto, nas criaturas, nas mulheres, nos homens. Até: nas crianças — eu digo. Pois não é ditado: "menino — trem do diabo"? E nos usos, nas plantas, nas águas, na terra, no vento... Estrumes. ...*O diabo na rua, no meio do redemunho*...

Hem? Hem? Ah. Figuração minha, de pior pra trás, as certas lembranças. Mal haja-me! Sofro pena de contar não... Melhor, se arrepare: pois, num chão, e com igual formato de ramos e folhas, não dá a mandioca mansa, que se come comum, e a mandioca-brava, que mata? Agora, o senhor já viu uma estranhez? A mandioca-dôce pode de repente virar azangada — motivos não sei; às vezes se diz que é por replantada no terreno sempre, com mudas seguidas, de manaíbas — vai em amargando, de tanto em tanto, de si mesma toma peçonhas. E, ora veja: a outra, a mandioca-brava, também é que às vezes pode ficar mansa, a esmo, de se comer sem nenhum mal. E que isso é? Eh, o senhor já viu, por ver, a feiura de ódio franzido, carantonho, nas faces duma cobra cascavel? Observou o porco gordo, cada dia mais feliz bruto, capaz de, pudesse, roncar e engulir por sua suja comodidade o mundo todo? E gavião, côrvo, alguns, as feições deles já representam a precisão de talhar para adiante, rasgar e estraçalhar a bico, parece uma quicé muito afiada por ruim desejo. Tudo. Tem até tortas raças de pedras, horrorosas, venenosas — que estragam mortal a água, se estão jazendo em fundo de poço; o diabo dentro delas dorme: são o demo. Se sabe? E o demo — que é só assim o significado dum azougue maligno — tem ordem de seguir o caminho dele, tem licença para campear?! Arre, ele está misturado em tudo.

Que o que gasta, vai gastando o diabo de dentro da gente, aos pouquinhos, é o razoável sofrer. E a alegria de amor — compadre meu Quelemém diz. Família. Deveras? É, e não é. O senhor ache e não ache. Tudo é e não é... Quase todo mais grave criminoso feroz, sempre é muito bom marido, bom filho, bom pai, e é bom amigo-de-seus-amigos! Sei desses. Só que tem os depois — e Deus, junto. Vi muitas nuvens.

Mas, em verdade, filho, também, abranda. Olhe: um chamado Aleixo, residente a légua do Passo do Pubo, no da-Areia, era o homem de maiores ruindades calmas que já se viu. Me agradou que perto da casa dele tinha um açudinho, entre as palmeiras, com traíras, pra-almas de enormes, desenormes, ao real, que receberam fama; o Aleixo dava de comer a elas, em horas justas, elas se acostumaram a se assim das locas, para papar, semelhavam ser peixes ensinados. Um dia, só por graça rústica, ele matou um velhinho que por lá passou, desvalido rogando esmola. O senhor não duvide — tem gente, neste aborrecido mundo, que matam só para ver alguém fazer careta... Eh, pois, empós, o resto o senhor prove: vem o pão, vem a mão, vem o são, vem o cão. Esse Aleixo era homem afamilhado, tinha filhos pequenos; aqueles eram o amor dele, todo, despropósito. Dê bem, que não nem um ano estava passado, de se matar o velhinho pobre, e os meninos do Aleixo aí adoeceram. Andaço de sarampão, se disse, mas complicado; eles nunca saravam. Quando, então, sararam. Mas os olhos deles vermelhavam altos, numa inflama de sapiranga à rebelde; e susseguinte — o que não sei é se foram todos duma vez, ou um logo e logo outro e outro — eles restaram cegos. Cegos, sem remissão dum favinho de luz dessa nossa! O senhor imagine: uma escadinha — três meninos e uma menina — todos cegados. Sem remediável. O Aleixo não perdeu o juízo; mas mudou: ah, demudou completo — agora vive da banda de Deus, suando para ser bom e caridoso em todas suas horas da noite e do dia. Parece até que ficou o feliz, que antes não era. Ele mesmo diz que foi um homem de sorte, porque Deus quis ter pena dele, transformar para lá o rumo de sua alma. Isso eu ouvi, e me deu raiva. Razão das crianças. Se sendo castigo, que culpa das hajas do Aleixo aqueles meninozinhos tinham?!

Compadre meu Quelemém reprovou minhas incertezas. Que, por certo, noutra vida revirada, os meninos também tinham sido os mais malvados, da massa e peça do pai, demônios do mesmo caldeirão de lugar. Senhor o que acha? E o velhinho assassinado? — eu sei que o senhor vai discutir. Pois, também. Em ordem que ele tinha um pecado de crime, no corpo, por pagar. Se a gente — conforme compadre meu Quelemém é quem diz — se a gente torna a encarnar renovado, eu cismo até que inimigo de morte pode vir como filho do inimigo. Mire veja: se me digo, tem um sujeito Pedro Pindó, vizinho daqui mais seis léguas, homem de bem por tudo em tudo, ele e a mulher dele, sempre sidos bons, de bem. Eles têm um filho duns dez anos, chamado Valtêi — nome moderno, é o que o povo daqui agora aprecêia, o senhor sabe. Pois essezinho, essezim, desde que algum entendimento alumiou nele, feito mostrou o que é: pedido madrasto, azedo queimador, gostoso de ruim de dentro do fundo das espécies de sua natureza. Em qual que judia, ao devagar, de todo bicho ou criaçãozinha pequena que pega; uma vez, encontrou uma crioula benta-bêbada dormindo, arranjou um caco de garrafa, lanhou em três pontos a popa da perna dela. O que esse menino babeja vendo, é sangrarem galinha ou esfaquear porco. — "Eu gosto de matar..." — uma ocasião ele pequenino me disse. Abriu em mim um susto; porque: passarinho que se debruça — o voo já está pronto! Pois, o senhor vigie: o pai, Pedro Pindó, modo de corrigir isso, e a mãe, dão nele, de miséria e mastro — botam o menino sem comer, amarram em árvores no terreiro, ele nú nuelo, mesmo em junho frio, lavram o corpinho dele na peia e na taca, depois limpam a pele do sangue, com cuia de salmoura. A gente sabe, espia, fica gasturado. O menino já rebaixou de magreza, os olhos entrando, carinha de ossos, encaveirada, e entisicou, o tempo todo tosse, tossura da que puxa secos peitos. Arre, que agora, visível, o Pindó e a mulher se habituaram de nele bater, de pouquinho em pouquim foram criando nisso um prazer feio de diversão — como regulam as sovas em horas certas confortáveis, até chamam gente para ver o exemplo bom. Acho que esse menino não dura, já está no blimbilim, não chega para a quaresma que vem... Uê-uê, então?! Não sendo como compadre meu Quelemém quer, que explicação é que o senhor dava? Aquele menino tinha sido homem. Devia, em balanço, terríveis perversidades. Alma dele estava no breu. Mostrava. E, agora, pagava. Ah, mas, acontece, quando está chorando e penando, ele sofre igual que se fosse um menino bonzinho... Ave, vi de tudo, neste mundo! Já vi até cavalo com soluço... — o que é a coisa mais custosa que há.

Bem, mas o senhor dirá, deve de: e no começo — para pecados e artes, as pessoas — como por que foi que tanto emendado se começou? Ei, ei, aí todos esbarram. Compadre meu Quelemém, também. Sou só um sertanejo, nessas altas ideias navego mal. Sou muito pobre coitado. Inveja minha pura é de uns conforme o senhor, com toda leitura e suma doutoração. Não é que eu esteja analfabeto. Soletrei, anos e meio, meante cartilha, memória e palmatória. Tive mestre, Mestre Lucas, no Curralinho, decorei gramática, as operações, regra-de-três, até geografia e estudo pátrio. Em folhas grandes de papel, com capricho tracei bonitos mapas. Ah, não é por falar: mas, desde do começo, me achavam sofismado de ladino. E que eu merecia de ir para cursar latim, em Aula Régia — que também diziam. Tempo saudoso! Inda hoje, apreceio um bom livro, despaçado. Na fazenda O Limãozinho, de um meu amigo Vito Soziano, se assina desse almanaque grosso, de logogrifos e charadas e outras divididas matérias, todo ano vem. Em tanto, ponho primazia é na leitura proveitosa, vida de santo, virtudes e exemplos — missionário esperto engambelando os índios, ou São Francisco de Assis, Santo Antônio, São Geraldo... Eu gosto muito de moral. Raciocinar, exortar os outros para o bom caminho, aconselhar a justo. Minha mulher, que o senhor sabe, zela por mim: muito reza. Ela é uma abençoável. Compadre meu Quelemém sempre diz que eu posso aquietar meu temer de consciência, que sendo bem-assistido, terríveis bons-espíritos me protegem. Ipe! Com gosto... Como é de são efeito, ajudo com meu querer acreditar. Mas nem sempre posso. O senhor saiba: eu toda a minha vida pensei por mim, forro, sou nascido diferente. Eu sou é eu mesmo. Divêrjo de todo o mundo... Eu quase que nada não sei. Mas desconfio de muita coisa. O senhor concedendo, eu digo: para pensar longe, sou cão mestre — o senhor solte em minha frente uma ideia ligeira, e eu rastreio essa por fundo de todos os matos, amém! Olhe: o que devia de haver, era de se reunirem-se os sábios, políticos, constituições gradas, fecharem o definitivo a noção — proclamar por uma vez, artes assembleias, que não tem diabo nenhum, não existe, não pode. Valor de lei! Só assim, davam tranquilidade boa à gente. Por que o Governo não cuida?!

Ah, eu sei que não é possível. Não me assente o senhor por beócio. Uma coisa é pôr ideias arranjadas, outra é lidar com país de pessoas, de carne e sangue, de mil-e-tantas misérias... Tanta gente — dá susto se saber — e nenhum se sossega: todos nascendo, crescendo, se casando, querendo colocação de emprego, comida, saúde, riqueza, ser importante, querendo chuva e negócios bons... De sorte que carece de se escolher: ou a gente se tece de viver no safado comum, ou cuida só de religião só. Eu podia ser: padre sacerdote, se não chefe de jagunços; para outras coisas não fui parido. Mas minha velhice já principiou, errei de toda conta. E o reumatismo... Lá como quem diz: nas escorvas. Ahã.

Hem? Hem? O que mais penso, testo e explico: todo-o-mundo é louco. O senhor, eu, nós, as pessoas todas. Por isso é que se carece principalmente de religião: para se desendoidecer, desdoidar. Reza é que sara da loucura. No geral. Isso é que é a salvação-da-alma... Muita religião, seu moço! Eu cá, não perco ocasião de religião. Aproveito de todas. Bebo água de todo rio... Uma só, para mim é pouca, talvez não me chegue. Rezo cristão, católico, embrenho a certo; e aceito as preces de compadre meu Quelemém, doutrina dele, de Cardéque. Mas, quando posso, vou no Mindubim, onde um Matias é crente, metodista: a gente se acusa de pecador, lê alto a Bíblia, e ora, cantando hinos belos deles. Tudo me quieta, me suspende. Qualquer sombrinha me refresca. Mas é só muito provisório. Eu queria rezar — o tempo todo. Muita gente não me aprova, acham que lei de Deus é privilégios, invariável. E eu! Bofe! Detesto! O que sou? — o que faço, que quero, muito curial. E em cara de todos faço, executado. Eu? — não tresmalho!

Olhe: tem uma preta, Maria Leôncia, longe daqui não mora, as rezas dela afamam muita virtude de poder. Pois a ela pago, todo mês — encomenda de rezar por mim um terço, todo santo dia, e, nos domingos, um rosário. Vale, se vale. Minha mulher não vê mal nisso. E estou, já mandei recado para uma outra, do Vau-Vau, uma Izina Calanga, para vir aqui, ouvi de que reza também com grandes meremerências, vou efetuar com ela trato igual. Quero punhado dessas, me defendendo em Deus, reunidas de mim em volta... Chagas de Cristo!

Viver é muito perigoso... Querer o bem com demais força, de incerto jeito, pode já estar sendo se querendo o mal, por principiar. Esses homens! Todos puxavam o mundo para si, para o concertar consertado. Mas cada um só vê e entende as coisas dum seu modo. Montante, o mais supro, mais sério — foi Medeiro Vaz. Que um homem antigo... Seu Joãozinho Bem-Bem, o mais bravo de todos, ninguém nunca pôde decifrar como ele por dentro consistia. Joca Ramiro — grande homem príncipe! — era político. Zé-Bebelo quis ser político, mas teve e não teve sorte: raposa que demorou. Sô Candelário se endiabrou, por pensar que estava com doença má. Titão Passos era o pelo prêço de amigos: só por via deles, de suas mesmas amizades, foi que tão alto se ajagunçou. Antônio Dó — severo bandido.

Mas por metade; grande maior metade que seja. Andalécio, no fundo, um bom homem-de-bem, estouvado raivoso em sua toda justiça. Ricardão, mesmo, queria era ser rico em paz: para isso guerreava. Só o Hermógenes foi que nasceu formado tigre, e assassim. E o "Urutú-Branco"? Ah, não me fale. Ah, esse... tristonho levado, que foi — que era um pobre menino do destino...

Tão bem, conforme. O senhor ouvia, eu lhe dizia: o ruim com o ruim, terminam por as espinheiras se quebrar — Deus espera essa gastança. Moço!: Deus é paciência. O contrário, é o diabo. Se gasteja. O senhor rela faca em faca — e afia — que se raspam. Até as pedras do fundo, uma dá na outra, vão-se arredondinhando lisas, que o riachinho rola. Por enquanto, que eu penso, tudo quanto há, neste mundo, é porque se merece e carece. Antesmente preciso. Deus não se comparece com refe, não arrocha o regulamento. Pra que? Deixa: bobo com bobo — um dia, algum estala e aprende: esperta. Só que, às vezes, por mais auxiliar, Deus espalha, no meio, um pingado de pimenta...

Haja? Pois, por um exemplo: faz tempo, fui, de trem, lá em Sete-Lagoas, para partes de consultar um médico, de nome me indicado. Fui vestido bem, e em carro de primeira, por via das dúvidas, não me sombrearem por jagunço antigo. Vai e acontece, que, perto mesmo de mim, defronte, tomou assento, voltando deste brabo Norte, um moço Jazevedão, delegado profissional. Vinha com um capanga dele, um secreta, e eu bem sabia os dois, de que tanto um era ruim, como o outro ruim era. A verdade que diga, primeiro tive o estrito de me desbancar para um longe dali, mudar de meu lugar. Juízo me disse, melhor ficasse. Pois, ficando, olhei. E — lhe falo: nunca vi cara de homem fornecida de bruteza e maldade mais, do que nesse. Como que era urco, trouxo de atarracado, reluzia um crú nos olhos pequenos, e armava um queixo de pedra, sobrancelhonas; não demedia nem testa. Não ria, não se riu nem uma vez; mas, falando ou calado, a gente via sempre dele algum dente, presa pontuda de guará. Arre, e bufava, um poucadinho. Só rosneava curto, baixo, as meias-palavras encrespadas. Vinha reolhando, historiando a papelada — uma a uma as folhas com retratos e com os pretos dos dedos de jagunços, ladrões de cavalos e criminosos de morte. Aquela aplicação de trabalho, numa coisa dessas, gerava a ira na gente. O secreta, xereta, todo perto, sentado junto, atendendo, caprichando de ser cão. Me fez um receio, mas só no bobo do corpo, não no interno das coragens. Uma hora, uma daquelas laudas caiu — e eu me abaixei depressa, sei lá mesmo por quê, não quis, não pensei — até hoje crio vergonha disso — apanhei o papel do chão, e entreguei a ele. Daí, digo: eu tive mais raiva, porque fiz aquilo; mas aí já estava feito. O homem nem me olhou, nem disse nenhum agradecimento. Até as solas dos sapatos dele — só vendo — que solas duras grossas, dobradas de enormes, parecendo ferro bronze. Porque eu sabia: esse Jazevedão, quando prendia alguém, a primeira quieta coisa que procedia era que vinha entrando, sem ter que dizer, fingia umas pressas, e ia pisava em cima dos pés descalços dos coitados. E que nessas ocasiões dava gargalhadas, dava... Pois, osga! Entreguei a ele a folha de papel, e fui saindo de lá, por ter mão em mim de não destruir a tiros aquele sujeito. Carnes que muito pesavam... E ele umbigava um princípio de barriga barriguda, que me criou desejos... Com minha brandura, alegre que eu matava. Mas, as barbaridades que esse delegado fez e aconteceu, o senhor nem tem calo em coração para poder me escutar. Conseguiu de muito homem e mulher chorar sangue, por este simples universozinho nosso aqui. Sertão. O senhor sabe: sertão é onde manda quem é forte, com as astúcias. Deus mesmo, quando vier, que venha armado! E bala é um pedacinhozinho de metal...

Tanto, digo: Jazevedão — um assim, devia de ter, precisava? Ah, precisa. Couro ruim é que chama ferrão de ponta. Haja que, depois — negócio particular dele — nesta vida ou na outra, cada Jazevedão, cumprido o que tinha, descamba em seu tempo de penar, também, até pagar o que deveu — compadre meu Quelemém está aí, para fiscalizar. O senhor sabe: o perigo que é viver... Mas só do modo, desses, por feio instrumento, foi que a jagunçada se findou. Senhor pensa que Antônio Dó ou Olivino Oliviano iam ficar bonzinhos por pura soletração de si, ou por rogo dos infelizes, ou por sempre ouvir sermão de padre? Te acho! Nos visos...

De jagunço comportado ativo para se arrepender no meio de suas jagunçagens, só deponho de um: chamado Joé Cazuzo — foi em arraso de um tirotêi', p'ra cima do lugar Serra-Nova, distrito de Rio-Pardo, no ribeirão Traçadal. A gente fazia má minoria pequena, e fechavam para riba de nós o pessoal dum Coronel Adalvino, forte político, com muitos soldados fardados no meio centro, comando do Tenente Reis Leme, que depois ficou capitão. Aguentamos hora mais hora, e já dávamos quase de cercados. Aí, de bote, aquele Joé Cazuzo — homem muito valente — se ajoelhou giro no chão do cerrado, levantava os braços que nem esgalho de jatobá seco, e só gritava, urro claro e urro surdo: — *"Eu vi a Virgem Nossa, no resplandor do Céu, com seus filhos de Anjos!..."* Gritava não esbarrava. — *"Eu vi a Virgem!..."* Ele almou? Nós desigualamos. Trape por meu cavalo — que achei — pulei em mal assento, nem sei em que rompe-tempo desatei o cabresto, de amarrado em pé de pau. Voei, vindo. Bala vinha. O cerrado estrondava. No mato, o medo da gente se sai ao inteiro, um medo propositado. Eu podia escoicear, feito burro bruto, dá-que, dá-que. Umas duas ou três balas se cravaram na borraina da minha sela, perfuraram de arrancar quase muita a paina do encheio. Cavalo estremece em pró, em meio de galope, sei: pensa no dono. Eu não cabia de estar mais bem encolhido. Baleado veio também o surrão que eu tinha nas costas, com poucas minhas coisas. E outra, de fuzil, em ricochete decerto, esquentou minha côxa, sem me ferir, o senhor veja: bala faz o que quer — se enfiou imprensada, entre em mim e a aba da jereba! Tempos loucos... Burumbum!: o cavalo se ajoelhou em queda, morto quiçá, e eu já caindo para diante, abraçado em folhagens grossas, ramada e cipós, que me balançaram e espetavam, feito eu estava pendurado em teião de aranha... Aonde? Atravessei aquilo, vida toda... De medo em ânsia, rompi por rasgar com meu corpo aquele mato, fui, sei lá — e me despenquei mundo abaixo, rolava para o oco de um grotão fechado de môitas, sempre me agarrava — rolava mesmo assim: depois — depois, quando olhei minhas mãos, tudo nelas que não era tirado sangue, era um amasso verde, nos dedos, de folhas vivas que puxei e masgalhei... Pousei no capim do fundo — e um bicho escuro deu um repulão, com um espirro, também dôido de susto: que era um papa-mel, que eu vislumbrei; para fugir, esse está somente. Maior sendo eu, me molhou meu cansaço; espichei tudo. E um pedacinho de pensamento: se aquele bicho irara tinha jazido lá, então ali não tinha cobra. Tomei o lugar dele. Existia cobra nenhuma. Eu podia me largar. Eu era só mole, moleza, mas que não amortecia os trancos, dentro, do coração. Arfei. Concebi que vinham, me matavam. Nem fazia mal, me importei não. Assim, uns momentos, ao menos eu guardava a licença de prazo para me descansar. Conforme pensei em Diadorim. Só pensava era nele. Um joão-congo cantou. Eu queria morrer pensando em meu amigo Diadorim, mano-oh-mão, que estava na Serra do Pau-d'Arco, quase na divisa baiana, com nossa outra metade dos sô-candelários... Com meu amigo Diadorim me abraçava, sentimento meu ia-voava reto para ele... Ai, arre, mas: que esta minha boca não tem ordem nenhuma. Estou contando fora, coisas divagadas. No senhor me fio? Até-que, até-que. Diga o anjo-da-guarda... Mas, conforme eu vinha: depois se soube, que mesmo os soldados do Tenente e os cabras do Coronel Adalvino remitiram de respeitar o assopro daquele Joé Cazuzo. E que esse acabou sendo o homem mais pacificioso do mundo, fabricador de azeite e sacristão, no São Domingos Branco. Tempos!

Por tudo, réis-coado, fico pensando. Gosto. Melhor, para a ideia se bem abrir, é viajando em trem-de-ferro. Pudesse, vivia para cima e para baixo, dentro dele. Informação que pergunto: mesmo no Céu, fim de fim, como é que a alma vence se esquecer de tantos sofrimentos e maldades, no recebido e no dado? A como? O senhor sabe: há coisas de medonhas demais, tem. Dor do corpo e dor da ideia marcam forte, tão forte como o todo amor e raiva de ódio. Vai, mar... De sorte que, então, olhe: o Firmiano, por apelidado Piolho-de-Cobra, se lazarou com a perna desconforme engrossada, dessa doença que não se cura; e não enxergava quase mais, constante o branquiço nos olhos, das cataratas. De antes, anos, teve de se desarrear da jagunçagem. Pois, uma ocasião, algum esteve no rancho dele, no Alto Jequitaí, depois contou — que, vira tempo, vem assunto, ele dissese: — "Me dá saudade é de pegar um soldado, e tal, pra uma boa esfola, com faca cega... Mas, primeiro, castrar..." O senhor concebe? Quem tem mais dose de demo em si é índio, qualquer raça de bugre. Gente vê nação desses, para lá fundo dos gerais de Goiás, adonde tem vagarosos grandes rios, de água sempre tão clara aprazível, correndo em deita de cristal roseado... Piolho-de-Cobra se dava de sangue de gentio. Senhor me dirá: mas que ele pronuncêia aquilo fora boca, maneira de representar que ainda não estava velho decadente. Obra de opor, por medo de ser manso, e causa para se ver respeitado. Todos tretam por tal regra: proseiam de ruins, para mais se valerem, porque a gente ao redor é duro dura. O pior, mas, é que acabam, pelo mesmo vau, tendo de um dia executar o declarado, no real. Vi tanta cruez! Pena não paga contar; se vou, não esbarro. E me desgosta, três que me enjôa, isso tudo. Me apraz é que o pessoal, hoje em dia, é bom de coração. Isto é, bom no trivial. Malícias maluqueiras, e perversidades, sempre tem alguma, mas escasseadas. Geração minha, verdadeira, ainda não eram assim. Ah, vai vir um tempo, em que não se usa mais matar gente... Eu, já estou velho.

Bom, ia falando: questão, isso que me sovaca... Ah, formei aquela pergunta, para compadre meu Quelemém. Que me respondeu: que, por perto do Céu, a gente se alimpou tanto, que todos os feios passados se exalaram de não ser — feito sem-modez de tempo de criança, más-artes. Como a gente não carece de ter remorso do que divulgou no latêjo de seus pesadelos de uma noite. Assim que: tosou-se, floreou-se! Ahã. Por isso dito, é que a ida para o Céu é demorada. Eu confiro com compadre meu Quelemém, o senhor sabe: razão da crença mesma que tem — que, por todo o mal, que se faz, um dia se repaga, o exato. Sujeito assim madruga três vezes, em antes de querer facilitar em qualquer minudência repreensível... Compadre meu Quelemém nunca fala vazio, não subtrata. Só que isto a ele não vou expor. A gente nunca deve de declarar que aceita inteiro o alheio — essa é que é a regra do rei!

O senhor... Mire veja: o mais importante e bonito, do mundo, é isto: que as pessoas não estão sempre iguais, ainda não foram terminadas — mas que elas vão sempre mudando. Afinam ou desafinam. Verdade maior. É o que a vida me ensinou. Isso que me alegra, montão. E, outra coisa: o diabo, é às brutas; mas Deus é traiçoeiro! Ah, uma beleza de traiçoeiro — dá gosto! A força dele, quando quer — moço! — me dá o medo pavor! Deus vem vindo: ninguém não vê. Ele faz é na lei do mansinho — assim é o milagre. E Deus ataca bonito, se divertindo, se economiza. A pois: um dia, num curtume, a faquinha minha que eu tinha caiu dentro dum tanque, só caldo de casca de curtir, barbatimão, angico, lá sei. — "Amanhã eu tiro..." — falei, comigo. Porque era de noite, luz nenhuma eu não disputava. Ah, então, saiba: no outro dia, cedo, a faca, o ferro dela, estava sido roído, quase por metade, por aquela aguinha escura, toda quieta. Deixei, para mais ver. Estala, espoleta! Sabe o que foi? Pois, nessa mesma da tarde, aí: da faquinha só se achava o cabo... O cabo — por não ser de frio metal, mas de chifre de galheiro. Aí está: Deus... Bem, o senhor ouviu, o que ouviu sabe, o que sabe me entende...

Somenos, não ache que religião afraca. Senhor ache o contrário. Visível que, aqueles outros tempos, eu pintava — cré que o caroá levanta a flor. Eh, bom meu pasto... Mocidade. Mas mocidade é tarefa para mais tarde se desmentir. Também, eu desse de pensar em vago em tanto, perdia minha mão-de-homem para o manejo quente, no meio de todos. Mas, hoje, que raciocinei, e penso a eito, não nem por isso não dou por baixa minha competência, num fôgo-e-ferro. A ver. Chegassem viessem aqui com guerra em mim, com más partes, com outras leis, ou com sobejos olhares, e eu ainda sorteio de acender esta zona, ai, se, se! É na boca do trabuco: é no té-retê-retém... E sòzinhozinho não estou, há-de-o. Pra não isso, hei coloquei redor meu minha gente. Olhe o senhor: aqui, pegado, vereda abaixo, o Paspe — meeiro meu — é meu. Mais légua, se tanto, tem o Acauã, e tem o Compadre Ciril, ele e três filhos, sei que servem. Banda desta mão, o Alaripe: soubesse o senhor o que é que se preza, em rifleio e à faca, um cearense feito esse! Depois mais: o João Nonato, o Quipes, o Pacamã-de-Prêsas. E o Fafafa — este deu lances altos, todo lado comigo, no combate velho do Tamanduá-tão: limpamos o vento de quem não tinha ordem de respirar, e antes esses desrodeamos... O Fafafa tem uma eguada. Ele cria cavalos bons. Até um pouco mais longe, no pé-de-serra, de bando meu foram o Sesfrêdo, Jesualdo, o Nelson e João Concliz. Uns outros. O Triol... E não vou valendo? Deixo terra com eles, deles o que é meu é, fechamos que nem irmãos. Para que eu quero ajuntar riqueza? Estão aí, de armas areiadas. Inimigo vier, a gente cruza chamado, ajuntamos: é hora dum bom tiroteiamento em paz, exp'rimentem ver. Digo isto ao senhor, de fidúcia. Também, não vá pensar em dobro. Queremos é trabalhar, propor sossego. De mim, pessoa, vivo para minha mulher, que tudo modo-melhor merece, e para a devoção. Bem-querer de minha mulher foi que me auxiliou, rezas dela, graças. Amor vem de amor. Digo. Em Diadorim, penso também — mas Diadorim é a minha neblina...

Agora, bem: não queria tocar nisso mais — de o Tinhoso; chega. Mas tem um porém: pergunto: o senhor acredita, acha fio de verdade nessa parlanda, de com o demônio se poder tratar pacto? Não, não é não? Sei que não há. Falava das favas. Mas gosto de toda boa confirmação. Vender sua própria alma... Invencionice falsa! E, alma, o que é? Alma tem de ser coisa interna supremada, muito mais do de dentro, e é só, do que um se pensa: ah, alma absoluta! Decisão de vender alma é afoitez vadia, fantasiado de momento, não tem a obediência legal. Posso vender essas boas terras, daí de entre as Veredas-Quatro — que são dum senhor Almirante, que reside na capital federal? Posso algum!? Então, se um menino menino é, e por isso não se autoriza de negociar... E a gente, isso sei, às vezes é só feito menino. Mal que em minha vida aprontei, foi numa certa meninice em sonhos — tudo corre e chega tão ligeiro —; será que se há lume de responsabilidades? Se sonha; já se fez... Dei rapadura ao jumento! Ahã. Pois. Se tem alma, e tem, ela é de Deus estabelecida, nem que a pessoa queira ou não queira. Não é vendível. O senhor não acha? Me declare, franco, peço. Ah, lhe agradeço. Se vê que o senhor sabe muito, em ideia firme, além de ter carta de doutor. Lhe agradeço, por tanto. Sua companhia me dá altos prazeres.

Em termos, gostava que morasse aqui, ou perto, era uma ajuda. Aqui não se tem convívio que instruir. Sertão. Sabe o senhor: sertão é onde o pensamento da gente se forma mais forte do que o poder do lugar. Viver é muito perigoso...

Eh, que se vai? Jàjá? É que não. Hoje, não. Amanhã, não. Não consinto. O senhor me desculpe, mas em empenho de minha amizade aceite: o senhor fica. Depois, quinta de-manhã-cedo, o senhor querendo ir, então vai, mesmo me deixa sentindo sua falta. Mas, hoje ou amanhã, não. Visita, aqui em casa, comigo, é por três dias!

Mas, o senhor sério tenciona devassar a raso este mar de territórios, para sortimento de conferir o que existe? Tem seus motivos. Agora — digo por mim — o senhor vem, veio tarde. Tempos foram, os costumes demudaram. Quase que, de legítimo leal, pouco sobra, nem não sobra mais nada. Os bandos bons de valentões repartiram seu fim; muito que foi jagunço, por aí pena, pede esmola. Mesmo que os vaqueiros duvidam de vir no comércio vestidos de roupa inteira de couro, acham que traje de gibão é feio e capiau. E até o gado no grameal vai minguando menos bravo, mais educado: casteado de zebú, desvém com o resto de curraleiro e de crioulo. Sempre, no gerais, é à pobreza, à tristeza. Uma tristeza que até alegra. Mas, então, para uma safra razoável de bizarrices, reconselho de o senhor entestar viagem mais dilatada. Não fosse meu despoder, por azías e reumatismo, aí eu ia. Eu guiava o senhor até tudo.

Lhe mostrar os altos claros das Almas: rio despenha de lá, num afã, espuma próspero, gruge; cada cachoeira, só tombos. O cio da tigre preta na Serra do Tatú — já ouviu o senhor gargaragem de onça? A garôa rebrilhante da dos-Confins, madrugada quando o céu embranquece — neblim que chamam de xererém. Quem me ensinou a apreciar essas as belezas sem dono foi Diadorim... A da-Raizama, onde até os pássaros calculam o giro da lua — se diz — e cangussú monstra pisa em volta. Lua de com ela se cunhar dinheiro. Quando o senhor sonhar, sonhe com aquilo. Cheiro de campos com flôres, forte, em abril: a ciganinha, roxa, e a nhiíca e a escova, amarelinhas... Isto — no Saririnhém. Cigarras dão bando. Debaixo de um tamarindo sombroso... Eh, frio! Lá gêia até em costas de boi, até nos telhados das casas. Ou no Meãomeão — depois dali tem uma terra quase azul. Que não que o céu: esse é céu-azul vivoso, igual um ovo de macuco. Ventos de não deixar se formar orvalho... Um punhado quente de vento, passante entre duas palmas de palmeira... Lembro, deslembro. Ou — o senhor vai — no soposo: de chuva-chuva. Vê um córrego com má passagem, ou um rio em turvação. No Buriti-Mirim, Angical, Extrema-de-Santa-Maria... Senhor caça? Tem lá mais perdiz do que no Chapadão das Vertentes... Caçar anta no Cabeça-de-Negro ou no Buriti-Comprido — aquelas que comem um capim diferente e roem cascas de muitas outras árvores: a carne, de gostosa, diversêia. Por esses longes todos eu passei, com pessoa minha no meu lado, a gente se querendo bem. O senhor sabe? Já tenteou sofrido o ar que é saudade? Diz-se que tem saudade de ideia e saudade de coração... Ah. Diz-se que o Governo está mandando abrir boa estrada rodageira, de Pirapora a Paracatú, por aí...

Na Serra do Cafundó — ouvir trovão de lá, e retrovão, o senhor tapa os ouvidos, pode ser até que chore, de medo mau em ilusão, como quando foi menino. O senhor vê vaca parindo na tempestade... De em de, sempre, Urucúia acima, o Urucúia — tão a brabas vai... Tanta serra, esconde a lua. A serra ali corre torta. A serra faz ponta. Em um lugar, na encosta, brota do chão um vapor de enxofre, com estúrdio barulhão, o gado foge de lá, por pavor. Semelha com as serras do Estrondo e do Roncador — donde dão retumbos, vez em quando. Hem? O senhor? Olhe: o rio Carinhanha é preto, o Paracatú moreno; meu, em belo, é o Urucúia — paz das águas... É vida!... Passado o Porto das Onças, tem um fazendol. Ficamos lá umas semanas, se descansou. Carecia. Porque a gente vinha no caminhar a pé, para não acabar os cavalos, mazelados. Medeiro Vaz, em lugares assim, fora de guerra, prazer dele era dormir com camisolão e barrete; antes de se deitar, ajoelhava e rezava o terço. Aqueles foram meus dias. Se caçava, cada um esquecia o que queria, de de-comer não faltava, pescar peixe nas veredas... O senhor vá lá, verá. Os lugares sempre estão aí em si, para confirmar.

Muito deleitável. Claráguas, fontes, sombreado e sol. Fazenda Boi-Preto, dum Eleutério Lopes — mais antes do Campo-Azulado, rumo a rumo com o Queimadão. Aí foi em fevereiro ou janeiro, no tempo do pendão do milho. Trêsmente: que com o capitão-do-campo de prateadas pontas, viçoso no cerrado; o aniz enfeitando suas môitas; e com florzinhas as dejaniras. Aquele capim-marmelada é muito restível, redobra logo na brotação, tão verde-mar, filho do menor chuvisco. De qualquer pano de mato, de de-entre quase cada encostar de duas folhas, saíam em giro as todas as cores de borboletas. Como não se viu, aqui se vê. Porque, nos gerais, a mesma raça de borboletas, que em outras partes é trivial regular — cá cresce, vira muito maior, e com mais brilho, se sabe; acho que é do seco do ar, do limpo, desta luz enorme. Beiras nascentes do Urucúia, ali o poví canta altinho. E tinha o xenxém, que tintipiava de manhã no revorêdo, o sací-do-brejo, a doidinha, a gangorrinha, o tempo-quente, a rola-vaqueira... e o bem-te-vi que dizia, e araras enrouquecidas. Bom era ouvir o môm das vacas devendo seu leite. Mas, passarinho de bilo no desvéu da madrugada, para toda tristeza que o pensamento da gente quer, ele repergunta e finge resposta. Tal, de tarde, o bento-vieira tresvoava, em vai sobre vem sob, rebicando de voo todo bichinhozinho de finas asas; pássaro esperto. Ia dechover mais em mais. Tardinha que enche as árvores de cigarras — então, não chove. Assovios que fechavam o dia: o papa-banana, o azulêjo, a garricha-do-brejo, o suirirí, o sabiá-ponga, o grunhatá-do-coqueiro... Eu estava todo o tempo quase com Diadorim.

Diadorim e eu, nós dois. A gente dava passeios. Com assim, a gente se diferenciava dos outros — porque jagunço não é muito de conversa continuada nem de amizades estreitas: a bem eles se misturam e desmisturam, de acaso, mas cada um é feito um por si. De nós dois juntos, ninguém nada não falava. Tinham a boa prudência. Dissesse um, caçoasse, digo — podia morrer. Se acostumavam de ver a gente parmente. Que nem mais maldavam. E estávamos conversando, perto do rego — bicame de velha fazenda, onde o agrião dá flor. Desse lusfús, ia escurecendo. Diadorim acendeu um foguinho, eu fui buscar sabugos. Maripôsas passavam muitas, por entre as nossas caras, e besouros graúdos esbarravam. Puxava uma brisbrisa. O ianso do vento revinha com o cheiro de alguma chuva perto. E o chiim dos grilos ajuntava o campo, aos quadrados. Por mim, só, de tantas minúcias, não era o capaz de me alembrar, não sou de à parada pouca coisa; mas a saudade me alembra. Que se hoje fosse. Diadorim me pôs o rastro dele para sempre em todas essas quisquilhas da natureza. Sei como sei. Som como os sapos sorumbavam. Diadorim, duro sério, tão bonito, no relume das brasas. Quase que a gente não abria boca; mas era um delém que me tirava para ele — o irremediável extenso da vida. Por mim, não sei que tontura de vexame, com ele calado eu a ele estava obedecendo quieto. Quase que sem menos era assim: a gente chegava num lugar, ele falava para eu sentar; eu sentava. Não gosto de ficar em pé. Então, depois, ele vinha sentava, sua vez. Sempre mediante mais longe. Eu não tinha coragem de mudar para mais perto. Só de mim era que Diadorim às vezes parecia ter um espevito de desconfiança; de mim, que era o amigo! Mas, essa ocasião, ele estava ali, mais vindo, a meia-mão de mim. E eu — mal de não me consentir em nenhum afirmar das docemente coisas que são feias — eu me esquecia de tudo, num espairecer de contentamento, deixava de pensar. Mas sucedia uma duvidação, ranço de desgosto: eu versava aquilo em redondos e quadrados. Só que coração meu podia mais. O corpo não traslada, mas muito sabe, adivinha se não entende. Perto de muita água, tudo é feliz. Se escutou, banda do rio, uma lontra por outra: o issilvo de plim, chupante. — "Tá que, mas eu quero que esse dia chegue!" — Diadorim dizia. — "Não posso ter alegria nenhuma, nem minha mera vida mesma, enquanto aqueles dois monstros não forem bem acabados..." E ele suspirava de ódio, como se fosse por amor; mas, no mais, não se alterava. De tão grande, o dele não podia mais ter aumento: parava sendo um ódio sossegado. Ódio com paciência; o senhor sabe?

E, aquilo forte que ele sentia, ia se pegando em mim — mas não como ódio, mais em mim virando tristeza. Enquanto os dois monstros vivessem, simples Diadorim tanto não vivia. Até que viesse a poder vingar o histórico de seu pai, ele tresvariava. Durante que estávamos assim fora de marcha em rota, tempo de descanso, em que eu mais amizade queria, Diadorim só falava nos extremos do assunto. Matar, matar, sangue manda sangue. Assim nós dois esperávamos ali, nas cabeceiras da noite, junto em junto. Calados. Me alembro, ah. Os sapos. Sapo tirava saco de sua voz, vozes de osga, idosas. Eu olhava para a beira do rego. A ramagem toda do agrião — o senhor conhece — às horas dá de si uma luz, nessas escuridões: folha a folha, um fosforém — agrião acende de si, feito eletricidade. E eu tinha medo. Medo em alma.

Não respondi. Não adiantava. Diadorim queria o fim. Para isso a gente estava indo. Com o comando de Medeiro Vaz, dali depois daquele carecido repouso, a gente revirava caminho, ia em cima dos outros — deles! — procurando combate. Munição não faltava. Nós estávamos em sessenta homens — mas todos cabras dos melhores. Chefe nosso, Medeiro Vaz, nunca perdia guerreiro. Medeiro Vaz era homem sobre o sisudo, nos usos formado, não gastava as palavras. Nunca relatava antes o projeto que tivesse, que marchas se ia amanhecer para dar. Também, tudo nele decidia a confiança de obediência. Ossoso, com a nuca enorme, cabeçona meia baixa, ele era dono do dia e da noite — que quase não dormia mais: sempre se levantava no meio das estrelas, percorria o arredor, vagaroso, em passos, calçado com suas boas botas de caititú, tão antigas. Se ele em honrado juízo achasse que estava certo, Medeiro Vaz era solene de guardar o rosário na algibeira, se traçar o sinal-da-cruz e dar firme ordem para se matar uma a uma as mil pessoas. Desde o começo, eu apreciei aquela fortaleza de outro homem. O segredo dele era de pedra.

Ah, eu estou vivido, repassado. Eu me lembro das coisas, antes delas acontecerem... Com isso minha fama claréia? Remei vida solta. Sertão: estes seus vazios. O senhor vá. Alguma coisa, ainda encontra. Vaqueiros? Ao antes — a um, ao Chapadão do Urucúia — aonde tanto boi berra... Ou o mais longe: vaqueiros do Brejo-Verde e do Córrego do Quebra-Quináus: cavalo deles conversa cochicho — que se diz — para dar sisado conselho ao cavaleiro, quando não tem mais ninguém perto, capaz de escutar. Creio e não creio. Tem coisa e cousa, e o ó da raposa... Dali para cá, o senhor vem, começos do Carinhanha e do Piratinga filho do Urucúia — que os dois, de dois, se dão as costas. Saem dos mesmos brejos — buritizais enormes. Por lá, sucurí geme. Cada surucuiú do grosso: vôa corpo no veado e se enrosca nele, abofa — trinta palmos! Tudo em volta, é um barro colador, que segura até casco de mula, arranca ferradura por ferradura. Com medo de mãe-cobra, se vê muito bicho retardar ponderado, paz de hora de poder água beber, esses escondidos atrás das touceiras de buritirana. Mas o sassafrás dá mato, guardando o pôço; o que cheira um bom perfume. Jacaré grita, uma, duas, as três vezes, rouco roncado. Jacaré choca — olhalhão, crespido do lamal, feio mirando na gente. Eh, ele sabe se engordar. Nas lagoas aonde nem um de asas não pousa, por causa de fome de jacaré e da piranha serrafina. Ou outra — lagoa que nem não abre o olho, de tanto junco. Daí longe em longe, os brejos vão virando rios. Buritizal vem com eles, burití se segue, segue. Para trocar de bacia o senhor sobe, por ladeiras de beira-de-mesa, entra de bruto na chapada, chapadão que não se devolve mais. Água ali nenhuma não tem — só a que o senhor leva. Aquelas chapadas compridas, cheias de mutucas ferroando a gente. Mutucas! Dá o sol, de onda forte, dá que dá, a luz tanta machuca. Os cavalos suavam sal e espuma. Muita vez a gente cumpria por picadas no mato, caminho de anta — a ida da vinda... De noite, se é de ser, o céu embola um brilho. Cabeça da gente quase esbarra nelas. Bonito em muito comparecer, como o céu de estrelas, por meados de fevereiro! Mas, em deslúa, no escuro feito, é um escurão, que pêia e péga. É noite de muito volume. Treva toda do sertão, sempre me fez mal. Diadorim, não, ele não largava o fogo de gelo daquela ideia; e nunca se cismava. Mas eu queria que a madrugada viesse. Dia quente, noite fria. Arrancávamos canela-de-ema, para acender fogueira. Se a gente tinha o que comer e beber, eu dormia logo. Sonhava. Só sonho, mal ou bem, livrado. Eu tinha uma lua recolhida. Quando o dia quebrava as barras, eu escutava outros pássaros. Tirirí, graúna, a fariscadeira, juriti-do-peito-branco ou a pomba-vermelha-do-mato-virgem. Mas mais o bem-te-vi. Atrás e adiante de mim, por toda a parte, parecia que era um bem-te-vi só. — "Gente! Não se acha até que ele é sempre um, em mesmo?" — perguntei a Diadorim. Ele não aprovou, e estava incerto de feições. Quando meu amigo ficava assim, eu perdia meu bom sentir. E permaneci duvidando que seria — que era um bem-te-vi, exato, perseguindo minha vida em vez, me acusando de más-horas que eu ainda não tinha procedido. Até hoje é assim...

Dali vindo, visitar convém ao senhor o povoado dos pretos: esses bateavam em faisqueiras — no recesso brenho do Vargem-da-Cria — donde ouro já se tirou. Acho, de baixo quilate. Uns pretos que ainda sabem cantar gabos em sua língua da Costa. E em andemos: jagunço era que perpassava ligeiro; no chapadão, os legítimos coitados todos vivem é demais devagar, pasmacez. A tanta miséria. O chapadão, no pardo, é igual, igual — a muita gente ele entristece; mas eu já nasci gostando dele. As chuvas se temperaram...

Digo: outro mês, outro longe — na Aroeirinha fizemos paragem. Ao que, num portal, vi uma mulher môça, vestida de vermelho, se ria. — "Ô moço da barba feita..." — ela falou. Na frente da boca, ela quando ria tinha os todos dentes, mostrava em fio. Tão bonita, só. Eu apeei e amarrei o animal num pau da cerca. Pelo dentro, minhas pernas doíam, por tanto que desses três dias a gente se sustava de custoso varar: circunstância de trinta léguas. Diadorim não estava perto, para me reprovar. De repente, passaram, aos galopes e gritos, uns companheiros, que tocavam um boi preto que iam sangrar e carnear em beira d'água. Eu nem tinha começado a conversar com aquela moça, e a poeira forte que deu no ar ajuntou nós dois, num grosso rojo avermelhado. Então eu entrei, tomei um café coado por mão de mulher, tomei refresco, limonada de pera-do-campo. Se chamava Nhorinhá. Recebeu meu carinho no cetim do pelo — alegria que foi, feito casamento, esponsal. Ah, a mangaba boa só se colhe já caída no chão, de baixo... Nhorinhá. Depois ela me deu de presente uma presa de jacaré, para traspassar no chapéu, com talento contra mordida de cobra; e me mostrou para beijar uma estampa de santa, dita meia milagrosa. Muito foi.

Mãe dela chegou, uma velha arregalada, por nome de Ana Duzuza: falada de ser filha de ciganos, e dona adivinhadora da boa ou má sorte da gente; naquele sertão essa dispôs de muita virtude. Ela sabia que a filha era meretriz, e até — contanto que fosse para os homens de fora do lugarejo, jagunços ou tropeiros — não se importava, mesmo dava sua placença. Comemos farinha com rapadura. E a Ana Duzuza me disse, vendendo forte segredo, que Medeiro Vaz ia experimentar passar de banda a banda o *liso* do Sussuarão. Ela estava chegando do arranchado de Medeiro Vaz, que por ele mandada buscar, ele querendo suas profecias. Loucura duma? Para que? Eu nem não acreditei. Eu sabia que estávamos entortando era para a Serra das Araras — revinhar aquelas corujeiras nos bravios de ali além, aonde tudo quanto era bandido em folga se escondia — lá se podia azo de combinar mais outros variáveis companheiros. Depois, de arte: que o Liso do Sussuarão não concedia passagem a gente viva, era o *raso* pior havente, era um escampo dos infernos. Se é, se? Ah, existe, meu! Eh... Que nem o Vão-do-Buraco? Ah, não, isto é coisa diversa — por diante da contravertência do Preto e do Pardo... Também onde se forma calor de morte — mas em outras condições... A gente ali rói rampa... Ah, o Tabuleiro? Senhor então conhece? Não, esse ocupa é desde a Vereda-da-Vaca-Preta até o Córrego Catolé, cá em baixo, e de em desde a nascença do Peruassú até o rio Cochá, que tira da Várzea da Ema. Depois dos cerradões das mangabeiras...

Nada, nada vezes, e o demo: esse, Liso do Sussuarão, é o mais longe — pra lá, pra lá, nos êrmos. Se emenda com si mesmo. Água, não tem. Crer que quando a gente entesta com aquilo o mundo se acaba: carece de se dar volta, sempre. Um é que dali não avança, espia só o começo, só. Ver o luar alumiando, mãe, e escutar como quantos gritos o vento se sabe sozinho, na cama daqueles desertos. Não tem excrementos. Não tem pássaros.

Com isso, apertei aquela Ana Duzuza, e ela não aguentou a raiva em meus olhos. — "Seô Medeiro Vaz, pois foi ele mesmo próprio quem me contou..." — ela teve de falar. Soturnos. Não era possível!

Diadorim estava me esperando. Ele tinha lavado minha roupa: duas camisas e um paletó e uma calça, e outra camisa, nova, de bulgariana. Às vezes eu lavava a roupa, nossa; mas quase mais quem fazia isso era Diadorim. Porque eu achava tal serviço o pior de todos, e também Diadorim praticava com mais jeito, mão melhor. Ele não indagou donde eu tinha estado, e eu menti que só tinha entrado lá por causa da velha Ana Duzuza, a fim de requerer o significado do meu futuro. Diadorim também disso não disse; ele gostava de silêncios. Se ele estava com as mangas arregaçadas, eu olhava para os braços dele — tão bonitos braços alvos, em bem feitos, e a cara e as mãos avermelhadas e empoladas, de picadas das mutucas. No momento, foi que eu caí em mim, que podia ter perguntado à Ana Duzuza alguma passagem de minha sina por vir. Também uma coisa, de minha, fechada, eu devia de perguntar. Coisa que nem eu comigo não estudava, não tinha a coragem. E se a Duzuza adivinhasse mesmo, conhecesse por detrás o pano do destino? Não perguntei, não tinha perguntado. Quem sabe, podia ser, eu estava enfeitiçado? Me arrependi de não ter pedido o resumo à Ana Duzuza. Ah, tem uma repetição, que sempre outras vezes em minha vida acontece. Eu atravesso as coisas — e no meio da travessia não vejo! — só estava era entretido na ideia dos lugares de saída e de chegada. Assaz o senhor sabe: a gente quer passar um rio a nado, e passa; mas vai dar na outra banda é num ponto muito mais em baixo, bem diverso do em que primeiro se pensou. Viver nem não é muito perigoso?

Redisse a Diadorim o que eu tinha surripiado: que o projeto de Medeiro Vaz só era o de conduzir a gente para o Liso do Sussuarão — a dentro, adiante, até ao fim. — "E certo é. É certo" — Diadorim respondeu, me afrontando com a surpresa de que ele já sabia daquilo e a mim não tinha antecipado nem miúda palavra. E veja: eu vinha tanto tempo me relutando, contra o querer gostar de Diadorim mais do que, a claro, de um amigo se pertence gostar; e, agora aquela hora, eu não apurava vergonha de se me entender um ciúme amargoso. Sendo sabendo que Medeiro Vaz depunha em Diadorim uma confiança muito maior do que em nós outros todos, de formas que com ele externava os assuntos. Essa diferença de regra agora me turvava? Mas Medeiro Vaz era homem de outras idades, andava por este mundo com mão leal, não variava nunca, não fraquejava. Eu sabia que ele, a bem dizer, só guardava memória de um amigo: Joca Ramiro. Joca Ramiro tinha sido a admiração grave da vida dele: Deus no Céu e Joca Ramiro na outra banda do Rio. Tudo o justo. Mas ciúme é mais custoso de se sopitar do que o amor. Coração da gente — o escuro, escuros.

Então, Diadorim o resto me descreveu. Pra por lá do Sussuarão, já em tantos terrenos da Bahia, um dos dois Judas possuía sua maior fazenda, com os muitos gados, lavouras, e lá morava sua família dele legítima de raça — mulher e filhos. A gente suprisse de varar o Liso em boas farsas, se chegava lá sem ser esperados, arrastava aquele pessoal por dura surpresa — acabou-se com aquilo! Mesmo quem havia de deduzir que o Liso do Sussuarão prestasse para nele caminho se impor? Ah, eles prosperavam em sua fazenda feito num quartel de bronze — com que por outros cantos não se podia remeter, pois de arredor decerto tinham vigias, reforço de munição e récua de camaradas, pelos pontos de passagem dificultosa, que eles governavam, em cada grota e cada ipueira. Truco que, de repente, do lado mais impossível, a gente fosse surgir de sobrevento, soflagrar aqueles desprevenidos... Eu escutei, e perfiz até um arrepio. Mas Diadorim, de vez mais sério, temperou: — "Essa velha Ana Duzuza é que inferna e não se serve... Das perguntas que Medeiro Vaz fez, ela tirou por tino a tenção dele, e não devia de ter falado as pausas... Essa carece de morrer, para não ser leleira..."

Ouvi mal ouvi. Me vim d'águas frias. Diadorim era assim: matar, se matava — era para ser um preparo. O judas algum? — na faca! Tinha de ser nosso costume. Eu não sabia? Não sou homem de meio-dia com orvalhos, não tenho a fraca natureza. Mas me venceu pena daquela Ana Duzuza, ela com os olhos para fora — a gente podia pegar nos dedos. Coisa que me contou tantas lorotas. Trem,

33

caco de velha, boca que se fechava aboborosa, de sem dentes. Raspava a rapadura com a quicé, ia ajuntando na palma da mão o farelo peguento preto; ou, se não, segurava o naco, rechupando, lambendo. A gente engrossava nôjo, salivava. Por que é, então, que ela merecia tanto dó? Eu não tive solércia de contradizer. As vontades de minha pessoa estavam entregues a Diadorim. A razão dele era do estilo acinte. Só previ medo foi de que ele falasse para eu mesmo ir voltar lá, por minhas próprias acabar a Ana Duzuza. Eu não sojigava tudo por sentir. Fazia tempo que eu não olhava Diadorim nos olhos.

Mas, de seguinte, eu pensei: se matarem a velha Duzuza, pelo resguardar o segredo, então é capaz que matem a filha também, Nhorinhá... então é assassinar! Ah, que se puxou de mim uma decisão, e eu abri sete janelas: — "Disso que você disse, desconvenho! Bulir com a vida dessa mulher, para a gente dá atraso..." — eu o quanto falei. Diadorim me adivinhava: — "Já sei que você esteve com a moça filha dela..." — ele respondeu, seco, quase num chio. Dente de cobra. Aí, entendi o que pra verdade: que Diadorim me queria tanto bem, que o ciúme dele por mim também se alteava. Depois dum rebate contente, se atrapalhou em mim aquela outra vergonha, um estúrdio asco.

E eu quase gritei: — "Aí é a intimação? Pois, fizerem, eu saio do meio de vós, pra todo o nunca. Mais tu há de não me ver!..." Diadorim pôs mão em meu braço. Do que me estremeci, de dentro, mas repeli esses alvoroços de doçura. Me deu a mão; e eu. Mas era como tivesse uma pedra pontuda entre as duas palmas. — "Você já paga tão escasso então por Joca Ramiro? Por conta duma bruxa feiticeira, e a má-vida da filha dela, aqui neste confim de gerais?!" — ele baixo exclamou. E tive ira. — "Dou!" — falei. Todo o mundo, então, todos, tinham de viver honrando a figura daquele, de Joca Ramiro, feito fosse Cristo Nosso Senhor, o exato?! E por aí eu já tinha pitado dois cigarros. Ser dono definito de mim, era o que eu queria, queria. Mas Diadorim sabia disso, parece que não deixava:

— "Riobaldo, escuta, pois então: Joca Ramiro era o meu pai..." — ele disse — não sei se estava pálido muito, e depois foi que se avermelhou. Devido o que, abaixou o rosto, para mais perto de mim.

Acalmou meu fôlego. Me cerrou aquela surpresa. Sentei em cima de nada. E eu cri tão certo, depressa, que foi como sempre eu tivesse sabido aquilo. Menos disse. Espiei Diadorim, a dura cabeça levantada, tão bonito tão sério. E corri lembrança em Joca Ramiro: porte luzido, passo ligeiro, as botas russianas, a risada, os bigodes, o olhar bom e mandante, a testa muita, o topete de cabelos anelados, pretos, brilhando. Como que brilhava ele todo. Porque Joca Ramiro era mesmo assim sobre os homens, ele tinha uma luz, rei da natureza. Que Diadorim fosse o filho, agora de vez me alegrava, me assustava. Vontade minha foi declarar: — Redigo, Diadorim: estou com você, assente, em todo sistema, e com a memória de seu pai!... Mas foi o que eu não disse. Será por quê? Criatura gente é não e questão, corda de três tentos, três tranços. — "Pois, para mim, pra quem ouvir, no fato essa Ana Duzuza fica sendo minha mãe!" — foi o que eu disse. E, fechando, quase gritei: — "Por mim, pode cheirar que chegue o manacá: não vou! Reajo dessas barbaridades!..."

Tudo turbulindo. Esperei o que vinha dele. De um acêso, de mim eu sabia: o que compunha minha opinião era que eu, às loucas, gostasse de Diadorim, e também, recesso dum modo, a raiva incerta, por ponto de não ser possível dele gostar como queria, no honrado e no final. Ouvido meu retorcia a voz dele. Que mesmo, no fim de tanta exaltação, meu amor inchou, de empapar todas as folhagens, e eu ambicionando de pegar em Diadorim, carregar Diadorim nos meus braços, beijar, as muitas demais vezes, sempre. E tinha nôjo maior daquela Ana Duzuza, que vinha talvez separar a amizade da gente. Em mesmo eu quase reconheci um surdo prestígio de, sendo preciso, ir lá, por mim, reduzir a velha — só não podia maltratar era Nhorinhá, que, ao tanto afeto, eu, eu benqueria. Há-de que eu certo não regulasse, ôxe? Não sei, não sei. Não devia de estar relembrando isto, contando assim o sombrio das coisas. Lenga-lenga! Não devia de. O senhor é de fora, meu amigo mas meu estranho. Mas, talvez por isto mesmo. Falar com o estranho assim, que bem ouve e logo longe se vai embora, é um segundo proveito: faz do jeito que eu falasse mais mesmo comigo. Mire veja: o que é ruim, dentro da gente, a gente perverte sempre por arredar mais de si. Para isso é que o muito se fala?

E as ideias instruídas do senhor me fornecem paz. Principalmente a confirmação, que me deu, de que o Tal não existe; pois é não? O Arrenegado, o Cão, o Cramulhão, o Indivíduo, o Galhardo, o Pé-de-Pato, o Sujo, o Homem, o Tisnado, o Côxo, o Temba, o Azarape, o Coisa-Ruim, o Mafarro, o Pé-Preto, o Canho, o Duba-Dubá, o Rapaz, o Tristonho, o Não-sei-que-diga, O-que-nunca-se-ri, o Sem-Gracejos... Pois, não existe! E, se não existe, como é que se pode se contratar pacto com ele? E a ideia me retorna. Dum mau imaginado, o senhor me dê o lícito: que, ou então — será que pode também ser que tudo é mais passado revolvido remoto, no profundo, mais crônico: que, quando um tem noção de resolver a vender a alma sua, que é porque ela já estava dada vendida, sem se saber; e a pessoa sujeita está só é certificando o regular dalgum velho trato — que já se vendeu aos poucos, faz tempo? Deus não queira; Deus que roda tudo! Diga o senhor, sobre mim diga. Até podendo ser, de alguém algum dia ouvir e entender assim: quem-sabe, a gente criatura ainda é tão ruim, tão, que Deus só pode às vezes manobrar com os homens é mandando por intermédio do *diá*? Ou que Deus — quando o projeto que ele começa é para muito adiante, a ruindade nativa do homem só é capaz de ver o aproximo de Deus é em figura do *Outro*? Que é que de verdade a gente pressente? Dúvido dez anos. Os pobres ventos no burro da noite. Deixa o mundo dar seus giros! Estou de costas guardadas, a poder de minhas rezas. Ahã. Deamar, deamo... Relembro Diadorim. Minha mulher que não me ouça. Moço: toda saudade é uma espécie de velhice.

Mas aí, eu estava contando — quando eu gritei aquele desafio raivoso, Diadorim respondeu o que eu não esperava: — "Tem discórdia não, Riobaldo amigo, se acalme. Não é preciso se haver cautela de morte com essa Ana Duzuza. Nem nós vamos com Medeiro Vaz para fazer barbaridade com a mulher e filhos pequenos daquele pior dos dois Judas, tão bem que mereciam, porque ele e os da laia dele têm costumes de proceder assim. Mas o que a gente quer é só pegar a família conosco prisioneira; então, ele vem, se vem! E vem obrigado pra combates... Mas, se você algum dia deixar de vir junto, como juro o seguinte: hei de ter a tristeza mortal..." Disse. Tinha tornado a pôr a mão na minha mão, no começo de falar, e que depois tirou; e se espaçou de mim. Mas nunca eu senti que ele estivesse melhor e perto, pelo quanto da voz, duma voz mesmo repassada. Coração — isto é, estes pormenores todos. Foi um esclaro. O amor, já de si, é algum arrependimento. Abracei Diadorim, como as asas de todos os pássaros. Pelo nome de seu pai, Joca Ramiro, eu agora matava e morria, se bem.

Mas Diadorim mais não supriu o que mais não explicava. E, quem sabe para deduzir da conversa, me perguntou: — "Riobaldo, se lembra certo da senhora sua mãe? Me conta o jeito de bondade que era a dela..."

Na ação de ouvir, digo ao senhor, tive um menos gosto, na ação da pergunta. Só faço, que refugo, sempre quando outro quer direto saber o que é próprio o meu no meu, ah. Mas desci disso, o minuto, vendo que só mesmo Diadorim era que podia acertar esse tento, em sua amizade delicadeza. Ao que entendi. Assim devia de ser. Toda mãe vive de boa, mas cada uma cumpre sua paga prenda singular, que é a dela e dela, diversa bondade. E eu nunca tinha pensado nessa ordem. Para mim, minha mãe era a minha mãe, essas coisas. Agora, eu achava. A bondade especial de minha mãe tinha sido a de amor constando com a justiça, que eu menino precisava. E a de, mesmo no punir meus demaseios, querer-bem às minhas alegrias. A lembrança dela me fantasiou, fraseou — só face dum momento — feito grandeza cantável, feito entre madrugar e manhecer.

— "...Pois a minha eu não conheci..." — Diadorim prosseguiu no dizer. E disse com curteza simples, igual quisesse falar: *barra — beiras — cabeceiras*... Fosse cego, de nascença.

Por mim, o que pensei, foi: que eu não tive pai; quer dizer isso, pois nem eu nunca soube autorizado o nome dele. Não me envergonho, por ser de escuro nascimento. Órfão de conhecença e de papéis legais, é o que a gente vê mais, nestes sertões. Homem viaja, arrancha, passa: muda de lugar e de mulher, algum filho é o perdurado. Quem é pobre, pouco se apega, é um giro-o-giro no vago dos gerais, que nem os pássaros de rios e lagoas. O senhor vê: o Zé-Zim, o melhor meeiro meu aqui, risonho e habilidoso. Pergunto: — "Zé-Zim, por que é que você não cria galinhas-d'angola, como todo o mundo faz?" "— Quero criar nada não..." — me deu resposta: — "Eu gosto muito de mudar..." Está aí, está com uma mocinha cabocla em casa, dois filhos dela já tem. Belo um dia, ele tora. É assim. Ninguém discrepa. Eu, tantas, mesmo digo. Eu dou proteção. Eu, isto é — Deus, por baixos permeios... Essa não faltou também à minha mãe, quando eu era menino, no sertãozinho de minha terra — baixo da ponta da Serra das Maravilhas, no entre essa e a Serra dos Alegres, tapera dum sítio dito do Caramujo, atrás das fontes do Verde, o Verde, que verte no Paracatú. Perto de lá tem vila grande — que se chamou *Alegres* — o senhor vá ver. Hoje, mudou de nome, mudaram. Todos os nomes eles vão alterando. É em senhas. *São Romão* todo não se chamou de primeiro *Vila Risonha*? O *Cedro* e o *Bagre* não perderam o ser? O *Tabuleiro-Grande*? Como é que podem remover uns nomes assim? O senhor concorda? Nome de lugar onde alguém já nasceu, devia de estar sagrado. Lá como quem diz: então alguém havia de renegar o nome de *Belém* — de Nosso-Senhor-Jesus-Cristo no presépio, com Nossa Senhora e São José?! Precisava de se ter mais travação. Senhor sabe: Deus é definitivamente; o demo é o contrário Dele... Assim é que digo: eu, que o senhor já viu que tenho retentiva que não falta, recordo tudo da minha meninice. Boa, foi. Me lembro dela com agrado; mas sem saudade. Porque logo sufusa uma aragem dos acasos. Para trás, não há paz. O senhor sabe: a coisa mais alonjada de minha primeira meninice, que eu acho na memória, foi o ódio, que eu tive de um homem chamado Gramacêdo... Gente melhor do lugar eram todos dessa família Guedes, Jidião Guedes; quando saíram de lá, nos trouxeram junto, minha mãe e eu. Ficamos existindo em território baixío da Sirga, da outra banda, ali onde o de-Janeiro vai no São Francisco, o senhor sabe. Eu estava com uns treze ou quatorze anos...

De sorte que, do que eu estava contando, ao senhor, uma noite se passou, todo o mundo sonhado satisfeito. Declaro que era em abril, em entrar. Medeiro Vaz, para o que traçava, tinha querido se adiar das restadas chuvas de março — dia de São José e sua enchente temposa — para pegar céu perfeito, com os campos ainda subindo verdes, pois visto a gente ia baixar primeiro por campinas de brejais, e daí avançar aquilo que se disse, dêpo-depois. Porque era extraordinária verdade, logo conheci; não achei terrível. Tangemos, esbarrando dois dias no Vespê — lá se tinha boa cavalaria descansada, outros cavalos sob guarda dum sitiante amigo, Jõe Engrácio, por nome. Nos caminhos ainda se lambuzava muita lama de ôntem. — "Versar viagem a cavalo sem ter estradas — só dôido é quem faz isso, ou jagunz..." — aquele Jõe Engrácio falou, esse era homem sério trabalhador, mas demais de simplório; e, do que ele falava, ele mesmo logo se ria, fortemente. Mas erro era — porquanto Medeiro Vaz sempre soube rumo prático, pelo firme. Modo mesmo assim, ele Jõe Engrácio reparou na quantidade de comidas e mantimentos que a gente tinha reunido, em tantos burros cargueiros: e que era despropósito, por amor daquela fartura — as carnes e farinhas, e rapadura, nem faltava sal, nem café. De tudo. E ele, vendo o que via, perguntou aonde se ia, dando dizendo de querer ir junto. — "Bobou?" — foi só o que Medeiro Vaz indeferiu. — "Bobei, chefe. Perdão peço..." — Jõe Engrácio reverenciou.

Medeiro Vaz não era carrancista. Somente de mais sisudez, a praxe, homem baseado. Às vezes vinha falando surdo, de resmão. Com ele, ninguém vereava. De estado calado, ele sempre aceitava todo bom e justo conselho. Mas não louvava cantoria. Estavam falando todos juntos? Então Medeiro Vaz não estava lá. O que tinha sido antanha a história mesma dele, o senhor sabe? Quando moço, de antepassados de posses, ele recebera grande fazenda. Podia gerir e ficar estadonho. Mas vieram as guerras e os desmandos de jagunços — tudo era morte e roubo, e desrespeito carnal das mulheres casadas e donzelas, foi impossível qualquer sossego, desde em quando aquele imundo de loucura subiu as serras e se espraiou nos gerais. Então Medeiro Vaz, ao fim de forte pensar, reconheceu o dever dele: largou tudo, se desfez do que abarcava, em terras e gados, se livrou leve como que quisesse voltar a seu só nascimento. Não tinha bocas de pessoa, não sustinha herdeiros forçados. No derradeiro, fez o fez — por suas mãos pôs fogo na distinta casa-de-fazenda, fazendão sido de pai, avô, bisavô — espiou até o voêjo das cinzas; lá hoje é arvoredos. Ao que, aí foi aonde a mãe estava enterrada — um cemiteriozinho em beira do cerrado — então desmanchou cerca, espalhou as pedras: pronto, de alívios agora se testava, ninguém podia descobrir, para remexer com desonra, o lugar onde se conseguiam os ossos dos parentes. Daí, relimpo de tudo, escorrido dono de si, ele montou em ginete, com cachos d'armas, reuniu chusma de gente corajada, rapaziagem dos campos, e saíu por esse rumo em roda, para impor a justiça. De anos, andava. Dizem que foi ficando cada vez mais esquisito. Quando conheceu Joca Ramiro, então achou outra esperança maior: para ele, Joca Ramiro era único homem, par-de-frança, capaz de tomar conta deste sertão nosso, mandando por lei, de sobregovêrno. Fato que Joca Ramiro também igualmente saía por justiça e alta política, mas só em favor de amigos perseguidos; e sempre conservava seus bons haveres. Mas Medeiro Vaz era duma raça de homem que o senhor mais não vê; eu ainda vi. Ele tinha conspeito tão forte, que perto dele até o doutor, o padre e o rico, se compunham. Podia abençoar ou amaldiçoar, e homem mais moço, por valente que fosse, de beijar a mão dele não se vexava. Por isso, nós todos obedecíamos. Cumpríamos choro e riso, doideira em juízo. Tenente nos gerais — ele era. A gente era os medeiro-vazes.

Razão dita, de boa-cara se aceitou, quando conforme Medeiro Vaz com as poucas palavras: que íamos cruzar o Liso do Sussuarão, e cutucar de guerrear nos fundões da Bahia! Até, o tanto, houve, prezando, um rebuliço de festejo. O que ninguém ainda não tinha feito, a gente se sentia no poder fazer. Como fomos: dali do Vespê, tocamos, descendo esbarrancados e escorregador. Depois subimos. A parte de mais árvores, dos cerrados, cresce no se caminhar para as cabeceiras. Boi *brabeza* pode surgir do caatingal, tresfuriado com o que de gente nunca soube — vem feio pior que onça. Se viam bandos tão compridos de araras, no ar, que pareciam um pano azul ou vermelho, desenrolado, esfiapado nos lombos do vento quente. Daí, se desceu mais, e, de repente, chegamos numa baixada toda avistada, felizinha de aprazível, com uma lagoa muito correta, rodeada de buritizal dos mais altos: burití — verde que afina e esveste, belimbeleza. E tinha os restos de uma casa, que o tempo viera destruindo; e um bambual, por antigos plantado; e um ranchinho. Ali se chamava o Bambual do Boi. Lá a gente seria de pernoitar e arrumar os finais preparos.

Eu estava de sentinela, afastado um quarto-de-légua, num alto retuso. Dali eu via aquele movimento: os homens, enxergados tamanhinho de meninos, numa alegria, feito nuvem de abelhas em flôr de araçá, esse alvoroço, como tirando roupa e correndo para aproveitarem de se banhar no redondo azul da lagoa, de donde fugiam espantados todos os pássaros — as garças, os jaburús, os marrecos, e uns bandos de patos-pretos. Semelhava que por saberem que no outro dia principiava o peso da vida, os companheiros agora queriam só pular, rir e gozar seu exato. Mas uns dez tinham de sempre ficar formando prontidão, com seus rifles e granadeiras, que Medeiro Vaz assim mandava. E, de tardinha, quando voltou o vento, era um fino soprado seguido, nas palmas dos buritís, roladas uma por uma. E o bambual, quase igualmente. Som bom de chuvas. Então, Diadorim veio me fazer companhia. Eu estava meio dúbio. Talvez, quem tivesse mais receio daquilo que ia acontecer fosse eu mesmo. Confesso. Eu cá não madruguei em ser corajoso; isto é: coragem em mim era variável. Ah, naqueles tempos eu não sabia, hoje é que sei: que, para a gente se transformar em ruim ou em valentão, ah basta se olhar um minutinho no espêlho — caprichando de fazer cara de valentia; ou cara de ruindade! Mas minha competência foi comprada a todos custos, caminhou com os pés da idade. E, digo ao senhor, aquilo mesmo que a gente receia de fazer quando Deus manda, depois quando o diabo pede se perfaz. O Danador! Mas Diadorim estava a suaves. — "Olha, Riobaldo" — me disse — "nossa destinação é de glória. Em hora de desânimo, você lembra de sua mãe; eu lembro de meu pai..." Não fale nesses, Diadorim... Ficar calado é que é falar nos mortos... Me faltou certeza para responder a ele o que eu estava achando. Que vontade era de pôr meus dedos, de leve, o leve, nos meigos olhos dele, ocultando, para não ter de tolerar de ver assim o chamado, até que ponto esses olhos, sempre havendo, aquela beleza verde, me adoecido, tão impossível.

Dormiu-se bem. De manhãzim — moal de aves e pássaros em revôo, e pios e cantos — a gente toda discorria, se esparramava, atarefados, ajudando para o derradeiro. Os bogós de couro foram enchidos nas nascentes da lagoa, e enqueridos nas costas dos burrinhos. Também tínhamos trazido jumentos, só modo para carregar. Os cavalos ainda pastavam um pouco, do capim-grama, que tapava os pés deles. Se dizia muita alegria. Cada um pegava também sua cabaça d'água, e na capanga o diário de se valer com o que comer — paçoca. Medeiro Vaz, depois de não dizer nada, deu ordem de seguida. Primeiro, para adiante, foi uma turma de cinco homens, a patrulhazinha. Constante que com a gente estavam três bons rastreadores — Suzarte, Joaquim Beijú e Tipote — esse Tipote sabia meios de descobrir cacimbas e grotas com o bebível, o Suzarte desempenhava um faro de cachorro-mestre, e Joaquim Beijú conhecia cada recanto dos gerais, de dia e de noite, referido deletreado, quisesse podia mapear planta. Saímos, semoventes. Seis novilhos gordos a gente repontava, serviam para se carnear em rota. De repente, com a gente se afastando, os pássaros todos voltavam do céu, que desciam para seus lugares, em ponto, nas frescas beiras da lagoa — ah, a papeagem no buritizal, que lequelequêia. A ver, e o sol, em pulo de avanço, longe na banda de trás, por cima de matos, rebentava, aquela grandidade. Dia desdobrado.

Em o que afundamos num cerrado de mangabal, indo sem volvência, até perto de hora do almoço. Mas o terreno aumentava de soltado. E as árvores iam se abaixando menorzinhas, arregaçavam saia no chão. De vir lá, só algum tatú, por mel e mangaba. Depois, se acabavam as mangabaranas e mangabeirinhas. Ali onde o campo larguêia. Os urubús em vasto espaceavam. Se acabou o capinzal de capim-redondo e paspalho, e paus espinhosos, que mesmo as môitas daquele de prateados feixes, capins assins. Acabava o grameal, naquelas paragens pardas. Aquilo, vindo aos poucos, dava um peso extrato, o mundo se envelhecendo, no descampante. Acabou o sapé brabo do chapadão. A gente olhava para trás. Daí, o sol não deixava olhar rumo nenhum. Vi a luz, castigo. Um gavião-andorim: foi o fim de pássaro que a gente divulgou. Achante, pois, se estava naquela coisa — taperão de tudo, fofo ocado, arrevesso. Era uma terra diferente, louca, e lagoa de areia. Onde é que seria o sobejo dela, confinante? O sol vertia no chão, com sal, esfaiscava. De longe vez, capins mortos; e uns tufos de seca planta — feito cabeleira sem cabeça. As-exalastrava a distância, adiante, um amarelo vapor. E fogo começou a entrar, com o ar, nos pobres peitos da gente.

Exponho ao senhor que o sucedido sofrimento sobrefoi já inteirado no começo; daí só mais aumentava. E o que era para ser. O que é pra ser — são as palavras! Ah, porque. Por que? Juro que: pontual nos instantes de o raso se pisar, um sujeito dos companheiros, um João Bugre, me disse, ou disse a outro, do meu lado:

— "...O Hermógenes tem pauta... Ele se quis com o Capiroto..."

Eu ouvi aquilo demais. O pacto! Se diz — o senhor sabe. Bobéia. Ao que a pessoa vai, em meia-noite, a uma encruzilhada, e chama fortemente o Cujo — e espera. Se sendo, há-de que vem um pé de vento, sem razão, e arre se comparece uma porca com ninhada de pintos, se não for uma galinha puxando barrigada de leitões. Tudo errado, remedante, sem completação... O senhor imaginalmente percebe? O crespo — a gente se retém — então dá um cheiro de breu queimado. E o dito — o Côxo — toma espécie, se forma! Carece de se conservar coragem. Se assina o pacto. Se assina com sangue de pessoa. O pagar é a alma. Muito mais depois. O senhor vê, superstição parva? Estornadas!... "*O Hermógenes tem pautas...*" Provei. Introduzi. Com ele ninguém podia? O Hermógenes — demônio. Sim só isto. Era ele mesmo.

A gente viemos do inferno — nós todos — compadre meu Quelemém instrui. Duns lugares inferiores, tão monstro-medonhos, que Cristo mesmo lá só conseguiu aprofundar por um relance a graça de sua sustância alumiável, em as trevas de véspera para o Terceiro Dia. Senhor quer crer? Que lá o prazer trivial de cada um é judiar dos outros, bom atormentar; e o calor e o frio mais perseguem; e, para digerir o que se come, é preciso de esforçar no meio, com fortes dôres; e até respirar custa dôr; e nenhum sossego não se tem. Se creio? Acho proseável. Repenso no acampo da Macaúba da Jaíba, soante que mesmo vi e assaz me contaram; e outros — as ruindades de regra que executavam em tantos pobrezinhos arraiais: baleando, esfaqueando, estripando, furando os olhos, cortando línguas e orelhas, não economizando as crianças pequenas, atirando na inocência do gado, queimando pessoas ainda meio vivas, na beira de estrago de sangues... Esses não vieram do inferno? Saudações. Se vê que subiram de lá antes dos prazos, figuro que por empreitada de punir os outros, exemplação de nunca se esquecer do que está reinando por debaixo. Em tanto, que muitos retombam para lá, constante que morrem... Viver é muito perigoso.

Mas mor o infernal a gente também media. Digo. A igual, igualmente. As chuvas já estavam esquecidas, e o miôlo mal do sertão residia ali, era um sol em vazios. A gente progredia dumas poucas braças, e calcava o reafundo do areião — areia que escapulia, sem firmeza, puxando os cascos dos cavalos para trás. Depois, se repraçava um entranço de vice-versa, com espinhos e restolho de graviá, de áspera raça, verde-preto cor de cobra. Caminho não se havendo. Daí, trasla um duro chão rosado ou cinzento, gretoso e escabro — no desentender aquilo os cavalos arupanavam. Diadorim — sempre em prumo a cabeça — o sorriso dele me dobrava o ansiar. Como que falasse: "Hê, valentes somos, corruscubas, sobre ninguém — que vamos padecer e morrer por aqui..." Os medeiro-vazes... Medeiro Vaz se estugasse adiante, junto com os que rastreavam? Será que de lá ainda se podia receder? De devagar, vi visagens. Os companheiros se prosseguindo, só prosseguindo, receei de ter um vágado — como tonteira de truaca. Havia eu de saber por que? Acho que provinha de excessos de ideia, pois caminhadas piores eu já tinha feito, a cavalo ou a pé, no tosta-sol. Medo, meu medo. Aguentei. Tanto tudo o que eu carregava comigo me pesava — eu ressentia as correias dos correames, os formatos. A com légua-e-meia de andada, bebi meu primeiro chupo d'água, da cabaça — eu tinha avarezas dela. Alguma justa noção não emendei, eu pensava desconjuntado. Até que esbarramos. Até que, no mesmo padrão de lugar, sem mudança nenhuma, nenhuma árvore nem barranco, nem nada, se viu o sol de um lado deslizar, e a noite armar do outro. Nem auxiliei a tomar conta dos bois, nem a destravar os burros de albarda. Onde era que os animais iam poder pastar? Noite redondeou, noite sem boca. Desarreei, peei o animal, caí e dormi. Mas, no extremo de adormecer, ainda intrují duas coisas, em cruz: que Medeiro Vaz estava insensato? — e que o Hermógenes era pactário! Tomo que essas traves fecharam meus olhos. De Diadorim, aí jaz que descansando do meu lado, assim ouvi: — "Pois dorme, Riobaldo, tudo há-de resultar bem..." Antes palavras que picaram em mim uma gastura cansada; mas a voz dele era o tanto-tanto para o embabo de meu corpo. Noite essa, astúcia que tive uma sonhice: Diadorim passando por debaixo de um arco-íris. Ah, eu pudesse mesmo gostar dele — os gostares...

Como vou achar ordem para dizer ao senhor a continuação do martírio, em desde que as barras quebraram, no seguinte, na brumalva daquele falecido amanhecer, sem esperança em uma, sem o simples de passarinhos faltantes? Fomos. Eu abaixava os olhos, para não reter os horizontes, que trancados não alteravam, circunstavam. Do sol e tudo, o senhor pode completar, imaginado; o que não pode, para o senhor, é ter sido, vivido. Só saiba: o Liso do Sussuarão concebia silêncio, e produzia uma maldade — feito pessoa! Não destruí aqueles pensamentos: ir, e ir, vir — e só; e que Medeiro Vaz estava demente, sempre existido doidante, só agora pior, se destapava — era o que eu tinha rompência de gritar. E os outros, companheiros, que é que os outros pensavam? Sei? De certo nadas e noves — iam como o costume — sertanejos tão sofridos. Jagunço é homem já meio desistido por si... A calamidade de quente! E o esbraseado, o estufo, a dôr do calor em todos os corpos que a gente tem. Os cavalos venteando — só se ouvia o resfol deles, cavalanços, e o trabalho custoso de suas passadas. Nem menos sinal de sombra. Água não havia. Capim não havia. A debeber os cavalos em cocho armado de couro, e dosar a meio, eles esticando os pescoços para pedir, eles olhavam como para seus cascos, mostrando tudo o que cangavam de esforço, e cada restar de bebida carecia de ser poupado. Se ia, o pesadêlo. Pesadêlo mesmo, de delírios. Os cavalos gemiam descrença. Já pouco forneciam. E nós estávamos perdidos. Nenhum pôço não se achava. Aquela gente toda sapirava de olhos vermelhos, arroxeavam as caras. A luz assassinava demais. E a gente dava voltas, os rastreadores farejando, procurando. Já tinha quem beijava os bentinhos, se rezava. De mim, entreguei alma no corpo, debruçado para a sela, numa quebreira. Até minhas testas formaram de chumbo. Valentia vale em todas horas? Repensei coisas de cabeça-branca. Ou eu variava? A saudade que me dependeu foi de Otacília. Moça que dava amor por mim, existia nas Serras dos Gerais — Buritis Altos, cabeceira de vereda — na Fazenda Santa Catarina. Me airei nela, como a diguice duma música, outra água eu provava. Otacília, ela queria viver ou morrer comigo — que a gente se casasse. Saudade se susteve curta. Desde uns versos:

Buriti, minha palmeira,
lá na vereda de lá:
casinha da banda esquerda,
olhos de onda do mar...

Mas os olhos verdes sendo os de Diadorim. Meu amor de prata e meu amor de ouro. De doer, minhas vistas bestavam, se embaçavam de renúvem, e não achei acabar para olhar para o céu. Tive pena do pescoço do meu cavalo — pedação, tábua suante, padecente. Voltar para trás, para as boas serras! Eu via, queria ver, antes de dar à casca, um pássaro voando sem movimento, o chão fresco remexido pela fossura duma anta, o cabecear das árvores, o riso do ar e o fogo feito duma arara. O senhor sabe o que é o frege dum vento, sem uma môita, um pé de parede pra ele se retrasar? Diadorim não se apartou do meu lado. Caso que arredondava a testa, pensando. Adivinhou que eu roçava longe dele em meus pensamentos. — "Riobaldo, não se matou a Ana Duzuza... Nada de reprovável não se fez..." — falou. E eu não respondendo. Agora, o que era que aquilo me importava — de malfeitos e castigos? Eu ambicionava o suíxo manso dum córrego nas lajes — o bom sumiço dum riacho mato a fundo. E adverti memória dos derradeiros pássaros do Bambual do Boi. Aqueles pássaros faziam arêjo. Gritavam contra a gente, cada um asia sua sombra num palmo vivo d'água. O melhor de tudo é a água. No escaldado... "Saio daqui com vida, deserteio de jaguncismo, vou e me caso com Otacília" — eu jurei, do propôsto de meus todos sofrimentos. Mas mesmo depois, naquela hora, eu não gostava mais de ninguém: só gostava de mim, de mim! Novo que eu estava no velho do inferno. Dia da gente desexistir é um certo decreto — por isso que ainda hoje o senhor aqui me vê. Ah, e os poços não se achavam... Alguém já tinha declarado de morto. O Miquím, um rapaz sério sincero, que muito valia em guerreio, esbarrou e se riu: — "Será que não é sorte?" Depois, se sofreu o grito de um, adiante: — "Estou cego!..." Mais aquele, o do pior — caíu total, virado tôrto; embaraçando os passos das montadas. De repente, um rosnou, reclamou baixo. Outro também. Os cavalos bobejavam. Vi uma roda de caras de homens. Suas as caras. Credo como algum — até as orêlhas dele estavam cinzentas. E outro: todo empretecido, e sangrava das capelas e papos-dos-olhos. Medeiro Vaz a nada não atendia? Ouvi minhas veias. Aí, a rumo, eu pude pegar a rédea do animal de Diadorim — aquelas peças doeram na minha mão — tive que fiquei um instante no inclinado. — "Daqui, deste mesmo de lugar, mais não vou! Só desarrastado vencido..." — mas falei. Diadorim pareceu em pedra, cão que olha. Contanto me mirou a firme, com aquela beleza que nada mudava. — "Pois vamos retornar, Riobaldo... Que vejo que nada campou viável..." "Tal tempo!" — truquei, mais forte, rouco como um guariba. Foi aí que o cavalo de Diadorim afundou aberto, espalhado no chão, e se agoniou. Eu apeei do meu. Medeiro Vaz estava ali, num aspeito repartido. Pessoal companheiro, em redor, se engasgavam, pelo o resultado. — "Nós temos de voltar, chefe?" — Diadorim solicitou. Acabou de falar, e parou um gesto, para nós, a gente sofreasse. Tom bom; mas se via que Medeiro Vaz não podia outro querer, a não ser o que Diadorim perguntava. Medeiro Vaz, então — por primeira vez — abriu dos lados as mãos, de nada não poder fazer; e ele esteve de ombros rebaixados. Mais não vi, e entendi. Peguei minha cabaça, bebi gole, amargo de felém. Mas era mesmo o final de se voltar, Deus me disse. E — o senhor mais saiba — de supêto já eu estava remoçado, são, disposto! Todos influídos assim. Pra trás, sempre dá o prazer. Diadorim apalpou meu braço. Vi: os olhos dele marejados. Mor que depois eu soube — que, a ideia de se atravessar o Liso do Sussuarão, ele Diadorim era que a Medeiro Vaz tinha aconselhado.

Mas, para que contar ao senhor, no tinte, o mais que se mereceu? Basta o vulto ligeiro de tudo. Como Deus foi servido, de lá, do estralal do sol, pudemos sair, sem maiores estragos. Isto é, uns homens mortos, e mais muitos dos cavalos. Mesmo o mais grave sido que restamos sem os burros, fugidos por infelizes, e a carga quase toda, toda, com os mantimentos, a gente perdemos. Só não acabamos sumidos dextraviados, por meio do regular das estrelas. E foi. Saímos dali, num pintar de aurora. E em lugares deerrados. Mais não se podia. Céu alto e o adiado da lua. Com outros nossos padecimentos, os homens tramavam zuretados de fome — caça não achávamos — até que tombaram à bala um macaco vultoso, destrincharam, quartearam e estavam comendo. Provei. Diadorim não chegou a provar. Por quanto — juro ao senhor — enquanto estavam ainda mais assando, e manducando, se soube, o corpudo não era bugio não, não achavam o rabo. Era homem humano, morador, um chamado José dos Alves! Mãe dele veio de aviso, chorando e explicando: era criaturo de Deus, que nú por falta de roupa... Isto é, tanto não, pois ela mesma ainda estava vestida com uns trapos; mas o filho também escapulia assim pelos matos, por da cabeça prejudicado. Foi assombro. A mulher, fincada de joelhos, invocava. Algum disse: — "Agora, que está bem falecido, se come o que alma não é, modo de não morrermos todos..." Não se achou graça. Não, mais não comeram, não puderam. Para acompanhar, nem farinha não tinham. E eu lancei. Outros também vomitavam. A mulher rogava. Medeiro Vaz se prostrou, com febre, diversos perrengavam. — "Aí, então, é a fome?" — uns xingavam. Mas outros conseguiram da mulher informação: que tinha, obra de quarto-de-légua de lá, um mandiocal sobrado. — "Arre que não!" — ouvi gritarem: que, de certo, por vingança, a mulher ensinasse aquilo, de ser mandioca-brava! Esses olhavam com terrível raiva. Nesse tempo, o Jacaré pegou de uma terra, qualidade que dizem que é de bom aproveitar, e gostosa. Me deu, comi, sem achar sabor, só o pepêgo esquisito, e enganava o estômago. Melhor engulir capins e folhas. Mas uns já enchiam até capanga, com torrão daquela terra. Diadorim comeu. A mulher também aceitou, a coitada. Depois Medeiro Vaz passou mal, outros tinham dôres, pensaram que carne de gente envenenava. Muitos estavam doentes, sangrando nas gengivas, e com manchas vermelhas no corpo, e danado doer nas pernas, inchadas. Eu cumpria uma disenteria, garrava a ter nôjo de mim no meio dos outros. Mas pudemos chegar até na beira do dos-Bois, e na Lagoa Sussuarana, ali se pescou. Nós trouxemos aquela mulher, o tempo todo, ela temia de que faltasse outro de-comer, e ela servisse. — "Quem quiser bulir com ela, que me venha!" — Diadorim garantiu. — "Que só venha!" — eu secundei, do lado dele. Matou-se capivara gorda, por fim. Dum geralista roto, ganhamos farinha-de-burití, sempre ajudava. E seguimos o corgo que tira da Lagoa Sussuarana, e que recebe o do Jenipapo e a Vereda-do-Vitorino, e que verte no Rio Pandeiros — esse tem cachoeiras que cantam, e é d'água tão tinto, que papagaio voa por cima e gritam, sem acordo: — *É verde! É azul! É verde! É verde!...* E longe pedra velha remelêja, vi. Santas águas, de vizinhas. E era bonito, no correr do baixo campo, as flores do capitão-da-sala — todas vermelhas e alaranjadas, rebrilhando estremecidas, de reflexo. — "É o cavalheiro-da-sala..." — Diadorim falou, entusiasmado. Mas o Alaripe, perto de nós, sacudiu a cabeça. — "Em minha terra, o nome dessa" — ele disse — "é dona-joana... Mas o leite dela é venenoso..."

Esbandalhados nós estávamos, escatimados naquela esfrega. Esmorecidos é que não. Nenhum se lastimava, filhos do dia, acho mesmo que ninguém se dizia de dar por assim. Jagunço é isso. Jagunço não se escabrêia com perda nem derrota — quase que tudo para ele é o igual. Nunca vi. Pra ele a vida já está assentada: comer, beber, apreciar mulher, brigar, e o fim final. E todo o mundo não presume assim? Fazendeiro, também? Querem é trovão em outubro e a tulha cheia de arroz. Tudo que eu mesmo, do que mal houve, me esquecia. Tornava a ter fé na clareza de Medeiro Vaz, não desfazia mais nele, digo. Confiança — o senhor sabe — não se tira das coisas feitas ou perfeitas: ela rodeia é o quente da pessoa. E despaireci meu espírito de ir procurar Otacília, pedir em casamento, mandado de virtude. Fui fogo, depois de ser cinza. Ah, a algum, isto é que é, a gente tem de vassalar. Olhe: Deus come escondido, e o diabo sai por toda parte lambendo o prato... Mas eu gostava de Diadorim para poder saber que estes gerais são formosos.

Talmente, também, se carecia de tomar repouso e aguardo. Por meios e modos, sortimos arranjados animais de montada, arranchamos dias numa fazenda hospitaleira na Vereda do Alegre, e viemos vindo atravessando o Pardo e o Acarí, em toda a parte a gente era recebida a bem. Tardou foi para se ter sinal dos bandos dos Judas. Mas a vantagem nossa era que todos os moradores pertenciam do nosso lado. Medeiro Vaz não maltratava ninguém sem necessidade justa, não tomava nada à força, nem consentia em desatinos de seus homens. Esbarrávamos em lugar, as pessoas vinham, davam o que podiam, em comidas, outros presentes. Mas os hermógenes e os cardões roubavam, defloravam demais, determinavam sebaça em qualquer povoal atôa, renitiam feito peste. Na ocasião, o Hermógenes beirava a Bahia de lá, se soube, e eram um mundo enorme de má gente. E o Ricardão? Estivesse, esperasse. Dando meias andadas, nós chegamos num ponto-verdadeiro, num Burití-do-Zé. Dono de lá, Sebastião Vieira, tinha curral e casa. E guardava munição da gente: mais de dez mil tiros de bala.

Por que foi que não se fez combate, depois naqueles meses todos? A verdade digo ao senhor: os soldados do Governo perseguiam a gente. Major Oliveira, Tenente Ramiz e Capitão Melo Franco — esses não davam espaço. E Medeiro Vaz pensava era um pensamento: a gente mamparreasse de com eles não guerrear, não se esperdiçar — porque as nossas armas guardavam um destino só, de dever. Escapulíamos, esquipávamos. Vereda em vereda, como os buritís ensinam, a gente varava para após. Se passava o Piratinga, que é fundo, se passava: ou no Vau da Mata ou no Vau da Boiada; ou então, pegando mais por baixo, o São Domingos, no Vau do José Pedro. Se não, subíamos beira desse, até às nascentes, no São Dominguinhos. A ser o importante, que se tinha de estudar, era avançar depressa nas boas passagens nas divisas, quando militar vinha cismado empurrando. É preciso de saber os trechos de se descer para Goiás: em debruçar para Goiás, o chapadão por lá vai terminando, despenha. Tem quebra-cangalhas e ladeiras terríveis vermelhas. Olhe: muito em além, vi lugares de terra queimada e chão que dá som — um estranho. Mundo esquisito! Brejo do Jatobazinho: de medo de nós, um homem se enforcou. Por aí, extremando, se chegava até no Jalapão — quem conhece aquilo? — tabuleiro chapadoso, proporema. Pois lá um geralista me pediu para ser padrinho de filho. O menino recebeu nome de Diadorim, também. Ah, quem oficiou foi o padre dos baianos, saiba o senhor: população de um arraial baiano, inteira, que marchava de mudada — homens, mulheres, as crias, os velhos, o padre com seus petrechos e cruz e a imagem da igreja — tendo até bandinha-de-música, como vieram com todos, parecendo nação de maracatú! Iam para os diamantes, tão longe, eles mesmo dizendo: "...nos rios..." Uns tocavam jumentos de almocreve, outros carregavam suas coisas — sacos de mantimentos, trouxas de roupa, rede de caroá a tiracol. O padre, com chapéu-de-couro prà--trasado. Só era uma procissão sensata enchendo estrada, às poeiras, com o plequêio das alpercatas, as velhas tiravam ladainha, gente cantável. Rezavam, indo da miséria para a riqueza. E, pelo prazer de tomar parte no conforto de religião, acompanhamos esses até à Vila da Pedra-de-Amolar. Lá venta é da banda do poente, no tempo-das-águas; na seca, o vento vem deste rumo daqui. O cortêjo dos baianos dava parecença com uma festa. No sertão, até enterro simples é festa.

Às vezes eu penso: seria o caso de pessoas de fé e posição se reunirem, em algum apropriado lugar, no meio dos gerais, para se viver só em altas rezas, fortíssimas, louvando a Deus e pedindo glória do perdão do mundo. Todos vinham comparecendo, lá se levantava enorme igreja, não havia mais crimes, nem ambição, e todo sofrimento se espraiava em Deus, dado logo, até à hora de cada uma morte cantar. Raciocinei isso com compadre meu Quelemém, e ele duvidou com a cabeça: — "Riobaldo, a colheita é comum, mas o capinar é sozinho..." — ciente me respondeu.

Compadre meu Quelemém é um homem fora de projetos. O senhor vá lá, na Jijujã. Vai agora, mês de junho. A estrela-d'alva sai às três horas, madrugada boa gelada. É tempo da cana. Senhor vê, no escuro, um quebra-peito — e é ele mesmo, já risonho e suado, engenhando o seu moer. O senhor bebe uma cuia de garapa e dá a ele lembranças minhas. Homem de mansa lei, coração tão branco e grôsso de bom, que mesmo pessoa muito alegre ou muito triste gosta de poder conversar com ele.

    Todo assim, o que minha vocação pedia era um fazendão de Deus, colocado no mais tope, se braseando incenso nas cabeceiras das roças, o povo entoando hinos, até os pássaros e bichos vinham bisar. Senhor imagina? Gente sã valente, querendo só o Céu, finalizando. Mas diverso do que se vê, ora cá ora ali lá. Como deu uma moça, no Barreiro-Novo, essa desistiu um dia de comer e só bebendo por dia três gotas de água de pia benta, em redor dela começaram milagres. Mas o delegado-regional chegou, trouxe os praças, determinou o desbando do povo, baldearam a moça para o hospício de dôidos, na capital, diz-se que lá ela foi cativa de comer, por armagem de sonda. Tinham o direito? Estava certo? Meio modo, acho foi bom. Aquilo não era o que em minha crença eu prezava. Porque, num estalo de tempo, já tinham surgido vindo milhares desses, para pedir cura, os doentes condenados: lázaros de lepra, aleijados por horríveis formas, feridentos, os cegos mais sem gestos, loucos acorrentados, idiotas, héticos e hidrópicos, de tudo: criaturas que fediam. Senhor enxergasse aquilo, o senhor desanimava. Se tinha um grande nôjo. Eu sei: nôjo é invenção, do Que-Não-Há, para estorvar que se tenha dó. E aquela gente gritava, exigiam saúde expedita, rezavam alto, discutiam uns com outros, desesperavam de fé sem virtude — requeriam era sarar, não desejavam Céu nenhum. Vendo assaz, se espantava da seriedade do mundo para caber o que não se quer. Será acerto que os aleijões e feiezas estejam bem convenientemente repartidos, nos recantos dos lugares. Se não, se perdia qualquer coragem. O sertão está cheio desses. Só quando se jornadeia de jagunço, no teso das marchas, praxe de ir em movimento, não se nota tanto: o estatuto de misérias e enfermidades. Guerra diverte — o demo acha.

    Mire veja: um casal, no Rio do Borá, daqui longe, só porque marido e mulher eram primos carnais, os quatro meninos deles vieram nascendo com a pior transformação que há: sem braços e sem pernas, só os tocos... Arre, nem posso figurar minha ideia nisso! Refiro ao senhor: um outro doutor, doutor rapaz, que explorava as pedras turmalinas no vale do Arassuaí, discorreu me dizendo que a vida da gente encarna e reencarna, por progresso próprio, mas que Deus não há. Estremeço. Como não ter Deus?! Com Deus existindo, tudo dá esperança: sempre um milagre é possível, o mundo se resolve. Mas, se não tem Deus, há-de a gente perdidos no vai-vem, e a vida é burra. É o aberto perigo das grandes e pequenas horas, não se podendo facilitar — é todos contra os acasos. Tendo Deus, é menos grave se descuidar um pouquinho, pois, no fim dá certo. Mas, se não tem Deus, então, a gente não tem licença de coisa nenhuma! Porque existe dôr. E a vida do homem está presa encantoada — erra rumo, dá em aleijões como esses, dos meninos sem pernas e braços. Dôr não dói até em criancinhas e bichos, e nos dôidos — não dói sem precisar de se ter razão nem conhecimento? E as pessoas não nascem sempre? Ah, medo tenho não é de ver morte, mas de ver nascimento. Medo mistério. O senhor não vê? O que não é Deus, é estado do demônio. Deus existe mesmo quando não há. Mas o demônio não precisa de existir para haver — a gente sabendo que ele não existe, aí é que ele toma conta de tudo. O inferno é um sem-fim que nem não se pode ver. Mas a gente quer Céu é porque quer um fim: mas um fim com depois dele a gente tudo vendo. Se eu estou falando às flautas, o senhor me corte. Meu modo é este. Nasci para não ter homem igual em meus gostos. O que eu invejo é sua instrução do senhor...

De Arassuaí, eu trouxe uma pedra de topázio.

Isto, sabe o senhor por que eu tinha ido lá daqueles lados? De mim, conto. Como é que se pode gostar do verdadeiro no falso? Amizade com ilusão de desilusão. Vida muito esponjosa. Eu passava fácil, mas tinha sonhos, que me afadigavam. Dos de que a gente acorda devagar. O amor? Pássaro que põe ovos de ferro. Pior foi quando peguei a levar cruas minhas noites, sem poder sono. Diadorim era aquela estreita pessoa — não dava de transparecer o que cismava profundo, nem o que presumia. Acho que eu também era assim. Dele eu queria saber? Só se queria e não queria. Nem para se definir calado, em si, um assunto contrário absurdo não concede seguimento. Voltei para os frios da razão. Agora, destino da gente, o senhor veja: eu trouxe a pedra de topázio para dar a Diadorim; ficou sendo para Otacília, por mimo; e hoje ela se possui é em mão de minha mulher!

Ou conto mal? Reconto.

Ao que nós acampados em pé duns brejos, brejal, cabo de várzea. Até, lá era favorável de defender que os cavalos se espairassem — por ter manga natural, onde se encostar, e currais falsos, de pegar gado *brabeza*. Natureza bonita, o capim macio. Me revejo, de tudo, daquele dia a dia. Diadorim restava um tempo com uma cabaça nas duas mãos, eu olhava para ela. "Seja por ser, Riobaldo, que em breve rompemos adiante. Desta vez, a gente tange guerra..." — pronunciou, a prazer, como sempre quando assim, em véspera. Mas balançou a cabaça: tinha um trem dentro, um ferro, o que me deu desgosto; taco de ferro, sem serventia, só para produzir gastura na gente. — "Bota isso fora, Diadorim!" — eu disse. Ele não contestou, e me olhou de um hesitado jeito, que se eu tivesse falado causa impossível. Em tal, guardou o pedaço de ferro na algibeira. E ficava toda-a-vida com a cabaça nas mãos, era uma cabaça baiana fabricada, desenhada de capricho, mas que agora sendo para nôjo. E, como me deu sede, eu peguei meu copo de corno lavrado, que não quebra nunca, e fomos apanhar água num poço, que ele me disse. Era por esconso por uma palmeira — duma de nome que não sei, de curta altura, mas regrossa, e com cheias palmas, reviradas para cima e depois para baixo, até pousar no chão com as pontas. Todas as palmas tão lisas, tão juntas, fechavam um coberto, remedando choupã de índio. Assino que foi de avistarem umas assim que os bugres acharam ideia de formar suas tocas. Aí a gente se curvar, suspendia uma folhagem, lá entrava. O poço abria redondo, quase, ou ovalado. Como no recesso do mato, ali intrim, toda luz verdeja. Mas a água, mesma, azul, dum azul que haja — que roxo logo mudava. A vai, coração meu foi forte. Sofismei: se Diadorim segurasse em mim com os olhos, me declarasse as todas as palavras? Reajo que repelia. Eu? Asco! Diadorim parava normal, estacado, observando tudo sem importância. Nem provia segredo. E eu tive decepção de logro, por conta desse sensato silêncio? Debrucei, ia catar água. Mas, qual, se viu um bicho — rã brusca, feiosa: botando bolhas, que à lisa cacheavam. Resumo que nós dois, sob num tempo, demos para trás, discordes. Diadorim desconversou, e se sumiu, por lá, por aí, consoante a esquisitice dele, de sempre às vezes desaparecer e tornar a aparecer, sem menos. Ah, quem faz isso não é por ser e se saber pessoa culpada?

No que vim para um grupo de companheiros, esses estavam jogando buzo, enchendo folga. Por simples que a companheirada naqueles derradeiros tempos me caceteava com um enjoo, todos eu achava muito ignorantes, grosseiros cabras. Somente que na hora eu queria a frouxa presença deles — fulão e sicrão e beltrão e romão — pessoal ordinário. A tanto, mesmo sem fome, providenciei para mim uma jacuba, no come-calado. E quis — que até me perguntei — pensar na vida: "Penso?" Mas foi no instante em que todos levantaram as caras: só sendo um rebuliço, acolá, na virada que principiava a vertente — onde é que estavam uns outros, que chamavam, muito, acenando especial. Pois fomos, ligeiro, ver o que, subindo pelo resfriado.

Passava era uma tropa, os diversos lotes de burros, que vinham de São Romão, levavam sal para Goiás. E o arrieiro-mestre relatando uma infeliz notícia, dessas da vida. — "Ele era alto, feições compridas, dentuço?" — Medeiro Vaz exigiu certeza. — "Olhe, pois era" — o arrieiro respondeu — "e, antes de morrer, deu o nome: que era Santos-Reis... Mais não propôs dizer, porque aí se exalou. Comandante, o senhor creia, nós tivemos grande pena..." A gente, em volta, se consternava. Aqueles tropeiros, no Cururú, tinham achado o Santos-Reis, que morria urgente; tinham acendido vela, e enterrado. Febres? Ao menos, mais, a alma descansasse. A gente tirou chapéus, em voto todos se benzendo. E o Santos-Reis era o homem que vivo fazia mais falta — ele estava viajando para trazer recado e combinação, da parte de Sô Candelário e Titão Passos, chefes em nosso favor na outra grande banda do Rio.

— "Agora alguém carece de ir..." — Medeiro Vaz decidiu, olhando salteado; *amém!* — nós apreciávamos. Eu espiei, caçando Diadorim, que ali bem defronte de mim se portava, mesmo segurava uma vara-de-ferrão, considerei nele certo propósito, de despique gandaiado. Apartei minhas vistas. Requeri, dei passo: — "Se sendo ordens, Chefe, eu gostava era de ir..." Medeiro Vaz limpou a goela. A meio, eu estava me lançando, mas mais negaceando prosápia: duvidoso d'ele consentir; pelo bom atirador que eu era, o melhor e mór, necessitavam de mim, haviam de querer me mandar escoteiro, dizedor de mensagem? E aí se deu o que se deu — o isto é. Medeiro Vaz concordou! — "Mas carece de levar um companheiro..." — ele propôs. Aí em tanto eu não devia de me calar, deixar alheia a escôlha do segundo, que não me competia? Ah, ânsia: que eu não queria o que de certo queria, e que podia se surtir de repente... E a vontade de fim, que me ora vinha ranger na boca, me levou num avanço: — "Sendo suas ordens, Chefe, o Sesfrêdo comigo vai..." — falei. Nem olhei Diadorim. Medeiro Vaz aprouve. Me encarou, demais, e despachou, em duríssimo: — "Vai, então, e no caminho não morre!" A ser que Medeiro Vaz, por esse tempo, já acusava doença a quase acabada — no peso do fôlego e no desmancho dos traços. Estava amarelo almecegado, se curvava sem querer, e diziam que no verter água ele gemia. Ah, mas outro igual eu não conheci. Quero ver o homem deste homem!... Medeiro Vaz — o *Rei dos Gerais*...

Por que era que eu estava procedendo à-tôa assim? Senhor, sei? O senhor vá pondo seu perceber. A gente vive repetido, o repetido, e, escorregável, num mim minuto, já está empurrado noutro galho. Acertasse eu com o que depois sabendo fiquei, para de lá de tantos assombros... Um está sempre no escuro, só no último derradeiro é que clareiam a sala. Digo: o real não está na saída nem na chegada: ele se dispõe para a gente é no meio da travessia. Mesmo fui muito tôlo! Hoje em dia, não me queixo de nenhuma coisa. Não tiro sombras dos buracos. Mas, também, não há jeito de me baixar em remorso. Sim, que só duma coisa. E dessa, mesma, o que tenho é medo. Enquanto se tem medo, eu acho até que o bom remorso não se pode criar, não é possível. Minha vida não deixa benfeitorias. Mas me confessei com sete padres, acertei sete absolvições. No meio da noite eu acordo e pelejo para rezar. Posso. Constante eu puder, meu suor não esfria! O senhor me releve tanto dizer.

Mire veja o que a gente é: mal dali a um átimo, eu selando meu cavalo e arrumando meus dôbros, e já me muito entristecia. Diadorim me espreitava de longe, afetando a espécie duma vagueza. No me despedir, tive precisão de dizer a ele baixinho: — "Por teu pai vou, amigo, mano-oh-mano. Vingar Joca Ramiro..." A fraqueza minha, adulatória. Mas ele respondeu: — "Viagem boa, Riobaldo. E boa-sorte..." Despedir dá febre.

Galopando junto com o Sesfrêdo, larguei aquele lugar do Burití das Três Fileiras. Pesares que me desenrolavam. E então eu decifrei meu arranque de ter querido vir com o Sesfrêdo. Que ele, se sabia, tinha deixado, fazia muitos anos, em terras do Jequitinhonha, uma moça que apaixonava, e que era a mocinha de cabelos louros. — "Sesfrêdo, me conta, me fala nesse acontecer..." — nem bem cem braças andadas eu já pedia a ele. Era como se eu tivesse de caçar emprestada uma sombra de um amor. — "E você não volta para lá, Sesfrêdo? Você aguenta o existir?" — perguntei. — "Guardo isso, para às vezes ter saudade. Berimbau! Saudade, só..." — e ele alargou as ventas, de tanto riso. Vi que a estória da moça era falsa. De inventar pouco se ganha. Regra do mundo é muito dividida. O Sesfrêdo comia muito. E sabia assoviar seguido, copiando o de muitos pássaros.

Ao viável, eu tinha de atravessar as tantas terras e municípios, jogamos uma viagem por este Norte, meia geral. Assim conheço as províncias do Estado, não há onde eu não tenha aparecido. A que viemos: por Extrema de Santa Maria — Barreiro Claro — Cabeça de Negro — Córrego Pedra do Gervásio — Acarí — Vieira — e Fundo — buscando jeito de encostar no de São Francisco. Novidade não houve. Passamos, numa barca. Só sempre bater para o nascente, direitamente em cima de Tremedal, chamada hoje Monte-Azul. Sabíamos: um pessoal nosso perpassava por lá, na Jaíba, até à Serra Branca, brabas terras vazias do Rio Verde-Grande. De madrugada, acordamos em sua janela um velhozinho, dono de um bananal. O velhozinho era amigo, executou o recado. Daí a cinco madrugadas, retornamos. Era para vir alguém, quem veio foi João Goanhá, próprio. E as descrições que deu foram de todas as piores. Sô Candelário? Morto em tiroteio de combate, metralhadoras tinham serrado o corpo dele, de esguêlha, por riba da cintura. O Alípio, preso, levado para a cadeia de algum lugar. Titão Passos? Ah, perseguido por uma soldadesca, tivera de se escapar para a Bahia, pela proteção do Coronel Horácio de Matos. Só mesmo João Goanhá era quem ainda estava. Comandava saldo de uns homens, os poucos. Mas coragem e munição não faltavam. — "E os Judas?" — perguntei, com triste raciocínio: por que era que os soldados não deixavam a gente em paz, mas com aqueles não terçavam? — "Se diz que eles têm uma proteção preta..." — João Goanhá me esclareceu: — "O Hermógenes fez o pauto. É o demônio rabudo quem pune por ele..." Nisso todos acreditavam. Pela fraqueza do meu medo e pela força do meu ódio, acho que eu fui o primeiro que cri.

Ainda disse João Goanhá que estávamos em brevidade. Porque ele sabia que os Judas, reforçados, tinham resolvido passar o Rio em dois lugares, e marcharem em cima de Medeiro Vaz, para acabar com ele de uma vez, no país de lá. Onde era que o perigo, Medeiro Vaz precisava de nós.

Mas não pudemos. Mal a gente se tocou, para a Cachoeira do Salto, e esbarramos com tropa de soldados — tenente Plínio. Foi fogo. Fugimos. Fogo no Jacaré Grande — tenente Rosalvo. Fogo no Jatobá Torto — sargento Leandro. Volteamos. Sobre aí, me senti pior de sorte que uma pulga entre dois dedos. No formato da forma, eu não era o valente nem mencionado medroso. Eu era um homem restante trivial. A verdade que diga, eu achava que não tinha nascido para aquilo, de ser sempre jagunço não gostava. Como é, então, que um se repinta e se sarrafa? Tudo sobrevém. Acho, acho, é do influimento comum, e do tempo de todos. Tanto um prazo de travessia marcada, sazão, como os mêses de seca e os de chuva. Será? Medida de muitos outros igualasse com a minha, esses também não sentindo e não pensando. Se não, por que era que eram aqueles aprontados versos — que a gente cantava, tanto toda-a-vida, indo em bando por estradas jornadas, à alegria fingida no coração?:

Olererê, baiana...
eu ia e não vou mais:
eu faço
que vou

lá dentro, oh baiana!
e volto do meio pra trás... — ?

João Goanhá, por valentão e verdadeiro, nem carecia de estadear orgulho. Pessoa muito leal e briosa. Ele me disse: — "Agora, da gente não sei o que vai ser... Para guerra grande, eu acho que só Joca Ramiro é que era capaz..." Ah, mas João Goanhá também tinha suas cartas altas. Homem de grito grosso. E, mesmo ignorante analfabeto, de repente ele tirava, sei não de onde, terríveis mindinhas ideias, mortes diversas. Assim a gente experimentava, cá e cá, falseando fuga. Os campos-gerais ali também tem. Tombadores. Arre, os *tremedais*; já viu algum? O chão deles consiste duro enxuto, normal que engana; quem não sabe o resto, vem, pisa, vai avançando, tropa com cavalos, cavalama. Seja sem espera, quando já estão meio no meio, aquilo sucrepa: pega a se abalar, ronca, treme escapulindo, feito gema de ovo na frigideira. Ei! Porque, debaixo da crôsta seca, rebole ocultado um semifundo, de brejão engulidor... Pois, em roda dali, João Goanhá dispôs que a gente se amoitasse — três golpes de homens — tocaiando. Ao de manhã, primeiro passaram os do sargento Leandro, esses eram os menos, e um guia pagavam, por conhecer o caminho firme. Mas fomos lá, às pressas espalhamos de lugar os ramos verdes de árvore, que eles tinham botado para a certa informação. No depois, vinham os do tenente. Tenente, tenente, tu quer! Seguidos por ali entraram, ah. Dos nossos, uns, acolá, deram tiros, por disfarçação. Iscas! Cavalaria dos praças se avexou. Ave, e pronto, de repente foi: a casca de terra sacudia, se rachou em cruzes, estalando, em muitos metros — balofou. Os cavalos entornados — era como despejar prateleiras cheias — e os soldados aiando gritos, se abraçavam com os animais caintes, ou com o ar, uns a esmo desfechavam mosquetão. Mas encalcados se afundando, pra não mais. A gente, se queria, mirava, ainda acertava neles. Coisas que vi, vi, vi — ôi... Eu não atirei. Não tive braçagem. Talvez tive pena.

Tanto por tanto, daí se encachorraram mais em nós, por beber vinganças. De campos e matas, vargens e grotas, em cada ponto para trás, dos lados e adiante da gente, ei eram só soldados, montão, se gerando. *Furado-do-Meio. Serra do Deus-Me-Livre. Passagem da Limeira. Chapada do Covão.* Solón Nelson morreu. Arduininho morreu. Morreram o Figueiró, Batata-Roxa, Dávila Manhoso, o Campêlo, o Clange, Deovídio, Pescoço-Preto, Toquim, o Sucivre, Elisiano, Pedro Bernardo — acho que foram esses, todos. *Chapada do Sumidouro. Córrego do Poldro.* Mortos mais uns seis. Corrijo: com outros, que pêgos presos — se disse que foram acabados! Doideamos. A Bahia estava cercada nas portas. Achavam de tomar regalia de desforra na gente, até qualquer molambo de sujeito, paisano morador. Ah, às vezes, perdiam ligeiro essa graça... *Gerais da Pedra.* Lá, o Eleutério se apartou da gente, umas cem braças, e foi, a pé, bateu em porta duma cafua, por esclarecer. O capiau surgiu, ensinou alguma coisa, errada. Eleutério agradeceu, deu as costas, veio andando uns passos. O capiau então chamou. Eleutério virou para trás, para ouvir o que havia, e levou na cara e nos peitos o cheio duma carga de chumbo fino. Cegou, rodou, entrupicado, arreganhava os braços, todo se sarapintando das manchas vermelhas, que cresciam. O cabelo dele aumentou em pé. E a soldadesca atirava, de emboscados no mato do córrego, e na beira do cerrado, da outra banda. O capiau se encobriu detrás do fôrno de assar biscoito — de lá fazia pontaria com a espingarda — e balas nossas levantavam terra ao redor dali, feito um ciscado de cachorro grande. Dentro da cafua também restavam outros soldados; que deram contas a Deus. Ataliba, com o facão, pregou o capiau na taipa da cafua, ele morreu mansinho, parecia um santo. Ficou lá, espetado. Nós — eh — bom. Conseguimos aragem. Até em um ponto de a salvo conversarmos.

Serra Escura. Nem munição nem de-comer não sobravam. De forma que a gente carecia de se separar, cada um por seu risco, como pudesse caçar escape. Se esparramavam os goanhás. De si por si, quem vivesse viesse para cá do Rio, para reunião: na juntura da Vereda Saco dos Bois com o Ribeirão Santa Fé. Ou ir de direto para onde estivesse Medeiro Vaz. Ou, caso o inimigo rondasse perto demais, então no Burití-da-Vida, São Simão do Bá, ou mais em riba, ali onde o Ribeirão Gado Bravo é vadeável. Ao que João Goanhá mandou. A pressa era pressa. O ar todo do campo cheirava a pólvora e a soldados. Diante de mim, nunca terminava de atar as correias do gibão um Cunha Branco, sarado, cabra velho guerreiro: ele boiava língua em boca aberta. E medo, meu, medi muito maior. Se despedimos. Escorregando sem rumo, eu fui, vim, o Sesfrêdo comigo também, viemos. Com a graça de Deus, saímos fora da roda do perigo. Chegamos no Córrego Cansanção, não longe do Arassuaí. Por durante um tempo, carecíamos de ter algum serviço reconhecido, no viver tudo cabe. Nossas armas, com parte das roupas, campeamos um seguro lugar, deixamos escondidas. Aí, a gente se ajustou no meio do pessoal daquele doutor, que estava na mineração, que eu já disse e o senhor sabe.

Por que não ficamos lá? Sei e não sei. Sesfrêdo esperava de mim toda decisão. Algum remorso, de não se cumprir de ir, de desertados? Não vê que não, desafasto. Gente sendo dois, garante mais para se engambelar, etcétera de traição não sopra escrúpulos, como nem de crime nenhum, não agasta: igual lobisomem verte a pele. Só se, companheiros sobrantes, a gente amiúda no ajuizar o desonroso assunto, isto sim, rança o descrédito de se ser tornadiço covarde. Mas eu podia rever proveito, caçar de voltar dali para a casa-grande de Selorico Mendes, exigir meu estado devido, na Fazenda São Gregório. Temeriam! Assim e silva, como em outro tempo, adiante, podia flauteado comparecer no Buritís Altos, por conta de Otacília — continuação de amor. Quis não. Suasse saudade de Diadorim? A ponto no dizer, menos. Ou nem não tinha. Só como o céu e as nuvens lá atrás de uma andorinha que passou. Talvez, eu acho, também, que foi juvenescendo em mim uma inclinação de abelhudice: assaz eu queria me estar misturado lá, com os medeiro-vazes, ver o fim de tudo. Em mês de agosto, burití vinhoso... Arassuaí não eram os meus campos... Viver é um descuido prosseguido. Aí, as noites cambando para o entrar das chuvas, os dias mal. Desenguli. — "Tempo de ir. Vamos?" — eu disse para Sesfrêdo. — "Vamos, demais!" — o Sesfrêdo me respondeu.

Ah, eh e não, alto-lá comigo, que assim falseio, o mesmo é. Pois ia me esquecendo: o Vupes! Não digo o que digo, se o do Vupes não orço — que teve, tãomente. Esse um era estranja, alemão, o senhor sabe: clareado, constituído forte, com os olhos azuis, esporte de alto, leandrado, rosalgar — indivíduo, mesmo. Pessoa boa. Homem sistemático, salutar na alegria séria. Hê, hê, com toda a confusão de política e brigas, por aí, e ele não somava com nenhuma coisa: viajava sensato, e ia desempenhando seu negócio dele no sertão — que era o de trazer e vender de tudo para os fazendeiros: arados, enxadas, debulhadora, facão de aço, ferramentas rógers e roscofes, latas de formicida, arsênico e creolinas; e até papa-vento, desses moinhos-de-vento de sungar água, com torre, ele tomava empreitada de armar. Conservava em si um estatuto tão diverso de proceder, que todos a ele respeitavam. Diz-se que vive até hoje, mas abastado, na capital — e que é dono de venda grande, loja, conforme prosperou. Ah, o senhor conheceu ele? Ô titiquinha de mundo! E como é mesmo que o senhor fraseia? *Wusp?* É. Seo Emílio Wuspes... *Wúpsis*... Vupses. Pois esse Vupes apareceu lá, logo vai me reconheceu, como me conhecia, do Curralinho. Me reconheceu devagar, exatão. Sujeito escovado! Me olhou, me disse: — "Folgo. Senhor estar bom? Folgo..." E eu gostei daquela saudação. Sempre gosto de tornar a encontrar em paz qualquer velha conhecença — consoante a pessoa se ri, a gente se acha de voltar aos passados, mas parece que escolhidas só as peripécias avaliáveis, as que agradáveis foram. Alemão Vupes ali, e eu recordei lembrança daquelas mocinhas — a Miosótis e a Rosa'uarda — as que, no Curralinho, eu pensava que tinham sido as minhas namoradas. — "Seo Vupes, eu também folgo. Senhor também estar bom? Folgo..." — que eu respondi, civilizadamente. Ele pitava era charutos. Mais me disse: — "Sei senhor homem valente, muito valente... Eu precisar de homem valente assim, viajar meu, quinze dias, sertão agora aqui muito atrapalhado, gente braba, tudo..." Destampei, ri que ri, de ouvir.

Mas o mais garboso fiquei, prezei a minha profissão. Ah, o bom costume de jagunço. Assim que é vida assoprada, vivida por cima. Um jagunceando, nem vê, nem repara na pobreza de todos, cisco. O senhor sabe: tanta pobreza geral, gente no duro ou no desânimo. Pobre tem de ter um triste amor à honestidade. São árvores que pegam poeira. A gente às vezes ia por aí, os cem, duzentos companheiros a cavalo, tinindo e musicando de tão armados — e, vai, um sujeito magro, amarelado, saía de algum canto, e vinha, espremendo seu medo, farraposo: com um vintém azinhavrado no conco da mão, o homem queria comprar um punhado de mantimento; aquele era casado, pai de família faminta. Coisas sem continuação... Tanto pensei, perguntei: — "Para que banda o senhor tora?" E o Vupes respondeu: — "Eu, direto, cidade São Francisco, vou forte." Para falar, nem com uma pontinha de dedo ele não bulia gesticulado. Então, era mesmo meu rumo — aceitei — o destinar! Daí, falei com o Sesfrêdo, que quis também; o Sesfrêdo não presumia nada, ele naquilo não tinha próprio destaque.

Mas os caminhos não acabam. Tal por essas demarcas de Grão-Mogol, Brejo das Almas e Brasília, sem confrontos de perturbação, trouxemos o seo Vupes. Com as graças, dele aprendi, muito. O Vupes vivia o regulado miúdo, e para tudo tinha sangue-frio. O senhor imagine: parecia que não se mealhava nada, mas ele pegava uma coisa aqui, outra coisinha ali, outra acolá — uma moranga, uns ovos, grelos de bambú, umas ervas — e, depois, quando se topava com uma casa mais melhorzinha, ele encomendava pago um jantar ou almoço, pratos diversos, farto real, ele mesmo ensinava o guisar, tudo virava iguarias! Assim no sertão, e ele formava conforto, o que queria. Saiba-se! Deixamos o homem no final, e eu cuidei bem dele, que tinha demonstrado a confiança minha...

Demos no Rio, passamos. E, aí, a saudade de Diadorim voltou em mim, depois de tanto tempo, me custando seiscentos já andava, acoroçoado, de afogo de chegar, chegar, e perto estar. Cavalo que ama o dono, até respira do mesmo jeito. Bela é a lua, lualã, que torna a se sair das nuvens, mais redondada recortada. Viemos pelo Urucúia. Rio meu de amor é o Urucúia. O chapadão — onde tanto boi berra. Daí, os gerais, com o capim verdeado. Ali é que vaqueiro brama, com suas boiadas espatifadas. Ar que dá açôite de movimento, o tempo-das-águas de chegada, trovoada trovoando. Vaqueiros todos vaquejando. O gado esbravaçava. A mal que as notícias referiam demais a cambada dos Judas, aumentável, a corja! — "A tantos quantos?" — eu pondo meu perguntar. — "Os muitos! Uma monarquia deles..." — os vaqueiros respondendo.

Mas Medeiro Vaz não se achava, os nossos, deles ninguém não sabia bem. Tocamos, fim que o mundo tivesse. Só deerrávamos. Assim como o senhor, que quer tirar é instantâneo das coisas, aproximar a natureza. Estou entendido. Esbarramos num varjeado, esconso lugar, por entre o da-Garapa e o da-Jiboia, ali tem três lagoas numa, com quatro cores: se diz que a água é venenosa. E isso de que me serve? Água, águas. O senhor verá um ribeirão, que verte no Canabrava — o que verte no Taboca, que verte no Rio Preto, o primeiro Preto do Rio Paracatú — pois a daquele é sal só, vige salgada grossa, azula muito: quem conhece fala que é a do mar, descritamente; nem boi não gosta, não traga, eh não. E tanta explicação dou, porque muito ribeirão e vereda, nos contornados por aí, redobra nome. Quando um ainda não aprendeu, se atrapalha, faz raiva. Só *Preto*, já molhei mão nuns dez. *Verde*, uns dez. Do *Pacarí*, uns cinco. Da *Ponte*, muitos. Do *Boi*, ou da *Vaca*, também. E uns sete por nome de *Formoso*. *São Pedro*, *Tamboril*, *Santa Catarina*, uma porção. O sertão é do tamanho do mundo.

Agora, por aqui, o senhor já viu: *Rio* é só o São Francisco, o Rio do Chico. O resto pequeno é *vereda*. E algum ribeirão. E agora me lembro: no Ribeirão Entre-Ribeiros, o senhor vá ver a fazenda velha, onde tinha um cômodo quase do tamanho da casa, por debaixo dela, socavado no antro do chão — lá judiaram com escravos e pessoas, até aos pouquinhos matar... Mas, para não mentir, lhe digo: eu nisso não acredito. Reconditório de se ocultar ouro, tesouro e armas, munição, ou dinheiro falso moedado, isto sim. O senhor deve de ficar prevenido: esse povo diverte por demais com a baboseira, dum traque de jumento formam tufão de ventania. Por gosto de rebuliço. Querem-porque-querem inventar maravilhas glorionhas, depois eles mesmos acabam temendo e crendo. Parece que todo o mundo carece disso. Eu acho, que.

Assim, olhe: tem um marimbú — um brejo matador, no Riacho Ciz — lá se afundou uma boiada quase inteira, que apodreceu; em noites, depois, deu para se ver, deitado a fora, se deslambendo em vento, do cafôfo, e perseguindo tudo, um milhão de lavareda azul, de jãdelãfo, fogo-fá. Gente que não sabia, avistaram, e endoideceram de correr fuga. Pois essa estória foi espalhada por toda a parte, viajou mais, se duvidar, do que eu ou o senhor, falavam que era sinal de castigo, que o mundo ia se acabar naquele ponto, causa de, em épocas, terem castrado um

padre, ali perto umas vinte léguas, por via do padre não ter consentido de casar um filho com sua própria mãe. A que, até, cantigas rimaram: do Fogo-Azul-do-
-Fim-do-Mundo. Hê, hê?...

Agora, a forca, eu vi — forca moderna, esquadriada, arvorada bem erguida no elevado, em madeira de boa lei, parda: sucupira. Ela foi num morrote, depois do São Simão do Bá, perto da banda da mão-direita do Pripitinga. A estúrdia forca de enforcar, construída aprovada ali particularmente, porque não tinham recurso de cadeia, e pajear criminoso por viagens era dificultoso, tirava as pessoas de seus serviços. Aí, então, usavam. Às vezes, da redondeza, vinham até trazendo o condenado, a cavalo, para a forca, pública. Só que um pobre veio morar próximo, quase debaixo dela, cobrava sua esmola, em cada útil caso, dando seguida cavava a cova e enterrava o corpo, com cruz. No mais nada.

Semelhante não foi, quando um homem, Rudugério de Freitas, dos Freitas ruivos da Água-Alimpada, mandou obrigado um filho dele ir matar outro, buscar para matarem, esse outro, que roubou sacrário de ouro da igreja da Abadia. Aí, então, em vez de cumprir o estrito, o irmão combinou com o irmão, os dois vieram e mataram mesmo foi o velho pai deles, distribuído de foiçadas. Mas primeiro enfeitaram as fôices, urdindo com cordões de embira e várias flores. E enqueriram o cadáver paterno em riba da casa — casinha boa, de têlhas, a melhor naquele trecho. Daí, reuniram o gado, que iam levando para distante vender. Mas foram logo pêgos. A pegar, a gente ajudou. Assim, prisioneiros nossos. Demos julgamento. Ao que, fosse Medeiro Vaz, enviava imediato os dois para tão razoável forca. Mas porém, o chefe nosso, naquele tempo, já era — o senhor saiba —: Zé Bebelo!

Com Zé Bebelo, ôi, o rumo das coisas nascia inconstante diferente, conforme cada vez. A papo: — "Co-ah! Por que foi que vocês enfeitaram premeditado as fôices?" — ele interrogou. Os dois irmãos responderam que tinham executado aquilo em padroeiragem à Virgem, para a Nossa Senhora em adiantado remitir o pecado que iam obrar, e obraram dito e feito. Tudo que Zé Bebelo se entesou sério, em pufo, empôlo, mas sem rugas em testa, eu prestes vi que ele estava se rindo por de dentro. Tal, tal, disse: — "Santíssima Virgem..." E o pessoal todo tirou os chapéus, em alto respeito. — "Pois, se ela perdoa ou não, eu não sei. Mas eu perdoo, em nome dela — a Puríssima, Nossa Mãe!" — Zé Bebelo decretou. — "O pai não queria matar? Pois então, morreu — dá na mesma. Absolvo! Tenho a honra de resumir circunstância desta decisão, sem admitir apelo nem revôgo, legal e lealdado, conformemente!..." Aí mais Zé Bebelo disse, como apreciava: —

"Perdoar é sempre o justo e certo..." — pirlimpim, pimpão. Mas, como os dois irmãos careciam de algum castigo, ele requisitou para o nosso bando aquela gorda boiada, a qual pronto revendemos, embolsamos. E desse caso derivaram também uma boa cantiga violeira. Mas deponho que Zé Bebelo somente determinou assim naquela ocasião, pelo exemplo pela decência. Normal, quando a gente encontrava alguma boiada tangida, ele cobrava só imposto de uma ou umas duas reses, para o nosso sustento nos dias. Autorizava que era preciso se respeitar o trabalho dos outros, e entusiasmar o afinco e a ordem, no meio do triste sertão.

Zé Bebelo — ah. Se o senhor não conheceu esse homem, deixou de certificar que qualidade de cabeça de gente a natureza dá, raro de vez em quando. Aquele queria saber tudo, dispor de tudo, poder tudo, tudo alterar. Não esbarrava quieto. Seguro já nasceu assim, zureta, arvoado, criatura de confusão. Trepava de ser o mais honesto de todos, ou o mais danado, no tremeluz, conforme as quantas. Soava no que falava, artes que falava, diferente na autoridade, mas com uma autoridade muito veloz. Desarmado, uma vez, caminhou para o Leôncio Dú, que tinha afastado todo o mundo e meneava um facãozão. Como gritou: — "Você quer vermelho? Te racho, fré!" Ao de que, o Leôncio Dú decidiu deixou o facão cair, e se entregou. Senhor ouve e sabe? Zé Bebelo era inteligente e valente. Um homem consegue intrujar de tudo; só de ser inteligente e valente é que muito não pode. E Zé Bebelo pegava no ar as pessoas. Chegou um brabo, cabra da Zagaia, recomendado. — "Tua sombra me espinha, joazeiro!" — Zé Bebelo a faro saudou. E mandou amarrar o sujeito, sentar nele uma surra de peia. Atual, o cabra confessou: que tinha querido vir drede para trair, em empreita encobertada. Zé Bebelo apontou nos cachos dele a máuser: estampido que espatifa — as miolagens foram se grudar longe e perto. A gente pegou cantando a Moda-do-Boi.

No regular, Zé Bebelo pescava, caçava, dansava as dansas, exortava a gente, indagava de cada coisa, laçava rês ou topava à vara, entendia dos cavalos, tocava violão, assoviava musical; só não praticava de buzo nem baralho — declarando ter receios, por atreito demais a vício e riscos de jogo. Sem menos, se entusiasmava com qual--me-quer, o que houvesse: choveu, louvava a chuva; trapo de minuto depois, prezava o sol. Gostava, com despropósito, de dar conselhos. Considerava o progresso de todos — como se mais esse todo Brasil, territórios — e falava, horas, horas. — "Vim de vez!" — disse, quando retornou de Goiás. O passado, para ele, era mesmo passado, não vogava. E, de si, parte de fraco não dava, nenhão, nunca. Certo dia, se achando trotando por um caminho completo novo, exclamou: — "Ei, que as serras estas às vezes até mudam muito de lugar!..." — sério. E era. E era mas que ele estava perdido, deerrado de rota, hã, hã. Ah, mas, com ele, até o feio da guerra podia alguma alegria, tecia seu divertimento. Acabando um combate, saía esgalopado, revólver ainda em mão, perseguir quem achasse, só aos brados: — "Viva a lei! Viva a lei...!" — e era o pipôco-paco. Ou: — "Paz! Paz!" — gritava também; e bala: se entregaram mais dois. — "Viva a lei! Viva a lei!..." Há-de-o, que quilate, que lei, alguém soubesse? Tanto aquilo, sucinto, a fama correu. Dou-lhe qual: que, uma vez, ele corria a cavalo, por exercício, e um veredeiro que isto viu se assustou, pulou de joelhos na estrada, requerendo: — "Não faz *vivalei* em mim não, môr-de-Deus, seu Zebebel', por perdão..." E Zé Bebelo jogou para o pobre uma cédula de dinheiro; gritou: — "Amonta aqui, irmão, na garupa!" — trouxe o outro para com a gente jantar. Esse era ele. Esse era um homem. Para Zé Bebelo, melhor minha recordação está sempre quente pronta. Amigo, foi uma das pessoas nesta vida que eu mais prezei e apreciei.

Pois porém, ao fim retomo, emendo o que vinha contando. A ser que, de campinas a campos, por morros, areiões e varjas, o Sesfrêdo e eu chegamos no Marcavão. Antes de lá, inchou o tempo, para chover. Chuva de desenraizar todo pau, tromba: chuvão que come terra, a gente vendo. Quem mede e pesa esses demais d'água? Rios foram se enchendo. Apeamos no Marcavão, beira do do-Sono. Medeiro Vaz morreu, naquele país fechado. Nós chegamos em tempo.

Ao quando encontramos o bando, foi ali, Medeiro Vaz já estava mal; talvez por isso a alegria comum não pôde se dizer, nem Diadorim me abraçou nem demonstrou um salves por minha volta. Fiquei sincero. A tristeza e a espera má tomavam conta da gente. — "O mais é o pior: é que tem inimigo, próximo, tocaiando..." — Alaripe me disse. Muito chovido de noite — as árvores esponjadas. Mesmo dava um frio vento, com umidades. Para agasalhar Medeiro Vaz, tinham levantado um *boi* — o senhor sabe: um couro só, espetado numa estaca, por resguardar a pessoa do rumo donde vem o vento — o bafe-bafe. Acampávamos debaixo de grandes árvores. O barulhim do rio era de bicho em bicheira. Medeiro Vaz jazente numa manta de pele de bode branco — aberto na roupa, o peito, cheio de cabelos grisalhados. A barriga dele tinha inflamado muito, mas não era de hidropisia. Era de dôres. Quando vislumbrou de mim, aí armou no se aprumar, pelejando para me ver. Os olhos — o alvor, como miôlo de formigueiro. Mas se abriu, arriou os braços, e mediu o chão com suas costas. "Está no bilim-bilim" — eu pensei. Ah, a cara — arre de amarela, o amarelamento: de palha! Assim desse jeito ele levou o dia quase a termo.

A tarde foi escurecendo. Ao menos Diadorim me chamou adeparte; ele tramava as lágrimas. — "Amizade, Riobaldo, que eu imaginei em você esse prazo inteiro..." — e apertou minha mão. Avesso fiquei, meio sem jeito. Aí, chamaram: — "Acode, que o chefe está no fatal!" Medeiro Vaz, arquejando, cumprindo tudo. E o queixo dele não parava de mexer; grandes momentos. Demorava. E deu a panca, troz-troz forte, como de propósito: uma chuva de arrobas de peso. Era quase sonoite. Reunidos em volta, ajoelhados, a gente segurava uns couros abertos, para proteger a morte dele. Medeiro Vaz — o rei dos gerais —; como era que um daquele podia se acabar?! A água caía, às despejadas, escorria nas caras da gente, em fios pingos. Debruçando por debaixo dos couros, podia-se ver o fim que a alma obtém do corpo. E Medeiro Vaz, se governando mesmo no remar a agonia, travou com esforço o ronco que puxava gosma de sua goela, e gaguejou: — "Quem vai ficar em meu lugar? Quem capitanêia?..." Com a estrampeação da chuva, os poucos ouviram. Ele só falava por pedacinhos de palavras. Mas eu vi que o olhar dele esbarrava em mim, e me escolhia. Ele avermelhava os olhos? Mas com o cirro e o vidrento. Coração me apertou estreito. Eu não queria ser chefe! "Quem capitanêia..." Vi meu nome no lume dele. E ele quis levantar a mão para me apontar. As veias da mão... Com que luz eu via? Mas não pôde. A morte pôde mais. Rolou os olhos; que ralava, no sarrido. Foi dormir em rede branca. Deu a venta.

Era seu dia de alta tarefa. Quando estiou a chuva, procuramos o que acender. Só se trouxe uma vela de carnaúba, o toco, e um brandão de tocha. Eu tinha passado por um susto. Agora, a meio a vertigem me dava, desnorteado na vontade de falar aqueles versos, como quem cantasse um coreto:

Meu boi preto mocangueiro,
árvore para te apresilhar?
Palmeira que não debruça:
burití — sem entortar...

Deviam de tocar os sinos de todas as igrejas!

Cobrimos o corpo com palmas de burití novo, cortadas molhadas. Fizemos quarto, todos, até ao quebrar da barra. Os sapos gritavam latejado. O sapo-cachorro arranhou seu rouco. Alguma anta assoviava, assovio mais fino que o relincho-rincho dum poldrinho. De aurora, cavacamos uma funda cova. A terra dos gerais é boa.

Tomou-se café, e Diadorim me disse, firme:

— "Riobaldo, tu comanda. Medeiro Vaz te sinalou com as derradeiras ordens..."

Todos estavam lá, os brabos, me olhantes — tantas meninas dos olhos escuras repulavam: às duras — grão e grão — era como levando eu, de milhares, uma carga de chumbo grosso ou chuvas-de-pedra. Aprovavam. Me queriam governando. Assim estremeci por interno, me gelei de não poder palavra. Eu não queria, não queria. Aquilo revi muito por cima de minhas capacidades. A desgraça, de João Goanhá não ter vindo! Rentemente, que eu não desejava arreglórias, mão de mando. Enguli cuspes. Avante por fim, como que respondi às gagas, isto disse: — "Não posso... Não sirvo..."

— "Mano velho, Riobaldo, tu pode!"

Tive testa. Pensei um nome feio. O que achassem, achassem! — mas ninguém ia manusear meu ser, para brincadeiras...

— "Mano Velho, Riobaldo: tu crê que não merece, mas nós sabemos a tua valia..." — Diadorim retornou. Assim instava, mão erguida. Onde é que os outros, roda-a-roda, denotavam assentimento. — "Tatarana! Tatarana!..." — uns pronunciaram; sendo *Tatarana* um apelido meu, que eu tinha.

Temi. Terçava o grave. Assim, Diadorim dispunha do direito de fazer aquilo comigo. Eu, que sou eu, bati o pé:

— "Não posso, não quero! Digo definitivo! Sou de ser e executar, não me ajusto de produzir ordens..."

Tudo parava, por átimo. Todos esperando com suspensão. Senhor conheceu por de-dentro um bando em-pé de jagunços — quando um perigo poja? — sabe os quantos lobos? Mas, eh, não, o pior é que é a calma, uma sisudez das escuras. Não que matem, uns aos outros, ver; mas, a pique de coisinha, o senhor pode entornar seu respeito, sobrar desmoralizado para sempre, neste vale de lágrimas. Tudo rosna. Entremeio, Diadorim se maisfez, avançando passo. Deixou de me medir, vigiou o ar de todos. Aí ele era mestre nisso, de astuto se certificar só com um rabeio ligeiro de mirada — tinha gateza para contador de gado. E muito disse:

— "A pois, então, eu tomo a chefia. O melhor não sou, oxente, mas porfio no que quero e prezo, conforme vocês todos também. A regra de Medeiro Vaz tem de prosseguir, com tenção! Mas, se algum achar que não acha, o justo, a gente isto decide a ponta d'armas..."

Hê, mandacarú! Ôi, Diadorim belo feroz! Ah, ele conhecia os caminhares. Em jagunço com jagunço, o poder seco da pessoa é que vale... Muitos, ali, haviam de querer morrer por ser chefes — mas não tinham conseguido nem tempo de se firmar quente nas ideias. E os outros estimaram e louvaram: — "Reinaldo! O Reinaldo!" — foi o aprôvo deles. Ah.

Num nú, nisto, nesse repente, desinterno de mim um nego forte se saltou! Não. Diadorim, não. Nunca que eu podia consentir. Nanje pelo tanto que eu dele era louco amigo, e concebia por ele a vexável afeição que me estragava, feito um máu amor oculto — por mesmo isso, nimpes nada, era que eu não podia aceitar aquela transformação: negócio de para sempre receber mando dele, doendo de Diadorim ser meu chefe, nhem, hem? Nulo que eu ia estuchar. Não, hem, clamei — que como um sino desbadala:

— "Discordo."

Todos me olhassem? Não vi, não tremi. Visivo só vi Diadorim — resumo do aspecto e esboço dele para movimentos: as mãos e os olhos; de reguada. Como em relance corri cálculo, de quantos tiros eu tinha para à queima-bucha dar — e uma balazinha, primeira, botada na agulha da automática — ah, eu estava com milho no surrão! De devagar, os companheiros, os outros, não se buliram, tanto esperavam; decerto que saldavam antipatia de mim, repugnados por eu estar seguidamente atrapalhando as decisões, achassem que eu agora não tinha mais direito de parecer, pois a chefia própria eu enjeitara. Quem sabe, será se praziam no poder ver nós dois, Diadorim comigo — que antes como irmãos, até ali — a gente se estraçalhar nas facas? Torci vontade de matar alguém, para pacificar minha aflição; alguém, algum — Diadorim não — digo. Decerto isso em mim eles perceberam. Os calados. Só o Sesfrêdo, inesperado assim, disse um também: — "Discordo!" Por me estimar, ele me secundava. E o Alaripe, séria pessoa: — "Tem de que. Deixa o Riobaldo razoar..." Endireitei os chifres. Chapei:

— "Vejo, Marcelino Pampa é quem tem de comandar. Mediante que é o mais velho, e, demais de mais velho, valente, e consabido de ajuizado!"

Cara de Marcelino Pampa ficou enorme. Do que constei dos outros, concordantes, estabeleci que eu tinha acertado solerte — dei na barra! Mas, Diadorim? De olhos os olhos agarrados: nós dois. Asneira, eu naquela hora supria suscitar alto meu maior benquerer por Diadorim; mesmo, mesmo, assim mesmo, eu arcava em crú com o desafio, desde que ele brabasse, desde que ele puxasse. Tempo instante, que empurrou morros para passar... Afinal, aí, Diadorim abaixou as vistas. Pude mais do que ele! Se riu, depois de mim. Sempre sendo que falou, firme:

— "Com gosto. Melhor do que Marcelino Pampa não tem nenhum. Não ambicionei podêres..."

Falou como corajoso. E:

— "Tresdito que é a vez de se estar contornados, unidos sem porfiar..." — o Alaripe inteirou.

Amém, todos, voz a voz, aprovavam. Marcelino Pampa então principiou, falou assim:

— "Aceito, por precisão nossa, o que obrigação minha é. Até enquanto não vem algum dos certos, de realce maior: João Goanhá, Alípio Mota, Titão Passos... A tanto, careço do bom conselho de todos que tiverem, segura fiança. Assentes que vamos..."

Sobre mais disse, sem importância, sem noção; pois Marcelino Pampa possuía talentos minguados. Somente pensei que ele estava pondo um peso no lombo, por sacrifício. Ao que, em melhores tempos, aprazia bem capitanear; mas, agora aquela ocasião, a gente por baixos, e essas misérias, qualquer um não havia de desgostar de responsabilidade? Ã, aí observei: como Marcelino Pampa desde o instante expunha outro ar de ser, a sisuda extravagância, soberbo satisfeito! Ser chefe — por fora um pouquinho amarga; mas, por dentro, é rosinhas flôres.

Meu era um alívio. Mesmo não duvidei de meu menos valer: alguém lá tem a feição do rosto igualzinha à minha? Eh, de primeiro meu coração sabia bater copiando tudo. Hoje, eu desconheço o arruído rumor das pancadas dele. Diadorim veio para perto de mim, falou coisas de admiração, muito de afeto leal. Ouvi, ouvi, aquilo, copos a fora, mel de melhor. Eu precisava. Tem horas em que penso que a gente carecia, de repente, de acordar de alguma espécie de encanto. As pessoas, e as coisas, não são de verdade! E de que é que, a miúde, a gente adverte incertas saudades? Será que, nós todos, as nossas almas já vendemos? Bobéia, minha. E como é que havia de ser possível? Hem?!

Olhe: conto ao senhor. Se diz que, no bando de Antônio Dó, tinha um grado jagunço, bem remediado de posses — Davidão era o nome dele. Vai, um dia, coisas dessas que às vezes acontecem, esse Davidão pegou a ter medo de morrer. Safado, pensou, propôs este trato a um outro, pobre dos mais pobres, chamado Faustino: o Davidão dava a ele dez contos de réis, mas, em lei de caborje — invisível no sobrenatural — chegasse primeiro o destino do Davidão morrer em combate, então era o Faustino quem morria, em vez dele. E o Faustino aceitou, recebeu, fechou. Parece que, com efeito, no poder de feitiço do contrato ele muito não acreditava. Então, pelo seguinte, deram um grande fogo, contra os soldados do Major Alcides do Amaral, sitiado forte em São Francisco. Combate quando findou, todos os dois estavam vivos, o Davidão e o Faustino. A de ver? Para nenhum deles não tinha chegado a hora-e-dia. Ah, e assim e assim foram, durante os meses, escapos, alteração nenhuma não havendo; nem feridos eles não saíam... Que tal, o que o senhor acha? Pois, mire e veja: isto mesmo narrei a um rapaz de cidade grande, muito inteligente, vindo com outros num caminhão, para pescarem no Rio. Sabe o que o moço me disse? Que era assunto de valor, para se compor uma estória em livro. Mas que precisava de um final sustante, caprichado. O final que ele daí imaginou, foi um: que, um dia, o Faustino pegava também a ter medo, queria revogar o ajuste! Devolvia o dinheiro. Mas o Davidão não aceitava, não queria, por forma nenhuma. Do discutir, ferveram nisso, ferravam numa luta corporal. A fino, o Faustino se provia na faca, investia, os dois rolavam no chão, embolados. Mas, no confuso, por sua própria mão dele, a faca cravava no coração do Faustino, que falecia...

Apreciei demais essa continuação inventada. A quanta coisa limpa verdadeira uma pessoa de alta instrução não concebe! Aí podem encher este mundo de outros movimentos, sem os êrros e volteios da vida em sua lerdeza de sarrafaçar. A vida disfarça? Por exemplo. Disse isso ao rapaz pescador, a quem sincero louvei. E ele me indagou qual tinha sido o fim, na verdade de realidade, de Davidão e Faustino. O fim? Quem sei. Soube somente só que o Davidão resolveu deixar a jagunçagem — deu baixa do bando, e, com certas promessas, de ceder uns alqueires de terra, e outras vantagens de mais pagar, conseguiu do Faustino dar baixa também, e viesse morar perto dele, sempre. Mais deles, ignoro. No real da vida, as coisas acabam com menos formato, nem acabam. Melhor assim. Pelejar por exato, dá erro contra a gente. Não se queira. Viver é muito perigoso...

A que, o que logo vi, que Marcelino Pampa, por bem de seu dispor, não dava altura. A tento de se acertar nos primeiros rumos de se mexer, ele me chamou, mais João Concliz. — "Os Judas estão aqui mesmo, de nós a umas quinze léguas, e sabem da gente. Deveras atacar, não atacam, com este tempo de todas chuvas e ribeirões cheios. Mas vão fechando modo de rodear a gente, de menos longe, porque a quantidade deles é à farta... Recurso, que eu acho, é dois: ou se fugir para o chapadão, enquanto tempo — mas é perder toda esperança e diminuir da vergonha... Ou, então, forçar tudo e experimentar um caminho por entremeio deles: se vai para a outra banda do Rio, caçar João Goanhá e os outros companheiros... Mais ainda não sei, quero toda razoável opinião." Assim ele, Marcelino Pampa, disse. — "Mas, se souberem a notícia que Medeiro Vaz morreu, hoje mesmo é capaz que sejam de vir em riba de nós..." — foi o que João Concliz achou; e estava muito certo. Eu não atinava com o que dizer, as confusões dessas horas me encostavam. O que era, na situação, que Medeiro Vaz havia de fazer? E Joca Ramiro? E Sô Candelário? Ao esmo, esses pensamentos em mim. Ái de, foi que reconheci como súcia de homens carece de uma completa cabeça. Comandante é preciso, para aliviar os aflitos, para salvar a ideia da gente de perturbações desconformes. Não sabia, hoje será que sei, a regra de nenhum meio-termo. Sem ação, eu podia gastar ali minha vida inteira, debulhando. Também, logo depois, depois de muitos silêncios e poucas palavras, Marcelino Pampa resolveu que, de tarde, nossa conversa ia ter repetição. Atontados, três.

Dali, fui para perto de Diadorim. — "Riobaldo," — ele mal disse — "você está vendo que não temos remédio..." Aí, esbarrou, pensou um tempo, com uma mão por cima da outra. — "E vocês, que foi que determinaram de se fazer?" — me perguntou. Respondi: — "Hoje de tarde é que se toma decisão, Diadorim. Você está mal satisfeito?" Ele endireitou o corpo. Foi, falou: — "Sei o meu. Cá por mim, isso tudo pouco adianta. Quente quero poder chegar junto dum dos Judas, para terminar!" Eu sabia que ele falava coisas de pelejar por cumprir. Eu tinha mais cansaço, mais tristeza. — "Quem sabe, se... Para ter jeito de chegar perto deles, até se não era melhor..." — assim ele desabafou, em trago; e recolhido num estado de segredo. Por seus grandes olhos, onde aquilo redondeou, cri que armasse agarrar o comando, por meio de acender o bando todo em revolta. Qualquer loucura, semelhante, era a dele. Mas, não; mais disse: — "Foi você, mesmo, Riobaldo, quem governou tudo, hoje. Você escolheu Marcelino Pampa, você decidiu e fez..." Era. Gostei, em cheio, de escutar isso, soprante. Ah, porém, estaquei na ponta dum pensamento, e agudo temi, temi. Cada hora, de cada dia, a gente aprende uma qualidade nova de medo!

Mas, depois de janta, quando estávamos outra vez reunidos — Marcelino Pampa, eu e João Concliz, — não se teve nem o tempo de principiar. Pelo que ouvimos: um galope, o chegar, o riscar, o desapêio, o xaxaxo de alpercatas. Sendo assim o Feliciano e o Quipes, que traziam um vaqueirinho, escoltado. Que vieram quase correndo. O vaqueirinho não devia de ter mais de uns quinze anos, e as feições dele mudavam — de mestre pavor. — "Arte, que este tal passou, às fugas, meio arupa. Pegamos. Aí ele tem grande coisa pra contar..." — e empurraram um pouco o vaqueirinho. De medo — a gente olhava para ele — e de nossos olhos ele se desencostava. Afe, por fim, bebeu gole de ar, e soluçou:

— "É um homem... Só sei... É um homem..."

— "Te acerta, mocinho. Aqui você está livre e salvo. Aonde é que está indo?" — Marcelino Pampa regrou.

— "É briga enorme... É um homem... Vou indo pra longe, para a casa de meu pai... Ah, é um homem... Ele desceu o Rio Paracatú, numa balsa de burití..."

— "Que foi mais que o homem fez?" — então João Concliz perguntou.

— "Deu fogo... O homem, com mais cinco homens... Avançaram do mato, deram fogo contra os outros. Os outros eram montão, mais duns trinta. Mas fugiram. Largaram três mortos, uns feridos. Escaramuçados. Ei! E estavam a cavalo... O homem e os cinco dele estão a pé. Homem terrível... Falou que vai reformar isto tudo! Vieram pedir sal e farinha, no rancho. Emprestei. Tinham matado um veadinho campeiro, me deram naca de carne..."

— "Qual é que é o nome dele? Fala! Como é que os outros dizem? Aí e que jeito, que semelhança de figura é que ele tem?"

— "Ele? O jeito que é o dele, que ele tem? Em é mais baixo do que alto, não é velho, não é moço... Homem branco... Veio de Goiás... O que os outros falam e tratam: 'Deputado'. Desceu o Rio Paracatú numa balsa de burití... — 'Estávamos em jejum de briga...' — ele mesmo disse. Ele e seus cinco deram fogo feito feras. Gritavam de onça e de uivado... Disse: vai remexer o mundo! Desceu o Rio Paracatú numa balsa de burití... Desceram... Nem cavalo eles não têm..."

— "É ele! Mas é ele! Só pode ser..." — aí alguém lembrou. — "E é. E, então, está do nosso lado!" — outro completou. — "Temos de mandar por ele..." — foi a palavra de Marcelino Pampa. — "Onde é que estará? Na Pavoã? Alguém tem de ir lá..." "— É ele... É ver a vida: quem pensava? E é homem danado, zuretado..." "— Está a favor da gente... E ele sabe guerrear..." E era. Repegava a chuva, trozante, mas mesmo assim o Quipes e Cavalcânti montaram e saíram por ele, da Pavoã no rumo. De certo não acharam fácil, pois até à hora de escurecer não tinham aparecido. Mas: aquele homem, para que o senhor saiba, — aquele homem: era Zé Bebelo. E, na noite, ninguém não dormiu direito, em nosso acampo. De manhã, com uma braça de sol, ele chegou. Dia da abelha branca.

De chapéu desabado, avantes passos, veio vindo, acompanhado de seus cinco cabras. Pelos modos, pelas roupas, aqueles eram gente do Alto Urucúia. Catrumanos dos *gerais*. Pobres, mas atravessados de armas, e com cheias cartucheiras. Marcelino Pampa caminhou ao encontro dele; seguinte de nosso comandante, nós formávamos. Valia ver. Essas cerimônias.

— "Paz e saúde, chefe! Como passou?"

— "Como passou, mano?"

Os dois grandes se saudavam. Aí Zé Bebelo reparou em mim: — "*Professor*, ara viva! Sempre a gente tem de se avistar..." De nomes e caras de pessoas ele em tempo nenhum se esquecia. Vi que me prezava cordial, não me dando por traidor nem falso. Riu redobrado. De repente, desriu. Refez pé para trás.

— "Vim de vez!" — ele disse; disse desafiando, quase.

— "Em boa veio, chefe! É o que todos aqui representamos..." — Marcelino Pampa respondeu.

— "A pois. Salve Medeiro Vaz!..."

— "Deus com ele, amigo. Medeiro Vaz ganhou repouso..."

— "Aqui soube. *Lux eterna*..." — e Zé Bebelo tirou o chapéu e se persignou, parando um instante sério, num ar de exemplo, que a gente até se comoveu. Depois, disse:

— "Vim cobrar pela vida de meu amigo Joca Ramiro, que a vida em outro tempo me salvou de morte... E liquidar com esses dois bandidos, que desonram o nome da Pátria e este sertão nacional! Filhos da égua..." — e ele estava com a raiva tanta, que tudo quanto falava ficava sendo verdade.

— "Pois, então, estamos irmãos... E esses homens?"

Os urucuianos não abriram boca. Mas Zé Bebelo rodeou todos, num mando de mão, e declarou forte o seguinte:

— "Vim por ordem e por desordem. Este cá é meus exércitos!..."

Prazer que foi, ouvir o estabelecido. A gente quisesse brigar, aquele homem era em frente, crescia sozinho nas armas.

Vez de Marcelino Pampa dizer:

— "Pois assim, amigo, por que é que não combinamos nosso destino? Juntos estamos, juntos vamos."

— "Amizade e combinação, aceito, mano velho. Já, ajuntar, não. Só obro o que muito mando; nasci assim. Só sei ser chefe."

Sobre curto, Marcelino Pampa cobrou de si suas contas. Repuxou testa, demorou dentro dum momento. Circulou os olhos em nós todos, seus companheiros, seus brabos. Nada não se disse. Mas ele entendeu o que cada vontade pedia. Depressa deu, o consumado:

— "E chefe será. Baixamos nossas armas, esperamos vossas ordens..."

Com coragem falou, como olhou para a gente outra vez.

— "Acordo!" — eu disse, Diadorim disse, João Concliz disse; todos falaram: — "Acordo!"

Aí Zé Bebelo não discrepou pim de surpresa, parecia até que esperava mesmo aquele voto. — "De todo poder? Todo o mundo lealda?" — ainda perguntou, ringindo seriedade. Confirmamos. Então ele quase se aprumou nas pontas dos pés, e nos chamou: — "Ao redor de mim, meus filhos. Tomo posse!" Podia-se rir. Ninguém ria. A gente em redor dele, misturando em meio nosso os cinco homens do Urucúia. Adiante: — "Pois estamos. É o duro diverso, meu povo. Mas os assassinos de Joca Ramiro vão pagar, com seiscentos-setecentos!..." — ele definiu, apanhando um por um de nós no olhar. — "Assassinos — eles são os *Judas*. Desse nome, agora, que é o deles..." — explicou João Concliz. — "Arre, vôte: dois judas, podemos romper as alelúias! Alelúia! Alelúia! Carne no prato, farinha na cúia!..." — ele aprovou, deu aquilo feito um viva. Nós respondemos. E assim era que Zé Bebelo era. Como quando trovejou: desse trovôo de alto e rasto, dos gerais, entrementes antes dos gotêjos de chuva esquentada: o trovão afunda largo, pé da gente apalpa a terra. Conforme foi: trovejou de cala-a-boca — e Zé Bebelo tocou um gesto de costas da mão, respeitoso disse: — "Isto é comigo..." Do que se tratava, retorno e conto, ele o seguinte revelou: — "Tudo eu não tinha, com os meus, munição para nem meia-hora..." A gente reconheceu mais a coragem dele. Isto é, qualquer um de nós sabia que aquilo podia ser mentira. Mesmo por isso, somenos, por detrás de tanta papagaiagem um homem carece de ter a valentia muito grande.

A cômodo ele começou, nesse dia, nessa hora; não esbarrou mais. Achou de ir ver o lugar da cova, e as armas e trens que Medeiro Vaz deixava, essas determinou que, o morto não tendo parentes, então para os melhores mais chegados como lembrança ficassem: as carabinas e revólveres, a automática de rompida e ronco, punhal, facão, o capote, o cantil revestido, as capangas e alforjes, as cartucheiras de trespassar. Alguém disse que o cavalo grande, murzelo-mancho, devia de ficar sendo dele mesmo. Não quis. Chamou Marcelino Pampa, a ele fez donativo grave: — "Este animal é vosso, Marcelino, merecido. Porque eu ainda estou para ver outro com igual siso e caráter!" Apertou a mão dele, num toques. Marcelino Pampa dobrou de ar, perturbado. Desse fato em diante, era capaz de se morrer, por Zé Bebelo. Mas, para si mesmo, Zé Bebelo guardou somente o pelego berbezim, de forrar sela, e um bentinho milagroso, em três baetas confeccionado.

Daí, levou a eito, vendo, examinando, disquirindo. Aprendeu os nomes, de um em um, e em que lugar nascido, resumo da vida, quantos combates, e que gostos tinha, qualquer ofício de habilidade. Olhou e contou as pencas de munição e as armas. Repassou os cavalos, prezando os mais bem ferrados e os de aguentada firmeza. — "Ferraduras, ferraduras! Isto é que é importante..." — vivia dizendo. Repartiu os homens em quatro pelotões — três drongos de quinze, e um de vinte — em cada um ao menos um bom rastreador. — "Carecemos de quatro buzinas de caçador, para os avisos..." — reclamou. Ele mesmo tinha um apito, pendurado do pescoço, que de muito longe se atendia. Para capitanear os drongos, escolheu: Marcelino Pampa, João Concliz, e o Fafafa. Pessoalmente, ficou com o maior, o de vinte — nesse figuravam os cinco urucuianos, e eu, Diadorim, Sesfrêdo, o Quipes, Joaquim Beijú, Coscorão, Dimas Dôido, o Acauã, Mão-de-Lixa, Marruaz, o Crédo, Marimbondo, Rasga-em-Baixo, Jiribibe e Jõe Bexiguento, dito *Alparcatas*. Só que, tidos todos repartidos, ainda sobravam nove — serviram para esquadrão adeparte, tomar conta dos burros cargueiros, com petrechos e mantimentos. O testa deles foi Alaripe, por bom que fosse para tudo ser. Aos esses, mesmo, se comediu obrigação: Quim Queiroz zelava os volumes de balas; o Jacaré exercia de cozinheiro, todo tempo devia de dizer o de comer que precisava ou faltava; Doristino, ferrador dos animais, tratador deles; e os outros ajudavam; mas Raymundo Lé, que entendia de curas e meizinhas, teve cargo de guardar sempre um surrão com remédios. O que, remédio, por ora, não havia nenhum. Mas Zé Bebelo não se atontava: — "Aí em qualquer parte, depois, se compra, se acha, meu filho. Mas, vai apanhando folha e raiz, vai tendo, vai enchendo... O que eu quero é ver o surrão à mão..." O acampamento da gente parecia uma cidade.

Assuntos principais, Zé Bebelo fazia lição, e deduzia ordens. — "Trabucar duro, para dormir bem!" — publicava. Gostadamente: — "Morrendo eu, depois vocês descansam..." — e ria: — "Mas eu não morro..." Sujeito muito lógico, o senhor sabe: cega qualquer nó. E — engraçado dizer — a gente apreciava aquilo. Dava uma esperança forte. Ao um modo, melhor que tudo é se cuidar miudamente trabalhos de paz em tempo de guerra. O mais eram traquejos, a cavalo, para lá e para cá, ou esbarrados firmes em formatura, então Zé Bebelo perequitava, assoviando, manobrava as patrulhas, vai-te, volta-te. Somente: — "Arre, temos nenhum tempo, gente! Capricha..." Sempre, no fim, por animar, levantava demais o braço: — "Ainda quero passar, a cavalos, levando vocês, em grandes cidades! Aqui o que me faz falta é uma bandeira, e tambor e cornetas, metais mais... Mas hei-de! Ah, que vamos em Carinhanha e Montes Claros, ali, no haja vinho... Arranchar no mercado da Diamantina... Eh, vamos no Paracatú-do-Príncipe!..." Que boca, que o apito: apitava.

A sério, ele me chamava para o lado dele, e ia mandando vir outros — Marcelino Pampa, João Concliz, Diadorim, o urucuiano Pantaleão, e o Fafafa, vice-

-mandantes. Todos tinham de expor o que sabiam daquele *gerais* território: as distâncias em léguas e braças, os váus, o grau de fundo dos marimbús e dos poços, os mandembes onde se esconder, os mais fartos pastos. Como Zé Bebelo simplificava os olhos, e perguntando e ouvindo avante. Às vezes riscava com ponta duma vara no chão, tudo representado. Ia organizando aquilo na cabeça. Estava aprendido. Com pouco, sabia mais do que nós juntos todos. Bem eu conhecia Zé Bebelo, de outros currais! Bem eu desejasse ter nascido como ele... Aí, saía, por caçar. Sucinto que gostava de caçar; mas estava era sujeitando a exame o morro, discriminando. O mato e o campo — como dois é um par. Veio e foi, figurava, tomava a opinião da gente: — "Com dez homens, naquela altura, e outros dez espalhados na vertente, se podia impedir a passagem de duzentos cavaleiros, pelo *resfriado*... Com outros alguns, dando a retaguarda, então..." Nest'artes, só nisso ele pensava, quase que. Sendo que expedia, sobre hora, alguém adiante, se informar do meximento dos Judas, trazer notícias vivas. E, homem feliz, feito Zé Bebelo naquele tempo, afirmo ao senhor, nunca não vi.

Diadorim também, que dos claros rumos me dividia. Vinha a boa vingança, alegrias dele, se calando. Vingar, digo ao senhor: é lamber, frio, o que outro cozinhou quente demais. O demônio diz mil. Esse! Vige mas não rege... Qual é o caminho certo da gente? Nem para a frente nem para trás: só para cima. Ou parar curto quieto. Feito os bichos fazem. Os bichos estão só é muito esperando? Mas, quem é que sabe como? Viver... O senhor já sabe: viver é etcétera... Diadorim alegre, e eu não. Transato no meio da lua. Eu peguei aquela escuridão. E, de manhã, os pássaros, que bem-me--viam todo tal tempo. Gostava de Diadorim, dum jeito condenado; nem pensava mais que gostava, mas aí sabia que já gostava em sempre. Ôi, suindara! — linda cor...

Dando o dia, de repente, Zé Bebelo determinou que tudo e tudo fosse pronto, para uma remarcha em exercícios, como geral. Só por festa. Ao que os burrinhos comiam amadrinhados, em bom pasto: — "Menininhos, responsabilidade de cangalhas em vocês, carregando a nossa munição!" — Zé Bebelo mandou. Mas montado, declarou: — "Meu nome d'ora por diante vai ser ah-oh-ah o de *Zé Bebelo Vaz Ramiro*! Como confiança só tenho em vocês, companheiros, meus amigos: *zé-bebelos*! A vez chegou: vamos em guerra. Vamos, vamos, rebentar com aquela cambada de patifes!..." Saímos, solertes entes.

Para isso, a lua não era boa. Quem põe praça de cavalhadas, por desbarranco de estradas lamentas, desmancho empapado de chão, a chuva ainda enxaguando? Convinha esperar regras d'água. — "O Rio Paracatú está cheio..." alguém disse. Mas Zé Bebelo atalhou: — "O São Francisco é maior..." Com ele tudo era assim, extravagável; e não queria conversas de cutilquê. Rompemos. Melava de chover baixo, mimelava. Até o derradeiro do momento, parecia que íamos atravessar o Paracatú. Não atravessamos. Tudo aquele homem retinha estudado. Daí, distribuiu as patrulhas. O drongo dele, viemos, pela beira, sempre o Paracatú à mão esquerda. Trovejou, de perturbar. Ele disse: — "Melhor, dou surpresa... Só uma boa surpresa é que rende. Quero é atacar!" A gente ia para o Burití-Pintado. A lá, consta de dez léguas, doze. — "Na hora, cada um deve de ver só um algum judas de cada vez, mirar bem e atirar. O resto maior é com Deus..." — já vai que falava. — "Para um trabalho que se quer, sempre a ferramenta se tem. Só com estes cavalos, só à ligeireza, de lugar para lugar, para a frente e para trás. Sei, mas o principal dos combates vamos dar é bem a pé..." Na beira do rio Soninho, descansamos. Animais de carga, a ponta de mulas, ficaram botados escondidos, numa bocâina na balça. Só três homens tomavam conta. — "Eu é que escolho a hora e o lugar de investir..." — Zé Bebelo disse. E, num lugar de remanso, passamos o rio Soninho, no escuro, sem ensolvar, bala em boca.

De manhã, de três lados, demos fogo.

Aí Zé Bebelo tinha meditado tudo como um ato, de desenho. Primeiro, João Concliz avançou, com seus quinze, iam fazendo de conta que desprevenidos. Quando os outros vieram, nós todos já estávamos bem amoitados, em pontos bons. Duma banda, então, o Fafafa recruzou, seus cavaleiros: que estavam muito juntos, embolados, do modo por que um bando de cavaleiros ou cavalos dá ar de ser muito maior do que no real é. Todos cavalos ruços ou baios — cor clara também aumenta muito a visão do tamanho deles. Ah, e gritavam. Assaz os judas atiravam mal, discordados, nadinha nem. Aí, de poleiro pêgo prévio, abrimos nossa calamidade neles. Pessoal do Hermógenes... Não se disse guavái! Supetume! Só bala de aço. — "Dou duelo!... — Ei, tibes..." Só o quanto de se quebrar galho e rasgar roupagem. Um judas correu errado, do lado onde o Jiribibe estava: triste daquele. — "Ouh!" — foi o que ele fez de contrição perfeita. Outro levantou o corpo um pouco demais. — "Tu! Tu pensa que tem Deus-e-meio?!" — Zé Bebelo disse, depois de derrubar o tal, com um tiro de nhambú, baixo. Outro fugia esperto. — "Tem talento nos pés..." Os que enviei, deixei de numerar, por causa de caridade. Aí deles. Vitória, é isto. Ou o senhor pensa que é em alegre mal, feito numa caçada?

Descansar? Quem disse, não foi ouvido. — "Vou lá deixar essa cambada birbar por aí em sossego?! Bis, minha gente! Vamos neles!" — Zé Bebelo se frigia.

Mas o próprio pessoal de João Concliz tinha segurado mão nos cavalos daqueles. — "Toquemos na mão do norte: lá a cara do chão é minha mais..." Não, o caminho era da banda contrária. Tínhamos de cair em riba do grosso da judadas. Por *resfriados* e atalhos, mesmo com aquela cavalhada adestra, tocamos, tocamos. Estrada capaz de quatro, lado a lado. No Ôi-Mãe. Lá tem um lajeiro — largo: onde grandes pedras do fundo do chão vêm à flor. Chegamos de sobremão, vagarosinho. Zé Bebelo recomendava, feito rondando quarto de doente. Ele cheirava até o ar. Sonso parecia um gato. Se vendo que, no inteiro mesmo de sua cabeça, ele antes tudo traçava e guerreava. Seja por um exemplo: havia uma cava grande, o inimigo estava emboscado dos dois lados, nos socavões, nas paredes. Como era que Zé Bebelo já sabia? Orçando longe volta, João Concliz levou seus homens muito adiante de lá, na borda do campo, de recacha. Dado tempo, então, nosso pelotão rasteou para os altos, até chega estávamos por cima dos beiços da cava. Ah e aí o Fafafa veio vindo, descuidado à mostra, com seus cavaleiros — surgiam inocentemente, feito veados para se matar... Mas — hã! — então por de riba da cava desfechamos demos urros e o rifleio, transcruzando nos inferiores: — "*Lá vai obra!...*" Hê-hê! Deu de abêlhas de pau oco: os das socavas entornaram o sangue-frio, demais se assustaram, correndo em fuga maior debaixo de tiros, xingos, às pragas. João Concliz, pois é, o senhor sabe... Urubús puderam voar cererém — uns urubús declarados.

Mas daí voltamos, desatravessando outra vez o Soninho, até onde estava a nossa mulada, com munição e o mais. Mesmo viemos negaceando de recuar. Assim era pena, mas carecíamos de flautear desse jeito, sustância nossa não dava para se acabar com aqueles judas de uma vez. Sempre, sempre, para enganar no que vissem, Zé Bebelo variava de se viajar uma hora quase todos juntos, outra hora despedidos espalhados. Ainda, por suma vantagem disso, demos um tiroteio ganho, na fazenda São Serafim, dos diabos!

Rumo a rumo de lá, mas muito para baixo, é um lugar. Tem uma encruzilhada. Estradas vão para as *Veredas Tortas* — veredas mortas. Eu disse, o senhor não ouviu. Nem torne a falar nesse nome, não. É o que ao senhor lhe peço. Lugar não onde. Lugares assim são simples — dão nenhum aviso. Agora: quando passei por lá, minha mãe não tinha rezado — por mim naquele momento?

Assim, feito no Paredão. Mas a água só é limpa é nas cabeceiras. O mal ou o bem, estão é em quem faz; não é no efeito que dão. O senhor ouvindo seguinte, me entende. O Paredão existe lá. Senhor vá, senhor veja. É um arraial. Hoje ninguém mora mais. As casas vazias. Tem até sobrado. Deu capim no telhado da igreja, a gente escuta a qualquer entrar o borbôlo rasgado dos morcegos. Bicho que guarda muitos frios no corpo. Boi vem do campo, se esfrega naquelas paredes. Deitam. Malham. De noitinha, os morcegos pegam a recobrir os bois com lencinhos pretos. Rendas pretas defunteiras. Quando se dá um tiro, os cachorros latem, forte tempo. Em toda a parte é desse jeito. Mas aqueles cachorros hoje são do mato, têm de caçar seu de-comer. Cachorros que já lamberam muito sangue. Mesmo, o espaço é tão calado, que ali passa o sussurro de meia-noite às nove horas. Escutei um barulho. Tocha de carnaúba estava alumiando. Não tinha ninguém restado. Só vi um papagaio manso falante, que esbagaçava com o bico algum trem. Esse, vez em quando, para dormir ali voltava? E eu não revi Diadorim. Aquele arraial tem um arruado só: é a rua da guerra... *O demônio na rua, no meio do redemunho...* O senhor não me pergunte nada. Coisas dessas não se perguntam bem.

    Sei que estou contando errado, pelos altos. Desememdo. Mas não é por disfarçar, não pense. De grave, na lei do comum, disse ao senhor quase tudo. Não crio receio. O senhor é homem de pensar o dos outros como sendo o seu, não é criatura de pôr denúncia. E meus feitos já revogaram, prescrição dita. Tenho meu respeito firmado. Agora, sou anta empoçada, ninguém me caça. Da vida pouco me resta — só o *deo-gratias*; e o troco. Bobéia. Na feira de São João Branco, um homem andava falando: — "A pátria não pode nada com a velhice..." Discordo. A pátria é dos velhos, mais. Era um homem maluco, os dedos cheios de anéis velhos sem valor, as pedras retiradas — ele dizia: aqueles todos anéis davam até choque elétrico... Não. Eu estou contando assim, porque é o meu jeito de contar. Guerras e batalhas? Isso é como jogo de baralho, verte, reverte. Os revoltosos depois passaram por aqui, soldados de Prestes, vinham de Goiás, reclamavam posse de todos animais de sela. Sei que deram fogo, na barra do Urucúia, em São Romão, aonde aportou um vapor do Governo, cheio de tropas da Bahia. Muitos anos adiante, um roceiro vai lavrar um pau, encontra balas cravadas. O que vale, são outras coisas. A lembrança da vida da gente se guarda em trechos diversos, cada um com seu signo e sentimento, uns com os outros acho que nem não misturam. Contar seguido, alinhavado, só mesmo sendo as coisas de rasa importância. De cada vivimento que eu real tive, de alegria forte ou pesar, cada vez daquela hoje vejo que eu era como se fosse diferente pessoa. Sucedido desgovernado. Assim eu acho, assim é que eu conto. O senhor é bondoso de me ouvir. Tem horas antigas que ficaram muito mais perto da gente do que outras, de recente data. O senhor mesmo sabe.

Mire veja: aquela moça, meretriz, por lindo nome Nhorinhá, filha de Ana Duzuza: um dia eu recebi dela uma carta: carta simples, pedindo notícias e dando lembranças, escrita, acho que, por outra alheia mão. Essa Nhorinhá tinha lenço curto na cabeça, feito crista de anú-branco. Escreveu, mandou a carta. Mas a carta gastou uns oito anos para me chegar; quando eu recebi, eu já estava casado. Carta que se zanzou, para um lado longe e para o outro, nesses sertões, nesses gerais, por tantos bons préstimos, em tantas algibeiras e capangas. Ela tinha botado por fora só: *Riobaldo que está com Medeiro Vaz*. E veio trazida por tropeiros e viajores, recruzou tudo. Quase não podia mais se ler, de tão suja dobrada, se rasgando. Mesmo tinham enrolado noutro papel, em canudo, com linha preta de carretel. Uns não sabiam mais de quem tinham recebido aquilo. Último, que me veio com ela, quase por engano de acaso, era um homem que, por medo da doença do *toque*, ia levando seu gado de volta dos gerais para a caatinga, logo que chuva chovida. Eu já estava casado. Gosto de minha mulher, sempre gostei, e hoje mais. Quando conheci de olhos e mãos essa Nhorinhá, gostei dela só o trivial do momento. Quando ela escreveu a carta, ela estava gostando de mim, de certo; e aí já estivesse morando mais longe, magoal, no São Josèzinho da Serra — no indo para o Riacho-das-Almas e vindo do Morro dos Ofícios. Quando recebi a carta, vi que estava gostando dela, de grande amor em lavaredas; mas gostando de todo tempo, até daquele tempo pequeno em que com ela estive, na Aroeirinha, e conheci, concernente amor. Nhorinhá, gosto bom ficado em meus olhos e minha boca. De lá para lá, os oitos anos se baldavam. Nem estavam. Senhor subentende o que isso é? A verdade que, em minha memória, mesmo, ela tinha aumentado de ser mais linda. De certo, agora não gostasse mais de mim, quem sabe até tivesse morrido... Eu sei que isto que estou dizendo é dificultoso, muito entrançado. Mas o senhor vai avante. Invejo é a instrução que o senhor tem. Eu queria decifrar as coisas que são importantes. E estou contando não é uma vida de sertanejo, seja se for jagunço, mas a matéria vertente. Queria entender do medo e da coragem, e da gã que empurra a gente para fazer tantos atos, dar corpo ao suceder. O que induz a gente para más ações estranhas, é que a gente está pertinho do que é nosso, por direito, e não sabe, não sabe, não sabe!

Sendo isto. Ao dôido, doideiras digo. Mas o senhor é homem sobrevindo, sensato, fiel como papel, o senhor me ouve, pensa e repensa, e rediz, então me ajuda.

Assim, é como conto. Antes conto as coisas que formaram passado para mim com mais pertença. Vou lhe falar. Lhe falo do sertão. Do que não sei. Um grande sertão! Não sei. Ninguém ainda não sabe. Só umas raríssimas pessoas — e só essas poucas veredas, veredazinhas. O que muito lhe agradeço é a sua fineza de atenção.

Foi um fato que se deu, um dia, se abriu. O primeiro. Depois o senhor verá por quê, me devolvendo minha razão.

Se deu há tanto, faz tanto, imagine: eu devia de estar com uns quatorze anos, se. Tínhamos vindo para aqui — circunstância de cinco léguas — minha mãe e eu. No porto do Rio-de-Janeiro nosso, o senhor viu. Hoje, lá é o porto do seo Joãozinho, o negociante. Porto, lá como quem diz, porque outro nome não há. Assim sendo, verdade, que se chama, no sertão: é uma beira de barranco, com uma venda, uma casa, um curral e um paiol de depósito. Cereais. Tinha até um pé de roseira. Rosmes!... Depois o senhor vá, verá. Pois, naquela ocasião, já era quase do jeito. O de--Janeiro, dali abaixo meia-légua, entra no São Francisco, bem reto ele vai, formam uma esquadria. Quem carece, passa o de-Janeiro em canoa — ele é estreito, não estende de largura as trinta braças. Quem quer bandear a cômodo o São Francisco, também principia ali a viagem. O porto tem de ser naquele ponto, mais alto, onde não dá febre de maresia. A descida do barranco é indo por a-pique, melhoramento não se pode pôr, porque a cheia vem e tudo escavaca. O São Francisco represa o de-Janeiro, alto em grosso, às vezes já em suas primeiras águas de novembro. Dezembro dando, é certo. Todo o tempo, as canoas ficam esperando, com as correntes presas na raiz descoberta dum pau-d'óleo, que tem. Tinha também umas duas ou três gameleiras, de outrora, tanto recordo. Dá dó, ver as pessoas descerem na lama aquele barranco, carregando sacos pesados, muita vez. A vida aqui é muito repagada, o senhor concorde. Outro, meu tempo, então, o que é que não havia de ser?

Pois tinha sido que eu acabava de sarar duma doença, e minha mãe feito promessa para eu cumprir quando ficasse bom: eu carecia de tirar esmola, até perfazer um tanto — metade para se pagar uma missa, em alguma igreja, metade para se pôr dentro duma cabaça bem tapada e breada, que se jogava no São Francisco, a fim de ir, Bahia abaixo, até esbarrar no Santuário do Santo Senhor Bom-Jesus da Lapa, que na beira do rio tudo pode. Ora, lugar de tirar esmola era no porto. Mãe me deu uma sacola. Eu ia, todos os dias. E esperava por lá, naquele parado, raro que alguém vinha. Mas eu gostava, queria novidade quieta para meus olhos. De descer o barranco, me dava receio. Mas espiava as cabaças para boia de anzol, sempre dependuradas na parede do rancho.

Terceiro ou quarto dia, que lá fui, apareceu mais gente. Dois ou três homens de fora, comprando alqueires de arroz. Cada saco amarrado com broto de burití, a folha nova — verde e amarela pelo comprido, meio a meio. Arcavam com aqueles sacos, e passavam, nas canoas, para o outro lado do de-Janeiro. Lá era, como ainda hoje é, mata alta. Mas, por entre as árvores, se podia ver um carro-de-bois parado, os bois que mastigavam com escassa baba, indicando vinda de grandes distâncias. Daí, o senhor veja: tanto trabalho, ainda, por causa de uns metros de água mansinha, só por falta duma ponte. Ao que, mais, no carro-de-bois, levam muitos dias, para vencer o que em horas o senhor em seu jipe resolve. Até hoje é assim, por borco.

Aí pois, de repente, vi um menino, encostado numa árvore, pitando cigarro. Menino mocinho, pouco menos do que eu, ou devia de regular minha idade. Ali estava, com um chapéu-de-couro, de sujigola baixada, e se ria para mim. Não se mexeu. Antes fui eu que vim para perto dele. Então ele foi me dizendo, com voz muito natural, que aquele comprador era o tio dele, e que moravam num lugar chamado Os-Porcos, meio-mundo diverso, onde não tinha nascido. Aquilo ia dizendo, e era um menino bonito, claro, com a testa alta e os olhos aos-grandes, verdes. Muito tempo mais tarde foi que eu soube que esse lugarim Os-Porcos existe de se ver, menos longe daqui, nos *gerais* de Lassance.

— "Lá é bom?" — perguntei. — "Demais..." — ele me respondeu; e continuou explicando: — "Meu tio planta de tudo. Mas arroz este ano não plantou, porque enviuvou de morte de minha tia..." Assim parecesse que tinha vergonha, de estarem comprando aquele arroz, o senhor veja.

Mas eu olhava esse menino, com um prazer de companhia, como nunca por ninguém eu não tinha sentido. Achava que ele era muito diferente, gostei daquelas finas feições, a voz mesma, muito leve, muito aprazível. Porque ele falava sem mudança, nem intenção, sem sobêjo de esforço, fazia de conversar uma conversinha adulta e antiga. Fui recebendo em mim um desejo de que ele não fosse mais embora, mas ficasse, sobre as horas, e assim como estava sendo, sem parolagem miúda, sem brincadeira — só meu companheiro amigo desconhecido. Escondido enrolei minha sacola, aí tanto, mesmo em fé de promessa, tive vergonha de estar esmolando. Mas ele apreciava o trabalho dos homens, chamando para eles meu olhar, com um jeito de siso. Senti, modo meu de menino, que ele também se simpatizava a já comigo.

A ser que tinha dinheiro de seu, comprou um quarto de queijo, e um pedaço de rapadura. Disse que ia passear em canoa. Não pediu licença ao tio dele. Me perguntou se eu vinha. Tudo fazia com um realce de simplicidade, tanto desmentindo pressa, que a gente só podia responder que sim. Ele me deu a mão, para me ajudar a descer o barranco.

As canoas eram algumas, elas todas compridas, como as de hoje, escavacadas cada qual em tronco de pau de árvore. Uma estava ocupada, apipada passando as sacas de arroz, e nós escolhemos a melhor das outras, quase sem água nem lama nenhuma no fundo. Sentei lá dentro, de pinto em ovo. Ele se sentou em minha frente, estávamos virados um para o outro. Notei que a canoa se equilibrava mal, balançando no estado do rio. O menino tinha me dado a mão para descer o barranco. Era uma mão bonita, macia e quente, agora eu estava vergonhoso, perturbado. O vacilo da canoa me dava um aumentante receio. Olhei: aqueles esmerados esmartes olhos, botados verdes, de folhudas pestanas, luziam um efeito de calma, que até me repassasse. Eu não sabia nadar. O remador, um menino também, da laia da gente, foi remando. Bom aquilo não era, tão pouca firmeza. Resolvi ter brio. Só era bom por estar perto do menino. Nem em minha mãe eu não pensava. Eu estava indo a meu esmo.

Saiba o senhor, o de-Janeiro é de águas claras. E é rio cheio de bichos cágados. Se olhava a lado, se via um vivente desses — em cima de pedra, quentando sol, ou nadando descoberto, exato. Foi o menino quem me mostrou. E chamou minha atenção para o mato da beira, em pé, paredão, feito à régua regulado. — "As flores..." — ele prezou. No alto, eram muitas flores, subitamente vermelhas, de olho-de-boi e de outras trepadeiras, e as roxas, do mucunã, que é um feijão bravo; porque se estava no mês de maio, digo — tempo de comprar arroz, quem não pôde plantar. Um pássaro cantou. Nhambú? E periquitos, bandos, passavam voando por cima de nós. Não me esqueci de nada, o senhor vê. Aquele menino, como eu ia poder deslembrar? Um papagaio vermelho: — "Arara for?" — ele me disse. E — *quê-quê-quê?* — o araçarí perguntava. Ele, o menino, era dessemelhante, já disse, não dava minúcia de pessoa outra nenhuma. Comparável um suave de ser, mas asseado e forte — assim se fosse um cheiro bom sem cheiro nenhum sensível — o senhor represente. As roupas mesmas não tinham nódoa nem amarrotado nenhum, não fuxicavam. A bem dizer, ele pouco falasse. Se via que estava apreciando o ar do tempo, calado e sabido, e tudo nele era segurança em si. Eu queria que ele gostasse de mim.

Mas, com pouco, chegávamos no do-Chico. O senhor surja: é de repentemente, aquela terrível água de largura: imensidade. Medo maior que se tem, é de vir canoando num ribeirãozinho, e dar, sem espera, no corpo dum rio grande. Até pelo mudar. A feiura com que o São Francisco puxa, se moendo todo barrento vermelho, recebe para si o de-Janeiro, quase só um rego verde só. — "Daqui vamos voltar?" — eu pedi, ansiado. O menino não me olhou — porque já tinha estado me olhando, como estava. — "Para que?" — ele simples perguntou, em descanso de paz. O canoeiro, que remava, em pé, foi quem se riu, decerto de mim. Aí o menino mesmo se sorriu, sem malícia e sem bondade. Não piscava os olhos. O canoeiro, sem seguir resolução, varejava ali, na barra, entre duas águas, menos fundas, brincando de rodar mansinho, com a canoa passeada. Depois, foi entrando no do-Chico, na beirada, para o rumo de acima. Eu me apeguei de olhar o mato da margem. Beiras sem praia, tristes, tudo parecendo meio pôdre, a deixa, lameada ainda da cheia derradeira, o senhor sabe: quando o do-Chico sobe os seis ou os onze metros. E se deu que o remador encostou quase a canoa nas canaranas, e se curvou, queria quebrar um galho de maracujá-do-mato. Com o mau jeito, a canoa desconversou, o menino também tinha se levantado. Eu disse um grito. — "Tem nada não..." — ele falou, até meigo muito. — "Mas, então, vocês fiquem sentados..." — eu me queixei. Ele se sentou. Mas, sério naquela sua formosa simpatia, deu ordem ao canoeiro, com uma palavra só, firme mas sem vexame: — "Atravessa!" O canoeiro obedeceu.

Tive medo. Sabe? Tudo foi isso: tive medo! Enxerguei os confins do rio, do outro lado. Longe, longe, com que prazo se ir até lá? Medo e vergonha. A aguagem bruta, traiçoeira — o rio é cheio de baques, modos moles, de esfrio, e uns sussurros de desamparo. Apertei os dedos no pau da canoa. Não me lembrei do Caboclo-d'Água, não me lembrei do perigo que é a "onça-d'água", se diz — a ariranha — essas desmergulham, em bando, e bécam a gente: rodeando e então fazendo a canoa virar, de estudo. Não pensei nada. Eu tinha o medo imediato. E tanta claridade do dia. O arrojo do rio, e só aquele estrape, e o risco extenso d'água, de parte a parte. Alto rio, fechei os olhos. Mas eu tinha até ali agarrado uma esperança. Tinha ouvido dizer que, quando canoa vira, fica boiando, e é bastante a gente se apoiar nela, encostar um dedo que seja, para se ter tenência, a constância de não afundar, e aí ir seguindo, até sobre se sair no seco. Eu disse isso. E o canoeiro me contradisse: — "Esta é das que afundam inteiras. É canoa de peroba. Canoa de peroba e de pau-d'óleo não sobrenadam..." Me deu uma tontura. O ódio que eu quis: ah, tantas canoas no porto, boas canoas boiantes, de faveira ou tamboril, de imburana, vinhático ou cedro, e a gente tinha escolhido aquela... Até fosse crime, fabricar dessas, de madeira burra! A mentira fosse — mas eu devo de ter arregalado dôidos olhos. Quieto, composto, confronte, o menino me via. — "Carece de ter coragem..." — ele me disse. Visse que vinham minhas lágrimas? Doí de responder: — "Eu não sei nadar..." O menino sorriu bonito. Afiançou: — "Eu também não sei." Sereno, sereno. Eu vi o rio. Via os olhos dele, produziam uma luz. — "Que é que a gente sente, quando se tem medo?" — ele indagou, mas não estava remoqueando; não pude ter raiva. — "Você nunca teve medo?" — foi o que me veio, de dizer. Ele respondeu: — "Costumo não..." — e, passado o tempo dum meu suspiro: — "Meu pai disse que não se deve de ter..." Ao que meio pasmei. Ainda ele terminou: — "...Meu pai é o homem mais valente deste mundo." Aí o bambalango das águas, a avançação enorme roda-a-roda — o que até hoje, minha vida, avistei, de maior, foi aquele rio. Aquele, daquele dia. As remadas que se escutavam, do canoeiro, a gente podia contar, por duvidar se não satisfaziam termo. — "Ah, tu: tem medo não nenhum?" — ao canoeiro o menino perguntou, com tom. — "Sou barranqueiro!" — o canoeirinho tresdisse, repontando de seu orgulho. De tal o menino gostou, porque com a cabeça aprovava. Eu também. O chapéu-de-couro que ele tinha era quase novo. Os olhos, eu sabia e hoje ainda mais sei, pegavam um escurecimento duro. Mesmo com a pouca idade que era a minha, percebi que, de me ver tremido todo assim, o menino tirava aumento para sua coragem. Mas eu aguentei o aque do olhar dele. Aqueles olhos então foram ficando bons, retomando brilho. E o menino pôs a mão na minha. Encostava e ficava fazendo parte melhor da minha pele, no profundo, désse a minhas carnes alguma coisa. Era uma mão branca, com os dedos dela delicados. — "Você também é animoso..." — me disse. Amanheci minha aurora. Mas a vergonha que eu sentia agora era de outra qualidade. Arre vai, o canoeiro cantou, feio, moda de copla que gente barranqueira usa: "...*Meu Rio de São Francisco, nessa maior turvação: vim te dar um gole d'água, mas pedir tua benção...*" Aí, o desejado, arribamos na outra beira, a de lá.

    Ao ver, o menino mandou encostar; só descemos. — "Você não arreda daqui, fica tomando conta!" — ele falou para o canoeiro, que seguiu de cumprir aquela autoridade, desde que amarrou a corrente num pau-pombo. Aonde o menino queria ir? Sofismei, mas fui andando, fomos, na vargem, no meio-avermelhado do capim-pubo. Sentamos, por fim, num lugar mais salientado, com pedras, rodeado por áspero bamburral. Sendo de permanecer assim, sem prazo, isto é, o quase calados, somente. Sempre os mosquitinhos era que arreliavam, o vulgar. — "Amigo, quer de comer? Está com fome?" — ele me perguntou. E me deu a rapadura e o queijo. Ele mesmo, só tocou em miga. Estava pitando. Acabou de pitar, apanhava talos de capim-capivara, e mastigava; tinha gosto de milho-verde, é dele que a capivara come. Assim quando me veio vontade de urinar, e eu disse, ele determinou: — "Há-de, vai ali atrás, longe de mim, isso faz..." Mais não conversasse; e eu reparei, me acanhava, comparando como eram pobres as minhas roupas, junto das dele.

Antojo, então, por detrás de nós, sem avisos, apareceu a cara de um homem! As duas mãos dele afastavam os ramos do mato, me deu um susto somente. Por certo algum trilho passava perto por ali, o homem escutara nossa conversa. À fé, era um rapaz, mulato, regular uns dezoito ou vinte anos; mas altado, forte, com as feições muito brutas. Debochado, ele disse isto: — "Vocês dois, uê, hem?! Que é que estão fazendo?..." Aduzido fungou, e, mão no fechado da outra, bateu um figurado indecente. Olhei para o menino. Esse não semelhava ter tomado nenhum espanto, surdo sentado ficou, social com seu prático sorriso. — "Hem, hem? E eu? Também quero!" — o mulato veio insistindo. E, por aí, eu consegui falar alto, contestando, que não estávamos fazendo sujice nenhuma, estávamos era espreitando as distâncias do rio e o parado das coisas. Mas, o que eu menos esperava, ouvi a bonita voz do menino dizer: — "Você, meu nego? Está certo, chega aqui..." A fala, o jeito dele, imitavam de mulher. Então, era aquilo? E o mulato, satisfeito, caminhou para se sentar juntinho dele.

Ah, tem lances, esses — se riscam tão depressa, olhar da gente não acompanha. Urutú dá e já deu o bote? Só foi assim. Mulato pulou para trás, ô de um grito, gemido urro. Varou o mato, em fuga, se ouvia aquela corredoura. O menino abanava a faquinha nua na mão, e nem se ria. Tinha embebido ferro na côxa do mulato, a ponta rasgando fundo. A lâmina estava escorrida de sangue ruim. Mas o menino não se aluía do lugar. E limpou a faca no capim, com todo capricho. — "Quicé que corta..." — foi só o que disse, a si dizendo. Tornou a pôr na bainha.

Meu receio não passava. O mulato podia voltar, ter ido buscar uma fôice, garrucha, a reunir companheiros; de nós o que seria, daí a mais um pouco? Ao menino ponderei isso, encarecendo que a gente fosse logo embora. — "Carece de ter coragem. Carece de ter muita coragem..." — ele me moderou, tão gentil. Me alembrei do que antes ele tinha falado, de seu pai. Indaguei: — "Mas, então, você mora é com seu tio?" Aí ele se levantou, me chamando para voltarmos. Mas veio demorão, vagarosinho até aonde a canoa. E não olhava para trás. Não, medo do mulato, nem de ninguém, ele não conhecia.

Tem de tudo neste mundo, pessoas engraçadas: o remadorzinho estava dormindo espichado dentro da canoa, com os seus mosquitos por cima e a camisa empapada de suor de sol. Se alegrou com o resto da rapadura e do queijo, nos trouxe remando, no meio do rio até mais cantava. Dessa volta, não lhe dou desenho — tudo igual, igual. Menos que, por vez, me pareceu depressa demais. — "Você é valente, sempre?" — em hora eu perguntei. O menino estava molhando as mãos na água vermelha, esteve tempo pensando. Dando fim, sem me encarar, declarou assim: — "Sou diferente de todo o mundo. Meu pai disse que eu careço de ser diferente, muito diferente..." E eu não tinha medo mais. Eu? O sério pontual é isto, o senhor escute, me escute mais do que eu estou dizendo; e escute desarmado. O sério é isto, da estória toda — por isto foi que a estória eu lhe contei —: eu não sentia nada. Só uma transformação, pesável. Muita coisa importante falta nome.

Minha mãe estava lá no porto, por mim. Tive de ir com ela, nem pude me despedir direito do Menino. De longe, virei, ele acenou com a mão, eu respondi. Nem sabia o nome dele. Mas não carecia. Dele nunca me esqueci, depois, tantos anos todos.

Agora, que o senhor ouviu, perguntas faço. Por que foi que eu precisei de encontrar aquele Menino? Toleima, eu sei. Dou, de. O senhor não me responda. Mais, que coragem inteirada em peça era aquela, a dele? De Deus, do demo? Por duas, por uma, isto que eu vivo pergunta de saber, nem o compadre meu Quelemém não me ensina. E o que era que o pai dele tencionava? Na ocasião, idade minha sendo aquela, não dei de mim esse indagado. Mire veja: um rapazinho, no Nazaré, foi desfeiteado, e matou um homem. Matou, correu em casa. Sabe o que o pai dele temperou? — "Filho, isso é a tua maioridade. Na velhice, já tenho defesa, de quem me vingue..." Bolas, ora. Senhor vê, o senhor sabe. Sertão é o penal, criminal. Sertão é onde homem tem de ter a dura nuca e mão quadrada. Mas, onde é bobice a qualquer resposta, é aí que a pergunta se pergunta. Por que foi que eu conheci aquele Menino? O senhor não conheceu, compadre meu Quelemém não conheceu, milhões de milhares de pessoas não conheceram. O senhor pense outra vez, repense o bem pensado: para que foi que eu tive de atravessar o rio, defronte com o Menino? O São Francisco cabe sempre aí, capaz, passa. O Chapadão é em sobre longe, beira até Goiás, extrema. Os gerais desentendem de tempo. Sonhação — acho que eu tinha de aprender a estar alegre e triste juntamente, depois, nas vezes em que no Menino pensava, eu acho que. Mas, para que? por que?

Eu estava no porto do de-Janeiro, com minha capanguinha na mão, ajuntando esmolas para o Senhor Bom-Jesus, no dever de pagar promessa feita por minha mãe, para me sarar de uma doença grave. Deveras se vê que o viver da gente não é tão cerzidinho assim? Artes que foi, que fico pensando: por aí, Zé Bebelo um tanto sabia disso, mas sabia sem saber, e saber não queria; como Medeiro Vaz, como Joca Ramiro; como compadre meu Quelemém, que viaja diverso caminhar. Ao que? Não me dê, dês. Mais hoje, mais amanhã, quer ver que o senhor põe uma resposta. Assim, o senhor já me compraz. Agora, pelo jeito de ficar calado alto, eu vejo que o senhor me divulga.

Adiante? Conto. O seguinte é simples. Minha mãe morreu — apenas a *Bigrí*, era como ela se chamava. Morreu, num dezembro chovedor, aí foi grande a minha tristeza. Mas uma tristeza que todos sabiam, uma tristeza do meu direito. De desde, até hoje em dia, a lembrança de minha mãe às vezes me exporta. Ela morreu, como a minha vida mudou para uma segunda parte. Amanheci mais. De herdado, fiquei com aquelas miserinhas — miséria quase inocente — que não podia fazer questão: lá larguei a outros o pote, a bacia, as esteiras, panela, chocolateira, uma caçarola bicuda e um alguidar; somente peguei minha rede, uma imagem de santo de pau, um caneco-de-asa pintado de flores, uma fivela grande com ornados, um cobertor de baeta e minha muda de roupa. Puseram para mim tudo em trouxa, como coube na metade dum saco. Até que um vizinho caridoso cumpriu de me levar, por causa das chuvas numa viagem durada de seis dias, para a Fazenda São Gregório, de meu padrinho Selorico Mendes, na beira da estrada boiadeira, entre o rumo do Curralinho e o do Bagre, onde as serras vão descendo. Tanto que cheguei lá, meu padrinho Selorico Mendes me aceitou com grandes bondades. Ele era rico e somítico, possuía três fazendas-de-gado. Aqui também dele foi, a maior de todas.

— "De não ter conhecido você, estes anos todos, purgo meus arrependimentos..." — foi a sincera primeira palavra que ele me disse, me olhando antes. Levei dias pensando que ele não fosse de juizo regulado. Nunca falou em minha mãe. Nas coisas de negócio e uso, no lidante, também quase não falava. Mas gostava de conversar, contava casos. Altas artes de jagunços — isso ele amava constante — histórias.

— "Ah, a vida vera é outra, do cidadão do sertão. Política! Tudo política, e potentes chefias. A pena, que aqui já é terra avinda concorde, roncice de paz, e sou homem particular. Mas, adiante, por aí arriba, ainda fazendeiro graúdo se reina mandador — todos donos de agregados valentes, turmas de cabras do trabuco e na carabina escopetada! Domingos Touro, no Alambiques, Major Urbano na Macaçá, os Silva Salles na Crondeúba, no Vau-Vau dona Próspera Blaziana. Dona Adelaide no Campo-Redondo, Simão Avelino na Barra-da-Vaca, Mozar Vieira no São João do Canastrão, o Coronel Camucim nos Arcanjos, comarca de Rio Pardo; e tantos, tantos. Nisto que na extrema de cada fazenda some e surge um camarada, de sentinela, que sobraça o pau de fogo e vigia feito onça que come carcaça. Ei. Mesma coisa no barranco do rio, e se descer esse São Francisco, que aprova, cada lugar é só de um grande senhor, com sua família geral, seus jagunços mil, ordeiros: ver São Francisco da Arrelia, Januária, Carinhanha, Urubú, Pilão Arcado, Chique-Chique e Sento-Sé."

Demais falasse, tendo conhecido o Neco, se lembrava de quando Neco forçou Januária e Carinhanha, nas éras do ano de 79: tomou todos os portos — Jatobá, Malhada e Manga — fez como quis; e pôs séde de suas fortes armas no arraial do Jacaré, que era a terra dele. — "Estive lá, com carta firmada pelo Capitão Severiano Francisco de Magalhães, que era companheiro combinado do Neco. O pessoal que eles numeravam em guerra comprazia uma babilônia. Botavam até barcas, cheias de homens com bacamartes, cruzando para baixo e para cima o rio, de parte a parte. Dia e noite, a gente ouvia gritos e tiros. Cavalaria de jagunços galopando, saindo para distâncias marcadas. Abriam festa de bomba-real e foguetório, quando entravam numa cidade. Mandavam tocar o sino da igreja. Arrombavam a cadeia, soltando os presos, arrancavam o dinheiro em coletoria, e ceiavam em Casa-da-Câmara..."

Meu padrinho Selorico Mendes era muito medroso. Contava que em tempos tinha sido valente, se gabava, goga. Queria que eu aprendesse a atirar bem, e manejar porrête e faca. Me deu logo um punhal, me deu uma garrucha e uma granadeira. Mais tarde, me deu até um facão enterçado, que tinha mandado forjar para próprio, quase do tamanho de espada e em formato de folha de gravatá. — "Sentei em mesa com o Neco, bebi vinho, almocei... Debaixo da chefia dele, paravam uns oitocentos brabos, só obedeciam e rendiam respeito." Meu padrinho, hóspede do Neco; de recontar isso ele sempre se engrandecia. Naquela dita ocasião, todas as pessoas importantes tinham fugido da Januária, desamparadas de poder-de-lei, foram esperar melhor sorte em Pedras-de-Maria-da-Cruz. — "Neco? Ah! Mandou mais que Renovato, ou o Lióbas, estrepoliu mais do que João Brandão e os Filgueiras..." E meu padrinho me mostrou um papel, com escrita de Neco — era recibo de seis ancorotes com pólvora e uma remessa de iodureto — a assinatura rezava assim: Manoel Tavares de Sá.

Mas eu não sabia ler. Então meu padrinho teve uma decisão: me enviou para o Curralinho, para ter escola e morar em casa de um amigo dele, Nhô Marôto, cujo Gervásio Lé de Ataíde era o verdadeiro nome social. Bom homem. Lá eu não carecia de trabalhar, de forma nenhuma, porque padrinho Selorico Mendes acertava com Nhô Marôto de pagar todo fim de ano o assentamento da tença e impêndio, até de botina e roupa que eu precisasse. Eu comia muito, a despesa não era pequena, e sempre gostei do bom e do melhor. A ser que, alguma vez, Nhô Marôto me pedia um ou outro serviço, usando muito bico de palavreado, me agradando e dizendo que estimava como um favor. Nunca neguei a ele meus pés e mãos, e mesmo não era o nenhum trabalho notável. Vai, acontece, ele me disse: — "Baldo, você carecia mesmo de estudar e tirar carta-de-doutor, porque para cuidar do trivial você jeito não tem. Você não é habilidoso." Isso que ele me disse me impressionou, que de seguida formei em pergunta, ao Mestre Lucas. Ele me olhou, um tempo — era homem de tão justa regra, e de tão visível correto parecer, que não poupava ninguém: às vezes teve dia de dar em todos os meninos com a palmatória; e mesmo assim nenhum de nós não tinha raiva dele. Assim Mestre Lucas me respondeu: — "É certo. Mas o mais certo de tudo é que um professor de mão-cheia você dava..." E, desde o começo do segundo ano, ele me determinou de ajudar no corrido da instrução, eu explicava aos meninos menores as letras e a tabuada.

Curralinho era lugar muito bom, de vida contentada. Com os rapazinhos de minha idade, arranjei companheirice. Passei lá esses anos, não separei saudade nenhuma, nem com o passado não somava. Aí, namorei falso, asnaz, ah essas meninas por nomes de flores. A não ser a Rosa'uarda — moça feita, mais velha do que eu, filha de negociante forte, seo Assis Wababa, dono da venda *O Primeiro Barateiro da Primavera de São José* — ela era estranja, turca, eles todos turcos, armazém grande, casa grande, seo Assis Wababa de tudo comerciava. Tanto sendo bizarro atencioso, e muito ladino, ele me agradava, dizia que meu padrinho Selorico Mendes era um freguesão, diversas vezes me convidou para almoçar em mesa. O que apreciei — carne moída com semente de trigo, outros guisados, recheio bom em abobrinha ou em folha de uva, e aquela moda de azedar o quiabo — supimpas iguarias. Os doces, também. Estimei seo Assis Wababa, a mulher dele, dona Abadia, e até os meninos, irmãozinhos de Rosa'uarda, mas com tamanha diferença de idade. Só o que me invocava era a linguagem garganteada que falavam uns com uns, a aravia. Assim mesmo afirmo que a Rosa'uarda gostou de mim, me ensinou as primeiras bandalheiras, e as completas, que juntos fizemos, no fundo do quintal, num esconso, fiz com muito anseio e deleite. Sempre me dizia uns carinhos turcos, e me chamava de: — "Meus olhos." Mas os dela era que brilhavam exaltados, e extraordinários pretos, duma formosura mesmo singular. Toda a vida gostei demais de estrangeiro.

Hoje é que reconheço a forma do que meu padrinho muito fez por mim, ele que criara amparado amor ao seu dinheiro, e que tanto avarava. Pois, várias viagens, ele veio ao Curralinho, me ver — na verdade, também, ele aproveitava para tratar de vender bois e mais outros negócios — e trazia para mim caixetas de doce de buriti ou de araticúm, requeijão e marmeladas. Cada mês de novembro, mandava me buscar. Nunca ralhou comigo, e me dava de tudo. Mas eu nunca pedi coisa nenhuma a ele. Dez vezes mais me desse, e não se valia. Eu não gostava dele, nem desgostava. Mais certo era que com ele eu não soubesse me acostumar. Acabei, por razão outra, fugindo do São Gregório, o senhor vai ver. Nunca mais vi meu padrinho. Mas por isso ele não me desejou mal; nem entendo. Decerto, ficou entusiasmado, quando teve notícias de que eu era o jagunço. E me deixou por herdeiro, em folha de testamento: das três fazendas, duas peguei. Só o São Gregório foi que ele testou para uma mulata, com que no fim de sua velhice se ajuntou. Disso não fiz conta. Mesmo o que recebi eu menos merecia. Agora, derradeiramente, destaco: quando velho, ele penou remorso por mim; eu, velho, a curtir arrependimento por ele. Acho que nós dois éramos mesmo pertencentes.

Depois pouco que voltei do Curralinho, definitivo, grande fato se deu, que ao senhor não escondo. Certa madrugada, os cachorros todos latiram, no São Gregório, alguém estava batendo. Era mês de maio, em má lua, o frio fiava. E, quando tão moço, eu custava muito para me levantar; não por fraca saúde, mas por preguiça mal corrigida. Assim que saí da cama e fui ver se era de se abrir, meu padrinho Selorico Mendes, com a lamparina na mão, já estava pondo para dentro da sala uns homens, que eram seis, todos de chapéu-grande e trajados de capotes e capas, arrastavam esporas. Ali entraram com uma aragem que me deu susto de possível reboldosa. Admirei: tantas armas. Mas eles não eram caçadores. Ao que farejei: pé de guerra.

Meu padrinho mandou eu ir lá dentro, chamar alguma das mulheres, que coasse café quente. Quando voltei, um dos homens — Alarico Totõe — estava expondo, explicando. Todos continuavam sem tomar assentos. Alarico Totõe sendo um fazendeiro do Grão-Mogol, conhecido de meu padrinho. Ele, com seu irmão Aluiz Totõe, pessoas finas, gente de bem. Tinham encomendado o auxílio amigo dos jagunços, por uma questão política, logo entendi. Meu padrinho escutava, aprovando com a cabeça. Mas para quem ele sempre estava olhando, com uma admiração toda perturbosa, era para o chefe dos jagunços, o principal. E o senhor sabe quem era esse? Joca Ramiro! Só de ouvir o nome, eu parei, na maior suspensão.

Drede Joca Ramiro estava de braços cruzados, o chapéu dele se desabava muito largo. Dele, até a sombra, que a lamparina arriava na parede, se trespunha diversa, na imponência, pojava volume. E vi que era um homem bonito, caprichado em tudo. Vi que era homem gentil. Dos lados, ombreavam com ele dois jagunções; depois eu soube — que seus segundos. Um, se chamava Ricardão: corpulento e quieto, com um modo simpático de sorriso; compunha o ar de um fazendeiro abastado. O outro — Hermógenes — homem sem anjo-da-guarda. Na hora, não notei de uma vez. Pouco, pouco, fui receando. O Hermógenes: ele estava de costas, mas umas costas desconformes, a cacunda amontoava, com o chapéu raso em cima, mas chapéu redondo de couro, que se que uma cabaça na cabeça. Aquele homem se arrepanhava de não ter pescoço. As calças dele como que se enrugavam demais da conta, enfolipavam em dobrados. As pernas, muito abertas; mas, quando ele caminhou uns passos, se arrastava — me pareceu — que nem queria levantar os pés do chão. Reproduzo isto, e fico pensando: será que a vida socorre à gente certos avisos? Sempre me lembro dele, me lembro mal, mas atrás de muitas fumaças. Naquela hora, eu estava querendo que ele não virasse a cara. Virou. A sombra do chapéu dava até em quase na boca, enegrecendo.

No terminar, Alarico Totõe pediu que precisavam de um recanto oculto, onde a tropa dos homens passasse o dia que vinha, pois que viajavam de noite, dando surpresa e desmanchando rastro. — "Tem ótimo reconditório..." — meu padrinho consentiu. E mandou que eu fosse guiar aquela gente, até aonde o pôço do Cambaùbal, num fechado, mato caàpuão. Primeiro, tomou-se café. Assim Joca Ramiro corria pronto os olhos, em tudo ali, sorrindo franco, a cara muito galharda, e pôs as mãos nos bolsos. Ricardão ria grosso. E aquele Hermógenes veio para sair comigo, mais o outro homem — um cabeça-chata alvaço, com muita viveza no olhar; desse gostei, Alaripe se chamava, até hoje se chama. Em que, eles dois a cavalo, eu a pé, viemos até onde estavam esperando os outros, dois passos, no baixo da estrada.

Aí mês de maio, falei, com a estrela-d'alva. O orvalho pripingando, baciadas. E os grilos no chirilim. De repente, de certa distância, enchia espaço aquela massa forte, antes de poder ver eu já pressentia. Um estado de cavalos. Os cavaleiros. Nenhum não tinha desapeado. E deviam de ser perto duns cem. Respirei: a gente sorvia o bafejo — o cheiro de crinas e rabos sacudidos, o pelo deles, de suor velho, semeado das poeiras do sertão. Adonde o movimento esbarrado que se sussurra duma tropa assim — feito de uma porção de barulhinhos pequenos, que nem o dum grande rio, do a-flôr. A bem dizer, aquela gente estava toda calada. Mas uma sela range de seu, tine um arreaz, estribo, e estribeira, ou o coscós, quando o animal lambe o freio e mastiga. Couro raspa em couro, os cavalos dão de orêlha ou batem com o pé. Daqui, dali, um sopro, um meio-arquêjo. E um cavaleiro ou outro tocava manso sua montada, avançando naquele bolo, mudando de lugar, bridava. Eu não sentia os homens, sabia só dos cavalos. Mas os cavalos mantidos, montados. É diferente. Grandeúdo. E, aos poucos, divulgava os vultos muitos, feito árvores crescidas lado a lado. E os chapéus rebuçados, as pontas dos rifles subindo das costas. Porque eles não falavam — e restavam esperando assim — a gente tinha medo. Ali deviam de estar alguns dos homens mais terríveis sertanejos, em cima dos cavalos teúdos, parados contrapassantes. Soubesse sonhasse eu?

Decerto de guarda, apartado dos mais, se via um cavaleiro, inteiro. Veio vindo para cá, o cavalo dele era escuro; era um alazão de bom pisar.

— "Capixúm, é eu, mais o siô Hermógenes..." — o cabeça-chata falou aviso.

— "A bom, Alaripe!" — o de lá respondeu.

A gente se encostava no frio, escutava o orvalho, o mato cheio de cheiroso, estalinho de estrelas, o deduzir dos grilos e a cavalhada a peso. Dava o raiar, entreluz da aurora, quando o céu branquece. Ao o ar indo ficando cinzento, o formar daqueles cavaleiros, escorrido, se divisava. E o senhor me desculpe, de estar retrasando em tantas minudências. Mas até hoje eu represento em meus olhos aquela hora, tudo tão bom; e, o que é, é saudade.

De junto com o Capixúm, se aproximou outro um, também, de soto-chefe, que o Hermógenes tratou de sié-Marques. O Hermógenes tinha voz que não era fanhosa nem rouca, mas assim desgovernada desigual, voz que se safava. Assim — fantasia de dizer — o ser de uma irara, com seu cheiro fedorento. — "Aoh, uê, alguém, irmão?" — aquele sié-Marques perguntou, tratando de minha pessoa. — "De paz, mano velho. Amigo que veio mostrar à gente o arrancho..." — o Hermógenes contestou. Deu ainda um barulho de boca e goela, qual um rôsno. Sem mais delongas nenhumas, saí, caminhando ao lado do cavalo do Hermógenes, puxando todos para o Cambaùbal. Atrás de nós, eu ouvia os passos postos da grande cavalaria, o regular, esse empurro continuado. Eu não queria virar e espiar, achassem que eu era abelhudo. Mas, agora, eles conversavam, alguns riam, diziam graças. Presumi que estavam muito contentes de ganhar o repouso de horas, pois tinham navegado na sela a noite toda. Um falou mais alto, aquilo era bonito e sem tino: — *"Siruiz, cadê a moça virgem?"* Largamos a estrada, no capim molhado meus pés se lavavam. Algum, aquele Siruiz, cantou, palavras diversas, para mim a toada toda estranha:

Urubú é vila alta,
mais idosa do sertão:
padroeira, minha vida —
vim de lá, volto mais não...
   Vim de lá, volto mais não?...

Corro os dias nesses verdes,
meu boi mocho baetão:
burití — água azulada,
carnaúba — sal do chão...

Remanso de rio largo,
viola da solidão:
quando vou p'ra dar batalha,
convido meu coração...

Vinham quebrando as barras. Dia de maio, com orvalho, eu disse. Lembrança da gente é assim.
   Me emprestaram um cavalo, e eu fui, com o Alaripe, esperar a chegada da tropa de burros, adiante, na boca da ponte. Não tardava já vinham aparecendo. Um lote de dez mulas, com os cargueiros. Mas vinham com os cincerros tapados, tafulhados com rama de algodão: afora o geme-geme das cangalhas, não faziam nenhum rumor. Guiamos os tropeiros também para o Cambaùbal. Mas, aí, meu padrinho chegou, com Joca Ramiro, Ricardão, e os Totões. Meu padrinho insistiu,

me trouxe outra vez para casa. O dia já estava clareando completo. Meu coração restava cheio de coisas movimentadas.

Não vi mais o acampo deles, as esporas tilintim. Não pude. Padrinho Selorico Mendes mandou que eu fosse no O-Côcho, buscar um homem chamado Rozendo Pio, esse homem — meu padrinho me disse — rastreava. E era para ele vir, debaixo de todos os segredos, tapejar o bando de Joca Ramiro por bons trilhos e atalhos, na Serra das Trinta Voltas, modo de caber em duas noites, sem perigo maior, o que, se não, durasse seis ou sete. Sendo assim, só eu mesmo merecia confiança de ir. Fui, com desgosto. Três léguas, três léguas e meia longe. Mas eu tinha de levar um cavalo adestro, para o homem. E esse Rozendo Pio era tratantaz e tôlo. Demorou muito, com desculpa de arranjos. No caminho, na vinda, ele nem sabia de nada, de jagunços, quase não conversava, não quis dar demonstração. Nem fazia prazer naquilo. Quando chegamos, era o anoitecido, o bando estava pronto para sair. Se separavam em pequenos golpes. Meu padrinho tinha mandado amarrar os cachorros todos da fazenda. Se foram. Achei mesmo que tudo tinha perdido a graça, o de se ver.

Semanas seguintes, meu padrinho só falou nos jagunços. Dito que Joca Ramiro era um chefe cursado: muitos iguais não nascem assim — dono de glórias! Aquela turma de cabras, tivesse sorte, podia impor caráter ao Governo. Meu padrinho levara aquele dia todo no meio deles. Contava: o cuidado nos arranjos, as coisas todas regradas, aquele dormir de ordem, aquela autoridade enorme no entremeamento. Nem nada faltava. As sacas de farinha, tantas e tantas arrobas de carne de sol, a munição bem zelada, caixote com pães de sabão para cada um lavar a roupa e o corpo. Até tinham um mestre-ferrador, com sua tendinha e os pertences: uma bigorna e as tenazes, fole de mão, ferramenta exata; e capanga de alveitar, com vários sortidos flames de sangrar cavalos adoecidos. E as mais coisas meu padrinho descrevia com muito agrado, de que tinha ouvido sincera narração. As lutas dos joca-ramiros, os barulhos, as manhas traçadas para se ganhar em combate, maço de estórias de toda raça de artes e estratagemas. De ouvir meu padrinho contar aquilo, se comprazendo sem singeleza, começava a dar em mim um enjoo. Parecia que ele queria se emprestar a si as façanhas dos jagunços, e que Joca Ramiro estava ali junto de nós, obedecendo mandados, e que a total valentia pertencia a ele, Selorico Mendes. Meu padrinho era antipático. Ficava mais sendo. Eu achava. Num lugar parado, assim, na roça, carece de a gente de vez em quando ir alterando os assuntos.

Não estou caçando desculpa para meus errados, não, o senhor reflita. O que me agradava era recordar aquela cantiga, estúrdia, que reinou para mim no meio da madrugada, ah, sim. Simples digo ao senhor: aquilo molhou minha ideia. Aire, me adoçou tanto, que dei para inventar, de espírito, versos naquela qualidade. Fiz muitos, montão. Eu mesmo por mim não cantava, porque nunca tive entôo de voz, e meus beiços não dão para saber assoviar. Mas reproduzia para as pessoas, e todo o mundo admirava, muito recitados repetidos. Agora, tiro sua atenção para um ponto: e ouvindo o senhor concordará com o que, por mesmo eu não saber, não digo. Pois foi — que eu escrevi os outros versos, que eu achava, dos verdadeiros assuntos, meus e meus, todos sentidos por mim, de minha saudade e tristezas. Então? Mas esses, que na ocasião prezei, estão gôros, remidos, em mim bem morreram, não deram cinza. Não me lembro de nenhum deles, nenhum. O que eu guardo no giro da memória é aquela madrugada dobrada inteira: os cavaleiros no sombrio amontoados, feito bichos e árvores, o refinfim do orvalho, a estrela-d'alva, os grilinhos do campo, o pisar dos cavalos e a canção de Siruiz. Algum significado isso tem?

Meu padrinho Selorico Mendes me deixava viver na lordeza. No São Gregório, do razoável de tudo eu dispunha, querer querendo. E, de trabalhar seguido, eu nem carecia. Fizesse ou não fizesse, meu padrinho me apreciava; mas não me louvava. Uma coisa ele não tolerava, e era só: que alguém indagasse justo quanto era o dinheiro que ele tinha. Com isso eu nunca somei, não sou especúla. Eu vivia com o meu bom corpo. Alguém há de achar algum regime melhor?

Mas, um dia — de tanto querer não pensar no princípio disso, acabei me esquecendo quem — me disseram que não era à-toa que minhas feições copiavam retrato de Selorico Mendes. Que ele tinha sido meu pai! Afiança que, no escutar, em roda de mim o tonto houve — o mundo todo me desproduzia, numa grande desonra. Pareceu até que, de algum encoberto jeito, eu daquilo já sabia. Assim já tinha ouvido de outros, aos pedacinhos, ditos e indiretas, que eu desouvia. Perguntar a ele, fosse? Ah, eu não podia, não. Perguntar a mais pessoa nenhuma; chegava. Não desesquentei a cabeça. Ajuntei meus trens, minhas armas, selei um cavalo, fugi de lá. Fui até na cozinha, conduzi um naco de carne, dois punhados de farinha no bornal. Achasse algum dinheiro à mão, pegava; disso eu não tinha nenhum escrúpulo. Virei bem fugido. Toquei direto para o Curralim.

Razão por que fiz? Sei ou não sei. De *ás*, eu pensava claro, acho que de *bês* não pensei não. Eu queria o ferver. Quase mesmo aquilo me engrossava, desarrazoado, feito o vício dum ruim prazer. Eu fazia minha raiva. Raiva bem não era, isto é: só uma espécie de despique a dentro, o vexame que me inçava não me dava rumo para continuação. Único reger era me empinar e assoprar em esta minha cabeça, aí a confusão e desordem e altos desesperos. Arremessei o cavalo, galopei demais. Não ia para a casa de Nhô Marôto. Ante antes ia para o seo Assis Wababa — aquela hora eu queria só gente estranha, muito estrangeira, estrangeira inteira! Só fosse um pouco para ver a Rosa'uarda, essa assim eu amava? Ah, não. Gostasse da Rosa'uarda, mas aí nas delícias dela minha ideia não podendo se firmar — porque aumentava o desamparo de minha vergonha. Ia para a escola de Mestre Lucas. A lá, perto da casa de Mestre Lucas, morava um senhor chamado Dodó Meirelles, que tinha uma filha chamada Miosótis. Assim, à parva, às tantices, essa mocinha Miosótis também tinha sido minha namorada, agora por muitos momentos eu achava consolo em que ela me visse — que soubesse: eu, com minhas armas matadeiras, tinha dado revolta contra meu padrinho, saíra de casa, aos gritos, danado no animal, pelo cerrado a fora, capaz de capaz! Daí, a Mestre Lucas eu tinha de dar uma explicação. Eu não gostava daquela Miosótis, ela era uma bobinhã, no São Gregório nunca tinha pensado nela; gostava era de Rosa'uarda. Mas Nhô Marôto havia de logo saber que eu tivesse chegado no Curralim, e meu padrinho ia ter o pronto aviso. Mandava alguém me buscar. Vinha, ele. Não me importava. De repente, eu sabia: o que eu estava querendo era isso mesmo. Ele viesse, me pedisse para voltar, me prometendo tudo, ah, até nos meus pés se ajoelhava. E não viesse? Se demorasse a vir? Aí, o que era que eu ia fazer, caçar meio de vida, aturar remoque sei lá de todos, me repartir no miudinho de cada dia, tão penoso aborrecido. A bis, então, cresceu minha raiva. Tive outras lágrimas nos bobos olhos. Adramado pensei em minha mãe, com todo querer, e afirmei alto que seria só por conta dela que eu estava procedendo pelo avesso, gritei. Mas aquilo se fingia mal, espécie de minha vergonha esteve sendo maior. Como o cavalo, em rogo de misericórdia, escureceu o pelo de todo suor. Sosseguei as esporas. Viemos a passo de marcha. Eu tinha medo por causa de minha vida, quando entramos no Curralinho.

Em casa de seo Assis Wababa, me deram trato regozijante. No que jantei, ri, conversei. Só a praga duma surpresa me declararam: a de que a Rosa'uarda agora estava sendo nôiva, para se casar com um Salino Cúri, outro turco negociante, nos derradeiros meses para lá vindo. Assumí, em trela, tristeza e alívio — aquele amor não seria mesmo para mim, pelos motivos pessoais. Nublo em que me vi, mas me governei: trancei as pernas, comecei cara de falar pouco, senhor-não, senhor-sim, acautelado sisudo, e indagando dos grandes preços; assim fossem cuidar que essa minha viagem era por tramar importante encargo para o meu padrinho Selorico Mendes. Seo Assis Wababa oxente se prazia, aquela noite, com o que o Vupes noticiava: que em breves tempos os trilhos do trem-de--ferro se armavam de chegar até lá, o Curralinho então se destinava ser lugar comercial de todo valor. Seo Assis Wababa se engordava concordando, trouxe canjirão de vinho. Me alembro: eu entrei no que imaginei — na ilusãozinha de que para mim também estava tudo assim resolvido, o progresso moderno: e que eu me representava ali rico, estabelecido. Mesmo vi como seria bom, se fosse verdade.

Mas estava lá o Vupes, Alemão Vupes, que eu disse — seo Emílio Wusp, que o senhor diz. Das vezes que viera a passar pelo Curralinho, ele já era meu conhecido. Tresdobrado homem. Sendo que entendia tudo de manejar com armas, mas viajava sem cano nenhum; dizia: — "Níquites! Desarmado eu completo, eu assim, eles todos mesmo vão muito mais me respeitar, oh, no sertão." Ele me viu afinar mira, uma vez, e me louvou, por eu, de nascença, saber tão bem, na horinha, segurar de não respirar. Mesmo dizia: — "Senhor atira bem, porque atira com espírito. Sempre o espírito é que acerta..." Soante que dissesse: sempre o espírito é que mata... Mas, a bem, agora aquela hora, estava lá o Vupes, assim foi. Porque, num desastre de instante, eu tinha pegado a pensar — o que resolvia minha situação era trabalhar para ele, se viajar vendendo ferramentas por aí, descaroçador de algodão. Nem ponderei, mas disse: — "Seo Vupes, o senhor não quererá me ajustar, em seu serviço?" Minha bestice. *"Níquites!"* — conforme que o Vupes constante exclamava. Ali nem acabei de falar, e em mim eu já estava arrependido, com toda a velocidade. Ideia nova que imaginei: que, mesmo pessoa amiga e cortês, virando patrão da gente, vira mais rude e reprovante. Mordi boca, já tinha falado. Ainda quis emendar, garantindo que era por gracejo; mas seo Assis Wababa e o Vupes me olhavam a menos, com desconfianças, me senti rebaixado demais. A contra mim tudo contra, o só ensêjo das coisas me sisava. Dali logo saí, me despedindo bem. Aonde? Só se fosse ver o Mestre Lucas. Assim vim andando, mediante desespero. Me alembro, vinha andando e agora era que eu pegava a pensar livre e solto na Rosa'uarda, lindas pernas as lindas grossas, ela no vestido de nanzuque, nunca havia de ser para meu regalo. Dum modo senti, como me recordei, depois, tempos, quando foi arte se cantar uma cantiga:

*"Seu pai fosse rico,
tivesse negócio,
eu casava contigo
e o prazer era nosso..."*

Isso, mas totalmente; às vezes.
    Ao que, digo ao senhor, pergunto: em sua vida é assim? Na minha, agora é que vejo, as coisas importantes, todas, em caso curto de acaso foi que se conseguiram — pelo pulo fino de sem ver se dar — a sorte momenteira, por cabelo por um fio, um clim de clina de cavalo. Ah, e se não fosse, cada acaso, não tivesse sido, qual é então que teria sido o meu destino seguinte? Coisa vã, que não conforma respostas. Às vezes essa ideia me põe susto. Mas, o senhor veja: cheguei em casa do Mestre Lucas, ele me saudou, tão natural. Achei também tudo o natural, eu estava era cansado. E, quando Mestre Lucas me perguntou se eu vinha era de passeata, ou de recado da fazenda, expliquei que não: que eu tinha merecido licença de meu padrinho, para começar vida própria em Curralinho ou adiante, a fito de desenvolver mais estudos e apuramento só de cidade. Dizendo o que disse, eu mesmo jurava que Mestre Lucas não ia acreditar. Mas acreditou, até melhor. Sabe o senhor por quê? Porque, naquele dia, justo, ele estava remexido no meio de um assunto, que preparava o desejo dele para aí me acreditar. Digo: ele me ouviu, e disse:
    — "Riobaldo, pois você chega em feita ocasião!"
    Aí me explicou: um senhor, no Palhão, na fazenda Nhanva, altas beiras do Jequitaí, para o ensino de todas as matérias estava encomendando um professor. Com urgência, era homem de sua situação, garantia boa paga. Assim queria que Mestre Lucas fosse, que deixasse alguém dando escola no lugar dele, no Curralim, por uns tempos; isso, claro, não podia. Eu queria ir?
    — "O senhor acha que eu posso?" — perguntei; para principiar qualquer tarefa, quase que eu sozinho nunca tive coragem. — "Ei, pode!" — o Mestre Lucas declarou. Já que estava acondicionando numa bruaca os livros todos — geografia, arimética, cartilha e gramática — e borracha, lápis, régua, tinteiro, tudo o que pudesse ter serventia. Aceitei. Um entusiasmo nosso me botava brioso. Melhor que era para logo, para o seguinte: dois camaradas do dito fazendeiro estavam ali no Curralim, esperando decisão, agora me levavam. Dona Dindinha, mulher de Mestre Lucas, no despedir, me abraçou, me deu umas lágrimas de bondade: — "Tem tanta gente ruim neste mundo, meu filho... E você assim tão

moço, tão bonito..." Aí, nem cheguei a ver aquela menina Miosótis. A Rosa'uarda, vi, de longes olhares.

Os dois camaradas, em tanto percebi, eram capangas. Mas sujeitos de seu trato, sem altos-e-baixos nem as maiores asperezas, me deram toda consideração. Viajamos juntos quatro dias, quase trinta léguas, bom tempo beirando o Riachão e enxergando à mão esquerda os vultos da Serra-do-Cabral. Meus companheiros quase que não me informavam, de nada ou nada. Tinham outras ordens. Mas, mesmo antes da gente entrar em terras do Palhão, fui vendo coisas calculosas, dei meio para duvidar. Patrulhas de cavaleiros em armas; troco de conversa de vigiação; e uma tropa de burros cargueiros, mas no meio dos tocadores vinham três soldados. Mais perto, em maiores me vi. Chegar lá declamava surpresa. A Nhanva enxameava de gente homem — pralaprá de feira em praça. E era vistosa fazenda assobradada, com grandes currais e um terreirão. Vi logo o dono.

Ele era imediatamente estúrdio, vestido de brim azul e calçando botas amareladas. Era nervoso, magro, um pouco mais para baixo do que o tamanho mediano, e com braços que pareciam demais de compridos, de tanto que podiam gesticular. Fui indo, ele veio vindo, o grande revólver na cintura; um lenço no pescoço dele esvoaçava. E aquele cabelo bom, despenteado alto, topete arrepiadinho. Apressei o passo, e ele esbarrou, com as mãos nas cadeiras. Me olhou frenteante, deu risada — de certo nem estava sabendo quem eu era. E gritou, caçoando: — "Me vem com o andar de sapo, me vem..."

Ah-oh-ah, o destempo de estar sendo debochado se irou em mim. Esbarrei, também. Me fiz mouco. Mas ele veio para mim, então, saudou, com um modo sensato de simpatia. Adiado eu disse: — "Sou o moço professor..." A alegria dele, me ouvindo, foi estupefacta. Me ferrou do braço, com porção de falas e agrados, subiu a escada comigo, me levou para um quarto, lá dentro, ligeiro, parecia até que querendo me esconder de todos. Uma doidice, de que? Ah, mas, ah — esse quem era — o homem? Zé Bebelo. A fixe de fato, tudo nele, para mim, tirava mais para fora uma real novidade.

Disse ao senhor? — eu estava pensando que ia dar escola para os filhos dum fazendeiro. Engano. O comum, com Zé Bebelo, virava diferente adiante, aprazava engano. Estudante sendo ele mesmo. Me avisou. Quis antever os cadernos, livros, pegar com as mãos. Assim ler e escrever, e as quatro contas, ele já soubesse, consumia jornais. Remexeu, tarabuz, e tudo foi arrumando na mesa grande do quarto, senhor-jesus-cristo que assoviava, o cantarolado. Mas — e aí comigo falou sério — naquilo se tinha de sungar segredo: eu visse. — "Vamos constar é que estou assentando os planos! Você fica sendo meu secretário." Nesse mesmo ido dia, a gente começou. Aquele homem me exercitou tonto, eh, ô, me fino fiz. Ânsia assim e anfa, e poder de entender demais, nunca achei quem outro. O que ele queria era botar na cabeça, duma vez, o que os livros dão e não. Ele era a inteligência! Vorava. Corrido, passava de lição em lição, e perguntava, reperguntava, parecia ter até raiva de eu saber e não ele, despeitos de ainda carecer de aprender, contra-fim. Queimava por noite duas, três velas. Ele mesmo falava: — "Relógio não vou olhar. Aí estudo, estudo, até que estico um cochilão. Cochilão me vem: então espairo o livro, e me deito, que me durmo." Pela sua vontade dele, simples. De dia, estávamos debulhando páginas, e de repente se levantava ele, chegava na janela, apitava num apito, ministrava aquela brama de ordens: dez, vinte execuções duma vez. O pessoal corria, cumpriam; aquilo semelhava um circo, bom teatro. Mas, com menos de mês, Zé Bebelo se tinha senhoreado de reter tudo, sabia muito mais do que eu mesmo soubesse. Aí, a alegria dele ficou demasiadamente. Sobrevinha com o livro, me fazia de queima-cara um punhado de perguntas. Ao tanto eu demorava, treteava no explicar, errando a esmo, caloteava. Ai-ai-ai d'ele atalhar as minhas palavras, mostrar no livro que eu estava falso, corrigir o dito, me dar quináu. Se espocava às gargalhadas, espalmava mão, expendia outras normas, próprias de sua ideia lá dele — e sendo feliz de nessas dificuldades me ver, eu já ignorante, esmorecido e escabreado. Só aí, digo, foi que ele ficou gostando de mim. Certo. Me deu um abraço, me gratificou em dinheiro, me fez firmes elogios — "Siô Baldo, já tomei os altos de tudo! Mas carece de você não ir s'embora, não, mas antes prosseguir sendo o secretário meu... Aponto que vamos por esse Norte, por grandes fatos, que você não se arrependerá..." — me disse — "...Norte, más bandas." Soprou, só; enche que ventava.

Porque ele tinha me estatutado os todos projetos. Como estava reunindo e pervalendo aquela gente, para sair pelo Estado acima, em comando de grande guerra. O fim de tudo, que seria: romper em peito de bando e bando, acabar com eles, liquidar com os jagunços, até o último, relimpar o mundo da jagunçada braba. — "Somente que eu tiver feito, siô Baldo, estou todo: entro direito na política!" Antes me confessou essa única sina que ambicionava, de muito coração: e era de ser deputado. Pediu segredo, e eu não gostei. Porque eu estava sabendo que todos já aventavam aquela toleima, por detrás dele até antecipavam alcunha: *"o Deputado"...* O mundo é assim. Mas, mesmo desse jeito, o pessoal todo não regateava a ele a maior dedicação de respeito. Por via de sua macheza. Ah, Zé Bebelo era o do duro — sete punhais de sete aços, trouxados numa bainha só! Atirava e tanto com qualquer quilate de arma, sempre certeira a pontaria, laçava e campeava feito um todo vaqueiro, amansava animal de maior brabeza — burro grande ou cavalo; duelava de faca, nos espíritos solertes de onça acuada, sem parar de pôr; e medo, ou cada parente de medo, ele cuspia em riba e desconhecia. Contavam: ele entrava de cheio, pessoalmente, e botava paz em qualquer rutuba. Ô homem couro-n'água, enfrentador! Dava os urros. E mesmo, para ele, parecia não ter nada impossível. Com tanta bobéia assim, desfrutável e escurril, e ái de quem pensasse em poitar olho de chacotas: morria vertiginoso... — "O único homem-jagunço que eu podia acatar, siô Baldo, já está falecido... Agora, temos de render este serviço à pátria — tudo é nacional!" Esse que já tinha morrido, que ele falava, era Joãozinho Bem-Bem, das Aroeiras, de redondeante fama. Se dizia, tinha estudado a vida dele, nos pormenores, com tanta devoção especial, que até um apelido em si se após: *Zé Bebelo*; causa que, de nome, em verdade, era José Rebêlo Adro Antunes.

— "Sei seja de se anuir que sempre haja vergonheira de jagunços, a sobre-corja? Deixa, que, daqui a uns meses, neste nosso Norte não se vai ver mais um qualquer chefe encomendar para as eleições as turmas de sacripantes, desentrando da justiça, só para tudo destruirem, do civilizado e legal!" Assim dizendo, na verdade sentava o dizer, com ira razoável. A gente devia mesmo de reprovar os usos de bando em armas invadir cidades, arrasar o comércio, saquear na sebaça, barrear com estrumes humanos as paredes da casa do juiz-de-direito, escramuçar o promotor amontado à força numa má égua, de cara para trás, com lata amarrada na cauda, e ainda a cambada dando morras e aí soltando os foguetes! Até não arrombavam pipas de cachaça diante de igreja, ou isso de se expor padre sacerdote nú no olho da rua, e ofender as donzelas e as famílias, gozar senhoras casadas, por muitos homens, o marido obrigado a ver? Ao quando falava, com o fogo que puxava de si, Zé Bebelo tinha de se esbarrar, ia até na varanda ou na janela, a apitar o apito, ditar as boas ordens. Daí, mais renovado, voltava para perto de mim, repunha: — "Ah, cujo vou, siô Baldo, vou. Só eu que sou capaz de fazer e acontecer. Sendo porque fui eu só que nasci para tanto!" Dizendo que, depois, estável que abolisse o jaguncismo, e deputado fosse, então reluzia perfeito o Norte, botando pontes, baseando fábricas, remediando a saúde de todos, preenchendo a pobreza, estreando mil escolas. Começava por aí, durava um tempo, crescendo voz na fraseação, o muito instruído no jornal. Ia me enjoando. Porque completava sempre a mesma coisa.

Mas, minha vida na fazenda, era ruim ou era boa? Se melhor era. Arre, eu estava feito um inhampas. Aí lordeei. Me acostumei com o fácil movimento, entrei de amizade com os capangas. Sempre chegavam pessoas de fora, que conversavam em sozinhos com Zé Bebelo, gente de cidade. De um, eu soube que era delegado, em missão. E ele me apresentava com a honra de: Professor Riobaldo, secretário sendo. Nas folgas vagas, eu ia com os companheiros, obra de légua dali, no Leva, aonde estavam arranchadas as mulheres, mais de cinquenta. Elas vinham vindo, tantas, que, quase todo dia, mais tinham de baratear. Não faltava esse bom divertir. Zé Bebelo aprovava: — "Onde é que já se viu homem valer, se não tem à mão estadas raparigas? Ond'é?" Mesmo cachaça ele fornecia, com regra. — "Melhor, se não eles por si providenceiam, dão logo em abusos, patuleias..." — isto explicava. Demais, de tudo ali se prazia fartura confortável! Abastada comida, armamento de primeira, monte de munição, roupas e calçados para os melhores. E o cobre para semanal de pagamento, pois nenhum daqueles homens estava ali por amor-de-deus, mas ajeitando seu meio de viver. Diziam que era dinheiro do cofre do Governo. Parecia.

A tal que, enfim, veio o dia de se sair, guerreiramente, por vales e montes, a gente toda. Ôi, o alarido! Aos quantos gritos, um araral, revôo avante de pássaros — o senhor mesmo nunca viu coisa assim, só em romance descrito. De glória e avio de própria soldadesca, e cavalos que davam até medo de não se achar pasto que chegasse, e o pessoal perto por uns mil. Acompanhado dos chefes-de-turma — que ele dava patente de serem seus sotenentes e oficiais de seu terço — Zé Bebelo, montado num formudo ruço-pombo e com um chapéu distintíssimo na cabeça, repassava daqui p'r'ali, eguando bem, vistoriava. Me chamou para junto, eu tinha de ter à mão um caderno grosso, para por ordem dele assentar nomes, números e diversos, amanuense. Com eles eu estava vindo, então, o senhor vê. Vinha, para conhecer esse destino-meu-deus. O que me animou foi ele predizer que, quando eu mais não quisesse, era só opor um aceno, e ele dava baixa e alta de me ir m'embora.

Digo que fui, digo que gostei. À passeata forte, pronta comida, bons repousos, companheiragem. O teor da gente se distraía bem. Eu avistava as novas estradas, diversidade de terras. Se amanhecia num lugar, se ia à noite noutro, tudo o que podia ser ranço ou discórdia consigo restava para trás. Era o enfim. Era. — "Mais, mais, há-de dará é para diante, quando se formar combate!" — uns proseavam. Zé Bebelo querendo. Sabia o que queria, homem de muita raposice. Já no sair da Nhanva, tinha composto seu povo em avulsos — cada grupo, cada rumo. Um pelo São Lamberto, da mão direita; outro pegou o Riacho Fundo e o Córrego do Sanhar; outro se separou da gente no Só-Aqui, indo o Ribeirão da Barra; outro tomou sempre à mão esquerda, encostando ombro no São Francisco; mas nós, que vínhamos mais Zé Bebelo mesmo em capitania, rompemos, no meio, seguindo o traço do Córrego Felicidade. Passamos perto de Vila Inconfidência, viemos acampar no arraial Pedra-Branca, beira do Água-Branca. E tudo correndo bem. Dum batalhão para outro, se expedia gente com ordens e recados. Arrastávamos uma rede grande, peixe grande por pegar. E foi. Eu não vi essa célebre batalha — eu tinha ficado na Pedra-Branca. Não por medo, não. Mas Zé Bebelo me mandou: — "Tem paciência, você espera, para reunir os municipais do lugar e fazer discurso, logo que um estafeta vier relatar qual foi nossa primeira vitória..."

Se deu, o que se disse. Só que, em vez de estafeta, a galope, veio Zé Bebelo mesmo. Eu tinha ficado com ruma de foguetes, para soltar, e foi festa. Zé Bebelo mandou dispor uma tábua por cima de um canto de cerca, conforme ele ali subiu e muito falou. Referiu. Para lá do Rio Pacú, no município de Brasília, tinham volteado um bando de jagunços — o com o valentão Hermógenes à testa — e derrotado total. Mais de dez mortos, mais de dez cabras agarrados presos; infelizmente só, foi que aquele Hermógenes conseguira de fugir. Mas não podia ir a longe! Ao que Zé Bebelo elogiou a lei, deu viva ao governo, para perto futuro prometeu muita coisa republicana. Depois, enxeriu que eu falasse discurso também. Tive de. — "Você deve de citar mais é em meu nome, o que por meu recato não versei. E falar muito nacional..." — se me se soprou. Cumpri. O que um homem assim devia de ser deputado — eu disse, encalquei. Acabei, ele me abraçou. O povo eu acho que apreciava. Daí, quando se estava no depois do almoço, vieram cavaleiros nossos, tangendo o troço de presos. Senti pena daqueles pobres, cansados, azombados, quase todos sujos de sangues secos — se via que não tinham esperança nenhuma decente. Iam de leva para a cadeia de Extrema, e de lá para outras cadeias, de certo, até para a da Capital. Zé Bebelo, olhando, me olhou, notou moleza. — "Tem dó não. São os danados de façanhosos..." Ah, era. Disso eu sabia. Mas como ia não ter pena? O que demasia na gente é a força feia do sofrimento, própria, não é a qualidade do sofrente.

Pensei que agora podíamos merecer maior descanso. Ah, sim? — "Montar e galopar. Tem mais. Tem..." — Zé Bebelo chamou. Tocamos. Conversando, no caminho, eu perguntei, não sei: — "E Joca Ramiro?" Zé Bebelo tiscou de ombros, parece que não queria falar naquele. Daí me deu um gosto, de menor maldade, de explicar como era fabuloso o estado de Joca Ramiro, como tudo ele sabia e provia, e até que trazia um homem só para o ofício de ferrador, com a tendinha e as ferramentas, e o tudo mais versante aos animais. O que ouvindo, Zé Bebelo esbarrou. — "Ah, é uma ideia que vale, ora veja! Isso a gente tem de conceber também, é o bom exemplo para se aproveitar..." — ele atinou. E eu, que já ia contar mais, do diverso, das peripécias que meu padrinho dizia que Joca Ramiro inventava no dar batalha, então eu como me concertei em mim, e calei a boca. Mire veja o senhor tudo o que na vida se estorva, razão de pressentimentos. Porque eu estava achando que, se contasse, perfazia ato de traição. Traição, mas por que? Dei um tunco. A gente não sabe, a gente sabe. Calei a boca toda. Desencurtamos os cavalos.

No entre o Condado e a Lontra, se foi a fogo. Aí, vi, aprendi. A metade dos nossos, que se apeavam, no avanço, entremeados disfarçantes, suas armas em arte — escamoteados pelas árvores — e de repente ligeiros se jazendo: para o rastejo; com as cabeças, farejavam; toda a vida! Aqueles sabiam brigar, desde de nascença? Só avistei isso um instante. Sendo que seguindo Zé Bebelo, reviramos volta, para o Gameleiras, onde houve o pior. O que era, era o bando do Ricardão, que quase próximo, que cercamos. Para acuar, só faltando cães! E demos inferno. Se travou. Tiro estronda muito, no meio do cerrado: se diz que é estampido, que é rimbombo. Tive noção de que morreram bastantes. Vencemos. Não desci de meu animal. Nem prestei, nem estive, no fim, como o galope se desabriu: os homens perseguindo uns, que com o mesmo Ricardão se escapavam. Mas mais não se aproveitou, o Ricardão já tinha tido fuga. Então os nossos, de jeriza, com os oito prisioneiros feitos queriam se concluir. — "Eh, de jeito nenhum, êpa! Não consinto covardias de perversidade!" — Zé Bebelo se danou. Apreciei a excelência dele, no sistema de não se matar. Assim eu quis que o ar de paz logo revertesse, o alimpado, o povo gritando menos. Aquele dia tinha sido forte coisa. De longe e sossego eu careci, demais. Se teve pouco. Arranjado o preciso, só se tomou prazo breve, porque recombinaram por diante os projetos e desarrancamos para a Terra Fofa, quase na demarca com o Grão-Mogol. Mas lá não cheguei. Em certo ponto do caminho, eu resolvi melhor minha vida.

Fugi. De repente, eu vi que não podia mais, me governou um desgosto. Não sei se era porque eu reprovava aquilo: de se ir, com tanta maioria e largueza, matando e prendendo gente, na constante brutalidade. Debelei que descuidassem de mim, restei escondido retardado. Vim-me. Isso que, pelo ajustado, eu não carecia de fazer assim. Podia chegar perto de Zé Bebelo, desdizer: — "Desanimei, declaro de retornar para o Curralim..." Não podia? Mas, na hora mesma em que eu a decisão tomei, logo me deu um enfaro de Zé Bebelo, em trosgas, a conversação. Nem eu não estava para ter confiança nenhuma em ninguém. A bem: me fugi, e mais não pensei exato. Só isso. O senhor sabe, se desprocede: a ação escorregada e aflita, mas sem sustância narrável.

Meu cavalo era bom, eu tinha dinheiro na algibeira, eu estava bem armado. Virei, vagaroso. Meu rumo mesmo era o do mais incerto. Viajei, vim, acho que eu não tinha vontade de chegar em nenhuma parte. Com vinte dias de remanchear, e sem as trapalhadas maiores, foi que me encostei para o Rio das Velhas, à vista da barra do Córrego Batistério. Dormi com uma mulher, que muito me agradou — o marido dela estava fora, na redondeza. Ali não dava maleita. De manhã cedo, a mulher me disse: — "Meu pai existe daqui a quarto-de-légua. Vai, lá tu almoça e janta. De noite, se meu marido não tiver voltado, eu te chamo, dando avisos." Eu falei: — "Você acende uma fogueira naquele alto, eu enxergo, eu cá venho..." Ela falou: — "Ao que não posso, alguém mais avistando havia de poder desconfiar." Eu falei: — "Assim mesmo, eu quero. Fogueira — uma fogueirinha de nada..." Ela falou: — "Quem sabe eu acendo..." A gente sérios, nem se sorrindo. Aí, eu fui.

Mas o pai dessa mulher era um homem finório de esperto, com o jeito de tirar da gente a conversa que ele constituía. A casa dele — espaçosa, casa-de-telha e caiada — era na beira, ali onde o rio tem mais crôas. Se chamava Manoel Inácio, Malinácio dito, e geria uns bons pastos, com cavalhada pastando, e os bois. Me deu almoço, me pôs em fala. Eu estava querendo ser sincero. E notei que ele no falar me encarava e no ouvir piscava os olhos; e, quem encara no falar mas pisca os olhos para ouvir, não gosta muito de soldados. Aos poucos, então, contei: que dos zé-bebelos não tinha querido fazer parte; o que era a valente verdade. — "E Joca Ramiro?" — ele me perguntou. Eu disse, um pouco por me engrandecer e pôr minha prosa, que já tinha servido Joca Ramiro, e com ele conversado. Que, mesmo por isso, é que eu não podia ficar com Zé Bebelo, porque meu seguimento era por Joca Ramiro, em coração em devoção. E falei no meu padrinho Selorico Mendes, e em Aluiz e Alarico Totõe, e de como foi que Joca Ramiro pernoitou em nossa fazenda do São Gregório. Mais coisas decerto eu disse, e aquele homem Malinácio me ouvia, só se fazendo de sossegado. Mas eu percebi que ele não estava. Deu jeito de aconselhar que eu fosse embora. Que ali miasmava braba maleita. Não aceitei. Eu queria esperar, para ver se a fogueira por minha sorte se acendia, eu tinha gostado muito da filha dele casada. Por um instante, o sabido do homem se tardou no que fazer. Mas, eu, requerendo um lugar para armar minha rede na sombra, e descansar — eu disse que não andava bem de saúde, — isso pareceu ser de seu agrado. Me levou para um quarto, onde tinha um jirau com enxergão, me botou lá à la vontade, fechou a porta. Ferrei; abraçado com minhas armas.

Acordei só no aquele Malinácio me chamando para jantar. Cheguei na sala, e dei com outros três homens. Disseram de si que tropeiros eram, e estavam assim vestidos e parecidos. Mas o Malinácio começou a glosar e reproduzir minha conversa tida com ele — disso desgostei, segredos frescos contados não são para todos. E o arrieiro dono da tropa — que era o de cara redonda e pra clara — me fez muita interrogação. Não estive em boas cócoras. Construí de desconfiar. Não do fato d'ele tal encarecer — pois todo tropeiro sempre muito pergunta —; mas do jeito como os outros dois ajudavam aquele a me ver, de tudo perseverado tomando conta. Ele queria saber para onde eu mesmo me ia além. Queria saber por quê, se eu punia por Joca Ramiro, e estava em armas, por que então eu não tinha caçado jeito de trotar para o Norte, a fito de com o pessoal ramiros me juntar? Quem desconfia, fica sábio: dizendo como pude, muito confirmei; mas confirmei acrescentando que chegara até ali por dar volta cautelosa, e mesmo para sobre ter a calma de resolver os projetos em meu espírito. Ah, mas, ah! — enquanto que me ouviam, mais um homem, tropeiro também, vinha entrando, na soleira da porta. Aguentei aquele nos meus olhos, e recebi um estremecer, em susto desfechado. Mas era um susto de coração alto, parecia a maior alegria.

Soflagrante, conheci. O moço, tão variado e vistoso, era, pois sabe o senhor quem, mas quem, mesmo? Era o Menino! O Menino, senhor sim, aquele do porto do de-Janeiro, daquilo que lhe contei, o que atravessou o rio comigo, numa bamba canoa, toda a vida. E ele se chegou, eu do banco me levantei. Os olhos verdes, semelhantes grandes, o lembrável das compridas pestanas, a boca melhor bonita, o nariz fino, afiladinho. Arvoamento desses, a gente estatela e não entende; que dirá o senhor, eu contando só assim? Eu queria ir para ele, para abraço, mas minhas coragens não deram. Porque ele faltou com o passo, num rejeito, de acanhamento. Mas me reconheceu, visual. Os olhos nossos donos de nós dois. Sei que deve de ter sido um estabelecimento forte, porque as outras pessoas o novo notaram — isso no estado de tudo percebi. O Menino me deu a mão: e que mão a mão diz é o curto; às vezes pode ser o mais adivinhado e conteúdo; isto também. E ele como sorriu. Digo ao senhor: até hoje para mim está sorrindo. Digo. Ele se chamava o Reinaldo.

Para que referir tudo no narrar, por menos e menor? Aquele encontro nosso se deu sem o razoável comum, sobrefalseado, como do que só em jornal e livro é que se lê. Mesmo o que estou contando, depois é que eu pude reunir relembrado e verdadeiramente entendido — porque, enquanto coisa assim se ata, a gente sente mais é o que o corpo a próprio é: coração bem batendo. Do que o que: o real roda e põe diante. — "Essas são as horas da gente. As outras, de todo tempo, são as horas de todos" — me explicou o compadre meu Quelemém. Que fosse como sendo o trivial do viver feito uma água, dentro dela se esteja, e que tudo ajunta e amortece — só rara vez se consegue subir com a cabeça fora dela, feito um milagre: peixinho pediu. Por que? Diz-que-direi ao senhor o que nem tanto é sabido: sempre que se começa a ter amor a alguém, no ramerrão, o amor pega e cresce é porque, de certo jeito, a gente quer que isso seja, e vai, na ideia, querendo e ajudando; mas, quando é destino dado, maior que o miúdo, a gente ama inteiriço fatal, carecendo de querer, e é um só facear com as surpresas. Amor desse, cresce primeiro; brota é depois. Muito falo, sei; caceteio. Mas porém é preciso. Pois então. Então, o senhor me responda: o amor assim pode vir do demo? Poderá?! Pode vir de um-que-não-existe? Mas o senhor calado convenha. Peço não ter resposta; que, se não, minha confusão aumenta. Sabe, uma vez: no Tamanduá-tão, no barulho da guerra, eu vencendo, aí estremeci num relance claro de medo — medo só de mim, que eu mais não me reconhecia. Eu era alto, maior do que eu mesmo; e, de mim mesmo eu rindo, gargalhadas dava. Que eu de repente me perguntei, para não me responder: — "Você é o rei-dos-homens?..." Falei e ri. Rinchei, feito um cavalão bravo. Desfechei. Ventava em todas as árvores. Mas meus olhos viam só o alto tremer da poeira. E mais não digo; chus! Nem o senhor, nem eu, ninguém não sabe.

Conto. *Reinaldo* — ele se chamava. Era o Menino do Porto, já expliquei. E desde que ele apareceu, moço e igual, no portal da porta, eu não podia mais, por meu próprio querer, ir me separar da companhia dele, por lei nenhuma; podia? O que entendi em mim: direito como se, no reencontrando aquela hora aquele Menino-Moço, eu tivesse acertado de encontrar, para o todo sempre, as regências de uma alguma a minha família. Se sem peso e sem paz, sei, sim. Mas, assim como sendo, o amor podia vir mandado do Dê? Desminto. Ah — e Otacília? Otacília, o senhor verá, quando eu lhe contar — ela eu conheci em conjuntos suaves, tudo dado e clareado, suspendendo, se diz: quando os anjos e o voo em volta, quase, quase. A Fazenda Santa Catarina, nos Buritis-Altos, cabeceira de vereda. Otacília, estilo dela, era toda exata, criatura de belezas. Depois lhe conto; tudo tem o tempo. Mas o mal de mim, doendo e vindo, é que eu tive de compesar, numa mão e noutra, amor com amor. Se pode? Vem horas, digo: se um aquele amor veio de Deus, como veio, então — o outro?... Todo tormento. Comigo, as coisas não têm hoje e ant'ôntem amanhã: é sempre. Tormentos. Sei que tenho culpas em aberto. Mas quando foi que minha culpa começou? O senhor por ora mal me entende, se é que no fim me entenderá. Mas a vida não é entendível. Digo: afora esses dois — e aquela mocinha Nhorinhá, da Aroeirinha, filha de Ana Duzuza — eu nunca supri outro amor, nenhum. E Nhorinhá eu deamei no passado, com um retardo custoso. No passado, eu, digo e sei, sou assim: relembrando minha vida para trás, eu gosto de todos, só curtindo desprezo e desgosto é por minha mesma antiga pessoa. Medeiro Vaz, antes de sair pelos Gerais com mão de justiça, botou fogo em sua casa, nem das cinzas carecia a possessão. Casas, por ordem minha aos bradados, eu incendiei: eu ficava escutando — o barulho de coisas rompendo e caindo, e estralando surdo, desamparadas, lá dentro. Sertão!

    Logo que o Reinaldo me conheceu e me saudou, não tive mais dificuldade em dar certeza aos outros de minha situação. Ao quase sem sobejar palavras, ele afiançou o meu valimento, para aquele mestre de cara redonda e bom parecer, que passava por arrieiro da tropa e se chamava Titão Passos. De fato, tropeiros não eram, eu soube, mas pessoal brigal de Joca Ramiro. E a tropa? Essa, que se estava para seguir porquanto pra o Norte, com os três lotes de bons animais, era para levar munição. Nem tiveram mais prevenimento de esconder isso de mim. Aquele Malinácio era o guardador: com as munições bem encobertadas. Defronte da casa dele, mesmo, e para cima e para baixo, o rio possuía as crôas de areia — cada qual com seu nome, que os remadores do das-Velhas botavam, e que todos tanto conheciam. Três crôas e uma ilha. Mas uma delas três, maior, também sendo meio ilha: isto é, ilha de terra, na parte de baixo, com grandes pedras e árvores, e suja de matinho, capim, o alecrim viçoso remolhando suas folhagens nágua e o bunda-de-negro verde vivente; e crôa, só de areia, na parte de cima. Uma crôa-com-ilha, que é conforme se diz. A Crôa-com-Ilha do Malinácio, dita. A lá, que aonde estava o oculto, a gente ia em canoa, baldear a munição. Os outros companheiros, afetados de tropeiros, sendo o Triol e João Vaqueiro, e mais Acrísio e Assunção, de sentinelas, e Vove, Jenolim e Admeto, que acabavam de enquerir a carga na mulada. A gente, jantou-se, já se estava de saída, para toda viagem. Eu ia com eles. Pois fomos. Nem tive pesar nenhum de não esperar o sinal da fogueira da mulher casada, filha do Malinácio. E ela era bonita, sacudida. Mulher assim de ser: que nem braçada de cana — da bica para os cochos, dos cochos para os tachos. Menos pensei. A andada de noite principiava como sobre algodão — produzida cuidadosa. Aquilo era munição de contos e contos de réis, a gente prezava grandes responsabilidades. Se vinha sem beiradear, mas sabendo o rio. Titão Passos comandava.

De seguir assim, sem a dura decisão, feito cachorro magro que espera viajantes em ponto de rancho, o senhor quem sabe vá achar que eu seja homem sem caráter. Eu mesmo pensei. Conheci que estava chôcho, dado no mundo, vazio de um meu dever honesto. Tudo, naquele tempo, e de cada banda que eu fosse, eram pessoas matando e morrendo, vivendo numa fúria firme, numa certeza, e eu não pertencia a razão nenhuma, não guardava fé e nem fazia parte. Abalado desse tanto, transtornei um imaginar. Só não quis arrependimento: porque aquilo sempre era começo, e descoroçoamento era modo-de-matéria que eu já tinha aprendido a protelar. Mas o Reinaldo vinha comigo, no mesmo lote, e não caçava minha companhia, não se chegou para perto de mim, nem vez, não dava sinal de prosseguir amizade. A gente descarecia de cuidar dos burros, um por um, enfileirados naquela paciência, na escuridão da noite eles tudo enxergavam. Se eu não tivesse passado por um lugar, uma mulher, a combinação daquela mulher acender a fogueira, eu nunca mais, nesta vida, tinha topado com o Menino? — era o que eu pensava. Veja o senhor: eu puxava essa ideia; e com ela em vez de me alegre ficar, por ter tido tanta sorte, eu sofria o meu. Sorte? O que Deus sabe, Deus sabe. Eu vi a neblina encher o vulto do rio, e se estralar da outra banda a barra da madrugada. Assaz as seriemas para trás cantaram. Ao que, esbarramos num sitiozinho, se avistou um preto, o preto já levantado para o trabalho, descampando mato. O preto era nosso; fizemos paragem.

Dali, rezei minha ave-mariazinha de de-manhã, enquanto se desalbardava e amilhava. Outros escovavam os burros e mulas, ou a cangalhada iam arrumando, a carga toda se pôde resguardar — quase que ocupou inteira a casinha do preto. O qual era tão pobre desprevenido, tivemos até de dar comida a ele e à mulher, e seus filhinhos deles, quantidade. E notícia nenhuma, de nada, não se achava. A gente ia ao menos dormir o dia; mas três tinham de sobreficar, de vigias. O Reinaldo se dizendo ser um deles, eu tive coragem de oferecer também que ficava; não tinha sono, tudo em mim era nervosia. O rio, objeto assim a gente observou, com uma crôa de areia amarela, e uma praia larga: manhãzando, ali estava re-

-cheio em instância de pássaros. O Reinaldo mesmo chamou minha atenção. O comum: essas garças, enfileirantes, de toda brancura; o jaburú; o pato-verde, o pato-preto, topetudo; marrequinhos dansantes; martim-pescador; mergulhão; e até uns urubús, com aquele triste preto que mancha. Mas, melhor de todos — conforme o Reinaldo disse — o que é o passarim mais bonito e engraçadinho de rio-abaixo e rio-acima: o que se chama o manuelzinho-da-crôa.

Até aquela ocasião, eu nunca tinha ouvido dizer de se parar apreciando, por prazer de enfeite, a vida mera deles pássaros, em seu começar e descomeçar dos voos e pousação. Aquilo era para se pegar a espingarda e caçar. Mas o Reinaldo gostava: — "É formoso próprio..." — ele me ensinou. Do outro lado, tinha vargem e lagoas. P'ra e p'ra, os bandos de patos se cruzavam. — "Vigia como são esses..." Eu olhava e me sossegava mais. O sol dava dentro do rio, as ilhas estando claras. — "É aquele lá: lindo!" Era o manuelzinho-da-crôa, sempre em casal, indo por cima da areia lisa, eles altas perninhas vermelhas, esteiadas muito atrás traseiras, desempinadinhos, peitudos, escrupulosos catando suas coisinhas para comer alimentação. Machozinho e fêmea — às vezes davam beijos de biquinquim — a galinholagem deles. — "É preciso olhar para esses com um todo carinho..." — o Reinaldo disse. Era. Mas o dito, assim, botava surpresa. E a macieza da voz, o benquerer sem propósito, o caprichado ser — e tudo num homem-d'armas, brabo bem jagunço — eu não entendia! Dum outro, que eu ouvisse, eu pensava: frouxo, está aqui um que empulha e não culha. Mas, do Reinaldo, não. O que houve, foi um contente meu maior, de escutar aquelas palavras. Achando que eu podia gostar mais dele. Sempre me lembro. De todos, o pássaro mais bonito gentil que existe é mesmo o manuelzinho-da-crôa.

Depois, conversamos de coisas miúdas sem valor alheio, e eu tive uma influência para contar artes de minha vida, falar a esmo leve, me abrir em amáveis, bom. Tudo me comprazia por diante, eu não necessitava de prolongares. — *"Riobaldo... Reinaldo..."* — de repente ele deixou isto em dizer: — "...Dão par, os nomes de nós dois..." A de dar, palavras essas que se repartiram: para mim, pincho no em que já estava, de alegria; para ele, um vice-versa de tristeza. Que por que? Assim eu ainda não sabia. O Reinaldo pitava muito; não acerto como podia conservar os dentes tão asseados, tão brancos. Ao em tanto que, também, de pitar se carecia: porque volta-e-meia abespinhavam a gente os mosquitinhos chupadores, donos da vazante, uns mosquitinhos dansadinhos, tantos de se desesperar. Eu fui contando minha existência. Não escondi nada não. Relatei como tinha acompanhado Zé Bebelo, o foguetório que soltei e o discurso falado, na Pedra-Branca, o combate dado na beira do Gameleiras, os pobres presos passando, com as camisas e as caras sujadas de secos sangues. — "Riobaldo, você é valente... Você é um homem pelo homem..." — ele no fim falou. Sopesei meu coração, povoado enchido, se diz; me cri capaz de altos, para toda seriedade certa proporcionado. E, aí desde aquela hora, conheci que, o Reinaldo, qualquer coisa que ele falasse, para mim virava sete vezes.

Desculpa me dê o senhor, sei que estou falando demais, dos lados. Resvalo. Assim é que a velhice faz. Também, o que é que vale e o que é que não vale? Tudo. Mire veja: sabe por que é que eu não purgo remorso? Acho que o que não deixa é a minha boa memória. A luzinha dos santos-arrependidos se acende é no escuro. Mas, eu, lembro de tudo. Teve grandes ocasiões em que eu não podia proceder mal, aindas que quisesse. Por que? Deus vem, guia a gente por uma légua, depois larga. Então, tudo resta pior do que era antes. Esta vida é de cabeça-para-baixo, ninguém pode medir suas pêrdas e colheitas. Mas conto. Conto para mim, conto para o senhor. Ao quando bem não me entender, me espere.

Aí nesse mesmo meio-dia, rendidos na vigiação, o Reinaldo e eu não estávamos com sono, ele foi buscar uma capanga bonita que tinha, com lavores e três botõezinhos de abotoar. O que nela guardava era tesoura, tesourinha, pente, espelho, sabão verde, pincel e navalha. Dependurou o espelho num galho de marmelo-do-mato, acertou seu cabelo, que já estava cortado baixo. Depois quis cortar o meu. Me emprestou a navalha, mandou eu fazer a barba, que estava bem grandeúda. Acontecendo tudo com risadas e ditos amigos — como quando com seu arreleque por-escuro uma nhaúma devoou, ou quando eu pulei para apanhar um raminho de flores e quase caí comprido no chão, ou quando ouvimos um him de mula, que perto pastava. De estar folgando assim, e com o cabelo de cidadão, e a cara raspada lisa, era uma felicidadezinha que eu principiava. Desde esse dia, por animação, nunca deixei de cuidar de meu estar. O Reinaldo mesmo, no mais tempo, comprou de alguém uma outra navalha e pincel, me deu, naquela dita capanga. Às vezes, eu tinha vergonha de que me vissem com peça bordada e historienta; mas guardei aquilo com muita estima. E o Reinaldo, doutras viagens, me deu outros presentes: camisa de riscado fino, lenço e par de meia, essas coisas todas. Seja, o senhor vê: até hoje sou homem tratado. Pessoa limpa, pensa limpo. Eu acho.

Depois, o Reinaldo disse: eu fosse lavar corpo, no rio. Ele não ia. Só, por acostumação, ele tomava banho era sozinho no escuro, me disse, no sinal da madrugada.

Sempre eu sabia tal crendice, como alguns procediam assim esquisito — os caborjudos, sujeitos de corpo-fechado. No que era verdade. Não me espantei. Somente o senhor tenha: tanto sacrifício, desconforto de se esbarrar nos garranchos, às tatas na ceguez da noite, não se diferenciando um ái dum êi, e pelos barrancos, lajes escorregadas e lama atolante, mais o receio de aranhas caranguejeiras e de cobras! Não, eu não. Mas o Reinaldo me instruiu aquilo, e me deixou na beira da praia, alegrias do ar em meu pensamento. Cheguei a encarar a água, o Rio das Velhas passando seu muito, um rio é sempre sem antiguidade. Cheguei a tirar a roupa. Mas então notei que estava contente demais de lavar meu corpo porque o Reinaldo mandasse, e era um prazer fofo e perturbado. "Agançagem!" — eu pensei. Destapei raivas. Tornei a me vestir, e voltei para a casa do preto; devia de ser hora de se comer a janta e arriar a tropa para as estradas. Agora o que eu queria era ímpeto de se viajar às altas e ir muito longe. A ponto que nem queria avistar o Reinaldo.

Estou contando ao senhor, que carece de um explicado. Pensar mal é fácil, porque esta vida é embrejada. A gente vive, eu acho, é mesmo para se desiludir e desmisturar. A senvergonhice reina, tão leve e leve pertencidamente, que por primeiro não se crê no sincero sem maldade. Está certo, sei. Mas ponho minha fiança: homem muito homem que fui, e homem por mulheres! — nunca tive inclinação pra aos vícios desencontrados. Repilo o que, o sem preceito. Então — o senhor me perguntará — o que era aquilo? Ah, lei ladra, o poder da vida. Direitinho declaro o que, durante todo tempo, sempre mais, às vezes menos, comigo se passou. Aquela mandante amizade. Eu não pensava em adiação nenhuma, de pior propósito. Mas eu gostava dele, dia mais dia, mais gostava. Diga o senhor: como um feitiço? Isso. Feito coisa-feita. Era ele estar perto de mim, e nada me faltava. Era ele fechar a cara e estar tristonho, e eu perdia meu sossego. Era ele estar por longe, e eu só nele pensava. E eu mesmo não entendia então o que aquilo era? Sei que sim. Mas não. E eu mesmo entender não queria. Acho que. Aquela meiguice, desigual que ele sabia esconder o mais de sempre. E em mim a vontade de chegar todo próximo, quase uma ânsia de sentir o cheiro do corpo dele, dos braços, que às vezes adivinhei insensatamente — tentação dessa eu espairecia, aí rijo comigo renegava. Muitos momentos. Conforme, por exemplo, quando eu me lembrava daquelas mãos, do jeito como se encostavam em meu rosto, quando ele cortou meu cabelo. Sempre. Do demo: Digo? Com que entendimento eu entendia, com que olhos era que eu olhava? Eu conto. O senhor vá ouvindo. Outras artes vieram depois.

Assim mesmo, naquele estado exaltado em que andei, concebi fundamento para um conselho: na jornada por diante, a gente tinha de deixar duma banda do rio, ir passar a Serra-da-Onça e entestar com a travessia do Jequitaí, por onde podia ter tropa de soldados; mais ajuizado não seria se enviar só um, até lá, espiar o que se desse e colher outras informações?

Titão Passos era homem ponderado em simples, achou boa a minha razão. Todos acharam. Aquela munição era de ida urgente, mas também valia mais que ouro, que sangue, se carecia de todo cuidado. Fui louvado e dito valedor, certo nas ideias. Ao senhor confesso, desmedi satisfação, no ouvir aquilo — que a assoprada na vaidade é a alegria que dá chama mais depressa e mais a ar. Mas logo me reduzi, atinando que minha opinião era só pelo desejo encoberto de que a gente pudesse ficar mais tempo ali, naquele lugar que me concedia tantos regalos. Assim um rôo de remorso: tantos perigos ameaçando, e a vida tão séria em cima, e eu mexendo e virando por via de pequenos prazeres. Sempre fui assim, descabido, desamarrado. Mas meu querer surtiu efeito, novas ordens. Para assuntar e ver com ver, o Jenolim saíu em rumo do Jequitaí, de sua Lagoa-Grande; e, com a mesma tenção, rebuçado viajou o Acrísio, até Porteiras e o Pontal da Barra, com todos os ouvidos bem abertos. E nós ficamos esperando a volta deles, cinco dias lá, com grande regozijo e repouso, na casa do preto Pedro Segundo de Rezende, que era posteiro em terras da Fazenda São Joãozinho, de um coronel Juca Sá. Até hoje, não me arrependo retratando? Os dias que passamos ali foram diferentes do resto de minha vida. Em horas, andávamos pelos matos, vendo o fim do sol nas palmas dos tantos coqueiros macaúbas, e caçando, cortando palmito e tirando mel da abelha-de-poucas-flores, que arma sua cera cor-de-rosa. Tinha a quantidade de pássaros felizes, pousados nas crôas e nas ilhas. E até peixe do rio se pescou. Nunca mais, até o derradeiro final, nunca mais eu vi o Reinaldo tão sereno, tão alegre. E foi ele mesmo, no cabo de três dias, quem me perguntou: — "Riobaldo, nós somos amigos, de destino fiel, amigos?" — "Reinaldo, pois eu morro e vivo sendo amigo seu!" — eu respondi. Os afetos. Doçura do olhar dele me transformou para os olhos de velhice da minha mãe. Então, eu vi as cores do mundo. Como no tempo em que tudo era falante, ai, sei. De manhã, o rio alto branco, de neblim; e o ouricurí retorce as palmas. Só um bom tocado de viola é que podia remir a vivez de tudo aquilo.

Dos outros, companheiros conosco, deixo de dizer. Desmexi deles. Bons homens no trivial, cacundeiros simplórios desse Norte pobre, uns assim. Não por orgulho meu, mas antes por me faltar o raso de paciência, acho que sempre desgostei de criaturas que com pouco e fácil se contentam. Sou deste jeito. Mas Titão Passos, digo, apreciei; porque o que salvava a feição dele era ter o coração nascido grande, cabedor de grandes amizades. Ele achava o Norte natural. Quando que conversamos, perguntei a ele se Joca Ramiro era homem bom. Titão Passos regulou um espanto: uma pergunta dessa decerto que nunca esperou de ninguém. Acho que nem nunca pensou que Joca Ramiro pudesse ser bom ou ruim: ele era o amigo de Joca Ramiro, e isso bastava. Mas o preto de-Rezende, que estava perto, foi quem disse, risonho bobeento: — "Bom? Um messias!..." O senhor sabe: preto, quando é dos que encaram de frente, é a gente que existe que sabe ser mais agradecida. Ao que, em tanto, no ouvir falar de Joca Ramiro, o Reinaldo se aproximou. Parecia que ele não gostava de me ver em comprida conversa amiga com os outros, ficava quasezinho amuado. Com o tempo dos dias, fui conhecendo também que ele não era sempre tranquilo igual, feito antes eu tinha pensado. Ah, ele gostava de mandar, primeiro mandava suave, depois, visto que não fosse obedecido, com as sete-pedras. Aquela força de opinião dele mais me prazia? Aposto que não. Mas eu concordava, quem sabe por essa moleza, que às vezes a gente tem, sem tal nem razão, moleza no diário, coisa que até me parece ser parente da preguiça. E ele, o Reinaldo, era tão galhardo garboso, tão governador, assim no sistema pelintra, que preenchia em mim uma vaidade, de ter me escolhido para seu amigo todo leal. Talvez também seja. Anta entra n'água, se rupêia. Mas, não. Era não. Era, era que eu gostava dele. Gostava dele quando eu fechava os olhos. Um benquerer que vinha do ar de meu nariz e do sonho de minhas noites. O senhor entenderá, agora ainda não me entende. E o mais, que eu estava criticando, era me a mim contando logro — jigajogas.

— "Você vai conhecer em breve Joca Ramiro, Riobaldo..." — o Reinaldo veio dizendo. — "Vai ver que ele é o homem que existe mais valente!" Me olhou, com aqueles olhos quando doces. E perfez: — "Não sabe que quem é mesmo inteirado valente, no coração, esse também não pode deixar de ser bom?!" Isto ele falou. Guardei. Pensei. Repensei. Para mim, o indicado dito, não era sempre completa verdade. Minha vida. Não podia ser. Mais eu pensando nisso, uma hora, outra hora. Perguntei ao compadre meu Quelemém. — "Do que o valor dessas palavras tem dentro" — ele me respondeu — "não pode haver verdade maior..." Compadre meu Quelemém está certo sempre. Repenso. E o senhor no fim vai ver que a verdade referida serve para aumentar meu pêjo de tribulação.

Fim do bom logo vem, mas. O Acrísio retornou: pasmaceira na barra do rio, a nenhuma novidade. Retornou o Jenolim: o Jequitaí estava passável. E saímos simples com a tropa, sem menos dessossego nem mais receio, serra para cima, pelos caminhos tencionados. Daí, hora grave me veio, com três léguas de marcha. Mazelas de mais pesares. E donde menos temi, no pior me vi. Titão Passos começou a me perguntar.

Titão Passos era homem liso bom; me fazia as perguntas com natureza tão honrosa, que eu não tinha ânimo de mentir, nem de me caber calado. Nem podia. De lá mais adiante, atravessado o Jequitaí, tudo ia se abrir a ser para nós todos campo de fogo e aos perigos de mortes. As turmas de cavaleiros de Zé Bebelo campeavam naquele país, caçando gente, sopitando, vigiando. Do povo morador, não faltava quem, desconfiando de nós, mandasse a eles envio de denúncia, pois todos queriam aproveitar a ocasião para se acabar com os jagunços, para sempre. — "Morrer, morrer, a gente sem luxo se cede..." — o Reinaldo disse. — "...Mas a munição tem de chegar em poder de Joca Ramiro!" Eu podia pensar tranquilo na minha morte por ali? Podia pensar no Reinaldo morrendo? E o que Titão Passos queria saber era tudo que eu soubesse, a respeito de Zé Bebelo, das malasartes que ele usava em guerra, de seus aprovados costumes, suas forças e armamentos. Tudo o que eu falasse, podia ajudar. O saber de uns, a morte de outros. Para melhor pensar, fui mal-respondendo, me calando, falando o que era vasto. Como eu ia depor? Podia? Tudo o que eu mesmo quisesse. Mas, traição, não.

Não. Nem era por retente de dever, por lei honesta nenhuma, ou floreado de noção. Mas eu não podia. Tudo dentro de mim não podia. Dou vendido em pecas riquezas o que eu cansei naquela hora, minhas caras deviam de estar pegando fogo. Que se eu contasse, não contasse, essas ânsias. Eu não podia, como um bicho não pode deixar de comer a avistada comida, como uma bicha-fêmea não pode fugir deixando suas criazinhas em frente da morte. Eu devia? Não devia? Vi vago o adiante da noite, com sombras mais apresentadas. Eu, quem é que eu era? De que lado eu era? Zé Bebelo ou Joca Ramiro? Titão Passos... o Reinaldo... De ninguém eu era. Eu era de mim. Eu, Riobaldo. Eu não queria querer contar.

Falei e refalei inútil, consoante; e quer ver que Titão Passos aceitava aquilo assim? Me acreditava. Lembrei que ainda tinha, guardada estreito comigo, aquela lista, de nomes e coisas, de Zé Bebelo, num caderno. Alguma valia aquilo tinha? Não sei, sabia não. Andando, peguei, oculto, rasguei em pedacinhos, taquei tudo no arrojo dum riacho. Aquelas águas me lavavam. E, de tudo que a respeito do resto eu sabia, cacei em mim um esforço de me completo me esquecer. Depois, Titão Passos disse: — "Você pode ser de muita ajuda. Se a gente topar com a zebelância, você entra de bico — fala que é um deles, que esta tropa você está levando..." Com isso, me conformei. Aos poucos, mesmo compunha uma alegria, de ser capaz de auxiliar e pôr efeito, como o justo companheiro. A que, no bando de Joca Ramiro, eu havia de prestar toda a minha diligência e coragem. E nem fazia mal que eu não relatasse a respeito de Zé Bebelo mais, porquanto o prejuizo que disso se tivesse, por ele eu também padecia e pagava. No caso, em vista de que agora eu estava também sendo um ramiro, fazia parte. De pensar isso, eu desfrutei um orgulho de alegria de glória. Mas ela durou curta. Ôi, barros da água do Jequitaí, que passaram diante de minha fraqueza.

    Foi que Titão Passos, pensando mais, me disse: — "Tudo temos de ter cautela... Se eles já souberam notícia de que você fugiu, e te encontram, são sujeitos para quererem logo te matar imediato, por culpas de desertor..." Ouvi retardado, não pude dar resposta. Me amargou no cabo da língua. Medo. Medo que maneia. Em esquina que me veio. Bananeira dá em vento de todo lado. Homem? É coisa que treme. O cavalo ia me levando sem data. Burros e mulas do lote de tropa, eu tinha inveja deles... Tem diversas invenções de medo, eu sei, o senhor sabe. Pior de todas é essa: que tonteia primeiro, depois esvazia. Medo que já principia com um grande cansaço. Em minhas fontes, cocei o aviso de que um suor meu se esfriava. Medo do que pode haver sempre e ainda não há. O senhor me entende: costas do mundo. Em tanto, eu devia de pensar tantas coisas — que de repente podia cursar por ali gente zebebela armada, me pegavam: por al, por mal, eu estava soflagrante encostado, rendido, sem salves, atirado para morrer com o chão na mão. Devia de me lembrar de outros apertos, e dar relembro do que eu sabia, de ódios daqueles homens querentes de ver sangues e carnes, das maldades deles capazes, demorando vingança com toda judiação. Não pude, não pensava demarcado. Medo não deixava. Eu estando com um vapor na cabeça, o miôlo volteado. Mudei meu coração de posto. E a viagem em nossa noite seguia. Purguei a passagem do medo: grande vão eu atravessava.

    A tristeza. Aí, o Reinaldo, na paragem, veio para perto de mim. Por causa da minha tristeza, sei que de mim ele mais gostava. Sempre que estou entristecido, é que os outros gostam mais de mim, de minha companhia. Por que? Nunca falo queixa, de nada. Minha tristeza é uma volta em medida; mas minha alegria é forte demais. Eu atravessava no meio da tristeza, o Reinaldo veio. Ele bem-me-

-quis, aconselhou brincando: — "Riobaldo, puxa as orêlhas do teu jumento..." Mas amuado eu não estava. Respondi somente: — "Amigo..." — e não disse nem mais. Com toda minha cordura. Mas, de feito, eu carecia de sozinho ficar. Nem a pessoa especial do Reinaldo não me ajudava. Sozinho sou, sendo, de sozinho careço, sempre nas estreitas horas — isso procuro. O Reinaldo comigo par a par, e a tristeza do medo me eivava de a ele não dar valor. Homem como eu, tristeza perto de pessoa amiga afraca. Eu queria mesmo algum desespero.

Desespero quieto às vezes é o melhor remédio que há. Que alarga o mundo e põe a criatura solta. Medo agarra a gente é pelo enraizado. Fui indo. De repente, de repente, tomei em mim o gole de um pensamento — estralo de ouro: pedrinha de ouro. E conheci o que é socôrro.

Com o senhor me ouvindo, eu deponho. Conto. Mas primeiro tenho de relatar um importante ensino que recebi do compadre meu Quelemém. E o senhor depois verá que naquela minha noite eu estava adivinhando coisas, grandes ideias.

Compadre meu Quelemém, muitos anos depois, me ensinou que todo desejo a gente realizar alcança — se tiver ânimo para cumprir, sete dias seguidos, a energia e paciência forte de só fazer o que dá desgosto, nôjo, gastura e cansaço, e de rejeitar toda qualidade de prazer. Diz ele; eu creio. Mas ensinou que, maior e melhor, ainda, é, no fim, se rejeitar até mesmo aquele desejo principal que serviu para animar a gente na penitência de glória. E dar tudo a Deus, que de repente vem, com novas coisas mais altas, e paga e repaga, os juros dele não obedecem medida nenhuma. Isso é do compadre meu Quelemém. Espécie de reza?

Bem, rezar, aquela noite, eu não conseguia. Nisso nem pensei. Até para a gente se lembrar de Deus, carece de se ter algum costume. Mas foi aquele grão de ideia que me acuculou, me argumentou todo. Ideiazinha. Só um começo. Aos pouquinhos, é que a gente abre os olhos; achei, de per mim. E foi: que, no dia que amanhecia, eu não ia pitar, por forte que fosse o vício de minha vontade. E não ia dormir, nem descansar sentado nem deitado. E não ia caçar a companhia do Reinaldo, nem conversa, o que de tudo mais prezava. Resolvi aquilo, e me alegrei. O medo se largava de meus peitos, de minhas pernas. O medo já amolecia as unhas. Íamos chegando numa tapera, nas Lagoas do Córrego Mucambo. Lá nós tínhamos pastos bons. O que resolvi, cumpri. Fiz.

Ah, aquele dia me carregou, abreviei o poder de outras aragens. Cabeça alta — digo. Esta vida está cheia de ocultos caminhos. Se o senhor souber, sabe; não sabendo, não me entenderá. Ao que, por outra, ainda um exemplo lhe dou. O que há, que se diz e se faz — que qualquer um vira brabo corajoso, se puder comer crú o coração de uma onça pintada. É, mas, a onça, a pessoa mesma é quem carece de matar; mas matar à mão curta, a ponta de faca! Pois, então, por aí se vê, eu já vi: um sujeito medroso, que tem muito medo natural de onça, mas que tanto quer se transformar em jagunço valentão — e esse homem afia sua faca, e vai em soroca, capaz que mate a onça, com muita inimizade; o coração come, se enche das coragens terríveis! O senhor não é bom entendedor? Conto. De não pitar, me vinham uns rangidos repentes, feito eu tivesse ira de todo o mundo. Aguentei. Sobejante saí caminhando, com firmes passos: bis, tris; ia e voltava. Me deu vontade de beber a da garrafa. Rosnei que não. Andei mais. Nem não tinha sono nenhum, desmenti fadiga. Reproduzi de mim outro fôlego. Deus governa grandeza. Medo mais? Nenhum algum! Agora viesse corja de zebebelos ou tropa de meganhas, e me achavam. Me achavam, ah, bastantemente. Eu aceitava qualquer vuvú de guerra, e ia em cima, enorme sangue, ferro por ferro. Até queria que viessem, duma vez, pelo definitivo. Aí, quando os passos escutei, vi: era o Reinaldo, que vindo. Ele queria direto, comigo se conferir.

    Eu não podia tão depressa fechar meu coração a ele. Sabia disso. Senti. E ele curtia um engano: pensou que eu estava amofinado, e eu não estava. O que era sisudez de meu fogo de pessoa, ele tomou por mãmolência. Queria me trazer consolo? — "Riobaldo, amigo..." — me disse. Eu estava respirando muito forte, com pouca paciência para o trivial; pelo tanto respondi alguma palavra só. Ele, em hora comum, com muito menos que isso a gente marfava. Na vez, não se ofendeu. — "Riobaldo, não calculei que você era genista..." — ainda gracejou. Dei a nenhuma resposta. Momento calados ficamos, se ouvia o corrute dos animais, que pastavam à bruta no capim alto. O Reinaldo se chegou para perto de mim. Quanto mais eu tinha mostrado a ele a minha dureza, mais amistoso ele parecia; maldando, isso pensei. Acho que olhei para ele com que olhos. Isso ele não via, não notava. Ah, ele me queria-bem, digo ao senhor.

    Mas, graças-a-deus, o que ele falou foi com a sucinta voz:

    — "Riobaldo, pois tem um particular que eu careço de contar a você, e que esconder mais não posso... Escuta: eu não me chamo *Reinaldo*, de verdade. Este é nome apelativo, inventado por necessidade minha, carece de você não me perguntar por quê. Tenho meus fados. A vida da gente faz sete voltas — se diz. A vida nem é da gente..."

Ele falava aquilo sem rompante e sem entonos, mais antes com pressa, quem sabe se com tico de pesar e vergonhosa suspensão.

— "Você era menino, eu era menino... Atravessamos o rio na canoa... Nos topamos naquele porto. Desde aquele dia é que somos amigos."

Que era, eu confirmei. E ouvi:

— "Pois então: o meu nome, verdadeiro, é *Diadorim*... Guarda este meu segredo. Sempre, quando sozinhos a gente estiver, é de Diadorim que você deve de me chamar, digo e peço, Riobaldo..."

Assim eu ouvi, era tão singular. Muito fiquei repetindo em minha mente as palavras, modo de me acostumar com aquilo. E ele me deu a mão. Daquela mão, eu recebia certezas. Dos olhos. Os olhos que ele punha em mim, tão externos, quase tristes de grandeza. Deu alma em cara. Adivinhei o que nós dois queríamos — logo eu disse: — *"Diadorim... Diadorim!"* — com uma força de afeição. Ele sério sorriu. E eu gostava dele, gostava, gostava. Aí tive o fervor de que ele carecesse de minha proteção, toda a vida: eu terçando, garantindo, punindo por ele. Ao mais os olhos me perturbavam; mas sendo que não me enfraqueciam. Diadorim. Sol-se-pôr, saímos e tocamos dali, para o Canabrava e o Barra. Aquele dia fora meu, me pertencia. Íamos por um plâino de varjas; lua lá vinha. Alimpo de lua. Vizinhança do sertão — esse Alto-Norte brabo começava. — Estes rios têm de correr bem! eu de mim dei. Sertão é isto, o senhor sabe: tudo incerto, tudo certo. Dia da lua. O luar que põe a noite inchada.

Reinaldo, Diadorim, me dizendo que este era real o nome dele — foi como dissesse notícia do que em terras longes se passava. Era um nome, ver o que. Que é que é um nome? Nome não dá: nome recebe. Da razão desse encoberto, nem resumi curiosidades. Caso de algum crime arrependido, fosse, fuga de alguma outra parte; ou devoção a um santo-forte. Mas havendo o ele querer que só eu soubesse, e que só eu esse nome verdadeiro pronunciasse. Entendi aquele valor. Amizade nossa ele não queria acontecida simples, no comum, sem encalço. A amizade dele, ele me dava. E amizade dada é amor. Eu vinha pensando, feito toda alegria em brados pede: pensando por prolongar. Como toda alegria, no mesmo do momento, abre saudade. Até aquela — alegria sem licença, nascida esbarrada. Passarinho cai de voar, mas bate suas asinhas no chão.

Hoje em dia, verso isso: emendo e comparo. Todo amor não é uma espécie de comparação? E como é que o amor desponta. Minha Otacília, vou dizer. Bem que eu conheci Otacília foi tempos depois; depois se deu a selvagem desgraça, conforme o senhor ainda vai ouvir. Depois após. Mas o primeiro encontro meu com ela, desde já conto, ainda que esteja contando antes da ocasião. Agora não é que tudo está me subindo mais forte na lembrança? Pois foi. Assim que desta banda de cá a gente tinha padecido toda resma de reveses; e que soubemos que os judas também tinham atravessado o São Francisco; então nós passamos, viemos procurar o poder de Medeiro Vaz, única esperança que restava. Nos gerais. Ah, burití cresce e merece é nos gerais! Eu vinha com Diadorim, com Alaripe e com João Vaqueiro mais Jesualdo, e o Fafafa. Aos Buritis-Altos, digo ao senhor — vereda acima — até numa Fazenda Santa Catarina se chegar. A gente tinha ciência de que o dono era favorável do nosso lado, lá se devia de esperar por um recado. Fomos chegando de tardinha, noitinha já era, noite, noite fechada. Mas o dono não estava, não, só ia vir no seguinte, e sôr Amadeu a graça dele era. Quem acudiu e falou foi um velhozinho, já santificado de velho, só se apareceu no parapeito da varanda — parece que estava receoso de nossa forma; não solicitou de se subir, nem mandou dar nada de comer, mas disse licença d'a gente dormir na rebaixa do engenho. Avô de Otacília esse velhinho era, se chamava Nhô Vô Anselmo. Mas, em tanto que ele falava, e mesmo com a confusão e os latidos de muitos cachorros, eu divulguei, qual que uma luz de candeia mal deixava, a doçura de uma moça, no enquadro da janela, lá dentro. Moça de carinha redonda, entre compridos cabelos. E, o que mais foi, foi um sorriso. Isso chegasse? Às vezes chega, às vezes. Artes que morte e amor têm paragens demarcadas. No escuro. Mas senti: me senti. Águas para fazerem minha sede. Que jurei em mim: a Nossa Senhora um dia em sonho ou sombra me aparecesse, podia ser assim — aquela cabecinha, figurinha de rosto, em cima de alguma curva no ar, que não se via. Ah, a mocidade da gente reverte em pé o impossível de qualquer coisa! Otacília. O prêmio feito esse eu merecia?

Diadorim — dirá o senhor: então, eu não notei viciice no modo dele me falar, me olhar, me querer-bem? Não, que não — fio e digo. Há-de-o, outras coisas... O senhor duvida? Ara, mitilhas, o senhor é pessoa feliz, vou me rir... Era que ele gostava de mim com a alma; me entende? O Reinaldo. Diadorim, digo. Eh, ele sabia ser homem terrível. Suspa! O senhor viu onça: boca de lado e lado, raivável, pelos filhos? Viu rusgo de touro no alto campo, brabejando; cobra jararacussú emendando sete botes estalados; bando dôido de queixadas se passantes, dando febre no mato? E o senhor não viu o Reinaldo guerrear!... Essas coisas se acreditam. *O demônio na rua, no meio do redemunho...* Falo! Quem é que me pega de falar, quantas vezes quero?!

Assim ao feito quando logo que desapeamos no acampo do Hermógenes; e quando! Ah, lá era um cafarnaúm. Moxinife de más gentes, tudo na deslei da jagunçagem bargada. Se estavam entre o Furado-de-São-Roque e o Furado-do--Sapo, rebeira do Ribeirão da Macaúba, por fim da Mata da Jaíba. A lá chegamos num de-tardinha. Às primeiras horas, conferi que era o inferno. Aí, com três dias, me acostumei. O que eu estava meio transtornado da viagem.

A ver o que eu contava: quem não conhecia o Reinaldo, ficou pronto conhecendo. Digo, Diadorim. Nós tínhamos em fim chegado, sem soberba nenhuma, contentes por topar com tanto número de companheiros em armas: de todos, todos eram garantia. Entramos no meio deles, misturados, para acocorar e prosear caçamos um pé de fôgo. Novidade nenhuma, o senhor sabe — em roda de fogueira, toda conversa é miudinhos tempos. Algum explicava os combates com Zé Bebelo, nós o nosso: roteiro todo da viagem, aos poucos para se historiar. Mas Diadorim sendo tão galante moço, as feições finas caprichadas. Um ou dois, dos homens, não achavam nele jeito de macheza, ainda mais que pensavam que ele era novato. Assim loguinho, começaram, aí, gandaiados. Desses dois, um se chamava de alcunha o Fancho-Bode, tratantaz. O outro, um tribufú, se dizia Fulorêncio, veja o senhor. Mau par. A fumaça dos tições deu para a cara de Diadorim — "Fumacinha é do lado — do delicado..." — o Fancho-Bode teatrou. Consoante falou soez, com soltura, com propósito na voz. A gente, quietos. Se vai lá aceitar rixa assim de graça? Mas o sujeito não queria pazear. Se levantou, e se mexeu de modo, fazendo xetas, mengando e castanhetando, numa dansa de furta-passo. Diadorim se esteve em pé, se arredou de perto da fogueira; vi e mais vi: ele apropriar espaços. Mas esse Fancho-Bode era abusado, vinha querer dar umbigada. E o outro, muito comparsa, lambuzante preto, estumou, assim como fingiu falsete, cantarolando pelo nariz:

"Pra gaudêr, Gaudêncio
E aqui pra o Fulorêncio?..."

Aquilo lufou! De rempe, tudo foi um ão e um cão, mas, o que havia de haver, eu já sabia... Oap!: o assoprado de um refúgio, e Diadorim entrava de encontro no Fancho-Bode, arrumou mão nele, meteu um sopapo: — um safano nas queixadas e uma sobarbada — e calçou com o pé, se fez em fúria. Deu com o Fancho-Bode todo no chão, e já se curvou em cima: e o punhal parou ponta diantinho da goela do dito, bem encostado no gogó, da parte de riba, para se cravar deslizado com bom apôio, e o pico em pele, de belisco, para avisar do gosto de uma boa-morte; era só se soltar, que, pelo peso, um fato se dava. O fechabrir de olhos, e eu também tinha agarrado meu revólver. Arre, eu não queria presumir de prevenir ninguém, mais queria mesmo era matar, se carecesse. Acho que notaram. Ao que, em hora justa e certa, nunca tive medo. Notaram. Farejaram pressentindo: como cachorro sabe. Ninguém não se meteu, pois desapartar assim é perigoso. Aquele Fulorêncio instantâneo esbarrou com os acionados indecentes, me menos olhou uma vez, daí não quis me encarar mais. — "Coca, bronco!" — Diadorim mandou o Fancho se levantasse: que puxasse também da faca, viesse melhor se desempenhar! Mas o Fancho-Bode se riu, amistoso safado, como tudo tivesse constado só duma brincadeira: — "Oxente! Homem tu é, mano-velho, patrício!" Estava escabreado. Dava nôjo, ele, com a cara suja de maus cabelos, que cresciam por todo lado. Guardei meu revólver, respeitavelmente. Aqueles dois homens não eram medrosos; só que não tinham os interesses de morrer tão cedo assim. Homem é rosto a rosto; jagunço também: é no quem-com-quem. E eles dois não estavam ali muito estimados. Comprazendo conosco, outros companheiros deram ar de amizade. E mesmo, por gracejo cordial, o Fulorêncio me perguntou: — "Mano Velho, me compra o que eu sonhei hoje?" Divertindo, também, para o ar dei resposta: — "Só se for com dinheiro da mãe do jacaré..." Todos riram. De mim não riram. O Fulorêncio riu também, mas riso de velho. Cá pensei, silencioso, silenciosinho: "Um dia um de nós dois agora tem de comer o outro... Ou, se não, fica o assunto para os nossos netos, ou para os netos dos nossos filhos..." Tudo em mais paz, me ofereceram: bebi da januária azulosa — um gole me foi: cachaça muito nomeada. Aquela noite, dormi conseguintemente.

Sempre disse ao senhor, eu atiro bem.

E esses dois homens, Fancho-Bode e Fulorêncio, bateram a bota no primeiro fogo que se teve com uma patrulha de Zé Bebelo. Por aquilo e isso, alguém falou que eu mesmo tinha atirado nos dois, no ferver do tiroteio. Assim, por exemplo, no circundar da confusão, o senhor sabe: quando bala raciocina. Adiante falaram que eu aquilo providenciei, motivo de evitar que mais tarde eles quisessem vir com alguma tranquibérnia ou embusteria, em fito de tirarem desforra. Nego isso, não é verdade. Nem quis, nem fiz, nem praga roguei. Morreram, porque era seu dia, deles, de boa questão. Até, o que morreu foi só um. O outro foi pego preso — eu acho — deve de ter acabado com dez anos em alguma boa cadeia. A cadeia de Montes Claros, quem sabe. Não sou assassino. Inventaram em mim aquele falso, o senhor sabe como é esse povo. Agora, com uma coisa, eu concordo: se eles não tivessem morrido no começo, iam passar o resto do tempo todo me tocaiando, mais Diadorim, para com a gente aprontarem, em ocasião, alguma traição ou maldade. Nas estórias, nos livros, não é desse jeito? A ver, em surpresas constantes, e peripécias, para se contar, é capaz que ficasse muito e mais engraçado. Mas, qual, quando é a gente que está vivendo, no costumeiro real, esses floreados não servem: o melhor mesmo, completo, é o inimigo traiçoeiro terminar logo, bem alvejado, antes que alguma tramoia perfaça! Também, sei o que digo: em toda a parte, por onde andei, e mesmo sendo de ordem e paz, conforme sou, sempre houve muitas pessoas que tinham medo de mim. Achavam que eu era esquisito.

Só o que mesmo devo de dizer, como atiro bem: que vivo ainda por encontrar quem comigo se iguale, em pontaria e gatilho. Por meu bom, de desde mocinho. Alemão Vupes pouco me ensinou. Naquele tempo, já eu era. Dono de qualquer cano de fogo: revólver, clavina, espingarda, fuzil reiuno, trabuco, clavinote ou rifle. Honras não conto alto, porque acho que acerto natural assim é de Deus, dom dado. Pelo que compadre meu Quelemém me explicou: que eu devo de, noutra vida, por certo em encarnação, ter trabalhado muito em mira em arma. Seja? Pontaria, o senhor concorde, é um talento todo, na ideia. O menos é no olho, compasso. Aquele Vupes era profeta? Certa vez, entrei num salão, os companheiros careciam que eu jogasse, mor de inteirar a parceiragem. Bilhar — quero dizer. Eu não sabia, total. Tinha nunca botado a mão naquilo. — "Faz mal nenhum" — o Advindo disse. — "Você forma comigo, que sou tão no taco. João Nonato, com o Escopil, jogam de contra-lado..." Aceitei. Combinado ficou que o Advindo pudesse me superintender e pronunciar cada toque, com palavras e noção de conselhos, mas sem licença de apoiar mão em minha mão ou braço, nem encostar dedo no taco. É de ver que, mesmo do jeito, não bobeei um ceitil: o Advindo me lecionava o rumo medido da vantagem, e eu encurvava o corpo, amolecia barriga e taqueava o meu chofre, querendo aquilo no verde —: era o justo repique — umas carambolas de todos estalos, retruque e recompletas, com recuanço, ladeio perfeito, efeito produzido e reproduzido; por fim, eu me reprazia mais escutando rebrilhar o concôco daquelas bolas umas nas outras, deslizadas... E pois, conforme dizia, por meu tiro me respeitavam, quiseram pôr apelido em mim: primeiro, *Cerzidor*, depois *Tatarana*, lagarta-de-fogo. Mas firme não pegou. Em mim, apelido quase que não pegava. Será: eu nunca esbarro pelo quieto, num feitío?

No que foi, no que me vi, no acampo do Hermógenes.

Cabralhada. Tiba. De boa entrada, ao que me gasturei, no vendo. Aqueles eram mais de cento e meio, sofreúdos, que todos curtidos no jagunçar, rafameia, mera gente. Azombado, que primeiro até fiquei, mas daí quis assuntação, achei, a meu cômodo. Assim, isto é, me acostumei com meio-só meu coração, naquele arranchamento. Propriamente, pessoal do Hermógenes. Digo: bons e maus, uns pelos outros, como neste mundo se pertence. Por um que ruim seja, logo mais para adiante se encontra outro pior. E a situação nossa era de guerra. Mesmo com isso, a peito pronto, ninguém se perturbou com perigos de tanta gravidade. Se vivia numa jóvia, medindo mãos, em vavavá e conversa de festa, tomando tempo. Aqueles não desamotinavam. A ajunta, ali, assim, de tantos atrás do ar, na vagagem: manga de homens, por zanzar ou estar à tôa, ou parar formando rodas; ou uns dormindo, como boi malha; ou deitados no chão sem dormir — só aboboravam. Assaz toda espécie de roupa, divulguei: até sujeito com cinta larga de lã vermelha; outro com chapéu de lebre e colete preto de fino pano, cidadão; outros com coroça e bedém, mesmo sem chuva nenhuma; só que de branco vestido não se tinha: que com terno claro não se guerreia. Mas jamais ninguém ficasse nú-de-Deus ou indecente descomposto, no meio dos outros isso não e não. Andando que sentados, jogando jogos, ferrando queda de braço, assoando o nariz, mascando fumo forte e cuspindo longe, e pitando, picando ou dedilhando fumo no covo da mão, com muita demora; o mais, sempre no proseio. Aventes baldrocavam suas pequenas coisas, trem objeto que um tivesse e menos quisesse, que custou barato. E ninguém furtava! Furtasse, era perigar morte. Cantavam cantarol, uns, aboiavam sem bois. Ou cuidavam do espírito da barriga. O serviço que cumpriam era alimpar as armas bem — marcadas as cruzes nas feições das coronhas. E tudo o mais que faziam, que fosse coisa de sem-o-que-fazer. Por isso — se dizia — que ali corresse muita besouragem, de falação mal, de rapa-tachos. Tinham lá até cachorros, vadiando geral, mas o dono de cada um se sabia; convinha não judiar com cão, por conta do dono.

Ao às-tantas me aceitaram; mas meio atalhados. Se o que fossem mesmo de constância assim, por tempero de propensão; ou, então, por me arrediarem, porquanto me achando deles diverso? Somente isto nos princípios. Sendo que eu soube que eu era mesmo de outras extrações. Semelhante por este exemplo, como logo entendi: eles queriam completo ser jagunços, por alcanço, gala mestra; conforme o que avistei, seguinte. Pois não era que, num canto, estavam uns, permanecidos todos se ocupando num manejo caprichoso, e isto que eles executavam: que estavam desbastando os dentes deles mesmos, aperfeiçoando os dentes em pontas! Se me entende? Senhor ver, essa atarefação, o tratear, dava alojo e apresso, dava até aflição em aflito, abobante. Os que lavravam desse jeito: o Jesualdo — mocinho novo, com sua simpatia —, o Araruta e o Nestor; os que ensinavam a eles eram o Simião e o Acauã. Assim um uso correntio, apontar os dentes de diante, a poder de gume de ferramenta, por amor de remedar o aguçoso de dentes de peixe feroz do rio de São Francisco — piranha redoleira, a cabeça-de-burro. Nem o senhor não pense que para esse gasto tinham instrumentos próprios, alguma liminha, ou ferro lixador. Não: aí era à faca. O Jesualdo mesmo se fazia, fazia aquilo sentado num calcanhar. Aviava de encalcar o corte da faca nas beiras do dente, rela releixo, e batia no cabo da faca, com uma pedra, medidas pancadas. Sem espelho, sem ver; ao tanto, que era uma faca de cabo de niquelado. Ah, no abre-boca, comum que babando, às vezes sangue babava. Ao mais gemêsse, repuxando a cara, pelo que verdadeiro muito doía. Aguentava. Assim esquentasse demais; para refrescar, então ele bochechava a breve, com um caneco de água com pinga. Os outros dois, também. O Araruta procedia sozinho, igual, batendo na faca com a prancha de outra. O Nestor, não: para ele, o Simião, com um martelinho para os golpes, era quem raspava; mas decerto o Nestor ao outro para isso algum tanto pagasse. Abrenunciei. — "Arrenego!" — eu disse. — "Deveras? Então, mano-velho, pois tu não quer?" — o Simião, em gracejo, me perguntou. Me fez careta; e — acredite o senhor: ele, que exercia lâmina nos do outro, ele não possuía, próprio, dente mais nenhum nas gengivas — conforme aquela vermelha boca banguela toda abriu e me mostrou. Repontei: — "Eu acho que, para se ser valente, não carece de figurativos..." O Acauã, que já era bom conhecido meu, assim mesmo achou de se reagir: — "São gostos..." Mas, um outro, que chegando veio, falou o mais seco: — "Tudo na vida são gostos, companheiro. Mas não será o meu!" Olhei para esse, que me deu o apôio. E era um Luís Pajeú — com a faca-punhal do mesmo nome, e ele sendo de sertão do mesmo nome, das comarcas de Pernambuco. Sujeito despachado, moreno bem queimado, mas de anelados cabelos, e com uma coragem terrivelmente. Ah, mas o que faltava, lá nele, que ele mais não tinha, era uma orêlha, — que rente cortada fora, pelo sinal. Onde era que o Luís Pajeú havia de ter deixado aquela orêlha? — "Será gosto meu não, de descascar dentaduras..." — conciso declarou, falava meio cantado, mole, fino. Alto e forte, foi outro falar, de outro, que no instante também ouvi: — "Uê, em minha terra, se afia guampa, é touro, ixí!" E esse um, trolado demais franco, e desempenado cavaleiro, era o Fafafa. Fiz conhecença. Dele tenho, para mais depois.

Ao que lá não faltava a farta comida, pelo que logo vi. Gêneros e bebidas boas. De donde vinha tudo, em redondezas tão pobrezinhas, a gente parando assim quase num deserto? E a munição, tanta, que nem precisaram da que tínhamos trazido, e que foi levada mais adiante, para os escondidos de Joca Ramiro, perto do arraial do Bró? E a jorna, para satisfazer àquela cabroeira vivente, que estavam ali em seu emprego de cargo? Ah, tinham roubado, saqueado muito, grassavam. A sebaça era a lavoura deles, falavam até em atacar grandes cidades. Foi ou não foi?

Mas, mire e veja o senhor: nas éras de 96, quando os serranos cismaram e avançaram, tomaram conta de São Francisco, sem prazo nem pena. Mas, nestes derradeiros anos, quando Andalécio e Antônio Dó forcejaram por entrar lá, quase com homens mil e meio-mil, a cavalo, o povo de São Francisco soube, se reuniram, e deram fogo de defesa: diz-que durou combate por tempo de três horas, tinham armado tranquias, na boca das ruas — com tapigos, montes de areia e pedra, e árvores cortadas, de través — brigaram como boa população! Daí, aqueles retornaram, arremeteram mesmo, senhores da cidade quase toda, conforme guerrearam contra o Major Alcides Amaral e uns soldados, cercados numas duas ou três casas e um quintal, guerrearam noites e dias. A ver, por vingar, porque antes o major Amaral tinha prendido o Andalécio, cortado os bigodes dele. Andalécio — o que, de nome real: Indalécio Gomes Pereira — homem de grandes bigodes. Sei de quem ouviu, se recordava sempre com tremores: de quando, no tiroteio de inteira noite, Andalécio comandava e esbarrava, para gritar feroz: — "Sai pra fora, cão! Vem ver! Bigode de homem não se corta!..." Tudo gelava, de só se escutar. Aí, quem trouxe socôrro, para salvar o Major, foi o delegado Doutor Cantuária Guimarães, vindo às pressas de Januária, com punhadão de outros jagunços, de fazendeiros da política do Governo. Assim que salvaram, mandaram desenterrar, para contar bem, mais de sessenta mortos, uns quatorze juntos numa cova só! Essas coisas já não aconteceram mais no meu tempo, pois por aí eu já estava retirado para ser criador, e lavrador de algodão e cana. Mas o mais foi ainda atual agora, recentemente, quase, isto é; foi logo de se emendar depois do barulhão em Carinhanha — mortandades: quando se espirrou sangue por toda banda, o senhor sabe: *"Carinhanha é bonitinha..."* — uma verdade que barranqueiro canta, remador. Carinhanha é que sempre foi de um homem de valor e poder: o coronel João Duque — o pai da coragem. Antônio Dó eu conheci, certa vez, na Vargem Bonita, tinha uma feirinha lá, ele se chegou, com uns seus cabras, formaram grupo calados, arredados. Andalécio foi meu bom amigo. Ah, tempo de jagunço tinha mesmo de acabar, cidade acaba com o sertão. Acaba?

Atinei mal, no começo, com quem era que mandava em nós todos. O Hermógenes. Mas, perto duns cinquenta — nesse meio o Acauã, Simião, Luís Pajeú, Jesualdo e o Fafafa — obedeciam a João Goanhá, eram dele. E tinha um grupo de brabos do Ricardão. Onde era que estava o Ricardão? Reunindo mais braços-de-armas, beira da Bahia. Se esperava também a vinda de Sô Candelário, com os seus. Se esperava o chefe grande, acima de todos — Joca Ramiro — falado aquela hora em Palmas. Mas eu achava aquilo tudo dando confuso. Titão Passos, cabo-de-turma com poucos homens à mão, era nãostante muito respeitado. E o sistema diversiava demais do regime com Zé Bebelo. Olhe: jagunço se rege por um modo encoberto, muito custoso de eu poder explicar ao senhor. Assim — sendo uma sabedoria sutil, mas mesmo sem juízo nenhum falável; o quando no meio deles se trança um ajuste calado e certo, com semêlho, mal comparando, com o governo de bando de bichos — caititú, boi, boiada, exemplo. E, de coisas, faziam todo segredo. Um dia, foi ordem: ajuntar todos os animais, de sela e de carga, iam ser levados para amoitamento e pasto, entre serras, no Ribeirão Poço Triste, num varjal. Para mim, até o endereço que diziam, do lugar, devia de ser mentira. Mas tive de entregar meu cavalo, completo no contragôsto. Me senti, a pé, como sem segurança nenhuma. E tem as pequenas coisas que aperreiam: enquanto estava com meu animal, eu tinha a capoteira, a bolsa da sela, os alforjes; podia guardar meus trecos. De noite, dependurava a sela num galho de árvore, botava por debaixo dela o dobro com as roupas, dormia ali perto, em paz. Agora, eu ficava num descômodo. Carregar os trens não podia — chegava o peso das armas, e das balas e cartuchame. Perguntei a um, onde era que tudo se depositava. — "Eh, berêu... Bota em algum lugar... Joga fora... Ôxe, tu carrega ouro nesses dôbros?..." Quê que se importavam? Por tudo, eram fogueiras de se cozinhar, fumaça de alecrim, panela em gancho de mariquita, e cheiro bom de carne no espeto, torrada se assando, e batatas e mandiocas, sempre quentes no soborralho. A farinha e rapadura: quantidades. As mantas de carne-ceará. Ao tanto que a carne de sol não faltasse, mesmo amiúde ainda saíam alguns e retornavam tocando uma rês, que repartiam. Muitos misturavam a jacuba pingando no coité um dedo de aguardente, eu nunca tinha avistado ninguém provar jacuba assim feita. Os usares! A ver, como o Fafafa abria uma cova quadrada no chão, ajuntava ali brasas grandes, direto no brasal mal-assasse pedação de carne escorrendo sangue, pouco e pouco revirava com a ponta do facão, só pelo chiar. Disso, definitivo não gostei. A saudade minha maior era de uma comidinha guisada: um frango com quiabo e abóbora-d'água e caldo, um refogado de carurú com ofa de angú. Senti padecida falta do São Gregório — bem que a minha vidinha lá era mestra. Diadorim notou meus males. Me disse consolo: — "Riobaldo, tem tempos melhores. Por ora, estamos acuados em buraco..." Assistir com Diadorim, e ouvir uma palavrinha dele, me abastava aninhado.

Mas, mesmo, achei que ali convinhável não era se ficar muito tempo juntos, apartados dos outros. Cismei que maldavam, desconfiassem de ser feio pegadio. Aquele povo estava sempre misturado, todo o mundo. Tudo era falado a todos, do comum: às mostras, às vistas. Diferente melhor, foi quando estivemos com Medeiro Vaz: o maior número lá era de pessoal dos *gerais* — gente mais calada em si e sozinha, moradores das grandes distâncias. Mas, por fim, um se acostuma; isto é, eu me acostumei. Sem receio de ser tirado de meu dinheiro: que eu empacotava ainda boa quantia, que Zé Bebelo sempre me pagou no pontual, e gastar eu não tinha onde. Recontei. Aí, quis que soubessem logo como era que eu atirava. Até gostavam de ver: — "Tatarana, põe o dez no onze..." — me pediam, por festar. De duzentas braças, bala no olho de um castiçal eu acertava. Num aquele alvo só — as todas, todas! Assim então esbarrei aquilo com que me aperreavam, os coscuvilhos. — "Se alguém falou mal de mim, não me importo. Mas não quero que me venham me contar! Quem vier contar, e der notícias é esse mesmo que não presta: e leva o puto nome-da-mãe, e de que é filho!..." — eu informei. O senhor sabe: nome-da-mãe, e o depois, quer dizer — meu pinguelo. Sobre o fato, para de mim não desaprenderem, não se esquecerem, eu pegava o rifle — tive rifle de winchester, até, de quatorze tiros — e dava gala de entremez. — "Corta aquele risco Tatarana!" — me aprovavam. Se eu cortasse? Nunca errei. Para rebater, reproduzia tudo a revólver. — "Vem um cismo de fio de cabelo no ar, que eu acerto." Sobrefiz. Social eu andava com minhas cartucheiras triplas, só que atochadas sempre. Ao que, me gabavam e louvavam, então eu esbarrava sossegado. Surgidamente, aí, principiou um desejo que tive — que era o de destruir alguém, a certa pessoa. O senhor pode rir: seu riso tem siso. Eu sei. Eu quero é que o senhor repense as minhas tolas palavras. E, olhe: tudo quanto há, é aviso. Matar a aranha em teia. Se não, por que era que já me vinha a ideia desejável: que joliz havia de ser era se meter um balaço no baixo da testa do Hermógenes?

A bronzes. O ódio pousa na gente, por umas criaturas. Já vai que o Hermógenes era ruim, ruim. Eu não queria ter medo dele. Digo ao senhor que aquele povo era jagunços; eu queria bondade neles? Desminto. Eu não era criança, nunca bobo fui. Entendi o estado de jagunço, mesmo assim sendo eu marinheiro de primeira viagem. Um dia, agarraram um homem, que tinha vindo à traição, espreitar a gente por conta dos bebelos. Assassinaram. Me entristeceu, aquilo, até ao vago do ar. O senhor vigie esses: comem o crú de cobras. Carecem. Só por isso, para o pessoal não se abrandar nem esmorecer, até Sô Candelário, que se prezava de bondoso, mandava mesmo em tempo de paz, que seus homens saíssem fossem, para estropelias, prática da vida. Ser ruim, sempre, às vezes é custoso, carece de perversos exercícios de experiência. Mas, com o tempo, todo o mundo envenenava do juízo. Eu tinha receio de que me achassem de coração mole, soubessem que eu não era feito para aquela influição, que tinha pena de toda cria de Jesus. — "E Deus, Diadorim?" — uma hora eu perguntei. Ele me olhou, com silênciozinho todo natural, daí disse, em resposta: — "Joca Ramiro deu cinco contos de réis para o padre vigário de Espinosa..."

Mas o Hermógenes era fel dormido, flagelo com frieza.

Ele gostava de matar, por seu miúdo regozijo. Nem contava valentias, vivia dizendo que não era mau. Mas outra vez, quando um inimigo foi pego, ele mandou: — "Guardem este." Sei o que foi. Levaram aquele homem, entre as árvores duma capoeirinha, o pobre ficou lá, nhento, amarrado na estaca. O Hermógenes não tinha pressa nenhuma, estava sentado, recostado. A gente podia caçar a alegria pior nos olhos dele. Depois dum tempo, ia lá, sozinho, calmoso? Consumia horas, afiando a faca. Eu ficava vendo o Hermógenes, passado aquilo: ele estava contente de si, com muita saúde. Dizia gracejos. Mas, mesmo para comer, ou falar, ou rir, ele deixava a boca prôpria se abrir alta no meio, qual sem vontade, boca de dôr. Eu não queria olhar para ele, encarar aquele carangonço; me perturbava. Então, olhava o pé dele — um pé enorme, descalço, cheio de coceiras, frieiras de remeiro do rio, pé-pubo. Olhava as mãos. Eu acabava achando que tanta ruindade só conseguia estar naquelas mãos, olhava para elas, mais, com asco. Com aquela mão ele comia, aquela mão ele dava à gente. Entremeando, eu comparava com Zé Bebelo aquele homem. Nessa hora, eu gostava de Zé Bebelo, quase como um filho deve de gostar do pai. As tantas coisas me tonteavam: eu em claro. De repente, eu via que estava desejando que Zé Bebelo vencesse, porque era ele quem estava com a razão. Zé Bebelo devia de vir, forte viesse: liquidar mesmo, a rás, com o inferno da jagunçada! E eu estava ali, cumprindo meu ajuste, por fora, com todo rigor; mas estava tudo traindo, traidor, no cabo do meu coração. Alheio, ao que, encostei minhas costas numa árvore. Aí eu não queria ficar dôido, no nem mesmo. Puxei conversa com Diadorim. Por que era que Joca Ramiro, sendo chefe tão subido, de nobres costumes, consentia em ter como seu alferes um sujeito feito esse Hermógenes, remarcado no mal? Diadorim me escutou depressa, tal duvidou de meu juizo: — "Riobaldo, onde é que você está vivendo com a cabeça? O Hermógenes é duro, mas leal de toda confiança. Você acha que a gente corta carne é com quicé, ou é com colher-de-pau? Você queria homens bem-comportados bonzinhos, para com eles a gente dar combate a Zé Bebelo e aos cachorros do Governo?!" A espichado, nesse dia calei. Assim uma coisa eu estava escondendo, mesmo de Diadorim: que eu já parava fundo no falso, dormia com a traição. Um nublo. Tinha perdido meu bom conselho. E entrei em máquinas de tristeza.

Então, eu era diferente de todos ali? Era. Por meu bom. Aquele povo da malfa, no dia e noite de relaxação, brigar, beber, constante comer. — "Comeu, lobo?" E vozear tantas asneiras, mesmo de Diadorim e de mim já pensavam. Um dia, um disse: — "Eh, esse Reinaldo gosta de ser bom amigo... Ao quando o Leopoldo morreu ele quase morreu também, dos demorados pesares..." Desentendi, mediante meu querer. Mas não me adiantou. Daí, persistentemente, essa história me remoía, esse nome de um Leopoldo. Tomava por ofensa a mim, que Diadorim tivesse tido, mesmo tão antes, um amigo companheiro. Até que, vai, cresci naquela ideia: que o que estava fazendo falta era uma mulher.

E eu era igual àqueles homens? Era. Com não terem mulher nenhuma lá, eles sacolejavam bestidades. — "Saindo por aí," — dizia um — "qualquer uma que seja, não me escapole!" Ao que contavam casos de mocinhas ensinadas por eles, aproveitavelmente, de seguida, em horas safadas. — "Mulher é gente tão infeliz..." — me disse Diadorim, uma vez, depois que tinha ouvido as estórias. Aqueles homens, quando estavam precisando, eles tinham aca, almiscravam. Achavam, manejavam. Deus me livrou de endurecer nesses costumes perpétuos. A primeira, que foi, bonita moça, eu estava com ela somente. Tanto gritava, que xingava, tanto me mordia, e as unhas tinha. Ao cabo, que pude, a moça — fechados os olhos — não bulia; não fosse o coração dela rebater no meu peito, eu entrevia medo. Mas eu não podia esbarrar. Assim tanto, de repente vindo, ela estremeceuzinha. Daí, abriu os olhos, aceitou minha ação, arfou seus prazeres, constituído milagre. Para mim, era como eu tivesse os mais amores! Pudesse, levava essa moça comigo, fiel.

Mas, depois, num sítio perto da Serra Nova, foi uma outra, a moreninha miúda, e essa se sujeitou fria estendida, para mim ficou de pedras e terra. Ah, era que nem eu nos medonhos fosse — e, o senhor crê? — a mocinha me aguentava era num rezar, tempos além. Às almas fugi de lá, larguei com ela o dinheiro meu, eu mesmo roguei pragas. Contanto que nunca mais abusei de mulher. Pelas ocasiões que tive, e de lado deixei, ofereço que Deus me dê alguma minha recompensa. O que eu queria era ver a satisfação — para aquelas, pelo meu ser. Feito com a Rosa'uarda, sempre formosa, a filha de Assis Wababa, sonhos meus, turcamente; e que a qual, não lhe disse: o pai dela, que era forte negociante, em todo tempo nanja que não desconfiou. Feito com aquela moça Nhorinhá, filha de Ana Duzuza. Digo ao senhor. Mas o senhor releve eu estar glosando assim a seco essas coisas de se calar no preceito devido. Agora: o tudo que eu conto, é porque acho que é sério preciso.

 Permeio com quantos, removido no estatuto deles, com uns poucos me acompanheirei, daqueles jagunços, conforme que os anjos-da-guarda. Só quase a boa gente. Sendo que são, por todos, estes: *Capixúm* — caboclo sereno, viajado, filho dos gerais de São Felipe; *Fonfrêdo* — que cantava todas as rezas de padre, e comia carne de qualidade nenhuma, e que nunca dizia de onde era e viera; o que rimava verso com ele: *Sesfrêdo*, desse já lhe contei; o *Testa-em-Pé*, baiano ladino, chupava muito; o *Paspe*, vaqueiro jaibano, o homem mais habilidoso e serviçal que já topei nesta minha vida; *Dadá Santa-Cruz*, dito "o Caridoso", queria sempre que se desse resto de comida à gente pobre com vergonha de vir pedir; o *Carro--de-Boi*, gago, gago. O *Catôcho*, mulato claro — era curado de bala. *Lindorífico*, chapadeiro minas-novense, com mania de aforrar dinheiro. O *Diôlo*, preto de beiço maior. *Juvenato*, *Adalgizo*, o *Sangue-de-Outro*. Ei, tantos; para quê que eu fui querer começar a descrever? *Dagobé*, o *Eleutério*, *Pescoço-Preto*, *José Amigo*...

 Amigo? Homem desses, alguém dizendo a um que ele é demônio de ruim, ele ira de não querer ser, capaz até de nessa raiva matar o outro. Afirmo ao senhor, do que vivi: o mais difícil não é um ser bom e proceder honesto; dificultoso, mesmo, é um saber definido o que quer, e ter o poder de ir até no rabo da palavra. *Ezirino* matou um companheiro, que *Batatinha* se chamava, o pobre dum cafuz magrelo, só que tinha o danado defeito de contrariar qualquer coisa que a gente falava. Ezirino caíu no mundo. Daí, começou voz que ele tinha fugido para se bandear com os zé-bebelos, pago por sua traição, e que Batatinha somente morreu porque disso sabia. Todo o mundo andava encrêspo, forjicavam muita cilada e enrêdos de desconfianças. Mudamos para outros lugares, mais a coberto, em distância: obra de sete léguas, para a parte do poente. Muito vi que não estávamos fazendo isso por escapulir; mas que o Hermógenes, Titão Passos e João Goanhá, antes acharam de combinar aquilo, em suas conversas — era o arrumo para melhores combates com Zé Bebelo. Ah, e, aí, lá chegaram, com satisfação de todos, dez homens, a Sô Candelário pertencidos. Traziam cargueiros com mais sal, bom café e uma barrica de bacalhau. Delfim era um daqueles, tocava. E o Luzié, alagoano de Alagôas. Nesse dia, eu saí, com esquadra, fomos rondar os caminhos de porventura dos bebelos, andamos mais de três léguas e tanto, no meio da noite retornamos.

De manhã cedo, eu soube: tinham até dansado, aquela véspera. — "Diadorim, você dansa?" — logo, perguntei. — "Dansa? Aquilo é pé de salão..." — quem respondeu foi o Garanço, o de olhos de porco. Ouvindo o que, me sobrou um enjoo. O Garanço, era um mocorongo mermado, com estúrdias feições, e pessoa muito agradável de seu natural. Ele tinha ideias, às vezes parecia criança pequena. Punha nome em suas armas: o facão era *torturúm*, o revólver *rouxinol*, a clavina era *berra-bode*. Com ele, a gente ria, sempremente. Mais o Garanço dava de procurar a companhia nossa, minha e de Diadorim; aquele tempo ele vinha costumeiro para perto. Às vezes, como naquilo, ele me produzia jeriza, verdadeira. Diadorim não dizia nada, estava deitado de costas, num pelego, com a cabeça num feixe de capim cortado. Ali naquele lugar ele contumaz dormia — Diadorim menos gostava de rede. O Garanço era sanfranciscano, dum lugar chamado Morpará. Hás-de, queria que a gente escutasse ele recontar compridas passagens de sua vida. Aquilo aborrecia. Eu queria estar-estâncias: dos violeiros, que tocavam sentimento geral. Depois, Diadorim se levantou, ia em alguma parte. Guardei os olhos, meio momento, na beleza dele, guapo tão aposto — surgido sempre com o jaleco, que ele tirava nunca, e com as calças de vaqueiro, em couro de veado macho, curtido com aroeira-brava e campestre. De repente, uma coisa eu necessitei de fazer. Fiz: fui e me deitei no mesmo dito pelego, na cama que ele Diadorim marcava no capim, minha cara posta no próprio lugar. Nem me fiz caso do Garanço, só com o violeiro somei. A zangarra daquela viola. Por não querer meu pensamento somente em Diadorim, forcejei. Eu já não presenciava nada, nem escutava possuído — fiquei sonhejando: o ir do ar, meus confins. Aí pensei no São Gregório? A bem, no São Gregório, não; mas peguei saudade dos passarinhos de lá, do pôço no córrego, do batido do monjolo dia e noite, da cozinha grande com fornalha acêsa, dos cômodos sombrios da casa, dos currais adiante, da varanda de ver nuvens. O senhor sabe?: não acerto no contar, porque estou remexendo o vivido longe alto, com pouco carôço, querendo esquentar, demear, de feito, meu coração, naquelas lembranças. Ou quero enfiar a ideia, achar o rumozinho forte das coisas, caminho do que houve e do que não houve. Às vezes não é fácil. Fé que não é.

Mire veja: naqueles dias, na ocasião, devem de ter acontecido coisas meio importantes, que eu não notava, não surpreendi em mim. Mesmo hoje não atino com o que foram. Mas, no justo momento, me lembrei em madrugada daquele nome: de Siruiz. Refiro que perguntei ao Garanço, por aquele rapaz Siruiz, que cantava cousas que a sombra delas em meu coração decerto já estava. O que eu queria saber não era próprio do Siruiz, mas da moça virgem, moça branca, perguntada, e dos pés-de-verso como eu nunca tive poder de formar um igual. Mas o Garanço já tinha respondido: — "Eh, eh, ô... O Siruiz já morreu. Morreu morto no tiroteio, entre o Morcêgo e o Suassùapara, passado para cá o Pacuí..." Do choque com que ouvi essa confirmação de notícia, fui arriando para um desânimo. Como se assim ele tivesse falado: "Siruiz? Mas não foram vocês mesmos que mataram?..." Eu, não. Nessa vez, eu tinha restado longe por fora, na Pedra-Branca, não vi combate. Como era que eu podia? O Garanço tomava rapé. Era um sujeito de intenções muito parvas. Perguntou se o Siruiz não seria meu amigo, meu parente. — "Quem sabe se era..." — eu respondi, de toleima. O Garanço, vi que não gostou. Viver perto das pessoas é sempre dificultoso, na face dos olhos. Nem eu quis indagar o mais, certo estava de que ele Garanço não sabia nada do que tivesse valor. Mas eu guardava triste de cór a canção recantada. E Siruiz tinha morrido. Então me instruiram na outra, que era cantiga de se viajar e cantar, guerrear e cantar, nosso bando, toda a vida:

"Olerereêe, bai-
ana...
Eu ia e
não vou mais:
Eu fa-
ço que vou lá dentro, oh baiana,
e volto
do meio
p'ra trás..."

O senhor aprende? Eu entoo mal. Não por boca de ruindade, lá como quem diz. Sou ruim não, sou homem de gostar dos outros, quando não me aperreiam; sou de tolerar. Não tenho a caixeta da raiva aberta. Rixava com nenhum, ali, aceitava o regime, na miudez das normas. Vai, daí, comigo erraram. Um, errou. Um pai-jagunço chamado Antenor, acho que era coração-de-jesusense, começou a temperar conversa, sagaz de fiúza, notei. Ele era homem chegado ao Hermógenes — se sabia dessa parte. De diz em diz, rodeava a questão. Queria saber que apreço eu tinha por Joca Ramiro, por Titão Passos, os outros todos. Se eu conhecia Sô Candelário, que estava por chegar? O giro dos assuntos — ele me tenteava a fala. Notei. E, devagar, vinha querendo deixar em mim uma má vazante: me largar em dúvida. Não era? Aquilo eu inteligenciava. Esse Antenor, sempre louvando e vivando Joca Ramiro, acabou por me dar a entender, curtamente, o em conseguinte: que Joca Ramiro talvez fazia mal em estar tanto tempo por longe, alguns de bofe ruim já calculavam que ele estivesse abandonando seu pessoal, em horas de tanta guerra; que Joca Ramiro era rico, dono de muitas posses em terras, e se arranchava passando bem em casas de grandes fazendeiros e políticos, deles recebia dinheiro de munição e paga: seô Sul de Oliveira, coronel Caetano Cordeiro, doutor Mirabô de Melo. Que era que eu achava?

Eu escutei. Respondi? Ah, ah. Sou lá para achar nenhuma coisa. Não tinha nascido no ôntem, cedo tomei experiência de homens por homens. Disse só que decerto Joca Ramiro estava formando gente e meios para vir em ajuda de nós, jagunços em lei, e nesse meio-tempo punha toda confiança no Hermógenes, em Titão Passos, João Goanhá — fortes no fato valor e na lealdade. Gabei o Hermógenes, principal; bispei. Com isso, aquele Antenor concordou. A bem dizer, aprovou o quanto eu disse. Mas realçou mais altamente a fama do Hermógenes, e do Ricardão, também — esses dois seriam os chefes de encher a mão, em paz regalada mas por igual nos combates. Esse sujeito Antenor sabia coçar queixo de cobra e semear sal em roças verdes. Vulto perigoso, nas ações — o Garanço me preveniu, com a boa noção vinda de sua redondice de atinar. Ações? O que eu vi, sempre, é que toda ação principia mesmo é por uma palavra pensada. Palavra pegante, dada ou guardada, que vai rompendo rumo. Aquele Antenor já tinha depositado em mim o anúvio de uma má ideia: disidéia, a que por minhas costas logo escorreu, traiçoeirinha como um rabo de gota de orvalho. Que explicação dou ao senhor? Acreditar, no que ele tinha suso dito, não acreditei. Mas em mim, para mim, aquilo tudo era — era assim como um lugar com mau-cheiro, no campo, uma árvore: lugar fedido, onde é que alguma jaratataca acuou, por se defender do latido dos cachorros. E grande aviso, naquele dia, eu tinha recebido; mas menos do que ouvi, real, do que do que eu tinha de certo modo adivinhado. De que valeu? Aviso. Eu acho que, quase toda a vez que ele vem, não é para se evitar o castigo, mas só para se ter consolo legal, depois que o castigo passou e veio. Aviso? Rompe, ferro!

Cacei Diadorim. Mas eu estreava umas ânsias. Como fosse, falei, do novo e do velho; mal foi que falei: em zanga — desrazoadamente — e de primeira entrada. Acho que, por via disso, Diadorim não deu a devida estimação às minhas palavras. Alheio, eh. Só ojerizado em estilos ele esteve, um raio de momento, foi de ouvir que alguém pudesse duvidar do proceder de Joca Ramiro: Joca Ramiro era um imperador em três alturas! Joca Ramiro sabia o se ser, governava; nem o nome dele não podia atôa se babujar. E aqueles outros: o Hermógenes, Ricardão? Sem Joca Ramiro, eles num átimo se desaprumavam, deste mundo desapareciam — valiam o que pulga pula. O Hermógenes? Certo, um bom jagunço, cabo-de-turma; mas desmerecido de situação política, sem tino nem prosápia. E o Ricardão, rico, dono de fazendas, somente vivia pensando em lucros, querendo dinheiro e ajuntando. Diadorim, do Ricardão era que ele gostava menos: — "Ele é bruto comercial..." — disse, e fechou a boca forte, feito fosse cuspir.

Eu então disse, pelo conseguinte: — "A bom e bem, Diadorim. Mas, se é ou se não é, por que é que não vamos levar informação sutil a Joca Ramiro, para o enfim?" Aí, refalei muito, ao tanto que escondi minha raiva. Quem sabe Joca Ramiro, na lei da caminhação, não estava esquecido de conhecer os homens, deixando de farear o mudar do tempo? Viesse, Joca Ramiro podia detalhar o pôdre do são, recontar seus brabos entre as mãos e os dedos. Podia, devia de mandar embora aquele monstro do Hermógenes. Se sendo etcétera, se carecesse — eh, uái: se matava!... Diadorim pôs muito os olhos em mim, vi que com um espanto reprovador, não me achasse capaz de estipular tanta maldade sem escrúpulo. Mau não sou. *Cobra?* — ele disse? Nem cobra serepente malina não é. Nasci devagar. Sou é muito cauteloso.

Mais em paz, comigo mais, Diadorim foi me desinfluindo. Ao que eu ainda não tinha prazo para entender o uso, que eu desconfiava de minha boca e da água e do copo, e que não sei em que mundo-de-lua eu entrava minhas ideias. O Hermógenes tinha seus defeitos, mas puxava por Joca Ramiro, fiel — punia e terçava. Que, eu mais uns dias esperasse, e ia ver o ganho do sol nascer. Que eu não entendia de amizades, no sistema de jagunços. Amigo era o braço, e o aço!

Amigo? Aí foi isso que eu entendi? Ah, não; amigo, para mim, é diferente. Não é um ajuste de um dar serviço ao outro, e receber, e saírem por este mundo, barganhando ajudas, ainda que sendo com o fazer a injustiça aos demais. Amigo, para mim, é só isto: é a pessoa com quem a gente gosta de conversar, do igual o igual, desarmado. O de que um tira prazer de estar próximo. Só isto, quase; e os todos sacrifícios. Ou — amigo — é que a gente seja, mas sem precisar de saber o por quê é que é. Amigo meu era Diadorim; era o Fafafa, o Alaripe, Sesfrêdo. Ele não quis me escutar. Voltei da raiva.

Digo ao senhor: nem em Diadorim mesmo eu não firmava o pensar. Naqueles dias, então, eu não gostava dele? Em pardo. Gostava e não gostava. Sei, sei que, no meu, eu gostava, permanente. Mas a natureza da gente é muito segundas--e-sábados. Tem dia e tem noite, versáveis, em amizade de amor.

Antes o que me atanazava, a mór — disso crio razoável lembrança — era o significado que eu não achava lá, no meio onde eu estava obrigado, naquele grau de gente. Mesmo repensando as palavras de Diadorim, eu apurava só este resto: que tudo era falso viver, deslealdades. Traição? Traição minha, fosse no que fosse. Quase tudo o que a gente faz ou deixa de fazer, não é, no fim, traição? Há-de-o, a alguém, a alguma coisa. E eu não tardei no meu querer: lá eu não podia mais ficar. Donde eu tinha vindo para ali, e por que causa, e, sem paga de prêço, me sujeitava àquilo? Eu ia-me embora. Tinha de ir embora. Estava arriscando minha vida, estragando minha mocidade. Sem rumo. Só Diadorim. Quem era assim para mim Diadorim? Não era, aquela ocasião, pelo próprio dito de estar perto dele, de conversar e mais ver. Mas era por não aguentar o ser: se de repente tivesse de ficar separado dele, pelo nunca mais. E mesmo forte era a minha gastura, por via do Hermógenes. Malagourado de ódio: que sempre surge mais cedo e às vezes dá certo, igual palpite de amor. Esse Hermógenes — belzebú. Ele estava caranguejando lá. Nos soturnos. Eu sabia. Nunca, mesmo depois, eu nunca soube tanto disso, como naquele tempo. O Hermógenes, homem que tirava seu prazer do medo dos outros, do sofrimento dos outros. Aí, arre, foi que de verdade eu acreditei que o inferno é mesmo possível. Só é possível o que em homem se vê, o que por homem passa. Longe é, o Sem-olho. E aquele inferno estava próximo de mim, vinha por sobre mim. Em escuro, vi, sonhei coisas muito duras. Nas larguezas do sono da gente.

A já, que ia m'embora, fugia. Onde é que estava Diadorim? Nem eu não imaginava que pudesse largar Diadorim ali. Ele era meu companheiro, comigo tinha de ir. Ah, naquela hora eu gostava dele na alma dos olhos, gostava — da banda de fora de mim. Diadorim não me entendeu. Se engrotou.

Assaz, também, acho que me acuso: que não tive um ânimo de franco falar. Se fosse eu falasse total, Diadorim me esbarrava, no tolher, não me entendia. A vivo, o arisco do ar: o pássaro — aquele poder dele. Decerto vinha com o nome de Joca Ramiro! Joca Ramiro... Esse nem a gente conseguia exato real, era um nome só, aquela graça, sem autoridade nenhuma avistável, andava por longe, se era que andava. Teve um instante, bambeei bem. Foi mesmo aquela vez? Foi outra? Alguma, foi; me alembro. Meu corpo gostava de Diadorim. Estendi a mão, para suas formas; mas, quando ia, bobamente, ele me olhou — os olhos dele não me deixaram. Diadorim, sério, testalto. Tive um gelo. Só os olhos negavam. Vi — ele mesmo não percebeu nada. Mas, nem eu; eu tinha percebido? Eu estava me sabendo? Meu corpo gostava do corpo dele, na sala do teatro. Maiormente. As tristezas ao redor de nós, como quando carrega para toda chuva. Eu podia pôr os braços na testa, ficar assim, lôrpa, sem encaminhamento nenhum. Que é que queria? Não quis o que estava no ar; para isso, mandei vir uma ideia de mais longe. Falei sonhando: — "Diadorim, você não tem, não terá alguma irmã, Diadorim?" — voz minha; eu perguntei.

Sei lá se ele riu? O que disse, que resposta? Sei quando a amargura finca, o que é o cão e a criatura. De tristeza, tristes águas, coração posto na beira. Irmã nem irmão, ele não tinha: — "Só tenho Deus, Joca Ramiro... e você, Riobaldo..." — ele declarou. Hê, de medo, coração bate solto no peito; mas de alegria ele bate inteiro e duro, que até dói, rompe para diante na parede. — "Diadorim, então quem foi esse moço Leopoldo, que morreu seu amigo?" — eu indaguei, de sem-tempo, nem sei porque; eu não estava pensando naquilo. Antes já eu estava para trás de ter perguntado, palavras fora da boca. — "Leopoldo? Um amigo meu, Riobaldo, de correta amizade..." — e Diadorim desfez assoprado um suspiro, o que muda melhor. — "Até te falaram nele, Riobaldo? Leopoldo era o irmão mais novo de Joca Ramiro..." Aquilo, eu já soubesse demais — que Joca Ramiro se realçasse por riba de tudo, reinante. Mas pude ter a língua sofreada. — "Vamos embora daqui, juntos, Diadorim? Vamos para longe, para o porto do de-Janeiro, para o sertão do baixío, para o Curralim, São-Gregório, ou para aquele lugar nos gerais, chamado Os-Porcos, onde seu tio morava..." De arrancar, de meu falar, de uma sede. Aos tantos, fui abaixando os olhos — constando que Diadorim me agarrava com o olhar, corre que um silêncio de ferro. Assombrei de mim, de desprezo, desdenhado, de duvidar da minha razão. O que eu tinha falado era umas doideiras. Diadorim esperou. Ele era irrevogável. Então, eu saí dali, querendo esquecer ligeiro o atual. Minha cara estava pegando fogo.

Andei, em dei, até que lembrei: o Garanço. Bom, o Garanço, esse ia comigo, me seguia em tudo, era pobre homem à espera de qualquer ordem cordial. Isto ele mesmo nem sabia, mas era: que carecia era de alguma amizade. Estava lá, curvado, cabeçudo como uma cigarra. Estava cozinhando pequís, numa lata. — "Eh, eh, nós!..." — ele assim dizia. Ladeei conversa. Ele me ouvia, com anuídos, e fazendo uma cara de entender. Não conseguia. Só conseguia demonstrar os tamanhos de sua cabeça. Ao que bastava um meu maior cochicho, e o Garanço vinha, servia de companheiro para fugirmos. O mais que pudesse haver, era ele primeiro perguntar: — "E o Reinaldo?" —; porque já estava acostumado com eu e Diadorim sermos dois, e ele querer ser o três. Então, eu respondi: — "Segredo, eh, Garanço. Segredo, eh, e vamos!" — e que Diadorim era para vir depois. O Garanço tinha alguma diferença, por alguma banda de sua natureza ele se desapartava da jagunçagem.

Mas eu não cheguei a falar, não quis, não expliquei nada. Que era que eu ia fazer, às fugas com aquele prascóvio, pelo sul e pelo norte, nos sertões da Jaíba? Ele só sabia cumprir obediência, no que eu riscasse, governado por meu querer e por minha ideia; um companheiro assim não aumentava segurança minha nenhuma. Quero sombra? Quero éco? Quero cão? Não, com ele eu não me fazia, melhor esperar; eu ia ficando. Desse no que desse; mais um tempo. Algum dia, podia Diadorim mudar de tenção. Em Diadorim era que eu pensava, de fugir junto com ele era que eu carecia; como o rio redobra. O Garanço se regalava com os pequís, relando devagar nos dentes aquela pôlpa amarela enjoada. Aceitei não, daquilo não provo: por demais distraído que sou, sempre receei dar nos espinhos, craváveis em língua. — "Eh, eh, nós..." — o Garanço reproduzia, tão satisfeito. Minha amizade sobrou um pouco para ele, que era criatura de simples coração. Digo ao senhor: naquele dia eu tardava, no meio de sozinha travessia.

Ah, mas falo falso. O senhor sente? Desmente? Eu desminto. Contar é muito, muito dificultoso. Não pelos anos que se já passaram. Mas pela astúcia que têm certas coisas passadas — de fazer balancê, de se remexerem dos lugares. O que eu falei foi exato? Foi. Mas teria sido? Agora, acho que nem não. São tantas horas de pessoas, tantas coisas em tantos tempos, tudo miúdo recruzado. Se eu fosse filho de mais ação, e menos ideia, isso sim, tinha escapulido, calado, no estar da noite, varava dez léguas, madrugava, me escondia do largo do sol, varava mais dez, passava o São Felipe, as serras, as Vinte-e-Uma-Lagoas, encostava no São Francisco bem de frente da Januária, passava, chegava em terra cidadã, estava no pique. Ou me pegassem no caminho, bebelos ou hermógenes, me matassem?

Morria com um bé de carneiro ou um áu de cão; mas tinha sido um mais destino e uma mór coragem. Não valia? Não fiz. Quem sabe nem pensei sério em Diadorim, ou, pensei algum, foi em vezo de desculpa. Desculpa para meu preceito, mesmo. Quanto pior mais baixo se caíu, maismente um carece próprio de se respeitar. De mim, toda mentira aceito. O senhor não é igual? Nós todos. Mas eu fui sempre um fugidor. Ao que fugi até da precisão de fuga.

As razões de não ser. O que foi que eu pensei? Nas terríveis dificuldades; certamente, meiamente. Como ia poder me distanciar dali, daquele ermo jaibão, em enormes voltas e caminhadas, aventurando, aventurando? Acho que eu não tinha conciso medo dos perigos: o que eu descosturava era medo de errar — de ir cair na boca dos perigos por minha culpa. Hoje, sei: medo meditado — foi isto. Medo de errar. Sempre tive. Medo de errar é que é a minha paciência. Mal. O senhor fia? Pudesse tirar de si esse medo-de-errar, a gente estava salva. O senhor tece? Entenda meu figurado. Conforme lhe conto: será que eu mesmo já estava pegado do costume conjunto de ajaguncado? Será, sei. Gostar ou não gostar, isso é coisa diferente. O sinal é outro. Um ainda não é um: quando ainda faz parte com todos. Eu nem sabia. Assim que o Paspe tinha agulhas grandes, fio e sovela: consertou minhas alpercatas. Lindorífico me cedeu, por troco de espórtula, um bentinho com virtudes fortes, dito de sãossalavá e cruz-com-sangue. E o Elisiano caprichava de cortar e descascar um ramo reto de goiabeira, ele que assava a carne mais gostosa, as beiras tostadas, a gordura chiando cheio. E o Fonfrêdo cantava lôas de não se entender, o Duvino de tudo armava risada e graça, o Delfim tocando a viola, Leocádio dansava um valsar, com o Diodôlfo; e Geraldo Pedro e o Ventarol que queriam ficar espichados, dormindo o tempo todo, o Ventarol roncasse — ele possuía uma rede de casamento, de bom algodão, com chuva de rendas rendadas... Aí e o Jenolim e o Acrísio, e João Vaqueiro, que depunham por mim com uma estima diferente, só porque se tinha viajado juntos, vindo do das-Velhas: — "Viva, companheiro tropeiro..." — saudavam. Ao que se jogava truque, e douradinha e douradão, por cima de couros de rês. Aí a troça em beirada de fogueiras, o vuvo de falinhas e falas, no encorpar da noite. Artes que havia uma alegria. Alegria, é o justo. Com os casos, que todos iam contando, de combates e tiroteios, perigos tantos vencidos, escapulas milagrosas, altas coragens... Aquilo, era uma gente. Ali eu estava no entremeio deles, esse negócio. Não carecia de calcular o avante de minha vida, a qual era aquela. Saísse dali, tudo virava obrigação minha trançada estreita, de cór para a morte. Homem foi feito para o sozinho? Foi. Mas eu não sabia. Saísse de lá, eu não tinha contrafim. Com tantos, com eles, gente vivendo sorte, se cumpria o grôsso de uma regra, por termo havia de vir um ganho; como não havia de ter desfêcho geral? Por que era que todos ficavam ali, por paz e por guerra, e não se desmanchava o bando, não queriam ir embora? Reflita o senhor nisso, que foi o que depois entendi vasto.

Desistir de Diadorim, foi o que eu falei? Digo, desdigo. Pode até ser, por meu desmazelo de contar, o senhor esteja crendo que, no arrancho do acampo, eu pouco visse Diadorim, amizade nossa padecesse de descuido ou míngua. O engano. Tudo em contra. Diadorim e eu, a gente parava em som de voz e alcance dos olhos, constante um não muito longe do outro. De manhã à noite, a afeição nossa era duma cor e duma peça. Diadorim, sempre atencioso, esmarte, correto em seu bom proceder. Tão certo de si, ele repousava qualquer mau ânimo. Por que é, então, que eu salto isso, em resumo, como não devia de, nesta conversa minha abreviã? Veja o senhor, o que é muito e mil: estou errando. Estivesse contando ao senhor, por tudo, somente o que Diadorim viveu presente mim, o tempo — em repetido igual, trivial — assim era que eu explicava ao senhor aquela verdadeira situação de minha vida. Por que é, então, que deixo de lado? Acho que o espírito da gente é cavalo que escolhe estrada: quando ruma para tristeza e morte, vai não vendo o que é bonito e bom. Seja? E, aquele Garanço, olhe: o que eu dele disse, de bondade e amizade, não foi estrito. Sei que, naquela vez, não senti. Só senti e achei foi em recordação, que descobri, depois, muitos anos. Coitado do Garanço, ele queria relatar, me falava: — "Fui almocreve, no Serém. Tive três filhos..." Mas, que sorte de jagunço recluta era ele — assim meninoso, jalôfo e bom. — "Êta, e você já matou seus muitos homens, Garanço?" — pois perguntei. O riso dele ficava querendo ser mais grosso: — "Eh, eh, nós... Sou algum medroso? E mecê encomenda o quê, no rifle que está em minha mão, mano velho! Eh, não desprevino, não lhe envergonho o desse..." O Garanço, mesmo afirmo, acho que nunca duvidou de coisa nenhuma. Toda tardeza dele não deixava. E só. Comum de benquistar e malquistar.

O senhor entenderá? Eu não entendo. Aquele Hermógenes me fazia agradados, demo que ele gostava de mim. Sempre me saudando com estimação, condizia um gracejo amistoso ou umas boas palavras, nem parecia ser o bedegueba. Por cortesia e por estatuto, eu tinha de responder. Mas, em mal. Me irava. Eu criava nôjo dele, já disse ao senhor. Aversão que revém de locas profundas. Nem olhei nunca nos olhos dele. Nôjo, pelos eternos — razão de mais distâncias. Aquele homem, para mim, não estava definitivo. E arre que ele não desconfiava, não percebia! Queria conversa, me chamava; eu tinha de ir — ele era o chefe. Fiquei de ensombro. Diadorim notou; me deu conselho: — "Modera esse gênio que você tem, Riobaldo. As pessoas não são tão ruins agrestes." "— Dele não me temo!" — eu respondi. Eu podia xingar com os olhos. Aí, o Hermógenes me presenteou com um nagã, e caixas de balas. Estive para nem aceitar. Eu já possuía revólver meu, carecia algum daquele, de tanto só cano, tão enorme? Por insistências dele, mesmo, com aquilo fiquei. Cuspi, depois. Dado que eu nunca ia retribuir! Queria eu lá viver perto de chefes? Careço é de pousar longe das pessoas de mando, mesmo de muita gente conhecida. Sou peixe de grotão. Quando gosto, é sem razão descoberta, quando desgosto, também. Ninguém, com dádivas e gabos, não me transforma. Aquele Hermógenes era matador — o de judiar de criaturas filhos-de-deus — felão de mau. Meus ouvidos expulsavam para fora a fala dele. Minha mão não tinha sido feita para encostar na dele. Ah, esse Hermógenes — eu padecia que ele assistisse neste mundo... Quando ele vinha conversar comigo, no silêncio da minha raiva eu pedia até ao demônio para vir ficar de permeio entre nós dois, para dele me apartar. Eu podia rechear de balas aquele nagã próprio, e descarregar nele tiros, entre os todos olhos. O senhor tolere e releve estas palavras minhas de fúria; mas, disto, sei, era assim que eu sentia, sofria. Eu era assim. Hoje em dia, nem sei se sou assim mais.

Do ódio, sendo. Acho que, às vezes, é até com ajuda do ódio que se tem a uma pessoa que o amor tido a outra aumenta mais forte. Coração cresce de todo lado. Coração vige feito riacho colominhando por entre serras e varjas, matas e campinas. Coração mistura amores. Tudo cabe. Conforme contei ao senhor, quando Otacília comecei a conhecer, nas serras dos gerais, Buritís Altos, nascente de vereda, Fazenda Santa Catarina. Que quando só vislumbrei graça de carinha e riso e boca, e os compridos cabelos, num enquadro de janela, por o mal acêso de uma lamparina. Mas logo fomos para acomodar, numa rebaixa de engenho--de-pilões, lá pernoitamos. Eu, com Diadorim, Alaripe, João Vaqueiro e Jesualdo, e o Fafafa. No que repontávamos de dura viagem: tudo o que era corpo era bom cansaço. Mas eu dormi com dois anjos-da-guarda.

O que lembro, tenho. Venho vindo, de velhas alegrias. A Fazenda Santa Catarina era perto do céu — um céu azul no repintado, com as nuvens que não se removem. A gente estava em maio. Quero bem a esses maios, o sol bom, o frio de saúde, as flores no campo, os finos ventos maiozinhos. A frente da fazenda, num tombado, respeitava para o espigão, para o céu. Entre os currais e o céu, tinha só um gramado limpo e uma restinga de cerrado, de donde descem borboletas brancas, que passam entre as réguas da cerca. Ali, a gente não vê o virar das horas. E a fôgo-apagou sempre cantava, sempre. Para mim, até hoje, o canto da fôgo-apagou tem um cheiro de folhas de assa-peixe. Depois de tantas guerras, eu achava um valor viável em tudo que era cordato e correntio, na tiração de leite, num papudo que ia carregando lata de lavagem para o chiqueiro, nas galinhas-d'angola ciscando às carreiras no fedegoso-bravo, com florezinhas amarelas, e no vassoural comido baixo, pelo gado e pelos porcos. Figuro que naquela ocasião tive curta saudade do São Gregório, com uma vontade vã de ser dono de meu chão, meu por posse e continuados trabalhos, trabalho de segurar a alma e endurecer as mãos. Estas coisas eu pensava repassadas. E estava lá, outra vez, nos gerais. O ar dos gerais, o senhor sabe. Tomamos farto leite. Trouxeram café para nós, em xicrinhas. Ao que ficamos por ali, à tôa, depois de uma conversa com o velhozinho, avô. Otacília eu revi já foi na sobremanhã. Ela apareceu.

Ela era risonha e descritiva de bonita; mas, hoje-em-dia, o senhor bem entenderá, nem ficava bem conveniente, me dava pêjo de muito dizer. Minha Otacília, fina de recanto, em seu realce de mocidade, mimo de alecrim, a firme presença. Fui eu que primeiro encaminhei a ela os olhos. Molhei mão em mel, regrei minha língua. Aí, falei dos pássaros, que tratavam de seu voar antes do mormaço. Aquela visão dos pássaros, aquele assunto de Deus, Diadorim era quem tinha me ensinado. Mas Diadorim agora estava afastado, amuado, longe num emperrêio. Principal que eu via eram as pombas. No bebedouro, pombas bando. E as verdadeiras, altas, cruzando do mato. — "Ah, já passaram mais de vinte verdadeiras..." — palavras de Otacília, que contava. Essa principiou a nossa conversa. Salvo uns risos e silêncios, a tão. Toda moça é mansa, é branca e delicada. Otacília era a mais.

Mas, na beira da alpendrada, tinha um canteirozinho de jardim, com escolha de poucas flores. Das que sobressaíam, era uma flôr branca — que fosse caeté, pensei, e parecia um lírio — alteada e muito perfumosa. E essa flôr é figurada, o senhor sabe? Morada em que tem moças, plantam dela em porta da casa-de-fazenda. De propósito plantam, para resposta e pergunta. Eu nem sabia. Indaguei o nome da flôr.

— *"Casa-comigo..."* — Otacília baixinho me atendeu. E, no dizer, tirou de mim os olhos; mas o tiritozinho de sua voz eu guardei e recebi, porque era de sentimento. Ou não era? Daquele curto lisim de dúvidas foi que minou meu maisquerer. E o nome da flôr era o dito, tal, se chamava — mas para os namorados respondido somente. Consoante, outras, as mulheres livres, dadas, respondem: — *"Dorme-comigo..."* Assim era que devia de haver de ter de me dizer aquela linda moça Nhorinhá, filha de Ana Duzuza, nos Gerais confins; e que também gostou de mim e eu dela gostei. Ah, a flôr do amor tem muitos nomes. Nhorinhá prostituta, pimenta branca, boca cheirosa, o bafo de menino-pequeno. Confusa é a vida da gente; como esse rio meu Urucúia vai se levar no mar.

Porque, no meio do momento, me virei para onde lá estava Diadorim, e eu urgido quase aflito. Chamei Diadorim — e era um chamado com remorso — e ele veio, se chegou. Aí, por alguma coisa dizer, eu disse: que estávamos falando daquela flôr. Não estávamos? E Diadorim reparou e perguntou também que flôr era essa, qual sendo? — perguntou inocente. — "Ela se chama é *liroliro*..." — Otacília respondeu. O que informou, altaneira disse, vi que ela não gostava de Diadorim. Digo ao senhor que alegria que me deu. Ela não gostava de Diadorim — e ele tão bonito moço, tão esmerado e prezável. Aquilo, para mim, semelhava um milagre. Não gostava? Nos olhos dela o que vi foi asco, antipatias, quando em olhar eles dois não se encontraram. E Diadorim? Me fez medo. Ele estava com meia raiva. O que é dose de ódio — que vai buscar outros ódios. Diadorim era mais do ódio do que do amor? Me lembro, lembro dele nessa hora, nesse dia, tão remarcado. Como foi que não tive um pressentimento? O senhor mesmo, o senhor pode imaginar de ver um corpo claro e virgem de moça, morto à mão, esfaqueado, tinto todo de seu sangue, e os lábios da boca descorados no branquiço, os olhos dum terminado estilo, meio abertos meio fechados? E essa moça de quem o senhor gostou, que era um destino e uma surda esperança em sua vida?! Ah, Diadorim... E tantos anos já se passaram.

Desde esse primeiro dia, Diadorim guardou raiva de Otacília. E mesmo eu podia ver que era açoite de ciúme. O senhor espere o meu contado. Não convém a gente levantar escândalo de começo, só aos poucos é que o escuro é claro. Que Diadorim tinha ciúme de mim com qualquer mulher, eu já sabia, fazia tempo, até. Quase desde o princípio. E, naqueles meses todos, a gente vivendo em par a par, por altos e baixos, amarguras e perigos, o roer daquilo ele não conseguia esconder, bem que se esforçava. Vai, e vem, me intimou a um trato: que, enquanto a gente estivesse em ofício de bando, que nenhum de nós dois não botasse mão em nenhuma mulher. Afiançado, falou: — "Promete que temos de cumprir isso, Riobaldo, feito jurado nos Santos-Evangelhos! Severgonhice e airado avêjo servem só para tirar da gente o poder da coragem... Você cruza e jura?!" Jurei. Se nem toda a vez cumpri, ressalvo é as poesias do corpo, malandragem. Mas Diadorim dava como exemplo a regra de ferro de Joãozinho Bem-Bem — o sempre sem mulher, mas valente em qualquer praça. Prometi. Por um prazo, jejuei de nem não ver mulher nenhuma. Mesmo. Tive penitência. O senhor sabe o que isso é? Desdeixei duma rôxa, a que me suplicou os carinhos vantajosos. E outra, e tantas. E uma rapariga, das de luxo, que passou de viagem, e serviu aos companheiros quase todos, e era perfumada, proseava gentil sobre as sérias imoralidades, tinha beleza. Não acreditei em juramento, nem naquilo de seo Joãozinho Bem-Bem; mas Diadorim me vigiava. De meus sacrifícios, ele me pagava com seu respeito, e com mais amizade. Um dia, no não poder, ele soube, ele quase viu: eu tinha gozado hora de amores, com uma mocinha formosa e dianteira, morena cor de dôce-de-burití. Diadorim soube o que soube, me disse nada menos nada. Um modo, eu mesmo foi que uns dias calado passei, na asperidão sem tristeza. De déu em demos, falseando; sempre tive fogo bandoleiro. Diadorim não me acusava, mas padecia. Ao que me acostumei, não me importava. Que direito um amigo tinha, de querer de mim um resguardo de tamanha qualidade? Às vezes, Diadorim me olhasse com um desdém, fosse eu caso perdido de lei, descorrigido em bandalho. Me dava raiva. Desabafei, disse a ele coisas pesadas. — "Não sou o nenhum, não sou frio, não... Tenho minha força de homem!" Gritei, disse, mesmo ofendendo. Ele saíu para longe de mim; desconfio que, com mais, até ele chorasse. E era para eu ter pena? Homem não chora! — eu pensei, para formas. Então, eu ia deixar para a boca dos outros aquela menina que se agradou de mim, e que tinha cor de dôce de burití e os seios tão grandes?! Ah, essa agora não estava a meu dispor, tínhamos viajado muito para longe de onde ela morava. Mas entramos num arraial maior, com progresso de bordel, no hospedado daquilo usufruí muito, sou senhor. Diadorim firme triste, apartado da gente, naquele arraial, me lembro. Saí alegre do bordel, acinte. Depois, o Fafafa, numa venda, perguntou se não tinham chá de mate seco, comercial; e um homem tirou instantâneo nosso retrato. Se chamava o lugar: São João das Altas. Mulher esperta, cinturinhazinha, que me fez bem. O senhor releve e não reprove. Demasias de dizer sobem com as lembranças da mocidade. Não estou contando? Pois minha vida em amizade com Diadorim correu por muito tempo desse jeito. Foi melhorando, foi. Ele gostava, destinado, de mim. E eu — como é que posso explicar ao senhor o poder de amor que eu criei? Minha vida o diga. Se amor? Era aquele latifúndio. Eu ia com ele até o rio Jordão... Diadorim tomou conta de mim.

E ainda falhamos dois dias na Fazenda Santa Catarina. Naquele primeiro dia, eu pude conversar outras vezes com Otacília, que, para mim, hora em mais hora embelezava. Minha alma, que eu tive; e minha ideia esbarrada. Conheci que Otacília era moça direta e opiniosa, sensata mas de muita ação. Ela não tinha irmão nem irmã. Sôr Amadeu chefiava largo: grandes gados em léguas de alqueires. Otacília não estava nôiva de ninguém. E ia gostar de mim? De moça-de-família eu pouco entendesse. A ser, a Rosa'uarda? Assim igual eu Otacília não queria querer; salvante assente que da Rosa'uarda nunca me lembrei com desprezo: não vê, não cuspo no prato em que o bom já comi. Sete voltas, sete, dei; pensamentos eu pensava.

Revirei meu fraseado. Quis falar em coração fiel e sentidas coisas. Poetagem. Mas era o que eu sincero queria — como em fala de livros, o senhor sabe: de bel--ver, bel-fazer e bel-amar. O que uma mocinha assim governa, sem precisão de armas e galopes, guardada macia e fina em sua casa-grande, sorrindo santinha no alto da alpendrada... E ela queria saber tudo de mim, mais ainda me perguntava. — "Donde é mesmo que o senhor é, donde?" Se sorria. E eu não medi meus alforges: fui contando que era filho de Seô Selorico Mendes, dono de três possosas fazendas, assistindo na São Gregório. E que não tinha em minhas costas crime nenhum, nem estropelias, mas que somente por cálculos de razoável política era que eu vinha conduzindo aqueles jagunços, para Medeiro Vaz, o bom foro e patente fiel de todos estes Gerais. Aqueles? Diadorim e os outros? Eu era diferente deles.

Fiquei esperando o que ela desse em resposta. Nem nada não acreditava? Mas Otacília mudou para séria a feição do rosto, não queria mais de minha vida só assim meiamente indagar. Os de todos lindos olhos dela estavam me assinalando o céu com essas nuvens. Eu tinha renegado Diadorim, travei o que tive vergonha. Já era para entardecendo. Vindo na vertente, tinha o quintal, e o mato, com o garrulho de grandes maracanãs pousadas numa embaúba, enorme, e nas mangueiras, que o sol dourejava. Da banda do serro, se pegava no céu azul, com aquelas peças nuvens sem movimento. Mas, da parte do poente, algum vento suspendia e levava rabos-de-galo, como que com eles fossem fazer um seu branco ninho, muito longe, ermo dos Gerais, nas beiras matas escuras e águas todas do Urucúia, e nesse céu sertanejo azul-verde, que mais daí a pouco principiava a tomar rajas feito de ferro quente e sangues. Digo, porque até hoje tenho isso tudo do momento riscado em mim, como a mente vigia atrás dos olhos. Por que, meu, senhor? Lhe ensino: porque eu tinha negado, renegado Diadorim, e por isso mesmo logo depois era de Diadorim que eu mais gostava. A espécie do que senti. O sol entrado.

Daí, sendo a noite, aos pardos gatos. Outra nossa noite, na rebaixa do engenho, deitados em couros e esteiras — nem se tinha o espaço de lugar onde rede armar. Diadorim perto de mim. Eu não queria conversa, as ideias que já estavam se acontecendo eram maiores. Assim eu ouvindo o cicirí dos grilos. Na beira da rebaixa, a fogueira feita sarrava se acabando, Alaripe ainda esteve lá, mexendo em tição, pitou um cigarro. O Jesualdo, Fafafa e João Vaqueiro não esbarravam de falar, mais o Alaripe também, repesavam as vantagens da Santa Catarina. No que eu pensava? Em Otacília. Eu parava sempre naquela meia-incerteza, sem saber se ela sim-se. Ao que nós todos pensávamos as mesmas coisas; o que cada um sonhava, quem é que sabia?

— "Aquilo é poço que promete peixe..." — o Jesualdo disse. Dela devia de ser.

— "Amigo, não toque no nome dessa moça, amigo!..." — eu falei. Ninguém deu resposta, eles viam que era a sério fatal, deviam de estar agora desqueixelados, no escuro. Por longe, a mãe-da-lua suspirou o grito: — *Floriano, foi, foi, foi...* — que gemia nas almas. Então, era que em alguma parte a lua estava se saindo, a mãe-da-lua pousada num cupim fica mirando, apaixonada abobada. Deitado quase encostado em mim, Diadorim formava um silêncio pesaroso. Daí, escutei um entredizer, percebi que ele ansiava raiva. De repente.

— "Riobaldo, você está gostando dessa moça?"

Aí era Diadorim, meio deitado meio levantado, o assopro do rosto dele me procurando. Deu para eu ver que ele estava branco de transtornado? A voz dele vinha pelos dentes.

— "Não, Diadorim. Estou gostando não..." — eu disse, neguei que reneguei, minha alma obedecia.

— "Você sabe do seu destino, Riobaldo?"

Não respondi. Deu para eu ver o punhal na mão dele, meio ocultado. Não tive medo de morrer. Só não queria que os outros percebessem a má loucura de tudo aquilo. Tremi não.

— "Você sabe do seu destino, Riobaldo?" — ele reperguntou. Aí estava ajoelhado na beira de mim.

— "Se nanja, sei não. O demônio sabe..." — eu respondi. — "Pergunta..."

Me diga o senhor: por que, naquela extrema hora, eu não disse o nome de Deus? Ah, não sei. Não me lembrei do poder da cruz, não fiz esconjuro. Cumpri como se deu. Como o diabo obedece — vivo no momento. Diadorim encolheu o braço, com o punhal, se defastou e deitou de corpo, outra vez. Os olhos dele dansar produziam, de estar brilhando. E ele devia de estar mordendo o correiame de couro.

Assisado, me enrolei bem no cobertor; mas não adormeci. Eu tinha dó de Diadorim, eu ia com meu pensamento para Otacília. Me balanceei assim, adiantado na noite, em tanto gaio, em tanto piongo, com todas as novas dúvidas e ideias, e esperanças, no claro de uma espertina. Com muito, me levantei. Saí. Tomei a altura do sete-estrêlo. Mas a lua subia estada, abençoando redondo o friinho de maio. Era da borda do campo que a mãe-da-lua sofria seu cujo de canto, do vulto de árvores da mata cercã. Quando a lua subisse mais, as estrelas se sumiam para dentro, e até as seriemas podiam se atontar de gritar. Ao que fiquei bom tempo encostado no cajueiro da beira do curral. Só olhava para a frente da casa-da-fazenda, imaginando Otacília deitada, rezada, feito uma gatazinha branca, no cavo dos lençois lavados e soltos, ela devia de sonhar assim. E, de repente, pressenti que alguém tinha vindo por detrás de mim, me vigiava. Diadorim, fosse? Não virei a cara para ver. Não tive receio. Nunca posso ter medo das pessoas de quem eu gosto. Digo. Esperei mais, outro tempo. Daí, vim voltando. Mas lá não estava pessoa nenhuma, entre claridade e sombras. Ilusão minha, a fantasiação. Bebi água do rego, com o frio da noite ela corria morna. Tornei a entrar na rebaixa. Diadorim permanecia lá, jogado de dormir. De perto, senti a respiração dele, remissa e delicada. Eu aí gostava dele. Não fosse um, como eu, disse a Deus que esse ente eu abraçava e beijava. E, com o vago, devo de ter adormecido — porque acordei quando Diadorim no mexe leve se levantou, saíu sem rumor, levando a capanga, ia tomar seu banho em poço de córrego, das barras no clarear. Desde o que, depressa eu tornei a me dormir.

Mas, cedo no amanhecer, o sôr Amadeu tinha chegado, e com notícia urgente: que o grosso do bando de Medeiro Vaz recruzava, de lá a quinze léguas, da Vereda-Funda para a Ratragagem, e nós tínhamos de seguir, sem folga, supraditamente. No que Nhô Vô Anselmo me deu um dito afeiçoado e diferente — entendi que o velhozinho sabia de alguma coisa, e que não desgostava que eu viesse a ficar neto dele. Nós almoçamos e montamos. Diadorim, Alaripe, Jesualdo e João

Vaqueiro se retiraram em adiantando, e o Fafafa. Mas eu cacei melhor coragem, e pedi meu destino a Otacília. E ela, por alegria minha, disse que havia de gostar era só de mim, e que o tempo que carecesse me esperava, até que, para o trato de nosso casamento, eu pudesse vir com jús. Saí de lá aos grandes cantos, tempo-do-verde no coração. Por breve — pensei — era que eu me despedia daquela abençoada fazenda Santa Catarina, excelentes produções. Não que eu acendesse em mim ambição de têres e havêres; queria era só mesma Otacília, minha vontade de amor. Mas, com um significado de paz, de amizade de todos, de sossegadas boas regras, eu pensava: nas rezas, nas roupagens, na festa, na mesa grande com comedorias e doces; e, no meio do solene, o sôr Amadeu, pai dela, que apartasse — destinado para nós dois — um buritizal em dote, conforme o uso dos antigos.

Vim. Diadorim nada não me disse. A poeira das estradas pegava pesada de orvalho. O birro e o jesus-meu-deus cantavam. O melosal maduro alto, com toda sua roxidão, roxura. Mas, o mais, e do que sei, eram mesmo meus fortes pensamentos. Sentimento preso. Otacília. Por que eu não podia ficar lá, desde vez? Por que era que eu precisava de ir por adiante, com Diadorim e os companheiros, atrás de sorte e morte, nestes Gerais meus? Destino preso. Diadorim e eu viemos, vim; de rota abatida. Mas, desse dia desde, sempre uma parte de mim ficou lá, com Otacília. Destino. Pensava nela. Às vezes menos, às vezes mais, consoante é da vida. Às vezes me esquecia, às vezes me lembrava. Foram esses meses, foram anos. Mas Diadorim, por onde queria, me levava. Tenho que, quando eu pensava em Otacília, Diadorim adivinhava, sabia, sofria.

Essas coisas todas se passaram tempos depois. Talhei de avanço, em minha história. O senhor tolere minhas más devassas no contar. É ignorância. Eu não converso com ninguém de fora, quase. Não sei contar direito. Aprendi um pouco foi com o compadre meu Quelemém; mas ele quer saber tudo diverso: quer não é o caso inteirado em si, mas a sobre-coisa, a outra-coisa. Agora, neste dia nosso, com o senhor mesmo — me escutando com devoção assim — é que aos poucos vou indo aprendendo a contar corrigido. E para o dito volto. Como eu estava, com o senhor, no meio dos hermógenes.

Destaque feito: Zé Bebelo vinha vindo. Vinham por nós. E tivemos notícia: a légua dali, eles estavam chegando, no meio do dia, patrulhão de cavaleiros. Légua, não era verdade — mas, obra de seis léguas, o sim. E eram só uns sessenta, por aí. Todo o tempo eu vinha sabendo que nosso fim era esse, mas mesmo assim foi feito surpresa. Eu não podia imaginar que ia entrar em fogo contra os bebelos. De certo modo, eu prezava Zé Bebelo como amigo. Respeitava a finura dele — Zé Bebelo: sempre entendidamente. E uma coisa me esmoreceu a tôrto. Medo, não, mas perdi a vontade de ter coragem. Mudamos de acampo, para perto, para perto. — "É agora! É hoje!..." O Hermógenes reunia o pessoal, todos. A gente carecia de levar o préstimo maior de munição, que se pudesse. Aonde? Diadorim, por um gesto, me cortou de fazer mais perguntas. Às armas. Diadorim ia, para aquilo, prezável de passeata. Ah, uma coisa não referi ao senhor. Que era que, aquele tempo, no arranchamento do Hermógenes, minha amizade com Diadorim estava sendo feito água que corre em pedra, sem pêpa de barro nem pó de turvação. Da voz de homens e do tinir de armas em má véspera, não se podia deixar de receber um lufo de dureza, de mais próprio respeito, e muita coisinha se empequenava. — "Zé Bebelo é arisco de aviso, Diadorim... Ele joga seguro: por aí perto, em esconso, deve de ter outra tropa de guerra, prontos para virem dar retaguarda. Eu sei bem — essa a norma dele... Carece de prevenir o Hermógenes, João Goanhá, Titão Passos..." — eu não retive, e disse. — "Eles sabem, Riobaldo. Toda guerra é essa..." — Diadorim me respondeu. E eu estava sabendo que eu já dizer aquilo era traição. Era? Hoje eu sei que não, que eu tinha de zelar por vida e pela dos companheiros. Mas era, traição, isto também sim: era, porque eu pensava que era. Agora, depois mais do tudo que houve, não foi?

Agarrei minha mochila, comi fria a minha jacuba. Tudo estava sendo determinado decidido, até o que a gente tinha de fazer depois. Aí João Goanhá apartava o pessoal em punhados de quinze ou vinte: cada um desses, acabado o fogo, devia de se reunir em lugar certo comum. Daquela hora em diante, íamos ter de brigar em pequenas quantidades. Pelas caras dos homens, eu via que estavam satisfeitos, parecia muito e pouco. Com regozijo, um golinho se bebeu. — "Toma este breve, Riobaldo. Foi minha mãe-de-criação quem costurou para mim. Mas eu carrego dois..." Era o Feijó, um sacudido oitavão, ele manobrava rifle de três canos. Que simpatia demonstrada era essa, eu nunca tinha dado fé daquele Feijó? — "A vamos. Hoje se faz o que não se faz..." — um se exaltava assim, tive medo de castigo de Deus. Quem quisesse rezar, podia, tinha praça; outros, contritos, acompanhavam. Outros ainda comiam, zampando, limpavam a boca com as duas mãos. — "Não é medo não, amigos, é o trivial do corpo!" — explicavam alguns, que ainda careciam de ir por suas necessidades. Restantes risadas davam. Ao que faltava nem meia-hora para o sol ir entrando. Daquele lugar, vazio de moradas e de terras lavradias, a gente ouvia o gugo da juritímocomo um chamado acabado, junto com lobo guará já dando gritos de penitência. — "Presta uma demão, aqui..." Ajudei. Era um montesclarense — acho que o cujo nome esqueci — que queria passar tiras de pano, por sola das alpercatas e peito dos pés, reforçando. Terminou, e fez os passos de dansa, maneiro nas juntas, assobiava. Aquele rapaz pensava alguma coisa? — "Riobaldo?" — Diadorim me disse — "arruma jeito de mudar de lugar, na hora, sempre que puder. E põe cautela: homem rasteja por entre as môitas, e vem pular nas costas da gente, relampeando faca." Diadorim sorria sério. Um outro me esbarrou, quando passava. Era o Delfim, violeiro. Onde era que a viola ele ia poder guardar? Eu apertei a mão de Diadorim, e queria sair, andar, gastar.

Conto que chegou o Hermógenes. A voz do Hermógenes, dando ordens de guerra — já disse ao senhor? — ficava clara e correta; um podia dizer: que até ficava. Ao menos ele sabia aonde ia levar a gente, e o que queria. Deu resumo do traço. Que todos cumprissem, que todos soubessem! A partida dos zebebelos estava com posição no Alto dos Angicos — tabuleirinho de chã. Podiam ter espalhado sentinelas muito longe, até na beira do córrego Dinho, ou para lá, em volta, nas contravertentes. Mas, disso, logo se ia saber, porqual os espias nossos rondavam. O que se tinha era de chegar, já com o escuro, e engatinhar às ladeiras, no durado da noite, na arte vagarosa. Só íamos abrir fogo, de surpresa, no clarearzinho da madrugada. Cada um de seu ponto melhor, tudo tinha de valer em sonsagato e finice, até se carecia de respirar só por metade. Se algum topasse com inimigos, por má-sorte, antes, ele que escorresse como pudesse, ou dependesse na faca: atirar com arma é que não podendo. Sendo que podendo, mas só depois do Hermógenes — que era quem era o dono: — o primeiro tiro ele dava. Como cada qual tinha de atirar com sangue-frio, de matar exato. Porque nosso prazo seria acabar com todos, com brevidade; mais antes que outros deles pudessem vir, para um reforço. Mesmo assim, Titão Passos ia com uns trinta companheiros reguardar o caminho de vinda, à emboscada, num tombador de pedra. Já vai que o Hermógenes explicava, devagar, e tudo repetia, com paciência: o dever absoluto era que até o mais tonto aprendesse, e estava definido o rumo de tarefa por onde cada um devia de se pôr no chão e começar a engatinhar, virada arriba. Mas, eu, catei o sentido de tudo já na primeira razão, e, de cada vez que ele repetia, eu reproduzia — em minha ideia os acontecimentos se passando, eu já estava lá, e rastejava, me aprontava. Peguei a sentir. Me fiz fácil nas armas.

Por jeito? Com o que se deu, que eu não contava. O Hermógenes me chamou. Aí — as cintas e cartucheiras, mochilão, rede passada e um cobertor por tudo cobrir — ele estava parecendo até um homem gordo. — "Riobaldo, Tatarana, tu vem. Lugar nosso vai ser o mais perigoso. Careço de três homens bons, no próximo de meu cochicho." Para que vou mentir ao senhor? Com ele me apartar assim, me conferindo valia, um certo aprazimento me deu. Natureza da gente bebe de águas pretas, agarra gosma. Quem sabe? Eu gostei. Mesmo com a aversão, que digo, que foi, que forte era, como um escrúpulo. A gente — o que vida é —: é para se envergonhar...

Mas, aí, eu fiquei inteiriço. Com a dureza de querer, que espremi de minha sustância vexada, fui sendo outro — eu mesmo senti: eu Riobaldo, jagunço, homem de matar e morrer com a minha valentia. Riobaldo, homem, eu, sem pai, sem mãe, sem apêgo nenhum, sem pertencências. Pesei o pé no chão, acheguei meus dentes. Eu estava fechado, fechado na ideia, fechado no couro. A pessoa daquele monstro Hermógenes não encostava amizade em mim. E nem ele, naquela hora, não era. Era um nome, sem índole nem gana, só uma obrigação de chefia. E, por cima de mim e dele, estava Joca Ramiro. Pensei em Joca Ramiro. Eu era feito um soldado, obedecia a uma regra alta, não obedecia àquele Hermógenes. Dentro de mim falei: — "Eu, Riobaldo, eu!" Joca Ramiro é que era — a obrigação de chefia. Mas Joca Ramiro parava por longe, era feito uma lei, uma lei determinada. Pensei nele só, forte. Pensando: — "Joca Ramiro! Joca Ramiro! Joca Ramiro!..." A arga que em mim roncou era um despropósito, uma pancada de mar. Nem precisava mais de ter ódio nem receio nenhum. E fui desertando da cobiça de mimar o revólver e desfechar em fígados. Refiro ao senhor: mas tudo isso no bater de ser. Só. Dessas boas fúrias da vida.

Aí, ele tinha que eu escolhesse os para vir juntos. Eu? Ele estava me experimentando? E não tardei: — "O Garanço..." — eu disse. — "...e este, aqui!" — completei, para aquele montesclarense apontando. Bem que eu queria também o Feijó; mas deviam de ser só dois, a conta já estava. E Diadorim? — o senhor perguntará. Ah, por Diadorim era que eu não dizia, o pensamento nele me repassava. O tempozinho todo, naquele soflagrante. E estúrdio: eu principalmente não queria Diadorim perto de mim, para as horas. Por quê? Por quê, é o que eu mesmo não sabia. Seria que me desvalesse a presença dele comigo, pelos perigos que eu visse virem a ele, no meio do combate; ou seria que a lembrança de ter Diadorim junto, naquilo, me desgostasse, por me enfraquecer, agora eu assim, duro ferro

149

diante do Hermógenes, leão coração? Se sei, sei. Porque era como eu estava. E assim respondi: que então o Garanço e o Montesclarense iam com a gente.

Como saímos, viemos vindo, desfeitos aos dois, aos três, aos sozinhos. Já a já, era noite. Noite da Jaíba dá de uma asada, uma pancada só. Há-de: que se acostumar com o escuro nos olhos. Conto tudo ao senhor. O caminhar da gente se media em silêncioso, nem o das alpercatas não se ouvia. De tantos matos baixos, carrascal, o chio dos bichinhos era um milhão só. Por lá a coruja grande avôa, que sabe bem aonde vai, sabe sem barulho. A quando o vulto dela assombrava em frente da gente no ar, eu fechava os olhos três vezes. O Hermógenes rompia adiante, não dizia palavra. Nem o Garanço também, nem o Montesclarense. Isso, em meu sentir, eu a eles agradecia. Quem vai morrer e matar, pode ter conversa? Só esses pássaros de pena mole, gerados da noite — tantos bacuraus insensatos: o sebastião que chamava a fêmea, com grandes risadas, pedindo tabaco-bom. Digo ao senhor o que eu ia pensando: em nada. Só esforçava tenção numa coisa: que era que devia de guardar tenência simples e constância miúda, esperando a novidade de cada momento. Minha pessoa tomava para mim um valor enorme. Aquele pássaro mede-léguas erguia voo de pousado no meio da estrada, toda vez ia se abaixar dez braças mais adiante, do jeito mesmo, conforme de comum esses fazem. Bobice dele — não via que o perigo torna a vir, sempre?

Digo tudo, disse: matar-e-morrer? Toleima. Nisso mesmo era que eu não pensava. Descarecia. Era assim: eu ia indo, cumprindo ordens; tinha de chegar num lugar, aperrar as armas; acontecia o seguinte, o que viesse vinha; tudo não é sina? Nanja não queria me alembrar, de nenhum, nenhuma. Com meia-légua andada, por um trilho. É preciso não roçar forte nas ramagens, não partir galhos. Caminhar de noite, no breu, se jura sabença: o que preza o chão — o pé que adivinha. A gente imagina uns buracões disformes. A gente espera vozes. Eh. Pouquinhas estrelas dando céu; a noite barrava bruta. Digo ao senhor: a noite é da morte? Nada pega significado, em certas horas. Saiba o que eu mais pensei. No seguinte: como é que curiango canta. Que o curiango canta é: *Curí-angú!*

A obra de umas cem braças do riacho, o Hermógenes esbarrou. Conchegamos. E com as mãos apalpávamos uns os outros. Dali em diante, era junto a junto. O Hermógenes, puxando, enxergava por nós. Que olhos, que esse, descascavam de dentro do escuro qualquer coisa, olhar assim, que nem o de suindara. Cada um com punhal a ponto, atravessamos o córrego, pulando pelas alpondras; mais para baixo, sabíamos de uma estiva, mas lá se temia que tivessem botado sentinelas.

Ali era o lugar pior: um estremecimento me desceu, senti o espaço da minha nuca. Do escurão, tudo é mesmo possível. No outro lado, o Hermógenes sussurrou ordens. Deitamos. Eu estava atrás duma árvore, uma almêcega. Mais atrás de mim, o riacho, passante por suas pedras. Naquela espera, carecíamos de persistir horas, dando tempo. Assim, a água perto, os mosquitos vêm, eles acordam com o cheiro da cara da gente, não concedem sossego. Acender cigarro e pitar, não se podia. A noite é uma grande demora. Ah o que os mosquitos infernizavam. Por isso mesmo, direi, era que o Hermógenes tinha escolhido ali: que ninguém pegasse no sono, que a mosquitada não deixava? Mas não seria de mim que pudesse ferrar no sono assim perto daquele homem, príncipe das tantas maldades. O que eu queria era que tudo sucedesse, mal ou bem aquela noite tivesse termo de terminada. — "Tá aqui, toma..." — ouvi. Era o Hermógenes, um taco de fumo me dando, que em forte cachaça ele tinha acabado de empapar. Era para se esfregar na cara e nas mãos. Aceitei. Fosse coisa de comer, não aceitava. Nada não disse, não agradeci. Aquilo era do serviço de armas, fazia parte. E esfreguei, bem. Ao que os mosquitos deixaram de me ferroar. Desde fiquei, pois então, me divertindo de beliscar a casca da almêcega, aquela resina de ici-í. Daí, os pensamentos que tive foram os que nem merecem, e eu não sou capaz de dar narração: retrato de pessoas diversas, ressalte de conversas tolas, coisas em vago das viagens que eu tinha feito. A noite durava.

Haja de contar o que foi — o todo de se escorregar para cima a encosta — até ao ponto, donde a espera de tocaia devia de ser? Aquilo o igual, sempre sendo. Um homem se arraiga em terra, no capim, no chão, e vai, vai — sendo serepente — de gato-em-caça. Carece de repartir frouxo o peso do corpo, semelhante fosse nadando; cotovelo e joelho é que transpõem. Tudo um ái de vagar, que chega aporreia, tem que ser. Não vale arranco de pressa, o senhor tem de ficar o comprido que pode, por mais de. As juntas da gente estalam, o senhor mesmo escuta. Se coça a canela com o calcanhar; — estando com polâina não adianta. De cada vez, o senhor vira o corpo num lado: e olha, escuta. Qualquer barulho sem tento, que se faz, verte perigo. Pássaro pousado em moita, que se assusta forte a voo, dá aviso ao inimigo. Pior são os que têm ninho feito, às vezes esvoaçam aos gritos, no mesmo lugar — dão muito aviso. Aí quando é tempo de vagalume, esses são mil demais, sobre toda a parte: a gente mal chega, eles vão se esparramando de acender, na grama em redor é uma esteira de luz de fogo verde que tudo alastra — é o pior aviso. O que nós estávamos fazendo era uma razão de loucura muita, coisa que só mesmo em guerra é que se quer. O punhal travessado na boca, sabe?: sem querer, a gente rosna. Às guardas, qualquer mato ameaçava que ia bulir: com o inimigo vindo dele. Árvores branquiçadas, traiçoeiramente. A gente amassa com a barriga espinhos e gravetos, é preciso de saber quando é que é melhor se calcar no estrepe firme com gosto — que é o que mais defende d'ele não se cravar. O inimigo pode estar engatinhando também, versa por detrás, nunca se tem certeza. O cheiro da terra agoura mal. Capim de beira em fio, que corta a cara. E uns gafanhotos pulam, têm um estourinho, tlique, eu figurava que era das estrelas remexidas, titique delas, caindo por minhas costas. Trabalhos de unha. O capim escorria, do sereno da noite, lagrimado. Ah, e cobra? Pensar que, num corisco de momento, se pode premer mão numa rodilha grossa de cascavél, numa certa morte dessas. Pior é a surucucú, que passeia longe, noturnazã, monstro: essa é o que há com mais dôida ligeireza neste mundo. Rezei a jaculatória de São Bento. A água do sereno me molhava, da macega, das folhas, — é o que digo ao senhor; me desgostava. Raio de um repente, afastaram a erva alta, minha cabeça eu encolhi. Era um tatú, que ia entrando no buraco, fungou e escutei o esfrêgo de suas muxibas. Tatú-peba, e eu no rés dele. Que modo que? Rastejando de minha banda da direita, o Hermógenes rompia, eu sentia o bafo duma boca, e aquele avultar deitado de bicho duro, braço por braço. O Garanço e o Montesclarense espigavam vez mais adiante, vez mais atrás. Quando de sem-menos, o Hermógenes me esbarrou. Ele falou um murmo — me cochichou de mão em concha. — "É aqui mesmo..." — ele redisse. Onde era que estavam as estrelas dianteiras, e os macios pássaros da noite? — pensei. Eu tinha fechado os olhos. O cheiro dum araçá-branco formava bolas. Quietei.

Até que o dia deu, que é que foi do meu tempo, que horas que se passaram? Aí eu podia medir, pelas estrelas que vão em movimento, descendo no rumo de seu poente, elas viravam. Mas, digo ao senhor, eu não olhei para o céu. Não queria. Não podia. Assim espichado, no escabro, um sofre o fresco da noite, o chão esfriava. Pensei: será se eu fosse adoecer?; um longe de dôr-de-dente já me indispondo. Aquilo que cochilei — dormir, eu em firme rejeitava. O Hermógenes, um homem existente encostado no senhor, calado curto, o pensamento dele assanha — feito um berreiro. Aquelas mortes, que eram para daí a pouco, já estavam na cabeça do Hermógenes. Eu não tinha nada com aquilo, próprio, eu não estava só obedecendo? Pois, não era? Ao que, o meu primeiro fogo tocaieiro. Danado desuso disso é o antes — tanto antes, rôr. O senhor acha que é natural? Osgas, que a gente tem de enxotar da ideia: eu parava ali para matar os outros — e não era pecado? Não era, não era, eu resumi: — Osgas... Cochilei, tenho; por descuido de querer. Dormi, mesmo? Eu não era o chefe. Joca Ramiro queria aquilo? E o Hermógenes, mandante perto, em sua capatazia. Dito por uns: no céu, coisa como uma careta preta? É erro. Não, nada, ôi. Nada. Eu ia matar gente humana. Dali a pouco, o madrugar clareava, eu tinha de ver o dia vindo. Como era o Hermógenes? Como vou dizer ao senhor...? Bem, em bró de fantasia: ele grosso misturado — dum cavalo e duma jiboia... Ou um cachorro grande. Eu tinha de obedecer a ele, fazer o que mandasse. Mandava matar. Meu querer não correspondia ali, por conta nenhuma. Eu nem conhecia aqueles inimigos, tinha raiva nenhuma deles. Pessoal de Zé Bebelo, povo reunido na beira do Jequitaí, por ganhar seu dinheirinho fiel, feito tropa de soldo. Quantos não iam morrer por minha mão? Andante que perpassou um vento, entre ele o crico de grilos e tantos bichinhos divagados. Assaz, a noite, com sombras vermelhas. O exemplar da morte, dessa, é que é num átimo, tão ligeira, tão direitinha. As coisas que eu nem queria pensar, mas pensava mais, elas vinham. Vezo de falar do Geraldo Pedro, que disse: — "Aquele? Hoje ele não existe mais, virou sombração... Matei..." E o Catôcho, contando doutro: — "...Lá tem uns órfãos meus, lá... Tive de matar o pai deles..." Por que era que falavam essas perversidades... Por que é que falavam... Por que era que eu tinha de obedecer ao Hermógenes? Ainda estava em tempo: se eu quisesse, sacanhava meu revólver, gastava nele um breve tiro, bem certo, e corria, ladeira abaixo, às voltas, caçava de me sumir nesse vai-te-mundo. Ah, nada: então, aí mesmo era que o fogo feio começava, por todas as partes, de todo jeito morresse muita gente, primeiro de todos morria eu. Mesmo estava sem remédio. O Hermógenes mandava em mim. Quê que quer, ele era mais forte! Pensei em Diadorim. O que eu tinha de querer era que nós dois saíssemos sobrados com vida, desses todos combates, acabasse a guerra, nós dois largávamos a jagunçada, íamos embora, para os altos Gerais tão ditos, viver em grande persistência. Agora, aqueles outros, os contrários, não estavam também com poder de me matar? À asneira. E eu ia, numa madrugadinha, a cavalo, por uma estrada de areia branca, no Burití-do-Á, beira de vereda, emparelhado com um capiauzinho bondoso, companheiro qualquer, a gente ria, conversava de tantas miúdas coisas, sem maldade, se pitava, eu ia levando meio saco de milho na garupa, ia para um moinho, para uma fazenda, para berganhar o milho por fubá... — sonhos que pensava. À fé: aqueles zebebelos também não tinham varado o Norte para destruir gente? E pois?! O que tivesse de ser, somente sendo. Não era nem o Hermógenes, era um estado de lei, nem dele não era, eu cumpria, todos cumpriam. "Vou para os Gerais! Vou para os Gerais!" — eu dizia, me dizia. Numa minha perna, então torci o de dar cãibra. Depois, tirei a dureza dos dedos. A ver, Diadorim, a gente ia indo, nós dois, a cavalo, o campo cheirava, dez metros de chão de flôr. Por quê que eu ia ter pena dos outros? Algum tinha pena de mim...? Cabeça de homem é fraca, repensava. O que se carecia justo de fazer era acabar logo com a guerra, acabar com aqueles zebebelos. Pensar em Diadorim, era o que me dava cordura de paz. Ah, digo ao senhor: dessa noite não me esqueço. Posso? Aos poucos, fui ficando soporado, nem bom nem ruim. Matar, matar, quê que me importava? Dessa noite esquecer não posso. Garoou, para a aurora.

 Como clareia: é aos golpes, no céu, a escuridão puxada aos movimentos. A gente estava de costas para as barras do dia. Me lembro do que me lembro: o Hermógenes cruzou, adiante, chato no chão, relando barriga em macio. Aquele homem era danado de tigre, estava cochichando na cabeça do Garanço, depois com o Montesclarense — mostrava a eles os lugares em que deviam-de. Arre, voltou para perto de mim, agora veio da outra banda. Disse: — "Tento, Riobaldo..." Eu vi quando o Garanço rojou, indo, indo, pegou postura na proteção dum cupim grande; obra de cinco metros para a minha frente, pouquinho para esta banda da esquerda. No não longe, rumo a rumo, divulguei o Montesclarense. Eu ainda mudei distância de uns passos: aproveitei tapação duma árvore de boa grossura — um araçá-de-pomba, fechado. De sovigia, o Hermógenes não me largava. Doêsse na gente, mesmo aquele principiozinho de madrugada. Apertava a necessidade. Por que não se avançava de uma vez, para tudo, vir às brabas? Ah, não se podia. Só logo no primeiro entremear com os bebelos, nós quatro havíamos de restar mortos, cosidos nas parnaíbas. E, dos companheiros, outros, não se sabia. Sendo somente que o acampamento dos bebelos devia de estar a uma hora dessas cercado exato, em boa distância, à roda toda. Tudo era paciência. Vinha um ventozinho, folheando. Tantos homens amoitados, que só espiavam: na obrigação — refleti. Até achei bonito, agora. Aí passarinhos que já vão voando, com o menorzinho ralo de luz eles se contentam, para seu só isso de caçar o de comer. Triste, triste, um tirirí cantou. Alegre, para mim, a peitica. Olhei adiante, curto, lá era que eles estavam: por entre umas árvores pequenas, dava réstia de claridade, e um formato de homem, contravisto. Ele ia acender fogo. E apareceram vultos de outros, levantantes. Com pouco, alguns podiam vir descendo, buscar mais água no corguinho, se carecessem. Asneiras que pensei: será que eles gastaram muita água? Será que um esmorece, por medo ter? Eu não campeava a morte. Seguro nasci, sou feito. D'o Hermógenes ali junto estar, naquela hora, digo ao senhor, gostei. — "Riobaldo, Tatarana! É o é..." — ele me governou, de repente. Aceitei. Desamarrei mão, de vez pronta: eu já tinha resumido pontaria: eu tive consolo duma coisa, que era que aquele homem alto não podia ser Zé Bebelo... Não tremi, e escutei meu tiro, e o do Hermógenes; e o homem alto caíu certo morto, rolou na má poeira. Me deu uma raiva, deles, todos. E em toda a parte, a sobre, o tiroteio tinha começado.

Estrondou. Falavam os rifles e outros: manlixa, granadeira e comblém. Festa de guerra.

Mais digo ao senhor? Atirei, minhas vezes. Aí, tomei ar. O senhor já viu guerra? A mesmo sem pensar, a gente esbarra e espera: espera o que vão responder. A gente quer porções. Demais é que se está: muito no meio de nada. A morte? A coisa que o que era xô e bala. Que qual, agora não se podia mais ter outros lados. Agora era só gritar ódio, caso quisesses, e o ar se estragou, trançado de assovios de ferro metal. O senhor ali não tem mãe, não vê que a vida é só brabeza. Revém ramo cortado de árvore, aí e o comum que cavacam poeiras e terras. Digo ao senhor, dou conversa. Aquilo era. Artes que carreguei o rifle, escorei, repetente. Aquele povo inimigo nosso esperdiçava muita munição, atiravam com nervosia. Não queriam morrer por nossa mão, não queriam. Ri me ri, e o Hermógenes me chamou com assombro. Em isso ele me crendo endoidado. Mas eu estava era de repente pensando em meu padrinho Selorico Mendes.

"Agora, tu mesmo vai lá, vai! Tu não quer?!" — foi o que arranjei vontade de gritar com o Hermógenes. Cão, que ele. Ri mais. Homem sozinho, com sua carabina em mãos, o Hermógenes era um como eu, igual, igual, até pior atirava. E aqueles bebelos tinham feito madrugada para levar fogo. Fiquei meu. "...Se todos passam mão em arma e fecham volta de tiroteio, uns contra os outros, então o mundo se acaba..." — acho que pensei. Eram só tolicezinhas, que por minha mente marinhavam. Os tiros peguei a querer contar. Aquilo como durou, demorava um oco. O dia tinha clareado saído: eu todo podendo descrever o Montesclarense, atrás dum toro de pau e moitas de andùzinho. Para que conto isto ao senhor? Vou longe. Se o senhor já viu disso, sabe; se não sabe, como vai saber? São coisas que não cabem em fazer ideia.

Combate quanto, combate grande. Ser menos, que a gente não rastejava alterando de lugar, que não era o caso. Quase que só quando se pega no defendimento é que isso é de se fazer: para pensarem que se vai em número maior que a verdade. Como não, mais valia garantir o bom do posto, sem desguar. Tiro de lá chama tiro de cá, e vira em vira. Disparo que eu dava, era catando mover alheio, cujo descuido, como malandro malandrêia. Nem cento-e-cinquenta braças era o eito, jaculação minha. Aquilo servia até para carga de bocamorte. E mais de um, eu etcétera, aí, pelo que sei, pelo que vejo. Mas só aqueles que para morrer estavam com dia marcado. Minto? O senhor releve ideias. Era assim.

Deu vez de, os muitos tiros se assanhavam, de prão, em riba dum trecho só. Queriam costurar. Aí, e as horas não acabavam. O sol encostava na nuca da gente. Sol, solão, debaixo eu suava, transpirava dos cabelos, e pelo dentro das roupas, de sentir as cócegas grossas no meio do lombo; e essas dormências numas partes do corpo. Então, eu atirava. Não se ia avançar? Não, nem. Os outros picavam forte, o fogo deles não desmerecia. Cachorrada! Xingar, mesmo, ia servir só para mostrar mais alvo. Ao que, eu descansava meus olhos nas costas do Garanço, ali quase em minha frente. O Garanço tinha arrumado no chão o bissaco e o cobertor, estava sem jaleco, só com a camisa de xadrezim. Eu vi o suor minar em mancha, na camisa, no meio das costas dele, Garanço, aquela nódoa escura ia crescendo, arredondada, alargada. O Garanço disparava, sacudia o corpo, ele era amigo meu, com minúcia de valentia. Rapaz de como se querer, homem de leal qualidade. Então, eu atirava, também. "Bala e chumbo..." — eu peguei a dizer. "Bala e chumbo... Bala e chumbo..." O lugar do coração me apertando — eu era carne muita e calor bravo. — "O que foi? Que é?" — o Hermógenes me perguntou. — "Nada não!" — respondi. "Bala e chumbo... Chumbo e bala..." Estrumes! Pelo que foi, de repente: bem apartado, da banda esquerda de nós, uns homens dos nossos deram figura, se pulando para diante, aos gritos, investiram — contra o contra!

Ao que, eram dois... Três... — "Diá!" — o Hermógenes rosnou: — "Deu a fúria nesses, bute!" Raspa que eles por lá entraram, iam de coronhada e faca... Não se atirou, suspendemos fôlego. E, vai, o Hermógenes me segurou tente: que o Montesclarense — coitado! — também tinha crescido para avante, no igual, e, de lá, nele balearam. Caíu, catando cacos. Pobre. Deu doidice? Antes aí, os outros nossos, que se danando no vespeiro dos bebelos, roncavam em poeira deles, decerto se acabavam estraçalhados que nem coelho com a cainça. Tomara tivessem aprontado seus alguns! Assim aquilo sossegou, povo nosso demos raiva de fogo — aí é que foi atirar. O Hermógenes me resignou os ímpetos: — "Tatarana, te trava, não dá de esquentar arma, gasta munição não. Só os tiros bons poucos. Só cobrar o dizmo." Aquele homem fazia frio, feito caramujo de sombra. A ver que tive sede, mas minha cabaça não dava gota mais. Guardei meu cuspe.

Aquilo não ia ter pique de ponto, guerra que não se sabe terminar? Assunto que apostaram os mil tiros para cima de nossa redondez de lugar, esses assoviaços. Triplavam. No ferrenho, tive um tempo de coisa, espécie de mais medo, o que um não confessa: vara verde, ver. Mas, morresse, eu descansava. Descansava de todo desânimo. Andando que aquele ataque nosso não servia para resultado nenhum, e eu carecia de avistar os outros, saber de qualquer contagem de balanço, de quantos tinham morrido ou estavam mal. Eu queria saber, dos deles e dos nossos. Combate sem cabimento! Só o tiroteio, repetido reproduzido. Meio peguei um pensamento: se o Hermógenes sungasse raiva, se o Ele desse nele, por um vir? Que mandasse avançasse, a fino de faca, nós todos tínhamos de avançar? Então, eu estava ali era feito um escravo de morte, sem querer meu, no puto de homem, no danadório! E eu não podia virar só o corpo um pouco, abocar minha arma nele Hermógenes, desfechar? Podia não, logo senti. Tem um ponto de marca, que dele não se pode mais voltar para trás. Tudo tinha me torcido para um rumo só, minha coragem regulada somente para diante, somente para diante; e o Hermógenes estava deitado ali, em mim encostado — era feito fosse eu mesmo. Ah, e toda hora ele estava, sempre estava. Que me disse: — "Tatarana, toma, come, e agradece ao corpo um poucado..." Há-de que estava me oferecendo a capanga, paçoca de carnes. Tanto que os tiros tinham esbarrado quase em completo, em partes. Eu, tendo comida minha, de matula, no bornal. Aí, e munição minha de balas, no surrão. Eu carecia lá do Hermógenes? Mas, por que foi então que aceitei, que mastiguei daquela carne, nem fome acho que não tinha direito, enguli daquela farinha? E pedi água. — "Mano velho, bebe, que esta é competente..." — ele riu. O que estava me dando, na cabacinha, era água com cachaça. Bebi. Limpei os beiços. Escorei o cano do rifle, num duro de môita. Eu olhava aquele bom suor, nas costas do Garanço. Ele atirava. Eu atirava. A vida era assim mesmo, coração quejando. Até me caceteou uma lombeira.

E, daí, deu-se. Da banda de longe — lá pelo tombador de pedra, onde nossa gente com Titão Passos estavam escondidos para a esparrela — foi um tirotear forte, fogo por salvas. Ah, então era outra partida de zè-bebelos que deviam de estar chegando, drongo deles, cavaleiros. O Hermógenes esticou pescoço, rijo ouvindo. Soante que atiravam, sucedidos, o tiroteio foi mudando de feição. — "Tou gostando não..." — o que o Hermógenes disse. Mais disse: — "O diabo deu em erro..." Homem atilado, cachorral. — "Seja que sabidos vieram, eh, pressentiram! Sei se, por ora, o trabalho está desandado..." Aí, eu estava escutando. Eu olhei. Olhava para as costas do Garanço, ela, a mancha, estava ficando de outra cor... O suor vermelho... Era sangue! Sangue que empapava as costas do Garanço — e eu entendi demais aquilo. O Garanço parado quieto, sempre empinado com a frente do corpo, semelhando que o cupim ele tivesse abraçado. A morte é corisco que sempre já veio. Ânsias, ao em que bola me vinha goela arriba, do arrocho grosso, imposto, que às vezes em lágrimas nos olhos se transforma. A bobagem...

— "Tu, Tatarana, Riobaldo: agora é a má hora!" — era o Hermógenes prevenindo. — "Demo!" — eu repontei. Mas ele não entendeu minha soltura. Soprou: — "A muita cautela. Temos, que se foge em boa ordem: os que estão chegando vêm rodear a gente, vão dar retaguarda." E era. Como que esse maldito tudo sabia, adivinhava o seguinte vivo das coisas, esse Hermógenes, trapaças! Mas ainda me prezei: quem é que me segurava de ir?! — rastejei de esquinado, os metros, em afogo, carecia de ver se o Garanço podia ter ajuda. — "A p'a trás, mano. Te cuida!" — ouvi o rispe do Hermógenes — que eu não me desgraçasse. Mas não se deixa um cristão amigo deitar seu sangue no capim das môitas, feito um traste roto, caititú caçado. Peguei, com meus braços: não adiantava — era corpo. Ele estava defunto de não fechar boca — aí, defunto airado. Todo vejo, o sangue dele a môfos cheirasse. Anda que vinham voo os mosquitos chupadores, e mosca-verde que se ousou, sem o zumbo frisso, perto no ar. Porque os tiros. E nem um momento de vela acesa o Garanço não ia poder ter. — "Vem, tu vem, que estamos no amém estreitos!" — que, enfezado, o Hermógenes chamou. Dei para trás. O perigo saca toda tristeza. E a vez era esta: que o Hermógenes encheu os peitos, e soltou um rinchado zurro, dos de jumento velho em beira de campo. Três tantos. Ele estava dando a retirada. Por outros lados, mais longe, outros o mesmo onco-e-rincho copiavam. — "Arre, fogo, agora, forte fogo!" — o Hermógenes me mandou. Atirei. Atiramos, teúdo. Ao que os companheiros todos atiravam. Assaz à retirada se estava rinchando, mas os inimigos não sabiam: carecia que eles pensassem que a gente ia dar um ataque final. Acharam? E sei. A bala com bala ripostavam. Mas, nós, nesse entrequanto, rompemos o arvoredo, aqui e ali, rojamos para baixo, embora, mesmo. Desunir, assim, verga pior do que avançar. A lanço a lanço, fui, pulei, nos abertos entre árvores, acompanhei o Hermógenes. Aí, eu já estava para lá dele; mas virei e esperei. Porque, na desordem de mente do alvoroço, aquela hora era só no Hermógenes que eu via salvamento, para meu cão de corpo. Quem que diz que na vida tudo se escolhe? O que castiga, cumpre também. Vim. Ainda divulguei, nas sofraldas descentes, homens que corriam, meus iguais, às vezes se subiam do bamburral baixo, feito acãoada codorniz. Viemos. Repassamos o corguinho do Dinho, beiramos uma ipueira. Entramos no cerrado. — "Tu tem tudo, Tatarana? Munição, as armas?" — o Hermógenes me indagou. — "Tenho, se tenho!" — eu respondi, bem. E ele para mim: — "Então, está certo..." Agora ele falasse grosseado, com modo de chefe e mando, era assim. E fomos para cinco léguas, entre o norte e o poente, no Cansanção, lugar aonde um punhado dos da gente devia de se engrupar. Para lá fomos, de rastros apagados. Caminhamos prazo dentro de riacho, depois escolhemos para pisar pedras, de nosso pisado com ramos as marcas desmanchamos, e o mais do caminho se seguiu por muitos diversos rodeios.

De tudo não falo. Não tenciono relatar ao senhor minha vida em dobrados passos; servia para que? Quero é armar o ponto dum fato, para depois lhe pedir um conselho. Por daí, então, careço de que o senhor escute bem essas passagens: da vida de Riobaldo, o jagunço. Narrei miúdo, desse dia, dessa noite, que dela nunca posso achar o esquecimento. O jagunço Riobaldo. Fui eu? Fui e não fui. Não fui! — porque não sou, não quero ser. Deus esteja!

E dizendo vou. No mais, que quando se alcançou o nosso bom esconder, num boqueirãozinho, já achamos companheiros outros, diversos, vindos de armas, e que chegavam separadamente, naquela satisfação de vida salva. Um era o Feijó. Será, se tinha avistado o Reinaldo sem perigo? A meio perguntei. Por causa que só em Diadorim era que eu pensava. O Feijó em tanto tinha notado: Diadorim, na retirada, bem conseguido; depois se retrasou, por uma cacimba de grota. — "...Estava com sangue numa perna de calça. Para mim, foi nada, arranho à tôa..." O que me ensombreceu — então Diadorim estava ferido. Aí, eu mesmo esbarrei, beirávamos o riachinho do Jio, eu quis lavar os pés, que muito me doíam. Acho que, de cansado, estava também com dôres redondas de cabeça, molhei minhas fontes. Cansaço faz tristeza, em quem dela carece. Diadorim estivesse ali, somentemente, espaço disso me alegrava, eu não havia de querer conversar reportório de tiros e combates, eu queria calado a consequência dele. Ao modo que eu nem conhecia bem o estôrvo que eu sentia. Pena. Dos homens que incerto matei, ou do sujeito altão e madrugador — quem sabe era o pobre do cozinheiro deles — na primeira mão de hora varado retombado? Em tenho que não. Dó que me dava era do Garanço, e o Montesclarense. Quase com um peso, por minha culpa dos dois — eles eu era quem tinha escolhido, para conduzir, e depois tudo. Logo esses — o senhor sabe, o senhor segue comigo. Remorso? Por mim, digo e nego. Olhe: légua e outra, daqui, vereda abaixo, tigre cangussú estragou e arruinou a perna do Sizino Ló, um que foi desse rio de São Francisco, foguista de vapor; depois cá herdou uns alqueires. Comprou-se para ele, então, uma boa perna de pau. Mas, assim, talvez por se ter sacolejado um pouco do juizo, ele nunca mais quer sair de casa, nem se levanta quase do catre, vive repetindo e dizendo: — "Ái, quem tem dois tem um, quem tem um não tem nenhum..." Todo o mundo ri. E isso é remorso? Desgraça a mando era que eu cumpria, azo de que tivesse perdido alguma coisa. Porque dó de amizade é num sofrerzinho simples, e o meu não era. E cheguei no Cansanção-Velho, chamado também o Jio, dito.

Lá, com pouco, a gente era doze. Os alguns faltavam, dos que eram para se reunir ali, mas decerto ainda vinham vir. Num ponto me agradei: então, em guerra, quase não se morre? E, mesmo, nas más horas é que vem bom consolo: para o Jio tinha tocado, de antevéspera, o Braz, nessa antecedência em dois jumentos ele tinha trazido mantimento de feijão e arroz, e toucinho para torresmos, e pratos e panela, se cozinhou um jantar. Tanto que comi, deitei. Dormi impado. Que caso que eu carecia de pensar, que não fosse que na morte do Garanço e do Montesclarense eu não devia nenhum dolo; e que Diadorim ia chegar a vir também, aonde estávamos, mais tardar no romper da aurora? Dormi. Mas daí a logo acordei, mão no rifle, como se vez fosse. E não havia a coisa nenhuma, nem vulto nem barulho. Os outros no estar, pesados no sono, cada um em seu recanto, estufando suas redes penduradas de árvore em árvore.

Só vi um, o Jõe Bexiguento, sobrechamado o *Alpercatas*: esse era homem de estranhez em muitos seus costumes, conforme se dizia e era notado. Jõe Bexiguento parecia não estar querendo ir dormir, tinha ficado na beira do fogo, remexendo as brasas; num fusco em vermelho, dava para a cara dele se divulgar. E ele pitava. Meigo repus o rifle, virei para o outro lado. Adormecer, pude; mas, com outros minutos, tornei naquele mau susto de acordar. Isso aconteceu três vezes, reformadas. Jõe Bexiguento reparou em meu dessossego, veio para o pé de minha rede, sentou no chão. — "Horas destas, tem galo já cantando, noutros lugares..." — ele falou. Não sei se dei alguma resposta. Agora eu estava cismado.

Ou se fosse que algum perigo se produzia por ali, e eu colhia o aviso? Não é que, com muitos, dose disso sucedesse? Eu sabia, tinha ouvido falar: jagunços que pegam esse condão, adivinham o invento de qualquer sobrevir, por isso em boa hora escapam. O Hermógenes. João Goanhá, mais do que todos, era atreito a esses palpites de fino ar, coraçãoados. Atual isso comigo? Que os bebelos rodeavam para ali, quem sabe perto já rastejavam. Zé Bebelo mandava neles. Em todos os momentos, em Zé Bebelo sempre pensei, e em como a vida é cheia de passagens emendadas. Eu, na Nhanva, ensinando lição a ele, ditado e leitura, as contas de juros; depois, de noite, na sala grande, na mesa grande, se comia canjica temperada com leite, queijo, coco-da-bahia, amendoím, açúcar, canela e manteiga-de-vaca. — "Fofo faço, e em prazo, siô Baldo: acabar para uma vez com essa cambada canalha de jagunços!" — ele referia, com rompante e festa no dizer, bebendo seu coité de chá-de-congonha, que de tão quente pelava. Então, agora, era eu também — Zé Bebelo vinha de lá, comandando armas de esquadrões, e o que ele tinha jurado, naquela ocasião, ficava sendo também de acabar comigo, com minha vida. Mas eu prezava Zé Bebelo, minha simpatia é uma só, dada definitiva às altas, sempre fui assim. Sendo que não fosse ele em sua pessoa, se ele no meio não estivesse, tudo tinha outra ordem: eu podia pôr meu afinco o-farto destravado, no querer combater. Mas, brigar, cruzando morte, com Zé Bebelo, eu vi que era isso que me dava uma repugnância, em minha inteligência. Levantei da rede, e convidei Jõe Bexiguento para se botar mais lenha no fogo. Ele disse: — "Convém não. Ocasiões assim, convém acender nem vela de cera preta..." Enrolei um cigarro.

Contei ao Jõe o que eu estava sentindo estúrdio; se não era agouramento? E ele me apaziguou: que anjo aviso não vinha desse jeito, antes era uma certeza que minava fininha, de dentro da ideia da gente, sem razoado nem discussão. O que eu purgava era ranço nervoso, sobra da esquentação curtida nas horas de tiroteio. — "Comigo, assim, depois de cada forte fogo, me dá esse porém. É uma coceira na mente, comparando mal. Faz regular uns seis anos, que estou na jagunçagem, medo de guerra não conheço; mas, na noite, passado cada fogo, não me livro disso, essa desinquietação me vem..."

Pela causa, me disse, era que ele não vencia dormir nem um pisco, naquela comprida noite, e nem experimentava. Jõe Bexiguento achava que não tinha mais sustância para ser jagunço; duns meses, disse, andava padecendo da saúde, erisipelava e asmava. — "Cedo aprendi a viver sozinho. P'ra o Riachão vou, derrubo lá um bom mato..." Era o projeto em tal, que ele formava vez em quando. — "Trabalhar de amassar as mãos... Que isso é que sertanejo pode, mesmo na barra da velhice..."

— "Você era amigo do Garanço, Jõe?" — em manso perguntei. — "Assim, o dito, pela rama. Que foi com ele? Deu o fim, mesmo, legal? Acho que esse sempre se esteve meio caipora... Ele mesmo sabia que era..." Ainda ouvindo as palavras, conheci que tinha perguntado pelo Garanço só para depois perguntar por Diadorim, digo: o Reinaldo. Mas outra coragem não tive. Faltou razão para mim. Que desconversei: — "Caipora se cura, Jõe? Você sabe rezas fortes?" — por aí devo que indaguei; bobéia minha, assunto. — "A que cujo, se caipora não curasse? Todo o mundo dela tem, nos tempos..." — ele me repositou. — "...Mas desses ensalmos quis aprender não. Memória que Deus me deu não foi para palavrear avesso nele, com feitas ofensas..."

Pecados, vagância de pecados. Mas, a gente estava com Deus? Jagunço podia? Jagunço — criatura paga para crimes, impondo o sofrer no quieto arruado dos outros, matando e roupilhando. Que podia? Esmo disso, disso, queri, por pura toleima; que sensata resposta podia me assentar o Jõe, broeiro peludo do Riachão do Jequitinhonha? Que podia? A gente, nós, assim jagunços, se estava em permissão de fé para esperar de Deus perdão de proteção? Perguntei, quente.

— "Uai?! Nós vive..." — foi o respondido que ele me deu.

Mas eu não quis aquilo. Não aceitei. Questionei com ele, duvidando, rejeitando. Porque eu estava sem sono, sem sede, sem fome, sem querer nenhum, sem paciência de estimar um bom companheiro. Nem o ouro do corpo eu não quisesse, aquela hora não merecia: brancura rosada de uma moça, depois do antes da lua de mel. Discuti alto. Um, que estava com sua rede ali a próximo, decerto acordou com meu vozeio, e xingou xíu. Baixei, mas fui ponteando opostos. Que isso foi o que sempre me invocou, o senhor sabe: eu careço de que o bom seja bom e o rúim ruím, que dum lado esteja o preto e do outro o branco, que o feio fique bem apartado do bonito e a alegria longe da tristeza! Quero os todos pastos demarcados... Como é que posso com este mundo? A vida é ingrata no macio de si; mas transtraz a esperança mesmo do meio do fel do desespero. Ao que, este mundo é muito misturado...

Mas Jõe Bexiguento não se importava. Duro homem jagunço, como ele no cerne era, a ideia dele era curta, não variava. — "Nasci aqui. Meu pai me deu minha sina. Vivo, jaguncêio..." — ele falasse. Tudo poitava simples. Então — eu pensei — por que era que eu também não podia ser assim, como o Jõe? Porque, veja o senhor o que eu vi: para o Jõe Bexiguento, no sentir da natureza dele, não reinava mistura nenhuma neste mundo — as coisas eram bem divididas, separadas. — "De Deus? Do demo?" — foi o respondido por ele — "Deus a gente respeita, do demônio se esconjura e aparta... Quem é que pode ir divulgar o corisco de raio do bôrro da chuva, no grosso das nuvens altas?" E por aí eu mesmo mais acalmado ri, me ri, ele era engraçado. Naquele tempo, também, eu não tinha tanto o estrito e precisão, nestes assuntos. E o Jõe contava casos. Contou. Caso que se passou no sertão jequitinhão, no arraial de São João Leão, perto da terra dele, Jõe. Caso de Maria Mutema e do Padre Ponte.

Naquele lugar existia uma mulher, por nome Maria Mutema, pessoa igual às outras, sem nenhuma diversidade. Uma noite, o marido dela morreu, amanheceu morto de madrugada. Maria Mutema chamou por socôrro, reuniu todos os mais vizinhos. O arraial era pequeno, todos vieram certificar. Sinal nenhum não se viu, e ele tinha estado nos dias antes em saúde apreciável, por isso se disse que só de acesso do coração era que podia ter querido morrer. E naquela tarde mesma do dia dessa manhã, o marido foi bem enterrado.

Maria Mutema era senhora vivida, mulher em preceito sertanejo. Se sentiu, foi em si, se sofreu muito não disse, guardou a dôr sem demonstração. Mas isso lá é regra, entre gente que se diga, pelo visto a ninguém chamou atenção. O que deu em nota foi outra coisa: foi a religião da Mutema, que daí pegou a ir à igreja todo santo dia, afora que de três em três agora se confessava. Dera em carola — se dizia — só constante na salvação de sua alma. Ela sempre de preto, conforme os costumes, mulher que não ria — esse lenho seco. E, estando na igreja, não tirava os olhos do padre.

O padre, Padre Ponte, era um sacerdote bom-homem, de meia-idade, meio gordo, muito descansado nos modos e de todos bem estimado. Sem desrespeito, só por verdade no dizer, uma pecha ele tinha: ele relaxava. Gerara três filhos, com uma mulher, simplória e sacudida, que governava a casa e cozinhava para ele, e também acudia pelo nome de Maria, dita por aceita alcunha a *Maria do Padre*. Mas não vá maldar o senhor maior escândalo nessa situação — com a ignorância dos tempos, antigamente, essas coisas podiam, todo o mundo achava trivial. Os filhos, bem-criados e bonitinhos, eram "os meninos da Maria do Padre". E em tudo mais o Padre Ponte era um vigário de mão cheia, cumpridor e caridoso, pregando com muita virtude seu sermão e atendendo em qualquer hora do dia ou da noite, para levar aos roceiros o conforto da santa hóstia do Senhor ou dos santos-óleos.

Mas o que logo se soube, e disso se falou, era em duas partes: que a Maria Mutema tivesse tantos pecados para de três em três dias necessitar de penitência de coração e boca; e que o Padre Ponte visível tirasse desgosto de prestar a ela pai-ouvido naquele sacramento, que entre dois só dois se passa e tem de ser por ferro de tanto segredo resguardado. Contavam, mesmo, que, das primeiras vezes, povo percebia que o padre ralhava com ela, terrível, no confessionário. Mas a Maria Mutema se desajoelhava de lá, de olhos baixos, com tanta humildade serena, que uma santa padecedora mais parecia. Daí, aos três dias, retornava. E se viu, bem, que Padre Ponte todas as vezes fazia uma cara de verdadeiro sofrimento e temor, no ter de ir, a junjo, escutar a Mutema. Ia, porque confissão clamada não se nega. Mas ia a poder de ser padre, e não de ser só homem, como nós.

E daí mais, que, passando o tempo, como se diz: no decorrido, Padre Ponte foi adoecido ficando, de doença para morrer, se viu logo. De dia em dia, ele emagrecia, amofinava o modo, tinha dôres, e em fim encaveirou, duma cor amarela de palha de milho velho; dava pena. Morreu triste. E desde por diante, mesmo quando veio outro padre para o São João Leão, aquela mulher Maria Mutema nunca mais voltou na igreja, nem por rezar nem por entrar. Coisas que são. E ela, dado que viúva soturna assim, que não se cedia em conversas, ninguém não alcançou de saber por que lei ela procedia e pensava.

Por fim, no porém, passados anos, foi tempo de missão, e chegaram no arraial os missionários. Esses eram dois padres estrangeiros, p'ra fortes e de caras coradas, bradando sermão forte, com forte voz, com fé braba. De manhã à noite, durado de três dias, eles estavam sempre na igreja, pregando, confessando, tirando rezas e aconselhando, com entusiasmados exemplos que enfileiravam o povo no bom rumo. A religião deles era alimpada e enérgica, com tanta saúde como virtude; e com eles não se brincava, pois tinham de Deus algum encoberto poder, conforme o senhor vai ver, por minha continuação. Só que no arraial foi grassando aquela boa bem-aventurança.

Aconteceu foi no derradeiro dia, isto é, véspera, pois no seguinte, que dava em domingo, ia ser festa de comunhão geral e glória santa. E foi de noite, acabada a benção, quando um dos missionários subiu no púlpito, para a prédica, e tascava de começar de joelhos, rezando a salve-rainha. E foi nessa hora que a

Maria Mutema entrou. Fazia tanto tempo que não comparecia em igreja; por que foi, então, que deu de vir?

Mas aquele missionário governava com luzes outras. Maria Mutema veio entrando, e ele esbarrou. Todo o mundo levou um susto: porque a salve-rainha é oração que não se pode partir em meio — em desde que de joelhos começada, tem de ter suas palavras seguidas até ao tresfim. Mas o missionário retomou a fraseação, só que com a voz demudada, isso se viu. E, mal no amém, ele se levantou, cresceu na beira do púlpito, em brasa vermelho, debruçado, deu um soco no pau do peitoril, parecia um touro tigre. E foi de grito:

— "A pessoa que por derradeiro entrou, tem de sair! A p'ra fora, já, já, essa mulher!"

Todos, no estarrecente, caçavam de ver a Maria Mutema.

— "Que saia, com seus maus segredos, em nome de Jesus e da Cruz! Se ainda for capaz de um arrependimento, então pode ir me esperar, agora mesmo, que vou ouvir sua confissão... Mas confissão esta ela tem de fazer é na porta do cemitério! Que vá me esperar lá, na porta do cemitério, onde estão dois defuntos enterrados!..."

Isso o missionário comandou: e os que estavam dentro da igreja sentiram o rojo dos exércitos de Deus, que lavoram em fundura e sumidade. Horror deu. Mulheres soltaram gritos, e meninos, outras despencavam no chão, ninguém ficou sem se ajoelhar. Muitos, muitos, daquela gente, choravam.

E Maria Mutema, sozinha em pé, torta magra de preto, deu um gemido de lágrimas e exclamação, berro de corpo que faca estraçalha. Pediu perdão! Perdão forte, perdão de fogo, que da dura bondade de Deus baixasse nela, em dôres de urgência, antes de qualquer hora de nossa morte. E rompeu fala, por entre prantos, ali mesmo, a fim de perdão de todos também, se confessava. Confissão edital, consoantemente, para tremer exemplo, raio em pesadelo de quem ouvia, público, que rasgava gastura, como porque avessava a ordem das coisas e o quieto comum do viver transtornava. Ao que ela, onça monstra, tinha matado o marido — e que ela era cobra, bicho imundo, sobrado do pôdre de todos os estercos. Que tinha matado o marido, aquela noite, sem motivo nenhum, sem malfeito dele nenhum, causa nenhuma —; por que, nem sabia. Matou — enquanto ele estava dormindo — assim despejou no buraquinho do ouvido dele, por um funil, um terrível escorrer de chumbo derretido. O marido passou, lá o que diz — do oco para o ocão — do sono para a morte, e lesão no buraco do ouvido dele ninguém não foi ver, não se notou. E, depois, por enjoar do Padre Ponte, também sem ter queixa nem razão, amargável mentiu, no confessionário: disse, afirmou que tinha matado o marido por causa dele, Padre Ponte — porque dele gostava em fogo de amores, e queria ser concubina amásia... Tudo era mentira, ela não queria nem gostava. Mas, com ver o padre em justa zanga, ela disso tomou gosto, e era um prazer de cão, que aumentava de cada vez, pelo que ele não estava em poder de se defender de modo nenhum, era um homem manso, pobre coitado, e padre. Todo o tempo ela vinha em igreja, confirmava o falso, mais declarava — edificar o mal. E daí, até que o Padre Ponte de desgosto adoeceu, e morreu em desespero calado... Tudo crime, e ela tinha feito! E agora implorava o perdão de Deus, aos uivos, se esguedelhando, torcendo as mãos, depois as mãos no alto ela levantava.

Mas o missionário, no púlpito, entoou grande o *Bendito, louvado seja!* — e, enquanto cantando mesmo, fazia os gestos para as mulheres todas saírem da igreja, deixando lá só os homens, porque a derradeira pregação de cada noite era mesmo sempre para os ouvintes senhores homens, como conforme.

E no outro dia, domingo do Senhor, o arraial ilustrado com arcos e cordas de bandeirolas, e espôco de festa, foguetes muitos, missa cantada, procissão — mas todo o mundo só pensava naquilo. Maria Mutema, recolhida provisória presa na casa-de-escola, não comia, não sossegava, sempre de joelhos, clamando seu remorso, pedia perdão e castigo, e que todos viessem para cuspir em sua cara e dar bordoadas. Que ela — exclamava — tudo isso merecia. No meio-tempo, desenterraram da cova os ossos do marido: se conta que a gente sacolejava a caveira, e a bola de chumbo sacudia lá dentro, até tinia! Tanto por obra de Maria Mutema. Mas ela ficou no São João Leão ainda por mais de semana, os missionários tinham ido embora. Veio autoridade, delegado e praças, levaram a Mutema para culpa e júri, na cadeia de Arassuaí. Só que, nos dias em que ainda esteve, o povo perdoou, vinham dar a ela palavras de consolo, e juntos rezarem. Trouxeram a Maria do Padre, e os meninos da Maria do Padre, para perdoarem também, tantos surtos produziam bem-estar e edificação. Mesmo, pela arrependida humildade que ela principiou, em tão pronunciado sofrer, alguns diziam que Maria Mutema estava ficando santa.

E foi isso que Jõe Bexiguento a mim contou, e que de certo modo me divagasse. Mas, foi ele acabar de contar, e escutamos o assovio combinado dos nossos, e demos resposta: era um que chegava — o Paspe — se aparecendo macio dos escuros, com alpercatas sem barulho e o rifle em bandoleira. Ele tinha formado, para a esparrela, com Titão Passos, agora vinha trazer notícia dos dele, seguidos para se ajuntarem no covo do Capão; e pedir ordens. Rio de homem, esse Paspe: que não temia nem se cansava. Contou: que, aquilo que era para estratagemas, deu foi em por água-abaixo, porque os bebelos tinham botado espiação, ou tomado o faro. Assim, o inimigo contornando, em vez de vir simples: e tochando resposta antes de pergunta, fogo feio — dois mortos, dos titão-passos, companheiros bons; mais três muito feridos. Guerra tinha disso também.

— "Ah, e Zé Bebelo mesmo estava lá, no comando daqueles, em sua dita pessoa?" — perguntei.

— "Decerto que estava. A cujo!" — o Paspe falou; e pediu logo quem tivesse um golinho de cachaça.

Devo, então, que perguntei por Diadorim. Puro por perguntar, sem esperanças de informação. E mesmo, más notícias eu ainda tinha o receio de ouvir. Serviço que me foi, o Paspe me respondeu:

— "Vi, esse por mim passou, até me deu um recado, uai!: e para você mesmo: — *Vai, diz por mim ao Riobaldo Tatarana: que eu tenho um que-fazer, ao que vou, por dias poucos, com breve estou de volta...* — foi o que falou. Assim passou, a cavalo — onde terá sido que arrumou montada? Decerto conseguiu algum animal dos bebelos mesmo, que restou no meio de tirotei'..."

Ouvi e não cri. Ele, Diadorim? Aonde ia, sem mim então, não podia ser ele, foras de norma. E ao Paspe reperguntei, pedindo o exato. Era. Mas não seria, então, que ele estivesse ferido, numa perna?

Ao que nem não nem sim — mais pelo não que pelo sim... — o Paspe completou. Não tinha reparado, no relance de tempo. Só viu que o arreio era um socadinho, quase novo, e o cavalo alto, desbarrigado, mas pronto de si, riscando com todas as ferraduras, murzêlo-andrino...

Aí, ái, ôi, espécie de dôr em meus cantos, o senhor sabe. Agora eu pateteava. Quê que era ser fiel; donde estava o amigo? Diadorim, na pior hora, tinha desertado de minha companhia. Às certas, fuga fugida, ele tinha ido para perto de Joca Ramiro. Ah, ele, que de tudo sabia em tudo, agora assim de tenção me largava lá sem uma palavra própria da boca, sem um abraço, sabendo que eu tinha vindo para jagunço só mesmo por conta da amizade! Acho que me escabreei. De sorte que tantos pensamentos tive, duma viragem, que senti foi esfriar as pontas do corpo, e me vir o peso de um sono enorme, sono de doença, de malaventurança. Que dormi. Dormi tão morto, sem estatuto, que de manhã cedo, por me acordarem, tiveram de molhar com água meus pés e minha cabeça, pensando que eu tinha pegado febre de estupor. Foi assim.

Vou reduzir o contar: o vão que os outros dias para mim foram, enquanto. Desde que da rede levantei, com aquele peso anoitecido, amanhecido nos olhos. Tempo de minha vazante. A ver como veja: tem sofrimento legal padecido, e mordido e remordido sofrimento; assim do mesmo que ter roubo sucedido e roubo roubado. Me entende? Dias que marquei: foram onze. Certo que a guerra ia indo. Demos um tiroteio mediano, uma escaramucinha e um meio-combate. Que isso merece que se conte? Miúdo e miúdo, caso o senhor quiser, dou descrição. Mas não anuncio valor. Vida, e guerra, é o que é: esses tontos movimentos, só o contrário do que assim não seja. Mas, para mim, o que vale é o que está por baixo ou por cima — o que parece longe e está perto, ou o que está perto e parece longe. Conto ao senhor é o que eu sei e o senhor não sabe; mas principal quero contar é o que eu não sei se sei, e que pode ser que o senhor saiba. Agora, o senhor exigindo querendo, está aqui que eu sirvo forte narração — dou o tampante, e o que for — de trinta combates. Tenho lembrança. Pelo tempo durado de cada fogo, se é capaz até do cálculo da quantidade de balas. Contar? Do que se aguentou, de arvoados tiros, e a gente atirando a truz, no meio de pobre roça alheia, canavial cortante, eito de verde feliz ou palhada de milho morto, que se pisava e quebrava. De vez em que rifle trauteava tanto, e eram os estalos passando, repassando, que, vai, se aconchava mão em orêlha, sem saber por quê, feita uma esperança de se conseguir milagre de algum barulhinho diverso outro, qualquer, que aquele não fosse, na ensurdescência. E quando toró de chuva deu bomba, desmanchando a função de briga e empapando todos, ensolvando as armas. De se olhar em frente o morro, sem desconfiança, e, de repente, do nú do morro, despejarem descarga. De um entrar em poço, atravessando, e mesmo com água quase até pelos peitos, ter de se virar em direção, e desfechar. De como, no prazo duma hora só, careci de ir me vendo escorando rifle e alvejando, em quentes, em beira de mato e campo, em virada de espigão, descendo e subindo ramal de ladeirinhas pequenas, e atrás de cerca, debaixo de cocho, trepado em jatobá e pequizeiro, deitado no azul duma laje grande, e rolando no bagaço dôce de cana, e rebentando por dentro de uma casa. E de companheiro em sôpas de sangue mais sujeira de suas tripas, lá dele, se abraçando com a gente, de mandado da dôr, para morrer só mesmo, seja que amaldiçoando, em lei, toda mãe e todo pai. E como quando, no refêrvo, combatendo no dano da mormaceira, a raiva de fúria de repente igualava todos, nos mesmos urros e urros, uns e uns, contras e contrários — chega se queria combinar de botar fora as armas-de-fogo, para o aproximaço de se avir em mãos às duras brancas, para se oferecer fim, oferecer faca. Isso é isto. Sobejidão. O senhor mais queria saber? Não. Eu sabia que não. Menos mortandades. Aprecio uns assim feito o senhor — homem sagaz solerte.

    Vir voltemos. Aqueles dias eu empurrei, mudando em raiva falsa a falta que Diadorim me fazia. Aí, curti amargos. Por me ver casca em chão, que é o figurado de desprezo, e mais tudo o que em ocasiões dessas se sente, conforme o senhor de certo conhece e sabe. Mas o pior era o que eu mesmo mais sentia: feito se do íntimo meu tivessem tirado o esteio-mor, pé-de-casa. E, conforme sempre se dá, segundo se está assim em calibre de cão, e malquerente, repuxei ideias. Me alembrei do que tinha soprado em intriga o Antenor, e dei razão à cisma dele: quem sabe, mesmo, Joca Ramiro estava no propósito de deixar a gente se acabar ali, na má guerra, em sertão plano? E então Diadorim disso sabia, estava no enredo, agora tinha ido para junto de Joca Ramiro — que era a única pessoa que ele bastantemente prezava? Fiquei em mim desiludido, caí numa lazeira. Mas cuspi três vezes forte no chão, e risquei de mim Diadorim. Homem como eu não é todo capaz de guardar a parte de amor, em desde que recebe muitas ofensas de desdém. Só que, depois, o que há, é a alma assim meio adoecida. Digo, fiquei lazo. Me veio de pensar em falar com o Antenor. Não fiz. Dúvidas dessas, eu não ia repartir com estranhas pessoas. E não gostei nunca de homem intrujão, com esses não começo conversa: não hio e não chio. Tanto que mesmo foi o Hermógenes que um dia me chamou, veio caçoando: — "Eh, valente tu é, Tatarana! Gosto dessa sua bizarria..."

    — "S'as ordens, s'or..." — eu só falei. Porque, ele, pelo jeito, logo entendi que ia me fazer algum espontâneo obséquio, ou me dar alguma boa notícia; todo que um, assim, nessas horinhas, logo muda de modo: antes, aproveita um tico para falar de cima, jeitoso de dono bom ou de pai que cede. E foi que não errei. O que o Hermógenes queria me prometer era que em breve iam estar acabados aqueles riscos de trabalho e combate, com liquidados os bebelos, e então a gente ficava livre para lidar melhormente, atacando bons lugares, em serviço para chefes políticos. E que, nessa ocasião, ele queria me escolher para comandar uma parte dos seus, por ser isso de minha rija competência — cabo-de-turma.

    Tanto gabado elogio que não me mudou, não me fez. Descareci. Experimentando o homem, só aproveitei foi para uma deixa: — "Joca Ramiro..." — eu disse, com uma risadazinha minha velhaca, que entre dois podia pegar qualquer incerto significado. E me esperei. Mas o Hermógenes se saíu em só dizer, sério, confioso: que Joca Ramiro era maludo capitão, vero, no real. Sonsice do Hermógenes? Não, senhor. Sei e vi, que o sincero. Por que era que todos davam assim tantas honras a Joca Ramiro, esse louvo sereno, com doado? Isso meio me turvava. Mas, do Hermógenes, então, me atormentou sempre aquele meu receio, que eu carecia de pôr em raiva. Assim, por isso, falei em mim comigo: — "A ele nego água, na boca do pote!" Esconjurar desse jeito leve me trouxe sossego. Ao que eu carecia. Tanto mesmo que eu não queria ter de pensar naquele Hermógenes, e o pensamento nele sempre me vinha, ele figurando, eu cativo. Ser que pensava, amiúde, em ele ser carrasco, como tanto se dizia, senhor de todas as crueldades. No começo, aquilo me corria só os calafrios de horror, a ideia minha refugava. Mas, a pouco, peguei às vezes uma ponta de querer saber como tudo podia ser, eu imaginava. Digo ao senhor: se o demônio existisse, e o senhor visse, ah, o senhor não devia de, não convém espiar para esse, nem mi de minuto! — não pode, não deve-de! São se só as coisas se sendo por pretas — e a gente de olhos fechados.

Ao tanto com o esforço meu, em esquecer Diadorim, digo que me dava entrante uma tristeza no geral, um prazo de cansado. Mas eu não meditava para trás, não esbarrava. Aquilo era a tristonha travessia, pois então era preciso. Água de rio que arrasta. Dias que durasse, durasse; até meses. Agora, eu não me importava. Hoje, eu penso, o senhor sabe: acho que o sentir da gente volteia, mas em certos modos, rodando em si mas por regras. O prazer muito vira medo, o medo vai vira ódio, o ódio vira esses desesperos? — desespero é bom que vire a maior tristeza, constante então para o um amor — quanta saudade... —; aí, outra esperança já vem... Mas, a brasinha de tudo, é só o mesmo carvão só. Invenção minha, que tiro por tino. Ah, o que eu prezava de ter era essa instrução do senhor, que dá rumo para se estudar dessas matérias...

Daí, eu caçava o jeito de me espairecer, junto com todos. Conversas com o Catôcho, com Jõe Bexiguento, com o Vove, com o Feijó — de mais sisudez — ou com Umbelino — o de cara de gato. Se ria, fora de aperreio de combate muito se vadiava. Assim-assei, naquela influição. Vinha ordem, então a gente se reunia em bando grande, depois tornava a em grupozinhos se apartar. A guerra era a igual. E ali dava de se sentir o faltoso e o imperfeito, como no mais acontece, em quantidade maior. O São Francisco não é turvo sempre? E o que se falava mais era em mulher? Isso fazia muito boa falta. Cada um queria delas, no que só pensava. As mocinhas próprias de se provar, ou rua alegre cheia de alegria — o bom sempre melhor, o bom. Amigo meu, o Umbelino — esse que dizia: que, por não ter mulher ali, se tinha de muito lembrar. Ele era do Rio Sirubim, de um lugar para trás das cachoeiras. Valia como companheiro, capaz d'armas. Que que pequeno, era bom. Relembrava: — "Já tive uma mulher amigável só minha, na Rua-do-Alecrim, em São Romão, e outra, mais, na Rua-do-Fogo..." Essas conversas, com o calor. Calor em que cão pendura a língua, o senhor sabe. Já viu, por aí? Em Januária ou São Francisco, tinha estação de tempo em que não se podia deixar um ovo guardado: com umas duas ou três horas, já se estragava. Todos contavam estórias de raparigas que tinham sido simples somente; essas senvergonhagens. Mas, de noite — é de crer? — a gente sabia dos que queriam qualquer reles suficiente consolo. E eram brabos sarados guerreiros, que nunca noutro ar. Coisas. Canta que cantavam, de dia, nenhum sabia pé-de-verso direito, ou não queriam ensinar, era só aquela invenção, e cantando fanhoso no nariz. Ou ficavam dizendo graças e ditérios. Nem feito meninos não sendo. Por esse sem-que-fazer, a gente ainda mais comia, quase que por divertimento. Os uns iam torar palmito, colher mandioca em mandiocalzinho sem dono, dono tinha fugido longe. Gostei de favas do mato, muito muricí, quixaba e jaca. O Fonfrêdo tinha um blilbloquê, a gente brincava de jogar. Tudo jogado a dinheiro baixo. Os espertos, teve quem pôs a jogo até bentinho de pescoço, sem dizer desrespeito. E faziam negócio desses breves, contado que alguns arrumavam até escapulários falsos. Deus perdoa? O senhor podia perguntar: Deus, para qualquer um jagunço, sendo um inconstante patrão, que às vezes regia ajuda, mas, outras horas, sem espécie nenhuma, desandava de lá — proteção se acabou, e — pronto: marretava! Que rezavam. Jõe Bexiguento, mesmo, quis que diversos tomassem parte em novena, numa mal rezada novena, a santo de sua redobrada tenção, e a qual ele nem teve persistência para nos dias medidos completar.

E — mas — o Hermógenes? Sobreveja o senhor o meu descrever: ele vinha por ali, à refalsa, socapa de se rir e se divertir no meio dos outros, sem a soberba, sendo em sendo o raposo meco. Naqueles dias ele andava de pé-no-chão, mais com uma calça apertada nas canelas e encurtada, e mesmo muito esmolambado na camisa. Até que de barba grande, parecia um pedidor. E caminhava com os largos passos, mais o muito nas pontas, vinha e ia com um sorrizinho besteante, rodeava por toda a parte. Nem eu no achar mais que ele era o ferrabrás? O que parecia, era que assim estivesse o tempo todo produzindo alguma tramoia.

Estudei uma dúvida. Ao que será que seria o ser daquele homem, tudo? Algum tinha referido que ele era casado, com mulher e filhos. Como podia? Ái-de vai, meu pensamento constante querendo entender a natureza dele, virada diferente de todas, a inocência daquela maldade. A qual me aluava. O Hermógenes, numa casa, em certo lugar, com sua mulher, ele fazia festas em suas crianças pequenas, dava conselho, dava ensino. Daí, saía. Feito lobisomem? Adiante de quem, atrás do que? A cruz o senhor faça, meu senhor! Aí eu acreditei que tivesse de haver mesmo o inferno, um inferno; precisava. E o demônio seria: o inteiro, louco, o dôido completo — assim irremediável.

Ah, me aluei? O Hermógenes, esquipático, diverso. Comigo eu começava numa espécie, o rôr, vontade de ir para perto, reparar em tudo que fazia, dele escutar suas causas. Aos poucos, o incutido do incerto me acostumando, eu não tirava isso da cabeça. O Hermógenes — ele dava a pena, dava medo. Mas, ora vez, eu pressentia: que do demônio não se pode ter pena, nenhuma, e a razão está aí. O demônio esbarra manso mansinho, se fazendo de apeado, tanto tristonho, e, o senhor para próximo — aí então ele desanda em pulos e prezares de dansa, falando grosso, querendo abraçar e grossas caretas — boca alargada. Porque ele é — é dôido sem cura. Todo perigo. E, naqueles dias, eu estava também muito confuso.

— "Será, o Hermógenes também gosta de mulher's?" — eu careci de saber, perguntei. — "Eh. Aprecêia não. Só se não gosta..." — um disse. — "Quà. Acho que ele gosta demais é só nem dele mesmo, demais, demais..." — algum outro atalhou. Que ele era assim — eu fiquei em pausas —: e os companheiros todos sabiam do ser; e achavam então que ato assim era possível natural?! Como que não achavam? Até, por eu ter o assunto, já um vinha: — "Daqui a seis léguas, é a baixada do Brejinho — lá tem logradouro. Tem fêmeas..." Esse que disse era o Dute, me parece; ou foi outro. Mas o Catôcho desafirmou: que tinha estado lá, não viu ar de mulher-da-vida nenhuma, só uma vendinha de roça e uma velha pitando cachimbo, no batente duma porta, pitando cachimbo e trançando peneiras. Que queriam mulheres principalmente a fim, estava certo; eu também. Eu queria, com as faces do corpo, mas também com entender um carinho e melhor-respeito — sempre a essas do mel eu dei louvor de meu agradecimento. Renego não, o que me é de doces usos: graças a Deus toda a vida tive estima a toda meretriz, mulheres que são as mais nossas irmãs, a gente precisa melhor delas, dessas belas bondades. Mas o Lindorífico lembrava um pagode, em algum ao lugarejo, para baixo de lá: do que batucavam, o propuxado das sanfonas, cachaça muita, as mulheres vinham dar umbigadas, tiravam a roupa, cavalheiros levavam damas nas môitas, no escuro de sêbo; outros desafiavam outros para brigar. Para que? Por que não gozar o geral, mas com educação, sem as desordens? Saber aquilo me entristecia. Tem coisas que não são de ruindade em si, mas danam, porque é ao caso de virarem, feito o que não é feito. Feito a garapa que se azéda. Viver é muito perigoso, já disse ao senhor. No mais, mal me lembro, mas sei que, naqueles dias, eu estive muito maltrapilho. Em que era que eu podia achar graça? De manhã, quando eu acordava, sempre supria raiva. Um me disse que eu estava estando verde, má cara de doença — e que devia de ser de fígado. Pode que seja, tenha sido. O Paspe, que cozinhava, cozinhou para mim os chás: o de macela, o de erva-dôce, o de losna. Ôi. Dôr, mesmo, nenhuma eu não tinha. Somente perrengueava.

Do que de uma feita, por me valer, eu entendi o casco de uma coisa. Que, quando eu estava assim, cada de-manhã, com raiva de uma pessoa, bastava eu mudar querendo pensar em outra, para passar a ter raiva dessa outra, também, igualzinho, soflagrante. E todas as pessoas, seguidas, que meu pensamento ia pegando, eu ia sentindo ódio delas, uma por uma, do mesmo jeito, ainda que fossem muito mais minhas amigas e eu em outras horas delas nunca tivesse tido quizília nem queixa. Mas o sarro do pensamento alterava as lembranças, e eu ficava achando que, o que um dia tivessem falado, seria por me ofender, e punha significado de culpa em todas as conversas e ações. O senhor me crê? E foi então que eu acertei com a verdade fiel: que aquela raiva estava em mim, produzida, era minha sem outro dono, como coisa solta e cega. As pessoas não tinham culpa de naquela hora eu estar passeando pensar nelas. Hoje, que enfim eu medito mais nessa agenciação encoberta da vida, fico me indagando: será que é a mesma coisa com a bebedice de amor? Toleima. O senhor ainda me releve. Mas, na ocasião, me lembrei dum conselho que Zé Bebelo, na Nhanva, um dia me tinha dado. Que era: que a gente carece de fingir às vezes que raiva tem, mas raiva mesma nunca se deve de tolerar de ter. Porque, quando se curte raiva de alguém, é a mesma coisa que se autorizar que essa própria pessoa passe durante o tempo governando a ideia e o sentir da gente; o que isso era falta de soberania, e farta bobice, e fato é. Zé Bebelo falava sempre com a máquina de acerto — inteligência só. Entendi. Cumpri. Digo: reniti, fazendo finca-pé, em força para não esparramar raivas. Lembro que naquela manhã também o calor era menos, e o ar era bondoso. Aí eu à paz — com vontade de alegria — como se estimasse recebendo um aviso. Demorei bom estado, sozinho, em beira d'água, escutei o fife dum pássaro: sabiá ou sacî. De repente, dei fé, e avistei: era Diadorim que chegando, ele já parava perto de mim.

Ele mesmo me disse, com o sorriso sentido:

— "Como passou, Riobaldo? Não está contente por me ver?"

A boa surpresa, Diadorim vindo feito um milagre alvo. Ao que, pela pancada do meu coração. Aí, mas um resto de dúvida: a inteira dúvida, que me embaraçava real, em a minha satisfação. Eu era o que tinha, ele o que devia. Retente, então, permaneci; não fiz mostra nenhuma. Esperei as primeiras palavras dele. Mais falasse; retardei, limpei a goela.

— "A pois. Por onde andou, se mal pergunto?" — aí falei.

Aquela amizade pontual, escolhida para toda a vida, dita a minha nos grandes olhos, ele pronunciando:

— "Você também não está bom de saúde, Riobaldo, estou vendo. Você derradeiramente não tem passado bem?"

— "Vivendo minha sorte, com lutas e guerras!"

Ao que Diadorim me deu a mão, que malamal aceitei. E ele disse de contar. Segundo tinha procurado aqueles dias sozinho, recolhido nas brenhas, para se tratar dum ferimento, tiro que pegara na perna dele, perto do joelho, sido só de raspão. Menos entendi. A real que estando ofendido, por que era que não havia de vir para o meio da gente, para receber ajuda e ter melhor cura? Doente não foge para um recanto, no mato, solitário consigo, feito bicho faz. Aquilo podia não ser verdade? Afiguro, aí bem que criei suspeitas: aonde Diadorim não teria andado ido, e que feia ação para aprontar, com parte na fingida estória? As incertezas que tive, que não tive. Assaz ele falava assim afetuoso, tão sem outras asas; e os olhos, de ver e de mostrar, de querer bem, não consentiam de quadrar nenhum disfarce. Magro ele estava, quasso, empalidecido muito, até ainda um pouco mancava. Que vida penosa não era capaz de ter levado, tantos dias, sem o auxílio de ninguém, tratando o machucado com emplastros de raízes e folhas, comendo o que? Assunto de fome e toda sorte de míngua devia de ter penado. E de repente eu estava gostando dele, num descomum, gostando ainda mais do que antes, com meu coração nos pés, por pisável; e dele o tempo todo eu tinha gostado. Amor que amei — daí então acreditei. A pois, o que sempre não é assim?

Além do que era sazão de sentimento sereno: arte que a vida mais regateia. A vida não dá demora em nada. Nos seguintes, logo tornamos para tornar em guerra, com assanhamentos. De formas que perdi o semelhar de tantos manejos e movimentos e a certa razão das ordens que a gente cumpria. Mas fui me endurecendo às pressas, no fazer meu particípio de jagunço, fiquei caminhadiço. Agora eu tinha Diadorim assim perto de afeto, o que ainda valia mais no meio desses perigos de fato. Sendo que a sorte também prevalecia do nosso lado, aí vi: a morte é para os que morrem. Será?

Ao que, com João Goanhá de testa-chefe, saímos, uns cinquenta, pegar uma tropa de cargueiros dos bebelos, que vinham ao descuidado, de noite, no Bento--Pedro — lugar num braço de brejo, arrozal. Surpreender custou barato, bobearam as sentinelas, sem se haver um grito-de-armas, foi só pôr em fugida. Aquela carga era enorme, maior em dobro, uma riqueza — tinha de tudo, até cachaça de pago imposto: as caixas de quarenta-e-oito garrafas cada. Ao tanto levamos os lotes de burros para esconder no Capão dos Ossos, onde tem carrascais e caminhos de caatinga pobre, com lagoas secando: as ipueiras verdolengas. Daí, tivemos mando, no Poço-Triste, de tornar a amontar nos animais. Aquilo era uma alegria. Minha alma estava: o troteio, a poeirada que levantavam, os cavalos que rinchavam bem. Acinte bebi água de de-dentro dum gravatá em flôr. Aquelas aranhas grandes armavam de árvore para árvore velhices de teia. Parecia que a guerra já tinha se terminado bem. — "Berimbáu!" — um disse — "Agora é gozar gozo..." Mas. — "Ah, e Zé Bebelo?" — perguntei. Um Federico Xexéu, que vinha de recado, botava o fácil desânimo: — "Ih! Zé Bebél'? Evém ele, com gentes de nuvens gentes..." A desléguas, se guerreava. A gente recebia a notícia. Aí — cavalaria chusma, arruá que chegando, aos estropes, terras arribavam: — "Êta, é?!" Sendo que era não. Só era Sô Candelário, de repente. Apareceu, com aqueles muitos homens.

Sús, esbarrou o cavalo tão de repente, que o corpo dele se encurtou pela metade. Sô Candelário. Esse era alto, trigueiro azul, quase preto, com bigode amarelecido. Homem forçoso, homem de fúria. Mandou que mandava. Em hora de fogo, pulava à frente de todos, bramava o burro. Tomou a chefia geral, debaixo dele o Hermógenes parecia um diabo coitado. Sô Candelário era o para enfrentar Zé Bebelo. Salvante que seria para tudo. Se apeou, ficou um demorado tempo de costas para a gente.

Saudei o Fafafa, que era homem também dele: com os de Sô Candelário, o Alaripe e o Fafafa tinham outra vez aparecido. O Fafafa, o que ele pois então me falou, numa ocasião terrível... Ah, mas o que eu antes não contei: o do preso. Antes, como foi que se passou, como estávamos em bons escondidos, em volta da casa dum sitiante, no Timba-Tuvaca, casa caiada, casa-de-têlhas. Uns em grota, uns em altos de árvores, tinha gente até dentro de chiqueiro, na lama dos porcos. Aí chegaram os bebelos — uns trinta? Tiroteamos na suspensão deles, os quantos que matamos, matamos, os mais fugiram sem após. Um ficou preso. Nem tinha nenhum ferimento. — "Que é que vão fazer com ele?" — eu perguntei. Será que iam matar? — "É verdade, acho que sim. Pois, amigo, a gente tem lá meios para guardar prisioneiro vivo? Se degola é da banda da direita para a esquerda..." — o que o Fafafa me respondendo. No que dizia, ele tinha razão. Mas, quem seria que ia cumprir de dar o fim n'aquele pobre moço? O Hermógenes? Decerto era ele. Cocei os olhos, eu queria saber e não saber. Sabia nem o nome, como se chamava o rapaz, que ia morrer, assim no meio de toda boa ordem, por necessidade nossa — porque, se solto, ele tornava a se juntar com os outros, dar relatórios. Vim para a beira do córrego. Vendo como levavam o rapaz, como ele caminhava normal, seguindo para aquilo com seus dois pés. Essa injustiça não podia ser! Assim, os que passavam, depois que decerto iam para matar, eram outros, não vi o Hermógenes. Um, um Adílcio, com vaidade de ser capaz da maldade qualquer, pavão de penas. O outro, Luís Pajeú. Imaginado, a que iam matar o homem, lá nas primeiras árvores da capoeira, assim. Ânsia de dó, apalpei o nó na goela, ardi. Aquilo fosse sonho mero, então só sonho; ou, não fosse então eu carecia de uma realidade no real, sem divago! Ajoelhei na beirada, debrucei, bebi água com encostando a boca, com a cara, feito um cachorro, um cavalo. A sede não passava, minha barriga devia de estar inchada, igual a de um sapo, igual um saco de todo tamanho. A umas cem braças para cima, onde o córrego atravessava a capoeira, estavam esfaqueando o rapaz, e eu espiava para a água, esperando ver vir misturado o sangue vermelho dele — e que eu não era capaz de deixar de beber. Acho que eu estava com uma febre.

    Aquele grande gritar, de se estremecer. Diadorim me puxou. Sô Candelário subido em sela, aforçurado regendo: a pronto ele queria o punhadão de homens, se ia para o É-Já, p'ra lá do Bró, em todo o seguir. — "Vamos, Riobaldo! É para se esperar Joca Ramiro..." Assim Diadorim me empurrou. Montei. Sem tento, pisei um estribo, o outro o meu pé não achava. — "Tocar ligeiro, Riobaldo!" — Diadorim me atanazando. Aquilo que lavorava em minha cabeça — ah, mas, aí, quem é que eu vi? O rapaz, aquele, o preso, vivo e exato. Também montado num cavalo. Assim o que me contaram: que não ia morrer, não, iam matar não, Sô Candelário tinha favorecido perdão a ele, por causa de sua mocidade. — "Ele é baiano, para a Bahia volta, vamos levar mais adiante, para se soltar, para lá..." Me alegrei de estrelas. Conforme mais me deram explicação, aquele não oferecia perigo mais de tornar a se juntar com os outros bebelos e vir outra vez de armas contra a gente: porque se tinha providenciado de rezar nele uma reza de tirar a coragem de guerra, feito ato, mandraca de se abobar! Tudo tinha graça. Mas, e o Luís Pajeú e o Adílcio, então, do modo que vi? Pois, esses passaram com as facas-de-arrasto, mas porque iam ajudar a retalhar o porco, porção que se levava, dali, em carne e toucinhos. Ah, eu tinha bebido à tôa gorgol d'água. Se deu galope. Me pareceu que daí adiante, a partir disso, o tudo era para só ser a desatinada doidice. Sô Candelário galopava em frente de todos. Se ia — feito o rei dos ventos.

O lugar onde esbarramos, no É-Já, era logo depois da ponte de pau, que estando esburacada: atravessamos mais em baixo, mau vau, por espirro de águas e escorrego em lisas pedras soltadas, no ribeirão lajeal. Ter, lá, ainda não tinha ninguém; até me deu desengano. Mas tudo, no redor, era verde capim em beira fresca, aguada e pastos bons. Atrevi que quis: — "E Joca Ramiro?" Mas Diadorim se compôs: — "Agora, aqui, Riobaldo, é o ponto: inimigo vindo, morremos; mas nem um bebelo não tem licença quieta de passar!" Diadorim a tanto impante, eu debiquei: — "Ah, me importa! Não é o que é se ver Joca Ramiro? Pois eu estou vendo." "— Rezinga não, Riobaldo. A horas destas, Joca Ramiro deve de estar investindo aqueles, e tudo destralhado vencendo..." — foi o que ele perfez. Atrás disso, eu em ojeriza: — "Você sabe, hem, sabe. Os grandes segredos..." — fui falei. Mas, em passos desses, Diadorim sempre me apeava. Como o que reprovou: — "Sei de nada. Sei o que você pode saber também, Riobaldo. Mas conheço Joca Ramiro, sozinho que pensa as partes. Conheço Sô Candelário — que só comparece é em fecho de forte decisão..."

Ao que era. Nos dias em que tivemos de montar guarda nos lajeiros e lajeados, aprendi os rasgos daquele homem. Sô Candelário — como vou explicar ao senhor? Ele era um. Acho que nem dormia, comia o nada, nada, às pressas, pitava o tempo todo. E olhava para os horizontes, sem paciência neles, parecia querer mesmo: guerra, a guerra, muita guerra. Donde ele era, donde vindo? Me disseram: desses desertos da Bahia. Passava, não me olhava. Ocasião, então, Diadorim a ele me mostrou: — "Este é o meu amigo Riobaldo, chefe..." Aí, Sô Candelário me divisou, sempre me viu. Rir sorrir ele não sabia — mas sossegava um modo nos olhos, que tomavam um sério bom, por um seu instante, apagando de serem aqueles olhos encarniçados: e isso figurava de ser um riso. Que conhecia Diadorim, e prezando muito, desde vi. — "Riobaldo, *Tatarana*, eu sei..." — ele falou — "Tu atira bem, tem o adestro d'armas..." E foi andando; acho que dele ainda ouvi: ..."amizade nas festas..."? Conseguia nem ficar parado. E, por um ponto ou outro, que eu não divulguei bem, ele tinha algum estilo de ar de parecença com o próprio Zé Bebelo.

Mas o Alaripe foi que me contou, uma coisa que todos sabiam e nela falavam. Que Sô Candelário caçava era a morte. E bebia, quase constantemente, sua forte cachaça. Por que? Digo ao senhor: ele tinha medo de estar com o mal de lázaro. Pai dele tinha adoecido disso, e os irmãos dele também, depois e depois, os que eram mais velhos. Lepra — mais não se diz: aí é que o homem lambe a maldição de castigo. Castigo, de que? Disso é que decerto sucedia um ódio em Sô Candelário. Vivia em fogo de ideia. Lepra demora tempos, retardada no corpo, de repente é que se brota; em qualquer hora, aquilo podia variar de aparecer. Sô Candelário tinha um sestro: não esbarrava de arregaçar a camisa, espiar seus braços, a ponta do cotovelo, coçava a pele, de em sangue se arranhar. E carregava espelhinho na algibeira, nele furtava sempre uma olhada. Danado de tudo. A gente sabia que ele tomava certos remédios — acordava com o propor da aurora, o primeiro, bebia a triaga e saía para lavar o corpo, em poço, para a beira do córrego ia indo, nú, nú, feito perna de jaburú. Aos dava. Hoje, que penso, de todas as pessoas Sô Candelário é o que mais entendo. As favas fora, ele perseguia o morrer, por conta futura da lepra; e, no mesmo do tempo, do mesmo jeito, forcejava por se sarar. Sendo que queria morrer, só dava resultado que mandava mortes, e matava. Dôido, era? Quem não é, mesmo eu ou o senhor? Mas, aquele homem, eu estimava. Porque, ao menos, ele, possuía o sabido motivo.

Tanto que o inimigo não dava de vir, pois bem a gente ficava em nervosias. Alguns, não. Feito aquele Luzié, que cantava sem mágoas, cigarra de entre-chuvas. Às vezes, pedi que ele cantasse para mim os versos, os que eu não esqueci nunca, formal, a canção de Siruiz. Adiantes versos. E, quando ouvindo, eu tinha vontade de brincar com eles. Minha mãe, ela era que podia ter cantado para mim aquilo. A brandura de botar para se esquecer uma porção de coisas — as bestas coisas em que a gente no fazer e no nem pensar vive preso, só por precisão, mas sem fidalguia. Diadorim, quando cuidava que sozinho estivesse, cantarolava, fio que com boa voz. Mas, próximo da gente, nunca que ele queria. A ver que também fiquei sabendo que os outros não consideravam naqueles versos de Siruiz a beleza que eu achava. Nem Diadorim, mesmo. — "Você tem saudade de seu tempo de menino, Riobaldo?" — ele me perguntou, quando eu estava explicando o que era o meu sentir. Nem não. Tinha saudade nenhuma. O que eu queria era ser menino, mas agora, naquela hora, se eu pudesse possível. Por certo que eu já estava crespo da confusão de todos. Em desde aquele tempo, eu já achava que a vida da gente vai em êrros, como um relato sem pés nem cabeça, por falta de sisudez e alegria. Vida devia de ser como na sala do teatro, cada um inteiro fazendo com forte gosto seu papel, desempenho. Era o que eu acho, é o que eu achava.

Ao do jeito de Sô Candelário? Esse variava raja. — "Arre, que vê, estamos sem notícias, não sei... A notícia, a gente tem de ir por ela, mesmo entrar no mundo para se buscar!" — isso Sô Candelário quase exclamava. Mandou três homens que saíssem a cavalo, estrada avante, até a uma légua, colher do que houvesse, espiar os espias. Me mandou, também. Mas, a bem dizer, fui eu quem quis: na hora, à frente dei o passo, olhei muito para ele, encarado. — "Tu Tatarana, vai..." Quando ele falava *Tatarana*, eu assumia que ele estava sério prezando minha valia de atirador. Montei, fui trotando travado. Diadorim e o Caçanje iam já mais longe, regulado umas duzentas braças. Arte que perceberam que eu vinha, se viraram nas selas. Diadorim levantou o braço, bateu mão. Eu ia estugar, esporeei, queria um meio-galope, para logo alcançar os dois. Mas, aí, meu cavalo f'losofou: refugou baixo e refugou alto, se puxando para a beira da mão esquerda da estrada, por pouco não deu comigo no chão. E o que era, que estava assombrando o animal, era uma folha seca esvoaçada, que sobre se viu quase nos olhos e nas orêlhas dele. Do vento. Do vento que vinha, rodopiado. Redemoinho: o senhor sabe — a briga de ventos. O quando um esbarra com outro, e se enrolam, o dôido espetáculo. A poeira subia, a dar que dava escuro, no alto, o ponto às voltas, folharada, e ramarêdo quebrado, no estalar de pios assovios, se torcendo turvo, esgarabulhando. Senti meu cavalo como meu corpo. Aquilo passou, embora, o ró-ró. A gente dava graças a Deus. Mas Diadorim e o Caçanje se estavam lá adiante, por me esperar chegar. — "Redemunho!" — o Caçanje falou, esconjurando. — "Vento que enviesa, que vinga da banda do mar..." — Diadorim disse. Mas o Caçanje não entendia que fosse: *redemunho* era d'Ele — do diabo. O demônio se vertia ali, dentro viajava. Estive dando risada. O demo! Digo ao senhor. Na hora, não ri? Pensei. O que pensei: *o diabo, na rua, no meio do redemunho...* Acho o mais terrível da minha vida, ditado nessas palavras, que o senhor nunca deve de renovar. Mas, me escute. A gente vamos chegar lá. E até o Caçanje e Diadorim se riram também. Aí, tocamos.

Até à barra dos dois riachos, onde tem a cachoeira de escadinhas. Nem pensei mais no redemoinho de vento, nem no dono dele — que se diz — morador dentro, que viaja, o Sujo: o que aceita as más palavras e pensamentos da gente, e que completa tudo em obra; o que a gente pode ver em folha dum espelho preto; o Ocultador. Ao então, chegamos na barra dos riachinhos, na cachoeira; ficamos lá até o sol entrar. Como é que se podia trazer notícias, para Sô Candelário? Notícia é coisa que se tira, a desejo, do fim do sol? Lá tinha um capão-de-mato. Ou era mata, muito velha. Os coatís desciam espirrando, de sua sesta deles, nas árvores, e os jacús voavam para outras árvores, se empoleirando para o sono da noite, com um escarcéu de galinheiro. Tristeza é notícia? Tanto eu tinha um aperto de desânimo de sina, vontade de morar em cidade grande. Mas que cidade mesma grande nenhuma eu não conhecia, digo. Assim eu aproveitei para olhar para a banda de donde ainda se praz qualquer luz da tarde. Me lembro do espaço, pensamentos em minha cabeça. O riacho cão, lambendo o que viesse. O coqueiro se mesmando. A fantasia, minha agora, nesta conversa — o senhor me atalhe. Se não, o senhor me diga: preto é preto? branco é branco? Ou: quando é que a velhice começa, surgindo de dentro da mocidade. Noitezinha, viemos. Primeira coruja que a ãoar, eu era capaz de acertar nela um tiro.

Mas Sô Candelário não era tôlo nas meças. No outro dia, notícias tivemos. E que! Dalí a lá, as notícias todas andaram de vir, em lote e réstia. Um Sucívre, que fino chegou, esgalopado. Disse: — "Nhô Ricardão deu fogo, no Ribeirão do Veado. Titão Passos pegou trinta e tantos deles, num bom combate, no esporão da serra..." Os bebelos se desabelhavam zuretas, debaixo de fatos machos e zúo de balas. A tanto, a gente em festa se alegrava. Sô Candelário subiu no jirau de varas — que tinha mandado fazer, nele era que dormia sem repousar — e assim espiou esquecido tempo, espiava as paradas distâncias, feito um gavião querendo partir em voo. Agora, era a guerra, mesmo, estariam rompendo as alelúias, lá por lá. Donde, daí, veio o Adalgizo: — "Seô Hermógenes passou, obra de seis léguas, vai dar combate..." Nossa hora de fogo estava perto. Assim os bebelos tinham de passar de fugida por ali no É-Já, rèsvés. Sô Candelário chega exclamava, chorava: dizia que nunca tinha chefiado pessoal tão valente feito nós, com tantas capacidades. E queria, logo, logo, o inimigo vindo. Todas as horas tocaiadas; e de noite com um olho só se ia dormir, que das armas não se largava. A redobrar as sentinelas, em ave-marias e alvorada. Combate vem é feito raio cai. Tudo era alarme dado, cuquiada: um ponta-pé em tição, o punhado de terra jogado para apagar as fogueiras, de repente, e se assobiava cruzado. Vez, deram até tiros: mas nada não era, só um boi loango, com muita fome e pouco sono, que veio sozinho pastando e deu a cara comprida, ali foras d'hora, no capinzal bom. — "Tudo que é estúrdio comparece em tempo de guerra... Vôte, váis!" — algum disse. E teve gente que se riu disso, até à beira da madrugada. Daquilo tudo eu gostei, gostava cada dia mais. Fui aprendendo a achar graça no dessossego. Aprendi a medir a noite em meus dedos. Achei que em qualquer hora eu podia ter coragem. Isso que vem, de mansinho, com uma risada boa, cachaça aos goles, dormida com a gente encostado em coronha de sua arma. O que carece é a companheiragem de todos no simples, assim irmãos. Diadorim e eu, a sombra da gente uma só uma formava. Amizade, na lei dela. Como a gente estava, estava bem. Sô Candelário era o chefe ao meu gosto, como eu imaginava. Ah, e Joca Ramiro?

Antes foi uma coisa acontecida repentina: aquele alvoroço, na cavalhada geral. Aí o mundo de homens anunciando de si e sobre o vasto chegando, da banda do Norte. Joca Ramiro! — "Joca Ramiro!" — se gritava. Sô Candelário pulou em sela, assim como ele sempre era: mola de aço. Deu um galope, em encontro. Nós todos, de começo, ficamos atarantados. Vi um sol de alegria tanta, nos olhos de Diadorim, até me apoquentou. Eu tinha ciúme? — "Riobaldo, tu vai ver como ele é!" — Diadorim exclamou, se abraçou comigo. Parecia uma criança pequena, naquela bela resumida satisfação. Como era que eu ia poder raivar com aquilo? E, no abre-vento, a toda cavaleirama chegando, empiquetados, com ferragem de cascos no pedregulho. Eram de ser uns duzentos, quase tudo manos-velhos baianos, gente nova trazida. Gritavam vivas para a gente, saudavam. E Joca Ramiro. A figura dele. Era ele, num cavalo branco — cavalo que me olha de todos os altos. Numa sela bordada, de Jequié, em lavores de preto e branco. As rédeas bonitas, grossas, não sei de que trançado. E ele era um homem de largos ombros, a cara grande, corada muito, aqueles olhos. Como é que vou dizer ao senhor? Os cabelos pretos, anelados? O chapéu bonito? Ele era um homem. Liso bonito. Nem tinha mais outra coisa em que se reparar. A gente olhava, sem pousar os olhos. A gente tinha até medo de que, com tanta aspereza da vida, do sertão, machucasse aquele homem maior, ferisse, cortasse. E, quando ele saía, o que ficava mais, na gente, como agrado em lembrança, era a voz. Uma voz sem pingo de dúvida, nem tristeza. Uma voz que continuava.

Sobre o no meio daquele rebuliço, menos colhi de ver e de escutar. Os chefes tinham apeado dos cavalos, e os homens, todos, em balbúrdia com sensatez. Sô

Candelário não arredava pé de Joca Ramiro, e explicava as diversas coisas, com grandes gestos, quase ele não dava conta de se falar. A demora era pouca. Aí o forte bando tinha de se aluir para adiante, em redobro de marcha — iam para ferrar fogo, em lugar e hora determinados — semelhante se soube. Tempo de beberem um café. Mas Joca Ramiro veio de lá, em alargados vagarosos passos, queria correr o acampamento, saudar um e outro, a palavrinha que fosse, um dito de apreço e apraz. O andar dele — vi certo: alteado e imponente, como o de ninguém. Diadorim olhava; e também tinha lágrimas vindo por caso. Decidido, deu um à-frente, pegou a mão de Joca Ramiro, beijou. Joca Ramiro, que firme contemplando, só um instante, seja, mas o docemente achável, com um calor diferente de amizade. A quantia que ele gostava de Diadorim! — e pousou nas costas dele um abraço. Ao que, se virou para nós, que estávamos. E eu fiz como Diadorim — nem sei porque: peguei a mão daquele homem, beijei também. Todos, os que eram mais moços, beijavam. Os mais velhos tinham vergonha de beijar. — "Este aqui é o Riobaldo, o senhor sabe? Meu amigo. A alcunha que alguns dizem é *Tatarana*..." Isto Diadorim disse. A tento, Joca Ramiro, tornando a me ver, fraseou: "Tatarana, pelos bravos... Meu filho, você tem as marcas de conciso valente. *Riobaldo*... Riobaldo..." Disse mais: — "Espera. Acho que tenho um trem, para você..." Mandou vir o dito, e um cabra chamado João Frio foi lá nos cargueiros, e trouxe. Era um rifle reiuno, peguei: mosquetão de cavalaria. Com aquilo, Joca Ramiro me obsequiava! Digo ao senhor: minha satisfação não teve beiras. Pudessem afiar inveja em mim, pudessem. Diadorim me olhava, com um contentamento. Me chamou de lado. Vi que, mesmo sendo assim querido e escolhido de Joca Ramiro, ele procedia mais de ficar de longe, por ninguém se queixar, não acharem que ali havia afilhadagem. — "Não é que ele é mesmo o chefe de todos? Não é que é mandante?" — Diadorim me perguntava. Era. Mas eu não percebi o vivo do tempo que passava. Eles já estavam indo de saída. Montado no cavalo branco, Joca Ramiro deu uma despedida. Vi que ele com os olhos caçou Diadorim. Sô Candelário gritou: — "Viva Jesus, em rotas e vantagens!" E, num bufúrdio, todos esporaram, andaram, ao assaz. A alta poeira, que demorava. Aquilo parecia uma música tocando.

Desde ver, a figura dele tinha parado no meio da gente, noutra coisa não se falava. Aí em festa feita a gente tramava nas armas: Joca Ramiro entrava direto em combate, então ia ser o fim da guerra! — "Sô Candelário queria ir também, mas teve de aceitar ordem de ficar..." — Diadorim me explicou. Segundo disse —

que Sô Candelário, por aquela ânsia e soência, de avançar, a avançar, agora podia desequilibrar a boa regra de tudo. Seria para ficar de espera, tapando o mundo aos que aqui o mundo quisessem. Assim, mais, Joca Ramiro tinha mandado: que nosso grupo se repartisse, em aos três ou quatro piquetes, para valer de vigiar bem os vaus e suas estradas. Diadorim e eu fizemos parte duma turma dessas, duns quinze homens, chefia de João Curiol — fomos para a baixa dos Umbùzeiros, lugar feio, com os gravatás poeirentos e uns levantados de pedra. Partindo desse vau, a gente pega uma chapadinha — a Chapada-da-Seriema-Correndo. A que parecia mesmo de propósito. Porque foi lá, com todo o efeito, que a cara da caça se apareceu. Aquilo, terrível. Conto já ao senhor, duma vez.

Terrível, tido, por causa da ligeireza com que aquilo veio. Surpresa a gente sempre tem, o senhor sabe, mesmo em espera: dá a vez, e não se vê, à parva. Não se crê que é. Tão de repente. O vento vinha bom, da parte d'eles chegarem, de formas que o galope pronto se ouviu. Escoramos as armas. Assim que eles eram uns vinte. Passaram o ribeirão, com tanta pressa, que a água se esguichou farta, vero bonito aquilo no sol. Demos fogo.

Do que podia suceder. Vi homem despencado demais, os cavalos patatrás! Dada a desordem. Só cavalo sozinho podia fugir, mas os homens no chão, no cata, cata. Ao que, a gente atirava! Se morria, se matava, matava? Os cavalos, não. Mas teve um, veio, à de se doidar, se espinoteava, o cavaleiro não aguentava na rédea, chegaram até perto de nós, aí todos os dois morreram de repente. Meu senhor: tudo numa estraga extraordinária. Mas aqueles eram homens! Trampe logo que puderam, os sobrantes deles se desapearam e rastejaram, respondendo ao fogo. Ah, puderam tomar oculto atrás de outras fragas de pedra, nisso a gente não conseguiu ter mão. Ainda deviam de ser uns dez, ou uns oito. Afa que gritavam, em febre de ódio, xingando todo nome. A gente, também. Anhãnhãe, berrávamos fogo, quando sinal de homem tremeluzia. As balas rachavam as pedras, só partiam escalhas. Um se mostrou, caíu logo. Munição deles era pouca. Fugir, mesmo, não podiam. A gente atirava. Aí deviam de ser uns seis — que é a meia-dúzia. — "Aoê, sabe quem está lá, comandando?" — o rastejador Roque me disse. — "Sabe quem?" Ah, eu sabia. Eu tinha sabido, o em desde o primeiro momento. Era quem eu não queria para ser. Era Zé Bebelo!

Assim eu condenado para matar.

Aqui eu não sei o que o senhor não sabe. — "A fogo! A crêvo!" — isto João Curiol gritava. Antes do depois, neles a gente ia ir a pano de facão. — "Tralha!

Lá vai obra, cão, carujo! Roncôlho!" — isto era a voz de Zé Bebelo, gritava. Eu não gritei. Diadorim também atirava calado. Munição deles — quase nenhuma. Eles deviam de ser uns quatro, ou três. O cano do meu rifle esquentava demais. — "Roncôlho! Toma..." Um Freitas, nosso, gritou, caíu muito ferido. A bala era de Zé Bebelo. Atiramos, grosso. Eles respondendo. Respondiam pouco. Deviam de ser... os quantos? Digo ao senhor: eu gostava de Zé Bebelo. Redigo — que eu menos atirava do que pensava. Como era possível, assim, com minha ajuda, a morte dele? Um homem daquela qualidade, o corpo dele, a ideia dele, tudo que eu sabia e conhecia. Nessas coisas eu pensei. Sempre — Zé Bebelo — a gente tinha que pensar. Um homem, coisa fraca em si, macia mesmo, aos pulos de vida e morte, no meio das duras pedras. Senti, em minha goela. Aquela culpa eu carregava? Arresto gritei: — "Joca Ramiro quer esse homem vivo! Joca Ramiro quer este homem vivo! Joca Ramiro faz questão!..." A que nem não sei como tive o repente de isso dizer — falso, verdadeiro, inventado...

Firme gritei, repeti.

Os outros companheiros aceitavam aquilo, diziam também, até João Curiol: — "Joca Ramiro quer este homem vivo!" "— É ordem de Joca Ramiro!" De lá não atiravam mais. Só bala ou outra, só. — "Arre, à unha, chefe?" — o Sangue-de-Outro perguntou. João Curiol respondeu que não. Eles deviam de estar reservando balas para um final. — "Ordem de Joca Ramiro: é pegar o homem vivo..." — ainda eu disse. Ali Zé Bebelo eu salvasse. Todos aprovaram. Eu sei, eu sei? O senhor agora vai não me entender. O como são as coisas. Todos me aprovaram — e, aí, extraordinariamente, eu dei um salto de espírito. O que? Mas, então, eu não tinha pensado tudo, o real?! O que era que eu estava fazendo, que era que eu estava querendo — que pegassem vivo Zé Bebelo, em carnes e ossos, para depois judiarem com ele, matarem de outro pior jeito, a fácil?! Minha raiva deu em mim. Me mordi, me abri, me-amargo. Tanto tudo ia sendo sempre por minha culpa! E daí pedi tudo ao rifle e às cartucheiras. Eu atirava, atirava: queria, por toda a lei, alcançar um tiro em Zé Bebelo, para acabar com ele de uma vez, sem martírio de sofrimentos. — "Tu está louco, Riobaldo?" — Diadorim gritou, rastejando para perto de mim, travando em meu braço. — "Joca Ramiro quer o homem vivo! Joca Ramiro quer, deu ordem!" — todos agora me gritavam. Assim contra mim, assim todos. O que eu havia de desmentir? E não vi direito, o fato. O que vi foi Zé Bebelo aparecendo, de repente, garnizé. O que ele tinha numa mão, era o punhal; na outra uma garrucha grande, fogo-central. Mas descarregou a garrucha, atirando no chão, perto dos pés dele, mesmo. Arrancou poeira. Por trás daquela poeira ele reapareceu, dava pensamento assim — aprumado, teso de briga. Lampejou com o punhal, e esperou. Ele mesmo estava querendo morrer à brava, depressamente. Olhei, olhei. De atirar nele, de todo jeito não tive coragem. Ah, não tinha! E um dos nossos, não sei quem, jogou o laço. Zé Bebelo mal ainda bateu com um pé, por se firmar, e caíu, arrastado, voz que gritou: — "Canalha! Canalha!" Mas todos foram nele, desarmaram do punhal. Eu parei quieto, vago, se me estranho. Não queria, ah não queria que ele me reconhecesse.

Sobrevinha o tropel grande de cavaleiros. Aos quais: era Joca Ramiro, com sua gente total. Subiu pó e pó, por ouros, poeira de entupir o nariz e os olhos. Agarrei de mim, sentado lá, no mesmo meu lugar, atrás do pedação de pedra. O que eu estava era envergonhado. O fezuê se fez um enorme. Sendo que chegavam também os outros grupos nossos, escutei os brados de Sô Candelário. A roda de cavaleiros tantos, no raso, sempre maior. Algum soprou o buzo de corno de boi. Tocavam para o acampamento. Mas Diadorim estava me caçando, e mais João Curiol, pelos mortos e feridos que também tínhamos, e também ali ele devia de ter perdido algum trem seu, objeto. — "Homem danado..." — ouvi o que um dizia. Meus olhos firmavam no chão, agora eu via que tremia. — "Ipa! Zé Bebelo, oxém, ganhou patente. É estragador!" Eu falei: — "É?" — e neste entretanto. Ao menos Diadorim raivava, o todo alegre, às quase dansas: — "Vencemos, Riobaldo! Acabou-se a guerra. A mais, Joca Ramiro apreciou bem que a gente tivesse pegado o homem vivo..." Aquilo me rendia pouco sossego. E depois? — "Para que, Diadorim? Agora matam? Vão matar?" Mal perguntei. Mas o João Curiol virou e disse: — "Matar não. Vão dar julgamento..."

— "Julgamento?" — não ri, não entendi.

— "Aposto que sei. Aí foi ele mesmo quem quis. O homem estúrdio! Foi defrontar com Joca Ramiro, e, assim agarrado preso, do jeito como desgraçado estava, brabo gritou: — *Assaca! Ou me matam logo, aqui, ou então eu exijo julgamento correto legal!*... e foi. Aí Joca Ramiro consentiu, o praz-me, prometeu julgamento já..." — isto o que falou João Curiol, para me dar a explicação.

Agradeci mesmo isso, a cisma não era para pôr peso em meus peitos. Saímos ainda com João Concliz, a ir em longe arredor, prevenir os que faltavam. A vinda geral. A gente de Titão Passos e do Hermógenes mandava aviso de estarem em caminho. Os do Ricardão já aos tantos chegavam. Saí, com esses de João Concliz. Fui. Fiz questão. Eu não queria retornar logo, com os outros, não enxergar Zé Bebelo eu achava melhor. Montamos e sumimos por aqueles campos, essa estrada, esses pequizeiros. — "Homem engraçado, homem dôido!" — Diadorim ainda achava. — "Sabe o que ele falou, como foi?" E me deu notícia.

Tinha sido aquilo: Joca Ramiro chegando, real, em seu alto cavalo branco, e defrontando Zé Bebelo a pé, rasgado e sujo, sem chapéu nenhum, com as mãos amarradas atrás, e seguro por dois homens. Mas, mesmo assim, Zé Bebelo empinou o queixo, inteirou de olhar aquele, cima a baixo. Daí disse:

— "Dê respeito, chefe. O senhor está diante de mim, o grande cavaleiro, mas eu sou seu igual. Dê respeito!"

— "O senhor se acalme. O senhor está preso..." — Joca Ramiro respondeu, sem levantar a voz.

Mas, com surpresa de todos, Zé Bebelo também mudou de toada, para debicar, com um engraçado atrevimento:

— "Preso? Ah, preso... Estou, pois sei que estou. Mas, então, o que o senhor vê não é o que o senhor vê, compadre: é o que o senhor vai ver..."

— "Vejo um homem valente, preso..." — aí o que disse Joca Ramiro, disse com consideração.

— "Isso. Certo. Se estou preso... é outra coisa..."

— "O que, mano velho?"

— "...É, é o mundo à revelia!..." — isso foi o fecho do que Zé Bebelo falou. E todos que ouviram deram risadas.

Assim isso. Tolêimas todas? Não por não. Também o que eu não entendia possível era Zé Bebelo preso. Ele não era criatura que se prende, pessoa coisa de se haver às mãos. Azougue vapor...

E ia ter o julgamento.

Tanto que voltamos, manhã cedinho estávamos lá, no acampo, debaixo de forma. Arte, o julgamento? O que isso tinha de ser, achei logo que ninguém ao certo não sabia. O Hermógenes me ouviu, e gostou: — "É e é. Vamos ver, vamos ver, o que não sendo dos usos..." — foi o que ele citou. — "Ei, agora é julgamento!" — os muitos caçoavam, em festa fona. Cacei de escutar os outros. — "Está certo, está direito. Joca Ramiro sabe o que faz...." — foi o que disse Titão Passos. — "Melhor, mesmo. Carece de se terminar o mais definitivo com essa cambada!"— falou Ricardão. E Sô Candelário, que agora não se apeava, vinha exclamando: — "Julgamento! É isto! Têm de saber quem é que manda, quem é que pode!" — Ao espraia as margens.

Agora estavam todos mais todos reunidos, estávamos no acampamento do É-Já, onde ali mal tanto povo cabia, e lotes e pontas de burros, a cavalhada pastando, jagunços de toda raça e qualidade, que iam e vinham, comiam, bebiam, bafafavam. Sô Candelário tinha remetido dois homens, longe, no São José Preto, só para comprarem foguetes, que no fim teriam de pipocar. E onde estava Zé Bebelo? Apartado, recolhido de toda vista, numa tenda de lona — essa única que se tinha, porque Joca Ramiro mesmo se desacostumava de dormir em barraca, por o abafo do calor. Não se podia ver o prisioneiro, que ficava lá dentro, feito guardado. Contaram que ele aceitava comida e água, e estivesse deitado num couro de vaca, pitando e pensando. Gostei. O de que eu carecia era de que ele não botasse olhos em mim. Eu apreciava tanto aquele homem, e agora ele não havia de ser meu pesadêlo. — "Aonde é que vamos? Onde é que esse julgamento vai ser?" — perguntei a Diadorim, quando surpreendi os suspensos de se ter saída. — "Homem, não sei..." —; Diadorim disso não sabia. Só depois se espalhou voz. Ao que se ia para a Fazenda Sempre-Verde, depois da Fazendo Brejinho-do-Brejo, aquela a do doutor Mirabô de Melo.

Mas, por que causa iam dar com aquele homem tamanha passeata? Carecia algum? Diadorim não me respondeu. Mas, pelo que não disse e disse, tirei por tino. Assim que Joca Ramiro fazia questã de navegar três léguas a longe com acompanhamento de todos os jagunços e capatazes e chefes, e o prisioneiro levado em riba dum cavalo preto, e todas as tropas, com munição, coisas tomadas, e mantimentos de comida, rumo do Norte — tudo por glória. O julgamento, também. Estava certo? Saímos, de trabuz. No naquele, a gente podia ver resenho de toda geração de montadas. Zé Bebelo lá ia, rodeado por cavaleiros de guarda, pessoal de Titão Passos, logo na cabeça do cortejo. Ia com as mãos amarradas, como de uso? Amarrar as mãos não adiantava. Eu não quis ver. Me dava travo, me ensombrecia. Fui ficando para trás. Zé Bebelo, lá preso demais, em conduzido. Aquilo com aquilo — aí a minha ideia diminuia. Tanto o antes, que fiz a viagem toda na rabeira, ladeando o bando bonzinho de jegues orelhudos, que fechavam a marcha. A pobreza primeira deles me consolava — os jumentinhos, feito meninos. Mas ainda pensei: ele bom ou ele ruim, podiam acabar com Zé Bebelo? Quem tinha capacidade de pôr Zé Bebelo em julgamento?! Então, ressenti um fundo desânimo. Sem mais Zé Bebelo, então, o restado consolo só mesmo podia ser aqueles jericos baianos, que de nascença sabiam todas as estradas.

Assim passamos pelo Brejinho-do-Brejo, assim chegamos na Sempre-Verde. Aí fomos chegando. Que me deu, de repente? Esporeei e galopei, para dianteira, fomentado, repinchando dessas angústias. Vim. Eu queria sobressalto de estar ali perto, catar tudo nos olhos, o que acontecia maior. Nem não importei mais que Zé Bebelo me visse. Passei quase para a frente de todos. Estavam pensando que eu viesse com um recado. — "Que foi, Riobaldo, que foi?" — gritou para mim Diadorim. Dei nenhuma resposta. Pessoa ali não me entendia. Só mesmo Zé Bebelo era quem pudesse me entender.

A Fazenda Sempre-Verde era a casa enorme, viemos saindo da estrada e entrando nas cheganças, os currais-de-ajuntamento. Aquele mundo de gente, que fazia vulto. Parecia um mortório. Antes passei, afanhou a porteira, aí fomos enchendo os currais, com tantos os nossos cavalos. A casa-de-fazenda estava fechada. — "Não carece de se abrir... Não carece de se abrir..." — era uma ordem que todos repetiam, de voz em voz. Ave, não arrombassem, aquilo era de amigo, o doutor Mirabô de Melo, mesmo ausente. Esbarramos no eirado, liso, grande, de tanto tamanho. Aí tinham apeado Zé Bebelo do cavalo, ele estava com as mãos amarradas, sim, mas adiante do corpo, feito algemas. — "Ata amarra os pés também!" — algum enfezado gritou. Outro se chegou, com uma boa peia, de couro de capivara. Que era que aquela gente pensavam? Que era que queriam? Doideira de todos. Daí, Joca Ramiro, Sô Candelário, o Hermógenes, o Ricardão, Titão Passos, João Goanhá, eles todos reunidos no meio do eirado, numa confa. Mas Zé Bebelo não estava aperreado. Tomou corpo, num alteamento — feito quando o perú estufa e estoura — e caminhou, em direitura. Que que pequeno, era bom: homem às graças. Caminhou, mesmo. — "Oxente!" Para diante de Joca Ramiro, no meio do eirado, tinham trazido um mocho, deixado botado lá; era um tamborete de tripés, o assento de couro. Zé Bebelo, ligeiro, nele se sentou. — "Oxente!" — se dizia. A jagunçama veio avançando, feito um rodear de gado — fecharam tudo, só deixando aquele centro, com Zé Bebelo sentado simples e Joca Ramiro em pé, Ricardão em pé, Sô Candelário em pé, o Hermógenes, João Goanhá, Titão Passos, todos! Aquilo, sim, que sendo um atrevimento; caso não, o que, maluqueira só. Só ele sentado, no mocho, no meio de tudo. Ao que, cruzou as pernas. E:

— "Se abanquem... Se abanquem, senhores! Não se vexem..." — ainda falou, de papeata, com vênias e acionados, e aqueles gestos de cotovelo, querendo mostrar o chão em roda, o dele.

Arte em esturdice, nunca vista. O que vendo, os outros se franziram, faiscando. Acho que iam matar, não podiam ser assim desfeiteados, não iam aturar aquela zombaria. Foi um silêncio, todo. Mandaram a gente abrir muito mais a roda, para o espaço ficar sendo todo maior. Se fez.

Mas, de repente, Joca Ramiro, astuto natural, aceitou o louco oferecimento de se abancar: risonho ligeiro se sentou, no chão, defronte de Zé Bebelo. Os dois mesmos se olharam. Aquilo tudo tinha sido tão depressa, e correu por todos um arruído entusiasmado, dando aprovação. Ah, Joca Ramiro para tudo tinha resposta: Joca Ramiro era lorde, homem acreditado pelo seu valor.

A modo que — Zé Bebelo — sabe o senhor então o que ele fez? Se levantou, jogou para um lado o tamborete, com pontapé, e a esforço se sentou no chão também, diante de Joca Ramiro. Foi aquele falatório geral, contente. De coisas de tarasco, assim, a gente não gostava? E até os outros chefes, todos, um por um, mudaram de jeito: não se sentaram também, mas foram ficando moleados ou agachados, por nivelar e não diferir. Ao que o povaréu jagunço, com ansiedade de ver e ouvir o que se desse, se espremendo em volta, sem remangar das armas. Aquele povo — rio que se enche com intervalo dos estremecimentos, regular, como o piscar de olho dum papagaio. Vigiei o Hermógenes. Eu sabia: dele havia de vir o pior. Com o que, todo o mundo parado, formaram uns silêncios. Menos no mais, Joca Ramiro ia falar as palavras consagradas?

— "O senhor pediu julgamento..." — ele perguntou, com voz cheia, em beleza de calma.

— "Toda hora eu estou em julgamento."

Assim Zé Bebelo respondeu. Aquilo fazia sentido? Mas ele não estava lôrpa nem desfeliz, bom para a forca. Que até capivara se senta é para pensar — não é para se entristecer. E rodou aprumada a cara, vistoriando as caras de tantos homens. Ar que inchou o peito e o queixo levantou, valendo se valendo. Criatura assim sente tudo adivinhado, de relâmpago, na ponta dos olhos da gente. Eu tinha confiança nele.

— "Lhe aviso: o senhor pode ser fuzilado, duma vez. Perdeu a guerra, está prisioneiro nosso..." — Joca Ramiro fraseou.

— "Com efeito! Se era para isso, então, para que tanto requifife?" — Zé Bebelo repostou, com toda a ligeireza.

De ouvir, dividi o riso do siso. A pois! Ele mesmo tinha inventado exigido esse julgamento, e agora torcia o motivo: como se em fim de um julgamento ninguém competisse de ser fuzilado... Saranga ele não era. Mas estava brincando com a morte, que para cada hora livrava. Ao que bastava Joca Ramiro perder um ponto da paciência, um pouco. Só que, por sorte, paciência Joca Ramiro nunca perdia; motejou, não mais:

— "Adianta querer saber muita coisa? O senhor sabia, lá para cima — me disseram. Mas, de repente, chegou neste sertão, viu tudo diverso diferente, o que nunca tinha visto. Sabença aprendida não adiantou para nada... Serviu algum?"

— "Sempre serve, chefe: perdi — conheço que perdi. Vocês ganharam. Sabem lá? Que foi que tiveram de ganho?"

O puro lorotal. E atrevimento, muito. Os jagunços em roda não entendiam o escutado; e uns indicavam por gestos que Zé Bebelo estava gira da ideia, outros quadrando um calado de mau sinal. Até o que disse: — "De lá não sai barca!" Assim se diz. Joca Ramiro não reveio logo. Mexeu com as sobrancelhas. Só, daí:

— "O senhor veio querendo desnortear, desencaminhar os sertanejos de seu costume velho de lei..."

— "Velho é, o que já está de si desencaminhado. O velho valeu enquanto foi novo..."

— "O senhor não é do sertão. Não é da terra..."

— "Sou do fogo? Sou do ar? Da terra é é a minhoca — que galinha come e cata: esgaravata!"

Que visse o senhor os homens: o prospeito. Aqueles muitos homens, completamente, os de cá e os de lá, cercando o oco em raia da roda, com as coronhas no chão, e as tantas caras, como sacudiam as cabeças, com os chapéus rebuçantes. Joca Ramiro tinha poder sobre eles. Joca Ramiro era quem dispunha. Bastava vozear curto e mandar. Ou fazer aquele bom sorriso, debaixo dos bigodes, e falar, como falava constante, com um modo manso muito proveitoso: — "Meus meninos... Meus filhos..." Agora, advai que aquietavam, no estatuto. Nanja, o senhor, nessa sossegação, que se fie! O que fosse, eles podiam referver em imediatidade, o banguelê, num zunir: que vespassem. Estavam escutando sem entender, estavam ouvindo missa. Um, por si, de nada não sabia; mas a montoeira deles, exata, soubesse tudo. Estudei foi os chefes.

Naquela hora, o senhor reparasse, que é que notava? Nada, mesmo. O senhor mal conhece esta gente sertaneja. Em tudo, eles gostam de alguma demora. Por mim, vi: assim serenados assim, os cabras estavam desejando querendo o sério divertimento. Mas, os chefes cabecilhas, esses, ao que menos: expunham um certo se aborrecer, segundo seja? Cada um conspirava suas ideias a respeito do prosseguir, e cumpriam seus manejos no geral, esses com suas responsabilidades. Uns descombinavam dos outros, no sutil. Eles pensavam. Conforme vi. Sô Candelário duma banda de Joca Ramiro, com Titão Passos e João Goanhá; o Ricardão da outra, com o Hermógenes. Atual Zé Bebelo foi começando a conversar comprido, na taramelagem como de seu gosto — aí o Ricardão armou um bocêjo; e Titão Passos se desacocorou, com a mão num ombro, que devia de ter algum machucado. O Hermógenes fez beiço. João Goanhá, aquele ar sonsado, quase de tôlo, no grosso do semblante. O Hermógenes botava pontas de olhar, some escuro, nuns visos. Sô Candelário, ficado em pé, sacudia o moroso das pernas.

Joca Ramiro deve de ter percebido aquele repiquete. Porque ele sobre se virou, para Sô Candelário, ao de indagar:

— "Meu compadre, que é que se acha?"

Sô Candelário fungou, e logo abriu naqueles sestros que tinha, movimental. Sendo por ele querer se desengonçar e não podendo: como era alto e magro duro aquele homem! Sarre os onhos olhos amarelos de gavião, dele, hem. Não achou as palavras para dizer, disse:

— "Ao que a ver! Ao que estou, compadre chefe meu..."

A lesto que Joca Ramiro assentiu, com cabeça, conforme se Sô Candelário tivesse afirmado coisas de sincera importância. Zé Bebelo abriu muito a boca, tirando um ronco, como que de propósito. Alguns, mais riram dele. Em menos Joca Ramiro esperou um instante:

— "A gente pode principiar a acusação."

Aprovaram, os todos, todos. Até Zé Bebelo mesmo. Assim Joca Ramiro refalou, normal, seguro de sua estança, por mais se impor, uma fala que ele drede avagarava. Dito disse que ali, sumetido diante, só estava um inimigo vencido em combates, e que agora ia receber continuação de seu destino. Julgamento, já. Ele mesmo, Joca Ramiro, como de lei, deixava para dar opinião no fim, baixar sentença. Agora, quem quisesse, podia referir acusação, dos crimes que houvesse, de todas as ações de Zé Bebelo, seus motivos: e propor condena.

Rés o que começasse, quem? O Hermógenes limpou a goela. De primeira entrada eu vinha sabendo — esse Hermógenes precisava de muitas vinganças.

Ele era sujeito vindo saindo de brejos, pedras e cachoeiras, homem todo cruzado. De uns assim, tudo o que escapa vai em retinge de medo ou de ódio. Observei, digo ao senhor. Carece de não se perder sempre o vezo da cara do outro; os olhos. Advertido que pensei: e se eu puxasse meu revólver, berrasse fogo nele? Se acabava um Hermógenes — estava ali, são no vão, e num átimo se via era papas de sangue — ele voltava para o inferno! Que era que me acontecia? Eu tomava castigo mortal, de mão de todos? Deixasse que tomasse. Medo não tive. Só que a ideia boa passou muito fraca por mim, entrada por saída. Fiquei foi querendo ouvir e ver, o que vinha mais. Demarcava que iam acontecendo grandes fatos. Desde, Diadorim, conseguindo caminho por entre o povo, aí chegou, se encostou em mim; tão junto, mesmo sem conversar, mas respirava, como era com a boca tão cheirosa. Há-de haja! — o Hermógenes tinha levantado, para falar:

— "Acusação, que a gente acha, é que se devia de amarrar este cujo, feito porco. O sangrante... Ou então botar atravessado no chão, a gente todos passava a cavalo por riba dele — a ver se vida sobrava, para não sobrar!"

— "Quá?!" — Zé Bebelo debicou, esticando o pescoço e batendo com a cabeça para diante, diversas vezes, feito pica-pau em seu ofício em árvore. Mas o Hermógenes com aquilo não somou; foi pondo:

— "Cachorro que é, bom para a faca. O tanto que ninguém não provocou, não era inimigo nosso, não se buliu com ele. Assaz que veio, por si, para matar, para arrasar, com sobejidão de cacundeiros. Dele é este Norte? Veio a pago do Governo. Mais cachorro que os soldados mesmos... Merece ter vida não. Acuso é isto, acusação de morte. O diacho, cão!"

— "Ih! Arre!" — foi o que Zé Bebelo ponteou. Assim contracenando, todo o tempo — medo do Hermógenes remedou, de feias caretas.

— "É o que eu acho! É o que eu acho!" — o Hermógenes então quase gritou, por terminar — "Sujeito que é um tralha!"

— "Posso dar uma resposta, Chefe?" — Zé Bebelo perguntou, sério, a Joca Ramiro. Joca Ramiro concedeu.

— "Mas, para falar, careço que não me deixem com as mãos amarradas..."

Nisso não havendo razão ou dúvida. E Joca Ramiro deu ordem. João Frio, que de perto dele não se apartava, veio de lá, cortou e desatou a manupeia nas juntas dos pulsos. Que era que Zé Bebelo ia poder fazer? Isto:

— "P'r' aqui mais p'r' aqui, por este mais este cotovelo!..." — disse, batendo mão e mão, com o acionado de desplante. E riu chiou feito um sõim, o caretejo. Parecia mesmo querer fazer raiva no outro, em vez de tomar cautela? Vi que tudo era enfinta; mas podia dar em mal. O Hermógenes pulou passo, fez menção de reluzir faca. Se teve mão em si, foi por forte costume. E Joca Ramiro também tinha atalhado, com uma aspação: — "Tento e paz, compadre mano-velho. Não vê que ele ainda está é azuretado..."

— "Ei! Com seu respeito, discordo, Chefe, maximé!" — Zé Bebelo falou. — "Retenho que estou frio em juizo legal, raciocínios. Reajo é com protesto. Rompo embargos! Porque acusação tem de ser em sensatas palavras — não é com afrontas de ofensa de insulto..." — Encarou o Hermógenes: — "Homem: não abusa homem! Não alarga a voz!..."

Mas o Hermógenes, arriçado, crível que estivesse todo no poder bravo de uma coceira, falou para Joca Ramiro — e para todos que estávamos lá — falou, numa voz rachada em duas, voz torta entortada:

— "Tibes trapo, o desgraçado desse canalha, que me agravou! Me agravou, mesmo estando assim vencido nosso e preso... Meu direito é acabar com ele, Chefe!"

Vi a mão do perigo. Muitos homens resmungaram em aprôvo, ali rodeando, os tantos, dez ou vinte círculos, anéis de gente. Rentes os do bando do Hermógenes chegaram a dar altas palavras, de calca pá. Questionou-se a respeito disso? Tinham barulhos na voz. Mesmo os chefes entre si cochicharam. Mas Joca Ramiro sabia represar os excessos, Joca Ramiro era mesmo o tutùmumbuca, grande maioral. Temperou somente:

— "Mas ele não falou o nome-da-mãe, amigo..."

E era verdade. Todo o mundo concordou, pelo que vi de todos. Só para o nome-da-mãe ou de "ladrão" era que não havia remédio, por ser a ofensa grave. Com Joca Ramiro explicar assim, não havia jagunço que não aceitasse o razoável da ponderação, o relembrado. O Hermógenes mesmo se melou na atrapalhação das ligeirezas, e aí tinha de condizer. Nada ele não disse: mas abriu quadrada a boca, em careta de quem provou pedra de sal. E Zé Bebelo mesmo aproveitou para mudar o aspecto — para uma certa circunspecção. Se via que ele pensava a curto ganho no estreito, por detrás daquele sonsar. Trabalho de ideia em aperto, pelo pão de salvar sua vida da estrosca.

Imediato, Joca Ramiro deu a vez a Sô Candelário, não deixando frouxura de tempo para mais motim: — "Hê, e você, compadre? Qual é a acusação que se tem?"

Sobre o que, sobreveio Sô Candelário, arre avante, aos priscos, a figura muita, o gibão desombrado. Sobrava fala: — "Com efeito! Com efeito!..." — falou. Vai, vai, forteou mais a voz: — "Só quero pergunta: se ele convém em nós dois resol-

193

vermos isto à faca! Pergunto para briga de duelo... É o que acho! Carece mais de discussão não... Zé Bebelo e eu — nós dois, na faca!..."

Sô Candelário mais longe não conseguia de dizer, só repetia aquilo, desafio, e no mais se mexer, feito com são-guido ou escaravelho. Sem raiva quase nenhuma — notei; mas também sem nenhuma paciência. Sô Candelário sendo assim. Mas aí Joca Ramiro remediou, dizendo, resistencioso, e escondeu o de que ria:

— "Resultado e condena, a gente deixa para o fim, compadre. Demore, que logo vai ver. Agora é a acusação das culpas. Que crimes o compadre indica neste homem?"

— "Crime?... Crime não vejo. É o que acho, por mim é o que declaro: com a opinião dos outros não me assopro. Que crime? Veio guerrear, como nós também. Perdeu, pronto! A gente não é jagunços? A pois: jagunço com jagunço — aos peitos, papos. Isso é crime? Perdeu, está aí feito umbùzeiro que boi comeu por metade... Mas brigou valente, mereceu... Crime, que sei, é fazer traição, ser ladrão de cavalos ou de gado... não cumprir a palavra..."

— "Sempre eu cumpro a palavra dada!" — gritou de lá Zé Bebelo.

Sô Candelário olhou encarado para ele, rente repente, como se nos instantes antes não soubesse que ele estava ali a três passos. Só assim mesmo prosseguiu:

— "...Pois, sendo assim, o que acho é que se deve de tornar a soltar este homem, com o compromisso de ir ajuntar outra vez seu pessoal dele e voltar aqui no Norte, para a guerra poder continuar mais, perfeita, diversificada..."

Ressaltados, os homens, ouvindo isso, rosnaram de bem, cá e lá: coragem sempre agradava. Diadorim apertou meu braço, como sussurrou: — "Doideira, dele. Riobaldo, Sô Candelário está dôido varrido..." Aí podia ser. Mas eu tinha relanceado um afio de onde ódio que ele mirou no Hermógenes, enquanto falando; e entendi: Sô Candelário não gostava do Hermógenes! Sendo que ele podia até nem saber disso, não ter noção firme de que não gostava; mas era a maior verdade. Sucinto, só por conta disso, eu apreciei demais aquele rompante.

Sô Candelário esbarrou de falar, secado. Só aos bufos, surdo de se ver que ele tinha feito o grande esforço todo, sopitante. Se afundava para os altos.

— "Apraz ao senhor, compadre Ricardão?" — Joca Ramiro solicitou, passando a vez.

Aquele retardou tanto para começar a dizer, que pensei fosse ficar para sempre calado. Ele era o famoso Ricardão, o homem das beiras do Verde Pequeno. Amigo acorçoado de importantes políticos, e dono de muitas posses. Composto homem volumoso, de meças. Se gordo próprio não era, isso só por no sertão não se ver nenhum homem gordo. Mas um não podia deixar de se admirar do peso de tanta corpulência, a coisa de zebú guzerate. As carnes socadas em si — parecia que ele comesse muito mais do que todo o mundo — mais feijão, fubá de milho, mais arroz e farofa —, tudo imprensado, calcado, sacas e sacas. Afinal, ele falou: fosse o Almirante Balão:

— "Compadre Joca Ramiro, o senhor é o chefe. O que a gente viu, o senhor vê, o que a gente sabe o senhor sabe. Nem carecia que cada um desse opinião, mas o senhor quer ceder alar de prezar a palavra de todos, e a gente recebe essa boa prova... Ao que agradecemos, como devido. Agora, eu sirvo a razão de meu compadre Hermógenes: que este homem Zé Bebelo veio caçar a gente, no Norte sertão, como mandadeiro de políticos e do Governo, se diz até que a soldo... A que perdeu, perdeu, mas deu muita lida, prejuizos. Sérios perigos, em que estivemos; o senhor sabe bem, compadre Chefe. Dou a conta dos companheiros nossos que ele matou, que eles mataram. Isso se pode repor? E os que ficaram inutilizados feridos, tantos e tantos... Sangue e os sofrimentos desses clamam. Agora, que vencemos, chegou a hora dessa vingança de desforra. A ver, fosse ele que vencesse, e nós não, onde era que uma hora destas a gente estava? Tristes mortos, todos, ou presos, mandados em ferros para o quartel da Diamantina, para muitas cadeias, para a capital do Estado. Nós todos, até o senhor mesmo, sei lá. Encareço, chefe. A gente não tem cadeia, tem outro despacho não, que dar a este; só um: é a misericórdia duma boa bala, de mete-bucha, e a arte está acabada e acertada. Assim que veio, não sabia que o fim mais fácil é esse? Com os outros, não se fez? Lei de jagunço é o momento, o menos luxos. Relembro também que a responsabilidade nossa está valendo: respeitante ao seo Sul de Oliveira, doutor Mirabô de Melo, o velho Nico Estácio, compadre Nhô Lajes e coronel Caetano Cordeiro... Esses estão aguentando acossamento do Governo, tiveram de sair de suas terras e fazendas, no que produziram uma grande quebra, vai tudo na mesma desordem... A pois, em nome deles, mesmo, eu sou deste parecer. A condena seja: sem tardança! Zé Bebelo, mesmo zureta, sem responsabilidade nenhuma, verte pemba, perigoso. A condena que vale, legal, é um tiro de arma. Aqui, chefe — eu voto!..."

A babas do que ele vinha falando, o povaréu jagunço movia que louvava, confirmava. Aí, nhães, pelos que davam mais demonstração, medi quantidade dos que eram do Ricardão próprio. Zé Bebelo estava definito — eu pensei — qualquer rumorzinho de salvação para ele se mermando, se no mel, no p'ra passar.

Mire e veja o senhor: e o pior de tudo era que eu mesmo tinha de achar correto o razoado do Ricardão, reconhecer a verdade daquelas palavras relatadas. Isso achei, meio me entristeci. Por que? O justo que era, aquilo estava certo. Mas, de outros modos — que bem não sei — não estava. Assim, por curta ideia que eu queira dividir: certo, no que Zé Bebelo tinha feito; mas errado no que Zé Bebelo era e não era. Quem sabe direito o que uma pessoa é? Antes sendo: julgamento é sempre defeituoso, porque o que a gente julga é o passado. Eh, bê. Mas, para o escriturado da vida, o julgar não se dispensa; carece? Só que uns peixes tem, que nadam rio-arriba, da barra às cabeceiras. Lei é lei? Lôas! Quem julga, já morreu. Viver é muito perigoso, mesmo.

Nisso, Joca Ramiro já tinha transferido a mão de fala a Titão Passos — esse era como um filho de Joca Ramiro, estava com ele nos segredos simples da amizade. Abri ouvidos. Ideia me veio que ia valer vivo o que ele falasse. Aí foi:

— "Ao que aprecio também, Chefe, a distinção minha desta ocasião, de dar meu voto. Não estou contra a razão de companheiro nenhum, nem por contestar. Mas eu cá sei de toda consciência que tenho, a responsabilidade. Sei que estou como debaixo de juramento: sei porque de jurado já servi, uma vez, no júri da Januária... Sem querer ofender ninguém — vou afiançando. O que eu acho é que é o seguinte: que este homem não tem crime constável. Pode ter crime para o Governo, para delegado e juiz-de-direito, para tenente de soldados. Mas a gente é sertanejos, ou não é sertanejos? Ele quis vir guerrear, veio — achou guerreiros! Nós não somos gente de guerra? Agora, ele escopou e perdeu, está aqui, debaixo de julgamento. A bem, se, na hora, a quente a gente tivesse falado fogo nele, e matado, aí estava certo, estava feito. Mas o refrêgo de tudo já se passou. Então, isto aqui é matadouro ou talho?... Ah, eu, não. Matar, não. Suas licenças..."

Coração meu recomprei, com as palavras de Titão Passos. Homem em regra, capaz de mim. Cacei jeito de sorrir para ele, aprovei com a cabeça; não sei se ele me viu. E mais não houve rebuliço. Só que notei estopim — os homens ficando diferentes. Agora tomavam mais ânsia de saber o que era que iam decidir os manantas. O pessoal próprio de Titão Passos era que formavam o bando menor de todos. Mas gente muito valente. Valentes como aquele bom chefe. "De que bando eu sou?" — comigo pensei. Vi que de nenhum. Mas, dali por diante, eu queria encostar direto com as ordens de Titão Passos. — "Ele é meu amigo..." — Diadorim no meu ouvido falou — "...Ele é bisneto de Pedro Cardoso, trasneto de

Maria da Cruz!" Mas eu nem tive surto de perguntar a Diadorim o resumo do que ele pensasse. Joca Ramiro agora queria o voto de João Goanhá — o derradeiro falante, que rente dificultava.

João Goanhá fez que ia levantar, mas permaneceu agachado mesmo. Resto que retardou um pouco no dizer, e o que disse, que digo:

— "Eu cá, ché, eu estou p'lo qu' o ché pro fim expedir..."

— "Mas não é bem o caso, compadre João. Vocês dão o voto, cada um. Carece de dar..." — foi o que Joca Ramiro explicou mais.

A tanto João Goanhá se levantou, espanou com os dedos no nariz. Daí, pegou e repuxou seu canhão de cada manga. Arrumou a cintura, com as armas, num propósito de decisão. Que ouvi um tlim: moveu meus olhos.

— "Antão pois antão..." — ele referiu forte: — "meu voto é com o compadre Sô Candelário, e com meu amigo Titão Passos, cada com cada... Tem crime não. Matar não. Eh, diá!..."

Rezo que ele falou aquilo, aquele capiau peludo, renasceu minha alegria. Rezo que falou, grosso, como se fosse por um destaque de guerra. De ripipe, espiei o Hermógenes: esse preteou de raiva. O Ricardão não acabava de cochilar, cara grande de sapo. O Ricardão, no exatamente, era quem mandava no Hermógenes. Cochilava fingido, eu sabia. E agora? Que é que tinha mais de ter? Não estava tudo por bem em bem terminado?

Ah, não, o senhor mire e veja. Assim Joca Ramiro era homem de nenhuma pressa. Se abanava com o chapéu. Ao em uma soberania sem manha de arrocho, perpasseou os olhos na roda do povo. Ant'ante disse, alto:

— "Que tenha algum dos meus filhos com necessidade de palavra para defesa ou acusação, que pode depor!"

Tinha? Não tinha. Todo o mundo se olhava, num desconcerto, como quem diz lá: cada um com a cara atrás da sela. Para falar, ali não estavam. Por isso nem ninguém tinha esperado. Com tanto, uns fatos extraordinários.

Haja veja, que Joca Ramiro repetiu o perguntar:

— "Que por aí, no meio de meus cabras valentes, se terá algum que queira falar por acusação ou para defesa de Zé Bebelo, dar alguma palavra em favor dele? Que pode abrir a boca sem vexame nenhum..."

Artes o advôgo — aí é que vi. Alguém quisesse? Duvidei, foi o que foi. Digo ao senhor: estando por ali para mais de uns quinhentos homens, se não minto. Surgiu o silêncio deles todos. Aquele silêncio, que pior que uma alarida. Mas, por que não davam brados, não falavam todos total, de torna vez, para Zé Bebelo ser botado solto?... me enfezei. Sus, pensei, com um empurrão de força em mim. Ali naquel'horinha — meu senhor — foi que eu lambi ideia de como às vezes devia de ser bom ter grande poder de mandar em todos, fazer a massa do mundo rodar e cumprir os desejos bons da gente. De sim, sim, pingo. Acho que eu tinha suor nas beiras da testa. Ou então — eu quis — ou, então, que se armasse ali mesmo rixa feia: metade do povo para lá, metade para cá, uns punindo pelo bem da justiça, os outros nas voltas da cauda do demo! Mas que faca e fogo houvesse, e braços de homens, até resultar em montes de mortos e pureza de paz... Sal que eu comi, só.

Abre que, ah, outra vez, Joca Ramiro reproduziu a pergunta:

— "Que se tiver algum..." — e isto e aquilo, tudo o mais.

Me armei dum repente. Me o meu? Eu agora ia falar — por que era que não falava? Aprumei corpo. Ah, mas não acertei em primeiro: um outro começou. Um Gú, certo papa-abóbora, beiradeiro, tarraco mas da cara comprida; esse discorreu:

— "Com vossas licenças, chefe, cedo minha rasa opinião. Que é — se vossas ordens fôrem de se soltar esse Zé Bebelo, isso produz bem... Oséquio feito, que se faz, vem a servir à gente, mais tarde, em alguma necessidade, que o caso for... Não ajunto por mim, observo é pelos chefes, mesmo, com esta vênia. A gente é braço d'armas, para o risco de todo dia, para tudo o miúdo do que vem no ar. Mas, se alguma outra ocasião, depois, que Deus nem consinta, algum chefe nosso cair preso em mão de tenente de meganhas — então também hão de ser tratados com maior compostura, sem sofrer vergonhas e maldades... A guerra fica sendo de bem-criação, bom estatuto..."

Aquilo era razoável. A ver, tinha saído tão fácil, até Joca Ramiro, em passagens, animou o Gú, com acenos. Tomei coragem mais comum. Abri a minha boca. Aí, mas, um outro campou ligeiro, tomou a mão para falar. Era um denominado Dôsno, ou Dôsmo, groteiro de terras do Cateriangongo — entre o Ribeirão Formoso e a Serra Escura — e ele tinha olhos muito incertos e vesgava. Que era que podia guardar para dizer um homem desses, capiau medido por todos os capiaus do meu Norte? Escutei.

— "Tomém pego licença, sôs chefes. Em que pior não veja, destorcendo meu desatino. É-que, é-que... Que eu acho que seja melhor, em antes de se remitir ou de se cumprir esse homem, pois bem: indagar de fazer ele dizer ond'é que estão a fortuna dele, em cobre... A mò que se diz — que ele possederá o bom dinheiro, em quantia, amoitado por aí... É só, por mim, é só, com vosso perdão... Com vosso perdão..."

Riram, uns; por que é que riram? — rissem. Dei como um passo adiante, levantei mão e estalei dedo, feito menino em escola. Comecei a falar. Diadorim ainda experimentou de me reter, decerto assustado: — "Espera, Riobaldo..." — tive o siso da voz dele no ouvido. Aí eu já tinha principiado. O que eu acho, disse, supri neste mais menos fraseado:

— "Dê licença, grande chefe nosso, Joca Ramiro, que licença eu peço! O que tenho é uma verdade forte para dizer, que calado não posso ficar..."

Digo ao senhor: que eu mesmo notei que estava falando alto demais, mas de me abrandar não tinha prazo nem jeito — eu já tinha começado. Coração bruto batente, por debaixo de tudo. Senti outro fogo no meu rosto, o salteio de que todos a finque me olhavam. Então, eu não aceitei ninguém, o que eu não queria era ver o Hermógenes. Não pôr as capas dos olhos nem a ideia no Hermógenes — que Hermógenes nenhum neste mundo não tivesse, nenhum para mim, nenhum de si! Por isso, prendi minhas vistas só num homem, um que foi o qualquer, sem nem escôlha minha, e porque estava bem por minha frente, um pardo. Pobre, esse, notando que recebia tanto olhar, abaixou a cara, amassado de não poder outra coisa. No eu falando:

— "...Eu conheço este homem bem, Zé Bebelo. Estive do lado dele, nunca menti que não estive, todos aqui sabem. Saí de lá, meio fugido. Saí, porque quis, e vim guerrear aqui, com as ordens destes famosos chefes, vós... Da banda de cá, foi que briguei, e dei mão leal, com meu cano e meu gatilho... Mas, agora, eu afirmo: Zé Bebelo é homem valente de bem, e inteiro, que honra o raio da palavra que dá! Aí. E é chefe jagunço, de primeira, sem ter ruindades em cabimento, nem matar os inimigos que prende, nem consentir de com eles se judiar... Isto, afirmo! Vi. Testemunhei. Por tanto, que digo, ele merece um absolvido escorreito, mesmo não merece de morrer matado à tôa... E isto digo, porque de dizer eu tinha, como dever que sei, e cumprindo a licença dada por meu grande chefe nosso, Joca Ramiro, e por meu cabo-chefe Titão Passos!..."

Tirei fôlego de fôlego, latejei. Sei que me desconheci. Suspendi do que estava:

— "...A guerra foi grande, durou tempo que durou, encheu este sertão. Nela todo o mundo vai falar, pelo Norte dos Nortes, em Minas e na Bahia toda, constantes anos, até em outras partes... Vão fazer cantigas, relatando as tantas façanhas... Pois então, xente, hão de se dizer que aqui na Sempre-Verde vieram se reunir os chefes todos de bandos, com seu cabras valentes, montoeira completa, e com o sobregovêrno de Joca Ramiro — só para, no fim, fim, se acabar com um homenzinho sozinho — se condenar de matar Zé Bebelo, o quanto fosse um boi de corte? Um fato assim é honra? Ou é vergonha?..."

— "Para mim, é vergonha..." — o que em brilhos ouvi: e quem falou assim foi Titão Passos.

— "Vergonha! Raios diabos que vergonha é! Estrumes! A vergonha danada, raios danados que seja!..." — assim; e quem gritou, isto a mais, foi Sô Candelário.

Tudo tão aos traques de-repente, não sei, eu nem acabei o relance que me arrepiou minha ideia: que eu tinha feito grande toleima, que decerto ia ser para piorar — o que foi no eu dizer que Zé Bebelo não matava os presos; porque, se do nosso lado se matava, então não iam gostar de escutar aquilo de mim, que podia parecer forte reprovação. Aos brados bramados de Sô Candelário, temi perder a vez de tudo falar. Aí, nem olhei para Joca Ramiro — eu achasse, ligeiro demais, que Joca Ramiro não estava aprovando meu saìmento. Aí, porque nem não tive tempo — porque imediato senti que tinha de completar o meu, assim:

— "...A ver. Mas, se a gente der condena de absolvido: soltar este homem Zé Bebelo, a mãvazias, punido só pela derrota que levou — então, eu acho, é fama grande. Fama de glória: que primeiro vencemos, e depois soltamos..." —; em tanto terminei de pensar: que meu receio era tôlo: que, jagunço, pelo que é, quase que nunca pensa em reto: eles podiam achar normal que da banda de cá os inimigos presos a gente matasse, mas apreciavam também que Zé Bebelo, como contrário, tivesse deixado em vida os companheiros nossos presos. Gente airada...

— "...Seja fama de glória! Só o que sei... Chagas de Cristo!..." — êta Sô Candelário tornou a atalhar. Desadorou-se! Senhor de bofe bruto, sapateou, de arrompe: os de perto se afastando, depressa, por a ele darem espaço. Agora o Hermógenes havia de alguma coisa dizer? O Hermógenes experimentava os dentes nos beiços. Ricardão fazia que cochilava. Sô Candelário era de se temer inteiro.

Somente que, em vez do trestampo, que a gente esperasse, e que ninguém bridava, ele Sô Candelário espiou para cima, às pasmas, consoante sossegado estúrdio recitou, assim em tom — a bonita voz, de espírito:

— "...Seja a fama de glória... Todo o mundo vai falar nisso, por muitos anos, louvando a honra da gente, por muitas partes e lugares. Hão de botar verso em feira, assunto de sair até divulgado em jornal de cidade..." — Ele estava mandarino, mesmo.

Aí eu pensei, eu achei? Não. Eu disse. Disse o verdadeiro, o ligeiro, o de não se esperar para dizer: — "...E, que perigo que tem? Se ele der a palavra de nunca mais tornar a vir guerrear com a gente, decerto cumpre. Ele mesmo não há de querer tornar a vir. É o justo. Melhor é se ele der a palavra de que vais-s'embora do Estado, para bem longe, em desde que não fique em terras daqui nem da Bahia..." — eu disse; disse mansinho mãe, mansice, caminhos de cobra.

— "Tenho uns parentes meus em Goiás..." — Zé Bebelo falou, avindado de repente. E falou quando não se aguardava, e também assim com tanta vontade de falar, que alguns muito se riram. Eu não ri. Tomei uma respiração, e aí vi que eu tinha terminado. Isto é, que comecei a temer. Num esfrio, num átimo, me vesti de pavor. O que olhei — Joca Ramiro teria estado a gestos? — Joca Ramiro fazendo um gesto, então queria que eu calasse absolutamente a boca; eu não possuía vênia para discorrer no que para mim não era de minha alta conta. Eu quis, de repentemente, tornar a ficar nenhum, ninguém, safado humildezinho...

Mas Titão Passos trucou, senhor-moço. Titão Passos levantava a testa. Ele, que no normal falava tão pouco, pudesse dar capacidade de tantas constâncias?

Titão Passos disse: — "...Então, ele indo para bem longe, está punido, desterrado. É o que eu voto por justo. Crime maior ele teve? Pelos companheiros nossos, que morreram ou estão ofendidos passando mal, tenho muito dó..."

Sô Candelário disse: — "...Mas morrer em combate é coisa trivial nossa; para que é que a gente é jagunço?! Quem vai em caça, perde o que não acha..."

Titão Passos disse: — "...E mortes tantas, isso não é culpa de chefe nenhum. Digo. E mais que esses grandes de nossa amizade: doutor Mirabô de Melo, coronel Caetano, e os outros — hão de concordar com a resolução que a gente tome, em desde que seja boa e de bom proveito geral. É o que eu acho, Chefe. Às ordens..."
— Titão Passos terminou.

O silêncio todo era de Joca Ramiro.

Era de Zé Bebelo e de Joca Ramiro.

Ninguém não reparava mais em mim, não apontavam o eu ter falado o forte solene, o terrivelmente; e então, agora, para todos os de lá, eu não existisse mais existido? Só Diadorim, que quase me abraçava: — "Riobaldo, tu disse bem! Tu é homem de todas valentias..." Mas, os outros, perto de mim, por que era que não me davam louvor, com as palavras: — Gostei de ver! Tatarana! Assim é que é assim! —? Só, que eu tinha pronunciado bem, Diadorim mais me disse: e que tinha sido menos por minhas tantas palavras, do que pelo rompante brabo com que falei, acendido, exportando uma espécie de autoridade que em mim veio. E para Zé Bebelo eu não tinha olhado. Que era que ele de mim devia de estar pensando? E Joca Ramiro? Esses se fronteavam: um ao outro, e o em meio, se mediam.

Rente que nesse resto de tempo decerto cruzaram palavras, que não deram para eu ouvir. Pois porque Zé Bebelo teve ordem de falar, devia de ter tido. A licença. Principiou. Foi discorrendo vagaroso, de entremeado, coisa sem coisa. Vi e vi: ele estava só apalpando o vau. Sujeito finório. Aí o qualquer zunzo que houvesse, ele colhia e entendia no ar — estava com as orêlhas por isso, aquela cabeça sobrenadando. Já um pouco descabelado. Mas serenou sota, para diante.

— "...Altas artes que agradeço, senhor chefe Joca Ramiro, este sincero julgamento, esta bizarria... Agradeço sem tremor de medo nenhum, nem agências de adulação! Eu. José, Zé Bebelo, é meu nome: José Rebêlo Adro Antunes! Tataravô meu Francisco Vizeu Antunes — foi capitão-de-cavalos... Demarco idade de quarenta-e-um anos, sou filho legitimado de José Ribamar Pachêco Antunes e Maria Deolinda Rebêlo; e nasci na bondosa vila mateira do Carmo da Confusão..."

Oragos. Para que a tanta sensaboria toda, essas filosofias? Mas porém ele pronunciava com brio, sem as papeatas de em antes, sem o remonstrar nem os reviretes:

— "...Agradeço os que por mim bem falaram e puniram... Vou depor. Vim para o Norte, pois vim, com guerra e gastos, à frente de meus homens, minha guerra... Sou crescido valente, contra homens valentes quis dar o combate. Não está certo? Meu exemplo, em nomes, foram estes: Joca Ramiro, Joãozinho Bem-Bem, Sô Candelário!... e tantos outros afamados chefes, uns aqui presentes, outros que não estão... Briguei muito mediano, não obrei injustiça nem ruindades nenhumas; nunca disso me reprovam. Desfaço de covardes e de biltragem! Tenho nada ou pouco com o Governo, não nasci gostando de soldados... Coisa que eu queria era proclamar outro governo, mas com a ajuda, depois, de vós, também. Estou vendo que a gente só brigou por um mal-entendido, maximé. Não obedeço ordens de chefes políticos. Se eu alcançasse, entrava para a política, mas pedia ao grande Joca Ramiro que encaminhasse seus brabos cabras para votarem em mim, para deputado... Ah, este Norte em remanência: progresso forte, fartura para todos, a alegria nacional! Mas, no em mesmo, o afã de política, eu tive e não tenho mais... A gente tem de sair do sertão! Mas só se sai do sertão é tomando conta dele a dentro... Agora perdi. Estou preso. Mudei para adiante! Perdi — isto é — por culpa de má-hora de sorte; o que não creio. Altos descuidos alheios... De ter sido guardado prisioneiro vivo, e estar defronte de julgamento, isto é que eu louvo, e que me praz. Prova de que vós nossos jagunços do Norte são civilizados de calibre: que não matam com o distrair de mão um qualquer inimigo pegado. Isto aqui não são essas estrebarias... Estou a cobro de desordens malinas. Estimei. Dou viva Joca Ramiro, seus outros chefes, comandantes de seus terços. E viva sua valente jagunçada! Mas, homem sou. Sou de altas cortesias. Só que medo não tenho; nunca tive, no travável..."

Anda que fez um gesto bonito. Assaz, aí, se espiritou. Ao que, de vez, foi grandeúdo:

— "...Uê, vim guerrear, de peito aberto, com estrondos. Não vim socolor de disfarces, com escondidos e logro. Perdi, por um desguardo. Não por má chefia minha! Não devia de ter querido contra Joca Ramiro dar combate, não devia-de. Não confesso culpa nem retrauta, porque minha regra é: tudo que fiz, valeu por bem feito. É meu consueto. Mas, hoje, sei: não devia-de. Isto é: depende da sentença que vou ter, neste nobre julgamento. Julgamento, digo, que com arma ainda na mão pedi; e que deste grande Joca Ramiro mereci, de sua alta fidalguia... Julgamento — isto, é o que a gente tem de sempre pedir! Para que? Para não se ter medo! É o que comigo é. Careci deste julgamento, só por verem que não tenho medo... Se a condena for às ásperas, com a minha coragem me amparo. Agora, se eu receber sentença salva, com minha coragem vos agradeço. Perdão, pedir, não peço: que eu acho que quem pede, para escapar com vida, merece é meia-vida e dobro de morte. Mas agradeço, fortemente. Também não posso me oferecer de servir debaixo d'armas de Joca Ramiro — porque tanto era honra, mas não condizia bem. Mas minha palavra dando, minha palavra as mil vezes cumpro! Zé Bebelo nunca roeu nem torceu. E, sem mais por dizer, espero vossa distinta sentença. Chefe. Chefes."

Digo ao senhor, foi um momento movimentado.

Zé Bebelo, acabando nas palavras, ali sentadinho ficou, repequeno, pequenininho, encolhido ao mais. Já um pouco descabelado. Era uma bolinha de gente. Fechou-se um homem. Olhei, olhei. Só a gente mal ouvisse o sussurro de todos lá; que foi bom: conheci que era. — "O sujeito machacá! Assopres!" "— Arre, maluco é — mas frege... Capaz que castra garrote com as unhas dos dedos..." Não o que Diadorim não disse — mas ele estava assim por pálido. Vai, vi os chefes. Eles conversaram um circuitozinho, ligeiro. O Hermógenes e o Ricardão — e Joca Ramiro para eles sorriu, seus compadres. O Ricardão e o Hermógenes — eles dois eram chouriço e morcela. Sô Candelário — conforme seus conformes, avançante

— Joca Ramiro sorriu para Sô Candelário. O jeito de João Goanhá — richarte. Só Titão Passos espiava desolhadamente, ele tão aposto homem tão bom, tão sério: com as mãos ajuntadas baixo, em frente da barriga — só esperava o nada virar coisas. Acontecesse o que. Joca Ramiro ia decidir! Sobre o simples, o Hermógenes ainda ia se debruçar, para um dizer em orêlha. Mas Joca Ramiro encurtou tudo num gesto. Era a hora. O poder dele veio distribuído endireito em Zé Bebelo. O quando falou:

— "O julgamento é meu, sentença que dou vale em todo este norte. Meu povo me honra. Sou amigo dos meus amigos políticos, mas não sou criado deles, nem cacundeiro. A sentença vale. A decisão. O senhor reconhece?"

— "Reconheço" — Zé Bebelo aprovou, com firmeza de voz, ele já descabelado demais. Se fez que as três vezes, até: — "Reconheço. Reconheço! Reconheço..." — estréques estalos de gatilho e pinguelo — o que se diz: essas detonações.

— "Bem. Se eu consentir o senhor ir-se embora para Goiás, o senhor põe a palavra, e vai?"

Zé Bebelo demorou resposta. Mas foi só minutozinho. E, pois:

— "A palavra e vou, Chefe. Só solicito que o senhor determine minha ida em modo correto, como compertence."

— "A falando?"

— "Que: se ainda tiver homens meus vivos, presos também por aí, que tenham ordem de soltura, ou licença de vir comigo, igualmente..."

Ao que Joca Ramiro disse: — "Topo. Topo."

— "...E que, tendo nenhum, eu viaje daqui sem vigia nenhuma, nem guarda, mas o senhor me fornecendo animal-de-sela arreado, e as minhas armas, ou boas outras, com alguma munição, mais o de-comer para os três dias, legal..."

Ao que aí Joca Ramiro assim três vezes: — "Topo. Topo!"

— "...Então, honrado vou. Mas, agora, com sua licença, a pergunta faço: pelo quanto tempo eu tenho de estipular, sem voltar neste Estado, nem na Bahia? Por uns dois, três anos?"

— "Até enquanto eu vivo for, ou não der contraordem..." — Joca Ramiro aí disse, em final. E se levantou, num de repente. Ah, quando ele levantava, puxava as coisas consigo, parecia — as pessoas, o chão, as árvores desencontradas. E todos também, ao em um tempo — feito um boi só, ou um gado em círculos, ou um relincho de cavalo. Levantaram campo. Reinou zoeira de alegria: todo o mundo já estava com cansaço de dar julgamento, e se tinha alguma certa fome.

Diadorim me chamou, fomos caminhando, no meio da queleléia do povo. Mesmo eu vi o Hermógenes: ele se amargou, engulindo de boca fechada. — "Diadorim" — eu disse — "esse Hermógenes está em verde, nas portas da inveja..." — Mas Diadorim por certo não me ouviu bem, pelo que começou dizendo: — "Deus é servido..." Não sosseguei. Aquele pessoal tribuzava. O encarregado da Sempre-Verde abriu cozinha: panelas grandes e caldeirões, cozinhando de tudo o que vale a valer. Tinha sempre algum batendo mão-de-pilão. Digo, não por nada não, mas pelo exato ser: eu tinha estalando nos meus olhos a lembrança do Hermógenes, na hora do julgamento. De como primeiro ele, soturno, não se sobressaía, só escancarava muito as pernas, facãozão na mão; mas depois ficou artimanhado, com uma tristeza fechada aos cantos, como cão que consome raivas. E o Ricardão? Esse: uma pesadureza na cara toda, mas, quando esbarrou de cochilar, aqueles olhos grossos, rebolando que nem apostemados, sem bom preceito. Assente, enfim, tudo estava passado, terminado. Estava? Pois, pedi espera a Diadorim, na beira do rego, eu queria cuidar do meu cavalo, dissesse, desarrear e escovar. Dei com o Hermógenes. Dito, a bem, eu cacei onde estava o Hermógenes, tempo parei perto dele. Virando que eu quis ir lá, e escutar, quase quis. Um dizer ouvi: — ..."Mamãezada..." Ao que seria? O Hermógenes não era nenhum toleimado, para desfazer na decisão de Joca Ramiro. "*Mamãezada*"? Mais não ouvi, relembro que não sei direito. Com pouco, Zé Bebelo estava dando as despedidas. Se viu, montado num bom cavalo de duas cores, arreado com sela boa de Minas-Velhas. Deram que levasse carabina, suas outras armas, e cruz-cruz cartucheiras. Aí já tinha jantado. E o bornal com matlotagem. Sobre o cavalo se houve, se upou na sela. Se foi. Saíu em marcha de estrada, sem olhar para trás, o sol na beira. Só o Triol devia de prestar acompanhamento a ele, por o uso de resguardado território, de uma légua. Me deu certa tristeza. Mas a minha satisfação ainda era maior.

Daí, estávamos todos pegando o que comer, que eram essas grandes abundâncias. Angú e couve, abóbora moranga cozida, torresmos, e em toda fogueira assavam mantas de carnes. Quem quisesse sôpa, era só ir se aquinhoar na porta-da-cozinha. A quantidade de pratos era que faltava. E assaz muita cachaça se tomou, que Joca Ramiro mandou satisfazer goles a todos — extraordinária de boa. O senhor havia de gostar de ver aquela ajuntação de povo, as coisas que falavam e faziam, o jeito como podiam se rir, na vadiação, todos bem comidos, entalagados. Daí, escureceu. Homens deitados no chão, escornados até quase debaixo do mijo dos cavalos pastantes. Eu estava que impava, queria um bom sono. A ver, fui com Diadorim para o rumo dos pés de fruta, seguindo o rego. Com a entrada da noite, o passar da água canta friinho, permeio, engrossa, e a gente aprecia o cheiro do musgúz das árvores. Zé Bebelo tinha ido embora, para sempre, no cavalo de duas cores, fez pouca poeira. Nós estávamos no jaz ali, repimpados, enfunando as redes. Disso não esqueço? Não esqueço. A gente estava desagasalhados na alegria, feito meninos.

Eu tinha vindo para ali, para o sertão do Norte, como todos uma hora vêm. Eu tinha vindo quase sem mesmo notar que vinha — mas presado, precisão de agenciar um resto melhor para a minha vida. Agora me expulsassem? Do jeito, isto é, tinham repelido para trás Zé Bebelo. Não me esqueci daquelas palavras dele: que agora era *"o mundo à revelia..."* Disse a Diadorim. Mas Diadorim menos me respondeu. Ao dar, que falou: — "Riobaldo, você prezava de ir viver n'Os-Porcos, que lá é bonito sempre — com as estrelas tão reluzidas?..." Dei que sim. Como ia querer dizer diferente: pois lá n'Os Porcos não era a terra de Diadorim própria, lugar dele de crescimento? Mas, mesmo enquanto que essas palavras, eu pensasse que Diadorim podia ter me respondido, assim nestas fações: — "...Mundo à revelia? Mas, Riobaldo, desse jeito mesmo é que o mundo sempre esteve..." Toleima, sei, bobéia disso, a basba do basbaque. Que eu dizia e pensava numa coisa, mas Diadorim recruzava com outras. — "...Zé Bebelo, Diadorim: que é que você achou daquele homem?" — ainda indaguei. — "Para ele, de agora, não tem dia nem noite: vai seu rumo, fazendo a viagem... Teve sorte! Entestou foi com Joca Ramiro — com sua alta bondade..." — foi o que Diadorim me respondeu. E ficou pensando, ficamos. Aí quando eu acabei até à pontinha meu cigarro, ainda perguntei: — "A ver, quem salvou Zé Bebelo da morte?" Diadorim, o que quis me dizer foi em tanto segredo, que ele puxou a beira da minha rede, para a gente falar quase cara a cara: — "Ah, quem salvou Zé Bebelo de morte? Pois, abaixo de Joca Ramiro, por começar foi ele Zé Bebelo mesmo. Depois, numa ponta do dito de Zé Bebelo, tomou figura Sô Candelário — homem esquipático e enorme de si, mas fiel, e que põe mais de trezentas armas. Cabras que, por um gesto dele, avançam e matam e matam..." Eu queria que ele tivesse explicado o fato de outro jeito. Mas Diadorim estava prosseguindo: — "...A ser que você viu o Hermógenes e o Ricardão, gente estarrecida de iras frias... Agora, esses me dão receio, meu medo... Deus não queira..." Depois, ele terminou assim: — "...Ao enquanto Joca Ramiro pode precisar da gente, você mesmo me prometeu, Riobaldo: a gente persiste por aqui." Prometi outra vez, confirmei. Desde, no sereno da noite, não se conversou mais, não me recordo.

Diadorim estava triste, na voz. Eu também estive. Por que? — há-de o senhor querer saber. Por causa de Zé Bebelo ter ido embora; e aquilo era motivo? Depois de Paracatú, é o mundo... Zé Bebelo ido, sei lá bem porque, tirava meu poder de pensar com a ideia em ordem, e eu sentia minha barriga demais cheia, demais de tantas comidas e bebidas. Só o que me consolava era ter havido aquele julgamento, com a vida e a fama de Zé Bebelo autorizadas. O julgamento? Digo: aquilo para mim foi coisa séria de importante. Por isso mesmo é que fiz questão de relatar tudo ao senhor, com tanta despesa de tempo e miúcias de palavras. — "O que nem foi julgamento legítimo nenhum: só uma extração estúrdia e destrambelhada, doideira acontecida sem senso, neste meio do sertão..." — o senhor dirá. Pois: por isso mesmo. Zé Bebelo não era réu no real! Ah, mas, no centro do sertão, o que é doideira às vezes pode ser a razão mais certa e de mais juízo! Daquela hora em diante, eu cri em Joca Ramiro. Por causa de Zé Bebelo. Porque, Zé Bebelo, na hora, naquela ocasião, estava sendo maior do que pessoa. Eu gostava dele do jeito que agora gosto de compadre meu Quelemém; gostava por entender no ar. Por isso, o julgamento tinha dado paz à minha ideia — por dizer bem: meu coração. Dormi, adeus disso. Como é que eu ia poder ter pressentimento das coisas terríveis que vieram depois, conforme o senhor vai ver, que já lhe conto?

Curtamente: dali da Sempre-Verde, com um dia mais, desapartamos. O bando muito grande de jagunços não tem composição de proveito em ocasião normal, só serve para chamar soldados e dar atrasamento e desrazoada despesa. Constava que João Goanhá torasse para a Bahia, e que o Antenor seguindo rumo em beira do Ramalhada, com um punhado dos hermógenes. Novas ordens, muitas ordens. Alaripe ia vir com Titão Passos. Titão Passos chamou a gente: Diadorim e eu. Se tinha um roteiro, sendo para ser: o mais encostado possível no São Francisco, até para lá do Jequitaí, e mais. Aquilo, por que? A gente não ia junto com Joca Ramiro, em caso de lhe a ele podermos valer, em caso, com maior ajuda, mão a mão? Ah, mas nossa tarefa era de muito encoberto empenho e valor: pelo que tínhamos de estanciar em certos lugares, com o fito de receber remessas; e em acontecer de vigiar algum rompimento de soldados, que para o Norte entrassem. Arreamos, montamos, saímos. Naquela mesma da hora, Joca Ramiro dava partida também, de volta para o São João do Paraíso. Lá ia ele, deveras, em seu cavalão branco, ginete — ladeado por Sô Candelário e o Ricardão, igual iguais galopavam. Saíam os chefes todos — assim o desenrolar dos bandos, em caracol, aos gritos de vozear. Ao que reluzia o bem belo. Diadorim olhou, e fez o sinal da cruz, cordial. — "Assim, ele me botou a benção..." — foi o que disse. Dá sempre tristezas algumas, um destravo de grande povo se desmanchar. Mas, nesse dia mesmo, em nossos cavalos tão bons, dobramos nove léguas.

As nove. Com mais dez, até à Lagoa do Amargoso. E sete, para chegar numa cachoeira no Gorutuba. E dez, arranchando entre Quem-Quem e Solidão; e muitas idas marchas: sertão sempre. Sertão é isto: o senhor empurra para trás, mas de repente ele volta a rodear o senhor dos lados. Sertão é quando menos se espera; digo. Mas saímos, saímos. Subimos. Ao quando um belo dia, a gente parava em macias terras, agradáveis. As muitas águas. Os verdes já estavam se gastando. Eu tornei a me lembrar daqueles pássaros. O marrequim, a garrixa-do-brejo, frangos-d'água, gaivotas. O manuelzinho-da-crôa! Diadorim, comigo. As garças, elas em asas. O rio desmazelado, livre rolador. E aí esbarramos parada, para demora, num campo solteiro, em varjaria descoberta, pasto de muito gado.

Lugar perto da Guararavacã do Guaicuí: Tapera Nhã, nome que chamava-se. Ali era bom? Sossegava. Mas, tem horas em que me pergunto: se melhor não seja a gente tivesse de sair nunca do sertão. Ali era bonito, sim senhor. Não se tinha perigos em vista, não se carecia de fazer nada. Nós estávamos em vinte e três homens. Titão Passos determinou uma esquadrazinha deles — com Alaripe em testa: fossem para a outra banda do morro, baixada própria da Guararavacã, esperar o que não acontecesse. Nós ficamos.

O que, por começo, corria destino para a gente, ali, era: bondosos dias. Madrugar vagaroso, vadiado, se escutando o grito a mil do pássaro rexenxão — que vinham voando, aquelas chusmas pretas, até brilhantes, amanheciam duma restinga de mato, e passavam, sem necessidade nenhuma, a sobre. E as malocas de bois e vacas que se levantavam das malhadas, de acabar de dormir, suspendendo corpo sem rumor nenhum, no meio-escuro, como um açúcar se derretendo no campo. Quando não ventava, o sol vinha todo forte. Todo dia se comia bom peixe novo, pescado fácil: curimatã ou dourado; cozinheiro era o Paspe — fazia pirão com fartura, e dividia a cachaça alta. Também razoável se caçava. A vigiação era revezada, de irmãos e irmãos, nunca faltava tempo para à tôa se permanecer. Dormi, sestas inteiras, por minha vida. Gavião dava gritos, até o dia muito se esquentar. Aí então aquelas fileiras de reses caminhavam para a beira do rio, enchiam a praia, parados, ou refrescavam dentro d'água. Às vezes chegavam a nado até em cima duma ilha comprida, onde o capim era lindo verdêjo. O que é de paz, cresce por si: de ouvir boi berrando à forra, me vinha ideia de tudo só ser o passado no futuro. Imaginei esses sonhos. Me lembrei do não saber. E eu não tinha notícia de ninguém, de coisa nenhuma deste mundo — o senhor pode raciocinar. Eu queria uma mulher, qualquer. Tem trechos em que a vida amolece a gente, tanto, que até um referver de mau desejo, no meio da quebreira, serve como benefício.

Um dia, sem dizer o que a quem, montei a cavalo e saí, a vão, escapado. Arte que eu caçava outra gente, diferente. E marchei duas léguas. O mundo estava vazio. Boi e boi. Boi e boi e campo. Eu tocava seguindo por trilhos de vacas. Atravessei um ribeirão verde, com os umbùzeiros e ingazeiros debruçados — e ali era vau de gado. "Quanto mais ando, querendo pessoas, parece que entro mais no sozinho do vago..." — foi o que pensei, na ocasião. De pensar assim me desvalendo. Eu tinha culpa de tudo, na minha vida, e não sabia como não ter. Apertou em mim aquela tristeza, da pior de todas, que é a sem razão de motivo; que, quando notei que estava com dôr-de-cabeça, e achei que por certo a tristeza vinha era daquilo, isso até me serviu de bom consolo. E eu nem sabia mais o montante que queria, nem aonde eu extenso ia. O tanto assim, que até um corguinho que defrontei — um riachim à tôa de branquinho — olhou para mim e me disse: — Não... — e eu tive que obedecer a ele. Era para eu não ir mais para diante. O riachinho me tomava a benção. Apeei. O bom da vida é para o cavalo, que vê capim e come. Então, deitei, baixei o chapéu de tapa-cara. Eu vinha tão afogado. Dormi, deitado num pelego. Quando a gente dorme, vira de tudo: vira pedras, vira flôr. O que sinto, e esforço em dizer ao senhor, repondo minhas lembranças, não consigo; por tanto é que refiro tudo nestas fantasias. Mas eu estava dormindo era para reconfirmar minha sorte. Hoje, sei. E sei que em cada virada de campo, e debaixo de sombra de cada árvore, está dia e noite um diabo, que não dá movimento, tomando conta. Um que é o romãozinho, é um diabo menino, que corre adiante da gente, alumiando com lanterninha, em o meio certo do sono. Dormi, nos ventos. Quando acordei, não cri: tudo o que é bonito é absurdo — Deus estável. Ouro e prata que Diadorim aparecia ali, a uns dois passos de mim, me vigiava.

Sério, quieto, feito ele mesmo, só igual a ele mesmo nesta vida. Tinha notado minha ideia de fugir, tinha me rastreado, me encontrado. Não sorriu, não falou nada. Eu também não falei. O calor do dia abrandava. Naqueles olhos e tanto de

Diadorim, o verde mudava sempre, como a água de todos os rios em seus lugares ensombrados. Aquele verde, arenoso, mas tão moço, tinha muita velhice, muita velhice, querendo me contar coisas que a ideia da gente não dá para se entender — e acho que é por isso que a gente morre. De Diadorim ter vindo, e ficar esbarrado ali, esperando meu acordar e me vendo meu dormir, era engraçado, era para se dar feliz risada. Não dei. Nem pude nem quis. Apanhei foi o silêncio dum sentimento, feito um decreto: — Que você em sua vida toda toda por diante, tem de ficar para mim, Riobaldo, pegado em mim, sempre!... — que era como se Diadorim estivesse dizendo. Montamos, viemos voltando. E, digo ao senhor como foi que eu gostava de Diadorim: que foi que, em hora nenhuma, vez nenhuma, eu nunca tive vontade de rir dele.

A Guararavacã do Guaicuí: o senhor tome nota deste nome. Mas, não tem mais, não encontra — de derradeiro, ali se chama é Caixeirópolis; e dizem que lá agora dá febres. Naquele tempo, não dava. Não me alembro. Mas foi nesse lugar, no tempo dito, que meus destinos foram fechados. Será que tem um ponto certo, dele a gente não podendo mais voltar para trás? Travessia de minha vida. Guararavacã — o senhor veja, o senhor escreva. As grandes coisas, antes de acontecerem. Agora, o mundo quer ficar sem sertão. Caixeirópolis, ouvi dizer. Acho que nem coisas assim não acontecem mais. Se um dia acontecer, o mundo se acaba. Guararavacã. O senhor vá escutando.

Aquele lugar, o ar. Primeiro, fiquei sabendo que gostava de Diadorim — de amor mesmo amor, mal encoberto em amizade. Me a mim, foi de repente, que aquilo se esclareceu: falei comigo. Não tive assombro, não achei ruim, não me reprovei — na hora. Melhor alembro. Eu estava sozinho, num repartimento dum rancho, rancho velho de tropeiro, eu estava deitado numa esteira de taquara. Ao perto de mim, minhas armas. Com aquelas, reluzentes nos canos, de cuidadas tão bem, eu mandava a morte em outros, com a distância de tantas braças. Como é que, dum mesmo jeito, se podia mandar o amor? O rancho era na borda-da-mata. De tarde, como estava sendo, esfriava um pouco, por pêjo de vento — o que vem da Serra do Espinhaço — um vento com todas almas. Arrepio que fuchicava as folhagens ali, e ia, lá adiante longe, na baixada do rio, balançar esfiapado o pendão branco das canabravas. Por lá, nas beiras, cantava era o joão-pobre, pardo, banhador. Me deu saudade de algum buritizal, na ida duma vereda em campim tem-te que verde, termo da chapada. Saudades, dessas que respondem ao vento; saudade dos Gerais. O senhor vê: o remôo do vento nas palmas dos buritis todos, quando é ameaço de tempestade. Alguém esquece isso? O vento é verde. Aí, no intervalo, o senhor pega o silêncio põe no colo. Eu sou donde eu nasci. Sou de outros lugares. Mas, lá na Guararavacã, eu estava bem. O gado ainda pastava, meu vizinho, cheiro de boi sempre alegria faz. Os quem-quem, aos casais, corriam, catavam, permeio às reses, no liso do campo claro. Mas, nas árvores, pica-pau bate e grita. E escutei o barulho, vindo do dentro do mato, de um macuco — sempre solerte. Era mês de macuco ainda passear solitário — macho e fêmea desemparelhados, cada um por si. E o macuco vinha andando, sarandando, macucando: aquilo ele ciscava no chão, feito galinha de casa. Eu ri — "Vigia este, Diadorim!" — eu disse; pensei que Diadorim estivesse em voz de alcance. Ele não estava. O macuco me olhou, de cabecinha alta. Ele tinha vindo quase endireito em mim, por pouco entrou no rancho. Me olhou, rolou os olhos. Aquele pássaro procurava o que? Vinha me pôr quebrantos. Eu podia dar nele um tiro certeiro. Mas retardei. Não dei. Peguei só num pé de espora, joguei no lado donde ele. Ele deu um susto, trazendo as asas para diante, feito quisesse esconder a cabeça, cambalhota fosse virar. Daí, caminhou primeiro até de costas, fugiu-se, entrou outra vez no mato, vero, foi caçar poleiro para o bom adormecer.

 O nome de Diadorim, que eu tinha falado, permaneceu em mim. Me abracei com ele. Mel se sente é todo lambente — "Diadorim, meu amor..." Como era que eu podia dizer aquilo? Explico ao senhor: como se drede fosse para eu não ter vergonha maior, o pensamento dele que em mim escorreu figurava diferente, um Diadorim assim meio singular, por fantasma, apartado completo do viver comum, desmisturado de todos, de todas as outras pessoas — como quando a chuva entre-onde-os-campos. Um Diadorim só para mim. Tudo tem seus mistérios. Eu não sabia. Mas, com minha mente, eu abraçava com meu corpo aquele Diadorim — que não era de verdade. Não era? A ver que a gente não pode explicar essas coisas. Eu devia de ter principiado a pensar nele do jeito de que decerto cobra pensa: quando mais-olha para um passarinho pegar. Mas — de dentro de mim: uma serepente. Aquilo me transformava, me fazia crescer dum modo, que doía e prazia. Aquela hora, eu pudesse morrer, não me importava.

 O que sei, tinha sido o que foi: no durar daqueles antes meses, de estropelias e guerras, no meio de tantos jagunços, e quase sem espairecimento nenhum, o sentir tinha estado sempre em mim, mas amortecido, rebuçado. Eu tinha gostado em dormência de Diadorim, sem mais perceber, no fofo dum costume.

Mas, agora, manava em hora, o claro que rompia, rebentava. Era e era. Sobrestive um momento, fechados os olhos, sufruía aquilo, com outras minhas forças. Daí, levantei.

Levantei, por uma precisão de certificar, de saber se era firme exato. Só o que a gente pode pensar em pé — isso é que vale. Aí fui até lá, na beira dum fogo, onde Diadorim estava, com o Drumão, o Paspe e Jesualdo. Olhei bem para ele, de carne e ôsso; eu carecia de olhar, até gastar a imagem falsa do outro Diadorim, que eu tinha inventado. — "Hê, Riobaldo, eh, uê, você carece de alguma coisa?" — ele me perguntou, quem-me-vê, com o certo espanto. Eu pedi um tição, acendi um cigarro. Daí, voltei, para o rancho, devagar, passos que dava. "Se é o que é" — eu pensei — "eu estou meio perdido..." Acertei minha ideia: eu não podia, por lei de rei, admitir o extrato daquilo. Ia, por paz de honra e tenência, sacar esquecimento daquilo de mim. Se não, pudesse não, ah, mas então eu devia de quebrar o morro: acabar comigo! — com uma bala no lado de minha cabeça, eu num átimo punha barra em tudo. Ou eu fugia — virava longe no mundo, pisava nos espaços, fazia todas as estradas. Rangi nisso — consolo que me determinou. Ah, então eu estava meio salvo! Aperrei o nagã, precisei de dar um tiro — no mato — um tiraço que ribombou. — "Ao que foi?" — me gritaram pergunta, sempre riam do tiro tôlo dado. — "Acho que um macaquinho miúdo, que acho que errei..." — eu expendi. Tanto também, fiz de conta estivesse olhando Diadorim, encarando, para duro, calado comigo, me dizer: "Nego que gosto de você, no mal. Gosto, mas só como amigo!..." Assaz mesmo me disse. De por diante, acostumei a me dizer isso, sempres vezes, quando perto de Diadorim eu estava. E eu mesmo acreditei. Ah, meu senhor! — como se o obedecer do amor não fosse sempre ao contrário... O senhor vê, nos Gerais longe: nuns lugares, encostando o ouvido no chão, se escuta barulho de fortes águas, que vão rolando debaixo da terra. O senhor dorme em sobre um rio?

Segundo digo, o tempo que paramos na Guararavacã do Guaicuí regulou em dois meses. Bem ermo. De lá, a gente cruzou as vizinhanças todas, fizemos grande redondeza. Todo dia, trocávamos recado de avisos com o pessoal do Alaripe. Notícia, nenhumas. Nada não chegava em envio, do que fosse para chegar. Da outra banda do rio, se sucedeu a queima dos campos: quando o vento dava para trás, trazia as tristes fumaças. De noite, o morro se esclarecia, vermelho, asgrava em labaredas e brasas. Da banda de cá, num rumo, daí a obra de duas léguas, tinha uma lavourinha, de um sujeito ainda moço, que era amigo nosso. — "Ah, se ele quisesse alugar a mulherzinha dele para a gente, bem caros prêços que eu pagava..." — assim o que dizia o Paspe, suspiroso. Mas quem vinha eram os meninos do lavrador, montados num cavalo magro, traziam feixes de cana, para vender para a gente. Às vezes, vinham em dois cavalos magros, e eram cinco ou seis meninos, amontoados, agarrados uns nos outros, uns mesmo não se sabia como podiam, de tão mindinhos. Esses meninozinhos, todos, queriam todo o tempo ver nossas armas, pediam que a gente desse tiros. Diadorim gostava deles, pegava um por cada mão, até carregava os menorzinhos, levava para mostrar a eles os pássaros das ilhas do rio. — "Olha, vigia: o manuelzinho-da-crôa já acabou de fazer a muda..." Um dia, em que tínhamos caçado uma paca bem gorda, o Paspe pitou de sal um quarto dela, enrolou em folhas, e deu ao menino mais velho: — "P'ra tu leva de presente, dá à tua mãe, fala que quem mandou fui eu..." — ele recomendou. A gente ria. Os meninos receavam o gado: ali no meio tinha reses muito bravas, um dia uma vaca deu corrida em alguém, querendo bater. Mas, depois, com o secar, de magros e fracos os bois se atolavam no embrejado, até morrerem alguns. Os urubús espaceavam, quando o céu empoeirado. Pousavam no pindaibal do brejo. João Vaqueiro chamava a gente, ia desatolar os bois que podia. Uns eram mansos: por um punhado de sal, se chegavam, lambiam o chão nos pés da gente. João Vaqueiro sabia tudo. Chega passava a mão nas tetas de uma vaca — capins tão bons, o senhor crê? — algumas ainda guardavam leite naqueles peitos. — "A gente carecia era de dar um fogo, se sair por aí, por combate..." — sensato se dizia. Que jagunço amolece, quando não padece.

    A quase meio-rumo de norte e nascente, a quatro léguas de demorado andamento, tinha uma venda de roça, no começo do cerradão. Vendiam licôr de banana e de pequí, muito forte, geleia de mocotó, fumo bom, marmelada, toucinho. Sempre só um de nós era que ia lá — para não desconfiarem. Ia o Jesualdo. A gente outorgava a ele o dinheiro, cada um encomendava o que queria. Diadorim mandou comprar um quilo grande de sabão de coco de macaúba, para se lavar corpo. O dono da venda tinha duas filhas, o Jesualdo cada vez que voltava carecia de explicar à gente, de dia e de noite, como elas eram, formosuramente. — "Ei, que quando vier o tempo, que de guerra se tiver licença, ah, e se esse vendeiro for contra nós, ah, eu vou lá, pego uma das duas, de mocinha faço ela virar mulher..." — o Vove disse. — "O que tu não faz! Porque o que eu quero é o exato: que eu vou lá, prezado peço em casamento, e nóivo..." — o Triol contestou. E o Liduvino e o Admeto cantavam coisas de sentimento, cantavam pelo nariz. Ao que perguntei:

e aquela canção de Siruiz? Mas eles não sabiam. — "Sei não, gosto não. Cantigas muito velhas..." — eles desqueriam.

Daí, deu um sutil trovão. Trovejou-se, outro. As tanajuras revoaram. Bateu o primeiro toró de chuva. Cortamos paus, folhagem de coqueiros, aumentamos o rancho. E vieram uns campeiros, rever o gado da Tapera Nhã, no renovame, levaram as novilhas em quadra de produzir. Esses eram homens tão simples, pensaram que a gente estava garimpando ouro. Os dias de chover cheio foram se emendando. Tudo igual — às vezes é uma sem-gracez. Mas não se deve de tentar o tempo. As garças é que praziam de gritar, o garcêjo delas, e o socó-boi range cincêrros, e o socó latindo sucinto. Aí pelo mato das pindaíbas avante, tudo era um sapal. Coquexavam. De tão bobas tristezas, a gente se ria, no friinho de entrechuvas. Dada a primeira estiada, voltou aquele vaqueiro Bernabé, em seu cavalinho castanho: e vinha trazer requeijão, que se tinha incumbido a ele, e que por dinheirinho bom se pagou. — "A vida tem de mudar um dia para melhor" — a gente dizia. Requeijão é com café bem quente que é mais gostoso. Aquele vaqueiro Bernabé voltou, outras diversas vezes.

Ah, e, vai, um feio dia, lá ele apontou, na boca da estrada que saía do mato, o cavalinho castanho dava toda pressa de vinda, nem cabeceava. Achamos que fosse mesmo ele. Aí, não era. Era um brabo nosso, um cafuz pardo, de sonome o Gavião-Cujo, que de mais norte chegava. Ele tinha tomado muitas chuvas, que tudo era lamas, dos copos do freio à boca da bota, e pelos vazios do cavalo. Esbarrou e desapeou, num pronto ser, se via que estava ancho com muitas plenipotências. O que era? O Gavião-Cujo abriu os queixos, mas palavra logo não saíu, ele gaguejou ar e demorou — decerto porque a notícia era urgente ou enorme. — "Ar'uê, então?!" — Titão Passos quis. — "Te rogaram alguma praga?" O Gavião-Cujo levantou um braço, pedindo prazo. À fé, quase gritou:

— "Mataram Joca Ramiro!..."

Aí estralasse tudo — no meio ouvi um uivo dôido de Diadorim —: todos os homens se encostavam nas armas. Aí, ei, feras! Que no céu, só vi tudo quieto, só um moído de nuvens. Se gritava — o araral. As vertentes verdes do pindaibal avançassem feito gente pessoas. Titão Passos bramou as ordens. Diadorim tinha caído quase no chão, meio amparado a tempo por João Vaqueiro.

Caíu, tão pálido como cera do reino, feito um morto estava. Ele, todo apertado em seus couros e roupas, eu corri, para ajudar. A vez de ser um desespero. O Paspe pegou uma cuia d'água, que com os dedos espriçou nas faces do meu amigo. Mas eu nem pude dar auxílio: mal ia pondo a mão para desamarrar o colete-jaleco, e Diadorim voltou a seu si, num alerta, e me repeliu, muito feroz. Não quis apôio de ninguém, sozinho se sentou, se levantou. Recobrou as cores, e em mais vermelho o rosto, numa fúria, de pancada. Assaz que os belos olhos dele formavam lágrimas. Titão Passos mandava, o Gavião-Cujo falava. Assim os companheiros num estupor. Ao que não havia mais chão, nem razão, o mundo nas juntas se desgovernava.

— "Repete, Gavião!"
— "Ai, chefe, ai, chefe: que mataram Joca Ramiro..."
— "Quem? Adonde? Conta!"

Arre, eu surpreendi eriço de tremor nos meus braços. Secou todo cuspe dentro do estreito de minha boca. Até atravessado, na barriga, me doeu. Antes mais, o pobre Diadorim. Alheio ele dava um bufo e soluço, orço que outros olhos, se suspendia nas sussurrosas ameaças. Tudo tinha vindo por cima de nós, feito um relâmpago em fato.

— "...Matou foi o Hermógenes..."
— "Arraso, cão! Caracães! O cabrobó de cão! Demônio! Traição! Que me paga!..." — constante não havendo quem não exclamasse. O ódio da gente, ali, em verdade, armava um pojar para estouros. Joca Ramiro podia morrer? Como podiam ter matado? Aquilo era como fosse um touro preto, sozinho surdo nos êrmos da Guararavacã, urrando no meio da tempestade. Assim Joca Ramiro tinha morrido. E a gente raivava alto, para retardar o surgir do medo — e a tristeza em crú — sem se saber por que, mas que era de todos, unidos malaventurados.

— "...O Hermógenes... Os homens do Ricardão... O Antenor... Muitos..."
— "Mas, adonde onde!?"
— "A desgraça foi num lugar, na Jerara, terras do Xanxerê, beira da Jerara — lá onde o córrego da Jerara desce do morro do Voo e cai barra no Riachão... Riachão da Lapa... Diz-se que foi sido de repente, não se esperava. Aquilo foi à traição toda. Morreram os muitos, que estavam persistindo lealmente. Aí, mortos: João Frio, o Bicalho, Leôncio Fino, Luís Pajeú, o Cambó, Leite-de-Sapo, Zé Inocêncio... uns quinze. Até se deu um tiroteio terrível; mas o pessoal do Hermógenes e do Ricardão era demais numeroso... Dos bons, quem pôde, fugiram corretamente. Silvino Silva conseguiu fuga, com vinte e tantos companheiros..."

Mas Titão Passos, de arrompe, atalhou a narração, ele agarrou o Gavião-Cujo pelos braços:

— "Hem, diá! Mas quem é que está pronto em armas, para rachar Ricardão e Hermógenes, e ajudar a gente na vingança agora, nas desafrontas? Se tem, e ond'é então que estão?!"

— "Ah, sim, chefe. Os todos os outros: João Goanhá, Sô Candelário, Clorindo Campêlo... João Goanhá para com porçanheira de homens, na Serra dos Quatís. Aí foi ele quem me mandou trazer este aviso... Sô Candelário ainda está para o Norte, mas o grosso dos bandos dele se acha nos pertos da Lagoa-do-Boi, em Juramento... Já foi portador para lá. Sendo que se despachou um positivo também para dar parte a Medeiro Vaz, nos Gerais, no de lado de lá do Rio... Sei que o sertão pega em armas, mas Deus é grande!"

— "Louvado. Ah, então: graças a Deus! Ao que, então, está bem..." — Titão Passos se cerrou.

E estava. Era a outra guerra. A gente ficávamos aliviados. Aquilo dava um sutil enorme.

— "Teremos de ir... Teremos de ir..." — falou Titão Passos, e todos responderam reluzentemente. Tínhamos de tocar, sem atraso, para a Serra dos Quatís, a um lugar dito o Amoipira, que é perto de Grão Mogol. Artes que o Gavião-Cujo ainda contava mais, as miúcias — parecia que tinha medo de esbarrar de contar. Que o Hermógenes e o Ricardão de muito haviam ajustado entre si aquele crime, se sabia. O Hermógenes distanciou Joca Ramiro de Sô Candelário, com falsos propósitos, conduziu Joca Ramiro no meio de quase só gente dele, Hermógenes, mais o pessoal do Ricardão. Aí, atiraram em Joca Ramiro, pelas costas, carga de balas de três revólveres... Joca Ramiro morreu sem sofrer. — "E enterraram o corpo?" — Diadorim perguntou, numa voz de mais dôr, como saía ansiada. Que não sabia — o Gavião-Cujo respondeu; mas que decerto teriam enterrado, conforme cristão, lá mesmo, na Jerara, por certo. Diadorim tanto empalidecesse; ele pediu cachaça. Tomou. Todos tomamos. Titão Passos não queria ter as lágrimas nos olhos. — "Um homem de tão alta bondade tinha mesmo de correr perigo de morte, mais cedo mais tarde, vivendo no meio de gente tão ruim..." — ele me disse, dizendo num modo que parecia ele não fosse também jagunço, como era de se ser. Mas, agora, tudo principiava terminado, só restava a guerra. Mão do homem e suas armas. A gente ia com elas buscar doçura de vingança, como o rominhol no panelão de calda. Joca Ramiro morreu como o decreto de uma lei nova.

A daí, carecia fosse alguém do lado de lá do morro, pela gente do Alaripe. — "Pois vamos, Riobaldo!" — Diadorim se pôs. Vi que ele fervia ali assim no pêgo do parado. Selamos os cavalos. Serra acima, fomos. Ao no galope, cada um engulia suas palavras. A mesmo estava o céu encoberto, e um mormaço. Mas, na descambada, Diadorim me reteve, me entregou a ponta do cabresto para segurar. — "De tudo nesta vida a gente esquece, Riobaldo. Você acha então que vão logo olvidar a honra dele?" — me perguntou. Devo que retardei muito em responder, com cara de não compreensão. Porque Diadorim completou: — "...dele, a glória do finado. Do que se finou..." E dizia aquilo com uma misturação de carinho e raiva, tanto desespero que nunca vi. Desamontou, foi andando sem governar os passos, tapado pelas môitas e árvores. Eu restei ficando tomando conta do cavalo. Pensei que ele tivesse ido a lá, por necessitar. Mas demorou tanto a volta, que eu resolvi tocar atrás, para o que havia ver, esporei e vim puxando o cavalo dele adestro. E aí o que vi foi Diadorim no chão, deitado debruços. Soluçava e mordia o capim do campo. A doideira. Me amargou, no cabo da língua. — "Diadorim!" — chamei. Ele, sem se aprumar, virou o rosto, apertou os olhos no choro. Falei, falei, meus consolos, e ele atendia, em querelenga, me pedindo que sozinho fosse, deixasse ele ali, até minha volta. — "Joca Ramiro era seu parente, Diadorim?" — eu indaguei, com muita cordura. — "Ah, era, sim..." — ele me respondeu, com uma voz de pouco corpo. — "Seu tio, será?" — Que era... — ele deu, em gesto. Entreguei a ele o cabresto do cavalo, e continuei ida. Em certa distância, para prevenir os alaripes, e evitar atraso, esbarrei e disparei tiros, para o ar, umas vezes. Cheguei lá, estavam todos reunidos, por meu feliz. E estava chovendo, de acordo com o mormaço. — "Trago notícia de grande morte!" — sem desapear eu declarei. Eles todos tiraram os chapéus, para me escutar. Então, eu gritei: — "Viva a fama do nosso Chefe Joca Ramiro..." E, pela tristeza que estabeleceu minha voz, muito me entenderam. Ao que quase todos choraram. — "Mas, agora, temos de vingar a morte do falecido!" — eu ainda pronunciei. Se aprontaram num átimo, para comigo vir. — "Mano velho Tatarana, você sabe. Você tem sustância para ser um chefe, tem a bizarria..." — no caminho o Alaripe me disse. Desmenti. De ser chefe, mesmo, era o que eu tinha menos vontade.

    Mas assim se deu que, no seguinte dia, no romper das barras, saímos tocando, Diadorim do meu lado, mudado triste, muito branco, os olhos pisados, a boca vencida. Deixamos para trás aquele lugar, que disse ao senhor, para mim tão célebre — a Guararavacã do Guaicuí, do nunca mais.

    Redeando, rumamos, em tralha e tôrto, por aquele a-fora — a gente ia investir o sertão, os mares de calor. Os córregos estavam sujos. Aí, depois, cada rio roncava cheio, as várzeas embrejavam, e tantas cordas de chuva esfriavam a cacunda daquelas serras. A terrível notícia tinha se espalhado assaz, em todas as partes o povo fazia questão de obsequiar à gente, e falavam muito bem do falecido. Mas nós passávamos, feito flecha, feito faca, feito fogo. Varamos todos esses distritos de gado. Assomando de dia por dentro de vilórios e arraiais, e ocupando a cheio todas as estradas, sem nenhum escondimento: a gente queria que todo o mundo visse a vingança! Alto do Amoipira, quando terminamos lá, os cavalos já afracavam. João Goanhá, em toda economizada estatura, foi ver a gente vindo e abriu seus bons braços. Ele estava com próprios trezentos guerreiros. E sempre outros chegavam. — "Meu irmão Titão Passos... Meu irmão Titão Passos..." — ele falou, crescente. — "E vocês todos, valentes cabras... Agora é que vai ser a grande briga!" Disse que com três dias se saía em armas. João Goanhá ia na vaca e no boi: não estava com por'oras. E Sô Candelário, onde era que estava? Sô Candelário, piorado doente, devia de estar um tempo desses nos Lençóis, para onde portador seguira, com pressa de chamado. Mesmo assim, João Goanhá desnecessitava de esperar por ele, para aos dois Judas traidores dar batalha. No que achamos bom conselho. E outros vinham chegando, oferecendo peito de ajuda, com prestança em ponta. Veio até quem não se imaginou: como aquele Nhão Virassaia, com seus trinta e cinco cacundeiros — o que carregava nome de fama por todo o Rio Verde-Grande. E o velho Ludujo Filgueiras, montesclarense, com vinte e dois atiradores. E o grande fazendeiro coronel Digno de Abreu, que mandou, seus, trinta e tantos capangas, também, por Luís de Abreuzinho comandados, que era dele filho-natural. E o gado em pé que se provia, para se abater e se comer, chegava a ser uma boiada. Com sacas de farinha, surrão de sal, e açúcar preto e café — até em carro-de-bois os mantimentos de fubá e arroz e feijão entregados. Só em quantidades de munição era que a gente não produzia luxo, e Titão Passos se entristeceu de não poder ter trazido a nossa, na Guararavacã tão em vão esperada. Mas a lei de homem não é seus instrumentos. Saímos em guerra. Ãhã, do norte, da Lagoa-do-Boi, com troca de avisos, sobrevinha também o bastante da rapaziada dos baianos, debaixo do comando de Alípio Mota, cunhado de Sô Candelário. A simples íamos cercar bonito os Judas, não tinham escape. Aindas que se escapassem para o poente, atravessassem o rio, ah, encontravam ferro e fogo: lá estava Medeiro Vaz — o rei dos Gerais!

 Saímos, sobre, fomos. Mas descemos no canudo das desgraças, ei, saiba o senhor. Desarma do tempo, hora de paga e pêrdas, e o mais, que a gente tinha de purgar, segundo se diz. Tudo o melhor fizemos, e tudo no fim desandava. Deus não devia de ajudar a quem vai por santas vinganças?! Devia. Nós não estávamos forte em frente, com a coragem esporeada? Estávamos. Mas, então? Ah, então: mas tem o Outro — o figura, o morcegão, o tunes, o cramulhão, o dêbo, o carôcho, do pé de pato, o mal-encarado, aquele — o-que-não-existe! Que não existe, que não, que não, é o que minha alma soletra. E da existência desse me defendo, em pedras pontudas ajoelhado, beijando a barra do manto de minha Nossa Senhora da Abadia! Ah, só Ela me vale; mas vale por um mar sem fim... Sertão. Se a Santa puser em mim os olhos, como é que ele pode me ver?! Digo isto ao senhor, e digo: paz. Mas, naquele tempo, eu não sabia. Como é que podia saber? E foram esses monstros, o sobredito. Ele vem no maior e no menor, se diz o grão-tinhoso e o cão-miúdo. Não é, mas finge de ser. E esse trabalha sem escrúpulo nenhum, por causa que só tem um curto prazo. Quando protege, vem, protege com sua pessoa. Montado, mole, nas costas do Hermógenes, indicando todo rumo. Do tamanho dum bago de aí-vim, dentro do ouvido do Hermógenes, por tudo ouvir. Redondinho no lume dos olhos do Hermógenes, para espiar o primeiro das coisas. O Hermógenes, que — por valente e valentão — para demais até ao fim deste mundo e do juizo-final se danara, oco de alma. Contra ele a gente ia. Contra o demo se podia? Quem a quem? Milagres tristes desses também se dão. Como eles conseguiram fugir das unhas da gente, se escaparam — o Ricardão e o Hermógenes — os Judas. Pois eles escapuliram: passaram perto, légua, quarto-de-légua, com toda sua jagunçama, e não vimos, não ouvimos, não soubemos, tivemos jeito nenhum para cercar e impedir. Avançaram, calados, escorregando pelos matos, ganhando o mais poente, para o São Francisco. Atravessaram por nós, sem a gente perceber, como a noite atravessa o dia, da manhã à tarde, seu pretume dela escondido no brancor do dia, se presume. Quando pudemos saber, a distância deles já era impossível. Nós estávamos pegando o ar. Duro de desanimável, hem? E pois demore o senhor para o pior: o que veio em sobre!: os soldados do Governo. Os soldados, soldadesca, tantas tropas. Surgiram de todos os lados, de supetão, e agatanhavam, naquela sanha, é ver cachorrada caçante. Soldados do Tenente Plínio — companhia de guerra. Tenente Reis Leme, outra. E veio depois, com muitos mais outros, um capitão Carvalhais, maior da marca, esse bebia café em cuité e cuspia pimenta com pólvora. Sofremos, rolamos por aí aqui, se rolou. A vida é vez de injustiças assim, quando o demo leva o estandarte. Pois — aquela soldadama viera para o Norte era por vingar Zé Bebelo, e Zé Bebelo já andava por longes desterrado, e nisso eles se viravam contra a gente, que éramos de Joca Ramiro, que tinha livrado a vida de Zé Bebelo das facas do Hermógenes e Ricardão; e agora, por sua ação, o que eles estavam era ajudando indireto àqueles sebaceiros. Mas, quem era que podia explicar isso tudo a eles, que vinham em máquina enorme de cumprir o grosso e o esmo, tendo as garras para o pescoço nosso mas o pensante da cabeça longe, só geringonciável na capital do Estado?

De contar tudo o que foi, me retiro, o senhor está cansado de ouvir narração, e isso de guerra é mesmice, mesmagem. Combatemos o quanto mais pudemos — está aí. Consoante começou, no Curral de Vacas, perto do Morro do Cocoruto, onde nos pegaram num relaxo. Fugimos, depois de grande fogo. Fogo demos daí no Cutica, na Chapada Simão Guedes: mas rodaram com a gente, de retruz. Serra da Saudade: a gente se desarranjou, fugimos, bem. Ah, e: Córrego Estrelinhas, Córrego da Malhada Grande, Ribeirão Traçadal — tudo foram as feiezas. Recito frente ao senhor: e é rol de nomes? Para mim ficaram em assento de sustos e sofrimento. Nunca me queixei. Sofrimento passado é glória, é sal em cinza. De tanta maneira Diadorim assistia comigo, como um gravatá se fechou. Semeei minha presença dele, o que da vida é bom eu dele entendia. Tomando o tempo da gente, os soldados remexiam este mundo todo. Milho crescia em roças, sabiá deu cria, gameleira pingou frutinhas, o pequí amadurecia no pequizeiro e a cair no chão, veio veranico, pitanga e cajú nos campos. Ato que voltaram as tempestades, mas entre aquelas noites de estrelaria se encostando. Daí, depois, o vento principiou a entortar rumo, mais forte — porque o tempo todo das águas estava no se acabar. Tenente Reis Leme nos escaramuçando: queria correr com a gente a pano de sabre. Matou-se montanha de bons soldados. Estávamos em terras que entestam com a Bahia. Em Bahia entramos e saímos, cinco vezes, sem render as armas. Isto que digo, sei de cór: brigar no espinho da caatinga pobre, onde o cãcã canta. Chão que queima, branco! E aqueles cristais, pedra-cristal quase de sangue... Chegamos até no cabo do mundo.

Quadrante o que havia, me esconjuro. Parecia que a gente ia ter de passar o resto da vida guerreando com os praças? Mas nosso constar era outro, com sangue de urgência — aquela luta de morte contra os Judas — e que era briga nossa particular. Não se tendo recurso competente. Ah, Diadorim mascava. Para ódio e amor que dói, amanhã não é consolo. Eu mesmeava. Mas, dando um dia, a gente teve certas notícias: os do Hermógenes estando senhores arranchados, conforme retouçavam, da banda de lá do Rio do Chico: nas vertentes da beira da mão direita do Carinhanha, no Chapadão de Antônio Pereira. Questionou-se nisso. Se pensou e falou em tudo por fazer e não fazer. Resultado foi este: que o principal era a gente mandar reforço, para Medeiro Vaz, uns cinquenta ou cem homens, repartidos em miúdos grupos, caçando jeito de safança por entre os lugares perigáveis. Enquanto tanto, João Goanhá, Alípio Mota e Titão Passos, cada qual de lado seu, deviam de ir desmanchar os rastos na caatinga, e depois se esconderem, por uns tempos, em fazendas de donos amigos, até que a soldadesca se espairecesse. E era bom e era justo. Era certo. Deus em armas nos guardava.

De mim, vim, com Diadorim, Alaripe, Jesualdo e João Vaqueiro, e o Fafafa. Era para o outro lado, era para os meus Gerais, eu vinha alegre contente. E saímos, com o seguinte risco: o Imbirussú, a Serra do Pau-d'Arco, o Mingú, a Lagoa dos Marruás, o Dôminus-Vobíscum, o Cruzeiro-das-Embaúbas, o Detrás-das-Duas--Serras. O Brejo dos Mártires, a Cachoeirinha Rôxa, o Mocó, a Fazenda Riacho--Abaixo, a Santa Polônia, a Lagoa da Jaboticaba. E daí, por uns atalhos: o Córrego Assombrado, o Sassapo, o Pôço d'Anjo, o Barreiro do Muquém. Nesse meu, caminho fazendo, tirei minha desforra: faceirei. Severgonhei. Estive com o melhor de mulheres. Na Malhada, comprei roupas. O vau do mundo é a alegria! Mas Diadorim não se fornecia com mulher nenhuma, sempre sério, só se em sonhos. Dele eu ainda mais gostava. E então se deu que tínhamos esbarrado em frente da Lagoa Clara. Já era o do Chico — o poder dele — largas águas, seu destino. A ver, o porto-de-balsa, que distava pouco. Travessia, ali, podia ser perigosa, com tantos soldados vizinhantes. A gente se apartar? Ah, mas o que bastava o balseiro se chamar: — "Hô, passador! Hô, passador!..." — ele viesse. Assim, para uma invenção, que se teve. O balseiro só avistando João Vaqueiro e o Fafafa — estes ele então podia passar, com cinco dos cavalos, falavam que era para uns caçadores. Da outra banda, João Vaqueiro e o Fafafa fossem levando os cavalos para um lugar para cima da barra, no Urucúia, chamado o Olho-d'Água-das-Outras. Lá a gente se encontrava.

Somente ficados com um cavalinho só, Alaripe e eu, Diadorim e Jesualdo, andamos beira-rio, no vagarosamente. A gente esperava o que acontecesse. Ali mais adiante, era um porto-de-lenha. — "Você tem receio, Riobaldo?" — Diadorim me perguntou. Eu?! Com ele em qualquer parte eu embarcava, até na prancha de Pirapora! — "Vau do mundo é a coragem..." — eu disse. E, com os rifles escorados, acenamos para uma grande barca — aquela, a cara de pau que tinha no bico da frente era uma cabeça de touro, boa-sorte nos dava. O barqueiro tocou um berro no buzo, encostaram. A gente os quatro, com o cavalo, era nada — as arrobazinhas. E nós entramos, depois que o patrão nos saudou, em nome de Nosso Senhor Cristo-Jesus, e disse: — "Eu cá sou amigo de todos, segundo a minha condição..." E o Alaripe aceitou dele um gole de cachaça, aceitamos. Jesualdo disse, repostando: — "Amigo de todos? Rio-abaixo, na canoa, quem governa é o remador!" Bem que rio-acima é que era, mas com remeiros muito bons esforçados. Aí constante, o velêjo, vento em pano — nem remeiro com o varejão não carecia de fazer talento. Pediram notícias do sertão. Essa gente estava tão devolvida de tudo, que eu não pude adivinhar a honestidade deles. O sertão nunca dá notícia. Eles serviram à gente farta jacuba. — "Por onde os senhores vieram?" — o patrão indagou. — "Viemos da Serra Rompe-Dia..." — respondemos. Mentiras d'água. Tanto fazia dizer que tínhamos vindo da de São Felipe. O barqueiro não acreditou, deu o zé de ombros. Mas levou a gente travessia fácil, frenteando a boca do Urucúia. Ah, o meu Urucúia, as águas dele são claras certas. E ainda por ele entramos, subindo légua e meia, por isso pagamos uma gratificação. Rios bonitos são os que correm para o Norte, e os que vêm do poente — em caminho para se encontrar com o sol. E descemos num pojo, num ponto sem praia, onde essas altas árvores — a caraíba-de-flor-rôxa, tão urucuiana. E o folha-larga, o aderno-preto, o pau-de-sangue; o pau-paraíba, sombroso. O Urucúia, suas abas. E vi meus Gerais!

    Aquilo nem era só mata, era até florestas! Montamos direito, no Olho-d'Água-das-Outras, andamos, e demos com a primeira vereda — dividindo as chapadas —: o flaflo de vento agarrado nos buritis, franzido no gradeal de suas folhas altas; e, sassafrazal — como o da alfazema, um cheiro que refresca; e aguadas que molham sempre. Vento que vem de toda parte. Dando no meu corpo, aquele ar me falou em gritos de liberdade. Mas liberdade — aposto — ainda é só alegria de um pobre caminhozinho, no dentro do ferro de grandes prisões. Tem uma verdade que se carece de aprender, do encoberto, e que ninguém não ensina: o bêco para a liberdade se fazer. Sou um homem ignorante. Mas, me diga o senhor: a vida não é cousa terrível? Lenga-lenga. Fomos, fomos.

    Assim pois foi, como conforme, que avançamos rompidas marchas, duramente no varo das chapadas, calcando o sapê brabão ou areias de cor em cimento formadas, e cruzando somente com gado transeúnte ou com algum boi sozinho caminhador. E como cada vereda, quando beirávamos, por seu resfriado, acenava para a gente um fino sossego sem notícia — todo buritizal e florestal: ramagem e amar em água. E que, com nosso cansaço, em seguir, sem eu nem saber, o roteiro de Deus nas serras dos Gerais, viemos subindo até chegar de repente na Fazenda Santa Catarina, nos Buritis-Altos, cabeceira de vereda. Que's borboletas! E era em maio, pousamos lá dois dias, flôr de tudo, como sutil suave, no conhecimento meu com Otacília. O senhor me ouviu. Em como Otacília e eu ficamos gostando um do outro, conversamos, combinados no noivável, e na sobremanhã eu me despedi, ela com sua cabecinha de gata, alva no topo da alpendrada, me dando a luz de seus olhos; e de lá me fui, com Diadorim e os outros. E de como viemos, em cata do grosso do bando de Medeiro Vaz, que dali a quinze léguas recruzava, da Ratragagem para a Vereda-Funda, e com eles nos ajuntamos, economizando rumo, num lugar chamado o Bom-Burití. Me alembro, meu é. Ver belo: o céu poente de sol, de tardinha, a roséia daquela cor. E lá é cimo alto: pintassilgo gosta daquelas friagens. Cantam que sim. Na Santa Catarina. Revejo. Flores pelo vento desfeitas. Quando rezo, penso nisso tudo. Em nome da Santíssima Trindade.

O que o seguinte foi este: o encontro da gente com Medeiro Vaz, no Bom-Burití, num ressaco, conforme já disse, ele no meio de seus fortes homens, exatos, naquela bocâina de campo. Medeiro Vaz, retratal, barbaça, com grande chapéu rebuçado, aquela pessoa sisuda, circunspecto com todas as velhices, sem nem velho ser. Cujo eu me disse: — "É bom homem..." E ele beijou a testa de Diadorim, e Diadorim beijou aquela mão. A um assim, a gente podia pedir a benção, se prezar. Medeiro Vaz tomava rapé. Medeiro Vaz, mandando passar as ordens. E tinha quartel-mestre. Subindo em esperança, de lá saímos, para chão e sertão. Sertão bravo: as araras. O só que Medeiro Vaz comandou foi isto: — "Alelúia!" Diadorim tinha comprado um grande lenço preto: que era para ter luto manejável, funo guardado em sobre seu coração. Chapadão de duro. Daí, passamos um rio vadoso — rio de beira baixinha, só burití ali, os burtís calados. E a flôr de caraíba urucuiã — rôxo astrazado, um rôxo que sobe no céu. Naquele trêcho, também me lembro, Diadorim se virou para mim — com um ar quase de meninozinho, em suas miúdas feições. — "Riobaldo, eu estou feliz!..." — ele me disse. Dei um sim completo. E foi assim que a gente principiou a tristonha história de tantas caminhadas e vagos combates, e sofrimentos, que já relatei ao senhor, se não me engano até ao ponto em que Zé Bebelo voltou, com cinco homens, descendo o Rio Paracatú numa balsa de talos de burití, e herdou brioso comando; e o que debaixo de Zé Bebelo fomos fazendo, bimbando vitórias, acho que eu disse até um fogo que demos, bem dado e bem ganho, na Fazenda São Serafim. Mas, isso, o senhor então já sabe.

Só sim? Ah, meu senhor, mas o que eu acho é que o senhor já sabe mesmo tudo — que tudo lhe fiei. Aqui eu podia pôr ponto. Para tirar o final, para conhecer o resto que falta, o que lhe basta, que menos mais, é pôr atenção no que contei, remexer vivo o que vim dizendo. Porque não narrei nada à-tôa: só apontação principal, ao que crer posso. Não esperdiço palavras. Macaco meu veste roupa. O senhor pense, o senhor ache. O senhor ponha enredo. Vai assim, vem outro café, se pita um bom cigarro. Do jeito é que retôrço meus dias: repensando. Assentado nesta boa cadeira grandalhona de espreguiçar, que é das de Carinhanha. Tenho saquinho de relíquias. Sou um homem ignorante. Gosto de ser. Não é só no escuro que a gente percebe a luzinha dividida? Eu quero ver essas águas, a lume de lua...

Urubú? Um lugar, um baiano lugar, com as ruas e as igrejas, antiquíssimo — para morarem famílias de gente. Serve meus pensamentos. Serve, para o que digo: eu queria ter remorso; por isso, não tenho. Mas o demônio não existe real. Deus é que deixa se afinar à vontade o instrumento, até que chegue a hora de se dansar. Travessia, Deus no meio. Quando foi que eu tive minha culpa? Aqui é Minas; lá já é a Bahia? Estive nessas vilas, velhas, altas cidades... Sertão é o sozinho. Compadre meu Quelemém diz: que eu sou muito do sertão? Sertão: é dentro da gente. O senhor me acusa? Defini o alvará do Hermógenes, referi minha má cedência. Mas minha padroeira é a Virgem, por orvalho. Minha vida teve meio--do-caminho? Os morcegos não escolheram de ser tão feios tão frios — bastou só que tivessem escolhido de esvoaçar na sombra da noite e chupar sangue. Deus nunca desmente. O diabo é sem parar. Saí, vim, destes meus Gerais: voltei com Diadorim. Não voltei? Travessias... Diadorim, os rios verdes. A lua, o luar: vejo esses vaqueiros que viajam a boiada, mediante o madrugar, com lua no céu, dia depois de dia. Pergunto coisas ao burití; e o que ele responde é: a coragem minha. Burití quer todo azul, e não se aparta de sua água — carece de espelho. Mestre não é quem sempre ensina, mas quem de repente aprende. Por que é que todos não se reúnem, para sofrer e vencer juntos, de uma vez? Eu queria formar uma cidade da religião. Lá, nos confins do Chapadão, nas pontas do Urucúia. O meu Urucúia vem, claro, entre escuros. Vem cair no São Francisco, rio capital. O São Francisco partiu minha vida em duas partes. A Bigrí, minha mãe, fez uma promessa; meu padrinho Selorico Mendes tivesse de ir comprar arroz, nalgum lugar, por morte de minha mãe? Medeiro Vaz reinou, depois de queimar sua casa-de-fazenda. Medeiro Vaz morreu em pedra, como o touro sozinho berra feio; conforme já

comparei, uma vez: touro preto todo urrando no meio da tempestade. Zé Bebelo me alumiou. Zé Bebelo ia e voltava, como um vivo demais de fogo e vento, zás de raio veloz como o pensamento da ideia — mas a água e o chão não queriam saber dele. Compadre meu Quelemém outrotanto é homem sem parentes, provindo de distante terra — da Serra do Urubú do Indaiá. Assim era Joca Ramiro, tão diverso e reinante, que, mesmo em quando ainda parava vivo, era como se já estivesse constando de falecido. Sô Candelário? Sô Candelário se desesperou por forma. Meu coração é que entende, ajuda minha ideia a requerer e traçar. Ao que Joca Ramiro pousou que se desfez, enterrado lá no meio dos carnaùbais, em chão arenoso salgado. Sô Candelário não era, de certo modo, parente do compadre meu Quelemém, o senhor sabe? Diadorim me veio, de meu não saber e querer. Diadorim — eu adivinhava. Sonhei mal? E em Otacília eu sempre muito pensei: tanto que eu via as baronesas amarasmeando no rio em vidro — jericó, e os lírios todos, os lírios-do-brejo — copos-de-leite, lágrimas-de-moça, são-josés. Mas, Otacília, era como se para mim ela estivesse no camarim do Santíssimo. A Nhorinhá — nas Aroeirinhas — filha de Ana Duzuza. Ah, não era rejeitã... Ela quis me salvar? De dentro das águas mais clareadas, aí tem um sapo roncador. Nonada! A mais, com aquela grandeza, a singeleza: Nhorinhá puta e bela. E ela rebrilhava, para mim, feito itamotinga. Uns talismãs. A mocinha Miosótis? Não. A Rosa'uarda. Me alembrei dela; todas as minhas lembranças eu queria comigo. Os dias que são passados vão indo em fila para o sertão. Voltam, como os cavalos: os cavaleiros na madrugada — como os cavalos se arraçôam. O senhor se alembra da canção de Siruiz? Ao que aquelas crôas de areia e as ilhas do rio, que a gente avista e vai guardando para trás. Diadorim vivia só um sentimento de cada vez. Mistério que a vida me emprestou: tonteei de alturas. Antes, eu percebi a beleza daqueles pássaros, no Rio das Velhas — percebi para sempre. O manuelzinho-da-
-crôa. Tudo isso posso vender? Se vendo minha alma, estou vendendo também os outros. Os cavalos relincham sem causa; os homens sabem alguma coisa da guerra? Jagunço é o sertão. O senhor pergunte: quem foi que foi que foi o jagunço Riobaldo? Mas aquele menino, o Valtêi, na hora em que o pai e a mãe judiavam dele por lei, ele pedia socôrro aos estranhos. Até o Jazevedão, estivesse ali, vinha com brutalidade de socôrro, capaz. Todos estão loucos, neste mundo? Porque a cabeça da gente é uma só, e as coisas que há e que estão para haver são demais de muitas, muito maiores diferentes, e a gente tem de necessitar de aumentar a cabeça, para o total. Todos os sucedidos acontecendo, o sentir forte da gente — o

que produz os ventos. Só se pode viver perto de outro, e conhecer outra pessoa, sem perigo de ódio, se a gente tem amor. Qualquer amor já é um pouquinho de saúde, um descanso na loucura. Deus é que me sabe. O Reinaldo era Diadorim — mas Diadorim era um sentimento meu. Diadorim e Otacília. Otacília sendo forte como a paz, feito aqueles largos remansos do Urucúia, mas que é rio de braveza. Ele está sempre longe. Sozinho. Ouvindo uma violinha tocar, o senhor se lembra dele. Uma musiquinha até que não podia ser mais dansada — só o debulhadinho de purezas, de virar-virar... Deus está em tudo — conforme a crença? Mas tudo vai vivendo demais, se remexendo. Deus estava mesmo vislumbrante era se tudo esbarrasse, por uma vez. Como é que se pode pensar toda hora nos novíssimos, a gente estando ocupado com estes negócios gerais? Tudo o que já foi, é o começo do que vai vir, toda a hora a gente está num cômpito. Eu penso é assim, na paridade. *O demônio na rua...* Viver é muito perigoso; e não é não. Nem sei explicar estas coisas. Um sentir é o do sentente, mas outro é o do sentidor. O que eu quero, é na palma da minha mão. Igual aquela pedra que eu trouxe do Jequitinhonha. Ah, pacto não houve. Pacto? Imagine o senhor que eu fosse sacerdote, e um dia tivesse de ouvir os horrores do Hermógenes em confissão. O pacto de um morrer em vez do outro — e o de um viver em vez do outro, então?! Arrenego. E se eu quiser fazer outro pacto, com Deus mesmo — posso? — então não desmancha na rás tudo o que em antes se passou? Digo ao senhor: remorso? Como no homem que a onça comeu, cuja perna. Que culpa tem a onça, e que culpa tem o homem? Às vezes não aceito nem a explicação do Compadre meu Quelemém; que acho que alguma coisa falta. Mas, medo, tenho; mediano. Medo tenho é porém por todos. É preciso de Deus existir a gente, mais; e do diabo divertir a gente com sua dele nenhuma existência. O que há é uma certa coisa — uma só, diversa para cada um — que Deus está esperando que esse faça. Neste mundo tem maus e bons — todo grau de pessoa. Mas, então, todos são maus. Mas, mais então, todos não serão bons? Ah, para o prazer e para ser feliz, é que é preciso a gente saber tudo, formar alma, na consciência; para penar, não se carece: bicho tem dor, e sofre sem saber mais porque. Digo ao senhor: tudo é pacto. Todo caminho da gente é resvaloso. Mas, também, cair não prejudica demais — a gente levanta, a gente sobe, a gente volta! Deus resvala? Mire e veja. Tenho medo? Não. Estou dando batalha. É preciso negar o que o "Que-Diga" existe. Que é que diz o farfal das folhas? Estes gerais enormes, em ventos, danando em raios, e fúria, o armar do trovão, as feias onças. O sertão tem medo de tudo. Mas eu hoje em dia acho que Deus é alegria e coragem — que Ele é bondade adiante, quero dizer. O senhor escute o buritizal. E meu coração vem comigo. Agora, no que eu tive culpa e errei, o senhor vai me ouvir.

Vemos voltemos. O Buriti-Pintado, o Ôi-Mãe, o rio Soninho, a Fazenda São Serafim; com outros, mal esquecidos, seja. Ao pé das chapadas, no entremeio do se encher de rios tantos, ou aí subindo e descendo solaus, recebendo o empapo de chuva e mais chuva, a gente se fervia — debaixo desses extraordinários de Zé Bebelo — a gente lambia guerra. *Zé Bebelo Vaz Ramiro* — viva o nome! A gente vinha sobre o rastro deles, dos hermógenes — por matar, por acabar com eles, por perseguir. No borrusco, o Hermógenes corria, longes, de nós, sempre. Às artes que fugiam. Mas eu com aquilo já tinha inteirado costume. Era ruim e era bom.

Aí quando muito vento abriu o céu, e o tempo deu melhora, a gente estava na erva alta, no quase liso de altas terras. Se ia, aos vintes e trintas, com Zé Bebelo de bota-fogo. Assim expresso, chapadão voante. O chapadão é sozinho — a largueza. O sol. O céu de não se querer ver. O verde carteado do grameal. As duras areias. As àrvorezinhas ruim-inhas de minhas. A diversos que passavam abandoados de araras — araral — conversantes. Aviavam vir os periquitos, com o canto-clim. Ali chovia? Chove — e não encharca poça, não rola enxurrada, não produz lama: a chuva inteira se soverte em minuto terra a fundo, feito um azeitezinho entrador. O chão endurecia cedo, esse rareamento de águas. O fevereiro feito. Chapadão, chapadão, chapadão.

De dia, é um horror de quente, mas para a noitinha refresca, e de madrugada se escorropicha o frio, o senhor isto sabe. Para extraviar as mutucas, a gente queimava folhas de arapavaca. Aquilo bonito, quando tição acêso estala seu fim em faíscas — e labareda dalalala. Alegria minha era Diadorim. Soprávamos o fogo, juntos, ajoelhados um frenteante o ao outro. A fumaça vinha, engasgava e enlagrimava. A gente ria. Assim que fevereiro é o mês mindinho: mas é quando todos os cocos do buritizal maduram, e no céu, quando estia, a gente acha reunidas as todas estrelas do ano todo. Mesmas vezes eu ria. Homem dorme com a cabeça para trás, dois dedos no queixo. Era o Pitolô. Um Pitolô, sei lá, cabra destemido, com crimes nos maniçobais perto para cima de Januária; mas era nascido no barranco. No Carinhanha, rio quase preto, muito imponente, comprido e povooso. Ademais que ele contava casos de muito amor; Diadorim às vezes gostava. Mas Diadorim sabia era a guerra. Eu, no gozo de minha ideia, era que o amor virava senvergonhagem. Turvei, tanto. — "Andorinha que vem e que vai, quer é ir bem pousar nas duas torres da matriz de Carinhanha..." — o Pitolô falava. Eu tinha súbitas outras minhas vontades, de passar devagar a mão na pele branca do corpo de Diadorim, que era um escondido. E em Otacília, eu não pensava? No escasso, pensei. Nela, para ser minha mulher, aqueles usos-frutos. Um dia, eu voltasse para a Santa Catarina, com ela passeava, no laranjal de lá. Otacília, mel do alecrim. Se ela por mim rezava? Rezava. Hoje sei. E era nessas boas horas que eu virava para a banda da direita, por dormir meu sensato sono por cima de estados escuros.

Mas levei minha sina. Mundo, o em que se estava, não era para gente: era um espaço para os de meia-razão. Para ouvir gavião guinchar ou as tantas seriemas que chungavam, e avistar as grandes emas e os veados correndo, entrando e saindo até dos velhos currais de ajuntar gado, em rancharias sem morador? Isso, quando o ermo melhorava de ser só ermo. A chapada é para aqueles casais de antas, que toram trilhas largas no cerradão por aonde, e sem saber de ninguém assopram sua bruta força. Aqui e aqui, os tucanos senhoreantes, enchendo as árvores, de mim a um tiro de pistola — isto resumo mal. Ou o zabelê choco, chamando seus pintos, para esgaravatar terra e com eles os bichinhos comíveis catar. A fim, o birro e o garrixo sigritando. Ah, e o sabiá-preto canta bem. Veredas. No mais, nem mortalma. Dias inteiros, nada, tudo o nada — nem caça, nem pássaro, nem codorniz. O senhor sabe o mais que é, de se navegar sertão num rumo sem termo, amanhecendo cada manhã num pouso diferente, sem juizo de raiz? Não se tem onde se acostumar os olhos, toda firmeza se dissolve. Isto é assim. Desde o raiar da aurora, o sertão tonteia. Os tamanhos. A alma deles. Mas Zé Bebelo, andante, estava esperdiçando o consistir. E que o Hermógenes só fizesse por se fugir toda a vida, isso ele não entendia. — "Vai cavacando buraco, vai, que tu vê!" — oco da paciência, ele resmungou. Ainda que, nesses dias, ele menos falasse; ou, quando falava, eu não queria ouvir. Digo que, no cível trivial, Zé Bebelo me indispunha com algum enjoo. A antes uma conversa com Alaripe, somente simples, ou com o Fafafa, que estimava irmãmente os cavalos, deles tudo entendia, mestre em doma e em criação. Zé Bebelo só tinha graça para mim era na beira dos acontecimentos — em decisões de necessidade forte e vida virada — horas de se fazer. O traquejar. Se não, aquela mente de prosa já me aborrecia.

A monte andante, ao adiável, aí assim e assaz eu airei meu pensamento. Amor eu pensasse. Amormente. Otacília era, a bendizer, minha nôiva? Mas eu carecia era de mulher ministrada, da vaca e do leite. De Diadorim eu devia de conservar um nôjo. De mim, ou dele? As prisões que estão refincadas no vago, na gente. Mas eu aos poucos macio pensava, desses acordados em sonho: e via, o reparado — como ele principiava a rir, quente, nos olhos, antes de expor o riso daquela boca; como ele falava meu nome com um agrado sincero; como ele segurava a rédea e o rifle, naquelas mãos tão finas, brancamente. Esses Gerais em serras planas, beleza por ser tudo tão grande, repondo a gente pequenino. Como se eu estivesse calçando par de chinelo muito flote; e eu queria um sinapismo, botim reiuno, duro, redomão.

Agora — e os outros? — o senhor dirá. Ah, meu senhor, homens guerreiros também têm suas francas horas, homem sozinho sem par supre seus recursos também. Surpreendi um, o Conceiço, que jazia vadio deitado, se ocultando atrás de fechadas môitas; momento que raro se vê, feito o cagar dum bicho bravo. — "É essa natureza da gente..." — ele disse; eu não tinha perguntado explicação. O que eu queria era um divertimento de alívio. Ali, com a gente, nenhum cantava, ninguém não tinha viola nem nenhum instrumento. No peso ruim do meu corpo, eu ia aos poucos perdendo o bom tremor daqueles versos de Siruiz? Então eu forcejei por variar de mim, que eu estava no não acontecido nos passados. O senhor me entende?

De Diadorim não me apartava. Cobiçasse de comer e beber os sobejos dele, queria pôr a mão onde ele tinha pegado. Pois, por que? Eu estava calado, eu estava quieto. Eu estremecia sem tremer. Porque eu desconfiava mesmo de mim, não queria existir em tenção soez. Eu não dizia nada, não tinha coragem. O que tinha era uma esperança? Mesmo parava tempos no pensar numa mulher achada: Nhorinhá, a minha moça Rosa'uarda, aquela mocinha Miosótis. Mas o mundo falava, e em mim tonto sonho se desmanchando, que se esfiapa com o subir do sol, feito neblina noruega movente no frio de agosto.

A noite que houve, em que eu, deitado, confesso, não dormia; com dura mão sofreei meus ímpetos, minha força esperdiçada; de tudo me prostrei. Ao que me veio uma ânsia. Agora eu queria lavar meu corpo debaixo da cachoeira branca dum riacho, vestir terno novo, sair de tudo o que eu era, para entrar num destino melhor. Anda que levantei, a pé caminhei em redor do arrancho, antes do romper das horas d'alva. Saí no grande orvalho. Só os pássaros, pássaro de se ouvir sem se ver. Ali se madruga com céu esverdeado. Zé Bebelo podia pautear explicação de tudo: de como a gente ia alcançar os hermógenes e dar neles grave derrota; podia referir tudo que fosse de bem se guerrear e reger essa política, com suas futuras benfeitorias. De que é que aquilo me servisse? Me cansava. E vim vindo, para a beira da vereda. Consegui com o frio, esperei a escuridão se afastar. Mas, quando o dia clareou de todo, eu estava diante do buritizal. Um buriti — teteia enorme. Aí sendo que eu completei outros versos, para ajuntar com os antigos, porque num homem que eu nem conheci — aquele Siruiz — eu estava pensando. Versos ditos que foram estes, conforme na memória ainda guardo, descontente de que sejam sem razoável valor:

Trouxe tanto este dinheiro
o quanto, no meu surrão,
p'ra comprar o fim do mundo
no meio do Chapadão.

Urucúia — rio bravo
cantando à minha feição:
é o dizer das claras águas
que turvam na perdição.

Vida é sorte perigosa
passada na obrigação:
toda noite é rio-abaixo,
todo dia é escuridão...

Mas estes versos não cantei para ninguém ouvir, não valesse a pena. Nem eles me deram refrigério. Acho que porque eu mesmo tinha inventado o inteiro deles. A virtude que tivessem de ter, deu de se recolher de novo em mim, a modo que o truso dum gado mal saído, que em sustos se revolta para o curral, e na estreitez da porteira embola e rela. Sentimento que não espairo; pois eu mesmo nem acerto com o mote disso — o que queria e o que não queria, estória sem final. O correr da vida embrulha tudo, a vida é assim: esquenta e esfria, aperta e daí afrouxa, sossega e depois desinquieta. O que ela quer da gente é coragem. O que Deus quer é ver a gente aprendendo a ser capaz de ficar alegre a mais, no meio da alegria, e inda mais alegre ainda no meio da tristeza! Só assim de repente, na horinha em que se quer, de propósito — por coragem. Será? Era o que eu às vezes achava. Ao clarear do dia.

Aí o senhor via os companheiros, um por um, prazidos, em beira do café. Assim, também, por que se aguentava aquilo, era por causa da boa camaradagem, e dessa movimentação sempre. Com todos, quase todos, eu bem combinava, não tive questões. Gente certa. E no entre esses, que eram, o senhor me ouça bem: *Zé Bebelo*, nosso chefe, indo à frente, e que não sediava folga nem cansaço; o *Reinaldo* — que era Diadorim: sabendo deste, o senhor sabe minha vida; o *Alaripe*, que era de ferro e de ouro, e de carne e ôsso, e de minha melhor estimação; *Marcelino Pampa*, segundo em chefe, cumpridor de tudo e senhor de muito respeito; *João Concliz*, que com o *Sesfrêdo* porfiava, assoviando imitado de toda qualidade de pássaros, este nunca se esquecia de nada; o *Quipes*, sujeito ligeiro, capaz de abrir num dia suas quinze léguas, cavalos que haja; *Joaquim Beijú*, rastreador, de todos esses sertões dos Gerais sabente; o *Tipote*, que achava os lugares d'água, feito boi geralista ou buriti em broto de semente; o *Suzarte*, outro rastreador, feito cão cachorro ensinado, boa pessoa; o *Quêque*, que sempre tinha saudade de sua rocinha antiga, desejo dele era tornar a ter um pedacinho de terra plantadeira; o *Marimbondo*, faquista, perigoso nos repentes quando bebia um tanto de mais; o *Acauã*, um roxo esquipático, só de se olhar para ele se via o vulto da guerra; o *Mão-de-Lixa*, porreteiro, nunca largava um bom cacete, que nas mãos dele era a pior arma; *Freitas Macho*, grão-mogolense, contava ao senhor qualquer patranha que prouvesse, e assim descrevia, o senhor acabava acreditando que fosse verdade; o *Conceiço*, guardava numa sacola todo retrato de mulher que ia achando, até recortado de folhinha ou de jornal; *José Gervásio*, caçador muito bom; *José Jitirana*, filho dum lugar que se chamava a Capelinha-do-Chumbo: esse sempre dizia que eu era muito parecido com um tio dele, Timóteo chamado; o *Preto Mangaba*, da Cachoeira-do-Choro, dizia-se que entendia de toda mandraca; *João Vaqueiro*, amigo em tanto, o senhor já sabe; o *Coscorão*, que tinha sido carreiro de muito ofício, mas constante que era canhoto; o *Jacaré*, cozinheiro nosso; *Cavalcânti*, competente sujeito, só que muito soberbo — se ofendia com qualquer brincadeira ou palavra; o *Feliciano*, caôlho; o *Marruaz*, homem desmarcado de forçoso: capaz de segurar as duas pernas dum poldro; *Guima*, que ganhava em todo jogo de baralho, era do sertão do Abaeté; *Jiribibe*, quase menino, filho de todos no afetual paternal; o *Moçambicão* — um negro enorme, pai e mãe dele tinham sido escravos nas lavras; *Jesualdo*, rapaz cordato — a ele fiquei devendo, sem me lembrar de pagar, quantia de dezoito mil-réis; o *Jequitinhão*, antigo capataz arrieiro, que só se dizia por ditados; o *Nelson*, que me pedia para escrever carta, para ele mandar para a mãe, em não sei onde moradora; *Dimas Dôido*, que dôido mesmo não era, só valente demais e esquentado; o *Sidurino*, tudo o que ele falava divertia a gente; *Pacamã-de-Prêsas*, que queria qualquer dia ir cumprir promessa, de acender velas e ajoelhar adiante, no São Bom Jesus da Lapa; *Rasga-em-Baixo*, caôlho também, com movimentos desencontrados, dizia que nunca tinha conhecido mãe nem pai; o *Fafafa*, sempre cheirando a suor de cavalo, se deitava no chão e o cavalo vinha cheirar a cara dele; *Jõe Bexiguento*, sobrenomeado "Alparcatas", deste qual o senhor, recital, já sabe; um *José Quitério*: comia de tudo, até calango, gafanhoto, cobra; um infeliz *Treciziano*; o irmão de um, *José Félix*; o *Liberato*; o *Osmundo*. E os urucuianos que Zé Bebelo tinha trazido: aquele *Pantaleão*, um *Salústio João*, os outros. E — que ia me esquecendo — *Raymundo Lé*, puçanguara, entendido de curar qualquer doença, e *Quim Queiroz*, que da munição dava conta, e o *Justino*, ferrador e alveitar. A mais, que nos dedos conto: o *Pitolô*, *José Micuim*, *Zé Onça*, *Zé Paquera*, *Pedro Pintado*, *Pedro Afonso*, *Zé Vital*, *João Bugre*, *Pereirão*, o *Jalapa*, *Zé Beiçudo*, *Nestor*. E *Diodôlfo*, o *Duzentos*, *João Vereda*, *Felisberto*, o *Testa-em-Pé*, *Remigildo*, o *Jósio*, *Domingos Trançado*, *Leocádio*, *Pau-na-Cobra*, *Simião*, *Zé Geralista*, o *Trigoso*, o *Cajueiro*, *Nhô Faísca*, o *Araruta*, *Durval Foguista*, *Chico Vosso*, *Acrísio* e o *Tuscaninho Caramé*. Amostro, para o senhor ver que eu me alembro. Afora algum de que eu me esqueci — isto é: mais muitos... Todos juntos, aquilo tranquilizava os ares. A liberdade é assim, movimentação. E bastantes morreram, no final. Esse sertão, esta terra.

    A verdade que com Diadorim eu ia, ambos e todos. Além de que Zé Bebelo comandava. — "Ao que vamos, vamos, meu filho, Professor: arrumar esses bodes na barranca do rio, e impor ao Hermógenes o combate..." — Zé Bebelo preluzia, comedindo pompa com sua grande cabeça. Assim de loguinho não aprovei, então ele imaginou que eu estava descrendo. — "Agora coage tua cisma, que eu estou senhor dos meus projetos. Tudo já pensei e repensei, guardo dentro daqui o resumo bem traçado!" — e ele pontoava com dedo na testa. Acreditar eu acreditasse, não duvidei. O que eu podia não saber era se eu mesmo estava em ocasiões de boa-sorte.

    A ser, porque, numa volta do Ribeirão-do-Galho-da-Vida, a gente tinha topado com turma de inimigos, retornados para lá por espiação. Aí foi curto fogo, mas eu levei uma bala, de raspaz, na carne do braço, perdi muito sangue. Raymundo Lé banhou com casca de angico, na hora melhorei; Diadorim amarrou bem, com pano duma camisa rasgada. Apreciei a delicadeza dele. Atual, todos prestaram em mim amizade de atenção, aquilo vinha a ser até um consolo. Só que, depois de dois dias, o braço me doía inteiro e inchava, sei que a inchação me cansasse muito, sempre eu queria esbarrar pra água beber. — "Se eu tiver de atirar, então como é que faço? Não posso..." — era outro meu receio. Admirei, porque o José Félix também tinha tido ferimento, na côxa e na perna, mas a natureza dele era limpa, o ofendido secava por si, nem parecendo ser. Assim a primeira vez que me sucedia um a-mal, isso me perturbasse. O que me sofria até nas margens do peito, e nos dedos da mão, não me concedendo movimentos. Muito temi por meu corpo. "Ah, minha Otacília" — eu gemi em mim — "Pode que nunca mais você me veja, e então nem viúva minha você não vai ser..." Uns recomendavam arnica-do-campo, outros aconselhavam emplastro de bálsamo, com isso rente se sarava. Aí Raymundo Lé garantiu cura com erva-boa. Mas onde era que erva-boa se ia achar?

À Fazenda dos Tucanos chegamos, lá esbarramos — é na beira da Lagoa Raposa, passada a Vereda do Enxú. Visitamos o fazendão vazio, não tinha almaviva de se ver. E do Rio-do-Chico longe não se estava. Assim então por que era que não se avançar logo, às duras marchas, para atacar? — "Sei de mim, sei..." — Zé Bebelo menos disse, sem explicação. Desconheci. Cacei um catre, cama de vento, num quarto meio escuro; com coisa nenhuma não me importei. — "Retém as forças, Riobaldo. Vou campear o remédio, nesses matos..." — Diadorim falou. A gente nos Tucanos ia falhar dois dias, ali ficamos comendo palmito e secando em sol a carne de dois bois.

No primeiro dia, de tardinha, apareceu um boiadeiro, que com seus camaradas viajando. Vinham de Campo-Capão-Redondo, em caminhada para Morrinhos. Por que tinham riscado aquela grande volta? — "O senhor dá paz à gente, Chefe?" — o boiadeiro perguntou. — "Dou paz, damos, amigos..." — Zé Bebelo respondeu. A quieto, o boiadeiro então achou que devia de as novidades relatar. Que se estava em meio de perigos. Sim. Os soldados! — "Os que soldados, esses, mano velho?" Soldadesca pronta, do Governo, mais de uns cinquenta. Assim onde era que estavam? — "Ao que estão em São Francisco e em Vila Risonha, e mais outros deles vão vindo chegando, Chefe; é o que eu ouvi dizer..." Zé Bebelo, escutando, redondamente. Só quis mais saber. Se isso, se aquilo. Se o boiadeiro sabia o nome do Promotor de Vila Risonha, e do Juiz de Direito, do Delegado, do Coletor, do Vigário. O do Oficial comandante da tropa, o boiadeiro não acertava dizer. Aquele boiadeiro era homem sério, com palavra merecida e vontade de estar bem com todos. Tinha uma garrafa de vinho depurativo na bagagem, me presenteou com um gole, me fez bem. Pousou lá, no outro dia se foram, muito cedo.

Nesse entremear, eu senti meu braço melhor, e estive mais disposto. Andei andando, vi aquela fazenda. Essa era enorme — o corredor de muitos grandes passos. Tinha as senzalas, na raia do pátio de dentro, e, na do de fora, em redor, o engenho, a casa-dos-arreios, muitas moradas de agregados e os depósitos; esse pátio de fora sendo largo, lajeado, e com um cruzeiro bem no meio. Mas o capim crescia regular, enfeite de abandono. Não de todo. Pois tinham desamparado um gato, ali esquecido, o qual veio para perto do Jacaré cozinheiro, suplicar comida. Até por dentro do eirado, mansejavam uns bois e vacas, gado reboleiro. Aí João Vaqueiro viu um berrante bom, pendurado na parede da sala-grande; pegou nele, chegou na varanda, e tocou: as reses entendiam, uma ou outra respondendo, e entraram no curral, para a beira dos côchos, na esperança de sal. — "Não faz mês que o povo daqui aqui ainda estava..." — João Vaqueiro declarou. E era verdade, com efeito, pois na despensa muita coisa se encontrando aproveitável. Nos Tucanos, valia a pena. Os dois dias ficaram três, que tão depressa passaram.

Madrugada, no em que se ia partir dalí, eu acordei ainda com o escuro, no amiudar. Só assim acordei, por um rumor, seria o Simião, que estava dormindo no mesmo cômodo e tacteando se levantava. Mas me chamou. — "A gente vai pegar a cavalhada. Vamos?" — ele disse. Não gostei. — "Estou enfermo. Então vou?! Quem é que rala a minha mandioca?" — repontei, áspero. Virei para o canto; assim eu estava apreciando aquele catre de couro. O Simião decerto ia, mais o Fafafa e Doristino, estavam bons para o orvalho dos pastos. Diadorim, que dormia num colchão, encostado na outra banda, já tinha se levantado antes e desaparecido do quarto. Ainda persisti numa madorna. Aquela moradia hospedava tanto — assim sem donos — só para nós. Aquele mundo de fazenda, sumido nos sussurros, os trastes grandes, o conforto das arcas de roupa, a cal nas paredes idosas, o bolor. Aí o que pasmava era a paz. Pensei por que seria tudo alheio demais: um sujo velho respeitável, e a picumã nos altos. Pensei bobagens. Até que escutei assoviação e gritos, tropear de cavalaria. "Ah, os cavalos na madrugada, os cavalos!..." — de repente me lembrei, antiquíssimo, aquilo eu carecia de rever. Afôito, corri, compareci numa janela — era o dia clareando, as barras quebradas. O pessoal chegava com os cavalos. Os cavalos enchiam o curralão, prazentes. Respirar é que era bom, tomar todos os cheiros. Respirar a alma daqueles campos e lugares. E deram um tiro.

Deram um tiro, de rifle, mais longe. O que eu soube. Sempre sei quando um tiro é tiro — isto é — quando outros vão ser. Deram muitos tiros. Apertei minha correia na cintura. Apertei minha correia na cintura, o seguinte emendando: que nem sei como foi. Antes de saber o que foi, me fiz nas minhas armas. O que eu tinha era fome. O que eu tinha era fome, e já estava embalado, aprontado.

Às tantas o senhor assistisse àquilo: uma confusão sem confusão. Saí da janela, um homem esbarrou em mim, em carreira, outros bramaram. Outros? Só Zé Bebelo — as ordens, de sobrevoz. Aonde, o que? Todos eram mais ligeiros do que eu? Mas ouvi: — "...Mataram o Simião..." Simião? Perguntei: — "E o Doristino?" "— Ãã? Homem, não sei..." — alguém me respondendo. — "Mataram o Simião e o Aduvaldo..." E eu ralhei: — "Basta!" Mas, sobre o instante, virei: — "Ah, e o Fafafa?" O que ouvi: — "Fafafa, não. Fafafa está é matando!..." Assim era, real, verdadeiramente de repente, caído como chuva: o rasgo de guerra, inimigos terríveis investindo. — "São eles, Riobaldo, os hermógenes!" — Diadorim aparecido ali, em minha frente, isto falou. Atiraram um horror, duma vez, tiros e tiros que estavam contra nós desfechando. Atiravam nas construções da casa. Diadorim sacripante se riu, encolheu um ombro só. Para ele olhei, o tanto, o tanto, até ele anoitecer em meus olhos. Eu não era eu. Respirei os pesos. "Agora, agora, estamos perdidos sem socôrro..." — inventei na mente. E raciocinei a velocidade disto: "Ser pego, na tocaia, é diverso de tudo, e é tôlo..." Assim enquanto, eu escutando, na folha da orêlha, as minúcias recontadas: as passadas dos companheiros, no corredor; o assoviar e o dar das balas — que nem um saco de bagos de milho despejado. Feito cuspissem — o pôr e pôr! Senti como que em mim as balas que vinham estragar aquela morada alheia de fazenda. Medo nem tive, não deu para ter — foi outra noção, diferente. Me salvei por um espetar de pensamento: que Diadorim, cenho franzindo, fosse mandar eu ter coragem! Ele nem disse. Mas eu me inteirei, ligeiro demais, num só destorcer. — "Eh, pois vamos! É a hora!" — eu declarei, pus a mão no ombro dele. Respirei depressa demais. Aquele me apatetar — saiba o senhor — não deve de ter durado nem os menos minutos. No átimo, supri a claridade completa de ideia, o sangue-frio maior, essas comuns tranquilidades. E, por aí, eu sabia mesmo exato: a gente já estava debaixo de cerco.

Achei especial o jeito de João Concliz vir, ansiado cauteloso. Ação em que qualquer um anda — nessas semelhantes ocasiões — só encostado nas paredes. — "Você fica aqui, mais você, e você... Você dessa banda... Você ali, você-aí acolá..." — arrumação ele ordenava. — "Riobaldo, Tatarana: tu toma conta desta janela... Daqui não sai, nem relaxa, por via nenhuma..." Arredado, lá embaixo avistei Marcelino Pampa indo para as senzalas, com uns cinco ou seis companheiros. Com outros, Freitas Macho corria para a tulha; e para o engenho uns junto com Jõe Bexiguento dito "Alparcatas". Meus peitos batendo tresdobro forte, eu dividido naquela alarida. A grave escorei meu rifle, limpo, arma minha, amásia. Ainda reconheci o Dimas Dôido e o Acauã, deitados atrás do cruzeiro do pátio. Um daqueles urucuianos apareceu, mais outro, traziam balaio grande, com algodão em rama. Mais homens, com sacos de sabugos; foram buscar outros sacos, carregavam um caixote também. Tudo eles estavam transportando, por entranqueirar o pátio de fora: tábuas, tamboretes, cangalhas e arreios, uma mesa de carapina retombada. Arranjos de guerra — esses são engenhados sempre com uma graça variada, diversa dos aspectos de trabalho de paz — isto vi; o senhor vê: homens e homens repulam no afã tão unidamente, sujeitos maneiros, feito o meigo do demo assoprasse neles, ou até mesmo os espíritos! Suspirei, de bestagem. Ao menos alguém fungou e me cotucou, era o Preto Mangaba, mandado guarnecer ali, comigo junto. Preto Mangaba me oferecia dum pão de doce de buriti, repartia, amistoso. Eu então me alembrei de que estava com fome. Mas Quim Queiroz trazia mais munição, ele ajudado por alguns; arrastavam um couro, o couro esse cheio repleto de munição, arrastavam no assoalho do corredor. Da janela da outra banda, pus o olhar, espiei o desdém do mundo, distâncias. Abalavam fogo contra a gente, outra vez, contra o espaço da casa. Ixe de inimigo que não se avistava. Somente eu queria saber era se aguentava manejar, como era que estava sentindo meu braço. Aí ergui mão para coçar minha testa, aí me cismei: e fiz, com todo o respeito, o pelo-sinal. Sei que o cristão não se concerta pela má vida levável, mas sim porém sucinto pela boa morte — ao que a morte é o sobrevir de Deus, entornadamente.

Atirei. Atiravam.

Isso não é isto?

Nonada.

A aragem. Diadorim onde estivesse? Soube que ele parava em outro ponto, em seu posto em praça. Sustentava, picando alvos a para a frente, junto com o Fafafa, o Marruaz, Guima e Cavalcânti, na barra da varanda. Todo lugar não era lugar? Não se podendo esbarrar, de jeito nenhum, no arrebentar, nas manivelas da guerra. Aprendi os momentos. Assim, assazmente, João Concliz tornava a vir, zelante, com Alaripe, José Quitério e Rasga-em-Baixo. — "Espera!" — ele mandou. Pelo que vinham também o Pitolô e o Moçambicão, puxando uns couros de boi. Esses couros inteiros eram para a gente pregar lá em riba, nas padieiras, ficarem dependurados de cortinado bambo, nos vãos das janelas. Depois, o Pacamã-de--Prêsas mais o Conceiço, socavando com ferramenta, a fito de abrir torneiras nas paredes — por onde buraco de se atirar. Aquela guerra ia durar a vida inteira? O que eu atirava, ouvia menos. Mas o dos outros: assovios bravos, o achispe, isto de ferro — as balas apedrejadas. Eu e eu. Até meus estalos, que a cada, no próprio do coração. À mira de enviar um grão de morte acertado naquelas raras fumaças dansáveis. Assim é que é, assim.

Ah! E então, aí, no súbito aparecer, Zé Bebelo chegou, se encostou quase em mim. — "Riobaldo, Tatarana, vem cá..." — ele falou, mais baixo, meio grosso — com o que era uma voz de combinação, não era a voz de autoridade. A de ver, o que ele quisesse de mim? Para eu passar avante na posição, me transpor para um lugar onde se matar e morrer sem beiras, de maior marca? Andei e segui, presente que, com Zé Bebelo, tudo carecia mais era de ser depressa. Mesmo me levou. Mas me levou foi para um outro cômodo. Ali era um quarto, pequeno, sem cama nenhuma, o que se via era uma mesa. Mesa de madeira vermelha, respeitável, cheirosa. Desentendi. Dentro daquele quarto, como que não entrava a guerra. Mas o pensar de Zé Bebelo — ansiado eu sabia — era coisa que estralejava, inventante e forte.

— "Mais antes larga o rifle aí, deposita..." — ele falou. O depor meu rifle? Pois botei, em cima da mesa, esquinado de través, botei com o todo cuidado. Ali se tinha lápis e papel. — "Senta, mano..." — ele, pois ele. Ofereceu a cadeira, cadeira alta, de pau, com recosto. Se era para sentar, assentei, em beira de mesa. Zé Bebelo de revólver pronto na mão, mas que não contra mim — o revólver era o comando, o constante revirar e remexer da guerra. E ele nem me olhou, e me disse:

— "Escreve..."

Caí num pasmo. Escrever, numa hora daquelas? O que ele explicado mandou, eu fui e principiei; que obedecer é mais fácil do que entender. Era? Não sou cão, não sou coisa. Antes isto, que sei, para se ter ódio da vida: que força a gente a ser filho-pequeno de estranhos... "Ah, o que eu não entendo, isso é que é capaz de me matar..." — me lembrei dessas palavras. Mas palavras que, em outra ocasião, quem tinha falado era Zé Bebelo, mesmo.

— "Escreve..."

O zum-zum da guerra acontecendo era que me estorvava de direito pensar. E Zé Bebelo não estava ali não era para isso, para pensar por todos? Como que fosse, o papel, para o que carecia, era pouco. Tinham de caçar mais papel, qualquer, por ali devia de ter. Enquanto isso, eu cumprisse de escrever, na seca mão da necessidade.

E ouvimos praga de dôr.

— "Ao que foi?" Uns gemidos, despautados, de sorrôgo. — "Companheiro ofendido. O Leocádio..." — ouvimos. Sem-modos se precipitado, Zé Bebelo avançou para ali, para ver. Sem determinação tomada de ir, eu também já estava lá, atrás dele. O homem, o primeiro ferido, caído sentado, as pernas estendidas para diante, as costas amparadas na parede; com a mão esquerda era que ele suportava sua testa, mas com a direita ainda segurava o rifle, que o asno rifle ele não tinha largado. Conforme Raymundo Lé já tinha exigido, alguns vinham da cozinha, trazendo as latas d'água. Raymundo Lé lavava a cara do homem ensanguentada, do Leocádio. Esse estava atirado pelas queixadas, má bala que lhe partira o ôsso, o vermelho brabotava e pingava. — "Meu filho, tu aguenta ainda brigar?" — Zé Bebelo quis saber. O Leocádio, que fez careta, garantiu que podia: — "O que posso. Em nome de Deus e de meu São Sebastião guerreiro, o que posso!" Sempre sendo a careta sem gracejo; pois falar era o que para ele custava e maltratava. — "E da Lei... E da Lei, também... Ah, então, vamos, faz vingança, menino, faz vingança!" — Zé Bebelo aforçourou. Semelhante só botasse apreço nos fatos por resultar. Zé Bebelo se endemoninhava.

Segurou meu braço, suscitado de se voltar para a mesa, para se escrever, amanuense. Pelo discorrer, revólver na mão, às vezes achei, em minha fantasia, que ele estava me ameaçando. — "Ei, ai, vamos ver. Que tenho esquadrão reiuno: esses é que vão vir me dar retaguarda!" — ele falasse. Eu escrevesse, com mais urgência. Os bilhetes — missiva para o senhor oficial comandante das forças militares, outro para o excelentíssimo juiz da comarca de São Francisco, outro para o presidente-da-câmara de Vila Risonha, outro para o promotor. — "Apresta. A massa do volume deles também dá valor..." — ele regendo. Acertei. Escrevi. O teor era aquilo mesmo, o simples: que, se os soldados no soflagrante viessem, de rota abatida, sem esperdiçar minuto, então aqui na Fazenda dos Tucanos pegavam caça grossa, reunida — de lobo, jaguatirica e onça — de toda a jagunçada maior reinante no vezvez desses gerais sertões. A rasa, à justa, e cerrar com fecho formal: Ordem e Progresso, viva a Paz e a Constituição da Lei! Assinado: *José Rebêlo Adro Antunes, cidadão e candidato.*

No pique dum momento, perdi e achei minha ideia, e esbarrei. A em pé, agora formada, eu conseguia a alumiação daquela desconfiança. Assim. Em que maldei, foi: aquilo não seria traição? Rasteiro, tive que olhei Zé Bebelo, no grude dos olhos. Daí, tão claro e aligeirado pensei — os prefácios. Aquele tinha sido homem pago estipendiado pelo Governo, agora os soldados do Governo com ele se encontravam. E nós, todos? Diadorim e eu, os tristes e alegres sofrimentos da gente, a célebre morte de Medeiro Vaz, a vingança em nome de Joca Ramiro? Nem eu sabia ao certo, depois, no correr de tantos mêses, o extrato da vida de Zé Bebelo, o que ele tinha realmente feito, somenos se cumprida a viagem de ida até em Goiás. Soubesse, o pior, era que ele, por ofício e por espécie, não podia esbarrar de pensar, não podia esbarrar de pensar inventado para adiante, sem repouso, sempre mais. A gente estava por conta dele — e sem repouso nenhum também, nenhum — o portanto. E ele tinha trazido o bando cá para perto do São Francisco, tinha querido falhar os três dias naquela fazenda atacável. Quem sabe, então, o recado para os soldados virem, ele mesmo já não teria enviado, desde tempos? Ideia, essa. Arre de espanto — ah, como quando onça de-lado pula, quando a canoa revira, quando cobra chicoteia. Désse de ser? Ao caminho dos infernos — para prazo! Aí, careci de querer a calma. O tiroteio já redobrava. Ouvi a guerra.

Decerto eu estava exagerado. Antes Zé Bebelo havendo de ser mesmo o chefe para a hora, safado capaz. Nem se desprazia. — "Ôi, xô! P'ra esses, munição não falta?..." — ele escarnecendo disse, quando as descargas vieram em salva mais forte — o fiufíu e os papocos. Ah as balas que partiam telhas e que as paredes todas recebiam. Cacos caindo, do alto. — "Te apressa, Tatarana, que nós dois temos também de atirar!" Alegre dito. Na janela, ali, tinham pendurado igualmente um daqueles couros de boi: bala dava, zaque-zaque, empurrando o couro, daí perdia a força e baldava no chão. A cada bala, o couro se fastava, brando, no ter o choque, balangava e voltava no lugar, só com mossa feita, sem se rasgar. Assim ele amortecia as todas, para isso era que o couro servia. "Traição?" — eu não queria pensar. Eu já tinha preenchido três cartas. Não é do tutuco nem do zumbiz das balas, o que daquele dia em minha cabeça não me esqueço; mas do bater do couro preto, adejante, que sempre duro e mole no ar se repetia.

Advindo que algum me trouxe mais papel, achado por ali, nos quartos, em remexidas gavetas. Só coisa escrita já, de tinta firme; mas a gente podendo aproveitar o espaço em baixo, ou a banda de trás, reverso dita. Que era que estava escrito nos papéis tão velhos? Um favor de carta, de tempos idos, num vigente fevereiro, 11, quando ainda se tinha Imperador, no nome dele com respeito se falava. E noticiando chegada em poder, de remessa de ferramenta, remédios, algodão trançado tinto. A fatura de negócios com escravos, compra, os recibos, por Nicolau Serapião da Rocha. Outras cartas... — "Escreve, filho, escreve, ligeiro..." A traição, então? Altamente eu escutava os gritos dos companheiros, xingatório, no meio da desbraga do quanto combate, na torração. Aqui mesmo, esgueirados para a janela, o Duzentos e o Rasga-em-Baixo agora ombreavam armas, seu vez--em-quando a ponto atiravam. Assim como não pude, eu esbarrei, outra vez — e encarei Zé Bebelo sem final.

— "Que é? Que é lá?!" — ele me perguntou. Devia de ter me deduzido, dos meus olhos, mesmo melhor do que o que eu sabia de mim.

— "A pois... Por que é que o senhor não se assina, ao pé: *Zé Bebelo Vaz Ramiro*... como o senhor outrora mesmo declarou?..." — eu cacei contra, reperguntando.

Ato visível, que ele esteve pego, no usual de seu modo, assim, de se espantar no ar. Conheci. Às vezes, também, um atraiçôa, sem nem saber o que é que está produzindo — às falsas hajas! Mas ele não tinha surpreendido a verdade do meu indagar, a expedição de minha dúvida. Conforme, prazido consigo, recachou, e me disse, me engambelando:

— "Ah, hã-an... Também pensei. Tanto que pensei; mas, não se pode... Muito alta e sincera é a devoção, mas o exato das praxes impõe é outras coisas: impõe é o duro legal..."

Aí, fui escrevendo. Simples, fui, porque fui; ah, porque a vida é miserável. A letra saía tremida, no demoroso. Meu outro braço também recomeçava a doer, quáse'que. "Traição"... — sem querer eu fui lançando no papel a palavra; mas risquei. Uma bala no couro assoviou soco, outra entrou atrás, entrou com o couro levantado, deu na parede, defronte, ricocheteou e veio cair, quente, perto da gente. Ali na parede, tinha um chifre de boi de se dependurar roupa; até armador de rede era de chifre de boi, naquela Casa. Sumamente, eu esperei o pispissíu de alguma outra bala, eu queira. Soubesse por que? O pensar caladíssimo de Zé Bebelo me perturbava.

Mas ele disse: — "Que é que é?" — se debruçando — "Que erro que foi?" Não viu, porque eu já tinha riscado. Mas, então, ele muito falou. Ia explicando. De noite, no escuro feito, ia mandar dois cabras, dos mais espertos viajeiros, para rastejarem por ali, furando o cerco, cada um levava ruma igual daquelas cartas. Assim, Deus azado ajudasse, e eles ou ao menos um deles conseguisse, então era resumo certo que a soldadesca se movimentava de vir. Apareciam, os trapezavam, apropositavam, arrebentavam com os hermógenes!

— "E a gente?" — eu perguntei.

— "Ãe? A gente? A ver, que você não me entendeu? A gente obra jeito de se escapar, no cererê da confusão..."

Antes, tanto, que era muito difícil — eu repostei.

— "Ah, sim, dificultoso é, meu filho. Mas pego, é o nosso recurso. Se não, se outra, que saldo é que temos?" — e Zé Bebelo, do dito, sagaz se rigozijava.

Então, com respeito, eu disse que a gente podia experimentar de fazer isso mesmo agora: furar uma saída, por entre os hermógenes, brigando e matando. Eu disse isso. Mas tinha esquecido que estava era encostado em Zé Bebelo, no questionar. Aí quem era que podia com a ideia daquele homem, quem era que se sustentava? A foro, pois, assim ele me respondeu:

— "Pois era, Tatarana? Olhe: escuta, pensa — esses hermógenes não são mais valentes do que nós, nem estão em quantidade maior; mas fato é que eles chegaram a surdas, e nos cercaram, tomaram tudo quanto há de melhor, nessas posições. Asseados, é que estão. Agora, nesta hora, a gente forçar um escape, pode ser que se tenha sorte — mas mesmo assim sofrendo muitas mortes, e sem meios para descontar essas, sem alcance nenhum para se matar um bom poucado desses inimigos. Tu entende? Mas, se os soldados chegarem, têm de dar o forte fogo primeiro contra os hermógenes, fazendo neles muito estrago. Aí, se foge, com tenção só na escapula. Ao menos, algum lucro se teve... Ah, tu vê o que se quer? Ah, o que tu também quer, pois não quer?!..."

Não nas artes que produzia, mas no armar de falar assim — ele era razoável. Se riu, qual. Riu? Eu sendo água, me bebeu; eu sendo capim, me pisou; e me ressoprou, eu sendo cinza. Ah, não! Então, eu estava ali, em chão, em a-cú acôo de acuado?! Um rôr de meu sangue me esquentou as caras, o redor dos ouvidos, cachoeira, que cantava pancada. Eu apertei o pé na alpercata, espremi as tábuas do assoalho. Desconheci antes e depois — uma decisão firme me transtornava. E eu vi, fiquei sabendo: me queimassem em fogo, eu dava muitas labaredas muito altas! Ah, dava. O senhor acha que menos acho? Mais digo. Mais fiz. Antes veja, o que eu pensei — o que seguinte ia ser, e ficou formado um decreto de pedra pensada: que, na hora de os soldados sobrechegarem, eu parava perto de Zé Bebelo; e que, ele fizesse feição de trair, eu abocava nele o rifle, efetuava. Matava, só uma vez. E, daí... Daí eu tomava o comandamento, o competentemente — eu mesmo! — e represava a chefia, e forçando os companheiros para a impossível salvação. Aquilo por amor do rijo leal eu fazia, era capaz; pelo certo que a vida deve de ser. Mesmo não gostando de ser chefe, descrendo do enfado de responsabilidades. Mas fazia. "Aí, pego a faca-punhal e o facão grande..." — tornei a pensar. Até chegar a hora, eu não ia falar disso com pessoa nenhuma, nem com Diadorim. Mas fazia, procedia. E eu mesmo senti, a verdade duma coisa, forte, com a alegria que me supriu: — eu era Riobaldo, Riobaldo, Riobaldo! A quase que gritei aquele este nome, meu coração alto gritou. Arre então, quando eu experimentei os gumes dos meus dentes, e terminei de escrever o derradeiro bilhete, eu estive todo tranquilizado e um só, e insensato resolvido tanto, que mesmo acho que aquele, na minha vida, foi o ponto e ponto e ponto. E entreguei o escrito a Zé Bebelo — minha mão não espargiu nenhum tremor. O que regeu em mim foi uma coragem precisada, um desprezo de dizer; o que disse:

— "O senhor, chefe, o senhor é amigo dos soldados do Governo..."

E eu ri, ah, riso de escárneo, direitinho; ri, para me constar, assim, que de homem ou de chefe nenhum eu não tinha medo. E ele se sustou, fez espantos.

Ele disse: — "Tenho amigo nenhum, e soldado não tem amigo..."

Eu disse: — "Estou ouvindo."

Ele disse: — "Eu tenho é a Lei. E soldado tem é a lei..."

Eu disse: — "Então, estão juntos."

Ele disse: — "Mas agora minha lei e a deles são às diversas: uma contra a outra..."

Eu disse: — "Pois nós, a gente, pobres jagunços, não temos nada disso, a coisa nenhuma..."

Ele disse: — "Minha lei, sabe qual é que é, Tatarana? É a sorte dos homens valentes que estou comandando..."

Eu disse: — "É. Mas se o senhor se reengraçar com os soldados, o Governo lhe repraz e lhe premêia. O senhor é da política. Pois não é? Ô gente — deputado..."

Ah, e feio ri; porque estava com vontade. Aí pensei que ele fosse logo querer o a gente se matar. A sorte do dia, eu cotucava. Mas ruim não foi. Zé Bebelo só encurtou o cenho, no carregoso. Fechou a boca, pensou bem.

Ele disse: — "Escuta, Riobaldo, Tatarana: você por amigo eu tenho, e te aprecêio, porque vislumbrei tua boa marca. Agora, se eu achasse o presumido, com certeza, de que você está desconcordando de minha lealdade, por malícias, ou de que você quer me aconselhar canalhagem separada, velhaca, para vantagem minha e sua... Se eu soubesse disso, certo, olhe..."

Eu disse: — "Chefe, morte de homem é uma só..."

Eu tossi.

Ele tossiu.

Diodôlfo, correndo vindo, disse: — "O Jósio está morrendo, com um tiro no pescoço, lá dele..."

Alaripe entrou, disse: — "Eles estão querendo pôr mãos e pés no chiqueiro e na tulha. Se assanham!"

Eu disse: — "Dê as ordens, Chefe!"

Eu disse gerido; eu não disse copiável.

Sei que Zé Bebelo sorriu, aliviado.

Zé Bebelo botou a mão no meu ombro; era o da banda do braço que doía. — "A vamos, a vamos, com macacos e bananas! A cá, na sala-de-janta, meu filho..." — ele instou. À janela. Agachei, e escorei meu rifle, arma capital. Agora, era obrar. E aqueles sujeitos estavam loucos?

Cabeça de um se bolou, redondante, feito um coco, por cima da palha de burití que cobria uma casa de vaqueiro. Adesfechei: e vi arrebentar em pedaços o casco daquilo. Daí, a dôr me doeu no ferimento do braço, mordi meus beiços por essa causa. Mas cacei. Outro afundei logo, cujo varei os peitos, com outra bala certeira, duas balas. Ave, que afôitos! Ao tanto eu gemia, e apontava. Eles, em um e um, caíam, aceitavam o poder da morte que eu mandava. Fiz conta: uns seis, sei, até a hora do almoço — meia-dúzia. Essas coisas, não gosto de relatar, não são para que eu alembre; não se deve, de. Ao senhor, só, agora, sim: é de declaração, é até ao desamargado dos sonhos... Que eu ali, jajão. Conheço quando homem só disfarça, quando se encolhe somente ferido, ou mas quando retomba mesmo por desmanchado. Mortes diferentes, mortes iguais. Pena, se tive? Vá se ter dó de cangussú, dever finezas a escorpião! Pena de errar algum, eu ter podia; ah, mas não errava. Deixa que deixavam só uns dois dedos de corpo em descoberto lateral — e minha bala se comportava. Como aquele meu braço me doendo, ai dôr dôía, de arrancado, parecendo que um fogo desenraizava tudo, dos ocos, respondia até na barriga. A cada que eu dava um tiro, forcejava minha careta, chorejava. Ria, despois. — "Aperta esta minha parte de natureza, com um cabresto, com um pano, companheiro!" — eu supliquei. Alaripe, servente, rasgou uma colcha de cama, me passou dobras daquelas tiras, arrochadas. Também, doêsse que doêsse, que me importava? — arrasos em redor de mim. Trastanto, derrubei mais um, mais vizinho. Os outros uns. Esse, urubú já bicou. Esse ia pulando em lanço, para um canto da cerca, esse repulou no ar, esse deu um grito soltado. Menos, veja e mire, eu catasse de querer espécies de homens, para alvejar, feito se por cabeça ganhasse prêmio de conto-de-réis. Mas mais, de muitos, a vida salvei: pelo medo que de mim tomavam, para não avançar nos lugares — pelos tirázios. Ainda demos um tiroteio varredor, ainda batemos. Aí, eles desistiram para trás, desandavam. Assim pararam, o balançar da guerra parou, até para o almoço, em boa hora. E então conto o do que ri, que se riu: uma borboleta vistosa veio voando, antes entrada janelas a dentro, quando junto com as balas, que o couro de boi levantavam; assim repicava o espairar, o voo de reverências, não achasse o que achasse — e era uma borboleta dessas de cor azul-esverdeada, afora as pintas, e de asas de andor. — "Ara, viva, maria boa-sorte!" — o Jiribibe gritou. Alto ela entendesse. Ela era quase a paz.

 A comida para mim, ali mesmo me trouxeram, todos em minha pontaria punham prezado valor. O imaginar o senhor não pode, como foi que eu achei gosto naquela comida, às ganas, que era: de feijão, carne-seca, arroz, maria-gomes e angu. Ao que bebi água, muita, bebi restilo. O café que chupo. E Zé Bebelo, revindo, me gabou: — "Tu é tudo, Riobaldo Tatarana! Cobra voadeira..." Antes Zé Bebelo me ofereceu mais restilo, o tanto também bebeu, às saúdes. Seria só por desconto de um começo de remorso, por me temer em consciências? A gente sabe mais, de um homem, é o que ele esconde. — "Ah: o *Urutú Branco*: assim é que você devia de se chamar... E amigos somos. A ver, um dia, a gente vai entrar, juntos, no triunfal, na forte cidade de Januária..." — aprontado ele falou. Ao que resposta não dei. Amigo? Eu, ali, do lado de Zé Bebelo; mas Zé Bebelo não estava do lado de ninguém. Zé Bebelo — cortador de caminhos. Amigo? Eu era, sim senhor. Aquele homem me sabia, entendia meu sentimento. A ser: que entendia meu sentimento, mas só até uma parte — não entendia o depois-do-fim, o confrontante. Assemelhado a ele, pensei. Pensei: eu visse que traindo ele estivesse, ele morria. Morria da mão de um amigo. Jurei, calado. E, desde, naquela hora, a minha ideia se avançou por lá, na grande cidade de Januária, onde eu queria comparecer, mas sem glórias de guerra nenhuma, nem acompanhamentos. Alembrado de que no hotel e nas casas de família, na Januária, se usa toalha pequena de se enxugar os pés; e se conversa bem. Desejei foi conhecer o pessoal sensato, eu no meio, uns em seus pagáveis trabalhos, outros em descanso comedido, o povo morador. A passeata das bonitas moças morenas, tão socialmente, alguma delas com os cabelos mais pretos rebrilhados, cheirando a óleo de umbùzeiro, uma flôr airada enfeitando o espírito daqueles cabelos certos. À Januária eu ia, mais Diadorim, ver o vapor chegar com apito, a gente esperando toda no porto. Ali, o tempo, a rapaziada suava, cuidando nos alambiques, como perfeito se faz. Assim essas cachaças — a vinte-e-seis cheirosa — tomando gosto e cor queimada, nas grandes dornas de umburana.

Ao menos, daí desajoelhei e vim para a alpendrada, avistar o que se passava com Diadorim; e eu estipulava meu direito de reverter por onde que eu quisesse, porque meu rifle certeiro era que tinha defendido de tomação o chiqueiro e a tulha, nos assaltos, e então até a Casa. Diadorim guerreava, a seu comprazer, sem deszelar, sem querer ser estorvado. Datado que Deus, que me livrou, livrava também meu amigo de todo comezinho perigo. As raivas, naquela varanda, vinham e caíam, demasiadas, vi. Tiros altos, revoantes: eram os bandos de balas. Assunto de um homem que estava deitado mal, atravessado, pensei que assim em pouco descanso. — "Vamos levar para a capela..." — Zé Bebelo mandou. Assunto que era o Acrísio, morto no meio; tôrto. Devia de ter se passado sem tribulação. Agora não caçavam uma vela, para em provisão dele se acender? — "Quem tem um rosário?" Mas, no sobrevento, o Cavalcânti se exclamou:

— "A que estão matando os cavalos!..."

Arre e era. Aí lá cheio o curralão, com a boa animalada nossa, os pobres dos cavalos ali presos, tão sadios todos, que não tinham culpa de nada; e eles, cães aqueles, sem temor de Deus nem justiça de coração, se viravam para judiar e estragar, o rasgável da alma da gente — no vivo dos cavalos, a tôrto e direito, fazendo fogo! Ânsias, ver aquilo. Alt'-e-baixos — entendendo, sem saber, que era o destapar do demônio — os cavalos desesperaram em roda, sacolejados esgalopeando, uns saltavam erguidos em chaça, as mãos cascantes, se deitando uns nos outros, retombados no enrolar dum rolo, que reboldeou, batendo com uma porção de cabeças no ar, os pescoços, e as crinas sacudidas esticadas, espinhosas: eles eram só umas curvas retorcidas! Consoante o agarre do rincho fino e curtinho, de raiva — rinchado; e o relincho de medo — curto também, o grave e rouco, como urro de onça, soprado das ventas todas abertas. Curro que giraram, trompando nas cercas, escouceantes, no esparrame, no desembêsto — naquilo tudo a gente viu um não haver de dôidas asas. Tiravam poeira de qualquer pedra! Iam caindo, achatavam no chão, abrindo as mãos, só os queixos ou os topetes para cima, numa tremura. Iam caindo, quase todos, e todos; agora, os de tardar no morrer, rinchavam de dôr — o que era um gemido alto, roncado, de uns como se estivessem quase falando, de outros zunido estrito nos dentes, ou saído com custo, aquele rincho não respirava, o bicho largando as forças, vinha de apertos, de sufocados.

— "Os mais malditos! Os desgraçados!"

O Fafafa chorava. João Vaqueiro chorava. Como a gente toda tirava lágrimas. Não se podia ter mão naquela malvadez, não havia remédio. À tala, eles, os hermógenes, matavam conforme queriam, a matança, por arruinar. Atiravam até no gado, alheio, nos bois e vacas, tão mansos, que, desde o começo, tinham querido vir por se proteger mais perto da casa. Onde se via, os animais iam amontoando, mal morridos, os nossos cavalos! Agora começávamos a tremer. Onde olhar e ouvir a coisa inventada mais triste, e terrível — por no escasso do tempo não caber. A cerca era alta, eles não tiveram fuga. Só um, um cavalão claro, que era o de Mão-de-Lixa e se chamava Safirento. Se aprumou, nas alças, ficou suspenso, cochilasse debruçado na régua — que nem que sendo pesado em balança, um ponto — as nádegas ancas mostrava para cá, grossas carnes; depois tombou para fora, se afundou para lá, nem a gente podia ver como terminava. A pura maldade! A gente jurava vinganças. E, aí, não se divulgava mais cavalo correndo, todos tinham sido distribuídos derrubados!

Aquilo pedia que Deus mesmo viesse, carnal, em seus avessos, os olhos formados. Nós rogávamos as pragas. Ah, mas a fé nem vê a desordem ao redor. Acho que Deus não quer consertar nada a não ser pelo completo contrato: Deus é uma plantação. A gente — e as areias. Aturado o que se pegou a ouvir, eram aqueles assombrados rinchos, de corposo sofrimento, aquele rinchado medonho dos cavalos em meia-morte, que era a espada de aflição: e carecia de alguém ir, para, com pontaria caridosa, em um e um, com a dramada deles acabar, apagar o centro daquela dôr. Mas não podíamos! O senhor escutar e saber — os cavalos em sangue e espuma vermelha, esbarrando uns nos outros, para morrer e não morrer, e o rinchar era um choro alargado, despregado, uma voz deles, que levantava os couros, mesmo uma voz de coisas da gente: os cavalos estavam sofrendo com urgência, eles não entendiam a dôr também. Antes estavam perguntando por piedade.

— "Arre, eu vou lá, eu vou lá, livrar da vida os pobrezinhos!..." — foi o que o Fafafa bramou. Mas não deixamos, porque isso consumava loucura. Não dava dois passos no eirado, e ele morria fuzilamento, em balas se varava, ah. Agarramos segurado o Fafafa. A gente tinha de parar presa dentro de casa, combatendo no possível, enquanto a ruindade enorme acontecia. O senhor não sabe: rincho de cavalo padecente assim, de repente engrossa e acusa buracões profundos, e às vezes dão ronco quase de porco, ou que desafina, esfregante, traz a dana deles no senhor, as dôres, e se pensa que eles viraram outra qualidade de bichos, excomungadamente. O senhor abre a boca, o pelo da gente se arrupêia de total gastura, o sobregêlo. E quando a gente ouve uma porção de animais, se ser, em grande martírio, a menção na ideia é a de que o mundo pode se acabar. Ah, que é que o bicho fez, que é que o bicho paga? Ficamos naquelas solidões. Alembrar que tão bonitos, tão bons, inda ora há pouco esses eram, cavalinhos nossos, sertanejos, e que agora estraçalhados daquela maneira não tinham nosso socôrro. Não podíamos! E que era que queriam esses hermógenes? De certo seria tenção deles deixar aqueles relinchos infelizes em roda da gente, dia-e-noite, noite-e--dia, dia-e-noite, para não se aguentar, no fim de alguma hora, e se entrar no inferno? Senhor então visse Zé Bebelo: ele terrivelmente todo pensava — feito o carro e os bois se desarrancando num atoleiro. Mesmo mestremente ele comandava: — "Apuremos fogo... Abaixado..." —; fogo, daqui, dali, em ira de compaixão. Adiantava nada. Com pranchas de munição que a gente gastasse, não alcançávamos de valer aos animais, com o curral naquela distância. Atirar de salva, no inimigo amoitado, não rendia. No que se estava, se estava: o despoder da gente. O duro do dia. A pois, então, me subi para fora do real; rezei! Sabe o senhor como rezei? Assim foi: que Deus era fortíssimo exato — mas só na segunda parte; e que eu esperava, esperava, esperava, como até as pedras esperam. "A faz mal, não faz mal, não tem cavalo rinchando nenhum, não são os cavalos todos que estão rinchando — quem está rinchando desgraçado é o Hermógenes, nas peles de dentro, no sombrio do corpo, no arranhar dos órgãos, como um dia vai ser, por meu conforme... Assim, d'hoje-em-diante doravante, sempre temos de ser: ele o Hermógenes, meu de morte — eu militão, ele guerreiro..." Assim o relincho em restos, trescortado. Aqueles cavalos suavam de derradeira dôr.

Agarrávamos o Fafafa, segurado, disse ao senhor. Mas, mais de repente, o Marruaz disse: — "A bom, vigia: olha lá..." O que era. Que eles — quem havia de não crer? — que eles mesmos agora estavam atirando por misericórdia nos cavalos sobreferidos, para a eles dar paz. Ao que estavam. — "As graças a Deus!..." — exclamou Zé Bebelo, alumiado, com um alívio de homem bom. — "Ah, é marmo!" — o Alaripe exclamou também. Mas o Fafafa nem nada não disse, não conseguia: o quanto pôde, se assentou no chão, com as duas mãos apertando os lados da cara, e cheio chorou, feito criança — com todo o nosso respeito, com a valentia ele agora se chorava.

Aí, então, se esperou. Durado de um certo tempo, descansamos os rifles, nem um tirozinho não se deu. O intervalo para deixar a eles folga de matarem em definitivo nossos pobres cavalos. Mesmo quando o arraso do último rincho no ar se desfez de vez, a gente ainda se estarrecia quietos, um tempo grande, mais prazo — até que o som e o silêncio, e a lembrança daquele sofrer, pudessem se enralecer embora, para algum longe. Daí, depois, tudo recomeçou de novo, em mais bravo. E nisto, que conto ao senhor, se vê o sertão do mundo. Que Deus existe, sim, devagarinho, depressa. Ele existe — mas quase só por intermédio da ação das pessoas: de bons e maus. Coisas imensas no mundo. O grande-sertão é a forte arma. Deus é um gatilho?

Mas conto menos do que foi: a meio, por em dobro não contar. Assim seja que o senhor uma ideia se faça. Altas misérias nossas. Mesmo eu — que, o senhor já viu, reviro retentiva com espelho cem-dobro de lumes, e tudo, graúdo e miúdo, guardo — mesmo eu não acerto no descrever o que se passou assim, passamos, cercados guerreantes dentro da Casa dos Tucanos, pelas balas dos capangas do Hermógenes, por causa. Vá de retro! — nanje os dias e as noites não recordo. Digo os seis, e acho que minto; se der por os cinco ou quatro, não minto mais? Só foi um tempo. Só que alargou demora de anos — às vezes achei; ou às vezes também, por diverso sentir, acho que se perpassou, no zúo de um minuto mito: briga de beija-flôr. Agora, que mais idoso me vejo, e quanto mais remoto aquilo reside, a lembrança demuda de valor — se transforma, se compõe, em uma espécie de decorrido formoso. Consegui o pensar direito: penso como um rio tanto anda: que as árvores das beiradas mal nem vejo... Quem me entende? O que eu queira. Os fatos passados obedecem à gente; os em vir, também. Só o poder do presente é que é furiável? Não. Esse obedece igual — e é o que é. Isto, já aprendi. A bobéia? Pois, de mim, isto o que é, o senhor saiba — é lavar ouro. Então, onde é que está a verdadeira lâmpada de Deus, a lisa e real verdade?

A ser que aqueles dias e noites se entupiram emendados, num ataranto, servindo para a terrível coisa, só. Aí era um tempo no tempo. A gente povoava um alvo encoberto, confinado. O senhor sabe o que é se caber estabelecido dessa constante maneira? Se deram não sei os quantos mil tiros: isso nas minhas orêlhas aumentou — o que azoava sempre e zinia, pipocava, proprial, estralejava. Assentes o reboco e os vêdos, as linhas e têlhas da antiga casarona alheia, era o que para a gente antepunha defesa. Um pudesse narrar — falo para o senhor crer — que a casa-grande toda ressentia, rangendo queixumes, e em seus escuros paços se esquentava. Ao por mim, hora em que pensei, eles iam acabar arriando tudo, aquela fazenda em quadradão. Não foi. Não foi, como logo o senhor vai ver. Porque, o que o senhor vai é — ouvir toda a estória contada.

Morreu mais o Berósio. Morreu o Cajueiro. O Moçambicão e Quim Queiroz, para a gente se sortir, traziam as quantidades de balas. Rente Zé Bebelo andava em toda a parte, mandando se atirar economizado e certeiro. — "Ah, oé, meus filhos: não vão desperdiçar. Matem só gente viva!" — ele trestampava — "...É coragem, e qué'pe-te! que o morto morrido e matado não agride mais..." Aí cada um gritava para os outros valentia de exclamação, para que o medo não houvesse. Aí os judas xingávamos. Para não se ter medo? Ah, para não se ter medo é que se vai à raiva. A sêbo! De dôr do calor de inchação, aquele meu braço sempre piorava. Alaripe me cedeu, de bondoso, uma vasilha com água fria, carreou para mim; em entremeio de atirar, eu molhava bem um pano, torcia por cima do braço, o gotejado frescor de alívio. Um companheiro sempre me ajudando, conforme agradeci. Um urucuiano, daqueles cinco urucuianos de Zé Bebelo. Isso, no instante, estranhei. Notei, de repente: aquele homem, fazia tempo que não se arredava de mim, sempre me seguindo, por perto.

Solevei uma desconfiança. Sempre o vulto presente daquele homem; seria só por acasos? O urucuiano, deles, que o Salústio se chamava. O que tinha os olhos miudinhos em cara redonda, boca mole e sete fios de barba compridos no queixo. Arreliado falei: — "Quê que é? Tu amigou comigo?! Tatú — tua casa..." — para ele. Semi-sério ele se riu. Comparsa urucuiano dos olhos verdes, homem muito feioso. Ainda nada não disse, coçou a barriga com as costas dobradas da mão — gesto de urucuiano. Eu bati com a minha mão direita por cima da canhota, que pegava o rifle, e deixei deixada — gesto de jagunço. Apertei com ele: — "Ao que me quer?" Me deu resposta: — "Ao assistir o senhor, sua bizarrice... O senhor é atirador! É no junto do que sabe bem, que a gente aprende o melhor..." A verdade com que ele me louvava. Se riu, muito sincero. Não desgostei da companhia dele, para os bastantes silêncios. Assim é o que digo: que, quando o tiroteio batia forte, de lá, e daí de repente estiava — aquilo servia um pesado, salteção. Surdo pensei: aqueles hermógenes eram gente em tal como nós, até pouquinho tempo reunidos companheiros, se diz — irmãos; e agora se atravassavam, naquela vontade de desigualar. Mas, por que? Então o mundo era muita doideira e pouca razão? De perto, a doideira não se figurava transcrita. Pois o urucuiano Salústio João mais olhei. Ali, ajoelhado, ele mirava e atirava. Atirava e fechava os olhos. Quando abria outra vez, queria ver alguém vivo?

Sosseguei. Aí eu não devia de pensar tantas ideias. O pensar assim produzia mal — já era invocar o receio. Porque, então, eu sobrava fora da roda, havia de ir esfriar sozinho. Agora, por me valer, eu tinha de me ser como os outros, a força unida da gente mamava era no suscenso da ira. O ódio quase sem rumo, sem porteira. Do Hermógenes e do Ricardão? Neles eu nem pensava. Antes pensei outra vez foi no embuste do urucuiano. Atual ele se ajoelhava dobroso, com a perna muito atrás, a outra muito para diante. Aquele homem — achei — estava mandado por Zé Bebelo, para espreitar meus atos.

A prova que era: de que Zé Bebelo despachava traição. As espumas dele me espirravam. Será que fosse para o urucuiano Salústio no primeiro descuido meu me amortizar? Tanto, não; apostei. Zé Bebelo me queria vigiado, para eu não contar aos outros a verdade. Ora bem, que uns companheiros tinham avistado os bilhetes eu escrever — o fato esquisito, assim, em hora de começo de fogo; mas por certo pensavam que era para fazendeiros amigos nossos, chefes de homens, rogando que viessem, com retaguarda e reforço. Agora Zé Bebelo temia que eu candongasse. Aí mandou o urucuiano fazer a minha sombra. Mas Zé Bebelo carecia de mim, enquanto o cerco de combate desse de durar. Traidor mesmo traidor, e eu também não precisava dele — da cabeça de pensar exato? Ao que, naquele tempo, eu não sabia pensar com poder. Aprendendo eu estava? Não sabia pensar com poder — por isso matava. Eu aqui — os de lá do lado de lá. A anhanga que em riba da gente despejavam, balaços de tantos rifles, balas que quebram tetos e portas. Ah, isso era desgraça sem mão mandante, ofensa sem nenhum fazedor — quase feito uma chuva-de-pedra, acontecer de trovões e raios, tempestade — parecesse? Eu ia ter raiva dos homens que não enxergava? Podia ter? Tinha, toda, era dos que eu matava bem. Mas nem bem não era mesmo raiva; era só confirmação.

Desse jeito foi que entardeceu, o sol piscou; a gente tendo perdido a certeza dos horários do dia. Afã de dessossego, era só. Daí, pegava um cansaço. Fechasse a noite, o perigo podia vir a ser maior. Os hermógenes não iam investir, mediante trevas, para um fim ali dentro, de coronha e faca? Morreu mais o Quiabo. Outros atestavam uns ferimentos. Por se necessitar da capela, os defuntos a gente foi levando para um cômodo pequeno e sem janela, que era pegado na escadinha do corredor. Alaripe apareceu com uma vela, acendeu, enfiada numa garrafa. Vela sozinha, para eles todos. Aí as lamparinas e candeias não bastavam? Debaixo dum alumiar de candeia, Zé Bebelo estava me convidando. Arte que logo entendi. Ele tinha mandado vir Joaquim Beijú e o Quipes, para um segredado.

Agora, aqueles dois, era para surtirem, saindo rastejando, conforme o quiçá; e cada um levava seu punhado de bilhetes, enviados. Por uma banda um, o outro da outra: o que Deus aprovasse, chegava. Assim eles aceitaram de cumprir, e motivos não perguntaram. Tudo em encoberto. Então — se Zé Bebelo guardava uma tenção honesta — por que, dito e feito, era que não punha todo o mundo ciente do tramado? Ainda esperei. Mas — dirá o senhor — por que era que eu também não delatava aquilo, os efeitos e projetos, ao menos a Diadorim e Alaripe eu não contava? Deponho que não sei. Aos perigos, os perigos. Só duma coisa eu forte sabia... Só que eu ia vigiar sempre Zé Bebelo. Ele trair, vivo, eu não deixava. Zé Bebelo tinha sua espécie de natureza — que servia ou atraiçoava? Ah, depois eu ia ver. Ah, eu ia ver se, no engasgo da hora, ele ia querer se estrapafar.

Joaquim Beijú e o Quipes ainda foram na cozinha, cortar um de-comer, arranjar matula. Por essa volta, o Jacaré mesmo combatia também, às vezes em que não estava cozinhando, e vinha atirar, da beira duma janela, com o Mijafôgo. A noite breava própria; o mais escuro ia ser regulando em antes das dez horas, que quando depois podia subir um caco de lua. Aos poucos, foi dando um tão respeitável silêncio, não se atirava de parte nem de outra, a gente mesma ficava na cautela de não se fabricar rumor nenhum, de não se pautar sem necessidade. De noite, o clarão das pólvoras marca denúncia do lugar do atirador. — "Noite é p'ra surpresas de estratagemas, noite é de bicho no usável..." — o Alaripe baixo falou. O cearense bom: esse permanecia em tudo igual, com ele a gente desproduzia qualquer remorso, o brigar parava sendo obrigação de vivente, conciso dever de homem. Por uns assim, eu punia. Por uns, assim, eu devia de ser inteiro leal, eu mesmo. Mas, então, eu carecia de encostar Zé Bebelo, o espremer na franca fala. A que ele soubesse de minha lei: a que ele sem um aviso não se desgraçasse. Mesmo por causa da gente — porque Zé Bebelo era a perdição, mas também só ele podia ser a salvação nossa. Então, com ele eu ia falar, o quieto desafio. Adiantava? Aí não adiantasse. Mas, então, eu carecia de armar um poder, carecia de subir para cima daquele homem. Eu tinha de encher de medo as algibeiras de Zé Bebelo. Só isso era o que valia.

Contra o quanto, ele lavorava em firmes, pelo mais pensável, não descumpria de praxe nenhuma. Determinou o pessoal, para sono e sentinela, revezados. Onde perto de cada um dormindo, um parava acordado. Outros rondavam. Zé Bebelo, mesmo, ele não dormia? Sendo esse o segredo dele. Dava o ar de querer saber o mundo universo, administrava. Ao quase, que. A água para a serventia da casa vinha num rego, que beirava a cozinha, encostado, no lateral, descia e passava ainda por baixo da coberta. A gente podia encher as latas, sem arrisco. — "O que eles hão-de, é de demover o rego, lá em riba, botar fácil a gente a seco..." — Zé Bebelo ponderou. Mandou reservar quantia repleta: as vasilhas achadas e procuradas. Fizemos. Mas, de destorcerem o veio do rego, nunca que sucedeu aquilo. Até o derradeiro final, correu água bastante, todo o tempo, fresca abarulhava. Ao se fossem também empeçonhar o de beber? Toleima. Aonde iam ter sortimento de veneno, para águas correntes corromper?

Deus escritura só os livros-mestres. Na noite Zé Bebelo saíu, engatinhando por mais escuro, e revestido com as roupas bem pretas que arranjou, dum e doutro. Ele devia de ter ido até longe, como rato em beira de paiol — que coruja come. Queria era farejar com os olhos o reprofundo. Voltou, aí deu ordem de outra coisa: que todos aproveitassem o sem-lua para suas necessidades boçais, aquelas tapadas estâncias. A gente ia, num vão de buracos, da banda das senzalas. Assim Zé Bebelo instruiu; e se virou para mim. — "Inimigo que faz igual numeração, ou menor do que a nossa. Por via disso é que não tomam coragem de dar assalto, e é também que eles não conhecem o interior desta boa casa..." Falou o tanto, comigo. Por que era que ele me escolhia, para os sussurros segredar? Me achava comparsa? — "...Os beócios, sem ideias... Não chegam a ser contrários para mim!" — ele muxoxou, até desapontado. A modo que eu, em Zé Bebelo, quase que tinha perdido toda minha fiança. A amizade dele eu para longe de mim já encostava — porquanto que, por mão minha, no incerto, ele podia ainda vir a precisar de ser matado. Eu estava em claro. Eu tinha preenchido aqueles bilhetes e cartas, amanuense, os linguados de papel — eu compartia as culpas. A invencionice de ambicioneiro. — "Riobaldo, Tatarana, tu vem comigo, porque tu é ponteiro bom, fica de estado-maior meu..." — ele avolumou. Me inteirei. Ali, era a vez.

Ali era a alçada para eu fazer e falar o que já disse, que eu estava com essa razão na cabeça. Se tanto, pensei: "É a minha viveza..." Pelo que repontei:

— "É. Eu vou, com o senhor, e o urucuiano Salústio vem comigo. Vou com o senhor, e esse urucuiano Salústio vem comigo, mas é na hora da situação... Aí, na hora horinha, estou junto perto, para ver. A para ver como é, que será vai ser... O que será vai ser ou vai não ser..." — alastrei, no mau falar, no gaguejável. Senhor sabe por quê? Só porque ele me mirou, ainda mais mór, arrepentinamente, e eu a meio me estarreci — apeado, gôro. Apatetado? Nem não sei. Tive medo não. Só que abaixaram meus excessos de coragem, só como um fogo se sopita. Todo fiquei outra vez normal demais; o que eu não queria. Tive medo não. Tive moleza, melindre. Aguentei não falar adiante.

Zé Bebelo luziu, ele foi de rajada:

— "Ao silêncio, Riobaldo Tatarana! Eh, eu sou o Chefe!?..."

Saiba o senhor — lá como se diz — no vertiginosamente: avistei meus perigos. Avistei, como os olhos fechei, desvislumbrado. Aí como as pernas queriam estremecer para amolecer. Aí eu não me formava pessoa para enfrentar a chefia de Zé Bebelo?

Agora, pois. Mas agora não tinha outro jeito. Ah? Mas, aí, nem sei, eu não estava mais aceitando os olhos de Zé Bebelo me olhar. "No mundo não tem Zé Bebelo nenhum... Existiu, mas não existe... Nem nunca existiu... Tem esse chefe nenhum... Tem criatura nem visagem nenhuma com essa parecença presente nem com esse nome..." — eu estabeleci, em mansas ideias. Aceitei os olhos dele não, agarrei de olhar só para um lugarzinho, naquele peito, pinta de lugar, titiquinha de lugar — aonde se podia cravar certeira bala de arma, na veia grossa do coração... Imaginar isso, no curto. Nada mais nada. Tive medo não. Só aquele lugarzinho mortal. Teso olhei, tão docemente. Sentei em cima de um morro de grandes calmas? Eu estava estando. Até, quando minha tosse ouvi; depois ouvi minha voz, que falando a dável resposta:

— "Pois é, Chefe. E eu sou nada, não sou nada, não sou nada... Não sou mesmo nada, nadinha de nada, de nada... Sou a coisinha nenhuma, o senhor sabe? Sou o nada coisinha mesma nenhuma de nada, o menorzinho de todos. O senhor sabe? De nada. De nada... De nada..."

Ao dito, falei; por que? Mas Zé Bebelo me ouviu, inteiramente. As surpresas. Ele expôs uma desconfiança perturbada. Esticou o beiço. Bateu três vezes com a cabeça. Ele não tinha medo? Tinha as inquietações. Sei disso, soube, logo. Assim eu tinha acertado. Zé Bebelo então se riu, modo generoso. Adiantava? Ainda falou:

— "Ah, qual, Tatarana. Tu vale o melhor. Tu é meu homem!..." — para alargamentos. Murmurei o sôsso de coisa, o que nem era palavras. — "A bem, vamos animar esses rapazes..." — amém, ele disse, espetaculava. Daí desapartamos, eu para a cozinha, ele para a varanda. O que eu tinha feito? Não por saber — mas somente pelo querer — eu tinha marcado. Agora, ele ia pensar em mim, mas meditado muito. Achei. Agora, ele ia não poder trair, simples, mas havia de raciocinar as vezes, dar de rédea para trás — do avançado para traição. A certa graça, a situação dele, aparvada. Eu estava com o bom jogo.

Aquela noite, meu quinhão dormi; no amiudar-do-galo o tiroteio já principiava renovado. Mas só os tiros espaços — para não esperdiçar, e render — porque eles estavam procedendo como nós, o igual imediato. A guerra fina caprichada, bordada em bastidor. Fui ver o madrugar a manhã: uma brancura. O senhor sabe: no levante, clareou o céu com o sol das barras. Mas o curralão já estava pendurado de urubús, os usos como eles viajam de todas as partes, urubú, passarão dos distúrbios. E, quando dava que rondava o vento, o curral fedia. Mas — perdoando Deus — tresandava mais era dentro da casa, mesmo sendo enorme: os companheiros falecidos. Se taramelou o quarto, por tapar a soleira da porta se forrava com algodão em rama e aniagens. O fedor revinha surgindo sempre, traspassava. A tanto, depois, a gente ouviu miados. — "Sape! O gato está lá..." — algum gritou. Ah, era o gato, que sim. Saíu, soltado, surripiadamente, foi tornar a se ocultar debaixo dum catre, noutro cômodo. Carecia de se oferecer a ele de comer, que quem bem-trata gato consegue boa-sorte. No menos, na sala-de-fora, ocupei meu ofício, de mosquetear. A ganho, conforme as vazas, mais de um homem derrubei, que rolou, em réu, sei que defini. Avistante que os urubús já destemiam o se combater dos tiros, assaz eles baixavam, para o chão do curral, rebicavam grosso, depois paravam às filas, na cerca, acomodados acucados. Quando pulavam de asas, abanassem aquele fedor. O dia andando, a catinga no ar aumenta. Aí eu não queria provar de sal, roí farinha seca, com punhado de rapadura. Na casa toda, como que não se achava um litro de cal, um caneco de creolina, por vil remédio. Morreu o Quim Pidão, se botou o corpo por cima dum banco na sala, provisório: ninguém não queria mais coragem de ir abrir com presteza o quarto dos defuntos. O dia envelhecia. A roubo, estive perto de Diadorim, quase só para espiar, quase sem a conversação. De ver Diadorim, com agrado, minha tenência pegava a se enfraquecer. Outros receios eu concebendo. O prazo que ali assim íamos ter de tolerar, no carrego da guerra. A gente até carecesse, no derradeiro durar, de comer somente os couros assados — conforme o caso terrível de Dutra Cunha, de um diabo, que, em sua fazenda do Canindé, resistiu ao cerco de Cosme de Andrade e Olivino Oliviano. Esse Dutra Cunha era o homem de um olho só. Zé Bebelo bem sabia a história dele. Agora, de Zé Bebelo eu risse. Montante de outras coisas ainda podiam suceder, de desde a madrugadinha até à viração da tarde? Mas ninguém falava em Joaquim Beijú e no Quipes. A uma hora dessas, ou eles já estavam arriados pelo inimigo, ou então, traquejando nos caminhos, a rumo de cidades. Assim — entardecer, anoitecer

— galopassem em algum cavalo arranjado nos campos, e o tempo da gente eles estendiam. Será que haviam de vir os soldados? Aquele outro dia, morreu mais o Acerêjo. A tudo, o cheiro de morte velha. — "O mau-fétido que vai terminar mazelando a gente..." — sempre um dizer. A dita morrinha, até a água que se bebia pegava na boca da gente, e rançava. A Casa dos Tucanos aguentava as batalhas, aquela casa tão vasta em grande, com dez janelas por banda, e aprofundada até em pedras de piçarrão a cava dos alicerces. A Casa acho que falava um falar — resposta ao assovioso — a quando um tiro estrala em dois, dois. De embiricica, entrantes as balas vinham, puxavam um fio de ar. Eh, lascassem! Mas os companheiros por conta à-tôa riam, não acrescentavam cangalha aos pesares. Mesmo, quando se sobrecarregava um rir, os que estavam mais longe mandavam saber o porquê, ou gritavam por perguntar, em empenho de combate. A resto, um Zé Vital deu ataque: o qual era um acesso sacramentado de feioso, principiando depois que ele se queixava de sentir o nariz quente, ele mesmo já sabia a data — e daí proclamava um grito de porco com frio, e caía estatelado no chão, duro como um cano de arma; mas atanazava batendo com os braços e pernas, querendo às ânsias coisa ou criatura em que se agarrar, o onde esbugalhava os olhos, a boca aspumada, escumando. Se disse: — "Isto é doença velha pertencida, isto não é fato de guerra..." Acesso que passava a estado meio semi-morto, num vago — pois deitaram o Zé Vital numa canastra de couro. Ao para a tarde, para a noite. Aí tudo navegava. A Casa estava se enchendo de moscas, dessas de enterro, as produzidas. A cada que cada, elas presumiam o sujo, em penca maior, pretejavam. Para as coisas que há de pior, a gente não alcança fechar as portas. Desdenhei Diadorim. De ver Diadorim, que, em febre de acertar e executar, não tomava consigo muita cautela, só forcejava por vingança — punições maravilhosas. Diadorim, mesmo, a cara muito branca, de da alma não se reconhecer, os olhos rajados de vermelho, o encôvo. Aquilo era o crer da guerra. Por que causa? Porque Joca Ramiro constava de assassinado morrido? A razão normal de coisa nenhuma não é verdadeira, não maneja. Arreneguei do que é a força — e que a gente não sabe — assombros da noite. A minha terra era longe dali, no restante do mundo. O sertão é sem lugar. A Bigrí, mulher minha mãe, não tinha me rogado praga. Alta manhã — em tudo repetido o igual: o cantar do rifleio, afora o feder ruim dos mortos e cavalos, e a moscaria, que se esparramava. Mesmo com a minha vontade toda de paz e descanso, eu estava trazido ali, no extrato, no meio daquela diversidade, despropósitos, com a morte da banda da mão esquerda e da banda da mão direita, com a morte nova em minha frente, eu senhor de certeza nenhuma. Sem Otacília, minha nôiva, que era para ser dona de tantos territórios agrícolas e adadas pastagens, com tantas vertentes e veredas, formosura dos buritizais. O que era isso, que a desordem da vida podia sempre mais do que a gente? Adjaz que me aconformar com aquilo eu não queria, descido na inferneira. Carecia de que tudo esbarrasse, momental meu, para se ter um recomeço. E isso era. Pela última vez, pelas últimas. Eu queria minha vida própria, por meu querer governada. A tristeza, por Diadorim: que o ódio dele, no fatal, por uma desforra, parecia até ódio de gente velha — sem a pele do olho. Diadorim carecia do sangue do Hermógenes e do Ricardão, por via. Dois rios diferentes — era o que nós dois atravessávamos? Do lado de Diadorim restei, um tanto, no afã de escopetear. O inimigo nunca se via, nem bem o malmal, na fumacinha expelida, de cada uma pólvora. Arte, artimanha: que agora eles decerto andavam disfarçados de mbaiá — o senhor sabe — isto é, revestidos com môitas verdes e folhagens. Adequado que, embaiados assim, sempre escapavam muito de nosso ver e mirar. Ah, mas, deles, tiros vinham, bala estripitriz, e o trapuz de nossas têlhas se despencando. A mãe morte. Quem devia mais, esse morria? — "Ô xente! Não é que pegaram em mim, e eu estou passando, estou ficando cegado?..." — exclamou o Evaristo Caitité, quando descuidou a meia-banda e levou em si uma carga total. Ele já estava sem jogo nenhum no corpo, as partes das pernas se esfriavam. Antes quase rindo se acabou; ficou tão de olhos. — "O que é que ele vê? Vê a vitória!..." — Zé Bebelo se cresceu no dizer. A vitória e os urubús, que a farto comiam, e o *Manuelzinho-da-Crôa*, meu cavalinho pedrês, que eu nele não ia poder nunca mais amontar. Assustava era o alôpro dos companheiros, que não se sujeitavam mais de dormir, estavam pertencidos perturbados. A caso de se ter mão na nervosia deles, que queriam dar saída e lanços, avançar no ar. Doidagem desses comuns repentes, o desfazer do ajuntado. — "A firmeza, meus filhos. Fôlego e paciência, a gente sempre tem — é só requerer e repuxar, mais um dedo e outro dedo dobrado..." — Zé Bebelo media os modos de valer. Assim sendo, agora, só o remedêio, com as esperanças, extraordinárias. A um jeito de se escapar dali, a gente, a salvos? Zé Bebelo era a única possibilidade para isso, como constante pensava e repensava, obrava. E eu cri. Zé Bebelo, que gostava sempre de deixar primeiro tudo piorar bem, no complicado. Um gole de cachaça me deu bom conselho. Sem a vinda dos soldados — se viessem — a gente não estava perdidos? Zé Bebelo não era quem tinha chamado os soldados? Ah, mas, agora,

Zé Bebelo não ia mais trair, não ia — e isso só por minha causa. Zé Bebelo carecia de rédeas de um outro diverso poder e forte sentir, que tomasse conta, désse rumo a ele. Assim eu estava sendo. Eu sabia. Zé Bebelo, mesmo nos relances de me olhar, fingia não conhecer minha vigiação, afetava. Mas ele se estreitava em meus palpos, conscienciado. Agora, ele tinha de especular, de afinar a cabeça, para o trabalho de imaginar maior, achar alguma outra invenção — para resolver o final com acerto para a vitória de nós todos — sem traição nem airagem. A tanto, cri, acreditado. Sabia que Zé Bebelo era muito capaz. Só não ri. "Ao menos outro deles, dos hermógenes, quero ver se resgato de abater, até vir o sereno do anoitecido..." — eu meditei. Não deu. Não pude. O que houve, o conseguinte, foi que Zé Bebelo pegou em meu ombro. Ele mudou de lugar, e pôs a cara no meio da luz. — "Aí, está ouvindo, Tatarana Riobaldo, está ouvindo?" — ele disse, com um sorriso de tão grandes brilhos, que não era de ruindade e nem de bondade. Aquilo foi num dia, devia de estar sendo por volta de umas três da tarde, pelo rumo do sol. Ouvi!

Mas, então, a soldadesca tinha vindo, alcançada, estavam chegando? Era. Era! Remexendo um rebuliço, de nós todos, mesmo porque os mais não conheciam aquele motivo, de nada não soubessem o tencionado. Os praças? O tiroteio deles, pegando os hermógenes de supetão, surpresa bruta, de retaguarda. Os tiros, que eram: *...a bala, bala, bala... bala, bala, bala... a bala: bá!...* — desfechavam com metralhadora. Aí arrejàrrajava, feito um capitão de vento. Até destroçavam também nas custas da Casa? — "Apre, meninos, faz mal não. A vantagem do valente é o silêncio do rumor..." — Zé Bebelo sentenciava. Zé Bebelo trepava em altas serras. Duvidava de nada. Que vencia! Quem vence, é custoso não ficar com a cara de demônio.

Dele de perto não saí, a atenção e ordem ele recomendava. O cano de meu rifle era tutor dele? Antes de minha hora, no que ele mandasse opor e falasse eu não podia basear dúvidas. Mas, desde vez, aquilo a vir gastava as minhas forças. Ali — sem a vontade, mas por mais do que todos saber — eu estava sendo o segundo. Andando que Zé Bebelo falecesse ou trastejasse, eu tinha de tomar assumida a chefia, e mandar e comandar? Outro fosse — eu não; Jesus e guia! É baixo, os homens não iam me obedecer; nem de me entender eles não eram capazes. Capaz de me entender e de me obedecer, nos casos, só mesmo Zé Bebelo. A jus — pensei — Zé Bebelo, somente, era que podia ser o meu segundo. Estúrdio, isso, nem eu não sabendo bem por quê, mas era preciso. Era; eu o motivo não sabendo. Se fiz de saber, foi pior. O que é que uma pessoa é, assim por detrás dos buracos dos ouvidos e dos olhos? Mas as pernas não estavam. Ah, fiquei de angústias. O medo resiste por si, em muitas formas. Só o que restava para mim, para me espiritar — era eu ser tudo o que fosse para eu ser, no tempo daquelas horas. Minha mão, meu rifle. As coisas que eu tinha de ensinar à minha inteligência.

Agora, o que era que se esperava? Só Zé Bebelo decerto podia responder, mas ele não dava senha de mudança. Onde o normal. Aí já se via o dia quase em fim, com as cores do sol. Voavam uns guaxes. Dos soldados e dos judas, quase que não se ouvia empipôco de arma, só os tiros salteados, a cá e lá, como se escasso quisessem briga. A gente sobrossosa, nesse ensino de onça, traiçoeiros todos. Astúcias que manobrando em esconso deviam de estar, para trás e para os lados, pelo jeito melhor de pegarem o encoberto dos lugares, querendo enrolar os outros, para o remate de dar bote. — "Soldado pede é cautela, e o dobro-soldo..." — acho que um disse. Aquela era a ocasião mais arriscada. Ao que jagunço é isto — o senhor ponha letreiro. Ao encosto no rifle e apreparo nas patronas — isso era o que bastava. Nenhum dos companheiros estava desinquieto, nem ralava apreensão. Nenhum conversava precisando de saber a maneira de se escapulir vivos dali, da Fazenda dos Tucanos. Com a chegada da soldadesca, o que parecia moagem era para eles era festa. Assim uns gritaram feito araras machas. Gente! Feito meninos. Disso eu fiz um pensamento: que eu era muito diverso deles todos, que sim. Então, eu não era jagunço completo, estava ali no meio executando um erro. Tudo receei. Eles não pensavam. Zé Bebelo, esse raciocinava o tempo inteiro, mas na regra do prático. E eu? Vi a morte com muitas caras. Sozinho estive — o senhor saiba. Mas, nisso, conforme o acontecido exato, uma coisa muito inesperada se deu. Da banda do mato, de repente, por cima das môitas de lobolobo, alguém levantou um pano branco, na ponta de uma vara.

A gente não tinha licença de abrir fogo no alvo daquele trapo. Apraz que a gente ia consentir em negócio com os judas? Aqueles, para mim, guardavam a definitiva marca, e só o que podiam trazer era a maldição. Mas Zé Bebelo, maneiro em presteza, já tinha amarrado um grande lenço branco na ponta de um rifle, e mandou que o Mão-de-Lixa aquilo erguesse e sacudisse no ar. — "A regra que é regra!" — Zé Bebelo disse — "A solenidade de embaixador sempre se tem de consentir; até para herege, até para bugre..." Aprovavam, os outros, deram razão. Achei que estavam com a vontade de saber que notícias eram, o que vir vinha. Com o que mais admirei: a mensagem daqueles panos brancos, de lá e de cá, durou um certo tempo. Como tudo nesta vida carece de direito se acertar.

Depois, um sujeito apareceu, do capim, e veio, devia de ter passado por um rombo feito na cerca. A certa distância estava, no eirado, e um dos nossos disse, reconhecendo: — "Ah, é o Rodrigues Peludo, homem devoto do Ricardão..." Que era, que era — os outros companheiros concordaram. Atrás desse, meio engatinhando também, surgiu mais um: — "É o Lacrau!" E o Rodrigues Peludo virava para trás, falava qualquer coisa, parecia que estava mandando o Lacrau ir s'embora. Mas o Lacrau teimava, seguia acompanhando o outro. — "Xente, dond' é que está se comparecendo esse Lacrau? Faz tempo que não se tinha ciência nenhuma dele..." O qual era dos Gerais do Bolôr, terra jequitinhonha, e homem de certa valia. Caboclo claro. E que, ele sendo réu, tinha esfaqueado na sala de júri um promotor, em outroras. De ver os dois, perto, assim pessoas, escada acima, e presentes em pé, diante da gente, nas decididas condições, achei muita esquisitice. Rodrigues Peludo levantou os olhos, feito se a gente estivesse no céu, e saudou normal. Daí disse:

— "Seô Chefe..."

— "Homem, te vira de costa!" — Zé Bebelo regrou.

No assim simples eles obedeceram, tanto um, tanto o outro. Mas estavam muito armados. Momentos que foram, eu louvei a coragem calma daqueles dois, que de qualquer longe recanto um soldado talvez estivesse em poder de derrubar por belprazer. Porque os soldados não pertenciam nessa cerimônia. Afiguro o que pensei.

E Zé Bebelo perguntou, impondo ordem de resposta: que mandatela eles traziam? Do lado meu, o Diodôlfo chiava boca num dente, conforme sestro dele, e o José Gervásio sussurrou: — "Tramoia..." Mas Zé Bebelo regia tudo, mão em revólver. Um homem falar seu recado, de costas, no meio dos contrários, na boca de tantas armas — o senhor já presenciou essas circunstâncias? Assim o Rodrigues Peludo deu conta, sem rasgo de tremor na voz:

— "Com sua licença dada, e nos usos, estou trazendo estas palavras, Seô Chefe, que para repetir ao senhor fui mandado: — Que, em vistas desses soldados, e do mais, que é contra todos, se não era mais aproveitável, para uma parte e outra, de se fazer trato de paz, por uns tempos... E por essa oferta é que venho, por ordens. Que — se serve, ou valor tem, o dito — pergunta faço; e se o senhor há de estar ou não de acordo, me dando a resposta que queira dar, para eu levar para os meus chefes..."

— "Que chefes?" — Zé Bebelo indagou, sem tom de nenhuma malícia.

Rodrigues Peludo demorou um ponto, fazendo menção de virar o rosto, mas o que deixou em tempo de fazer. E contestou:

— "Nhô Ricardão. E seô Hermógenes..."

— "E eles então estão querendo paz?"

— "Estão propondo um acordo correto..."

Em boa distância, do mato do grotal, estralejou um tiro, que era de fuzil. E uns outros, muito estampidos. O que aquilo me constou era que era falta de respeito. Tiros que não beiravam por aqui. Mas, mesmo assim, Zé Bebelo disse:

— "Homem, vocês podem abaixar o corpo."

Rodrigues Peludo, sempre de costas, se agachou, depositou o rifle no chão; o Lacrau meio ajoelhado ficou. Agora eles estavam entre trincheiras.

Agora a roda nossa, ajuntados os muitos companheiros brabos, com a bafagem da boa cachaça: o Marruaz que representou a dedo o sino-salomão no peito, no rumo do coração; o Preto Mangaba, que, mudando de estar, esbarrou em mim — do que me lembro e sei, porque doeu em meu braço; e Diodôlfo cuspiu forte — soluçou dos estômagos. E o Fafafa, repontante: — "Em paz, quem é que devolve vida em nossos cavalos?!" Aí o Moçambicão, atrás de mim, me ressoprou, como um boi reconhecendo minhas costas. Mas minha mão, por si, pegou a mão de Diadorim, eu nem virei a cara, aquela mão é que merecia todo entendimento. Mão assim apartada de tudo, nela um suave de ser era que me pertencia, um calor, a coisa macia somente. São as palavras? Mas aí espiei para Diadorim, e ele despertou do que tinha se esquecido, deixado, de sua mão, que ele retirou da minha outra vez, quase num repelão de repugno. E ele estava sombrio, os olhos riscados, sombrio em sarro de velhas raivas, descabelado de vento. Demediu minha ideia: o ódio — é a gente se lembrar do que não deve-de; amor é a gente querendo achar o que é da gente. — "O palavreado, destes!" — Diadorim chiou, por detrás dos dentes. Diadorim queria sangues fora de veias. E eu não concordava com nenhuma tristeza. Só remontei um pasmo e um consolo expedito; porque a guerra era o constante mexer do sertão, e como com o vento da seca é que as árvores se entortam mais. Mas, pensar na pessoa que se ama, é como querer ficar à beira d'água, esperando que o riacho, alguma hora, pousoso esbarre de correr. E Alaripe buliu no bissaco, estava recheando de novo as suas cartucheiras. Mas isto tudo, que conto ao senhor, se compartiu de caber em pouquinhos minutos instantes. E do modo de um prosseguir sem partes. Porque Zé Bebelo, as mãos na cinta, se encurtava frio em siso, feito uma a cobra. O que disse, o quanto:

— "Homem, e o que mais?"

— "Era tudo o que eu já falei, Chefe, seô. Ao que peço vossa resposta, para conduzir. E em caso de algum acordo, que é de bom respeito, as ordens tenho, para com meu juramento fechar trato..." — foi a resposta de Rodrigues Peludo, com a clara voz de quem está mais cumprindo do que querendo. Até inveja eu tive dele: porque, para viver um punhado completo, só mesmo em instâncias assim.

— "Antes bem" — Zé Bebelo glosou, — "quem é que está rodeando e vexando os outros, e atacando?"

— "O em usos... — é a gente... Isto é..." — o Rodrigues Peludo compôs o confessar.

— "Ah. Isto era. Ah, e então?!"

— "Ao que vim ajustar é propostas. Ao para salvo e lucro das nulas partes. As ambas. Caso se Ossa Seoria se concorde..."

Somenos aprumo, nem o tom. Mas, de tudo seja, também, o que gravei, aí, desse Rodrigues Peludo, foi um ter-tem de existidas lealdades. Assim que, inimigo, persistia só inimigo, surunganga; mas enxuto e comparado, contra-homem sem o desleixo de si. E que podia conceber sua outra razão, também. Assim que, então, os de lá — os judas — não deviam de ser somente os cachorros endoidecidos; mas, em tanto, pessoas, feito nós, jagunços em situação. Revés — que, por resgate da morte de Joca Ramiro, a terrível que fosse, agora se ia gastar o tempo inteiro em guerras e guerras, morrendo se matando, aos cinco, aos seis, aos dez, os homens todos mais valentes do sertão? Uma poeira dessa dúvida empoou minha ideia — como a areia que a mais fininha há: que é a que o rio Urucúia rola dentro de suas largas águas, quando as chuvaradas do inverno. Ali, dos meus companheiros, tantos mortos. Acaso, que companheiros eram; e agora o que se depositava deles era o assunto de lembranças, e aquele amassado e envelhecido feder, que às horas repontava. Constado que produziam isso, mesmo estando amontoados no cômodo soturno, entrapadas as frestas da porta, e cá fora se torrando couros com folhas polvreadas. Mediante os estoques desse mau-cheiro, por certo Rodrigues Peludo e o Lacrau iam orçar a boa conta de nossos mortos, afora os feridos, leves e graves. Mas Zé Bebelo anteteve de mandar chamar Marcelino Pampa, João Concliz e muitos diversos outros, e o apinho e apessoar, nosso, ombros em ombros, aprazava efeito de bando significado, numeroso. Com os vivos é que a gente esconde os mortos. Aqueles mortos — o Jósio, entortado prestes, com pedaços de sangue pendurados do nariz e dos ouvidos; o Acrísio, repousado numa agência quieta, que ele não havia de em vida; o Quim Pidão, no pormiúdo de honesto, que nunca nem tinha enxergado trem-de-ferro, volta-e-outra a perguntar como seria; e Evaristo Caitité, com os altos olhos afirmados, esse sempre sido prazenteiro no meio de todos. Tudo por culpa de quem? Dos malguardos do sertão. Ali ninguém não tinha mãe? Redigo ao senhor: quando o raio, quando arraso, o Gerais responde com esses urros. A culpa daquele Rodrigues Peludo, por um exemplo? Desmenti. O ódio de Diadorim forjava as formas do falso. Ódio a se mexer, em certo e justo, para ser, era o meu; mas, na dita ocasião, eu daquilo sabia só a ignorância. À tôa, até, que estava relembrando o Hermógenes. Assim, pensando no Hermógenes — só por precisão de com alguém me comparar. E, com Zé Bebelo, eu me comparar, mais eu não podia. Agora, Zé Bebelo, eu — eu, mesmo eu — era quem estava botando debaixo de julgamento. Isso ele soubesse? Ah, naquela cabeça grande, o que Zé Bebelo pensava era o útil, o seco, e a pressa. De curto ponto, ele disse, concedendo um final:

— "Resolvo. Sendo em séria fiança, eu aceito o intervalo de armas, com o prazo demarcado de três dias. De três dias: digo! Agora, homem, tu vai — remete isto ao que estiver o seu chefe, seja lá quem."

— "A vou..." — o Rodrigues Peludo se prometeu.

— "Se sendo em séria fiança, então de lá um dê três tiros, pra o trato fechado. Assim assente para esta noite: no instinto em que a primeirinha estrela se frisar!"

— "A vou."

O Rodrigues Peludo repuxava bandoleira do rifle e salvava saudação. Às vozes do ruído, reponho que nenhum de nós não sabendo se a decisão de Zé Bebelo era justa e convinhável, ninguém disse mote de dúvida nem de aprôvo. Nisso, no olho do silêncio, ainda era só o que me prevalecia. Rodrigues Peludo botou o rifle no sovaco, já no jeito de que ia engatinhar descendo a escada. Mandava a vontade de um, sabente de si. Zé Bebelo mandava, ele tinha os feios olhos de todo pensar. A gente preenchia. Menos eu; isto é — eu resguardava meu talvez.

Mas, aí, de abalo, o Lacrau, que tinha persistido quieto feito ouvindo santa-missa perto do altar, ele surge se vira-virou, pelo repente, a traque disse:

— "Aqui, eu, eu fico no meio de vós, meu Chefe! — a que vim para isto. Sou homem que sempre fui: do estado de Joca Ramiro — ele é o das próprias cores... Agora, meu braço ofereço, Chefe. A por tudo quanto, se seproponha o senhor de me aceitar..."

A acarra daquilo, tão exclamante, a forte palavra. Assomo assim de frechar surpresa, a gente capistrou, grossamente, e sem fala. Tudo o que ele disse, o Lacrau se empinou em-pé. Onde mais, deixou o silêncio se perfazer da questão anterior — a suplicação, o concitado. O que era fato imponente, digo ao senhor; mire veja, mire veja. Ânimo nos ânimos! A quanto, semelhavelmente, esse Lacrau não se comportava sem consciência sisuda, no amor mais à-mão, para se segurar com trincheiras; mas, assim mesmo, a gente em aperto de cerco, ele tinha querido vir, para sócio. Alguém ficou como pasmado? Zé Bebelo, não.

— "Aqui me praz, que te aceito, rapaz!" — Zé Bebelo deferiu.

A guerra tem destas coisas, contar é que não é plausível. Mas, mente pouco, quem a verdade toda diz. Trás isso, o Rodrigues Peludo esbarrou, o instante, mas endurecendo a cabeça, para não se virar para espiar para o Lacrau. Em tanto que o Lacrau, meio mostrando o rifle, pronunciou: — "Estou na regra, tio mano, que na regra estou, como senhor de minhas ações, contra quem eu seja. E a carabina — porque sempre foi minha de posse, arma que de patrão não ganhei. Estou inteiro..." Ninguém respondeu palavra. Sendo que o Rodrigues Peludo deixou de contravir, e, puxando pelo sair assim, escorregou adiante o corpo, se foi.

Numa roda-morta, se esperou, té que de lá, da dobrada duma ladeirinha, os três tiros eles deram, somando o aprovado. A tanto, trêsmente, também se respondeu desfechando. Aí, para a gente Zé Bebelo disse: — "Sou lá o maluco? Aqueles outros não têm a constância de observar, não merecem a palavra dada. O que fiz, foi encaminhar o que vamos pôr em obra. E aceitei nossa vitória!"

Seja ou não se aquele negócio entendessem, os companheiros aprovavam. Até Diadorim. Seja Zé Bebelo levantava a ideia maior, os prezados ditos, uma ideia tão comprida. O teatral do mundo: um de estadela, os outros ensinados calados. Sempre sendo, em todo o caso, que Zé Bebelo me semi-olhava espreitado avulso, sob receios e respeito. Só eu, afora ele, ali, misturava as matérias. Só eu era que guardava minha exata esperação, o que me engraçava. O que era que Zé Bebelo ia proceder, nas horas vespertinas, no posto-que? Do que ele tinha pensado e principiado — as tramoias de trair — ia poder largar, e achar feição para outro salvamento, agora, nessa conjunção? Mas, porém, não nego que eu, mesmo por estima, queria que ele bem acertasse na tarefa de meter seu siso, de remerecer. O raciocínio, que dele eu gostava, constante de admiração; e pela necessidade. Medonho e esquisito achei, que fosse para ter de matar completo Zé Bebelo. Como é que? Mas ele abria lugar demais, o perto demais, sobre papel que não era o pra ele, a meu parecer. Pelo que eu tinha precisão de me livrar, daquele movimento sem termo nem nenhumas outras ociosidades. O senhor me organiza? Saiba: essas coisas, eu pouco pensei, no lazer de um momento.

— "Amigos, agora eu louvo e a todos gabo, cada um qual melhor. E então vamos voltados: papocar fogo, pra paga, até a noitinha se ilustrar!" — Zé Bebelo determinou, tão versado. A este ponto, que, por se possuir basta munição, a gente se prezasse de atirar, por sustos e estragos, primeiramente para o aviável do matinho dos pastos e da baixada, e dos morrotes cerradeiros, onde existiam uns valos. Com o que, no ablativo do mandado, Marcelino Pampa ia retornar para as senzalas, o Freitas Macho para a tulha, e para o engenho o Jõe Bexiguento, sobrenomeado "Alparcatas". Mas Zé Bebelo reservou que eu estivesse com ele e mais Alaripe, por se pôr o Lacrau em conversa deposta.

Onde o que o Lacrau teve para relatar era pouco, pouco. Deu razão das coisas perguntadas. Dizendo que o inimigo se formava em tanto de uns cem, mas a quanta parte deles de jagunços mal assentados, sem quilates; ainda aguardavam outra gente por vir, de refrescos, que decerto em pronto não viessem, por estorvo dos soldados. Nisso não sabia contar das pessoas nem dos maiores motivos do Hermógenes e do Ricardão, nem acerca da morte de Joca Ramiro aumentava passagens mais do que as de todos já entendidas. Daí, no que Zé Bebelo e Alaripe se afastaram no corredor, ele Lacrau aliviado se gracejou de rosto, como falou: — "O esmarte homem que é este chefe nosso Zebebéo! Outro não vi, para espiritar na gente o pavor e a ação de acerto..." As agudezas. A vez da má verdade.

Fomos. Fui. Para o recanto duma janela, nesse comenos. A pra efetuar fogo. A ordem não era-de? Desígnios esses, de Zé Bebelo. Sucinto em cada puxada de gatilho, relembrei o dito do Lacrau: que Zé Bebelo o que era. Sendo que uma criatura, só a presença, tira o leite do medo de outra. Aí, Diadorim mesmo, que era o mais corajoso, sabia tanto? O que o medo é: um produzido dentro da gente, um depositado; e que às horas se mexe, sacoleja, a gente pensa que é por causas: por isto ou por aquilo, coisas que só estão é fornecendo espelho. A vida é para esse sarro de medo se destruir; jagunço sabe. Outros contam de outra maneira.

A ordem de se jantar, o Jacaré veio avisando. Comi a pura farinha. Tomei mais. — "Os soldados?" — era o que mais se perguntava. Tinham esbarrado tiroteio, a gente não escutava o costurar. Medido nas suas partes, o dia estava gastado; beirava o prazo da decisão. Escogitei. — "Diadorim, esta noite, no começo da hora, você vem para perto, me assiste, comigo." Mas Diadorim contradisse de querer saber que modos meus que eram, as tantas espécies. Ainda pensei no Alaripe. A ele me fiz. — "A de paga, amigo. Ora veja..." — o Alaripe divertido me achou. De qual deles, agora, eu ia cobrar e arrecadar? Acauã ou o Mão-de-Lixa, ou Diodôlfo? Todos seguiam caminho de seus costumes; no novo não conseguiam de se nortear. Três tristes de mim! Ali eu era o indêz? Noção eu nem acertava, de reger; eu não tinha o tato mestre, nem a confiança dos outros, nem o cabedal de um poder — os podêres normais para mover nos homens a minha vontade. Mesmo meu braço do ferimento, que já estava muito melhorado por si, aí tornou a doer, no injusto, em tanto que isto se passava. Drede, no retorcer do vento, apurei o ruto de nossos cavalos, os ossos de feder, só a lástima. Será que eu tivesse por dever de peitar pessoas? Ah, nos curtos momentos, eu não ia explicar a eles coisas tão divagadas, e que podiam mesmo não vir a ter fundamento nenhum. Porque — eu digo ao senhor — eu mesmo duvidava. Tivesse de vigiar no estreito Zé Bebelo, atravessar o projeto dele se o caso fosse, que modo que eu ia enfrentar um homem assim? Ah, o julgamento no Sempre-Verde tinha sido relaxado em brando — para valer preços. Zé Bebelo, sozinho por si, sem outro sobrecalor de regimento, servisse para governar os arrancos do sertão? "Não me importo... Não me importo..." — eu quis, com outras palavras tais. Ali eu não tinha risco. Ali alguém ia me chamar de Senhor-meu-muito-rei? Ali nada eu não era, só a quietação. Conto os extremos? Só esperei por Zé Bebelo: — o que ele ia achar de fazer, ufano de si, de suas proezas, malazarte.

Deu comigo. — "Riobaldo, Tatarana..." Anda que me encarava, os sagazes olhos piscados. Aquele, me entendia; me temesse? — "Riobaldo, Tatarana, vem comigo, quero ver a opinião, sem sinal nem prova..." Ali me levou para uma janela da cozinha, de lá a grande espaço se tinha vista para o morro, com seus matos. Zé Bebelo pegou o caneco, que encheu no pote d'água. Também bebi. Assim escutei: ele falava comigo, com o efeito de uma amizade.

— "Rapaz, você é um que aceita o matar ou morrer, simples igualmente, eu sei, você é desabusado na coragem melhor — que é a da valentia produzida..."

Só mostrei meus ombros; seja que eu secundei.

— "A tão bom: que é que eles agora vão fazer, os da banda contrária?" — aí ele indagou de mim.

— "Ora... O que não sei, e saber quero, é — a gente —; o que é que a gente agora vai fazer?" — perguntei para cima. Outro tal, repontei: — "Estou em claro. E estou em dúvida. Todo tempo me gasta..." — isto assim dito.

Só que Zé Bebelo queria não ouvir, a seu seguro:

— Te põe no lugar. Hem? O que eles fazem é que, a estas horas, estão no desembargar, para aquele morro, que é aonde soldados não apertam cerco. De lá toram por esse sul abaixo, via torta; de madruga já por lá, no Buriti-Alegre, que foram surgir, escrevo. Agora, hem, maximé? — e os soldados? Andam tomando contas daí, que são lugares rededores, salvante a sapata do morro, e dela os pertos — a cava —, porque lá, conforme a boa regra de razão, paravam com os tiros sobre si. Oh, se sabe!"

Noves e nada eu não dissesse.

— "A bem. Ã e nós?" — Zé Bebelo tornou a indagar.

A resposta não dei. Aquilo tudo eu estava pondo de remissa.

— "Ah, tempo de partida! A gente, nós, vamos é rente por essa cava, Riobaldo, meu filho. Sem tardada — porque daqui a pois sai é a lua, declaradamente..."

Ao que, já se estava no ponto. Anoitecido. A uma estrela se repicava, nos pretos altos, o que vi em virtude. A estrelinha, lume, lume. Assim — quem era que tinha podido mais? Zé Bebelo, ou eu? Será, quem era que tinha vencido?

Quite com isso, no cumprir, entreguei os destinos.

O truztruz. Com pouco, nesse passo, os todos homens se apessoando, no corpo daquele corredor — as fileiras em mexe-mexe desde a sala-de-fora até à cozinha, sobre mais entre os conspirados silêncios, os movimentos com energias. Arte e tanto, Zé Bebelo expunha o que recomendava. Sempre uma ou outra lamparina se acendeu, para os companheiros empalidecidos. Agora a gente ia romper a pé, sem os recursos, dava dó era a quantia de munição de se largar ali, no se pôr em salvo. Assaz, então, tudo o que possível se encheu, de balas e caixas — os bornais e capangas, patronas e cartucheiras. Mas não bastava. A ser que, daí, um inventou uma fronha de cama: a que, presada com correia ou corda, para tiracol, concabia tiros em boa dose; e muitos assim aproveitavam, logo não restou fronha a dispor. Mesmo, a alguma matula, também, se devia, por garantir. Desde aí, no concorrer, se saía por uma porta. O quanto a noite se atravava de bom grosso. Adiante primeiro foram mandados João Concliz, Moçambicão e Suzarte, para reconhecerem se estava limpo o caminho, rumo de fuga, sem o estorvável. Ponto que os poucos feridos, que havendo, se queixavam em condições, mesmo o Nicolau, que se escorava no rifle e às vezes se retardava. Só ficando na Casa os mortos, que não careciam de se rezar a eles adeus, os soldados amanhã que viessem, que enterrassem. Soformamos diversos golpes, acho que cinco. Diadorim e eu entramos no derradeiro, com o comando do próprio Zé Bebelo; e com o Acauã, o Fafafa, Alaripe e Sesfrêdo, que acompanhavam comigo. Saíram os de primeiramente, iam um ante outro — como um rio a buscar baixo; ou um cão, cão. A gente demorava. Aquela cozinha grande, no cabo do negócio, muito aprisionava, de sobreleve; e contei os companheiros, as respirações. Saíram outros e outros. Dos dianteiros, nem se percebia rumor. Toda a hora eu esperava um tiro e um grito de alto-lá-o-rei! Mas era só o tremer daquela paz em proporção. Admirei Zé Bebelo. A vez nossa chegada, ali o acostumar os olhos com o outro mudar. Abaixamos, e saímos também. Semoveu-se.

Livrados! No escuro, o tudo ajudando, fizemos passagem, avante mais. Tempo que andamos, contracalados, soprando o sangue para se esfriar; até que se cobrou veras de perigo não haver, no regozijo de poupados de qualquer espreita ou agredimento. Se esbarrou, para ar, um sueto de uns momentos. — "Não é que o gato ficou lá..." — um, risonho, falou. — "Ah, demais. A lá é a Casa..." — outro se pôs. Aquela à-morte fazenda-grande dos Tucanos. Vai, eu, o cheiro fartado, bom, de folhas folhagens e do capim do campo, enunciou em meu lembrar o mau-cheiro dos defuntos, que agora próprio no meu nariz eu nem não aventava mais. E Zé Bebelo, segredando comigo, espiou para trás, observou assim, pegando na minha mão: — "Riobaldo, escuta, botei fora minha ocasião última de engordar com o Governo e ganhar galardão na política..." Era verdade, e eu limpei o haver: ele estava pegando na mão do meu caráter. Aí, aclarava — era o fornido crescente — o azeite da lua. Andávamos. Saiba o senhor, pois saiba: no meio daquele luar, me lembrei de Nossa Senhora.

A de entre, entramos, pela esquerda e rumo do norte. Desde o depois, o do poente mesmo. Com foras e auroras, estávamos outra vez no público do campo. Antes da manhã, agora se passava a Vereda-Grande, no Vau-dos-Macacos. Ao que, em rompendo a luz toda da manhã, se chegou no sítio dum Dodó Ferreira, onde a gente bebeu leite e os meus olhos pulavam nas árvores. Aquilo, de verdade, e eu em mim — como um boi que se sai da canga e estrema o corpo por se prazer. Assim foi que, nesse arraiar de instantes, eu tornei a me exaltar de Diadorim, com esta alegria, que de amor achei. Alforria é isso. Sobre mesmo a pé, e com o peso completo, caminhar pelos Gerais parecia que pouquinho me cansava. Diadorim — o nome perpetual. Mas os caminhos é que estão se jazendo em tudo no chão, sempre uns contra os outros; retorce que os falsíssimos do demo se reproduzem. O senhor vá me ouvindo, vá mais me entendendo.

No sítio desse Dodó Ferreira, o Nicolau e o Leocádio iam ficar acoitados lá, até que pudessem sarar de todo somenos. Nós, não. De que desde dali, rifles nas costas, riscamos de rota abatida para o Currais-do-Padre, para renovame; porque lá se tinha resguardada uma boa cavalaria. À força de inchar pé e esmorecer pernas, pelo que aquilo nem foi viagem: era rojão de escabrear, menção de cativeiros. Desgraça de estrada, as pedras do mundo, minhas léguas arrependidas. De que serve eu lhe contar minuciado — o senhor não padeceu feliz comigo —? Saber as revezadas do capim? Ah, então, que foram: mimoso, sempre-verde, marmelada, agrestes e grama-de-burro. A caminhada é assim, é ser: despesa grossa, o abalo. Contra a mera vontade, que meio me lembro, aquelas ladeiras de chapadas. Subindo para terreno concertado, cada tabuleiro que o fim dele é dificultoso, pior do que batoqueira de caatingal. Os muitos campos, com tristeza agora bota valesse menos que alpercata. O vento endureceu. Aí passa gavião, apanha guincho, de todas as estirpes deles — o que gaviãozinho quiriquitou! E lá era que o senhor podia estudar o juízo dos bandos de papagaios. O quanto em toda vereda em que se baixava, a gente saudava o buritizal e se bebia estável. Assim que a matlotagem desmereceu em acabar, mesmo fome não curtimos, por um bem: se caçou boi. A mais, ainda tinha araticúm maduro no cerrado. Mas, para balear uma rês da solta, era o mistér de toda sorte e diligência, por ser um gado estruso, estranhador. O fumo de pitar se acabando repentino na algibeira de uns e outros — bondade dos companheiros era que acudia. E deu daquele vento trazedor: chegou chuva. A gente se escondendo, divididos, em baixo dos pequizeiros, que tempesteava. Dormir remolhado, se dormia, com a lama da friagem. De madrugar, depois, se achava era pé de onça, circulando as marcas. E a gente ia, recomeçado, se andava, no desânimo, nas campinas altas. Tão território que não foi feito para isso, por lá a esperança não acompanha. Sabia, sei. O pobre sozinho, sem um cavalo, fica no seu, permanece, feito numa crôa ou ilha, em sua beira de vereda. Homem a pé, esses Gerais comem.

Diadorim vinha constante comigo. Que viesse sentido, soturno? Não era, não, isso eu é que estava crendo, e quase dois dias enganoso cri. Depois, somente, entendi que o emburro era mesmo meu. Saudade de amizade. Diadorim caminhava correto, com aquele passo curto, que o dele era, e que a brio pelejava por espertar. Assumi que ele estava cansado, sofrido também. Aí mesmo assim, escasso no sorrir, ele não me negava estima, nem o valor de seus olhos. Por um sentir: às vezes eu tinha a cisma de que, só de calcar o pé em terra, alguma coisa nele doêsse. Mas, essa ideia, que me dava, era do carinho meu. Tanto que me vinha a vontade, se pudesse, nessa caminhada, eu carregava Diadorim, livre de tudo, nas minhas costas. Até, o que me alegrava, era uma fantasia, assim como se ele, por não sei que modo, percebesse meus cuidados, e no próprio sentir me agradecendo. O que brotava em mim e rebrotava: essas demasias do coração. Continuando, feito um bem, que sutil, e nem me perturbava, porque a gente guardasse cada um consigo sua tenção de benquerer, com esquivança de qualquer pensar, do que a consciência escuta e se espanta; e também em razão de que a gente mesmo deixava de escogitar e conhecer o vulto verdadeiro daquele afeto, com seu poder e seus segredos; assim é que hoje eu penso. Mas, então, num determinado, eu disse:

— "Diadorim, um mimo eu tenho, para você destinado, e de que nunca fiz menção..." — o qual era a pedra de safira, que do Arassuaí eu tinha trazido, e que à espera de uma ocasião sensata eu vinha com cautela guardando, enrolada numa pouca de algodão, dentro dum saquitel igual ao de um breve, costurado no forro da bolsa menorzinha da minha mochila.

De desde que falei, Diadorim quis muito saber o presente qual era, assim apertando comigo com perguntas, que sem aperreio deixei de responder, até de tarde, quando fizemos estância. A parança que foi — conforme estou vivo lembrado — numa vereda sem nome nem fama, corguinho deitado demais, de água muito simplificada. Aí, quando ninguém não viu, eu saquei a mochila, desfiz a ponta de faca as costuras, e entreguei a ele o mimo, com estilo de silêncio para palavras.

Diadorim entrefez o pra-trás de uma boa surpresa, e sem querer parou aberto com os lábios da boca, enquanto que os olhos e olhos remiravam a pedra-de--safira no covo de suas mãos. Ao que, se sofreou no bridado, se transteve sério, apertou os beiços; e, sem razão sensível nem mais, tornou a me dar a pedrinha, só dizendo:

— "Deste coração te agradeço, Riobaldo, mas não acho de aceitar um presente assim, agora. Aí guarda outra vez, por um tempo. Até em quando se tenha terminado de cumprir a vingança por Joca Ramiro. Nesse dia, então, eu recebo..."

Isso, de arrevés, eu li com hagá; e mesmo antes, quando apontou no rosto dele, para o avermelhar de cor, a palidez de espécie. Delongando, ainda restei com a pedra-de-safira na mão, aquilo dado-e-tomado. Donde declarei:

— "Escuta, Diadorim: vamos embora da jagunçagem, que já é o depois-de-véspera, que os vivos também têm de viver por só si, e vingança não é promessa a Deus, nem sermão de sacramento. Não chegam os nossos que morremos, e os judas que matamos, para documento do fim de Joca Ramiro?!"

Ah foi ele me ouvir e se encurtar, em duro que revi, que nem ossos. Ao crespo de um com a afronta a meia-goela — e os olhos davam o que deitavam. O que durou só um átimo, tanto que ele teve mão em seu gênio, conciso com um suspiro; mas mesmo me retrouxe remoque:

— "Riobaldo, você teme?"

Tomei sem ofensa. Mas muita era minha decisão, que eu já tinha aperfeiçoado lá na Fazenda dos Tucanos, e que só vinha esperando para executar com mais regimento de ordem, quando se tivesse chegado no Currais-do-Padre, conforme meu sistema nesses procedimentos.

— "Tem que temerei! Você, aí faz o que em seu querer esteja. Eu viro minha boa volta..."

Dar o mal por mal: assim. Eu tinha a quanta razão. Eu guardei a pedrinha na algibeira, depois melhor botei, no bolso do cinto; contei minhas favas, refavas. Diadorim respirava muito. Dele foi o relance:

— "Riobaldo, você pensa bem: você jurou vinga, você é leal. E eu nunca imaginei um desenlace assim, de nossa amizade..." — ele botou-se adiante. — "Riobaldo, põe tento no que estou pedindo: tu fica! E tem o que eu ainda não te disse, mas que, de uns tempos, é meu pressentir: que você pode — mas encobre; que, quando você mesmo quiser calcar firme as estribeiras, a guerra varia de figura..."

Arredei: — "Tu diz missa, Diadorim. Isso comigo não me toca..."

Da maneira, ele me tentava. Com baboseira, a prosável diguice, queria abrandar minha opinião. Então eu ia crer? Então eu não me conhecia? Um com o meu retraimento, de nascença, deserdado de qualquer lábia ou possança nos outros — eu era o contrário de um mandador. A pra, agora, achar de levantar em sanha todas as armas contra o Hermógenes e o Ricardão, aos instigares? Rebulir com o sertão, como dono? Mas o sertão era para, aos poucos e poucos, se ir obedecendo a ele; não era para à força se compor. Todos que malmontam no sertão só alcançam de reger em rédea por uns trechos; que sorrateiro o sertão vai virando tigre debaixo da sela. Eu sabia, eu via. Eu disse: nãozão! Me desinduzi. Talento meu era só o aviável de uma boa pontaria ótima, em arma qualquer. Ninguém nem mal me ouvia, achavam que eu era zureta ou impostor, ou vago em aluado. Mesmo eu não era capaz de falar a ponto. A conversa dos assuntos para mim mais importantes amolava o juízo dos outros, caceteava. Eu nunca tinha certeza de coisa nenhuma.

Diadorim disse: — "Ei, retentêia! Coragem faz coragem..."

Demais eu disse: — "Sou Capitão-General?!..."

Antes tantas astúcias, em empalhar que eu não fosse embora, que eu ficasse preso naquele urjo de guerra, sem cabo nem ponta, sem costas nem frente, e que maçava. Recachei. A mão dele, doçura de dada, de leve na minha. Temi afracar. E em duro repostei, com outra ombrada:

— "Vou e vou. Só inda acompanho é até o Currais-do-Padre. Lá eu requeiro para mim um cavalo bom. E trovejo no mundo..."

Verdadeiro meu propósito era esse, como está dito. Eu não caturrava. Eu sou assim amor-com-amor, e ingratidão não. E bem por isso Diadorim não persistiu, com palavras cordatas; mas por fim disse, de motêjo, zombariazinha:

— "Então, que quer mesmo ir, vai. Riobaldo, eu sei que você vai para onde: relembrado de rever a moça clara da cara larga, filha do dono daquela grande fazenda, nos gerais da Serra, na Santa Catarina... Com ela, tu casa. Cês dois assentam bem, como se combinam..."

Nonde nada eu não disse. Se menos pensei em Otacília. Nem maldisse Diadorim, de que não se calava. A mais, pirraçou:

— "Vai-te, pega essa prenda jóia, leva dá para ela, de presente de noivado..."

Demorei no fazer um cigarro. Nós estávamos na beira do cerrado, cimo donde a ladeirinha do resfriado principia; a gente parava debaixo dum paratudo — pau como diz o goiano, que é a caraíba mesma — árvore que respondia à saudade de suas irmãs dela, crescidas em lontão, nas boas beiras do Urucúia. Acolá era a vereda. Com o tempo se refrescando, e o desabafo do ar, burití revira altas palmas. A por perto, se ouvia a algazarra dos companheiros. De ver, eu tinha dó, minha pena sincera de Diadorim, nessas jornadas. De verdade, entardecia. Derradeira arara já revoava.

— "...Ou quem sabe você resolve melhor mandar de dádiva para aquela mulherzinha especial, a da Rama-de-Ouro, filha da feiticeira... Arte que essa mais serve, Riobaldo, ela faz o gozo do mundo, dá açúcar e sal a todo passante..."

Não era na Rama-de-Ouro — era na Aroeirinha. Mas, por que era que ele falava no nome de Nhorinhá, com tão cravável lembrança? Ao crer, que soubesse mais do que eu mesmo o que eu produzia no coração, o encoberto e o esquecido. Nhorinhá — flôrzinha amarela do chão, que diz: — *Eu sou bonita!...* E tudo neste mundo podia ser beleza, mas Diadorim escolhia era o ódio. Por isso era que eu gostava dele em paz? No não: gostava por destino, fosse do antigo do ser, donde vem a conta dos prazeres e sofrimentos. Igual gostava de Nhorinhá — a sem mesquinhice, para todos formosa, de saia cor-de-limão, prostitutriz. Só que, de que gostava de Nhorinhá, eu ainda não sabia, filha de Ana Duzuza. O senhor estude: o buriti é das margens, ele cai seus cocos na vereda — as águas levam — em beiras, o coquinho as águas mesmas replantam; daí o buritizal, de um lado e do outro se alinhando, acompanhando, que nem que por um cálculo.

— "...Você se casa, Riobaldo, com a moça da Santa Catarina. Vocês vão casar, sei de mim, se sei; ela é bonita, reconheço, gentil moça paçã, peço a Deus que ela te tenha sempre muito amor... Estou vendo vocês dois juntos, tão juntos, prendido nos cabelos dela um botão de bogari. Ah, o que as mulheres tanto se vestem: camisa de cassa branca, com muitas rendas... A noiva, com o alvo véu de filó..."

Diadorim mesmo repassava carinho naquela fala. Melar mel de flôr. E me embebia — o que estava me ensinando a gostar da minha Otacília. Era? Agora falava devagarinho, se sonsom, feito se imaginasse sempre, a si mesmo uma estória recontasse. Altas borboletas num desvoejar. Como se eu nem estivesse ali ao pé. Ele falava de Otacília. Dela vivendo o razoável de cada dia, no estar. Otacília penteando compridos cabelos e perfumando com óleo de sete-amores, para que minhas mãos gostassem deles mais. E Otacília tomando conta da casa, de nossos filhos, que decerto íamos ter. Otacília no quarto, rezando ajoelhada diante de imagem, e já aprontada para a noite, em camisola fina de ló. Otacília indo por meu braço às festas da cidade, vaidosa de se feliz e de tudo, em seu vestido novo de molmol. Ao tanto, deusdadamente ele discorresse. De meu juízo eu perdi o que tinha sido o começo da nossa discussão, agora só ficava ouvinte, descambava numa sonhice. Com o coração que batia ligeiro como o de um passarinho pombo. Mas me lembro que no desamparo repentino de Diadorim sucedia uma estranhez — alguma causa que ele até de si guardava, e que eu não podia inteligir. Uma tristeza meiga, muito definitiva. No tempo, não apareci no meio daquilo. Assim foi que foi. Até que vieram uns companheiros, com João Concliz, Sidurino e João Vaqueiro, que ajuntaram lenhas e armaram um fogo bem debaixo do paratudo. Ao relançar das labaredas, e o refreixo das cores dando lá acima nos galhos e folhas, essas trocavam tantos brilhos e rebrilhos, de dourado, vermelhos e alaranjado às brasas, essas esplendências, com mais realce que todas as pedras de Arassuaí, do Jequitinhonha e da Diamantina. Era dia-de-anos daquela árvore? Ao quando bem anoiteceu, foi assim. A gente só sabe bem aquilo que não entende.

O senhor veja: eu, de Diadorim, hoje em dia, eu queria recordar muito mais coisas, que valessem, do esquisito e do trivial; mas não posso. Coisas que se deitaram, esqueci fora do rendimento. O que renovar e ter eu não consigo, modo nenhum. Acho que é porque ele estava sempre tão perto demais de mim, e eu gostava demais dele.

Na surgida manhã, saímos, para a parte final da caminhada. Zé Bebelo, certa hora, me chamou. Inda que avante, Zé Bebelo mesmo devia de estar curtindo más e piores: fio que ele amargava a vitória que tinha inventado. Noção dos inimigos nossos, que, seja lá por onde, puxavam posse de sua munição e de suas montadas e cargas, socorridos de tudo quanto careciam. — "Um Hermógenes quer tomar conta do sertão dos Gerais..." — eu tirei liberdade para dizer. Mesmo mais indiretas disse; e isso me realiviou, no dizer, pouco somente, que era só por picardia. Direto, disso, Zé Bebelo não me respondeu; ele pensava as mil coisas. Em tanto, nesses cálculos de meditação, ele ligeiro sobrezumbia com os beiços, e balangava às esquerdas-e-direitas as abas enfunadas do chapéu; e às vezes assoprava sem ser por cansaço de marcha. O que das ideias sobrava, era que ele referia: — "Ainda não entendo... Ainda não entendo... Até agora, reconheço, ele tem tido uma sorte... Sapo sem-colarinho, rei-gordo... Mas, deixa a gente ir e vir, que os ovos e dúzias ele paga!..." Do Hermógenes discursava — orçamento do Hermógenes. E, de ouvir que a sorte do Hermógenes existia alta, isso me penou, tanto me certificava. Aí fiquei a menos. Nem eu não queria arreliar Zé Bebelo. Mas, para mim, ele estava muito errado: pelos passos e movimentos, porque gostava prático da guerra, do que provava um muito forte prazer; e por isso não tinha boa razão para um resultado final. Assim achei, espiando o alto céu, que é com as nuvens e os urubús repartido. Deponho: de que é que aquilo me adiantava? E chuvas dadas, derramadas. Aí, vai, chegamos no Currais-do-Padre.

O lugar que não tinha curral nenhum, nem padre: só o buritizal, com um morador. Mas o ao em redor, em grandes pastos, era o capim melhor milagroso — que o que deixava de ser provisório rico era o meloso de muito óleo, a não ver uns fios do santa-luzia azul, e do duro-do-brejo, nas baixadas, e, nos altos com pedregal, o jasmim-da-serra. De lá vinham saindo renascidos, engordados, os nossos cavalos, isto é, os que tinham sido de Medeiro Vaz, e que agora herdávamos. Regozijei. Escolhi um, animal vistoso, celheado, acastanhado murzelo, que bem me pareceu; e dei em erro, porque ele era meio sendeiro e historiento. Daqui veio que o nome que teve foi de "Padrim Selorico". Mas o dono do sítio, que não sabia ler nem escrever, assim mesmo possuía um livro, capeado em couro, que se chamava o *"Senclér das Ilhas"*, e que pedi para deletrear nos meus descansos. Foi o primeiro desses que encontrei, de romance, porque antes eu só tinha conhecido livros de estudo. Nele achei outras verdades, muito extraordinárias.

Além de que, tudo o que eu tivesse de resolver, de minha vida, fui deixando para os seguintes. Dia de ser de chuva, que madrugou tarde: boi nos cinzentos. E os pássaros de passagem precisavam de gritar muito uns para os outros. Diadorim moderava o falar comigo, e me ver, recolhido em certo vexame, receoso; eu achei. Já disse ao senhor? — dia a dia ele raiava, em formosura. E chuva alta, que envinha, estava mandando urubú voar para casa. Os cavalos pastavam com mais pressa. Nunca, em todos meus tempos, eu vi inverno tamanho demorado. Era para espera. Mesmo assim, Zé Bebelo pôs ordem de se ir. Porque estávamos quase todos montados em pelo, carecíamos de tocar para o Curral Caetano, onde se tinha quantidade grande de arreios guardados. Depois, daí, para buscar munição, na Virgem-Mãe. Prazo não se perdia. Aos caminhos barrancosos, de sopega, feito torrão de açúcar preto se derretendo, empapados. Aos barros fomos, como perdidas criaturas, de se rir, se chorar. E — mas o senhor sabe o que isso é? — aqueles nossos cavalos não tinham ferraduras.

Pra mais onde? Ah, aonde os altos bons: o Chapadão do Urucúia, em que tanto boi berra. Mas nunca chegamos nem na Virgem-Mãe. Afiguro, desde o começo desconfiei de que estávamos em engano. Rumos que eu menos sabia, no viável. Como a serra que vinha vindo, enquanto para ela eu ia indo, em tantos dias: longe lá, de repente os olhos da gente percebem um fio de tremor — se vê é um risquinho preto, que com léguas andadas vira cinzento e vira azul — daí, depois, parede de morro se faz. No arquear dali, foi que se pegou o primeiro caminho achado, para se passar. Bem baixamos. Os rios estavam sujos, em espumas. Não havendo a ajuda de Joaquim Beijú, que estava dando para dela se sentir falta. Zé Bebelo, em assarapanto, até os dedos da mão dele não deixavam de se perpassar, contando rosário nas tiras da rédea. Que andávamos desconhecidos no errado. Disso, tarde se soube — quem que guiava tinha enredado nomes: em vez da Virgem-Mãe, creu de se levar tudo para a Virgem-da-Laje, logo lugar outro, vereda muito longe para o sul, no sítio que tem engenho-de--pilões. Mas já era tarde.

Trovoou truz, dava vento. E chuvas que minha língua lambeu. Nelas mais não falo. Mas, quando estiou o tempo, de vez, não sei se foi melhor: porque bateu de começo a fim dos Gerais um calor terrível. Aí, quem sofreu e não morreu, ainda se lembra dele. Esses meses do ar como que estavam desencontrados. Doenças e doenças! Nosso pessoal, montão deles, pegou a mazelar. Mas isto eu refiro depois. O senhor já que me ouviu até aqui, vá ouvindo. Porque está chegando hora d'eu ter que lhe contar as coisas muito estranhas.

Quadrante que assim viemos, por esses lugares, que o nome não se soubesse. Até, até. A estrada de todos os cotovelos. Sertão, — se diz —, o senhor querendo procurar, nunca não encontra. De repente, por si, quando a gente não espera, o sertão vem. Mas, aonde lá, era o sertão churro, o próprio, mesmo. Ia fazendo receios, perfazendo indagação. Descemos por umas grotas, no meio de serras de parte-vento e suas mães árvores. O pongo de um ribeirão, o boqueirão de um rio. O Abaeté não era; se bem fosse que parecia: largo rio Abaeté, no escalavrado, beiras amarelas. Aquele rio fazia uma grande volta, acolá, clareado, com a vista de uns coqueiros. Ali era um lugar longe e bonito, como que me acenava. Mas não endireitamos para ele, porque o rumo determinado era outro, torando desviado muito, consoante. E mais maninhava. Topar um vivente é que era mesmo grande raridade. Um homenzinho distante, roçando, lenhando, ou uma mulherzinha fiando a estriga na roca ou tecendo em seu tear de pau, na porta de uma choça, de burití toda. Outro homem quis me vender uma arara mansa, que a qual falava toda palavra que tem á. Outra velha, que estava fumando o pito de barro. Mas ela enrolou a cara no chale, não se ajuizaram os olhos dela. E o gado mesmo vasqueava: só por pouco acaso um boi ou vaca, de solidão, bicho passeado sem dono. Veado, sim, vi muitos: tinha vez que pulavam, num sonhoso, correndo, de corta campo, tanto tantos — uns dois, uns três, uns vinte, em grupos — mateiros e campeiros. Faltava era o sossego em todo silêncio, faltava rastro de fala humana. Aquilo perturbava, me sombreava. Já depois, com andada de três dias, não se percebeu mais ninguém. Isso foi até onde o morro quebrou. Nós estávamos em fundos fundos.

Isto é, nos arrampadouros. Tinha uma estrada, aí na subida dela houvesse coisas. Uns galhos de árvores colocados — ramalhos e jaribaras — forma de sinal: para não se passar. Mas esse aviso havia de ser particular, para o uso de outros, não para o nosso destino. Não respeitamos, de jeito nenhum. Fomos indo. No entrar numa guapira, se redobrou o achado daquelas ramas verdes, que não obedecemos. Eu vinha adiante, com o Acauã e o Nelson, instruindo o caminho. Já estávamos pelas rédeas, para outra subida de ladeira: mas aí escutamos o latir de cachorros. E enxergamos um homem — no alto da virada — uns homens. Esses estavam com espingardas.

Os quantos homens, de estranhoso aspecto, que agitavam manejos para voltarmos de donde estávamos. Por certo não sabiam quem a gente era; e pensavam que três cavaleiros menos valessem. Mas, entendendo que do caminho não desgarrávamos, começaram a ficar estramontados. Um eu vi, que dava ordens: um roceiro brabo, arrastando as calças e as esporas. Mas os outros, chusmote deles, eram só molambos de miséria, quase que não possuíam o respeito de roupas de vestir. Um, aos menos trapos: nem bem só o esporte de uma tanga esfarrapada, e, em lugar de camisa, a ver a espécie de colete, de couro de jaguacacaca. Eram uns dez a quinze. Não consegui sentido no que eles ameaçavam, e vi que estavam aperrando as armas. Queriam cobrar portagem? Andavam arrumando alguma jerimbamba? Não convinha avançar assim por cima deles, logo, mas também dar recuada podia ser uma vergonha. Esbarramos, neles quase encostados. Íamos esperar o resto do pessoal. E eles, ali confrontes, não explicavam razão nenhuma. Só um disse:

— "Pode não... Pode não..."

E renuía com a cabeça, o banglafumém, mesmo quando falava, com uma voz de qualidade diversa, costumada daquela terra de lugar; e os outros renuindo também: — "Ah, pode não... Pode não..." — com o vozeio soturno.

Nos tempos antigos, devia de ter sido assim.

Gente tão em célebres, conforme eu nunca tinha divulgado nem ouvido dizer, na vida. O das esporas foi se amontar num jumento — esse era o único animal-de-sela que ali tinham. Acho que montou para oferecer à gente maior vulto de respeito; tocava batendo palma de mão na anca do jegue, veio vindo, para primeiro se presenciar. Olhei para todos. Um tinha a barba muito preta, e aqueles seus olhos permeando. Um, mesmo em dia de horas tão calorosas, ele estava trajado com uma baeta vermelha, comprida, acho que por falta de outra vestimenta prestável. Ver a ver o sacerdote! — "Ih! Essa gente tem piôlho e muquiranas..." — o Nelson disse, contrabaixo. Todos estavam com alguma garantia: que eram lazarinas, bocudas baludas, garruchas e bacamartes, escopetas e trabucão — peças de armas de outras idades. Quase que cada um era escuro de feições, curtidos muito, mas um escuro com sarro ravo, amarelos de tanto comer só pôlpa de buriti, e fio que estavam bêbados, de beber tanta saêta. Um, zambo, troncudo, segurava somente um calabôca, mas devia de ser de braço terrível, no manobrar aquele cacete. O quanto feioso, de dar pena, constado chato o fôrmo do nariz, estragada a boca grande demais, em três. Outro, que tinha uma fôice encabada muito comprido, e um porongo pendurado a tiracol por uma embira, cochichava com os restantes uma séria falação: a qual uma espécie de pajelança. Artes vezes ele guinchava, feito o demônio gemedeiro. Esse, que por nome de Constantino acudia. Todos eles, com seus saquinhos chumbeiros e surrões, e polvorinhos de corno, e armamento tão desgraçado, mesmo assim não tomavam bastante receio de nossos rifles. Para o nosso juízo, eles eram dôidos. Como é que, desvalimento de gente assim, podiam escolher ofício de salteador? Ah, mas não eram. Que o que acontecia era de serem só esses homens reperdidos sem salvação naquele recanto lontão de mundo, groteiros dum sertão, os catrumanos daquelas brenhas. O Acauã que explicou, o Acauã sabia deles. Que viviam tapados de Deus, assim nos ocos. Nem não saíam dos solapos, segundo refleti, dando cria feito bichos, em socavas. Mas por ali deviam de ter suas casas e suas mulheres, seus meninos pequenos. Cafuas levantadas nas burguéias, em dobras de serra ou no chão das baixadas, beira de brejo; às vezes formando mesmo arruados. Aí plantavam suas rocinhas, às vezes não tinham gordura nem sal. Tanteei pena deles, grande pena. Como era que podiam parecer homens de exata valentia? Eles mesmos faziam preparo da pólvora de que tinham uso, ralando salitre das lapas, manipulando em panelas. Que era uma pólvora preta, fedorenta, que estrondava com espalhafato, enchendo os lugares de fumaceira. E às vezes essa pólvora bruta fazia as armas rebentarem, queimando e matando o atirador. Como era que eles podiam brigar? Conforme podiam viver?

E enfim os companheiros apontaram em vinda, e subiram a primeira ladeira, aquele tropeado de guerreiros, em tão grande número numeroso. Quase eu queria me rir, do susto então dos catrumanos. Mas foi não, porque eles não se aluíram do ponto onde estavam, só que olhavam para o chão, calados, acho que porque essa é a forma de declararem seus espantos. O do jegue, Teofrásio, que era quem capitaneava, deu alguma intimação para o da fôice, esse que o Dos-Anjos se chamava, era o falador; e que foi quem veio adiante, saudar Zé Bebelo e render explicação:

— "Ossenhor utúrje, mestre, a gente vinhemos, no graminhá... Ossenhor utúrje..."

Ossos e queixos; e aquela voz que o homem guardava nos baixos peitos, era tôa que nem de se responder em ladainha dos santos, encomendação de mortos, responsório.

— "Ossenhor utúrje, mestre... Não temos costume... Não temos costume... Que estamos resguardando essas estradas... De não vir ninguém daquela banda: povo do Sucruiú, que estão com a doença, que pega em todos... Ossenhor é grande chefe, dando sua placença. Ossenhor é Vossensenhoria? Peste de bexiga preta... Mas povoado da gente é o Pubo — que traslada do brejão, ossenhor com os seus passaram perto de lá, valor distante meia-légua... As mulheres ficaram, cuidando, cuidando... A gente vinhemos, no graminhá. Faz três dias... Cercar os caminhos. O povo do Sucruiú — estão dizendo —: nem não estão enterrando mais os defuntos deles... Pode querer vir algum, com recado, trazendo a doença, e esta é a razão... Veio um, querendo pedir auxílios, relatar bobagens, essas mogúncias e brogúncias.... Mas teve de voltar, devéras retornou, não demos passagem. Estão com a maldição, a urros. Castigo de Deus Jesus! Povo do Sucruiú, gente dura de rúim... Ossenhor utúrje, mestre: convém desemendar deste lado, não passar no Sucruiú, respraz... Bexiga da preta!..."

E aquele homem o Dos-Anjos tinha largado a fôice no chão, botou o pé em riba; e abria os braços, depois ficou de mãos postas, acho que estava produzindo algum feitiço, com os olhos todos fechados. Ele era magro, magro, da vista da gente não se ter. Os outros deles, devagarosamente tinham vindo se chegando também. Zé Bebelo, seguro que por não se rir sem caridade, armou rosto reverso, aquele semblante serioso; e eles desconfiaram. Porque um, que era velhusco e estava com o chapéu-de-palha corroído nas todas beiras, apareceu com um dinheiro na palma da mão, oferecendo a Zé Bebelo, como em paga por perdoamento. A que era um dobrão de prata, antigo do Imperador, desses de novecentos-e-sessenta réis em cunho, mas que na Januária por ele dão dois mil-réis, ainda com senhoriagem de valer até os dez, na capital. Mas Zé Bebelo, com alta cortesia, rejeitou aquele dado dinheiro, e o catrumano velho não bem entendeu, pelo que permaneceu um tempo, com ele ofertado na mão. Assim os outros não entrediziam palavras, que só arregalados espiavam, para Zé Bebelo e para a moeda, olhavam como se estivessem prestando conta de suas fortes invejas. O jeito de estremecer, deles, às vezes, era todo, era de banda; mas aquilo sendo da natureza constante do corpo, e não temor — pois, quando pegavam receio, iam ficando era mais escuros, e respiravam com roncado rumor, quietos ali. Que aqueles homens, eu pensei: que nem mansas feras; isto é, que no comum tinham medo pessoal de tudo neste mundo.

Como que o senhor visse os catrumanos rir! O da fôice tornou a apanhar a fôice, o no jegue ficou segurando o chapéu em respeito, o velho beobôbo sumiu seu dobrão de prata em alguma algibeira. A mais eles todos riram, as tantas grandes bocas, e não tinham quase nenhum dente. Riam, sem motivo justo, agora mas para nos agradar. Cônscio, o da fôice criou ânimo, mesmo indagou:

— "O que mal não pergunto: mas donde será que ossenhor está servido de estando vindo, chefe cidadão, com tantos agregados e pertences?"

— "Ei, do Brasil, amigo!" — Zé Bebelo cantou resposta, alta graça. — "Vim departir alçada e foro: outra lei — em cada esconso, nas toesas deste sertão..."

O velho agiu o pelo-sinal. Ia remenicar alguma outra coisa. Mas Zé Bebelo, completo de escutar e ver, deu não com a mão, e abriu a marcha. Tocamos. Ora vi as derradeiras caras daqueles catrumanos, que mostravam por nossa causa muitos pasmos de admiração, e a cobiça que tinham de fazer cento-e-dobro de perguntas, que por receio de atrevimento nunca perguntavam. Só dos rifles: — *"Úixe-te, isto é lazarinha moderna?..."* Donde um deles, o montado no jegue, ainda gritou um conselho: que a gente então principiasse volta, no buritizal duma lagoazinha, da banda da mão direita — por via de se evitar de passar por dentro do Sucruiú — e que, retomada a estrada, no quebrar da mão esquerda, num vau perto da mata virgem, era só se andar as sete léguas, num sítio se chegava, de um tal de seôr Abrão, que era hospitaleiro... Isso aquele homem recomendou, não por serviço de préstimo, eu pelo tom e jeito bem entendi: gritou, no fim assim, a fito somente de que os seus outros vissem que ele bem possuía coragem também de dar voz, perante presença nossa, de tantos grandes jagunços donos de arêjo d'armas. Mas Zé Bebelo, descrendo de temer o que eles anunciavam, do arraial onde estava alastrando a varíola reinante, deu ordem de seguirmos, em reto em diante em frente.

Rir, o que se ria. De mesmo com as penúrias e descômodos, a gente carecia de achar os ases naquele povo de sujeitos, que viviam só por paciência de remedar coisas que nem conheciam. As criaturas.

Mas eu não ri. Ah, daí, não ri honesto nunca mais, em minha vida. Como que marquei: que a gente ter encontrado aqueles catrumanos, e conversado com eles, desobedecido a eles — isso podia não dar sorte. A hora tinha de ser o começo de muita aflição, eu pressentia. Raça daqueles homens era diverseada distante, cujos modos e usos, mal ensinada. Esses, mesmo no trivial, tinham capacidade para um ódio tão grosso, de muito alcance, que não custava quase que esforço nenhum deles; e isso com os podêres da pobreza inteira e apartada; e de como assim estavam menos arredados dos bichos do que nós mesmos estamos: porque nenhumas más artes do demônio regedor eles nem divulgavam. Só o mau fato de se topar com eles, dava soloturno sombrio. Apunha algum quebranto. Mas mais que, por conosco não avirem medida, haviam de ter rogado praga. De pensar nisso, eu até estremecia; o que estremecia em mim: terreno do corpo, onde está a raiz da alma. Aqueles homens eram orelhudos, que a regra da lua tomava conta deles, e dormiam farejando. E para obra e malefícios tinham muito governo. Aprendi dos antigos. Capatazia de soprar quente qualquer ódio nas folhas, e secar a árvore; ou de rosnar palavras em buraco pequeno que abriam no chão, tapando depois: para o caminho esperar a passagem de alguém, e a ele fazer mal; ou guardavam um punhado de terra no fechado da mão, no prazo de três noites e três dias, sem abrir, sem largar: e quando jogavam fora aquela terra, em algum lugar, nele com data de três meses ficava sendo uma sepultura... De homem que não possui nenhum poder nenhum, dinheiro nenhum, o senhor tenha todo medo! O que mais digo: convém nunca a gente entrar no meio de pessoas muito diferentes da gente. Mesmo que maldade própria não tenham, eles estão com vida cerrada no costume de si, o senhor é de externos, no sutil o senhor sofre perigos. Tem muitos recantos de muita pele de gente. Aprendi dos antigos. O que assenta justo é cada um fugir do que bem não se pertence. Parar o bom longe do ruim, o são longe do doente, o vivo longe do morto, o frio longe do quente, o rico longe do pobre. O senhor não descuide desse regulamento, e com as suas duas mãos o senhor puxe a rédea. Numa o senhor põe ouro, na outra prata; depois, para ninguém não ver, elas o senhor fecha bem. E foi o que eu pensei. Aqueles catrumanos pedindo por maldição, como era que eu podia deixar de pensar neles? Há-de, que se eles tivessem me pegado sozinho, eu apeado e precisado, decerto me matavam, para roubar minhas armas, as coisas e minhas roupas. Amargo que acabavam comigo, sem escrúpulos, hom'essa, que nem tinham, porquanto eu era desconhecido e forasteiro. De doente, ou ferido perdendo meu sangue, que eu estivesse, algum deles ia ser capaz de me ceder gole duma cuia d'água? Draste eu duvidava deles. Duvidava dos fojos do mundo. E por que era que há de haver no mundo tantas qualidades de pessoas — uns já finos de sentir e proceder, acomodados na vida, tão perto de outros, que nem sabem de seu querer, nem da razão bruta do que por necessidades fazem e desfazem. Por que? Por sustos, para vigiação sem descanso, por castigos? E de repente aqueles homens podiam ser montão, montoeira, aos milhares mís e centos milhentos, vinham se desentocando e formando, do brenhal, enchiam os caminhos todos, tomavam conta das cidades. Como é que iam saber ter poder de serem bons, com regra e conformidade, mesmo que quisessem ser? Nem achavam capacidade disso. Haviam de querer usufruir depressa de todas as coisas boas que vissem, haviam de uivar e desatinar. Ah, e bebiam, seguro que bebiam as cachaças inteirinhas da Januária. E pegavam as mulheres, e puxavam para as ruas, com pouco nem se tinha mais ruas, nem roupinhas de meninos, nem casas. Era preciso de mandar tocar depressa os sinos das igrejas, urgência implorando de Deus o socorro. E adiantava? Onde é que os moradores iam achar grotas e fundões para se esconderem — Deus me diga? Nem me diga o senhor que não — aí foi que eu pensei o inferno feio deste mundo: que nele não se pode ver a força carregando nas costas a justiça, e o alto poder existindo só para os braços da maior bondade. Isso foi o que eu pensei, muito redoído, no estufo do calor vingante. E foi por durante quase uma hora, montado no meu cavalo ruim chamado Padrim-Selorico, a passo por aqueles ruins campos, até se chegar perto do povoado do Sucruiú, onde que estava arranchada a horrorosa doença, por cima da pior miséria. Bobéia minha? Porque os companheiros, indo cuidando de seu ramerrão comum, nenhum não punha tento em dessas ideias. Então era só eu? Era. Eu, que estava mal-invocado por aqueles catrumanos do sertão. Do fundo do sertão. O sertão: o senhor sabe.

    Mas em tanto, então levantei o meu entender para Zé Bebelo — dele emprestei uma esperança, apreciei uma luz. Dei tino. Zé Bebelo, em testa, chefe como chefe, como executava nossa ida. Da marca de um homem solidado assim, que era sempre alvissareiro. Por ele eu crescia admiração, e que era estima e fiança, respeito era. Da pessoa dele, da grande cabeça dele, era só que podia se repor nossa guarda de amparo e completa proteção, eu via. Porque Zé Bebelo previa de vir, cá em baixo, no escuro sertão, e, o que ele pensava, queria, e mandava: tal a guerra, por confrontação; e para o sertão retroceder, feito pusesse o sertão para trás! E era o que íamos realizar de fazer. Para mim, ele estava sendo feito o canoeiro mestre, com o remo na mão, no atravessar o rebelo dum rio cheio. — "*Carece de ter coragem... Carece de ter muita coragem...*" — eu relembrei. Eu tinha. Diadorim vindo do meu lado, rosável mocinho antigo, sofrido de tudo mas firme, duro de temporal, naquelas constâncias. Sei que amava, não amava? Os outros, os companheiros outros, semelhavam no rigor umas pobres infâncias na relega — que deles a gente precisasse de tomar conta. Com Zé Bebelo da minha mão direita, e Diadorim da minha banda esquerda: mas, eu, o que é que eu era? Eu ainda não era ainda. Se ia, se ia. O cavalo pombo de Zé Bebelo era o de mais armada vista, o maior de todos. Cavalo selado, montado, e muito chão adiante. Viajar! — mas de outras maneiras: transportar o sim desses horizontes!...

Desde, porém, como já entrávamos no perto do Sucruiú, conforme as léguas que os cascos de nossos cavalos contando, era de ver que voz Zé Bebelo dava, se queria em reto ou atalho. Ah, em reto, foi. Mas nenhum de nós teve sobrôsso. O que era, era. Aquele desgraçado lugar devia de estar lá acolá, no plão alto do campo, em seu sempre. Obra de um tiro de carabina. E como deviam de estar cozinhando, com tanto fogão, porque subia para o pedaço de céu um povôo de fumaças, feito andassem por lá renovando pastos desfora de tempo. Fazia fole de calor. Mas, entre as vertentes, no corguinho rabo serelepe que passamos, de beiras de terra preta, só os animais foram que beberam a toda sede: que, nós, mesmo da água corrente a gente se receava. Donde é que decorre a peste? Até o ver o ar. A poeira e miséria. Azul desbotado poído, sem os realces. O sol carregando de envelhecer antesmente as folhagens — o começo do mês de junho já dava parecença de alto fim de agosto. Aquele ano declarava de não se ter nem frio, pelo legal. De que valeram as tantas chuvas? Aí este mundo de sertão tinha se perdido — eu mesmo me disse. Como que íamos atravessar o Sucruiú, lá se chegava. O qual eram as cafuas em suas construções, no entremeio da fumaça. Essas choupanas. Gente? Não se divulgava. E certo que não se tinha medo maior. Antes todos queriam avistar de perto, de passagem, o que aquilo de verdade fosse. Só que se tinha confiança nos bentinhos e verônicas. E de repente correu aviso que Jõe Bexiguento e o Pacamã-de-Prêsas sabiam reza para São Sebastião e São Camilo de Lélis, que livram de todo mal vago. Como se ter? Como se aprender, também? Tempo não dava. Mas — o que vieram dizendo, de um em um, se virando para trás nos cavalos: que não se carecia. Assim aqueles dois iam praticar resumida a oração, e cada um, da gente, consigo reproduzisse, constantemente, as fortes ave-marias e padre-nossos, que isso bastava. Assim foi que fizemos. Avante eu rezei.

Algum dia, depois de hoje, hei de esquecer aquilo. Arruado que era até bem largo, mas mal se enxergavam aquelas casas. Ao demais rezando, ao real vendo — eu vim. Casas — coisa humana. Em frente delas todas, o que estavam era queimando pilhas de bosta seca de vaca. O que subia, enchia, a fumaça acinzentada e esverdeada, no vagaroso. E a poeira que demos fez corpo com aquele fumegar levantante, tanto tapava, nos soturnos. Aí tossi, cuspi, no entrêcho de minhas rezas. Voz nem choro não se ouviu, nem outro rumor nenhum, feito fosse decreto de todas as pessoas mortas, e até os cachorros, cada morador. Mas pessoas mor que houvesse: por trás da poeira, para lá da fumaça verdolenga se vislumbravam os vultos, e as tristes caras deles, que branqueavam, tantas máscaras. Aos homens e mulheres, apartados tão estranhos, caladamente, seriam os que estavam jogando todo o tempo mais rodelas de bosta seca nas fogueiras — isso que deviam de ter por todo remédio. Nem davam fé de nossa vinda, de seus lugares não saíam, não saudavam. Do perigo mesmo que estava maldito na grande doença, eles sabiam ter quanta cláusula. Sofriam a esperança de não morrer. Soubesse eu onde era que estavam gemendo os enfermos. Onde os mortos? Os mortos ficavam sendo os maus, que condenavam. A reza reganhei, com um fervor. Aquela travessia durou só um instantezinho enorme. Mesmo que os cavalos nossos indo íam devagar, que é como se vai, quando todos rezando sozinhos em cima deles, devagar duma procissão. Não se perturbou palavra. E foi que dali acabamos de surgir — da arrepoeira e fumaça de estrume, e o corusco de labareda alguma, e a mormaceira. Deus que tornasse a tomar conta deles, do Sucruiú, daquele transformado povo.

Olhei o ilustre do céu. Dado dava de um estar soto-livre, conseguido se soltar das possibilidades horrorosas. Revi todos e Diadorim, que era uma cortesia de bondade. Não espiei para trás, não ver de enxergar o fim daquelas casas, no vaporoso pardo-azulado, no exalante. E o que rogava eram coisas de salvação urgente, tão grande: eu queria poder sair depressa dali, para terras que não sei, aonde não houvesse sufocação em incerteza, terras que não fossem aqueles campos tristonhos. Eu levava Diadorim... Mas, de começo, não vi, não fui sentindo que queria poder levar também Otacília, e aquela moça Nhorinhá, filha de Ana Duzuza, e mesmo a velha Ana Duzuza, e Zé Bebelo, Alaripe, os companheiros todos. Depois, todas as demais pessoas, de meu conhecimento, e as que mal tinha visto, além de que a agradecida formosura da boa moça Rosa'uarda, a mocinha Miosótis, meu mestre Lucas, dona Dindinha, o comerciante Assis Wababa, o Vupes — Vúsps... Todos, e meu padrinho Selorico Mendes. Todos, que em minha lembrança eu carecia de muitas horas para repassar. Igual, levava, ah, o povo do Sucruiú, e, agora, o do Pubo — os catrumanos escuros. E que para o outro lugar levava restantes os cavalos, os bois, os cachorros, os pássaros, os lugares: acabei que levasse até mesmo esses lugares de campos tão tristes, onde era que então se estava... Todos? Não. Só um era que eu não levava, não podia: e esse um era o Hermógenes!

Aí dele me lembrei, na hora: e esse Hermógenes eu odiasse! Só o denunciar dum rancor — mas como lei minha entranhada, costume quieto definitivo, dos cavos do continuado que tem na gente. Era feito um nôjo, por ser. Nem, no meu juízo, para essa aversão não carecia de compor explicação e causa, mas era assim, eu era assim. Que ódio é aquele que não carece de nenhuma razão? Do que acho, para responder ao senhor: a ofensa passada se perdoa; mas, como é que a gente pode remitir inimizade ou agravo que ainda é já por vir e nem se sabe? Isso eu pressentia. Juro de ser. Ah, eu.

Tivesse medo? O medo da confusão das coisas, no mover desses futuros, que tudo é desordem. E, enquanto houver no mundo um vivente medroso, um menino tremor, todos perigam — o contagioso. Mas ninguém tem a licença de fazer medo nos outros, ninguém tenha. O maior direito que é meu — o que quero e sobrequero —: é que ninguém tem o direito de fazer medo em mim!

São os momentos, se sei. Senti um cansaço. Adiantamos ligeiro, depois que passado o vau da mata-virgem, e tenteávamos pelo encontrável. O sol ia entrando, vi o céu nos roxos, nos vermelhos. Misturamos numa baixada, no capim cacheado. Umas lavourinhas. Daí, lá se estava, no retiro do Abrão, onde o campo larguêia. Era uma boa casa. Mas, de dentro, saíram, de repente, por suas portas, uns homens, que fugiam corridos, feito ratos se escapulindo do toucinho de um jacá.

Sendo que Zé Bebelo assim na dianteira sempre cavalhava, vente, superintendeu que não perseguíssemos aqueles tais, nem neles se atirasse por comprazimento. O que estavam era em mão de roubando, se soube; como que tinham até sacos, para carregar dentro as coisas. Num átimo, eu reluzi quem que eles podiam ser. Só acertei. Pois não foi que um deles, errando no abrir da fuga, demorou, e perdeu as facilidades; então, veio do nosso lado, embrafustado, quase debaixo dos cavalos. Era um pretinho.

Um rapazola retinto, mal aperfeiçoado; por dizer, um menino. Nú da cintura para os queixos. As calças, rotas em todas as partes, andavam cai'caindo; ele apertou perna em perna. Arfava chiado, como quem, por todo engano de pressa, tivesse chupado na boca um gole quente de café demais. Bezerro doente, de mal de ano, às vezes faz assim. Cuido que por não perder de todo as calças como vestimenta, ele se ajoelhou — chato no chão, mais deitado do que ajoelhado. — "A benção!" — pois disse. E a ideia dele rodou ligeira, pois, quando se notou, tinha tirado do bojo do saco o que estava lá: que era um pé de alpercata de homem, um candieirozinho pequeno, desses que vinham da Bahia, uma escumadeira de cozinha e um arranjado envernizado de couro preto, que nem boldrié — que tudo jogou fora, para uma banda, o longe que pôde. Seguinte o que, mostrou à gente o saco vazio, e com isto dizendo, arquejado:

— "Tirei não, nada não... Tenho nada... Tenho nada..."

Isso tudo se deu curto, que nem o mijar dum sapo; e dum modo tal inocente, de quem visse risse. E em coisa tão tola declarada assim a gente até crê razão, por ser tão afã de absurdo.

— "Donde é que vocês vieram, dond'é?" — Zé Bebelo indarguíu.

— "A gente quer voltar para casa... Semos, sim, é do Sucruiú, nhor sim..."

Arte que a aproveitar, ele tornou a atar melhor o resumo de embira, que cinturava aqueles molambos de calças. E se encolhia, temia; e se ria. Que nome era capaz de ter?

— "Guirigó... Minha graça é essa... Sou filho de Zé Câncio, seu criado, sim senhor..."

Tão magro, trestriste, tão descriado, aquele menino já devia de ter prática de todos os sofrimentos. Olhos dele eram externados, o preto no meio dum enorme branco de mandioca descascada. O couro escuro dele era que tremia, constante, e tremia pelo miúdo, como que receando em si o que não podia ser bom. E quando espiava para a gente, era de beiços, mostrando a língua à grossa, colada no assoalho da boca, mas como se fosse uma língua demasiada demais, que ali dentro não pudesse caber; em bezerro pesteado, às vezes, se vê assim. Menino muito especial. Jagunço distraído, vendo um desses, do jeito, à primeira, era capaz da bondade de desfechar nele um tiro certo, pensando que padecia agonia, e que carecesse dessa ajuda, por livração.

— "Guirigó, qu'é que vieram caçar aqui? Fala!"

— "O quê qu' a gente veio caçar, sim senhor? Eles vieram, eu também vim... Buscar de comer..."

— "Ih, que's, menino! Quem te vê comer essa tralha que você amoitou aí no saco..."

O pretinho espichado no chão sacudia a cabeça, que não que não, que parecia ter gosto de poder negar assim. — "Mas o de comer todo se acabou..." Havia de negar tudo, renegava: até que tivesse tido mãe, nascido dela, até que a doença brava estivesse matando o povo do Sucruiú, os parentes todos dele. A gente queria que aquele traste de menino sentisse em si, e se entristecesse, por tantas suas desditas chorasse uma lágrima, a làgrimazinha só, por um momento que fosse. Ah, ele fizesse logo isso, a gente ficava desconsolado e legítimo no triste, a gente ficava tranquilizados. Qual, o menino preto negava. O que ele afirmava, no descaramento firme de seu gesto, era que nem era ninguém, nem aceitava regra nenhuma devida do mundo, nem estava ali, defronte dos cascos dos cavalos da gente. Ah, queria salvar seu corpo, queria escape. Se abraçava com qualquer poeira. De mais, não queria saber. — Que podia, que fosse logo embora! — Zé Bebelo consentiu ordem. E ainda jogou um pedaço de rapadura, que ele aparou, fácil, como numa abocada. — "Pra tu adoçar essa tua tripinha preta!" — foi o que Zé Bebelo gritou. E aquele menino, sem fungar, sem olhar para trás, pulou em rumo, maneiro e leviano, se sumiu por onde carecia de ir. Não pensei que fosse tão pequeno, conforme mesmo era.

— "Coitadinho, os dentes dele estavam alumiando de brancos..." — Diadorim disse.

— "Hem? Hem?" — Zé Bebelo falou — "O que imponho é se educar e socorrer as infâncias deste sertão!"

Eu ia fazer o sinal da cruz, mas com a mão não cheguei a bulir, porque isso me pareceu falta de caridade, pensando no menino pretinho.

E, com o determinado costumeiro, de se espalhar os de vigia, por todas as quatro bandas, mais o movimento de procura dum pasto bem fechado e conveniente, tomamos conta de tudo e entramos naquela casa, para ver o visível e se fazer fogo de aprontar nosso jantar na fornalha de sua grande cozinha. Virgem! — digo ao senhor: o interior dela dava pena, nunca vi nada tão remexido e roubado. Total o que era de jeito de se carregar, o em arcas e em trouxas, e que no comum duma casa remediada se acha, faltava. Não se encontrou uma peça de roupa, uma lamparina de folha, uma folhinha na parede, um gancho de rede, uma raspadeira, um cabresto pendurado, uma esteira, uma vasilha, uma coisa alguma em que se pegar. Eram só as mesas, os catres, os bancos. Tinham limpado a carne daquele costelame. Por onde andaria o dono? Mas se ficou sabendo que o nome dele não era em verdade *Abrão*, mas Habão, que assim se chamava. Consoante o diploma de patente, que no chão, num canto, avistei, lavrado preenchido cerimonial, de que esse Habão era Capitão da Guarda-Nacional, em válidos títulos. Aquele retiro se chamava o Valado. Com pouco mais uns dias que se passassem, o pessoal do Sucruiú era capaz de desmanchar até o prédio da casa, por seus esteios e caibros. Para não falar que, de gado, galinhas e porcos, e cachorros e o mais, nem sinal se divulgava. Sobravam só os passarinhos, soltos, como de toda parte no igual, que piaram uns momentos, pelo acabar da tardinha, alegres assim no empobrecido.

Vai, dentro de lá, num quarto, muito recanto, sediava, no escuro que já fazia, um oratório em armariozinho, construído pregado na parede; que estava com suas poucas imagens e um toco para se acender, de vela-benta. Nisso não tinham desrespeitado de mexer. E nós, então, cada um depois dum, viemos ao quarto--do-oratório beijar a santa maior, que era no seu manto como uma boneca muito perfeita, que era a Minha Nossa Senhora Mãe-de-Todos. Se comeu, se dormiu.

Se acordou, bem o digo. Cada dia é um dia. E o tempo estava alisado. Triste é a vida do jagunço — dirá o senhor. Ah, fico me rindo. O senhor nem não diga nada. "Vida" é noção que a gente completa seguida assim, mas só por lei duma ideia falsa. Cada dia é um dia. Ora, mais, ordens já para antes do vir da aurora se cumprir, dali Zé Bebelo já tinha dado. E foi se saber: o Suzarte e o Tipote, e outros, com o João Vaqueiro, rastreavam redobrados, onde em redor, remedindo o mundo a olho e faro. Tudo eles achavam, tudo sabiam; em pouquinhas horas, tudo tradiziam. O chão, em lugares, guardava molde marcado dos cascos de muitíssimas reses, calcados para um rumo só — um caminho eito. Aqueles rastros tinham vigorado por cima da derradeira lama da derradeira chuva. E — de quantidade e de quanto tinha chovido — eles liam, no capim e nos regos de enxurradas, e na altura da cheia já rebaixada, a deixa, beiradas do ribeirão. Pelo comido pastado das reses, também, muito se reconhecia. Aos passos dos cavaleiros e cachorros. As pessoas da casa tinham viajado para a banda de oestes. Mas o gado, escolhendo por si e sem tocada, mas depois de solto por boa regra, pegara ida espaçada mais virante acima, aonde devia haver, para se lamber, salinas de barreiro. E bastantes outras coisas eles decifravam assim, vendo espiado o que de graça no geral não se vê. Capaz de divulgarem até os usos e costumes das criaturas ausentes, dizer ao senhor se aquele seô Habão era magro ou gordo, seria forrêta ou mão-aberta, canalha inteirado ou razoável homem-de-bem. Porque, dos centos milhares de assuntos certos que parecem mágica de rastreador, só com o Tipote e o Suzarte o senhor podia rechear livro. E ainda antes do meio-dia subir, desemalocaram duas gordas novilhas, carneadas fartas para a nossa refeição. Um bom entendedor, num bando, faz muita necessidade.

E aquele lugar, o Valado, eu aceitei — o senhor preste atenção! —; para ficar, uns meus tempos, ali, ainda me valia. Senti assim, meu destino. Dormindo com um pano molhado em cima dos olhos e com a nuca repousada numa folha de faca, de noite o destino da gente às vezes conversa, sussurra, explica, até pede para não se atrapalhar o devido, mas ajudar. Crendice? Mas coração não é meio destino? Permanecer, ao menos ali, eu quis. Mas Zé Bebelo duvidou de ficar. Zé Bebelo suscitado determinou, que a gente fosse mais para adiante. Ele concebia medo. Conheci. Estava.

Zé Bebelo pegou a principiar medo! Por que? Chega um dia, se tem. Medo dele era da bexiga, do risco de doença e morte: achando que o povo do Sucruiú podiam ter trazido o mau-ar, e que mesmo o Sucruiú ainda demeava vizinho justo demais. Tanto ri. Mas ri por de dentro, e procedi sério feito um pau do campo. Assim mesmo, em errei; disso não sabia. Mas o cabedal é um só, do misturado viver de todos, que mal varêia, e as coisas cumprem norma. Alguém estiver com medo, por exemplo, próximo, o medo dele quer logo passar para o senhor; mas, se o senhor firme aguentar de não temer, de jeito nenhum, a coragem sua redobra e tresdobra, que até espanta. Pois Zé Bebelo, que sempre se suprira certo de si, tendo tudo por seguro, agora bambeava. Eu comecei a tremeluzir em mim.

Pelo que umas cinco léguas andamos. De medo, meio, conforme decerto, aquele algum seô Habão também tinha se ido. Carecíamos? Merecer logo ao menos uma semana de quieto, é que era justo; pois nenhum não estava mais em sua saúde. Esses homens do Sucruiú, cercados da banda outra pelos catrumanos, ei que só podiam achar espaço por estes lados, eles sim. Nós, no nosso. Eu sei que um se mexer a esmo é sempre fácil; e que com o cansaço é que se tapa o desânimo. Mas, o que eu queria, real, era estar sarado de alguma demorada doença, comendo aos poucos o meu caldo com angú, e, em invernia de chuva fria esfriada, me esquentando perto do borralho de um fogão, e galo de manhã cantando em algum terreiro. Era para ir? Fôssemos. Disso deslavava. Descemos a Vereda do Ouriço-Cuim, que não tinha nome verdadeiro anterior, e assim chamamos, porque um bicho daqueles por lá cruzou. Chapadas de ladeira pouca. Depois, uma lomba, com o cerradão. E por fim viemos esbarrar em lugar de algum cômodo, mas feio, como feio não se vê. — Tudo é gerais... — eu pensei, por consolo. Um homem, que com a machadinha na mão e sua cabaça a tiracol tratava de desmelar cortiço num pau do mato, esse indicou tudo necessário e deu a menção de onde é que estávamos. Na Coruja, um retiro taperado.

E ali, redizendo o que foi meu primeiro pressentimento, eu ponho: que era por minha sina o lugar demarcado, começo de um grande penar em grandes pecados terríveis. Ali eu não devia nunca de me ter vindo; lá eu não devia de ter ficado. Foi o que assim de leve eu mesmo me disse, no avistar o redondo daquilo, e a velhice da casa. Que mesmo como coruja era — mas da orelhuda, mais mor, de tristes gargalhadas; porque a suindara é tão linda, nela tudo é cor que nem tem comparação nenhuma, por cima de riscas sedas de brancura. E aquele situado lugar não desmentia nenhuma tristeza. A vereda dele demorava uma aguinha chorada, demais. Até os buritís, mesmo, estavam presos. O que é que burití diz? É: — *Eu sei e não sei...* Que é que o boi diz: — *Me ensina o que eu sabia...* Bobice de todos. Só esta coisa o senhor guarde: meia-légua dali, um outro córgo-vereda, parado, sua água sem-cor por sobre de barro preto. Essas veredas eram duas, uma perto da outra; e logo depois, alargadas, formavam um tristonho brejão, tão fechado de môitas de plantas, tão apodrecido que em escuro: marimbús que não davam salvação. Elas tinham um nome conjunto — que eram as Veredas-Mortas. O senhor guarde bem. No meio do cerrado, ah, no meio do cerrado, para a gente dividir de lá ir, por uma ou por outra, se via uma encruzilhada. Agouro? Eu creio no temor de certos pontos. Tem, onde o senhor encosta a palma-da-mão em terra, e sua mão treme pra trás ou é a terra que treme se abaixando. A gente joga um punhado dela nas costas — e ela esquenta: aquele chão gostaria de comer o senhor; e ele cheira a outroras... Uma encruzilhada, e pois! — o senhor vá guardando... Aí mire e veja: as *Veredas Mortas*... Ali eu tive limite certo.

Os ruins dias, o castigo do tempo todo ficado, em que falhamos na Coruja, conto malmente. A qualquer narração dessas depõe em falso, porque o extenso de todo sofrido se escapole da memória. E o senhor não esteve lá. O senhor não escutou, em cada anoitecer, a lugúgem do canto da mãe-da-lua. O senhor não pode estabelecer em sua ideia a minha tristeza quinhoã. Até os pássaros, consoante os lugares, vão sendo muito diferentes. Ou são os tempos, travessia da gente?

Daí, despropositou o frio, vezmente. E quase que todos os companheiros já estavam adoecidos.

Refiro ao senhor que, da bexiga-brava, não. Mas de outras enfermidades. Febres. Em algum trecho, por falta de sinal, a gente devia de ter arranchado no sezonático. Agora, a maior parte dos companheiros tremiam em prazos, com a intermitente. Remédio que valesse, de todo faltava. Aquilo afracava, no diário; os homens perdiam a natureza. E um andaço de defluxo, que também me baqueou. Pior não estive; mas eu, de mim, sei. Todos, de em antes, me davam por normal, conforme eu era, e agora, instantaneamente, de dia em dia eu ia ficando demudado. Com uma raiva, espalhada em tudo, frouxa nervosia. — "É do fígado..." — me diziam. Dormia pouco, com esforços. Nessas horas da noite, em que eu restava acordado, minha cabeça estava cheia de ideias. Eu pensava, como pensava, como o quem-quem remexe no esterco das vacas. Tudo o que me vinha, era só entreter um planejado. Feito num traslo copiado de sonho, eu preparava os distritos daquilo, que, no começo achei que era fantasia; mas que, com o seguido dos dias, se encorpava, e ia tomando conta do meu juízo: aquele projeto queria ser e ação! E, o que era, eu ainda não digo, mais retardo de relatar. Coisa cravada. Nela eu pensava, ansiado ou em brando, como a água das beiras do rio finge que volta para trás, como a baba do boi cai em tantos sete fios.

Ah, mas aquilo, por terrível que fosse, eu tinha de levantar, mas tinha! Em tal já sabia do modo completo, o que eu tinha de proceder, sistema que tinha aprendido, as astúcias muito sérias. Como é? Aos poucos, pouquinhos, perguntando em conversa a uns, escutando de outros, me lembrando de estórias antigo contadas. A maneira que quase sem saber o que eu estava fazendo e querendo. De em desde muito tempo. Custoso pior não sendo, no arrevesso. Só o que demandava era uma fúria de quente frieza, dura nos dentes, um rompante de grande coragem. Ao que era por tanto negrume e carregume, a mais medonha responsabilidade possível — ato que só raro mas raro um homem acha o querer para executar, nesses sertões todos.

Vai, um dia, eu quis. Antes, o que eu vinha era adiando aquilo, adiando. Quis, assim, meio às tantas, mesmo desfazendo de esclarecer no exato meus passos e motivos. Ao que, na moleza, eu tateava. Digo! comecei. Tinha preceito. O que seja — primeiro, não se coma, não se beba, e é; se bebe cachaça... Um gole que era fogo solto na goela e nos internos. Não quebrava o jejum do demo. No que eu confiei que estava pronto para ir avante: no que eram obras de chão e escuridão. Engano meu. A aguardar, até à hora, eu carecia de não deixar que nem um fiozinho de ideia comum em mim esvoaçasse. Deixei. Aí foi um instante: Diadorim estava perto de mim, vivo como pessoa, com aquela forte meiguice que ele denotava. Diadorim conversou, aceitei a companhia dele. Logo larguei meu começo de mão, relaxei aqueles propósitos. Cacei comida. Comi tanto, zampei, e meu corpo agradecia. Diadorim, com as pestanas compridas, os moços olhos. Desde aí, naquelas outras coisas não queria pensar, e ri, pauteei, dormi. A vida era muito normal, mesma, e certa bem que estava.

Tanto o engano. Os três dias passados, eu reproduzi tudo com uma qualidade de remorsos, aquelas decisões. Sonhei coisas muito duras. O porque era pior, agora, que eu tomei sombra vergonhosa, por ter começado e não ter tido firmeza para levar a acabado. E a herança de minhas queixas antigas. Conforme eu pensava: tanta coisa já passada; e, que é que eu era? Um raso jagunço atirador, cachorrando por este sertão. O mais que eu podia ter sido capaz de pelejar certo, de ser e de fazer; e no real eu não conseguia. Só a continuação de airagem, trastêjo, trançar o vazio. Mas, por que? — eu pensava. Ah, então, sempre achei: por causa de minha costumação, e por causa dos outros. Os outros, os companheiros, que viviam à tôa, desestribados; e viviam perto da gente demais, desgovernavam toda-a-hora a atenção, a certeza de se ser, a segurança destemida, e o alto destino possível da gente. De que é que adiantava, se não, estatuto de jagunço? Ah, era. Por isso, eu tinha grande desprezo de mim, e tinha cisma de todo o mundo. Apartado. De Zé Bebelo, mais do que de todos.

Zé Bebelo doente não estava. Doença, com ele? Sendo o que a um assim não podia permitido; só se perdesse de todo o siso. A não ser por essa malacafa. Ei, pois, ele estava caipora. Logo vi. Daí tinha conta a nossa reles perdição, aquele atrasamento geral. Zé Bebelo para mim, tinha gastado as vantagens. Zé Bebelo murchava muda na cor, não existia mais em viço para desatinos, nada que falava era mais de se reproduzir, aqueles exagêros bonitos e tamanhos rasgos. Só dizendo que tínhamos de esperar mesmo ali, até que os adoecidos sarassem. Assim em impossibilidades. Tudo o que acontecia, era a má-sorte. Não digo por um Zé Vital, que tornava a dar ataque, dos de entortar boca escumante e se esbracejar e espernear com madeira de braços-e-pernas que de quem eram. Mas uma jararaca picou o Gregoriano: era aquela, a rastejo no capim e nas folhas caídas, nem chegava a quatro palmos — e com poder de acabar — e o Gregoriano morreu, em pobres horas. E mais conto o que com um Felisberto se dava. Assaz em aparências de saúde, mas tendo sido baleado na cabeça, fazia já alguns anos; uma bala de garrucha — a bala de cobre, se dizia — que estava encravada na vida de seus encaixes e carnes, em ponto onde ferramenta de doutor nenhum não alcançava de escrafunchar. Aí, com o intervalo dos meses, e de repente, sem razão entendível nenhuma, a cara desse Felisberto se esverdeava, até os dentes, de azinhavres, ficava mal. Ao que os olhos inchavam, tudo fuscado em verde, uma mancha só, o muito grande. O nariz entupia, inchado. Ele tossia. E horror de se ver, o metal do esverdêio. Daí, feito flôr de joaninha-silva em muito sol, do meio-dia para a tarde, virava era azul. Aquilo era para poder sarar? Quando que? A tosse dum garrote entisicado. Dizia naquelas horas que estava sem visiva, nada não enxergava. A maior felicidade era ele não saber quem tinha acertado nele aquela bala, não carecer de imaginar onde era que tal pessoa estava, nem de ódio constante de repensar nela.

    Mas que em desregra a gente se comportava, então, de parar ali envelhecendo os dias, na Coruja, como fosse menos-e-mais para aproveitar a carne fresca e de-sol que na campeação se conseguia, as boiadas daqueles sertões. Sempre Zé Bebelo não desistia de palavrear, a raleza de projetos, como faz de conta. A mó de moinho, que, nela não caindo o que moer, mói assim mesmo, si mesma, mói, mói. As doenças se curassem? Minhas dúvidas. Aí, quem não pegara a maleita padecia por outros modos — mal-de-inchar, carregação-do-peito, meias-dôres; teve até agravado de estupor. Adiantemente, me desvali. O que me coçava, que nem se eu tivesse provado lombo de capivara no cío. A ser, o fígado, que me doía; mas não me certifiquei: apalpar lugar de meu corpo, por doença, me dava um desalento pior. Raymundo Lé cozinhou para mim um chá de urumbeba.

    Era um recurso para aliviar meu achaque, e era dado com bondade. Isso mesmo foi o que eu disse a Raymundo Lé, agradecido: — "É um recurso para aliviar meu achaque, e estou vendo que é dado com bondade..." Alaripe pegou a gabar a virtude mezinheira das mais raízes e folhas. — "Até estas aqui, duvidar, devem de poder servir, em doses, de remédio para algum carecer, só que não se sabe..." — ele disse, por uma môita rosmunda de frei-jorge, esfiada em tantos espêtos, e a povoã por perto crescida. Ali, naquela hora, eu conferi como era usual a gente estimar os companheiros, em ajuntado. Diadorim — que graças-a-Deus estava de todo são — com os cuidados todos depunha assisado por mim. E o Sidurino disse: — "A gente carecia agora era de um vero tiroteio, para exercício de não se minguar... A alguma vila sertaneja dessas, e se pandegar, depois, vadiando..." Ao assaz confirmamos, todos estávamos de acordo com o sistema. Aprovei, também. Mas, mal acabei de pronunciar, eu despertei em mim um estar de susto, entendi uma dúvida, de arpêjo: e o que me picou foi uma cobra bibra. Aqueles, ali, eram com efeito os amigos bondosos, se ajudando uns aos outros com sinceridade nos obséquios e arriscadas garantias, mesmo não refugando a sacrifícios para socorros. Mas, no fato, por alguma ordem política, de se dar fogo contra o desamparo de um arraial, de outra gente, gente como nós, com madrinhas e mães — eles achavam questão natural, que podiam ir salientemente cumprir, por obediência saudável e regra de se espreguiçar bem. O horror que me deu — o senhor me entende? Eu tinha medo de homem humano.

A verdade dessa menção, num instante eu achei e completei: e quantas outras doideiras assim haviam de estar regendo o costume da vida da gente, e eu não era capaz de acertar com elas todas, de uma vez! Aí, para mim — que não tenho rebuço em declarar isto ao senhor — parecia que era só eu quem tinha responsabilidade séria neste mundo; confiança eu mais não depositava, em ninguém. Ah, o que eu agradecia a Deus era ter me emprestado essas vantagens, de ser atirador, por isso me respeitavam. Mas eu ficava imaginando: se fosse eu tivesse tido sina outra, sendo só um coitado morador, em povoado qualquer, sujeito à instância dessa jagunçada? A ver, então, aqueles que agorinha eram meus companheiros, podiam chegar lá, façanhosos, avançar em mim, cometer ruindades. Então? Mas, se isso sendo assim possível, como era pois que agora eles podiam estar meus amigos?! O senhor releve o tanto dizer, mas assim foi que eu pensei, e pensei ligeiro. Ah, eu só queria era ter nascido em cidades, feito o senhor, para poder ser instruído e inteligente! E tudo conto, como está dito. Não gosto de me esquecer de coisa nenhuma. Esquecer, para mim, é quase igual a perder dinheiro.

Ateado no que pensei, eu sem querer disse alto: — "...Só o demo..." E: — "Uém?..." — um deles, espantado, me indagou. Aí, teimei e inteirei: — "Só o Que--Não-Fala, o Que-Não-Ri, o Muito-Sério — o cão extremo!" Eles acharam divertido. Algum fez o pelo-sinal. Eu também. Mas Diadorim, que quando ferrava não largava, falou: — "O inimigo é o Hermógenes."

Disse, me olhou. Seja, fosse, para agradar o meu espírito. Arte de docemente, o que eu não pensei, o que eu reproduzi, firme:

— "Que sim, certo! O inimigo é o Hermógenes..."

Vigiei Diadorim; ele levantou a cara. Vi como é que olhos podem. Diadorim tinha uma luz. Reponho: em tanto já estava noitinha, escurecendo; aquela escuridão queria mandar os outros embora. O que Diadorim reslumbrava, me lembro de hei-de me lembrar, enquanto Deus dura. Mas, entre nós dois, sem ninguém saber, nem nós mesmos no exato, o que a gente acabava de fazer, entestando nos fundos, definitivamente por morte, era o julgamento do Hermógenes.

Hermógenes Saranhó Rodrigue Felipes — como ele se chamava; hoje, neste sertão, todo o mundo sabe, até em escritos no jornal já saíu o nome dele. Mas quem me instruiu disso, na ocasião, foi o Lacrau, aquele que à custa de riscos conseguira nos Tucanos se baldear para o meio de nós, consoante relatei. A ele dei de perguntar, ao mau respeito, muitas coisas. Assaz de contente, ele me respondia. Se era verdade, o que se contava? Pois era — o Lacrau me confirmou — o Hermógenes era positivo pactário. Desde todo o tempo, se tinha sabido daquilo. A terra dele, não se tinha noção qual era; mas redito que possuía gados e fazendas, para lá do Alto Carinhanha, e no Rio do Borá, e no Rio das Fêmeas, nos gerais da Bahia. E, veja, por que sinais se conhecia em favor dele a arte do Coisa-Má, com tamanha proteção? Ah, pois porque ele não sofria nem se cansava, nunca perdia nem adoecia; e, o que queria, arrumava, tudo; sendo que, no fim de qualquer aperto, sempre sobrevinha para corrigimento alguma revirada, no instinto derradeiro. E como era a razão desse segredo? — "Ah, que essas coisas são por um prazo... Assinou a alma em pagamento. Ora, o que é que vale? Que é que a gente faz com alma?..." O Lacrau se ria, só por acento. Ele me dizia que a natureza do Hermógenes demudava, não favorecendo que ele tivesse pena de ninguém, nem respeitasse honestidade neste mundo. — "Pra matar, ele foi sempre muito pontual... Se diz. O que é porque o Cujo rebatizou a cabeça dele com sangue certo: que foi o de um homem são e justo, sangrado sem razão..." Mas a valência que ele achava era despropositada de enorme, medonha mais forte que a de reza-brava, muito mais própria do que a de fechamento-de-corpo. Pactário ele era, se avezando por cima de todos. — "Você, que não cede nenhum valor à alma, você, Lacrau, era capaz de fechar desse pacto?" — eu indaguei. — "Ah, não, mano, quero lá não navegar por detrás das coisas... Coragem minha é para se remedir contra homem levado feito eu, não é para marcar a meia-noite nessas encruzilhadas, enfrentar a Figura..." Calado, considerei comigo. Esse Lacrau tirava a sensatez da insensatez. Outras informações ele disse. O senhor não é como eu? Sem crer, cri.

Às parlendas, bobéia. O medo, que todos acabavam tendo do Hermógenes, era que gerava essas estórias, o quanto famanava. O fato fazia fato. Mas, no existir dessa gente do sertão então não houvesse, por bem dizer, um homem mais homem? Os outros, o resto, essas criaturas. Só o Hermógenes, arrenegado, senhoraço, destemido. Rúim, mas inteirado, legítimo, para toda certeza, a maldade pura. Ele, de tudo tinha sido capaz, até de acabar com Joca Ramiro, em tantas alturas. Assim eu discerni, sorrateiro, muito estudantemente. Nem birra nem agarre eu não estava acautelando. Em tudo reconhecí: que o Hermógenes era grande destacado daquele porte, igual ao pico do serro do Itambé, quando se vê quando se vem da banda da Mãe-dos-Homens — surgido alto nas nuvens nos horizontes. Até amigo meu pudesse mesmo ser; um homem, que havia. Mas Diadorim era quem estava certo: o acontecimento que se carecia era de terminar com um. Diadorim, o Reinaldo, me lembrei dele como menino, com a roupinha nova e o chapéu novo de couro, guiando meu ânimo para se aventurar a travessia do Rio do Chico, na canoa afundadeira. Esse menino, e eu, é que éramos destinados para dar cabo do Filho do Demo, do Pactário! O que era o direito, que se tinha. O que eu pensei, deu de ser assim.

Mas em tanto, com as mudanças e peripécias, no afinco de tudo lhe referir, ditas conforme digo — não toco no nome de Otacília? Nela eu queria pensar, na ocasião; mas mal que, cada vez, achava mais custoso. A ser que se nublando a sustância da recordação, a esquecida formosura. Assim a nossa conversação de amor, lá na Santa Catarina, não consistisse mais do que em uma história alheia, escutada de outra pessoa contar. Sei que eu queria uma saudade. Para isso rezei, a todas as minhas Nossas Senhoras Sertanejas. Mas rebotei de lado aquelas orações, na água fina e no ar dos ventos. Elas, era feito eu lavrasse falso, não me davam nenhuma cortesia. Só um vexame, de minha extração e da minha pessoa: a certeza de que o pai dela nunca havia de conceder o casamento, nem tolerar meu remarcado de jagunço, entalado na perdição, sem honradez costumeira. As quantias por paga! O senhor entende, o que conto assim é resumo; pois, no estado do viver, as coisas vão enqueridas com muita astúcia: um dia é todo para a esperança, o seguinte para a desconsolação. Mas eu achei, aí, a possibilidade capaz, a razão. A razão maior, era uma. O senhor não quer, o senhor não está querendo saber?

Aquilo, que eu ainda não tinha sido capaz de executar. Aquilo, para satisfazer honra de minha opinião, somente que fosse. — "Ah, qualquer dia destes, qualquer hora..." — era como eu me aprazava. O dum dia, duma noite. Duma meia-noite. Só para confirmar constância da minha decisão, pois digo, acertar aquela fraqueza. Ao que, alguma espécie aquilo continha? Na verdade real do Arrenegado, a célebre aparição, eu não cria. Nem. E, agora, com isto, que falei, já está ciente o senhor? Aquilo, o resto... Aquilo — era eu ir à meia-noite, na encruzilhada, esperar o Maligno — fechar o trato, fazer o pacto!

Vejo que o senhor não riu, mesmo em tendo vontade. Também tive. Ah, hoje, ah — tomara eu ter! Rir, antes da hora, engasga. E eu me enviava pelo sério. Uma precisão eu encarecia: aí, de sopesar minhas seguidas forças, como quem pula a largura dum barranco, como quem saca sua faca para relumiar.

E veio mesmo outra manhã, sem assunto, eu decidi comigo: — É hoje... Mas dessa vez eu ainda remudei. Sem motivo para sim, sem motivo para não. Delonguei, deveras. Não é que, não foi de medo. Nem eu cria que, no passo daquilo, pudesse se dar alguma visão. O que eu tinha, por mim — só a invenção de coragem. Alguma coisice por principiar. O que algum tivesse feito, por que era que eu não ia poder? E o mais — é peta! — nonada. Do Tristonho vir negociar nas trevas de encruzilhadas, na morte das horas, soforma dalgum bicho de pelo escuro, por entre chorinhos e estados austeros, e daí erguido sujeito diante de homem, e se representando, canhim, beiçudo, manquinho, por cima dos pés de bode, balançando chapéu vermelho emplumado, medonho como exigia documento com sangue vivo assinado, e como se despedia, depois, no estrondo e forte enxofre. Eu não acreditava, mesmo quando estremecia. T'arreneguei.

Com isso, o tempo mais parava. Também, fazia mais de mês que a gente estava naquela tapera de retiro, cujo a Coruja era que era o nome, por um desses impossíveis de Zé Bebelo. Ao que mais foi que aconteceu ali? Bem, passa um bando de papagaios, o senhor pensa que eles levaram de sua pessoa alguma diversão. Mas os papagaios estão voando já longe, e o rumor deles, conforme o vento, faz que nem estivessem retornando. Diadorim, esse, nunca teve instante desiludido. Sempre eu gostava muito dele. Só que não falasse; por aquele tempo eu quase não abria boca para conversação.

E se deu que chegaram lá dois homens, quando não se esperava, um deles se vendo que sendo patrão, e o outro algum vaqueiro de seu serviço. Aí logo se soube: era o dono daqueles lugares, do retiro do Valado, principalmente; e ele, conforme já disse, seô Habão se chamava. Ali, quando dei fé, ele já tinha se apeado; estava curvado para o chão, mas seguro com a mão esquerda na rédea de seu cavalo. Era um homem de boa idade, vestido com brim azul encorpado escuro, e calçando pretas botas joelhudas. Quando levantou o olhar, outra vez, notei que tinha boa catadura. Mas o cavalo — esse me entusiasmou: era um animal gateado, grande, com imponência e todo brio, de rabejo vasto; e mais tarde o senhor verá o que ele era; cavalo de cara alta, de beiço mole, cavalo que debruça bem e que em poço bebia remolhando a testa. Ele sabia olhar redor-mirado a gente, com simpatias ou com desprezos, e respirava para dentro dos peitos a maior quantidade de ar que desejava, por quantas ventas tão largas ele tinha. Bem, dele depois lhe conto.

Seô Habão estava conversando com Zé Bebelo. Admirei a noção dele: que era uma calma muito sensata e firmada, junto com um miúdo comportamento. E vigiava os traços simples do arredor, não perdendo azo de reparar em todas as coisas, como era que estavam em que pé. Olhares de dono — o senhor sabe. E assim foi que ele declarou a Zé Bebelo que, na ocasião, estava desprevenido, não transportava consigo o dinheiro razoável. Mas que, se a gente desse a ele o gosto de seguirmos até à verdadeira sua fazenda-grande que possuía, na vertente do Resplandor, dali a umas vinte léguas de lonjura, ele havia de fornecer ademais um auxílio, em espórtulas. E ele falou aquilo com tantas sinceras medidas — a gente se capacitando do profundo que o dinheiro para ele devia de ter valor. Por aí, vi que ele era adiantado e sagaz. Porque: ema, no chapadão, é a primeira que ouve e se sacode e corre — e mesmo em quando tenha razão.

Mas, com seus modos guerreiros, Zé Bebelo abriu um gesto, à fidalgamente, nem deixando o outro estipular:

— "Ah, isso não, patrício meu amigo, he, mas absolutamente! A gente não é gente da desordem... E favor, de sobra, nós já devemos ao senhor — pela pousada em suas terras e pelas cabeças de gado de sua posse, que temos carneado, por precisão de sustento..."

O homem depressa pronunciou que tinha prazer naquilo, que sua boiada toda estava às ordens; mas, como por uma regra, perguntou assim mesmo quantas cabeças, mais ou menos, a gente já tinha consumido. Assim ele dava balanço, inquiria, e espiava gerente para tudo, como se até do céu, e do vento suão, homem carecesse de cuidar comercial. Eu pensei: enquanto aquele homem vivesse, a gente sabia que o mundo não se acabava. E ele era sertanejo? Sobre minha surpresa, que era. Serras que se vão saindo, para destapar outras serras. Tem de todas as coisas. Vivendo, se aprende; mas o que se aprende, mais, é só a fazer outras maiores perguntas.

Fiquei notando. Em como Zé Bebelo aos poucos mais proseava, com ensejos de ir mostrando a valia declarada que tinha, de jagunço chefe famoso; e daí, sutil, se reconhecia da parte dele um certo desejo de agradar ao outro. Por causa que o outro era diferido, composto em outra séria qualidade de preocupações. E seô Habão, que escutava com respeito, devagarzinho pegava a fazer perguntas, com a ideia na lavoura, nos trabalhos perdidos daquele ano, por desando das chuvas temporãs e do sol grave, e das doenças sucedidas. O que me dava a qual inquietação, que era de ver: conheci que fazendeiro-mór é sujeito da terra definitivo, mas que jagunço não passa de ser homem muito provisório.

E Zé Bebelo mesmo se cansava de falar demonstrado. Porque seô Habão, mansoso e manso, sem glória nenhuma, era um toco de pau, que não se destorce, fincado sempre para o seu arrumo. Ele só entendia de assuntos triviais, mas cuidava deles com uma força vagarosa, verdadeira, de boi-de-côice. E, no mais, nem ouvia, apesar de toda a cortesia de respeito, quando se falava em Joca Ramiro, no Hermógenes e no Ricardão, em tiroteios com os praças e na grande tomada, por quinhentos cavaleiros, da formosa cidade de São Francisco — que é a que o Rio olha com melhor amor. Daí, assim ia sendo que, mesmo sem sentir, o próprio Zé Bebelo se via principiando a ter de falar com ele em todas as pestes de gado, e nas boas leiras de vazante, no feijão-da-seca e nos arrozais cacheando, em que os passarinhos de Deus viram em a má praga. Com efeito, nos intervalos daquela dividida conversa, não sei o que Zé Bebelo sentia nem achava. Eu, digo — me disse: que um homem assim, seô Habão, era para se querer longe da gente; ou, pois, então, que logo se exigisse e deportasse. Do contrário, não tinha sincero jeito possível: porque ele era de raça tão persistente, no diverso da nossa, que somente a estância dele, em frente, já media, conferia e reprovava.

Mas, sei lá, só por um doente desejo de necessidade de ver bem se aquilo era, o certo foi que não sosseguei até poder me presenciar com ele, perto a perto, e inventar conversação. E nem custoso não me foi, porque ele passou ali com a gente muitas horas, quase que o dia todo. Dei um jeito, fazendo como se menos quisesse, e vim em fala. Seô Habão me olhou com tanta norma desusada, que eu senti minhas falsidades. E esqueci as palavras primeiras, que tinha aprontado para declarar.

— "Seô Capitão Habão..." — eu disse; e num relance eu conheci que estava também tendo de falar o p'r' agradar.

Assim, o que dissertei foi que eu sabia do título de capitão que ele usufruía, por ter relido o diploma, na casa do Valado, que de roubos a furtos a gente do

Sucruiú tinha devastado. E contei a ele que a referida patente eu tinha por cautela apanhado do chão e guardado dentro do oratório, por detrás das imagens dos santos.

Ele nem deu ar de interesse no fato, não me agradeceu por isso; perguntou nada. Disse:

— "A bexiga do Sucruiú já terminou. Estou ciente dos que morreram: foram só dezoito pessoas..."

E o que indagou foi se eu soubesse se tinham feito muitos estragos nos canaviais. — "...O que eles deixaram em pé, e que lobo ou mão-pelada não roeram, sempre há-de dar uns carros, se move moagem..." Agora ele conservava os olhos sem olhar, num vagar vago, circunspecto, pensava aqueles capítulos. Disse que ia botar os do Sucruiú para o corte da cana e fazeção de rapadura. Ao que a rapadura havia de ser para vender para eles do Sucruiú, mesmo, que depois pagavam com trabalhos redobrados. De ouvir ele acrescentar assim, com a mesma voz, sem calor nenhum, deu em mim, de repente, foram umas nervosias. Ao que, aqueles do Sucruiú, fossem juntas-de-bois em canga, criaturas de toda proteção apartadas. Mas eu não tinha raiva desse seô Habão, juro ao senhor, que ele não era antipático. Eu tinha era um começo de certo desgosto, que seria meditável. — "Para o ano, se Deus quiser, boto grandes roças no Valado e aqui... O feijão, milho, muito arroz..." Ele repisava, que o que se podia estender em lavoura, lá, era um desadoro. E espiou para mim, com aqueles olhos baçosos — aí eu entendi a gana dele: que nós, Zé Bebelo, eu, Diadorim, e todos os companheiros, que a gente pudesse dar os braços, para capinar e roçar, e colher, feito jornaleiros dele. Até enjoei. Os jagunços destemidos, arriscando a vida, que nós éramos; e aquele seô Habão olhava feito o jacaré no juncal: cobiçava a gente para escravos! Nem sei se ele sabia que queria. Acho que a ideia dele não arrumava o assunto assim à certa. Mas a natureza dele queria, precisava de todos como escravos. Ainda confesso declarado ao senhor: eu não tivesse raiva daquele seô Habão. Porque ele era um homem que estava de mim em tão grandes distâncias. A raiva não se tem duma jiboia, porque jiboia constraga mas não tem veneno. E ele cumpria sua sina, de reduzir tudo a conteúdo. Pudesse, economizava até com o sol, com a chuva. Estava picando fumo no covo da mão, garanto ao senhor que não esperdiçava nem o átomo dumas felpas. A alegria dele era uma recontada repetição, um condescendido: vinte, trinta carros de milho, ah, os mil alqueires de arroz... Zé Bebelo, que esses projetos ouvisse, ligeiro logo era capaz de ficar cheio de influência: exclamar que assim era assim mesmo, para se transformar aquele sertão inteiro do interior, com benfeitorias, para um bom Governo, para esse ô-Brasil! Em peta, que, um seô Habão, esse não se entusiasmava. Era só os carros-de-bois carreando a cana. E ele dava ordens. Ordem que dava, havia de ser costumeira e surda, muito diferente da de jagunço. Cada pessoa, cada bicho, cada coisa obedecia. Nós íamos virando enxadeiros. Nós? Nunca! Mas, então, eu antes queria ver chegar duma vez os do Hermógenes, em galopadas e gritos, berrando rifles em todo fogo, e ái para se ouvir, e sangue para quem ver pudesse. Aí era que iam saber o que sebaceiro é! E, por um despique, foi que acertei meu correão com as armas; e pronunciei:

— "Duvidar, seô Habão, o senhor conhece meu pai, fazendeiro Senhor Coronel Selorico Mendes, do São Gregório?!"

Pensei que ele nem fosse acreditar. Mas, juro ao senhor: ele me olhou com muitos outros olhos. Aquele olhar eu aguentei, facilitado. Seô Habão sacudia em sim a cabeçona, surpreendido mas circunstante. — "Dou notícia... Dou notícia...." — ele quase que se lastimou. Nem sei se ele sabia que meu Padrinho Selorico Mendes fosse, como era, muito mais fornecido de renome e avultado em posses, conforme até por estes sertões do gerais se contava. Regozijei, devagar; mas não regozijei completo. Do que destapei: que um desses, com a estirpe daquele seô Habão, tirassem dele, tomassem, de repente, tudo aquilo de que era dono — e ele havia de choramingar, que nem criancinha sem mãe, e tatear, toda a vida, feito cèguinho catando no chão o cajado, feito quem esquenta mãos por cima dum fogo fumacento. A misericórdia, também, eu quase tive. Natureza da gente não cabe em nenhuma certeza. De ver o homem, em pé, diante de mim, recrescer e tornar a minguar — isto tudo no meu juízo — nem sei de que estimas me esquecia e de que outras me lembrava. E, com pouco, no rebaixar do sol, ele tornou a amontar no seu cavalo gateado, belo, e se foi, de rompida, no rumo tôrto do Valado.

Sobre assim, aí corria no meio dos nossos um conchavo de animação, fato que ao senhor retardei: devido que mesmo um contador habilidoso não ajeita de relatar as peripécias todas de uma vez. Pois foi que o vaqueiro tal, que acompanhava o seô Habão, em conversa distraída com algum ou com outro, por acasos mencionou que um bando de uns dez homens, jagunços também, pelo dito e visto, andavam parapassando, como que à espera de destino, em entre o Fazendão Felício — que é na beira da estrada-mór para esse poente todo — e o Porto velho da Remeira, no rio Paracatú — aonde, menos dia, mais dia, todo o mundo acaba vindo chegando. Depressa então falaram o assunto ciente para Zé Bebelo, que reconheceu, pela descrição: — "Chagas de Cristo! É eles, ei, eguei... Só pode que pode ser é mesmo o João Goanhá, com uns outros..." E instantâneo expediu, para lá, dois próprios, que tocassem ligeiro como sem senões e voltassem trazendo os comparsas amigos. Isso com a certa alegria se ouviu, porque eram novidades acontecendo.

Afora eu. Achado eu estava. A resolução final, que tomei em consciência. O aquilo. Ah, que — agora eu ia! Um tinha de estar por mim: o Pai do Mal, o Tendeiro, o Manfarro. Quem que não existe, o Solto-Eu, o Ele... Agora, por que? Tem alguma ocasião diversa das outras? Declaro ao senhor: hora chegada. Eu ia. Porque eu estava sabendo — se não é que fosse naquela noite, nunca mais eu ia receber coragem de decisão. Senti esse intimado. E tanto mesmo nas ideias pequenas que já me aborrecendo, e por causa de tantos fatos que estavam para suceder, dia contra dia. Eu pensava na vinda de João Goanhá, e que a gente carecia de sair de novamente por ali, por terras e guerras. Pensei naquele seô Habão, que nem num transtorno? Mais não sei. E essas coisas desconvinham em mim, em espécie de necessidade. A não me apartar à tôa dali — das Veredas-Mortas!

Sombra de sombra, foi entardecendo; fuscava. Ao que eu estivesse destemido, soberbo? Da mão peluda, eu firme estava. Fazia muito tempo que eu não descabia de tão em arrojo. Dou: que nunca, feito naquela hora, e em aquele dia. Somente com a alegria é que a gente realiza bem — mesmo até as tristes ações. Retrocedi de todos. De Zé Bebelo, demais: que ele havia de desconfiar, dizer o que era desordens que cabeça de homem não cogita. De Diadorim refugi. Ah, deixa a aguinha das grotas gruguejar sozinha. E, no singular de meu coração, dou dito: o que eu gostava tanto de Diadorim, tinha um escrúpulo — queria que ele permanecesse longe de toda confusão e perigos. Há-de, essa lembrança branda, de minha ação, minha Nossa Senhora ainda marque em meu favor. Deus me tenha!

Adjaz o campo, então eu subi de lá, noitinha — hora em que capivara acorda, sai de seu escondido e vem pastar. Deus é muito contrariado. Deus deixou que eu fosse, em pé, por meu querer, como fui.

Eu caminhei para as Veredas-Mortas. Varei a quissassa; depois, tinha um lance de capoeira. Um caminho cavado. Depois, era o cerrado mato; fui surgindo. Ali esvoaçavam as estopas eram uns caborés. E eu ia estudando tudo. Lugar meu tinha de ser a concruz dos caminhos. A noite viesse rodeando. Aí, friazinha. E escolher onde ficar. O que tinha de ser melhor debaixo dum pau-cardoso — que na campina é verde e preto fortemente, e de ramos muito voantes, conforme o senhor sabe, como nenhuma outra árvore nomeada. Ainda melhor era a capa-rosa — porque no chão bem debaixo dela é que o Careca dansa, e por isso ali fica um círculo de terra limpa, em que não cresce nem um fio de capim; e que por isso de capa-rosa-do-judeu nome toma. Não havia. A encruzilhada era pobre de qualidades dessas. Cheguei lá, a escuridão deu. Talentos de lua escondida. Medo? Bananeira treme de todo lado. Mas eu tirei de dentro de meu tremor as espantosas palavras. Eu fosse um homem novo em folha. Eu não queria escutar meus dentes. Desengasguei outras perguntas. Minha opinião não era de ferro? Eu podia cortar um cipó e me enforcar pelo pescoço, pendurado morrendo daqueles galhos: quem-é-que quem que me impedia?! Eu não ia temer. O que eu estava tendo era o medo que ele estava tendo de mim! Quem é que era o Demo, o Sempre-Sério, o Pai da Mentira? Ele não tinha carnes de comida da terra, não possuía sangue derramável. Viesse, viesse, vinha para me obedecer. Trato? Mas trato de iguais com iguais. Primeiro, eu era que dava a ordem. E ele vinha para supilar o ázimo do espírito da gente? Como podia? Eu era eu — mais mil vezes — que estava ali, querendo, próprio para afrontar relance tão desmarcado. Destes meus olhos esbarrarem num rôr de nada.

Esperar, era o poder meu; do que eu vinha em cata. E eu não percebia nada. Isto é, que mesmo com o escuro e as coisas do escuro, tudo devia de parar por lá, com o estado e aspecto. O chirilil dos bichos. Arre, quem copia o riso da coruja, o gritado. Arrepia os cabelos das carnes.

E não conheci arriação, nem cansaço.

Ele tinha que vir, se existisse. Naquela hora, existia. Tinha de vir, demorão ou jàjão. Mas, em que formas? Chão de encruzilhada é posse dele, espojeiro de bestas na poeira rolarem. De repente, com um catrapuz de sinal, ou momenteiro com o silêncio das astúcias, ele podia se surgir para mim. Feito o Bode-Preto? O Morcegão? O Xú? E de um lugar — tão longe e perto de mim, das reformas do Inferno — ele já devia de estar me vigiando, o cão que me fareja. Como é possível se estar, desarmado de si, entregue ao que outro queira fazer, no se desmedir de tapados buracos e tomar pessoa? Tudo era para sobrosso, para mais medo; ah, aí é que bate o ponto. E por isso eu não tinha licença de não me ser, não tinha os descansos do ar. A minha ideia não fraquejasse. Nem eu pensava em outras noções. Nem eu queria me lembrar de pertencências, e mesmo, de quase tudo quanto fosse diverso, eu já estava perdido provisório de lembrança; e da primeira razão, por qual era, que eu tinha comparecido ali. E, o que era que eu queria? Ah, acho que não queria mesmo nada, de tanto que eu queria só tudo. Uma coisa, a coisa, esta coisa: eu somente queria era — ficar sendo!

E foi assim que as horas reviraram. — A meia-noite vai correndo... — eu quis falar. O cote que o frio me apertava por baixo. Tossi, até. — *"Estou rouco?"* — *"Pouco..."* — eu mesmo sozinho conversei. Ser forte é parar quieto; permanecer. Decidi o tempo — espiando para cima, para esse céu: nem o setestrêlo, nem as três-marias, — já tinham afundado; mas o cruzeiro ainda rebrilhava a dois palmos, até que descendo. A vulto, quase encostada em mim, uma árvore mal vestida; o surro dos ramos. E qualquer coisa que não vinha. Não vendo estranha coisa de se ver.

Ao que não vinha — a lufa de um vendaval grande, com Ele em trono, contra-visto, sentado de estadela bem no centro. O que eu agora queria! Ah, acho que o que era meu, mas que o desconhecido era, duvidável. Eu queria ser mais do que eu. Ah, eu queria, eu podia. Carecia. "Deus ou o demo?" — sofri um velho pensar. Mas, como era que eu queria, de que jeito, que? Feito o arfo de meu ar, feito tudo: que eu então havia de achar melhor morrer duma vez, caso que aquilo agora para mim não fosse constituído. E em troca eu cedia às arras, tudo meu, tudo o mais — alma e palma, e desalma... Deus e o Demo! — "Acabar com o Hermógenes! Reduzir aquele homem!..." —; e isso figurei mais por precisar de firmar o espírito em formalidade de alguma razão. Do Hermógenes, mesmo, existido, eu mero me lembrava — feito ele fosse para mim uma criancinha moliçosa e mijona, em seus despropósitos, a formiguinha passeando por diante da gente — entre o pé e o pisado. Eu muxoxava. Espremia, p'r' ali, amassava. Mas, Ele — o Dado, o Danado — sim: para se entestar comigo — eu mais forte do que o Ele; do que o pavor d'Ele — e lamber o chão e aceitar minhas ordens. Somei sensatez. Cobra antes de picar tem ódio algum? Não sobra momento. Cobra desfecha desferido, dá bote, se deu. A já que eu estava ali, eu queria, eu podia, eu ali ficava. Feito *Ele*. Nós dois, e tornopío do pé de vento — o ró-ró girado mundo a fora, no dobar, funil de final, desses redemoinhos: *...o Diabo, na rua, no meio do redemunho...* Ah, ri; ele não. Ah — eu, eu, eu! "Deus ou o Demo — para o jagunço Riobaldo!" A pé firmado. Eu esperava, eh! De dentro do resumo, e do mundo em maior, aquela crista eu repuxei, toda, aquela firmeza me revestiu: fôlego de fôlego de fôlego — da mais-força, de maior-coragem. A que vem, tirada a mando, de setenta e setentas distâncias do profundo mesmo da gente. Como era que isso se passou? Naquela estação, eu nem sabia maiores havenças; eu, assim, eu espantava qualquer pássaro.

Sapateei, então me assustando de que nem gota de nada sucedia, e a hora em vão passava. Então, ele não queria existir? Existisse. Viesse! Chegasse, para o desenlace desse passo. Digo direi, de verdade: eu estava bêbado de meu. Ah, esta vida, às não vezes, é terrível bonita, horrorosamente, esta vida é grande. Remordi o ar:

— "Lúcifer! Lúcifer!..." — aí eu bramei, desengulindo.

Não. Nada. O que a noite tem é o vozeio dum ser-só — que principia feito grilos e estalinhos, e o sapo-cachorro, tão arranhão. E que termina num queixume borbulhado tremido, de passarinho ninhante mal-acordado dum totalzinho sono.

— "Lúcifer! Satanaz!..."

Só outro silêncio. O senhor sabe o que o silêncio é? É a gente mesmo, demais.

— "Ei, Lúcifer! Satanaz, dos meus Infernos!"

Voz minha se estragasse, em mim tudo era cordas e cobras. E foi aí. Foi. Ele não existe, e não apareceu nem respondeu — que é um falso imaginado. Mas eu supri que ele tinha me ouvido. Me ouviu, a conforme a ciência da noite e o envir de espaços, que medeia. Como que adquirisse minhas palavras todas; fechou o arrocho do assunto. Ao que eu recebi de volta um adêjo, um gozo de agarro, daí umas tranquilidades — de pancada. Lembrei dum rio que viesse adentro a casa de meu pai. Vi as asas, arquei o puxo do poder meu, naquele átimo. Aí podia ser mais? A peta, eu querer saldar: que isso não é falável. As coisas assim a gente mesmo não pega nem abarca. Cabem é no brilho da noite. Aragem do sagrado. Absolutas estrelas!

Pois ainda tardei, esbarrado lá, no burro do lugar. Mas como que já estivesse rendido de avesso, de meus íntimos esvaziado. — "E a noite não descamba!..." Assim parava eu, por reles desânimo de me aluir dali, com efeito; nem firmava em nada minha tenção. As quantas horas? E aquele frio, me reduzindo. Porque a noite tinha de fazer para mim um corpo de mãe — que mais não fala, pronto de parir, ou, quando o que fala, a gente não entende? Despresenciei. Aquilo foi um buracão de tempo.

A mór, bem na descida, avante, branquejavam aqueles grossos de ar, que lubrinam, que corrubiam. Dos marimbús, das Veredas Mortas. Garôa da madrugada. E, a bem dizer por um caminho sem expedição, saí, fui vindo m'embora. Eu tinha tanto friúme, assim mesmo me requeimava forte sede. Desci, de retorno, para a beira dos buritís, aonde o pano d'água. A claridadezinha das estrelas indicava a raso a lisura daquilo. Ali era bebedouro de veados e onças. Curvei, bebi, bebi. E a água até nem não estava de frio geral: não apalpei nela a mornidão que devia--de, nos casos de frio real o tempo estar fazendo. Meu corpo era que sentia um frio, de si, friôr de dentro e de fora, no me rigir. Nunca em minha vida eu não tinha sentido a solidão duma friagem assim. E se aquele gelado inteiriço não me largasse mais.

Foi orvalhando. O ermo do lugar ia virando visível, com o esboço no céu, no mermar da d'alva. As barras quebrando. Eu encostei na boca o chão, tinha derreado as forças comuns de meu corpo. Ao perto d'água, piorava aquele desleixo de frio. Abracei com uma árvore, um pé de breu-branco. Anta por ali tinha rebentado galhos, e estrumado. — "Posso me esconder de mim?..." Soporado, fiquei permanecendo. O não sei quanto tempo foi que estive. Desentendi os cantos com que piam, os passarinhos na madrugança. Eu jazi mole no chato, no folhiço, feito se um morcegão caiana me tivesse chupado. Só levantei de lá foi com fome. Ao alembrável, ainda avistei uma meleira de abelha aratim, no baixo do pau-de-vaca, o mel sumoso se escorria como uma mina d'água, pelo chão, no meio das folhas secas e verdes. Aquilo se arruinava, desperdiçado. Senhor, senhor — o senhor não puxa o céu antes da hora! Ao que digo, não digo?

Cheguei no meio dos outros, quando o Jacaré estava terminando de coar café. — "Tu treme friúra, pegou da maleita?" — algum me perguntou. — "Que os carregue!" — eu arrespondi. E mesmo com o sol saindo bom, cacei um cobertor e uma rede. — Arte — o enfim que nada não tinha me acontecido, e eu queria aliviar da recordação, ligeiro, o desatino daquela noite. Assim eu estava desdormido, cisado. Aí mesmo, no momento, fui escogitando: que a função do jagunço não tem seu que, nem p'ra que. Assaz a gente vive, assaz alguma vez raciocina. Sonhar, só, não. O demônio é o Dos-Fins, o Austero, o Severo-Mór. Apôrro!

Sabendo que, de lá em diante, jamais nunca eu não sonhei mais, nem pudesse; aquele jogo fácil de costume, que de primeiro antecipava meus dias e noites, perdi pago. Isso era um sinal? Porque os prazos principiavam... E, o que eu fazia, era que eu pensava sem querer, o pensar de novidades. Tudo agora reluzia com clareza, ocupando minhas ideias, e de tantas coisas passadas diversas eu inventava lembrança, de fatos esquecidos em muito remoto, neles eu topava outra razão; sem nem que fosse por minha própria vontade. Até eu não puxava por isso, e pensava o qual, assim mesmo, quase sem esbarrar, o todo tempo.

Nos começos, aquilo bem que achei esquipático. Mas, com o seguinte, vim aceitando esse regime, por justo, normal, assim. E fui vendo que aos poucos eu entrava numa alegria estrita, contente com o viver, mas apressadamente. A dizer, eu não me afoitei logo de crer nessa alegria direito, como que o trivial da tristeza pudesse retornar. Ah, voltou não; por oras, não voltava.

— "Uai, tão falante, Tatarana? Quem te veja..." — me perguntaram; o Alaripe perguntou. Será que de mim debicavam.

Eu estava, com efeito, relatando mediante certos floreados umas passagens de meus tempos, e depois descrevendo, por diversão, os benefícios que os grados do Governo podiam desempenhar, remediando o sertão do desdeixo. E, nesse falar, eu repetia os ditos vezeiros de Zé Bebelo em tantos discursos. Mas, o que eu pelejava era para afetar, por imitação de troça, os sestros de Zé Bebelo. E eles, os companheiros, não me entendiam. Tanto, que, foi só entenderem, e logo pegaram a rir. Aí riam, de miséria melhorada.

— "Os mestres, que está certo, amigo..." — o Alaripe dissesse.

— "Deveras, está certo, mano-velho..." — outro, o Rasga-em-Baixo, inteirou.

Aquilo não tolerei. Esse vesgueiro Rasga-em-Baixo, o qual entornava de lado a cabeça, gastando ar demais, o que respirava três vezes forte, e fuchicando o nariz, numa fungação. Desentendi e impliquei.

— "Certo de que, nesta vida? Pois eu nem costumo nunca xingar ninguém de filho daquela ou dessa, por receio de que seja mesmo verdade..."

Assim a eles eu disse. Tanto enquanto riam, apreciando me ouvir, eu contei a estória de um rapaz enlouquecido devagar, nos Aiáis, não longezinho da Vereda-da-Aldeia: o qual não queria adormecer, por um súbito medo que nele deu, de que de alguma noite pudesse não saber mais como se acordar outra vez, e no inteiro de seu sono restasse preso.

Mais me acudiam dessas fantasias. E eu relanceei, de repente, e falei o que era que a gente precisava:

— "Urgentemente é se mandar portador, a lugar de farmácia, comprar adquirido remédio forte, que há, para se terminar com a maleita, em definitividade!"

Disse, e daí todos aprovaram; mais Zé Bebelo com aquilo concordou, de imediato. Portador foi.

Eu tinha enjoo de toda pasmacez. Com Zé Bebelo, falei:

— "Chefe, o que se tem de obrar: enviar algum comparsa esperto, que cace de entrar para o bando dos Judas, para no meio deles observar o serviço que se passa, e remeter para a gente as notícias e deixar traço nos lugares. Ou que mesmo dê jeito de liquidar mãomente o Hermógenes — proporcionando venenos, por um exemplo..."

— "A maluqueira, Tatarana, isso que Você está definindo..." — Zé Bebelo me contestou.

— "Maluqueiras — é o que não dá certo. Mas só é maluqueira depois que se sabe que não acertou!" — eu atalhei, curto; porque eu naquela hora achava Zé Bebelo inferior; e porque, que alguém falasse contra, por cima das minhas palavras, me dava raiva.

Zé Bebelo retardou em me rever. Do fim, o dizer:

— "Um homem, para a façanha assim, só mesmo se..."

— "Sol procura é as pontas dos aços..." — eu cortei, sem meio medir o razoado. Ao tanto que Zé Bebelo completava:

— "...Só eu... ou você mesmo, Tatarana. Mas a gente somos garrotes remarcados."

Mas, daí, me entendendo bem, ele fechou assim:

— "Riobaldo, tu é um homem de estúrdia valia..."

A dado sincero; eu senti. Ao perante diante de minhas presenças, todos tinham mesmo de ser sinceros. Só nos olhos das pessoas é que eu procurava o macio interno delas; só nos onde os olhos.

O José Vereda cachimbava, sentado perto de seus pertences. O Balsamão estava ali junto. Esse era maneiras-grossas, homem de muito sobrecenho. Derradeiramente eles estavam muito amigos, mesmo porque os dois eram da mesma terra — geralistas das campinas. Má vontade me veio, de dizer, eu disse: — "Assunto aí não é capaz que haja? Tôrto, tôrto, nasceu morto... Olh' lá, caso se um de vocês tem mulher bonita e nova, quando retornarem para casa..." Isso podia ser razão de desguisado. Eu queria rixar? Figuro de cientificar ao senhor: o costume meu nunca tinha sido esse. Agora, era que eu me espiritava só para arrelias e inconveniências. E, aí, quando uns estavam querendo tirar oração, por ser dia de domingo, não estive que não falasse: — "Reza é começo de quaresma..." Os que riram, riram. Foram deixando de lado aquela mexida igrejeira. Apondo em balança, que é que isso me representava? Tudo eu palpava com os pés, nisso eu respingava um tardar.

Daqui veio que Diadorim mesmo estranhou aqueles meus modos. A entender me deu, e eu reminiquei, com soltura de palavras: como é que ia tolerar conselho ou contradição? Agravei o branco em preto. Mas Diadorim perseverou com os olhos tão abertos sem resguardo, eu mesmo um instante no encantado daquilo — num vem-vem de amor. Amor é assim — o rato que sai dum buraquinho: é um ratazão, é um tigre leão!

Conferindo que nem vergonha eu tive. Não ter vergonha como homem, é fácil; dificultoso e bom era poder não se ter vergonha feito os bichos animais. O que não digo, o senhor verá: como é que Diadorim podia ser assim em minha vida o maior segredo? De manhã, naquele mesmo dia, ele tinha conversado, de me dizer:

— "Riobaldo, eu gostava que você pudesse ter nascido parente meu..."

Isso dava para alegria, dava para tristeza. O parente dele? Querer o certo, do incerto, coisa que significava. Parente não é o escolhido — é o demarcado. Mas, por cativa em seu destinozinho de chão, é que árvore abre tantos braços. Diadorim pertencia a sina diferente. Eu vim, eu tinha escolhido para o meu amor o amor de Otacília. Otacília — quando eu pensava nela, era mesmo como estivesse escrevendo uma carta. Diadorim, esse, o senhor sabe como um rio é bravo? É, toda a vida, de longe a longe, rolando essas braças águas, de outra parte, de outra parte, de fugida, no sertão. E uma vez ele mesmo tinha falado: — "Nós dois, Riobaldo, a gente, você e eu... Por que é que separação é dever tão forte?..." Aquilo de chumbo era. Mas Diadorim pensava em amor, mas Diadorim sentia ódio. Um nome rodeante: Joca Ramiro — José Otávio Ramiro Bettancourt Marins, o Chefe, o pai dele? Um mandado de ódio. No que eu sabia. Não venci as ácidas picuinhas, no relembrar:

— "Aquele, hora destas, deve de andar lá por entre o Urucúia e o Pardo... O Hermógenes..."

Ele acinzentou a cara. Tremeu, aos pingos, no centrozinho dos olhos. Revi que era o Reinaldo, que guerreava delicado e terrível nas batalhas. Diadorim, semelhasse maninel, mas diabrável sempre assim, como eu agora eu estava contente de ver. Como era que era: o único homem que a coragem dele nunca piscava; e que, por isso, foi o único cuja toda coragem às vezes eu invejei. Aquilo era de chumbo e ferro.

E, em relance em mais, eu já estava carecendo de declarar aos companheiros todos os êrros que vínhamos pagando, por motivo do ultimamente, conforme agora eu ladino deduzia. Disse, com modos, ao próprio Zé Bebelo, que isto de mim escutou:

— "...Sem tenção de descrédito ou ofensa, Chefe, mas duvido de que bem fizemos em restar todos aqui, comprando cura de doenças. Mais ajuizado certo não seria se ter remetido meia-dúzia de cabras, dos sãos, que tivessem ido buscar a munição nesse lugar, a Virgem-Mãe, e trazer? Munição já estava aqui, e a gente estava mais garantidos..."

Zé Bebelo em mal amargo — ele espinoteou com a cabeça, arejou os queixos. Desde, depressinha, me explicou a maior razão, com palavras baixas. Porque ele de tudo já soubesse: foi então que me disse que o extravio nosso tinha sido mais completo; porque a gente tinha vindo em má rota, em vez da Virgem-Mãe para a Virgem-da-Laje. Eu escutei, tei. Em outras ocasiões, uma notícia dessas era capaz de me perturbar. Mas, dessa viagem, eu achava até divertido. Figuro explicando ao senhor: desde por aí, tudo o que vinha a suceder era engraçado e novo, servia para maiores movimentos. Com essas levezas eu seguia a vida.

Quando, então, trouxeram reunidos todos os animais, estavam ajuntando a cavalhada. Regulava subida manhã, orçado o sol, e eles redondeavam no aprazível — tropilha grande, pondo poeira, dado o alvoroço de muitos cascos. Fiz um rebuliz? Dou confesso o que foi: era de mim que eles estavam espantados. Aí porque a cavalaria me viu chegar, e se estrepoliu. O que é que cavalo sabe? Uns deles rinchavam de medo; cavalo sempre relincha exagerado. Ardido aquele nitrinte riso fininho, e, como não podiam se escapulir para longe, que uns suavam, e já escumavam e retremiam, que com as orêlhas apontavam. Assim ficaram, mas murchando e obedecendo, quando, com uma raiva tão repentina, eu pulei para o meio deles: — "Barzabú! Aquieta, cambada!" — que eu gritei. Me avaliaram. Mesmo pus a mão no lombo dum, que emagreceu à vista, encurtando e baixando a cabeça, arrufava a crina, conforme terminou o bufo de bufôr.

Notei que os companheiros reparavam a estranhez daquilo, dos cavalos e as minhas maneiras. Só que se riam, formados no costume de jagunços, que é de frouxas essas leviandades. — "Barzabú!" — ô gente!, feito fosse minha certeza, o Das-Trevas. E eu parava, rente, no meio de todos, que de volta aceitavam minha presença, esses cavalos.

— "Tu sendo peão amansador domador?!" — que o Ragásio caçoou comigo. Mas eu me virei, e já se ouvia outro tropel: era aquele seô Habão, que chegava. Vinha com três homens, estroteantes — gentinha trabalhosa. E o animal dele, o gateado formoso, deu que veio se esbarrar ante mim. Foi o seô Habão saltando em apeio, e ele se empinou: de dobrar os jarretes e o rabo no chão; o cabresto, solto da mão do dono, chicoteou alto no ar. — "Barzabú!" — xinguei. E o cavalão, lão, lão, pôs pernas para adiante e o corpo para trás, como onça fêmea no cio mor. Me obedecia. Isto, juro ao senhor: é fato de verdade.

O seô Habão estava ali, me desentendeu nos olhos. Ele ficou a vermelho. Mas eu acho que, homem só vendido ao dinheiro e ao ganho, às vezes são os que percebem primeiro o atiço real das coisas, com a ligeireza mais sutil. Ele não gaguejou. Melhor me disse:

— "Se este praz ao senhor... Se ele praz ao senhor... Lhe dou, amigavelmente, com bom agrado: assim como ele está, moço, ele é seu..."

Não acreditei? Reafirmo ao senhor: meu coração não pulsou dúvidas. Agradeci, como meu brio; peguei a ponta do cabresto. Agora, daquela hora, era meu o cavalo grande, com suas manchas e riscas — ah, como ele pisava peso no chão, e como ocupava tão grande lugar! Até passeei um carinho nas faces dele, e pela tábua-do-pescoço a fora. Meu o bicho era, por posse, e assim revestido, conforme estava — que era com um socadinho bom, com caçambas de pau. Mas sendo que, dividido o instante, eu já ali pensei: por que seria que o seô Habão se engraçava de me presentear de repente com uma prenda dum valor desse, eu que não era amigo nem parente dele, que não me devia obrigação, quase que nem me conhecia? Aos que projetos ele engenhava em sua mente, que possança minha ele adivinhava? A pois, fosse. Aquele homem me temia? Da admiração de meu povo todo, dei fé, borborinho com que me rodeavam. Certo, deviam de estar com invejas. Fosse! E a mãe!... A primeira coisa, que um para ser alto nesta vida tem de aprender, é topar firme as invejas dos outros restantes... Me rêjo, me calêjo! Só por causa daquele cavalo, até, eu fui ficando mais e mais, enfrentava. Não me riram.

— "É deveras... Animal de riqueza: graúdo, farto e manteúdo..."

— "Sorte é isto. Merecer e ter..."

— "Ainda bem que foi bem empregado..."

Só dissessem. Disfarcei meu regozijo. Disse logo foi a tenção de maiores ideias em desejos — segundo a como apeirado aquele eu já queria: que arreado à gaúcha, com peitoral com pratas em meia-lua, e as peças dos arreios chapeadas de belo metal.

— "Ara, que assim ouvi, Tatarana: o nome que ele vai se chamar é mesmo *Barzabú*?" — algum caçoou de me perguntar.

— "A não, meu compadre tôrto! Sossega a velha... Nome que dou a ele, d'ora em diante, conferido, é este — quem que aprender, aprende! — que é: *o cavalo*

Siruiz..." — assim foi que eu respondi, sem tempo nenhum para pensamento. Montei.

Ah, as coisas influentes da vida chegam assim sorrateiras, ladroalmente. Pois Zé Bebelo estava aparecendo ali, e eu atinei, ligeiro, com o que não tinha refletido. Ao que: oferecer e receber um presente daquele, naquelas condições, era a mesma coisa que forte ofender Zé Bebelo. Um dom de tanto quilate tinha de ser para o Chefe. Reconheci, aí. Mas não tirei para trás. Não desapeei. É de ver que, conforme em mim, nesses enquantos, eu já devia de estar fitando Zé Bebelo com um certo desprezo. Ia haver o que ia haver, e eu não me importei. Um qualquer chefe de jagunço havia de ter ímpeto de resolver aquilo fatal. Aí, esperei. Teria sido uma tenção dessas, de arder a desordem no meio nosso, a razão do seô Habão? Pensei o dito, num interim. E pensei pontudo em minhas armas.

Mas Zé Bebelo, acabando de saber o acontecido, mirou em mim, somente, poupado risonho:

— "Tal te fica bem, Professor, amontado nesse estampo, queremos havemos de te ver garboso, guerreando as boas batalhas... Em hora!..." — foi o que ele disse, se me seja que gostou pouco. Choveu para o meu arrozal! Ah, mesmo só inteligência, só, era que que era aquele homem. Desapeei.

Como por um rasgo, para solércias, dei o cabresto ao Fafafa. Disse: — "Tu desarreia, amilha e escova, tu trata dele..." —; e isso fiz, porque o Fafafa, que tanto gostava simples de cavalos, era o prestante para cuidar dum animal, em mesmo que dele não sendo. Mas eu tinha dado uma ordem. Assim me refiz. E o seô Habão tinha trazido também boa quantidade de remédio para se tomar pela maleita, das pastilhas mais amargosas. Todo o mundo recebia.

Saí, uns passos. Eu estava dando as costas a Zé Bebelo. Ele podia, num relance, me agredir de morte, me atirar por detrás... — atentei. Esbarrei em meu caminhar, fiquei assim parado, assim mesmo. O medo nenhum: eu estava forro, glorial, assegurado; quem ia conseguir audácias para atirar em mim? As deles haviam de amolecer e retombar, com emortecidos braços; eu podia dar as costas para todos. O que o Drão — o demonião — me disse, disse: seria só? Olhei para cima: pegaram nas nuvens do céu com mãos de azul. Aquela firme possança; assim permaneci, outro tempo, acendido. Eu leve, leve, feito de poder correr o mundo ao redor. Ao senhor eu conto, direto, isto como foi, num dia tão natural. Será que, de cousas tão forçosas, eu ia poder me esquecer? Aquele dia era uma véspera.

Em tanto o seô Habão jantou com a gente. Raymundo Lé repartiu com os carecidos as pastilhas de remédio. Diadorim meu amigo estava. Zé Bebelo me chamou adeparte, me expondo especializado diversas coisas que pretendia reformar de fazer. Alaripe conversou comigo. E dessa derradeira conversa quero referir ao senhor. Foi que, eu puxando, eu desejando saber, se falou muito nessas orações de curar a gente contra bala de morte, e em breves que fecham o corpo. Alaripe então contou uma estória, caso sucedido, fazia tempos, no giro do sertão. O qual era o seguinte.

Um José Misuso uma vez estava ensinando a um Etelvininho, a troco de quarenta mil-réis, como é que se faz a arte de um inimigo ter de errar o tiro que é destinado na gente. Do que deu o preceito: — "...Só o sangue-frio de fé é que se carece — pra, na horinha, se encarar o outro, e um grito pensar, somente: *Tu erra esse tiro, tu erra, tu erra, a bala sai vindo de lado, não acerta em mim, tu erra, tu erra, filho de uma cã!...*" Assim ele ensinou ao Etelvininho, o Misuso. Mas, aí, o Etelvininho reclamou: — "Ara, pois, se é só isso, só issozinho, pois então eu já sabia, mesmo por mim, sem ninguém me ensinar — já fiz, executei assim, umas muitas vezes..." "— E fez igualzinho, conforme o que eu defini?" — indagou o José Misuso, duvidando. — "Igualzinho justo. Só que, no fim, eu pensava insultado era: ...*seu filho duma cúia!...*" — o Etelvininho respondeu. — "Ah, pois então" — o José Misuso cortou a questão — "...pois então basta que tu me pague só uns vinte milréis..."

A gente muito rimos todos. A hora a ser de satisfa, alegrias sobejavam. Se caçoou, se bebeu, um cantou o sebastião. Mansinho, mãe, chegaram as voltas da noite. Dormi com a cara na lua.

Acordei. A madrugada com luar, me lembro, acordei com o rumor de cavaleiros que vinham chegando, no esquipado, e que travavam repentino com áspero estremecimento os cavalos: br'r'r'úuu... Calculei: uns dez. Ao que eram. Levantei, pulando de minha rede, quem podiam esses ser? Todos os companheiros nos rifles, e eu não tinha escutado aviso de sentinelas. Madrugada essa boa claridade. Luar que só o sertão viu. Vim dele.

— "Aí é o nosso João Goanhá, com os cabras..." — disse Diadorim, que tinha a rede dele armada da minha a uns três passos. Assim era. João Goanhá, o Paspe, Drumão, o compadre Ciril, o Bobadela, o Isidoro... Tornar a encontrar companheiros desses, aí é que se põe significado na vida, se encompridando se encurtando. O João Goanhá, gordo, forte, barbudo. Era a dele uma barba muito fechada, muito preta. Veio do luar, chegou bom. Todo o mundo falava, a gente se abraçavam. Com pouco o fogo se acendia, para o café, para algum almoço. Enquanto isso, Zé Bebelo, formado em pé, o mais rompante que pudesse, pedia notícias por interrogação.

Antes, as verdades, essas, as coisas comuns, conforme foi que se passaram. Mais não sei? Mesmo não tinha botado ideia na cabeça, acabando de despertar de meu sono. Diadorim era o que estava alegrinho especial: só se ele tinha bebido. Diadorim, de meu amor — põe o pezinho em cera branca, que eu rastreio a flôr de tuas passadas. Me recordo de que as balas em meu revólver verifiquei. Eu queria a muita movimentação, horas novas. Como os rios não dormem. O rio não quer ir a nenhuma parte, ele quer é chegar a ser mais grosso, mais fundo. O Urucúia é um rio, o rio das montanhas. Rebebe o encharcar dos brejos, verde a verde, veredas, marimbús, a sombra separada dos buritizais, ele. Recolhe e semeia areias. Fui cativo, para ser solto? Um buraquinho d'água mata minha sede, uma palmeira só me dá minha casa. Casinha que eu fiz, pequena — ô gente! — para o sereno remolhar. O Urucúia, o chapadão derredor dele. Estas árvores: essas árvores. Conversa, Zé Bebelo: conversa, com as marrecas chocas, no meio das varas do juncal. Mesmo na hora em que eu for morrer, eu sei que o Urucúia está sempre, ele corre. O que eu fui, o que eu fui. E esses velhos chapadões — d'ele, dos Couros, de Antônio Pereira, dos Arrepiados, do Couto, do Arrenegado. Um homem é escuro, no meio do luar da lua — lasca de breu. Dentro de mim eu tenho um sono, e mas fora de mim eu vejo um sonho — um sonho eu tive. O fim de fomes. Ei, boto machado em toda árvore. Eu caminhei para diante. Em, ô gente, eu dei mais um passo à frente: tudo agora era possível.

Não era de propósito, o senhor não julgue. Nem não fizeram espantos. Não exclamei, não pronunciei; só disse.

— "Ah, agora quem aqui é que é o Chefe?"

Só perguntei. Sei por que? Só por saber, e quem-sabe por excessos daquela minha mania derradeira, de me comparecer com as doidivãs bestagens, parlapatal. De forma nenhuma eu não queria afrontar ninguém. Até com preguiça eu estava. A verdade, porém, que um tinha de ser o chefe. Zé Bebelo ou João Goanhá. Um para o outro olharam.

— "Agora quem é que é o Chefe?"

Somente eu estava por cima da surpresa deles? Zé Bebelo — o pensante, soberbo e opinioso. João Goanhá — duro homem tão simples, vindo por meio de dificuldades e distâncias, desde a outra banda do rio, caçar a lei da companhia da gente, como um costume necessário, que sem isso ele não conseguia direito se pertencer. Com meus olhos, tomei conta.

— "Quem é que é o Chefe?!" — repeti.

Me olharam. Saber, não soubessem, não podiam como responder: porque nenhum deles não era. Zé Bebelo ainda fosse? Esse pardejou. E, o João Goanhá, eu vi aquele mestre quieto se mexer, em quente e frio, diante das minhas vistas — nem não tinha ossos: tudo nele foi encurtando medida — gesto, fala, olhar e estar. Nenhum deles. E eu — ah — eu era quem menos sabia — porque o Chefe já era eu. O Chefe era eu mesmo! Olharam para mim.

— "Quem é qu'..."

E... Ao que o pessoal, os companheiros todos, convocados, fechavam roda. Eu felão. Não me entendessem? Foi que alguns dos homens rosnaram. E foi esse Rasga-em-Baixo, o principal deles, esse, pelo que era, pelo visto, oculto inimigo meu — que buliu em suas armas... Sanha aos crêspos, luziu faca, no a-golpe... Meu revólver falou, bala justa, o Rasga-em-Baixo se fartou no chão, semeado, já sem ação e sem alma nenhuma dentro. E aí o irmão dele, José Félix: ele tremeu muito lateral; livrou o ar de sua pessoa; outro tiro eu também tinha dado...

— "...é o Chefe?!..."

Ato de todos quietos permanecidos, esbarrados com tanta singelez de choques. Ah, eu, meu nome era *Tatarana*! E Diadorim, jaguarado, mais em pé que um outro qualquer, se asava e abava, de repôr o medo mór. Ele veio marechal. Se viram, se sentiram, decerto que acertaram: pelos altos de nós dois; e porque logo aí Alaripe, o Acauã, o Fafafa, o Nelson, Sidurino, Compadre Ciril, Pacamã--de-Prêsas — e outros e outros — já formavam do lado da gente. — Tenho de chefiar! — eu queria, eu pensava. Isso eu exigia. Assim. João Goanhá se riu para mim. Zé Bebelo sacudiu uns ombros.

Ali, era a hora. E eu frentemente endireitei com Zé Bebelo, com ele de barba a barba. Zé Bebelo não conhecia medo. Ao então, era um sangue ou sangues, o etcétera que fosse. Eu não aceitava muita parlagem:

— "Quem é que é o Chefe?" — eu quis.

Se quis, foi com muita serenidade. Zé Bebelo retardou. Eu social, encostado. Conheci que ele tardava e pensava, para ver o que fazer mais vagarosamente.

— "Quem é-que?" — eu brando apertei.

Eu sabia do respirar de todos. Durasse mais, aquilo eu já largava, por me cansar, por estar achando cacete. Minha vontade estrôina de paliar: — *Seu Zé Bebelo, velho, tu me desculpe...* — eu calei. Zé Bebelo se encolheu um pouco, só. Aí ele não tremeu, no sucinto dos olhos.

— "A rente, Riobaldo! Tu o chefe, chefe, é: tu o Chefe fica sendo... Ao que vale!..." — ele dissezinho fortemente, mesmo mudado em festivo, gloriando um fervor. Mas eu temi que ele chorasse. Antes, em rosto de homem e de jagunço, eu nunca tinha avistado tantas tristezas.

— "Sendo vós, companheiros..." — eu falei para em volta.

Tantos, tantos homens, os nos rifles, e eles me aceitavam. Assim aprovaram. O Chefe Riobaldo. Aos gritos, todos aprovavam. Rejuravam, a pois. A esses resultados. No que eram com solenidade, sinceridade. Tudo dado em paz. Só aqueles dois amaldiçoados irmãos, baldeados mortos, na ponta de unha. Ali, enterrar aqueles dois seria faltar a meu respeito. Amém. Tudo me dado. O senhor, mire e veja, o senhor: a verdade instantânea dum fato, a gente vai departir, e ninguém crê. Acham que é um falso narrar. Agora, eu, eu sei como tudo é: as coisas que acontecem, é porque já estavam ficadas prontas, noutro ar, no sabugo da unha; e com efeito tudo é grátis quando sucede, no reles do momento. Assim. Arte que virei chefe. Assim exato é que foi, juro ao senhor. Outros é que contam de outra maneira.

Ao fim, depois que João Goanhá me aprovou, revi os aspectos de Zé Bebelo. Acertar com ele.

— "O senhor, agora..." — eu quis dizer.

— "Não, Riobaldo..." — ele me atalhou. — "Tenho de tanger urubú, no m'embora. Sei não ser terceiro, nem segundo. Minha fama de jagunço deu o final..."

Daí, riu, e disse, mesmo cortês:

— "Mas, você é o outro homem, você revira o sertão... Tu é terrível, que nem um urutú branco..."

O nome que ele me dava, era um nome, rebatismo desse nome, meu. Os todos ouviram, romperam em risos. Contanto que logo gritavam, entusiasmados:

— "O *Urutú-Branco*! Ei, o *Urutú-Branco*!..."

Assim era que, na rudeza deles, eles tinham muita compreensão. Até porque mais não seria que, eu chefe, agora ainda me viessem e dissessem *Riobaldo* somente, ou aquele apelido apodo conome, que era de *Tatarana*. Achei, achava.

Vai, e eu, por um raio de momento, eu tinha concebido que carecesse de tirar a vida a Zé Bebelo, por maior sossego de meu reger, no futuramente; e agora eu estava quase triste, com pena de ver que ele ia-s'embora. O divertido havia de ser, sim isso, de levar Zé Bebelo comigo, de sotenente, através desse através. Ah, homem como aquele, não se matava. Homem como aquele, pouco obedecia. A ele mandei fornecer mais um cavalo, e um cargueiro — com mantimento, coisas, munição melhor. Dali a hora, mesmo, ele pegou caminho. Para o sul. Vi quando ele se despediu e tocou — com o bom respeito de todos —; e fiquei me alembrando daquela vez, de quando ele tinha seguido sozinho para Goiás, expulso, por julgamento, deste sertão. Tudo estava sendo repetido. Mas, da vez dessa, o julgamento era ele, ele mesmo, quem tinha dado e baixado. Zé Bebelo ia s'embora, conseguintemente. Agora, o tempo de todas as doideiras estava bicho livre para principiar.

De seguida, parado persisti, para um prazo de fôlego. Aí vendo que o pessoal meu já me obedecia, prático mesmo antes da hora. Como que corriam e mexiam, se aprontando para saída, sacudiam no ar os baixeiros, selavam os cavalos. Tantos e tantos, eu sabia o nome e o defeito maior de cada um daqueles homens, e tantos seus braços e tantos rifles e coragens. Aí eu mandava. Aí eu estava livre, a limpo de meus tristes passados. Aí eu desfechava. Sinal como que me dessem essas terras todas dos Gerais, pertencentes. Por perigos, que por diante estivessem, eu aumentava os quilates de meu regozijo. À fé, quando eu mandasse uma coisa, ah, então tinha de se cumprir, de qualquer jeito. — "Tenho resoluto que!" — e montei, com a vontade muito confiada. Dali a gente tinha logo de sair, segundo a regra exata. Estradeei. Nem olhei para trás. Os outros me viessem? Cantava o trinca-ferro. Uma arara chiou cheio; levou bala, quase. Atrás de mim, os cabras deram vivas. Eles vinham, em vinham. Eu contava, prazido, o tôo dos cascos.

Dei galope. No Valado chegamos, conforme íamos retornar, por assim. De galope, como está dito. Gente, gentinha, nos rodeou, roceiros em seu serviço. Aquele seô Habão, incluso, muito estarrecido. Esbarramos parada. O que eu carecia era de uns instantes sempre meus, para estribar meu uso. Era primeira viagem saída, de nova jagunçagem; e as extraordinárias cousas, para que todos admirassem e vissem, eu estava em precisão de fazer. E vi um itambé de pedra muito lisa; subi lá. Mandei os homens ficassem em baixo, eles outros esperavam. Minha influência de afã, alegria em artes, não padecesse de se estorvar em monte de pessoas nenhumas. De despiço, olhei: eles nem careciam de ter nomes — por um querer meu, para viver e para morrer, era que valiam. Tinham me dado em mão o brinquedo do mundo.

Fiquei lá em cima, um tempo. Quando desci, umas coisas eu resolvia. Aonde se ia; em cata do Hermógenes? Ah, não. Antes, primeiro, para o Chapadão do

Urucúia, onde tanto boi berra. Ao que me seguissem. Ah, mas, assim, não. O que foi o que eu pensei, mas que não disse: — Assim não...

E veio perante minha presença o seô Habão, mais antecipado que todos; macio, atarefadinho, ele já me sussurrava. Homem, esse! Ele queria me oferecer dinheiro, com seus meios queria me facilitar. Ah, não! de mim ele é que tinha de receber, tinha de tomar. Agarrei o cordão de meu pescoço, rebentei, com todas aquelas verônicas. As medalhas, umas delas que eu tinha de em desde menino. Fiz gesto: entreguei, na mão dele. O senhor havia de gostar de ver o ar daquele seô Habão, forçado de aceitar pagamento do que nem eram correntias moedas de tesouro do rei, mas costumeiras prendas de louvor aos santos. Ele estava em todos tremôres — conforme esses homens que não têm vergonha de mostrar medo, em desde que possam pedir à gente perdão com muita seriedade. Digo ao senhor: ele beijou minha mão! Ele devia de estar imaginando que eu tinha perdido o siso. Assim mesmo, me agradeceu bem, e guardou com muito apreço as medalhas na algibeira; até porque, não podia obrar de outra forma. Matar aquele homem, não adiantava. Para o começo de concerto deste mundo, que é que adiantava? Só se a gente tomasse tudo o que era dele, e fosse largar o cujo bem longe de lá, em estranhas terras, adonde ele fosse preta-e-brancamente desconhecido de todos: então, ele havia de ter de pedir esmolas... Isso, naquela hora, pensei. Ah, não. E nem não adiantava: mendigo mesmo, duro tristonho, ele havia ainda de obedecer de só ajuntar, ajuntar, até à data de morrer, de migas a migalhas...

As verônicas e os breves ele vendesse ou avarasse para os infernos. Comigo só o escapulário ainda ficou. Aquele escapulário, dito, que conservava pétalas de flôr, em pedaço de toalha de altar recosturadas, e que consagrava um pedido de benção à minha Nossa Senhora da Abadia. Que, mesmo, mais tarde, tornei a pendurar, num fio oleado e retrançado. Esse eu fora não botava, ah, agora podia desdeixar não; inda que ele me reprovasse, em hora e hora, tantos meus malfeitos, indas que assim requeimasse a pele de minhas carnes, que debaixo dele meu peito todo torcesse que nem pedaço quebrado de má cobra.

E, num reverter de mão, eu já estava pensando: o que eu ia fazer com ele, com o seô Habão, por alguma alvíssara de mercê. Porque, em fato, ele merecia, e eu a ele devia. Porque ele tinha vesprado em reconhecer meu poder, antes de outro qualquer; e mesmo um barão de presente dele tinha sido, e era, aquele meu formoso cavalo Siruiz, em qual eu estava amontado.

Aí, me lembrei, de uma coisa, e isso era próprio encargo para ele, cabendo em sua marca de qualidade. Me lembrei da pedra: a pedra de valor, tão bonita, que do Arassuaí eu tinha trazido, fazia tanto tempo. Tirei o embrulhinho, da bolsa do cinto. Apresentei a ele. Eu falei:

— "Seô Habão, o senhor escute, o senhor cumpra: pega este, mimo, zelando com os dedos todos de suas mãos... Já e já, o senhor viaje, num bom animal, siga rumo dos Buritís Altos, cabeceira de vereda, para a Fazenda Santa Catarina..."

E mais disse: que era para entregar, de minha parte, à moça da casa, que Otacília se chamava, a qual era minha sempre nôiva. Mas não dando razão de nomear minha pessoa pelos altos títulos, nem citando chefia de jagunços... Mas somente prezar que eu era Riobaldo, com meus homens, trazendo glória e justiça em território dos Gerais de todos esses grandes rios que do poente para o nascente vão, desde que o mundo mundo é, enquanto Deus dura!

Ah, não: em Deus não falasse. Seô Habão pôs atenção; perturbado mas sisudo, ele cogitava. O que ele dizia, carecia de ser repetido, esfiando o assunto nas pontas dos dedos, tostões. Ser rico é um diverso dissabôr? Que um pudesse se acautelar assim, me atanazava. Quem era? O que por primeira vez reparei: que ele tinha as orêlhas muito grandes, tão grandonas; até, sem querer, eu tive de experimentar com a mão o tamanho medido das minhas. Melhor trazer esse sujeito comigo, perto mais perto, para poder vigiar, por todas as partes? Melhor, não; o melhor seria desmanchar a presença dele em definitivas distâncias. — Não vou comer teus peitos, teu nariz, teus duros olhos moles... — eu pensei. Mas ele também tinha alguma espécie de chefia. Eu virei a cara, andei três passos, dando com Diadorim. — "O que eu tolero e desentendo, esse homem: que é, porque, dele, não se consegue ter raiva nem ter pena..." — falei. Mas vi um adêjo sombrio no meu amigo, condenado que era de tristeza que não quer ceder suas lágrimas. O quanto, por causa da pedra de topázio? — eu reconheci. Eu não tinha tido dó de Diadorim. "Dei'stá', tem tempo, Diadorim, tem tempo..." — pensei, a meio. Da amizade de Diadorim eu possuía completa certeza. E mais não me amofinei. De manhã cedo, o senhor esbarra para pensar que a noite já vem vindo? O amor de alguém, à gente, muito forte, espanta e rebate, como coisa sempre inesperada. E eu estava naquelas impaciências. Trasmente que, em Otacília, mesmo, verdadeiro eu quase nem cuidava de sentir, de ter saudade. Otacília estava sendo uma incerteza — assunto longe começado. Visse, o que desse, viesse. O seô Habão ia, levava a pedra de topázio, a vida do mundo ia vivendo, coração dá tantas mudanças;

meus dízimos eu pagava. O pássaro que se separa de outro, vai voando adeus o tempo todo. Ah, não, eu não — rio, riachos! — não me amofinava. Aquela tristeza de Diadorim eu não aceitei, nem ceitil não recebi. Ingratidão, para o mais-tarde.

Mas o seô Habão não queria ter terminado: negócio que carecia ainda de algum ponto. Dei licença. Ele perguntou, sonseante: ...se eu não prazia de enviar por ele algum recado também para o senhor meu pai, Selorico Mendes, dono do São Gregório, e de outras boas e ricas fazendas?... Eu achei graça, acenei que sim: disse que fosse, reproduzisse a minha saudação... E então foi que o seô Habão levantou a cara, aquietado — até mediante sorriso. De sorte que, para corrigir em siso a tranquilidade daquilo, eu determinei: — "O senhor vá logo, logo, de rota abatida... E de lá não quero nenhuma resposta..." — enquanto ri, de ver como ele me obedecia expresso, sem necessidade de caráter.

Onde que, mal dele livre me vi, gritei, despachado, pelos demais. Dand' ordens: — "A rodar por aí, me trazerem os homens!"

Que's homens? Os todos que fossem e houvesse. — "Quem tiver instrumento — a toque! Quem gostar de dansar, arre melhor! P'r' apreparo, trazer as mulheres também... Com que as músicas, de lá, lá, lá..." Tudo tinha de semelhar um social. Ao pois, quem era que ordenava, se prazia e mandava? Eu, senhor, eu: por meu renome, o Urutú-Branco... Ah, não. Festa? Eu já estava resolvendo o contrário. Mas reunir aquela porção de homens, e formar todos de guerreiros. A com a gente, a que viessem. Aquilo valia? Os outros não falaram, decerto não acharam ou acharam. Ou quanto mais que, eles, os meus, só mesmo o mover por me agradar, só, era o que de si desejavam; e aquela minha lei era divertida. Saíram, espalhados sendo, em caçar, em boa alarida.

Mas trouxeram. Me trouxeram, rebanhal, os todos possíveis. Do Sucruiú, uns pouquinhos — alguns com as caras secando os brotes das bexigas, más marcas, feito mijo na areia; outros um ou outro de semblante liso fresco, esses escapos de não terem tido a doença. Os que fingiam não me temer, achavam mais favorável querer ter vindo por próprio conselho; mal-abriam boca em risos. Dei que pronto todos provassem gol d'alguma cachaça. Aquela gente depunha que tão aturada de todas as pobrezas e desgraças. Haviam de vir, junto, à mansa força. Isso era perversidades? Mais longe de mim — que eu pretendia era retirar aqueles, todos, destorcidos de suas misérias. Até que fiz. Ah, mas, mire e veja: a quantidade maior eram aqueles catrumanos — os do Pubo. Eles, em vozes. Ou o senhor não pode refigurar que estúrdia confusão calada eles paravam, acho que, de ser chamados e reunidos, eles estavam alertando em si o sair de um pavôr. Ao depois, quando dei brado, queriam se alinhalinhar, mesmo, solertes, como se por soldados reconhecidos. Seriam eles assim bons no ruim, para guerra serviam, para meter em formatura? Tanto todo o mundo achava graça, meus jagunços queriam pagode. Ah, os catrumanos iam de ser, de refrescos. Iam, que nem onças comedeiras! Não entendiam nada, assim atarantados, com temor ouviam minha decisão. — "Filhos da mãe!" — eu declarei. Tive de repente fé naqueles desgraçados, com suas desvalidas armas de toda antiguidade, e cabaças na bandola, e panelas de pólvora escura e fedor de fumaça ceguenta. Adivinhei a valia de maldade deles: soube que eles me respeitavam, entendiam em mim uma visão gloriã. Não queriam ter cobiças? Homens sujos de suas peles e trabalhos. Eles não arcavam, feito criminosos? — "O mundo, meus filhos, é longe daqui!" — eu defini. — Se queriam também vir? — perguntei. Ao vavar: o que era um dizer desseguido, conjunto, em que mal se entendia nada. Ah, esses melhor se sabiam se mudos sendo. Dei brado. Indaguei dum. Tomou um esforço de beira de coragem, para me responder. Esse aquele era o do chapéu encartuchado, rapaz moço. Respondeu que Sinfrônio se chamava: e indicou outro — que era o pai. Aquele outro, o pai, era um homem sem pescoço. Respondeu que se chamava Assunciano. E indicou outro. Mais adiante não deixei. Deixasse, iam de dedo em dedo me passando para o daquelas pernas de fora, que Osirino era, as pernas forradas de lama seca; ou para o que coçava suas costas em pau de árvore, feito um bezerro ou um porco. Vislí a sorrateira malícia nos jeitos deles. E mais o do jegue — no jegue amontado, permanecendo de perfil, aquele bronzeado jumento — que tinha, o homem por nome Teofrásio; e só não desamontava do jegue por ordem minha, que em antes eu tinha dado. Ele me disse: — "Dou louvor. Em tudo, chefe, vos obedecemos..." — ele disse; e de lá se virou o focinho branco do jumento. O homem Teofrásio limpou a goela; mas com respeito. — "Assim vós prazido, chefe. Pedimos vossa benção..." E eu concedi — que o Teofrásio, meio chefim deles, o do jegue: que o jegue pudesse trazer. Daí houve porém. Que um, o sem pescoço, baixinho descoroçoou, na desengraça, observou: — "...Quem é que vai tomar conta das famílias da gente, nesse mundão de ausências? Quem cuida das rocinhas nossas, em trabalhar pra o sustento das pessoas de obrigação?..." O que falou, tinha falado por todos. — "...Pra os roçados? Pra os plantios..." E mesmo um outro, de mãos postas como que para rezar, choramingou: — "Dou de comer à mea mul'é e trêis fi'o', em debaixo de meu sapé..." — e era um homem alto, espingolado, com todos os remendos em todos os molambos. — "Como é a tua graça, seô?" — indaguei. Se chamava Pedro Comprido. Mas, aí, eu já tinha pensado. — "Pois vamos! As famílias capinam e colhem, completo, enquanto vocês estiverem em glórias, por fora, guerreando para impôr paz inteira neste sertão e para obrar vingança pela morte atraiçoada de Joca Ramiro!..." — eu determinei. — "Ij' Maria, é ver, nós, de Cristo, jagunceando..." — escutei, dum. Daí, declarei mais: — "Vamos sair pelo mundo, tomando dinheiro dos que têm, e objetos e as vantagens, de toda valia. E só vamos sossegar quando cada um já estiver farto, e já tiver recebido umas duas ou três mulheres, moças sacudidas, p'ra o renovame de sua cama ou rede!..." Ah, ô gente, oh e eles: que todos, quase todos, geral, reluzindo aprovação. Mesmo os meus homens. Fiz gesto, com meu contentamento. Queria o que só me faltou — que foi que o jumento do homem zurrasse. Eu ia transformar os regimentos desses foros. Convoquei todos nas armas. — "E o Borromeu? E o Borromeu?" — ainda perguntavam. Quem era que esse Borromeu? Mandei vir. Um cego; ele era muito amarelo, escreiento, transformado. — "Responde, tu velho, Borromeu: que é que tu faz?" "— Estou no meu canto, cá, meu senhor... Estou me acostumando com o momentozinho de minha morte..." Cego, por ser cego, ele tinha direito de não tremer. — "Tu é devoto?" "— Pecador pior. Pecador sem o que fazer, pede preto, pede padre..." Apontou com o dedo. Levei os olhos. Não vi nada. É assim, a esmo, que os cegos fazem. Aquele era o bom rumo do Norte. — "Ah, meu senhor, eu sei é pedir muitas esmolas..." Pois, então, que viesse também o Borromeu, viesse. Mandei que montassem o dito num cavalo manso, que da banda da minha mão direita devia sempre de se emparelhar. Alguns riram. E, pelo que riram, de certo não sabiam — que um desses, viajando parceiro com a gente, adivinha a vinda das pragas que outros rogam, e vão defastando o mau poder delas; conforme aprendi dos antigos. E, por nada, mais me lembrei, de repentinamente, do menino pretozinho, que na casa do Valado a gente tinha surpreendido, que furtando num saco o que achava fácil de carregar. E tiveram de campear esse menino. Ele estava amoitado, o tempo todo, com a boca no chão, no meio do mandiocal. Quando foi pego, xingava, mordia e perneava. Ele se chamava Guirigó; com olhares demais, muito espertos. — "Guirigó, tu vem vestido, ou nú?" Como que não vinha? Aprontaram um cavalo para ele só, que devia de se emparelhar com o meu, da banda de minha mão esquerda. Há-de há, meu povo! Todos tocamos. Cavalos que chegassem, bastados, tinha não: mas, por diante, animais alheios a gente topasse, para se assenhorear, a laço e mãos. Os muitos vinham a pé, aqueles catrumanos ainda meio vigiados. Ver o seguinte. Eu queria esses campos. Pernoitamos, com marcha de dez léguas, assim mesmo. Terçando um total de projetos, com os entusiasmos, no topo da cabeça minha, poder não pude dormir, mesmo com o cansaço em que estava, na noite não preguei os olhos. Mas conversei surgidamente com os que paravam, espalhados, de sentinelas, e mandei acender foguinhos de assar mandioca e fogueiras de iluminar. Ah, a gente ia encher os espaços deste mundo adiante.

Aonde é que jagunço ia? À vã, à vã. Tinha minha vontade, de estar em toda a parte. Mas, quadrando que primeiro, mais para o norte: para o Chapadão do Urucúia, aonde tanto boi berra. Que eu recordava de ver o rio meu — beber em beira dele uma demão d'água... Ah, e essas estradas de chão branco, que dão mais assunto à luz das estrelas. Eu pensei, eu quis. E o Hermógenes, os Judas? Ara, inimigo, o senhor dê um passo, em que rumo qualquer, lá em sua frente o senhor encontra o mau... Eu não tinha todo tempo? Safra em cima, eu em minha lordeza. Mesmo deitado, eu sentia que estava caminhando, galopando. Quando a madrugada bateu as asas, eu já estava abotoando a espora. Outra vez, eu digo: tem botim novo flote, e chinelo velho redomão. O dia ia ser lindo de leveza! — pelas beiradas do céu. Forramos o estômago; e saímos, deslizando com a manhã, com o merujo do orvalho. O que eu via: alto de mata e além! As coisas todas eu pensava, e nada nenhuma não me sombreasse. Algum medo não palpitava frio por detrás de meus olhos; e, por via disso, eu de todos era o chefe, mesmo em silêncio singular. Conforme assim, chegamos, no Pé--da-Pedra, fazenda da Barbaranha. Em perto de sete léguas. E o que aí foi, lhe conto.

Ao entrementes, eu achei graça: em que o Alaripe, João Goanhá, Marcelino Pampa, João Concliz, e mesmo Diadorim, e outros mais velhos, não carecessem de formar conselho. As lérias. Meu direito era contrariar as regras todas do chefe que antes fora; para mim, só mesmo o que servia era à solta a lei da acostumação. Aí, não viessem me dizer que a gente estava só com três dias de farinha e carne-seca. Toleima. Todo boi, enquanto vivo, pasta. Razão e feijão, todo dia dão de renovar. A coragem que não faltasse; para engulir, a pôlpa de buriti e carnes de rês brava. Às léguas, eu indo, eles me seguindo. — "Tu está vendo o tamanho do mundo, Guirigó? Que é que tu acha de maior boniteza?" Assim eu perguntei, àquele sacizinho de duas pernas, que preto reluzente afora os graúdos olhos brancos, me remedindo, da banda de minha mão canhota sempre viesse, encarapitado sobre seu alto cavalo. E ele, a cuja senvergonhice: — "De todas as coisas, boniteza melhor é dessa faquinha enterçada, de metal, que o senhor travessa na cintura..." Segundo tinha botado desejo no meu punhal puxável de cabo de prata, o dioguim. — "A pois: no primeiro fogo que se der, se tu não abrir boca e choro bué, por medos, a dita faca tu ganha, presenteada..." — eu prometi. A falta de mantimentos, por isso eu ia encurtar rédeas, travar o passo? A toleima. A outra receita que descumpri, era a de repartir o pessoal em turmas. Cautelas... Que não. Eu fosse ter cautela, pegava medo, mesmo só no começar. Coragem é matéria doutras praxes. Aí o crer nos impossíveis, só. — "Seo Borromeu, está gostando destes Gerais, hem seo Borromeu?" — ao cego, da minha outra banda, perguntei, por desfrute. — "Ah, Chefe: é sempre amanhecendo manhã, e aqui a gente merece tudo — vento que não varêia de ser... Mas vento que vem dos amáveis..." — ele me respondeu. — "...O que não vejo, não devo; não consumo..." — continuou respondendo. Ele gostava de conversar, mas também preparava no silêncio. Ia sacolejando em cima da sela do animal, noutra quietação diversa. Podia dar conselho? — "Arte de jagunço, meu Chefe? Isto é ofício bonito, para o vivo." O dito desses, só somente para rir eu aceitava. Mas, dividir minha gente, por oras, eu detestava de obrar. Por causa que o que me prazia mais era contemplar o volume profundo da ida deles, de esquadrão.

De a de lado. Todos eles passarem, tropeando, nós todos, o rumor constante dos cascos. Cavalo, cavalaria! Cortejo que fazia suas voltas, pelos êrmos, pelos ocos, pelos altos, a forma duma mistura de gente amontada, uma continuação grande, solevando para adiante o aprumo de meus homens, os chapéus deles quase todos bem engraxados com sêbo de boi e nata de leite, em ponta os canos dos rifles de guerra, a tiracol. Com qual seguimento? Só, o que esperava a gente, era o pouso para jantar; passeata para a estrela-da-tarde. Mas, do que um falava, outro mal ouvia e ria; do que esses se riam, outros ainda falavam. Prosapeavam. Me prazia. Me prazia o ranger o couro das jerebas, aquele chio de carne em asso. A poeira avermelhava e branqueava: poeiras que punham o vento mais áspero. Uns homens em cavalos e armas. Quem visse, fuga fugia, corria: tinham de temer, vigiando com seus olhos escondidos no mato em beiras de estrada. Até os bichos, do cerradão, que escutam o começo de tudo, de seu longe e de seu perto, e logo sabem esperar, ocultos no rareamento, assim não se viam, nenhuns, não se achavam; os pássaros sempre já tinham revoado. Ah, não, eu bem que tinha nascido para jagunço. Aquilo — para mim — que se passou: e ainda hoje é forte, como por um futuro meu. Eu estou galhardo. Naquilo, eu tinha amanhecido. Comi carne de onça? Esquipando, eu queria que a gente entrasse, daquele jeito, era em alguma grande verdadeira cidade.

Só às vezes, em repente de receio, eu ainda olhei em vão — com as presenças de Zé Bebelo me cismava. Se o que sei. Com um arranco de freio, raciocinado. Mas, dando de rédeas sem descanso, derrubei dos ombros aquele meu costume, Zé Bebelo terminara. Só os meus homens. Escutava, olhava — e eram aqueles: que muitas estrepolias ainda iam decerto agir, e muita má gente matar. Aos dez e dézes, digo, afirmo que me lembro de todos. Esses passam e transpassam na minha recordação, vou destacando a contagem. Nem é por me gabar de retentiva cabedora, nome por nome, mas para alimpar o seguimento de tudo o mais que vou narrar ao senhor, nesta minha conversa nossa de relato. O senhor me entende? A mesmice dos cabras jagunços — no contemplar a cavalhada — no passo, os animais dando dos quartos, comuns assim, que não fazem penachos, que não tiram arredondamentos da magreza. Os filhos nascidos de distritos de lugares diversos, mas agora debaixo da minha estima completa, dever de coração enérgico. Até os capiaus e os catrumanos copiavam o comportamento, uns amontados, outros restantes apressados mesmo a pé, e iam pegando o exato. Até o catrumano Teofrásio, em seu jegue, que, como prestável jumento, cumpria bem seu ir, desde que tinha companhia de outros animais. E o Guirigó e o Borromeu, eu meando os dois, ao alcance de qualquer minha mão. Sempre, mesmo como sempre. Mas, um, era Diadorim — montado à baiana, gineta, com estribos curtos e rédea muito ponderada, bridando bem, em seu argel travado, às upas: cavalo bulideiro, cavalo de olhos pretos conforme como a noite — Diadorim, que era o Menino, que era o Reinaldo. E eu. Eu? Nos estribos de ferro, freio de ferro, silha forte e silha mestra — e o par de coldres! Assaz, então, cantaram:

Olererê, Baiana,
eu ia e não vou mais...
Eu faço
que vou
lá dentro, oh Baiana,
e volto do meio p'ra trás...

Ao demais eu ouvi, soturno sorridente.
Ora vez, que, desse jeito, fomos entortando, entre as duas chapadas, encalço da estrada do rio; e se chegou na fazenda cercã, que era por lá, a Barbaranha dita, em um lugar redondo e simples, no Pé-da-Pedra. O que eu já disse ao senhor,

respeitante. Mas acrescento que o dono, no atual, era um seo Ornelas — Josafá Jumiro Ornelas, por nome todo.

— "De uns três dias foi o São João, então amanhã é o São Pedro..." — alguém disse, de voz.

Soubessem que esse seo Ornelas era homem bom descendente, posseiro de sesmaria. Antes, tinha valido, com muitos passados, por causa de política, e ainda valesse, compadre que era do Coronel Rotílio Manduca em sua Fazenda Baluarte.

— "Ao que ele tem, mas tem, mesmo, muita coragem?!" — eu me fiz.

— "Aí falam em sessenta ou oitenta mortes contáveis..." o Marcelino Pampa afiançou "...e ainda não esmoreceu os ânimos..."

Chegamos, com proceder seguro, e o céu por cima dali estava muito sereno. Na fazenda tinham levantado um mastro, na frente do pátio; vi movimentos de gente. As mulheres, na boca do forno fumaçando, mexiam com feixes verdes de mariana e vassourinha e carregavam as latas pretas de assar biscoitos. Só aqueles formosos cheiros das quitandas e do forno quente varrido, já confortavam meu estômago. No mastro, que era arvorado para honra de bandeira do santo, eu amarrei o cabresto do meu cavalo.

Mas não desordeei nem coagi, não dei em nenhuma desbraga. Eu não estava com gosto de aperrear ninguém. E o fazendeiro, senhor dali, de dentro saiu, veio saudar, convidar para a hospedagem, me deu grandes recebimentos. Apreciei a soberania dele, os cabelos brancos, os modos calmos. Bom homem, abalável. Para ele, por nobreza, tirei meu chapéu e conversei com pausas.

— "Amigo em paz? Meu chefe, entre, a valer: a casa velha é sua, vossa..." — ele pronunciou.

Eu disse que sim. Mas, para evitar algum acanhamento e desajeito, mais tarde, também falei: — "Dou todo respeito, meu senhor. Mas a gente vamos carecer de uns cavalos..." Assim logo eu disse, em antes de vir a amolecer as situações e estorvar o expediente negócio a boa conversação cordial.

O homem não treteou. Sem se franzir nem sorrir, me respondeu:

— "O senhor, meu chefe, requer e merece, e com gosto eu cedo... Acho que tenho para coisa de uns cinco ou sete, em estado regular."

E eu entrei com ele na casa da fazenda, para ela pedindo em voz alta a proteção de Jesus. Onde tive os usuais agrados, com regalias de comida em mesa. Sendo que galinha e carnes de porco, farofas, bons quitutes ceamos, sentados, lá na sala. Diadorim, eu, João Goanhá, Marcelino Pampa, João Concliz, Alaripe e uns outros, e o menino pretinho Guirigó mais o cego Borromeu — em cujas presenças todos achavam muita graça e recreação.

A dona fazendeira era mulher já em idade fora de galas; mas tinham três ou quatro filhas, e outras parentas, casadas ou moças, bem orvalhosas. Aquietei o susto delas, e nenhuma falta de consideração eu não proporcionei nem consenti, mesmo porque meu prazer era estar vendo senhoras e donzelas navegarem assim no meio nosso, garantidas em suas honras e prendas, e com toda cortesia social. A ceia indo principiando, somente falei também de sérios assuntos, que eram a política e os negócios da lavoura e cria. Só faltava lá uma boa cerveja e alguém com jornal na mão, para alto se ler e a respeito disso tudo se falar.

Seo Ornelas me intimou a sentar em posição na cabeceira, para principal. — "Aqui é que se abancava Medeiro Vaz, quando passou..." — essas palavras. Medeiro Vaz tinha regido nessas terras. Verdade era? Aquele velho fazendeiro possuía tudo. Conforme jagunço de meio-ofício tinha sido, e amigo hospedador, abastado em suas propriedades. De ser de linhagem de família, ele conseguia as ponderadas maneiras, cidadão, que se representava; que, isso, ainda que eu pelejasse constante, tarde seria para bem aprender. Na verdade. Aquela hora, eu, pelo que disse, assumi incertezas. Espécie de medo? Como que o medo, então, era um sentido sorrateiro fino, que outros e outros caminhos logo tomava. Aos poucos, essas coisas tiravam minha vontade de comer farto.

— "O sertão é bom. Tudo aqui é perdido, tudo aqui é achado..." — ele seo Ornelas dizia. — "O sertão é confusão em grande demasiado sossego..."

Essa conversa até que me agradou. Mas eu dei de ombros. Para encorpar minha vantagem, às vezes eu fazia de conta que não estava ouvindo. Ou, então, rompia fala de outras diversas coisas. E joguei os ossinhos de galinha para os cachorros, que ali nas margens esperavam, perto da mesa com toda atenção. Cada cachorro sungava a cabeça, que sacudia, chega estalavam as orêlhas, e aparava certeiro seu osso, bem abocava. E todos, com a maior devoção por mim, e simpatias, iam passando os ossos para eu presentear aos cachorros. Assim eu mesmo ria, assim riam todos, consentidos. O menino Guirigó comeu demais, cochilava afundado em seu lugar, despertava com as risadas. Aquele menino já tinha pedido que um dia se mandasse costurar para ele uma roupa, e prover um chapéu-de-couro para o tamanho de sua cabeça dele, que até não era pequena, e umas cartucheiras apropositadas. — "Tu é existível, Guirigó... Vai pelos proveitos e preceitos..." — eu caçoava. Aí caçoei: — "Duvidar, é só dar um saco vastoso na mão dele, e janela para pular, para dentro e para fora: capaz de supilar os recheios e pertences todos duma casa-grande de fazenda, feito esta, salvo que seja..." E eu bem que já estava tomando afeição àquele diabrim. Pois, com o Guirigó, as senhoras e moças conversavam e brejeiravam, como que só com ele, por criança, elas perdessem o acanhamento de falar. Mas o seo Ornelas permanecia sisudo, faço que ele afetava de propósito não reparar no menino. Pelo tudo, era como se ele reprovasse minha decisão de trazer para a mesa semelhantes companhias. O menino e o cego Borromeu — aqueles olhos perguntados. — "As colheitas..." — seo Ornelas supracitava. Homem sistemático, sestronho. O moderativo de ser, o apertado ensino em doutrinar os cachorros, ele obrava tudo por um estilo veloso, de outras mais arredadas terras — sei se sei. E quase não comia. Só, vez outra, jogava na boca um punhado seco de farinha.

— "Oxalá, o senhor vai, o senhor venha... O sertão carece... Isto é, um homem forte, ambulante, se carece dele. O senhor retorne, consoante que quiser, a esta casa Deus o traga..."

Solei um vexame, por não saber a resposta concernente, nuns casos como esse — resposta que eu achava que devia de ser uma só, e a justa, como em teatral em circo em pantomima bem levada. O que é igual quase um calar. À puridade, eu sentia assim: feito se estivesse pêgo numa ignorância — mas que não era de falta de estudo ou inteligência, mais uma minha falta de certos estados. O que são bobéias: limpei goela, mudei de cara. — "...Amigo meu Medeiro Vaz, a outra ocasião, travou combates, no Conta-Boi, daqui a duas léguas... Contra os de um Tolomeu Guilherme. Defunto amigo Medeiro Vaz, que a alma dele Deus haja... Adiante comandava em frente, para o exemplo... Enterramos os melhores mortos..." — o homem descrevia. — "Eu sei!" — eu disse, mesmo nada tencionando dizer. A ver: e que é que achava de mim aquele surdo velho? Ah, ele expunha os cabelos brancos, mas faltava em barba que cofiasse. — "Senhor saiba, ao que Medeiro Vaz mesmo foi que entre todos me escolheu, nos olhos da morte, me determinou para capitanear e dar governo... Tolomeu Guilherme, que conheço, é um que deve de estar presentemente embarcando cargas, no porto em Pirapora... Mas sou, de mim, o Urutú-Branco, Riobaldo que Tatarana já fui; o senhor terá ouvido? Aí o mais esse sertão tem de ver, quem mais abre e mais acha!" — assim eu disse, um pouco enfurecido. — "Pois maior honra é a minha, meu Chefe: que em posto de dono, na pobreza desta mesa, somente homens de alta valentia e valia de caráter se sentaram..." — ele glosou, sem sobrôsso de perturbação. Dobrei, de costas, castanheteei para os cachorros. Assim ele havia de sentir o perigo de meu desprazer; havia de recear, de mim, aquilo — como o outro diz: ...quando o burro dá as ancas!...

Aí, no rever do instante, percebi os olhos de Diadorim, que me juntavam com uma das mocinhas de lá, das que estavam servindo, a mais vistosa de todas. A mocinha essa de saia preta e blusinha branca, um lenço vermelho na cabeça — que para mim é a forma mais assentante de uma mulher se trajar. Ela estava parada, em pé, no meio das outras, quase encostada na parede. O olhar de Diadorim era que estava me indicando: que para aquela mocinha ia meu admirar. Administrado, chamei: — "A senhora meninazinha, chega aqui mais perto, me faça obséquio da bondade..." E ela avermelhou as faces; mas veio; reparei que tinha as mãos aperfeiçoadas bonitas, mãos para tecer minha rede. A ela perguntei a graça.

— "É minha neta..." — foi seo Ornelas que disse. E mal nem ouvi o nome com que ela me respondeu. Assussurrada, só gostei de ver como ela se mexia por ficar quieta — vergonhosa como uma coalhada no prato.

Mas, nos tons do velho Ornelas, eu tinha divulgado um extravago de susto, recuante, o leve medo de tremor. Isso foi o que me satisfez. Aquele homem, visconde e portoso em tudo, ah, pelo mulheriozinho de sua casa ele não encobria o comprado, eh, sua família dele. A avaliar o de Diadorim, por igual, como mostrava — outros olhos — o arregalo de ciúmes. Aqui digo: que se teme por amor; mas que, por amor, também, é que a coragem se faz.

Deu silêncio. Aquilo tardou assim: feito o tamanduá a língua põe, feito quem quer comungar. A mocinha me tentando, com seu parado de águas; a boniteza dela esteve em minhas carnes. Ela perigou. Não perigou: no instante, achei em minha ideia, adiada, uma razão maior — que é o sutil estatuto do homem valente. Aquela formosura, aquela delicadezazinha, então podiam mesmo ser assim, em toda segurança, feito ela fosse, por um exemplo, filha minha. A mocinha, eu de repente queria, eu gostava de dar a ela muito forte proteção. Diadorim não imaginasse isso. Os olhos de Diadorim não me reprovavam — os olhos de Diadorim me pediam muito socôrro. Seo Ornelas empalidecido. Certo que, num rebimbo de raio, eu — pronto! — o Ornelas estava caído muito a morto, com uma bala entrôlheôlho, antes de notar sequer que eu tinha pensado em arisco de mover nas armas. Diadorim, caso fosse, ele eu desarmava; e meus homens estariam ali, todos de pé, fechando praia de mar. A menina-mocinha, que eu agarrava nos braços, era uma quanta-coisa primorosa que se esperneia... Mas eu não quis! Ah, há-de-o, quanto e qual não quis, digo ao senhor: e Deus mesmo baixa a cabeça que sim: ah, era um homem danado diverso, era, eu — aquele jagunço Riobaldo... Donde o que eu quis foi oferecer garantia a ela, por sempre. Ao que debati, no ar, os altos da cabeça. Segurei meus cornos. Assim retido, sosseguei — e melhor. Como que, depois do fogo de ferver, no azeite em corpo de meu sangue todo, agora sochupei aquele vapor fresco, fortíssimo, de vantagens de bondades.

— "Menina, tu há de ter nôivo correto, bem apessoado e trabalhador, quando for hora, conforme tu merece e eu rendo praça, que votos faço... Não vou estar por aqui, no dia, para festejar. Mas, em todo tempo, vocês, carecendo, podem mandar chamar minha proteção, que está prometida — igual eu fosse padrinho legítimo em bôdas!"

Alto estive, atrás do que falei. Ela se assustou, outra vez, sem capacidade nenhuma, ainda mais ao avermelhar. E eu também mercês colhi — da alegria veraz, nos meus olhos de Diadorim. Será que será, que por contentar profundo Diadorim eu tinha feito aquilo resoluto? Ou por outra, por aquele próprio velho homem, seo Ornelas, que nesse intervalo de instantes dizendo estava:

— "Agradece, minha filha, as todas palavras deste grande Chefe, que é declarado sagrado nosso amigo, perante as voltas todas que o mundo dá e der!"

Realmente, então eu virei para ele. E, daí, deveras foi afôito que eu quis com ele outras conversas, e prezei a amizade daquele homem dos sertões transatos. O quanto fiz perguntas. Aceitei o chá de laranjeira, com que sempre dei bem, numa tigela grande, com capricho desenhada. Minha gente junto comigo escutava.

— "O senhor tem noção de quem Zé Bebelo é?" — eu indaguei, uma hora, por me confirmar.

— "Zé Bebelo? Pode ser, não digo... Mas figuro que, esse nome, nunca ouvi, não, meu senhor..." — foi o que ele respondeu.

Ao que — isso era um fato possível? Ele não sabia. De Zé Bebelo, nem do Ricardão, nem do Hermógenes, ele não sabia nem a preposição. Mas, então, tudo naquela parte dos Gerais era ilusão de haver e não se saber. O mundo ali tinha de ser de se recomeçar... — "Sou de pouca política, me desfiz de ser..." — ele externou. O chefe próprio dele, ele não citou; feito se eu ignorasse o qual era. Célebre, esse, também — e que o senhor pode ter conhecido igualmente, pois era um que viajava amiúde até no Rio de Janeiro, se bem que famanado homem de cabras em armamentos, na política de jugunçagem. Aquele — sequinho, espigadinho, vestido cidadão, com mãozinhas pequenas, pezinhos — e do ar sempre assustado constantemente. Dele sozinho, o que se diz: umas duzentas mortes! Conheceu, o senhor? No barranco do São Francisco — o Coronel Rotílio Manduca — em sua Fazenda Baluarte! Agora, paz.

Mas aí eu perguntei a respeito daquele seô Habão, só mais para variação de conversa, mudando o propósito. Em resposta assim ouvi:

— "Esse um, vem a ser até parente de minha mulher, e longe meu aparentado... Mas de desde mais de uns dez anos que cortamos conhecimento."

E como eu atalhei o assunto, por convinhável nas boas normas, pois a lembrança dum inimigo deixa qualquer homem agastado, o seo Ornelas relatou à gente diversos casos. E o que em mente guardei, por esquipático mesmo no simples, foi o seguinte, conforme vou reproduzir para o senhor.

O qual se deu da parte da banda de fora da cidade da Januária.

Seo Ornelas, nessa ocasião, tinha amizade com o delegado dr. Hilário, rapaz instruído social, de muita civilidade, mas variado em sabedoria de inventiva, e capaz duma conversação tão singela, que era uma simpatia com ele se tratar. — "Me ensinou um meio-mil de coisas... A coragem dele era muito gentil e preguiçosa... Sempre só depois do final acontecido era que a gente reconhecia como ele tinha sido homem no acontecer..."

Ao que, numa tarde, seo Ornelas — segundo seu contar — proseava nas entradas da cidade, em roda com o dr. Hilário mais outros dois ou três senhores, e o soldado ordenança, que à paisana estava. De repente, veio vindo um homem, viajor. Um capiau a pé, sem assinalamento nenhum, e que tinha um pau comprido num ombro: com um saco quase vazio pendurado da ponta do pau. — "...Semelhasse que esse homem devia de estar chegando da Queimada Grande, ou da Sambaíba. Nele não se via fama de crime nem vontade de proezas. Sendo que mesmo a miseriazinha dele era trivial no bem-composta..." Seo Ornelas departia pouco em descrições: — "...Aí, pois, apareceu aquele homenzém, com o saco mal-cheio estabelecido na ponta do pau, do ombro, e se aproximou para os da roda, suplicou informação: — *O qual é que é, aqui, mò que pergunte, por osséquio, o senhor doutor delegado?* — ele extorquiu. Mas, antes que um outro desse resposta, o dr. Hilário mesmo indicou um Aduarte Antoniano, que estava lá — o sujeito mau, agarrado na ganância e falado de ser muito traiçoeiro. — *"O doutor é este, amigo..."* — o dr. Hilário, para se rir, falsificou. Apre, ei — e nisso já o homem, com insensata rapidez, desempecilhou o pau do saco, e desceu o dito na cabeça do Aduarte Antoniano — que nem fizesse questão de aleijar ou matar... A trapalhada: o homenzinho logo sojigado preso, e o Aduarte Antoniano socorrido, com o melôr e sangue num quebrado na cabeça, mas sem a gravidade maior. Ante o que, o dr. Hilário, apreciador dos exemplos, só me disse: — *Pouco se vive, e muito se vê...* Reperguntei qual era o mote. — *Um outro pode ser a gente; mas a gente não pode ser um outro, nem convém...* — o dr. Hilário completou. Acho que esta foi uma das passagens mais instrutivas e divertidas que em até hoje eu presenciei..."

    Tal, e outras, contou o seo Ornelas, senhor de prosa muito renovada. Pelo que, por todo o seroar, deixei com ele a mão; ainda que às vezes eu ficasse em dúvida: se competia, sendo eu um chefe, aturar que um outro fiasse e tecesse, guiando a fala. E também, com o tardio da noite, veio a hora de se desapear da mesa, e eu teimei em rejeitar oferta de cama em catre em quarto ou sala, mas fui fora, caçar o meio da minha gente; por sinal que armei rede por entre cajueiro e jenipapeiro, perto dos currais, e, para o segundo sono, mudei de rearmar, de faveira para faveira, lá para dentro duma cerca. Mas, na mesa, aquele menino Guirigó, na senvergonhice inocente de sua pouca geração, tinha adormecido completo antecipadamente, e eu consenti que as mulheres carregassem o coitadinho diabinho, pesado como um de maioridade, e levassem para dormir sei lá onde, por entre colchão e lençol. A vida inventa! A gente principia as coisas, no não saber por que, e desde aí perde o poder de continuação — porque a vida é mutirão de todos, por todos remexida e temperada. Assim eu tinha trazido o pretinho Guirigó, do Sucruiú, e agora ele estava indo para se deitar no limpo e fofo, nos braços das jovens e donzelas carregado. Somente que, inteirado no sono, ele mesmo disso não soubesse, nem aproveitasse, do que em sua existência dele era que estava se sucedendo. — "A pois, boa noite o senhor tenha, Chefe, com um aprazível amanhecer..." — assim seo Ornelas me saudou. Ao que eu, regozijado e bem servido, retribuí a ele, quase com aquelas mesmas palavras.

    As partes, que se deram ou não se deram, ali na Barbaranha, eu aplico, não por vezo meu de dar delongas e empalhar o tempo maior do senhor como meu ouvinte. Mas só porque o compadre meu Quelemém deduziu que os fatos daquela éra faziam significado de muita importância em minha vida verdadeira, e entradamente o caso relatado pelo seo Ornelas, que com a lição solerte do dr. Hilário se tinha formado. Aí, narro. O senhor me releve e suponha.

    No outro dia, acordei com a boca amarga e doce, e o través de baixar alguma ordem comandando; esse dia com essa noite não se pertencia. Achamos, de recrutagem, os cavalos que pudemos — o que foram os dez, os burros e mulas também contados. O seo Ornelas honrava os atos. Além do que quis que eu falhasse, para a festa, com o meu povo; mas achei mais sobressaído ir mesmo embora, exato. Semeei para trás de mim o bom ensêjo, para poder ser de vir a colher, mais para diante, outros assim tão bons e melhores. Sincero o dito, a gente agradeceu, subindo todos em selas, e a limpo seguimos — a manhã ainda com diversas claridades. Seo Ornelas externou as despedidas, com o x'totó de foguetes, conforme se lembrou de mandar começar a soltação, cujos por bem uma meia-dúzia. O pessoal deu vivas, gloriando o mastro com a bandeira do santo. Ao que, pelo mais, puxei em frente, pondo meu cavalo: com espora, rédea e pernas. Deciso.

Rompemos umas duas léguas, em estradas de muita areia. Mas eu já estava agastado. O que nesta vida muda com mais presteza: é lufo de noruega, caminhos de anta em setembro e outubro, e negócios dos sentimentos da gente. Assim, de repente, eu achei: que a conversa com aquele seo Ornelas tinha me rebaixado. Aos poucos eu tivesse perdido a vigiação de minha alçada, no acaso da presença dele, debaixo daqueles telhados. A opinião das outras pessoas vai se escorrendo delas, sorrateira, e se mescla aos tantos, mesmo sem a gente saber, com a maneira da ideia da gente! Se sério, então, um tinha de apertar os dentes, drede em amouco, opor seus olhos. A cuspir para diante. Alguma instância, das outras pessoas, pegava na gente, assim feito doença, com retardo. Apartado de todos — era a norma que me servia — no sutil e no trivial. A culpa minha, maior, era meu costume de curiosidades de coração. Isso de estimar os outros, muito ligeiro, defeito esse que me entorpecia. O tanto que, daí depois, essas pessoas andavam em minha desilusão: de repente todos estavam endoidecendo... Do agravo, como ia em pensar, achei asperezas até na goela; e o cuspe não cabia em minha boca, salgado como um suadouro de cangalha. Aí então, estou lembrado, vendo como vi o Alaripe de mim a curta distância — e que, em tudo comedido, guardava o balanceio brando no coxim da sela, de vaqueiro de gado tangedor. Chamei para ele vir.

— "Ah, o velho entregou os cavalos, hem, Alaripe? Coração dele aguou..." — blasonei. — "...Deu por paz. Alaripe, ei, essa paz não te enjôa?" — "Ah, é deveras... A uns, é o que sucede..." "— Mas a paz não é boa? Então, como é que ela enjôa, assim mesmo?" "— Natureza da gente, mal completada..." "— Tudo tu vê, Alaripe: eu acho que o enjoo da paz será também algum outro medo da guerra..." "— Pode que seja." "— E mas só o medo da guerra é que vira valentia..." "— Mal bem não entendo, meu chefe, mas deve de ser..." "— Pois não é? Só quando se tem rio fundo, ou cava de buraco, é que a gente por riba põe ponte..."

Assaz essas coisas, eu inventava em fala, para ter meus eixos, meus aços. A boca do boi quer sal — o sal do barro vermelho. Eu estava chamando umas bizarrias. Força dessa minha maneira: eu estava pelo calor de tudo. E a gente ia indo, aquela comprida cavalhada. Um ribeirão raso e estreito se passou — nem bem seis braças. Riacho desses que os que vão morrer chamam de rio-Jordão. Todo o mundo passou, por tanto, diante de mim, eu esbarrado em pé — isto é, a cavalo.

A virar o ar, viemos; em caminho não se descansou um dia. Agora eram os brejos da beira do Paracatú. Mas eu tinha conseguido encher em mim causas enormes. Dispor do rôr daquilo eu não conciliava, conforme perseguia, custoso, vermelho meu. Somente quis, nem podia dizer aos outros o que queria, somente então uns versos dei, que se puxaram, os meus, seguintes:

Hei-de às armas, fechei trato
nas Veredas com o Cão.
Hei-de amor em seus destinos
conforme o sim pelo não.

Em tempo de vaquejada
todo gado é barbatão:
deu doideira na boiada
soltaram o Rei do Sertão...

Travessia dos Gerais
tudo com armas na mão...
O Sertão é a sombra minha
e o rei dele é Capitão!...

Arte que cantei, e todas as cachaças. Depois os outros à fanfa entoaram — mesmo sem me entender, só por bazófias — mas rogando no estatuto daquela letra e retornando meu rompante; cantavam melhor cantando. De todos, menos vi Diadorim: ele era o em silêncios. Ao de que triste: e como eu ia poder levar em altos aquela tristeza? Aí — eu quis: feito a correnteza. Daí, não quis, não, de repentemente. Desde que eu era o chefe, assim eu via Diadorim de mim mais apartado. Quieto; muito quieto é que a gente chama o amor: como em quieto as coisas chamam a gente. E já se estava antefrente do Paracatú — que também recovava o pouco e escasso. Esbarrei não, nem examinei o adiante. Demiti meu cavalo n'água. Os outros me acompanharam. Assim atravessamos.

Vai, viemos, viemos. Esses dias em ondas. Sei só as encostas que subi, a festo. O Chapadão: céu de ferro. E era a lua-nova. Aquelas pedras brancas, que de noite tanto esfriam. As caraíbas estavam dando flôr. Por ponto de meu corpo, medi o enrolar dos longes ventos. Aí se viu, em seus couros, um vaqueiro pessoalmente. A esse, perfiz: — "Amigo ô amigo, aqui é aqui?" Ao que ele confirmou: — "Aqui, o senhor, meu senhor, os senhores estão nos andares do rio Urucúia..." Aos campos. Sentei que estava. Estrela gosta de brilhar é por cima do Chapadão. Tanta doideira fiz? A prazo. Como aquela vista reta vai longe, longe, nunca esbarra. Assim eu entrei dentro da minha liberdade. Ôi, grita, arara, araraúna, para a tua voz desenrouquecer! O Chapadão é uma estada, estando. Somente eu sabia respirar. Sumo bebi de mim, e do que eu não me tonteava. Só estive em meus dias. E ainda hoje, o suceder deste meu coração copia é o eco daquele tempo; e qualquer fio de meu cabelo branco que o senhor arranque, declara o real daquilo, daquilo — sem traslado... Ali eu diante de portas abertas, por livre ir, às larguras de claridade... Acho que foi assim.

Assim. Mas alguém me impediu. Ou era que mesmo desse jeito tinha de ser? Urubús perpassaram, extremamente, e para o poente vinham. Diadorim me chamou, pegando em meu braço. Diadorim vigiou aquelas diferenças: ele temeu; temeu por minha salvação, a minha perdição. Ou foi que minha Nossa Senhora da Abadia mandou que assim tivesse de ser? Mas Diadorim tirou o açôite de minha ação, ele me puxou, eu segurado, o propósito para trás. Nas grimpas, naquelas, o significado duma coisa tive, que depois lhe relato. Ah, só no azul do anoitecer é que o Chapadão tem fim.

Foi na descida de algumas ladeiras, no se costear um barrocão. Diadorim disse: — "Estou aqui, te vejo mesmo, Riobaldo!"

Eu disse: "— Ah, não. Ah, paz!"

Ele disse: "— A uma coisa eu te digo, Riobaldo..."

Eu disse: — "Pois fala."

Diadorim disse — a voz dele se paliava: — "Por querer bem é que eu falo, Riobaldo..." — feito o sussurro, nessas veredas, mão mansa, de tardinha, descabelando o buritizal.

Eu disse: — "Vai dizendo!" — ; falei uma segunda palavra.

A testa dele merujava, coisas grossas gotas — mesmo me temesse? — aquele suor devia de se gelar. Aí era um aviso, que ele queria me fornecer?

Aí eu não queria ouvir o que fosse, de repente eu não queria, eu não queria, fiz de ficar indignado. No eu no meu, não tivessem de me dar a toda aprovação? Ao redor de mim, assim obedecessem. A chefia sabe chefiar. Por certo, que, para a jagunçagem, os Gerais mal serviam. A pobreza daquelas terras, só pobreza, a sina tristezinha do pouco povo. Aonde o povo no rareado, pelo que faltava de água naquelas chapadas; e a brabeza do gado, que caminhava em triste achar. Desejar de minha gente, seria que se atravessasse o do-Chico — ir em cata de vilas e grandes arraiais, adonde se ajustar pagas e alugar muitos divertimentos. Conforme no renovável servisse: ir aonde houvesse política e eleição. Sabia disso. Eu não era pascácio. Um chefe carece de saber é aquilo que ele não pergunta. E mesmo eu sempre tive diversas saudades.

Reprazia, para mim, um dia reverter para o rio das Velhas, cujos campais de gado, com coqueiral de macaúbas, meio do mato, sobre morro, e o grande revôo baixo da nhaúma, e o mimoso pássaro que ensina carinhos — o manuelzinho-da--crôa... Diadorim, eu gostava dele? Tem muitas épocas de amor. Amor em perto, às vezes sossega, em muitos adiamentos — ao homem da branca barba. — "Tempo de guerrear!" — eu disse, para Alaripe, o Pacamã-de-Prêsas, o Acauã e o Fafafa: meus contra-guias. Em qualquer parte eu não podia arvorar bem fincado meu mastro--de-guerra? Primeiro, então, por ali mesmo, na areia rôxa, para tomar o instinto do ar, a gente recruzava. Mas, dirá o senhor: e o Hermógenes? A guerra não era para ser contra o Hermógenes, os Judas? Sim, sei. Mas, eles, no meu ir eles iam vir, haviam-de. Sabia isso era eu no coxim da sela, suor nosso. Seguindo, no raso e no monte, das areias tirando brilhos. A mal o mundo serenava, de tardinha, quando os jaós cantavam. Ou silêncio tão devassado, completo, que nos extremos dele a gente pode esperar o lãolalão de um sino. Diadorim não me entendesse? Ele entendia?

Assim, eu tivesse muito ódio. Diadorim havia de me entender. Mas eu estava acontecido. Por exemplo, vinha uma boiada, que passou, no bom-balanceio. Aqueles vaqueiros, esses com os laços enrodilhados nas garupas, e que, por prazer, aboiavam. Apreciei de ver como todos souberam jeito de esconder o medo que de mim deviam de ter. Boiada com rumo na barra do Paracatú, salvante que mudassem de roteiro. Mas a gente ia por lados contrários. Deles até carneamos duas rêses. Se assou carne na moda do povo dos Gerais — que era com espeto de vara de folha-miúda, tanto tempo se esbrazeando para estorricar, o naco de carne se torrava como um fumo, e o gosto daquele cheiro se supria forte, só por si punha a boca da gente aguando. Dada a mais cachaça ao menino Guirigó e ao cego Borromeu: para eles falarem coisas diferentes do que certas, por em si desencontradas, diversas de tudo. Conselhos me davam? Mesmo só o igual ao que pudesse dar o cajueiro-anão e o araticúm, que — consoante o senhor escrito apontará — sobejam nesses campos. Mas a minha sina formava o rebrilhar; em tudo, digo ao senhor. Conforme fatos houve.

Da mulher — que me chamaram: ela não estava conseguindo botar seu filho no mundo. E era noite de luar, essa mulher assistindo num pobre rancho. Nem rancho, só um papirí à tôa. Eu fui. Abri, destapei a porta — que era simples encostada, pois que tinha porta; só não alembro se era um couro de boi ou um tranço de buriti. Entrei no olho da casa, lua me esperou lá fora. Mulher tão precisada: pobre que não teria o com que para uma caixa de fósforo. E ali era um povoado só de papudos e pernósticos. A mulher me viu, da esteira em que estava se jazendo, no pouco chão, olhos dela alumiaram de pavôres. Eu tirei da algibeira uma cédula de dinheiro, e falei: — "Toma, filha de Cristo, senhora dona: compra um agasalho para esse que vai nascer defendido e são, e que deve de se chamar Riobaldo..." Digo ao senhor: e foi menino nascendo. Com as lágrimas nos olhos, aquela mulher rebeijou minha mão... Alto eu disse, no me despedir: — "Minha Senhora Dona: um menino nasceu — o mundo tornou a começar!..." — e saí para as luas.

Aquelas obras, então, Diadorim não visse? Ah, conselho de amigo só merece por ser leve, feito aragem de tardinha palmeando em lume-d'água. O amor dá as costas a toda reprovação. E era o que Diadorim agora desfazia em mim, no amargoso.

— "Repuno: que você está diferente de toda pessoa, Riobaldo... Você quer dansação e desordem..."

Mexi meu cuspe dentro da boca.

— "...A bem é que falo, Riobaldo, não se agaste mais... E o que está demudando, em você, é o cômpito da alma — não é razão de autoridade de chefias..."

Diadorim disse, e a voz dele, ecosa, me rodeou; as certas sinceridades. Amizade de amor surpreende uns sinais da alma da gente, a qual é arraial escondido por detrás de sete serras? Aí, demorei. Eu ia aceitar essa represensão? Ah, nunca. E, desaguardadamente, eu atinei com outro motivo, para opor: a extratada conversa, que Diadorim tinha tido, adeparte, com o arrieiro de uma tropa. Perguntei, contra:

— "O segredo, com o velho arrieiro da tropa, Diadorim, que se falaram — era de minha pessoa?"

Essa tropa, que passara por nós, dias antes, rumava para o Abaeté, com carga de fumo, mantas de borracha, couros de onça e de lontra e cera de palmeiral, pouca coisa. Fossem atravessar o rio, num porto; iam passar por terras minhas conhecidas, nos sertões menores... Agora, eu queria saber.

— "Aquele levou um recado meu. Instruí o homem que levasse um recado..."

— "Um recado, de mim? Aí hei, que?! Malfiz?!..."

— "Um recado. Mais tu não pergunte, Riobaldo: que, o que fiz, foi."

Dizendo, Diadorim se arredou de mim, com uma decisão de silêncio. Não vê, que nem precisava. Eu tinha guardado meus ouvidos. Eu não queria escutar o reto, naquela ocasião, por desânimo de ser. Diadorim tinha citado alma. O que ele soubesse, não soubesse, não tinha ciência de coisa nenhuma, da arte em que eu tinha ido estipular o Oculto, nas Veredas Mortas, no ermo da encruzilhada... Aquilo não formava meu segredo? E, mesmo, na dita madrugada de noite, não tinha sucedido, tão pois. O pacto nenhum — negócio não feito. A prova minha, era que o Demônio mesmo sabe que ele não há, só por só, que carece de existência. E eu estava livre limpo de contrato de culpa, podia carregar nômina; rezo o bendito! Trastempo, mais outras coisas sobrevinham, mas por roda normal do mundo, ninguém podia afiançar o contrário. Após pedra por sobre pedra, não guardo lembrança. Eu era o chefe. Vez minha de dar comando e estar por mais alto. Zé Bebelo tinha de todo desaparecido. Agora, o que se carecia, era de se pegar mais munição. Todos deviam de me obedecer completamente. Só eu não queria abusar. Por que não queria? Ah, então, eu estava em dúvidas. Até por isso era que eu estremecia, fino, no ouvir certas menções. A haver a coisa que de longe me ameaçasse, feito o vem-vem das núvens de chuva. O demo, mesmo assim, podia me marcar? Se não fosse, como era que Diadorim viesse vir com aquelas palavras? Acho que eu não era capaz de ser uma coisa só o tempo todo.

Do que Diadorim se estranhava, era do seguinte: tinha sido o que aconteci com um sujeito senhor, um que disse se chamar nhô Constâncio Alves, que topamos no Chapéu-do-Boi. E também do desgraçado do homenzinho-na-égua, com o cachorro dele, que vieram vindo, três léguas depois daquele. As coisas vãs, esparramáveis.

De que tivesse neste mundo um tal nhô Constâncio Alves, o que era que eu ponderava com isso? Mas ele mesmo ali loguinho falou: que era nado no pé da serra de Alegres, e sendo da minha primeira terra, também. Foi bem tratado. Mas disse que podia ser de ter me conhecido, quando eu menino. Isso me disse aquele nhô Constâncio Alves. Queria recompensas? Aos princípios, não desgostei de prosear com um antigo assim, compatrício, asseado em suas roupas e bem-avindo. Aí ele tomou café, com a gente. A dar, que o homem foi se avontadeando, encompridando as respostas; eu mesmo dava jeito para que ele tomasse coragem.

Até que, um certo momento, o pretinho Guirigó se chegou sorrateiro, e emitiu em minha orêlha. — "Iô chefe..." — arenga do menino Guirigó, que às vezes bem não regulava. O capeta — ele falou no capeta? Ou então, só de olhar para ele, e escutar, eu pensei no capeta; mas, que era do capeta, eu entendi. Daí, de repente, quem mandava em mim já eram os meus avessos. Aquele homem tinha quantia consigo: tinha consciência ruim e dinheiro em caixa... — assim eu defini. Aquele homem merecia punições de morte, eu vislumbrei, adivinhado. Com o poder de quê: luz de Lúcifer? E era, somente sei. A porque, sem prazo, se esquentou em mim o dôido afã de matar aquele homem, tresmatado. O desejo em si, que nem era por conta do tal dinheiro: que bastava eu exigir e ele civilmente me entregava. Mas matar, matar assassinado, por má lei. Pois não era? Aí, esfreguei bem minhas mãos, ia apalpar as armas. Aí tive até um pronto de rir: nhô Constâncio Alves não sabia que a vida era do tamanhinho só menos de que um minuto...

Ah, mas, então, do sobredentro de minhas ideias — do que nem certo sei se seja meu uma minha-voz, vozinha forte demais, de tão fraca, suministrou um cochicho. Foi. Em tão curta ocasião que teve, essa vozinha me deu aviso. Ah, um recanto tem, miúdos remansos, aonde o demônio não consegue espaço de entrar, então, em meus grandes palácios. No coração da gente, é o que estou figurando. Meu sertão, meu regozijo! Que isto era o que a vozinha dizia: — "Tento, cautela, toma tento, Riobaldo: que o diabo fincou pé de governar tua decisão!..." A anteguarda que ouvi, e ouvi seteado; e estribei minhas forças energias. Que como? Tem então freio possível? Teve, que teve. Aí resisti o primeiramente. Só orçava. O instante que é, é — o senhor nele se segure. Só eu sei.

Mas, aquilo de ruim-querer carecia de dividimento — e não tinha; o demo então era eu mesmo? Desordenei quase, de minhas ideias. Eu matava um tiquinho, só? Em nome de mim, eu não matava? Só forcejei por sobrenadar alto em mente o mando daquela vozinha. Rú, eh, masquei meus beiços, eu arrebentasse. Vi que acabava tendo de matar, e era o que eu mesmo queria. Como que tivessem espalhado, ombro com ombro, pelos inteiros cabíveis do Chapadão, os diabinhos, mil e mil, tocando lindas violas — para acabar com o que eu mesmo me falasse, e de mim quisesse por valia me entender, contra o que o demônio-mestre tinha determinado... Sendo que mal resisti, nas últimas, saiba o senhor. Ah, mas. E é preciso, por aí, o senhor ver: quem é que era e que foi aquele jagunço Riobaldo! Pois em instantâneo eu achei a doçura de Deus: eu clamei pela Virgem... Agarrei tudo em escuros — mas sabendo de minha Nossa Senhora! O perfume do nome da Virgem perdura muito; às vezes dá saldos para uma vida inteira...

Súbito sendo — pois, pois — que um recurso eu tive, e por uma greta me saí, levando a salvo comigo o desgraçado nhô Constâncio Alves. O conforme foi: que isto eu espiritei: que fazia a ele uma pergunta. Respondesse a mal, morresse; mas, de outro jeito, recebia perdão. Aí a pergunta seguinte:

— "Se sendo que o senhor é de minha terra, a pois: conheceu um homem que se chamava Gramacêdo? Será, o senhor é parente dele?"

Só esperei. Ele dissesse que tinha conhecido o outro, e, aí, morria, por eu não poder não matar; por quanto a salvação dele mermava, que nem morrão de candeia. E assim, com obrigação minha mesma, eu tinha para sempre combinado.

Mas nhô Constâncio Alves era para ganhar, no azo daquilo, pelo que deu, de resposta:

— "Gramacêdo? Sinto dizer, mas esse eu nunca vi, nem dele ouvi falar. Tenho parentescos com ninguém de tal nome..."

A minha mão já tinha estado para o revólver, brandamente. Nhô Constâncio Alves percebeu o mal-amém. Confuso como se rebaixou um pouquinho no tamanho: ele devia de estar abrindo os joelhos, por tremor de medo nas pernas. Aí ele mesmo então achasse que carecia de muito morrer? — num pingo eu pensei, traiçoeiro. O medo mostrado chama castigo de ira; e só para isso é que serve. Ah, mas — ah, não! —; eu tinha decidido. Tinha ou não tinha. Eu? Assim, noutro repingo: arejei que toda criatura merecia tarefa de viver, que aquele homem merecia viver — por causa de uma grande beleza no mundo, à repentina. Um anjo voou dali? Eu tinha resistido a terceira vez. Agora, nhô Constâncio Alves estava delivrado de perigo. Só que eu gritei:

— "O senhor tem seu dinheiro?"

Ligeiro, novo, o homem caçou com suas mãos o surrãozinho, que abriu: estava cheio de notas, bem enroladas e embrulhadas num pano; e assim me dava, me presenteava. Mirei aquele triste pescoço. O que em seco ele foi engulindo: que podiam ser as contas todas dum terço.

Aproximei o cobre. O ele, nhô Constâncio Alves, deixei que fosse embora. Nem espiei — para dele não ver as costas. Mas, aí, então, para me pacificar e enterter o Outro, eu tive de falar alto:

— "Perdoei este; mas, o primeiro que se surgir, destas estradas, paga!"

Eu disse. Eu ia cumprir?

De seguida, o primeiro veio, logo mais adiante; quase no se inteirarem três léguas. Conforme houve fatos, coisa que se passou. E foi numa várzea, com uns boizinhos ali bem pastando. Demos com um sujeito, aparecido viajor. Ele vinha numa égua. Essa égua era acastanhada, com alguma altura. Aqueles arreios, de velhos, era que desfaziam. Um cabo da rédea estava sendo de couro, mas o outro de sedenho. A égua também cambaiava. O homem tinha cara de focinho, avançando o formato dos ossos da boca: não tinha queixo. Desgraçado desse homem, pelo que em sua vida ia ser, pelo que seus aspectos indicavam. Nem merecia dó, assim achei. Mas, na companhia dele, atrás, vinha também um cachorrinho.

Eles esbarraram. O cachorrinho pegou a latir, nesse ofício que quase todo cão tem, de ser presumido valente. O homem bambeou de si, em cima da égua, ele estava pecando de pavor. Como que, num só relance ele transformou três caras. E para o pretinho Guirigó me virei, por perguntar:

— "Aqui, este, deveras eu mato?"

— "Senhor mata? Senhor vai matar?" — o pretinho só se saíu pelos olhos.

Ao que escutei queixos e dentes do homem bater. Súdito indivíduo assim não tinha ação de voz nem tirava um suplicar. Tudo o que não sabia, ele adivinhava. Previsse que ia morrer só para indenizar do perdão dum outro, só por preencher o lugar que devia de ser o do nhô Constâncio Alves?

Ah, não. Agora, a vontade de matar tinha se acabado! Sei e soube: por certo que o demo, agora, escondia sua intenção, por desconfiar de que eu não fosse querer cumprir. Com ele, meu senhor, assim é: sempre escolhe seus estilos. Ao mais, dessa vez, ele sabia que não carecesse de me azuretar. Sabia que eu estava até com enjoo da situação daquele homem da égua, meu gosto era permitir que ele fosse s'embora, forro de qualquer castigo. Mas sabia igual que eu estava na estrita obrigação de matar — porque eu não podia voltar atrás na promessa da minha palavra declarada, que os meus cabras tinham escutado e glosado. Ah, o demo bem me conhecia! Devia de estar no astuto, ali por perto, feitor, se pagodeando de mim: querendo ver bem boa execução, do meu dever de crime. E o homem da égua o nada de tudo espiava, por mais inteiriço não se ser se forcejava, e um espírito de silêncio ele gemia. Aí onde era que estava o anjo-da-guarda dele? Aí tinha de morrer. Carecia de morrer, porque o diabo, por novas voltas, no nó de compromisso tinha me pegado; e porque outro ao-menos-remédio não havia. O cachorrinho por sua vez entendia isso, e latiu, cainhava, ganiz; mais conseguido do que o dono ele sabia dar de gemer. Mas eu estava pensando redobrado.

Como era que eu ia matar aquele sujeito, anunciado de pobre, e matar em vez de um outro, sadio em bojo, e rico? Aquilo era justiça? Vai ver, ele nem conhecesse o nhô Constâncio Alves, nem soubesse quem fosse. Era justiça? Era possível? Eu pensei. O que era que Zé Bebelo, numa urgência assim, no arco, inventava de fazer? Eu tinha a preguiça de falar perguntas.

Os outros, parados em volta, esperavam, por apreciar. Ninguém não tinha pena do homem da égua, mirei e vi. Consideravam de espreitar meu procedimento. A aflêima de assim loguinho ter de botar e ouvir minhas palavras no ar, me agravou. E foi então, para retardar os momentos, que ao cego Borromeu eu indaguei:

— "Seja o que, companheiro velho? E eh lá isso?..."

Atabafado. Até porque, de pedir avisos a um cego, assim, em públicas varas, eu tivesse de me vexar.

— "Se é se é, Chefe? A-hem? Se é o que mecê sumeteu, enhém? Senhor quer que seja que se mate um tal?" — sem-termo do cego me respondeu, sem-razão. Ao que eu tinha trazido aquele comigo, para a nenhuma utilidade. — "Senhor mesmo é que vai matar?" — o menino Guirigó suputou, o diabo falou com uma flauta. — "Te acanha, dioguim, não sei que diga! Vai sêbo..." — eu ralhei. Onde os outros riram rabo.

Mas, entre isso, o homem condenável, em cima da égua, amontado sempre, chorava por si mesmo, sensato sério; chorava, decerto, o ter crescido de sua longe meninice. Nem perguntei o nome dele, nem donde era que era. Um naqueles casos, de nada carecia nem necessitava. A cara dele, pelo malaventurar, se quebrava das formas e cor, e perpassava — ele era um ser com a cara desmanchada. Aí o Acauã, por um gesto de aviso meu, assestava nele, sobrestante; porque, mesmo no magoar do terror, por vez um se assopra de adôido, dá bote, dá nas armas. Agarrado todo na égua, só encolhido, encarapitado — o pobre.

— "Vai sêbo!" — eu tornei a xingar o menino-de-infância.

Adforma que eu tinha de resolver. Antes ligeiro, para os meus homens não me acharem aparvo. Ou o demo. O demo? Ainda que muito eu sei. Agora esse se prespiritava por lá, sabível mas invisível; e ele estava se rindo de mim, meu próximo.

Ah, não! Somei que tive pena do homem? A cachorrinha se latia. Mas, como era que eu podia atirar numa triste pessoa daquelas, que semelhava com os ombros debaixo de todas ventanias? A cachorrinha perturbava os cavalos. Aperto do dever que eu tinha de cumprir, de editada palavra. Ou eu temi também o Tranjão, o Tibes, o Cujo, que eu mesmo ajustara por meu vigiador? Seja o que; hoje mais rezo. O homem nas costas da égua, desinquieta, que agora dava debate. Decerto porque, animal de montada, no que percebe aquele humano pavor alheio, o todo desprezo ao cavaleiro está obrigado a demonstrar. Conseguinte que, sobre assim, todos riram mais: — "Oé, eh, ele já está se deixando!" — algum reparou. Se via? Se o homem dera de obrar, mesmo permeando para a sela, que se sujava? Às caçoadas, constavam de querer ver aquilo. Daí, o cachorro, por resguardo de seu dono, agrediu os cavaleiros — com o qual a latição dele, e os arreganhos, os cavalos de uns desgostavam e se empinavam, por reboliz. O homem, mesmo, era que se franzia, no não dizer, não desbobeava. Ah, e Zé Bebelo! — repentino relembrei, as remotas vezes. Os cavalos saltando assim, os cavaleiros bramando: recordação de Zé Bebelo. Só Zé Bebelo servia para apurar um impedimento desses, no deslindar. Onde ele? Ah! Ah e foi aí — então — que estouradamente achei: fortes ideias! Rapatrás, fazendo meu cavalo também se arquear e empinar, às as patas — eu disse. Disse, que bradei — num entusiasmamento daqueles mesmos de Zé Bebelo — a fala igual à de Zé Bebelo, na baralhada em pompa dos animais, arre crinas, na aroubagem de arruaça. Eu pronunciei:

— *"Rai'-a-puta-pô!* Não tenho que matar este desgraçado, porque minha palavra prenhada não foi com ele: quem eu vi, primeiro, e avistei, foi esse cachorrinho!..."

Só um assarapanto de silêncio. Daí, me vivavam. Todos entenderam, me admiraram. A tanto que sei. Agora, eu, digo ao senhor: dele, do Demo — naquele instante — agora era eu quem ria!

— "Ei-ei, gente, segura o cão!" — dei ordem. Num três-tempo a cachorrinha estava pega, se esbrabejava. No que uma peia, um laço, ou um cabresto, eram desconformes para isso, então o Pacamã-de-Prêsas e o Jiribibe arrumaram uma jarda de fina corda, com ela se amarrou o bichinho num pé de assa-leitão. — "Não deixem ela uivar... Não deixem ela uivar..." — foi o que o cego Borromeu disse, pelo modo ele tinha medo de uivado de cachorro. — "A bom, cachorro a gente enforca..." — o menino Guirigó deu atrevimento de ensinar. Mandei que esse menino fosse para mais longe, perder as influências. Deram uma palmada na anca do cavalo dele, que o João Vaqueiro puxou, para ir exilar os dois em boa conveniente distância.

— "Um cachorro, quando se enforca, chora lágrimas — os olhos dele regulam com os de gente..." — foi o que o Alaripe disse, com simples voz. A tudo, pensei. Agora, matar aquela cachorrinha? O que menos eu pudesse, só mesmo por pragas. Pelo tanto que a cachorrinha se prezava correta, latindo tão relatado. Ah, não! Ah, não, não matava. Mais, por aí, eu também já tinha aprendido — das sutilezas. Tornei a transdizer:

— "Adonde!... E nem não foi essa cadela. A égua, essa é que foi — a que primeiro deu nas minhas vistas!"

Real, mudando o propósito — e para que isto bem se entenda. Fio que me aprovaram. Divertidos, todos; quem é que ia me contrariar? Eu era senhor dali e daqui: eu falando, ficava sendo. Do Demo, mesmo, não tirei noção. Agora eu estava com outra pressa. — "Desapeiem o homem, mandemos embora, que se vá!" — em ato ordenei. Até porque ele se cessava sem entendimento das coisas, sem ação. Transes que em instante temi: aquele homem morresse, roqueado no medo, rebaixado dessa forma — então, ah, aí, então, o destino de lugar, para mim, estava definitivo: só sendo nas extremas do fim do Inferno... Com jeito, com asco, uns dos meus cumpriram meu mandado, desamontaram o homem, e o homem quase nem se impunha de ficar em pé. — "Tu foge fora daqui, tu te vai embora!" — eu disse, tive de gritar. Aí ele entendeu, e saíu. Por um momento, pensei que fosse correr. Mas esbarrou, sem espiar para trás. Agora era que achava pranto, com bem de choro: estava chorando soluços fortes, igual se fosse criança pequena. Aquilo não tinha nenhuma sensatez e me dava gastura, astúcia que remexia com minhas resistências. Aborrecidos, os do meu pessoal gritaram com ele, que tornou a pegar a correr, ao tom dos brados. Ainda esbarrou, outra vez, devia de estar chorando, conforme os ombros dele se sacudiam. Arrochei. Assim foi em arrebrusco: sobreveio em mim a estúrdia arfagem de chorar também — eu nas margens do mar. Não quis e nem pude. Ânsia que meus olhos, para dentro, davam em escuro. As graças d'arte — sabe o senhor —: na escuridão, não se chora, por não se ver, como não se pita cigarro... Com isso, desgostei de mim. Ah, no final da vez, o que ria o riso principal era ele, o demo. O Tisnado! Assim, por causa da judiação que eu, mesmo por querer salvar a vida dele, eu tinha procedido de demorar assim, com aquele homem. Antes tivesse logo matado. Como é que se podia desrespeitar tudo desse jeito, numa desgraçada pessoa, roupeada? Como é? E o homem não tinha vislumbrado de espiar para trás, para saber de sua cachorrinha. E a cachorrinha estava ali, bem amarrada na dignidade. Tanto ela não latia mais, que todos tinham se esquecido dela. Agora eu colhi em mim um estado de desânimo. A ser, que, por conta daquele homem, por meus desmandos, quem sabe eu ia ter, mais para adiante, de pagar, com graves castigos?

Algum tempo estava se passando, daí já tinham desarreado a égua, e o lombilho e os baixeiros botaram dependurados num galho de árvore de beira estrada. Ali estava aquele magro animal, preso sòmentemente no cabresto, que o Fafafa segurava; assim esperavam que eu desse cabo dela, eu mesmo, ou que mandasse outro fazer, segundo tinha sido a minha decisão. A cachorrinha, essa, eu pensei: eu dava para Diadorim, que perto todo o tempo tinha ficado, calado durante tudo. E, pois, era a hora de minha acertação, mesmo com a contrariedade. Ao dito, porque eu tinha começado a desastrada estória, que um final razoável carecia de ter. Suficiente sacar garrucha, e mirar o tiro na testa da égua, que se debruçava de pernas abertas, se acabando. A tanto, pois?

Ao que o Fafafa, que não teve poder em si de se consentir silêncio, virou para mim, e disse: — "Nosso Chefe, com vênia eu peço: o senhor aceite de eu pagar em dinheiro o prêço deste inocente animal, que seja poupado... A eguinha não é de todo ruim..."

Aonde que ele disse, outros secundaram: eu deixasse. Repente meu foi meio irado; porque até o Fafafa me atravessava. Os demais, a ver que reprovavam minha decisão, de que a égua se matasse. A gente revoltosa? Ah, não; que, em seguida, gostei, eu mesmo. Instante em que me prazia ouvir o meu pessoal discordar daquilo, com a égua, a frio e por fria razão. Do demo era que eles discordavam! Rapaziada boa, solerte. Só que, assim, como eles queriam, não estava em meu regulamento resolver. Vender, não vendia a vida da égua ao Fafafa. Ah, não. Resumi um recurso, por aí alerta. O que foi como pronunciei:

— "Delibero o certo: o primeiro que eu vi, foi essa égua. Ela tinha de receber a morte... Ah, mas égua não é gente, não é pessoa que existe. E que? Ah, então, não é cabível que se mate a égua, por tanto que a minha palavra decidida era de se matar um homem! Não executo. A alçada da palavra se perdeu por si e se gastou — pois não está dito? Acho e dou que o negócio veio ao terminado."

Verdadeiramente, com alegria, foi que todos me aprovaram. Ou seja que me admiravam em real, pela esperteza de toda solução que eu achava; e mesmo nem sabiam que essas minhas espertezas eram cobradas da manha do Tentador. Contente, tanto, e descontente, comigo, era que eu estava. Porque essas coisas, de certo modo, me tiravam o poder do chão. Mas, uma na outra, eu limpei o seco de minhas mãos.

— "Aí, correr alguém, em tempo de campear outra vez esse homem..." — eu disse. — "Trazer, a modo de se dar a ele dinheiro, se dar de comer e um café, e tornar a entregar a ele o que é dele..."

Eu falava era por devolver a égua. E o Suzarte, José Gervásio e Jiribibe, torcendo em galope, foram pelo homem. A égua, que se soltou, caçava môitas de capim, para pastar. Com o que, já que se estava por descanso e espera, e se tinha boa aguada na vereda perto, o Jacaré armou a trempe e coou café. Sentei, na sombra dum pau-dôce, fiquei ouvindo os gabos que os em redor de mim me dessem, como arras de procedimentos maiores.

— "Tal a tal, o Chefe tira mais finíssimas artimanhas do que o Zé Bebelo próprio..." — um disse.

— "À fé, que determina com a mesma justiça que Medeiro Vaz..." — outro falou, mais aduloso.

Isso, bom louvo, sossegava a minha perturbação. Aquela hora, eu estimava meus homens, que vivessem, que falassem. Mas, para afirmar ideia e respeito de que eu estava em minha chefia independente, mandei que aquietassem, pelo que eu ia aproveitar para uma sesta de sonéques. Aprazia escutar o ventinho do chapadão, com o suave rumor que assopra e faz, nas folhas do bate-caixa. A cachorrinha, amarrada mesmo, se sujeitava de não latir: figuro que alguém estava dando a ela pedaços de carne-seca. Alembro que eu ainda podia caber nesse domingozinho de tranquilidade. O melhor — ah, pensei, o melhor de tudo! — era que o Anhangão não aparecesse, não se visse porfiando no meio de todos; e que mesmo o mais certo era d'ele, demo, não competir, por não ter nenhuma existência.

Tirei minha madorna, a pouco. Suzarte, Jiribibe e José Gervásio já retornavam, com o vazio tido, sem o resultado algum. — "...Sujeito se sumiu nesse mundo, carregando com o rastro, medo dele era medonho... Só achamos o nada dele..." — assim rendiam explicação. Que é que se podia remediar? Seguir nossa marcha, sem mais tardanças. A gente largava a égua ali, acaso algum dia o homem voltava, ou dela por boca de outros tinha notícia. Amontamos. E a cachorrinha? — "Reinaldo, essa tu quer?" — perguntei a Diadorim. Meante o que, ele melhor respondeu: — "Só convém se soltar a coitadinha, de seguro ela vai se encontrar com onde estiver o dono..." E ele mesmo desatou. Valia o senhor ver o raio de amor que tangeu a cachorrinhazinha: que latiu suas alegrias e airada correu, sem nenhuma demora, feito fosse para um pronto destino, há-de asas! Foi ela em longe desaparecer, e nós tocamos, no caminho contrário. A égua ficou lá, pastando; e o arreio do homem, como um espantalho, pendurado no ramo de árvore, até as moscas do campo já se ajuntassem nele.

Do que acontecido, me senti muito livre. Trotei, adiante. Eu ia, à meia-rédea, não me instava, não pensava. Será — mal pergunto eu ao senhor — que viajei este sertão com o Outro sendo meu sócio? Vá retro! Mas não tenho modo de entender como Diadorim estranhou meus semblantes. E por via disso é que tinha sido a nossa conversação — por causa do de que agora lhe dei conta miudamente.

Do que discuti com Diadorim, do que derradeiro ele me disse, me ficou um retardo. Aquele passo me envergonhava. Como ser? Eu queria e não queria ouvir — não queria e queria. Resto de toda resposta, que tivesse, tinha de ser acusação. E eu quis. Deu o que me deu, e eu vim, perguntar forçado; sentido, perguntei:

— "O recado mandado, Diadorim, tu diz. Teu falar no exato, dever de toda lealdade, é que eu a duras exijo — o que me reverte!..."

— "Sou teu amigo. O recado aquele, Riobaldo, pedi ao arrieiro para dar a uma mulher..."

— "Ah, então foi para uma moça, para a filha do fazendeiro da Santa Catarina, que Otacília é, e que é minha nôiva; será?"

— "Riobaldo, pois foi. Em que é que você malda?"

Ao que, por praga, eu relutei no freio. Até o campolino meu cavalo assumiu um espanto. Porque surpreendi o mundo desequilibrado rústico, o que me pertencia e o que não me pertencia. Se a vida coisas assim às horas arranja, então que segurança de si é que a gente tem? Diadorim me olhava. Diadorim esperou, sempre com serenidade. O amor dele por mim era de todo quilate: ele não tartameava mais, de ciúme nem de medo. Disse assim:

— "Pedi a ela que rezasse por você, Riobaldo... Assim pela esperança de saudade que ela tivesse, que não esbarrasse de rezar, o todo tempo, por costume antigo..."

No argame, no esquisito desgosto de meu espírito, vi que, mesmo antes dele falar, eu já sabia que aquilo era — o que ele não evitava de me dizer. Rude que ainda reperguntei, mesmo assim:

— "Ah, não! Ah, você acha que eu careço de suas rezas orações, por minha ajuda, Diadorim?"

— "Acho, de manhã à noite, Riobaldo... Demais. Nem sei mesmo se alguém te botou o malefício... Tua mãe, mesma, que estivesse viva, achava..."

Mor, mor, aí, recebi surto de meu sangue, forte, no corpo da cara e na beira das orêlhas, e logo doeu no meu beiço o que eu estava me mordendo, assim para não insultar Diadorim com nomes que fossem da maior ofensa. Com um tapa na rédea, eu tirei de perto dele a cara de meu cavalo.

— "Acha tua vida, rapaz! Careço é de menos amizades..." — ainda eu maldisse, me apartando. Ao que bem pensei: — Hás-de! Rezas essas, o contra? Atira, tu, em anta, com chumbo fino... — e ri màmente. O que era que me transtornava, do meio para o fim, por essa fraseação?

Sendo que, depois logo, quando esbarramos a caminhada do dia, eu fiz questão de não querer prosa nem presenças de ninguém, para que vissem que eu estava pensativo de projetos, e raivoso. Tristonho. A gente parava no findar do Chapadão, longe do poente, segundo se ia indo, por meu comando. As muitas sérias coisas referi comigo, quando eu estava provando a fresca da tarde.

Por curto: minto, se não conto que estava duvidoso. E o senhor sabe no que era que eu estava imaginando, em quem. Ele é? Ele pode? Ainda hoje eu conheço tormentos por saber isso; trastempo que agora, quando as idades me sossegam. E o demo existe? Só se existe o estilo dele, solto, sem um ente próprio — feito remanchas n'água. A saúde da gente entra no perigo daquilo, feito num calor, num frio. Eu, então? Ao que fui, na encruzilhada, à meia-noite, nas Veredas Mortas. Atravessei meus fantasmas? Assim mais eu pensei, esse sistema, assim eu menos penso. O que era para haver, se houvesse, mas que não houve: esse negócio. Se pois o Cujo nem não me apareceu, quando esperei, chamei por ele? Vendi minha alma algum? Vendi minha alma a quem não existe? Não será o pior?... Ah, não: não declaro. Desgarrei da estrada, mas retomei meus passos. O senhor segurado não acha? Ao que tropecei, e o chão não quis minha queda. De hoje em dia, eu penso, eu purgo. Eu tive pena de minhas velhas roupas. E rezo. Para a minha reza, Deus dá as costas, mas abaixa meio ouvido. Rezo. Queria ver ainda uma igreja grande, brancas torres, reinando de alto sino, no estado do Chapadão. Como que algum santo ainda não há de vir, das beiras deste meu Urucúia? E o diabo não há! Nenhum. É o que tanto digo. Eu não vendi minha alma. Não assinei finco. Diadorim não sabia de nada. Diadorim só desconfiava de meus mesmos ares. Escuto o claro riso dele, que era raramente; quer dizer: me alembro. Compadre meu Quelemém me dá conselhos, de tranquilidade. O que ele renova é: — "...Em presente e futuros..." Eu sei.

Sempre sei, realmente. Só o que eu quis, todo o tempo, o que eu pelejei para achar, era uma só coisa — a inteira — cujo significado e vislumbrado dela eu vejo que sempre tive. A que era: que existe uma receita, a norma dum caminho certo, estreito, de cada uma pessoa viver — e essa pauta cada um tem — mas a gente mesmo, no comum, não sabe encontrar; como é que, sozinho, por si, alguém ia poder encontrar e saber? Mas, esse norteado, tem. Tem que ter. Se não, a vida de todos ficava sendo sempre o confuso dessa doideira que é. E que: para cada dia, e cada hora, só uma ação possível da gente é que consegue ser a certa. Aquilo está no encoberto; mas, fora dessa consequência, tudo o que eu fizer, o que o senhor fizer, o que o beltrano fizer, o que todo-o-mundo fizer, ou deixar de fazer, fica sendo falso, e é o errado. Ah, porque aquela outra é a lei, escondida e vivível mas não achável, do verdadeiro viver: que para cada pessoa, sua continuação, já foi projetada, como o que se põe, em teatro, para cada representador — sua parte, que antes já foi inventada, num papel...

Ora, veja. Remedêio peco com pecado? Me tôrço! Com essa sonhação minha, compadre meu Quelemém concorda, eu acho. E procurar encontrar aquele caminho certo, eu quis, forcejei; só que fui demais, ou que cacei errado. Miséria em minha mão. Mas minha alma tem de ser de Deus: se não, como é que ela podia ser minha? O senhor reza comigo. A qualquer oração. Olhe: tudo o que não é oração, é maluqueira... Então, não sei se vendi? Digo ao senhor: meu medo é esse. Todos não vendem? Digo ao senhor: o diabo não existe, não há, e a ele eu vendi a alma... Meu medo é este. A quem vendi? Medo meu é este, meu senhor: então, a alma, a gente vende, só, é sem nenhum comprador...

Divulgo o meu. Essas coisas que pensei assim; mas pensei abreviado. O que era como eu tivesse de furtar uma folga nos centros de minha confusão, por amor de ter algum claro juízo — espaço de três credos. E o resto já vinha. O senhor verá, pois.

Porém mais além.

Na serra do Tatú, o frio ali é tal, que, em madrugadas, a gente necessita de uns três cobertores. Na Serra dos Confins, meados de julho, lá já está sovertendo o laçaço dos ventos, desencontrados, de agosto; como que venta: árvores caídas. Aonde eu ia, todos achavam natural. Chefe é chefe. Será que eles não sabiam que eu não sabia aonde ia? Isto é — digo — isto é. Não soubessem os começos e os finais. Dalgum modo, eu estava indo e sabendo. Sobre como é que a coruja conseguiu modo de poder voar sem se escutar o rumor do voo? Ao que eu estava sofismado. Menos que não guardei raiva de Diadorim, nem sentimentos. O desar que ele tinha falado e feito, aquela ruim conversa nossa, não deixou nem nublo: melhor fugiu, de todo, de minha lembrança.

O palpite meu, primeiro, era de chegar até na Serra do Meio — cruzar na Cachoeira-do-Urucúia. Daí, desisti. De repente, torci direto para o norte; foi no Lagamar, a travessia. Mas, fujo de dizer: que, antes, no Lugar-do-Touro, se arrecadou a exata munição. Ainda antes se dando, dias, que a gente tinha recebido uma boa surpresa. O Quipes!

Assim o Quipes, que retornava, depois de tantos meses. De desde que tinha cumprido a ordem de sair por travesso socôrro, de lá ondonde estávamos cercados em combates, na Fazenda dos Tucanos — o senhor se alembrará. Ele vinha certo e alegre. E, de ver um companheiro assim se aparecer, de ausências, a gente ganhava mais mocidade.

Lampeiro, o Quipes entrado em boas roupas, montado num bom cavalo amarelo, pitando maço de cigarros de fábrica; rico feito um Mascarenhas. Arte que puxava um burro e uma burra, adestros, e tinha comprado coisas: até trempe e caçarolas, e açúcar real e chocolate em pó. Ao fagueiro, pujante, mesmo.

— "Ara, veja como passou? E dond' é que soube de nós?" — eu em atiço perguntei.

— "Ao que pois, Tatarana: em faltas de notícia, formei meu pião por aí... Já estive em Ingàzeiras, na Barra-da-Vaca, no Ôi-Mãe, em Morrinhos... O Urucúia não é o meio do mundo?" — assim ele se temperou.

O que não era toda a verdade. O que ele estava era recém-chegando. E me tratou de *Tatarana*... O seja que tivesse vivido esses tempos tangendo urubú, adformas que vinha agora na ignorância de que eu é que era o Chefe. Indagou por Zé Bebelo; e pois de Zé Bebelo mesmo ele tudo não sabia. Nem o parar do Hermógenes. Nem não tinha nenhum sinal do Joaquim Beijú, assim como aviso de outras novidades do mundo não deu. Só, por terminar, se gabou de ter tido duas ofertas: para servir de jagunço de Dona Adelaide, no Capão Redondo, e do Coronel Rotílio Manduca — em sua Fazenda Baluarte.

— "Ah, entrei, gozando de minha pessoa de paz, até nas cidades de Januária e São-Francisco..." — ainda proseou. Devia de ser verdade. Assim como verdade completa que, a burra e o burro, e a tralha, ou o dinheiro para tudo adquirir, ele devia de ter roubado tomado em terra de riquezas. Tal que disse: — "Isto eu bem comprei, na venda do José Vassalo..." Desajuizado gastador, esse o Quipes.

Tanto ouvi, muito macambúzio. Onde que então, eu varava mundo, em comando, e ainda não se prezava o meu nome. Eu — o Urutú-Branco! Ser Chefe de jagunço era isso. Ser o que não dava realce — qualquer um podia, fazendeiro com posses, mão em políticas. O sertão tudo não aceita? A minha pessoa era nada, glória de Zé Bebelo era nada. O que dá fama, dá desdém. O menos de me importar. O que eu carecia era de dar primeiras batalhas. Suspender a alta coragem, adiante de meus cabras. Ou será que já estavam mas era se aplicando no vagavagar? — Cigano sou? — eu pensei, enraivecido. Tinha o norte, para a gente. Dei ordem.

Aí torcemos caminho, numa poeira danã. A reto, viemos beirando o Ribeirão da Areia, de rota abatida. O que era que eu tencionava fazer? O senhor espere.

Narro que não rendi melindres do feito de Diadorim, digo — o recado enviado. Mas, à vez, balancei uma inquietação, daquilo, que era para eu bem estranhar, a decisão dele de tanto absurdo. Essas desordenadas da vida da gente: tudo o que estoura manso e guampa quieto, e que só tem a razoável explicação para quem está mesmo longe dos motivos. Ao meio do meio duma coisa eu tinha certeza: que Diadorim não ia me mentir. O amor só mente para dizer maior verdade. Diadorim me compassava; por força. Mas, para mandar à minha Otacília assim aquela embaixada, era porque ele soubesse, no zelo de seu coração, que então Otacília me tinha amor. E tanto igual sabia também de mim? Naqueles dias, era. Abrandei minha lembrança em Otacília, que sincera me aguardasse, em sua casa, em seu meigo estar. Agora eu ia indo às avessas de lá, da Santa Catarina, mas, de arribada, minha intenção de saudade vinha voltando. Tudo, nesta vida, é muito cantável.

Até, a seguir, por um afino de momento eu me arrepiei por trás da testa. Ato do que meio confuso imaginei, por um vão imaginar: que, me querendo-bem — a mais de meu merecimento — e crendo que eu enfrentava os duros riscos, ela Otacília pudesse praticar o estouvamento gentil de se fugir de casa e vir aventurada em minha cata, por todos os pousos deste sertão... Ah, ela vinha, montada num bom cavalo corcel, aparecia de repente, por meu nome perguntando. E eu declarava a grandeza real dela, definida bem do meu lado, na frente do grande bando de meus homens... Assim, de jeito tão desigual do comum, minha vida grangeava outros fortes significados. E isso variou em meu pensamento, inesperado de ligeiro supor, que, a bem notado, nem foi um pensar. Arremedo de sonho, também, não seria de ser. Então, emendando de novo o vero juízo, tive um receio: por causa que aquilo podia ser aviso do que estivesse por vir, rumo de profecias.

Otacília — me alembrei da luzinha de meio mel, no demorar dos olhares dela. Aquelas mãos, que ninguém tinha me contado que assim eram assim, para gozo e sentimento. O corpo — em lei dos seios e da cintura — todo formoso, que era de se ver e logo decorar exato. E a docice da voz: que a gente depois viajasse, viajasse, e não faltava frescura d'água em nenhumas todas as léguas e chapadas... Isso tudo então não era amor? Por força que era. E pelo sim receei: será tivesse Diadorim falseado fala, e o recado na verdade fosse outro — o para ela vir, afôitamente, que eu dela muito carecia? Divulgo o desuso disso, que era extravagâncias. Mas o senhor acreditando que alguma coisa humana é de todo impossível, então é que o senhor não pode mesmo ser chefe de jagunço, nem na menor metade só de um diazinho, nem somente nos vastos imaginados. Ora essas! — digo. Se Otacília viesse, aparecesse lá em no meio de nós — que seguimento de coisas havia de suceder?

A bobéia, toleima. Otacília estava guardada protegida, na casa alta da Fazenda Santa Catarina, junto com o pai e a mãe, com a família, lá naquele lugar para mim melhor, mais longe neste mundo. E eu, sem ser por motivo ou razão, cada dia tocava com a minha gente por contrárias bandas, para mais apartado de donde ela assistia. Ao cada dia mais distante, eu mais Diadorim, mire veja. O senhor saiba — Diadorim: que, bastava ele me olhar com os olhos verdes tão em sonhos, e, por mesmo de minha vergonha, escondido de mim mesmo eu gostava do cheiro dele, do existir dele, do morno que a mão dele passava para a minha mão. O senhor vai ver. Eu era dois, diversos? O que não entendo hoje, naquele tempo eu não sabia.

Máximo me lembro é de que, na minguante, se estava no veredal das cabeceiras de um córrego, lugar de desmedidas pastagens, adonde os cavalos usufruirem descanso. A lá esbarramos e paramos, por uns dias. Me lembro, eu quis escrever uma carta.

Essa minha carta, eu podia destacar um homem, dos ligeiros, ele ia levava em mão, à Otacília, minha nôiva, trazia a resposta. O que eu cogitei de escrever era muito singelo: as notícias de minha saúde, pergunta de como era que ela e os parentes iam passando, saudações de lembranças. Admiro que achei natural de não falar coisa de minha glória de chefia, por oras. Por que? Pois. E tive vontade de traçar uns versos também; mas que a aragem não ajudava a deduzir. Era uma sinceridade muito dificultosa. Escrevi metade.

Isto é: como é que podia saber que era metade, se eu não tinha ainda ela toda pronta, para medir? Ah, viu?! Pois isto eu digo por riso, por graça; mas também para lhe indicar importante fato: que a carta, aquela, eu somente terminei de escrever, e remeti, quase em data dum ano muito depois... Digo o porquê? Próprio porque não pude. Guarde o senhor: não pude completo. Mas, guarde, por outra: o dia vindo depois da noite — esse é o motivo dos passarinhos...

Falo por palavras tortas. Conto minha vida, que não entendi. O senhor é homem muito ladino, de instruída sensatez. Mas não se avexe, não queira chuva em mês de agosto. Já conto, já venho — falar no assunto que o senhor está de mim esperando. E escute.

Tinha o Maligno?

Às vezes, penso. Um boneco de capim, vestido com um paletó velho e um chapéu roto, e com os braços de pau abertos em cruz, no arrozal, não é mamolengo? O passoprêto vê e não vem, os passarinhos se piam de distância. Homem, é. O senhor nunca pense em cheio no demo. O mato é dos porcos-do-mato... O sertão aceita todos os nomes: aqui é o Gerais, lá é o Chapadão, lá acolá é a caatinga. Quem entende a espécie do demo? Ele não fura: rascrava. Demorar comigo ele podia. E, o que não existe de se ver, tem força completa demais, em certas ocasiões. A ele vazio assim, como é que eu ia dizer: — "Te arreda desta minha conversa!"?... Ao que, pois, o que eu ia pondo, na carta, era quase que uma ordenada lembrança, a igualzinha repetição daquilo de Diadorim: — que ela rezasse por mim, Otacília, orações rezasse... Ia. Ah, mas, aí, houve. Amoleci mão antes de coração: não pude. Não pude, diabralmente, desarrazoado — por outras fortes ordens... —; e então de repente tive vergonha, desgostei de estar querendo escrever aquela carta. Desisti, guardei na mochila aquela metade. Um homem é um homem, no que não vê e no que consome. Ah, não. Otacília, eu não merecia. Diadorim era um impossível. Demiti de tudo.

O demo, tive raiva dele? Pensei nele? Em vezes. O que era em mim valentia, não pensava; e o que pensava produzia era dúvidas de me-enleios. Repensava, no esfriar do dia. A quando é o do sol entrar, que então até é o dia mesmo, por seu remorso. Ou então, ainda melhor, no madrugal, logo no instante em que eu acordava e ainda não abria os olhos: eram só os minutos, e, ali durante, em minha rede, eu preluzia tudo claro e explicado. Assim: — *Tu vigia, Riobaldo, não deixa o diabo te pôr sela...* — isto eu divulgava. Aí eu queria fazer um projeto: como havia de escapulir dele, do Temba, que eu tinha mal chamado. Ele rondava por me governar? Mas, então, governar pudesse, eu não era o Urutú-Branco, não vinha a ser chefe de nada, coisa nenhuma! Ah, eu carecia dum jeito, dum esperto socôrro, para tentear com o Sujo em suas próprias portas, e mediante me pôr livre de fim fatal. De que modo?

Mas acontece que o instante entre o sono e o acordado era assaz curto, só perpassava, não dava pé. Eu não podia me firmar em coisa nenhuma, a clareza logo cessava. Daqueles avisos e propósitos, o montante movimento do mundo me delia, igual a um secar. E eu mesmo estava contra mim, o resto do tempo. Não estava? Todo o mundo, cada dia, me obedecia mais, e mais me exaltavam. Com o que peguei, aos poucos, o costume de pular, num átimo, da rede, feito fosse para evitar aquela inteligencinha benfazeja, que parecia se me dizer era mesmo do meio do meu coração. Num arranco, desfazia aquilo — faísca de folga, presença de beija-flôr, que vai começa e já se apaga — e daí já estava inteirado no comum, nas meias-alegrias: a meia-bondade misturada com maldade a meio. Agora levantava, puxava e arreava meu Siruiz, cavalo para alvoradas. Saía sozinho.

Sair na escuridão, o senhor sabe: aqueles galhos de árvores batendo na cabeça da gente. Sempre eu ia até longe; quando voltava, encontrava o pessoal se aprontando, café já coado, cavalaria em fila para a viagem. Uma vez, inda mais longe fui, do que nas outras. E dei com o lázaro.

Ele se achava como que tocaiando, no alto duma árvore, por se esconder, feito uma cobra araramboia. Quase levei o susto. E era um homem em chagas nojentas, leproso mesmo, um terminado. Para não ver coisas assim, jogo meus olhos fora! Promovi meu revólver. Aquele de repente se encolheu, tremido; e tremeu tanto depressa, que as ramagens da árvore enroscaram um rumor de vento forte. Não gritou, não disse nada. Será que possuía sobra dalguma voz? Eu tinha de esmagalhar aquela coisa desumana.

Dum fato, na hora, me lembrei: do que tinham me contado, da vez em que Medeiro Vaz avistou um enfermo desses num goiabal. O homem tinha vindo lamber de língua as goiabas maduras, por uma e uma, no pé, com o fito de transpassar o mal para outras pessoas, que depois comessem delas. Uns assim fazem. Medeiro Vaz, que era justo e prestimoso, acabou com a vida dele. Isso contavam, já de dentro do meu ouvido. A quizília que em mim, ânsia forte: o lázaro devia de feder; onde estivesse, adonde fosse, lambuzava pior do que lesma grande, e tudo empestava da doença amaldita. Arte de que as goiabas de todo goiabal viravam fruta peçonhenta... — e d'eu dar no gatilho: lei leal essa, de Medeiro Vaz...

— "Ô *guaimoré*!" — xinguei. E gritei pulhas. Acho que insultava era por de certo modo retardar meu dever? Ele não respondeu. Em ante mim, assim, ninguém não respondesse? Mas fincava de me olhar: ah, ele tinha dois olhos, no meio das folhas da folhagem. Muito coitado ele era — o senhor esteja de acordo. Mas, aí, foi que vi e repeli o quê que é ódio de leproso! Na cabeça daqueles olhos, eu armei minha pontaria.

E ouvi o vir dum cavaleiro. Esperei. Não dissessem que eu tinha baleado à traição o maldelazento, com escondidos de não ter testemunhas. Quem vinha? Em já madruga-manhã, tudo clareado, reconheci: Diadorim! Embolsei a arma, sem razão. Diadorim me perseguia? "Vigia, Diadorim: tu pune por este?!" — eu havia de indagar, apontando o esconso do leproso. "Estou aqui, te vejo é você mesmo, Riobaldo..." — ele ia dizer — "...Riobaldo, tem tento!"... A imaginação dessa conversa, eu pensei de relance, como uma brasa chia em dentro de vasilha d'água. Assim estremeci, eu ente. Porque, do bafo mesmo de minha ideia vã, eu estava catando tal anúncio de acusação: — *Tu traz o Arrenegado...* Eu e ele — o Dê?! Então, num sutil, podia mesmo ser que ele quisesse estar tomando conta de mim? — Aí, nem nunca, nem! — eu rosnei, riso. Espinoteei na sela, feito acordado dum cochilo de cão. E Diadorim tropeava chegando. Mas eu virei rédea e roseteei, com brado, meu animal cumprindo: rompemos em galope que era um abismo...

— Eh, diôgo! dianho!... Eh diôgo, eh dião...

Retos, fomos, desabalando, que um quarto-de-légua quase, por doidejo. Nós três? Que eu pensei. E esbarrei, por tanto; meu cavalo sacudiu o pescoço todo. Espiei em roda, até com a mão. Não vi o demo... Meu espírito era uma coceira enorme. Como eu ia poder contra esse vapor de mal, que parecia entrado dentro de mim, pesando em meu estômago e apertando minha largura de respirar? Aí eu carecia de negar pouso a ele. A nega. Eu quis! Eu quis?

Como olhei, Diadorim estava acolá, estacado parado no lugar, perto da árvore do homem. Por certo ele tinha enxergado a coisa viva, e estava desentendendo meu espaço, esses desatinos. Contemplei Diadorim, daquela distância. Montado sempre, teso de consciência, ele me parecia mais alto de ser, e não bulia, por mim avistado. E o lázaro? Ah, esse, que se espertasse, que fugisse, para não falecer... Que é que adiantava que, àquela hora, os passarinhos cantassem, acabando de amanhecer o campo sertão? A enquanto sobejasse de viver um lázaro assim, mesmo muito longe, neste mundo, tudo restava em doente e perigoso, conforme homem tem nôjo é do humano.

Condenado de maldito, por toda lei, aquele estrago de homem estava; remarcado: seu corpo, sua culpa! Se não, então por que era que ele não dava cabo do mal, ou não deixava o mal dar logo cabo dele? Homem, ele já estava era morto. Que o que Diadorim dissesse; que dissesse. Que aquele homem leproso era meu irmão, igual, criatura de si? Eu desmentia. Como era que, sabendo de um lázaro assim, eu ia poder prezar meu amor por Diadorim, por Otacília?! E eu não era o Urutú-Branco? Chefe não era para arrecadar vantagens, mas para emendar o defeituoso. Esporeei, voltando. "Não sou do demo e não sou de Deus!" — pensei bruto, que nem se exclamasse; mas exclamação que havia de ser em duas vozes, uma muito diferente da outra. Vim feito. Tornei a empunhar o revólver. Mas completei, eu mesmo, aquilo que Diadorim decerto ia me responder: "Riobaldo, tu mata o pobre, mas, ao menos, por não desprezar, mata com tua mão cravando faca — tu vê que, por trás do pôdre, o sangue do coração dele é são e quente..." Encostar nele a ponta de minha franqueira de cabo prateante? — Toma! Tu cai no chão... Agalopando assim, joguei fora meu revólver. Joguei — ou foi um ramo de rompe-gibão que rolou arrancando a arma de meu pulso. Cheguei, esbarrei. Meu cavalo, tão airoso, batia mão, rapava; ele deu um bufo de burro. Vi Diadorim. Mas o leprento tinha ganhado para se ir, graças que não assisti à arriação dele: decerto descendo às pressas, se escapando de gatas nas môitas de feijão-bravo. Desse, tive um cansaço enorme; pode que seja por não saber se matava ou não matava, caso ele ainda estivesse lá. Do leproso.

Mas Diadorim, conforme diante de mim estava parado, reluzia no rosto, com uma beleza ainda maior, fora de todo comum. Os olhos — vislumbre meu — que cresciam sem beira, dum verde dos outros verdes, como o de nenhum pasto. E tudo meio se sombreava, mas só de boa doçura. Sobre o que juro ao senhor: Diadorim, nas asas do instante, na pessoa dele vi foi a imagem tão formosa da minha Nossa Senhora da Abadia! A santa... Reforço o dizer: que era belezas e amor, com inteiro respeito, e mais o realce de alguma coisa que o entender da gente por si não alcança.

Mas repeli aquilo. Visão arvoada. Como que eu estava separado dele por um fogueirão, por alta cerca de achas, por profundo valo, por larguez enorme dum rio em enchente. De que jeito eu podia amar um homem, meu de natureza igual, macho em suas roupas e suas armas, espalhado rústico em suas ações?! Me franzi. Ele tinha a culpa? Eu tinha a culpa? Eu era o chefe. O sertão não tem janelas nem portas. E a regra é assim: ou o senhor bendito governa o sertão, ou o sertão maldito vos governa... Aquilo eu repeli?

Antes que Diadorim mesmo abrisse boca para me sorrir, me falar, eu tive de fazer uma coisa. A meio em ânsia, meio em astúcia; meio em raiva. Como foi que peguei o vivo de tal ideia, em gesto, como se deu de que me alembrei daquilo? Homem, não sei. Mas enfiei mão: por entre armas e cartucheiras, e correias de mochilas, abri à berra meu jaleco e a minha camisa. Aí peguei o cordão, o fio do escapulário da Virgem — que em tanto cortei, por não poder arrebentar — e joguei para Diadorim, que aparou na mão. Ia me fazer alguma pergunta, que eu não consenti, a voz dele era que mais significava. Isto é, porque eu primeiro falei, como resumo. — "Hei-á, voltar — que o povoão está de minha espera!" — eu enfim disse: eu ainda estava respirando muito ligeiro demais.

Assim eu dava era ordem, como convinha. Eu não estava de francamentes. Para mim, um palmo, àquela hora, podia medir três braças. Apertei. Nem meu cavalo carecia disso: era eu encolher um pé, e ele já via voo. À paz! Mas Diadorim, vez de logo vir, tocou em contrário. Sustentei em esbarro meu Siruiz, a ver, querendo as curiosidades. Diadorim estava indo lá, modo de caçar e recolher o revólver, que de minha mão tinha caído. Num repousozinho de coração, calado eu agradeci à amizade dele essa fineza. Daí, vim. Sempre longe em frente, portanto que meu cavalo soberbo não dava alcance para ele se emparelhar. Daí, cantei. Mesmo mal, me cantei — por causa que via que, medeando tão grandes silêncios, era que Diadorim tomava mais sorrateiro poder em meu afeto, que não era possível concernente. Entre isso, chegamos de volta no arranchamento. Mas cheguei lá foi para ter ocupação de uma estúrdia novidade. Com os urucuianos.

O senhor estando lembrado: aqueles cinco, soturnos homens, catrumanos também, dos Gerais, cabras do Alto-Urucúia. Os primeiros que com Zé Bebelo tinham vindo surgidos, e que com ele desceram o Rio Paracatú, numa balsa de talos de burití. Esses sempre mereceram pouca história da gente, por quietos e certos, bem procedidos, sujeitos de furtadas palavras. Agora eles comigo queriam um entendimento. Um Diodato, esse era o cabo deles. Formou em frente dos outros, puxando a parlagem.

Queriam conversa comigo em só, apartada. Eu apreciasse aqueles homens. A valentia deles estava por dentro de muita seriedade. Urucuiano conversa com o peixe para vir no anzol — o povo diz. As lérias. Como contam também que nos Gerais goianos se salga o de-comer com suor de cavalo... Sei lá, sei? Um lugar conhece outro é por calúnias e falsos levantados; as pessoas também, nesta vida. Mas aqueles cinco me condiziam. Admirei de ver que eles todos ainda estavam a pé, mas com dôbros e bissacos nas costas, feito prontos para pedestre viagem. Sisudez deles ainda semelhava maior. Então constitui meus ouvidos, para o cabecilho, Diodato.

— "Praz vosso respeito, Chefe, a gente decidiram... A gente vamo-s'embora. Praz vossas ordens..." — o homem me disse, assim mesmo, casmurro com serenidade. Tive de ver bem suas feições, uma cara assim aos poucos se examinava.

Entendi, mas reperguntei. O homem não coçou a cabeça. Olhos de santo de madeira. O nariz dele era bem grande, nariz que não se empinava. Só tinha a barbazinha que tem um queixo de cavalo.

O homem não coçou a cabeça. Firme disse. Queriam ir-s'embora, duma vez; careciam. Ah, eles bem que conheciam a regra: que um jagunço sai do bando quando quer — só tem que definir a ida e devolver o que ao chefe ou ao patrão pertence. As armas, eles não devolviam, porque eram deles; mas, como tinham de primeiro vindo a pé, largavam bem agora os cavalos. Pegavam era um tanto de matula — trivial de farinha e carne-seca, e rapadura, para uns três dias, mal. Mesmo assim, era doideira, achei. Doideira tencionarem vagar reto dali donde estávamos, alto ermo, distantes brenhas. Por que é que iam, nem esperando eu desse minha primeira ganhada?

— "A isso, meio acontecidos, Chefe... A conforme a gente carece, praz vosso respeito, senhor, sim..." — o homem meio respondeu, bastante sincero. Reparei no chapéu na cabeça dele, que era de couro de veado suassú-apara, com macias abas e formato muito composto. A cara dele mesmo dava um ar honrável, circunspecto, por mal que com manchas, sarro de alguma velha moléstia, semelhando nódoas de caldo de cajú. — "Sua graça, toda, é Diodato de que?" — indaguei. — "Diodato Nariz, por alcunha..." — ele disse; disse, de brancura. Conheci como eu nunca tinha dado tento d'atenção naqueles homens, cuja valia. Assim que eles eram, de batismo: e o Pantaleão, Salústio João, João Tatú e O-Bispo. Naquela hora, era que eu punha tino. Nunca mais tive notícia desses. Hoje, repenso. Naquela hora, eu cogitava jeito de conservar todos em companhia. Remei minhas perguntas. Donde que eram?

— "Desses córregos..." Do Burití-Comprido, Tamboril, Cambaúba, Virgens, Mata-Cachorro, das Cobras... Para cima da Barra-da-Vaca, Arinos,... Em sertão são. Isso, que são lugares. E que é que me adiantava saber que tinham suas ocas por lá? O que eu inventei de conhecer era donde tinham estado, quando Zé Bebelo deu com eles, que vinha voltando de Goiás. — "Ah, senhor sim, nas beiras... Roças do rio São Marcos, senhor sim, no Esparramado... Fazenda duma Dona Mogiana..." Cabras dessa Dona Mogiana? Eram. Tinham sido. Mas com sua labuta de plantações. Que qualidades de crimes eles tinham feito, para principiar, crimes de boa merência? E por que era que tinham querido vir com Zé Bebelo? Isso eu quis perguntar. O que de repente perguntei:

— "Por via de que é que vocês desespiritaram de seguir vinda com a gente?" Falei, e refuguei para não ter falado; que gabo e questão não são regra de se negociar. Mas o homem Diodato, distanciado duma minha pergunta dessas, esbarrou vez, demorão; mesmo num desajeito, ele fungava. E ele comigo não tinha ajuste, mas não queria me ofender sem a razão. Chega olhou para os companheiros, que acenavam devagar com as cabeças, mas numa maneira brandazinha de sonsa, fora de tudo o mais, para não se entender se é sestro ou anuído — que é do jeito comum como essa gente costuma.

— "Ara, senhor, sim..." — por fim ele falou resposta: — "...que a influência esmoreceu... A gente gastou o entendido..." —; e estava quase meio envergonhado.

Eu disse: — "A pois?"

— "Não vê, Chefe, praz vosso respeito: as coisas demudaram... Que viemos com siu Zé Bebel'... Vai, a gente gastou o entendido..." — ele disse.

— "O que Zé Bebelo falou, quando chamou vocês?"

— "A foi. Quando chamou, senhor sim..."

— "Ele prometeu vantagens?"

— "Não se diz... Chamou. Falou misturado... A gente viemos."

— "E o que é que falou?"

— "Agora, a gente não sabe mais. Falou muito razoável... Falou muito razoável... Agora, com perdão vosso, a gente esquecemos, a gente gastou o entendido... Mas muito razoável falou..."

De irritado, de aflêima, dei o discutir:

— "Pois, por que é, então, que não foram logo, com Zé Bebelo, quando Zé Bebelo se foi?"

— "Deixamos o tempo dos outros passar... Não temos questão... Não temos questão..."

Mirei e vi: o que desde de antes me invocava. Aquele homem, por uns astutos indícios, se apartando, ele desconfiasse de mim. Aqueles outros homens, os do todo sertão, das brenhas, os com as ventas largas para baixo, cada-um um cão — o que era que eles achavam em meu ser? Repensei: ah! Ah, então, para avaliar em prova a dúvida deles, tive um recurso. A manha, como de inesperadamente de repente eu muito disse:

— *Louvado seja Nosso Senhor Jesus Cristo!*

Senhor vendo como foi, o supetão de susto que ele teve, arregalado conforme me olhava e naquilo ouvido não acreditava, o tanto que retardou para responder, todo baixo, o: ...*Para sempre...*

Ah. Despedidos estavam, podiam ir. Ah.

Ah, não. A bobéia. Se ele em fato estranhou, foi somente por causa do tom de minha voz. Se foi por minha voz, foi porque, no afã de querer pronunciar sincero demais o santíssimo nome, eu mesmo tinha desarranjado fala — essas nervosias...

E eles iam s'embora, conforme desisti de sobreguardar esses homens. Do jeito, de que é que me valiam? O contrato de coragem de guerreiros não se faz com vara de meirinho, não é com dares e tomares. Fino que me abespinhei, por conta. Ao que aqueles homens não eram meus de lei, eram de Zé Bebelo. E Zé Bebelo era assim instruído e inteligente, em salão de fazenda? Desisti, dado. Não baboseio. E o mais? Era como alguém dizendo: — "Vai declarar seca, por esse Norte, e homem e mulher vão vir..." A vida é um vago variado. O senhor escreva no caderno: sete páginas... Aqueles urucuianos não iam em cata de Zé Bebelo, conforme sem nem satisfação fiquei sabendo. Voltavam de volta para os seus recantos. Quartel de mandioca, em qualquer parte se planta; e o senhor derruba um mato, faz um chão bom, roça também se semeia... Eles foram embora, deixei levarem os cavalos. Reparti com eles alguma quantia, e com alegria se arregalaram: dinheiro é sempre amigo-seja... Estúrdio é o que digo, nesta verdade — que, eu livre longe deles, desaluídos é que eles estavam comigo; mas, eu quisesse com gana o préstimo deles, então só me serviam era na falsidade... O senhor me entende? E digo que eles eram homens tão diversos de mim, tão suportados nas coisas deles, que... por contar o que achei: que devia de ter pedido a eles a lembrança de muito rezarem por meu destino... Mas, de desertarem de mim, então, será que era um agouro? Não sei. Que sei? Tive fé em mim sozinho. O que juro, e que sei, é que tucano tem papo!...

Achava. Adiante, dias de caminho, achei de querer e não querer, em contrários instantes: que rezassem por mim, a rogo e paga. Reza boa, de outros, singela, que mais me valesse — essas avemariazinhas, novenas. Assim conforme Diadorim tinha expedido o recado, para minha Otacília, mediante o arrieiro de uma tropa. Pelejei por afirmar a ideia nisso, que próprio depois eu enxotava. Às vezes as melhores haviam de ser as rezas de mais longe, desconhecidamente. Me lembrei de um homem, de minha meninice. Um do outro lado do rio. O sujeito que escondia uma oração tão entremunhada, desguisada, que duvido mesmo um padre aquilo entendesse, e desse licença. Pois, ora, me servia. Ou a mulher que teve seu meninozinho parido no chão do rancho, no povoado dos papudos; ela me devia mercês, então não podia encaminhar a Deus, por mim, nem um louvamém? — "Só será que o arrieiro passa e vai, na Santa Catarina?..." Isso perguntei a Diadorim. O que perguntei era por uma opinião. Eu queria pensar nisso, de tarde, nos repontos. De assento. Mas logo esse sossego manso me largava — nuvenzinha dele. Vaqueiro pode laçar o lugar do ar? Às voltas e revoltas, eu pelejava contra o meu socôrro. Hoje, eu sei; pois sei, por que. Mas eu não falava sozinho. Figuro que estava em meu são juízo. Só que andava às tortas, num lavarinto. Tarde foi que entendi mais do que meus olhos, depois das horrorosas peripécias, que o senhor vai me ouvir. Só depois, quando tudo encurtou. Dei decreto de fim em essas esquisitices.

No que não perguntei, Diadorim me respondeu? — *"...A muita coragem, Riobaldo... Se carece de ter muita coragem..."* Ah, eu sabia. A coragem, eu? Aí quem era que me vencesse, nesse dever, alirolé, quem podia afrontar minha presença, feito môrro padastro? Tinha mãos e ações, que davam para lavar meus trajes. Mas, o que Diadorim disse, não me fez mossa. Dou exemplo. Do que houve e se passou, uma vez, no Carujo, um arraial triste, em antigos tempos. O povo dali fugiu, por alguma guerra ou pressa, fecharam a igrejinha com um morto lá dentro, entre as velas... Eu gostava de Diadorim corretamente; gostava aumentado, por demais, separado de meus sobejos. Aquilo, davandito, ele tinha falado solto e sem serviço, era só uma recordação, assim um fraseado verdadeiro, ditado da vida. O que não fosse destinado para ele nem para mim, mas que era para todos. Ou, então, sendo para mim, mas em outros passados, de primeiro. Ali naquele lugar, o Carujo, no reabrirem, depois de uns mêses, a igreja, o defunto tinha se secado sozinho... Ao por tanto, que se ia, conjuntamente, Diadorim e eu, nós dois, como já disse. Homem com homem, de mãos dadas, só se a valentia deles for enorme. Aparecia que nós dois já estávamos cavalhando lado a lado, par a par, a vai-a-vida inteira. Que: coragem — é o que o coração bate; se não, bate falso. Travessia — do sertão — a toda travessia.

Só aquele sol, a assaz claridade — o mundo limpava que nem um tremer d'água. Sertão foi feito é para ser sempre assim: alegrias! E fomos. Terras muito desertadas, desdoadas de donos, avermelhadas campinas. Lá tinha um caminho novo. Caminho de gado.

Arte que eu achei o meu projeto.

Só digo como foi: do prazer mesmo sai a estonteação, como que um perde o bom tino. Porque, viver é muito perigoso... Diadorim, o rosto dele era fresco, a boca de amor; mas o orgulho dele condescendia uma tristeza. Matéria daquilo que me desencontrava; motivo esse que me entristeceu? A nenhum. Eu já estava chefe de glórias. Nem Diadorim não duvidava do meu roteiro — que fosse para encontrar o Hermógenes. Desse jeito a gente ia descendo ladeiras. Ladeiras areentas e com pedras, com os abismos dos lados; e tão a pique, que podiam rebentar os rabichos dos arreios, no despenhado; no ali descer os cavalos muito se agachavam de ancas, feito se os pescoços deles se encompridassem; e montões de pedras para baixo rolavam. Até ri. Diadorim ainda cria mais no meu fervor em se ir perseguir o Hermógenes. Essas ladeiras era que me atrasavam. Depois dali, eu ia ter muita pressa demais.

Agora, o senhor saiba qual era esse o meu projeto: eu ia traspassar o Liso do Sussuarão!

Senhor crê, sem estar esperando? Tal que disse. Ainda hoje, eu mesmo, disso, para mim, eu peço espantos. Qu'é que me acuava? Agora, eu velho, vejo: quando cogito, quando relembro, conheço que naquele tempo eu girava leve demais, e assoprado. Deus deixou. Deus é urgente sem pressa. O sertão é dele. Eh! — o que o senhor quer indagar, eu sei. Porque o senhor está pensando alto, em quantidades. Eh. Do demo? Se é como corujão que se vôa, de silêncio em silêncio, pegando rato-mestre, o qual carrega em mão curva... No nada disso não pensei; como é que pudesse? A invenção minha era uma, os minutos todos, tivesse um relógio. A atravessar o Liso do Sussuarão. Ia. Indo, fui ficando airoso.

Por forma como a gente rodeou outra volta, não se passando no Vespê e no Bambual-do-Boi, nenhum de meus homens não tirou palpite desse propósito. Pasmo deles ia ser. Daí, uns desconfiavam, de se estar onde estávamos. Donde a perto dele umas poucas cinco léguas: o desmenso, o *raso* enorme — por detrás dos môrros. E a gente dava a banda da mão esquerda ao Vão-do-Ôco e ao Vão-do-Cúio: esses buracões precipícios — grotão onde cabe o mar, e com tantos enormes degraus de florestas, o rio passa lá no mais meio, oculto no fundo do fundo, só sob o bolo de árvores pretas de tão velhas, que formam mato muito matagal. Isto é um *vão*. E num vão desses o senhor fuja de descer e ir ver, aindas que não faltem as boas trilhas de descida, no barranco matoso escalavrado, entre as moitarias de xaxim. Ao certo que lá em baixo dá onças — que elas vão parir e amamentar filhos nas sorocas; e anta velhusca moradora, livre de arma de caçador. Mas o que eu falo é por causa da maleita, da pior: febre, ali no oco, é coisa, é grossa, mesma. Terçã maligna, pega o senhor; a terçã brava, que pode matar perfeito o senhor, antes do prazo de uma semana.

No que eu no meu destino não pensei. Diadorim, em sombra de amor, foi que me perguntou aquilo:

— "Riobaldo, tu achasses que, uma coisa mal principiada, algum dia pode que terá bom fim feliz?"

Ao que eu, abirado, reagi:

— "Mano meu mano, te desconheço?! Me chamo não é Urutú-Branco? Isto, que hei-de já, maximé!"

Diadorim persistiu calado, guardou o fino de sua pessoa. Se escondeu; e eu não soubesse. Não sabia que nós dois estávamos desencontrados, por meu castigo. Hoje, eu sei; isto é: padeci. O que era uma estúrdia queixa, e que fosse sobrôsso eu pensei. Assim ele acudia por me avisar de tudo, e eu, em quentes me regendo, não dei tino. Homem, sei? A vida é muito discordada. Tem partes. Tem artes. Tem as neblinas de Siruiz. Tem as caras todas do Cão, e as vertentes do viver.

O que na hora achei, foi que Diadorim estivesse me relembrando de Medeiro Vaz não ter conseguido cruzar a travessia do *raso*. Mas Diadorim, também, não adivinhou meu espírito. Pois, por aquela conta, mesma, era que eu queria. Sobre o que eu era um homem, em sim, fantasia forra, tendo em nada aqueles perigos, capaz do caso. Para vencer vitória, aonde nenhum outro antes de mim tivesse! Respinguei dessas faíscas constantes. Eu, não: o cujo do orgulho, de mim, do impossível.

Descia e subia a fumaça da noite. Esbarramos. Era numa curta vereda, duns brejos, buritizalzinho. Acendemos fogo. Aí mal dormi, fortíssimo no meu segredo. Um meu primeiro sono, sim. O resto, foi ondas. Reprazer crú dessa espiritação — eu ardia em mim, e em satisfa contente, feito fosse véspera duma patusqueira.

As forças me amanheceram acordado.

Adiante da gente, o mangabeiral. Depois, o *raso*. Aí o Liso do Sussuarão — em fundo e largo, as cinquenta léguas e as quase trinta léguas, das mais. Ninguém me fazia voltar a seco de lá. Aquela hora, eu só não me desconheci, porque bebi de mim — esses mares. Também eu não ia naquilo sem alguma razão, mas movido merecido. Por conta do Hermógenes? Nossos dois bandos viajavam em guerra e contraguerra, e desenrolando caminhos, por esses Gerais, cães, se caçando. Só que o sertão é grande ocultado demais. Então, eu ia, varava o Liso, ia atacar a Fazenda dele, com família. Ovo é coisa esmigalhável. E a bem. Para vencer justo, o senhor não olhe e nem veja o inimigo, volte para a sua obrigação. Mas eu dava as costas à cobra e achava o ninho dela, para melhor acerto. Ao que, esse não tinha sido o arrojo de Medeiro Vaz?

O dia parava formoso, suando sol, mesmo o vento suspendido. Vi o chão mudar, com a cor de velho, e as lagartixas que percorriam de leve, por debaixo das môitas de caculucage. O pessoal meu não devia de estar com inquietação? Vi uma coruja — mas corujinha entortadeira; e coruja só agoura mesmo é em centro de noite, quando dá para risã. E cuspi no branco leite duma maria-brava, que toda às sãs cheirosa florescia. Era a hora. Repuxei os freios, bem esbarrando. Equei os meus homens.

— "Aqui, gente."

Guerreiros em minha presença! Com certo reboliço, como todos vieram, para saber daquela novidade. Declarei a eles. Todos me entenderam? Em fila — as caras todas ficando iguais. Me seguissem? Ah, nenhum não tinha ar do que ia ser, e que fazia tantos dias eu tencionava. Nem João Goanhá, Marcelino Pampa, João Concliz, nem o Alaripe. Nem Diadorim. Diadorim me olhou tremeluzentemente: de coragem, de disposto. Ele, sim. Mas, os outros? Seria que medissem meu mor atrevimento? Era feito se eu estivesse aloucado extenso.

Porque, o que eu estava mandando, nem Medeiro Vaz mesmo não teria sido capaz de crer: eu queria tudo, sem nada! Aprofundar naquele *raso* perverso — o chão esturricado, solidão, chão aventêsma — mas sem preparativos nenhuns, nem cargueiros repletos de bom mantimento, nem bois tangidos para carneação, nem bogós de couro-crú derramando de cheios, nem tropa de jegues para carregar água. Para que eu carecia de tantos embaraços? Pois os próprios antigos não sabiam que um dia virá, quando a gente pode permanecer deitada em rede ou cama, e as enxadas saindo sozinhas para capinar roça, e as fôices, para colherem por si, e o carro indo por sua lei buscar a colheita, e tudo, o que não é o homem, é sua, dele, obediência? Isso, não pensei — mas meu coração pensava. Eu não era o do certo: eu era era o da sina! E nem enviei adiante nenhuma patrulha de farejadores — nem Suzarte, Nelson ou o Quipes, que tapejassem; nem o Tipote para trilhar e entender, ver se divulgava os socorros: alguma grota duvidável d'água.

Se o cada um que se valesse, cada um que me seguisse. — "Agora vamos entrar, para pernoitar lá dentro..." — eu determinei. Só era se aviar. Mas o menino Guirigó, mal me ouvindo, falou:

— "A gente? A gente."

Esse era um menino, eu não devia de mandar alguém conduzir o Guirigó de volta, para que em lugar seguro deixassem? No ar não fiz. Se não, por que era então que ele para tudo tinha vindo? Os outros, não me cumprissem, eu havia de voltar de lá, dar de mão de minha tenção? Nuncas. Só melhor sozinho eu ia.

Ia, por meus brancos ossos. Transe, tempo, que esperei a resposta deles. Dei a palavra! Meus homens. Ah, jagunço não despreza quem dá ordens diabradas.

— "Se amanhã meu dia for, em depois-d'amanhã não me vejo."

— "Antes de menino nascer, hora de sua morte está marcada!"

— "Teu destino dando em data, da meia-noite tu vivente não passa..."

Os que diziam assim eram todos eles, secundando os cabecilhas. Valentes que eram, e como foram se animando. Ao que me obedeciam, ao meu melhor em redor. A gente andou no comum, até ao fim do grameal. Aí, se estava, se esbarrava, frente a frente com o Liso. Rédeas às ordens. A gente se moveu.

Sol em glória. Eu pensei em Otacília; pensei, como se um beijo mandasse. Soltando rédeas, entrei nos horizontes. Aonde entrei, na areia cinzenta, todos me acompanhando. E os cavalos, vagarosos; viajavam como dentro dum mar.

O senhor vê e vê? Alguém a alto me levou, alguém, salvo a um seguinte. Águas não desmanchavam meu torrão de sal. Ah, nem eu não tive incerteza em mente. Assim fomos. Aí eu em frente adiante.

A fortes braços de anjos sojigado. O digo? Os outros, a em passo em passo, usufruíam quinhão da minha andraja coragem. Rasgamos sertão. Só o real. Se passou como se passou, nem refiro que fosse difícil-ah; essa vez não podia ser! Sobrelégios? Tudo ajudou a gente, o caminho mesmo se economizava. As estrelas pareciam muito quentes. Nos nove dias, atravessamos. Todos; bem, todos, tirante um. Que conto.

O que era — que o *raso* não era tão terrível? Ou foi por graças que achamos todo o carecido, nãostante no ir em rumos incertos, sem mesmo se percurar? De melhor em bom, sem os maiores notáveis sofrimentos, sem em-errar ponto. O que era, no cujo interior, o Liso do Sussuarão? — era um feio mundo, por si, exagerado. O chão sem se vestir, que quase sem seus tufos de capim seco em apraz e apraz, e que se ia e ia, até não-onde a vista não se achava e se perdia. Com tudo, que tinha de tudo. Os trechos de plano calçado rijo: casco que fere faíscas — cavalo repisa em pedra azul. Depois, o frouxo, palmo de areia de cinza em-sobre pedras. E até barrancos e morretes. A gente estava encostada no sol. Mas, com a sorte nos mandada, o céu enuveou, o que deu pronto mormaço, e refresco. Tudo de bom socôrro, em az. A uns lugares estranhos. Ali tinha carrapato... Que é que chupavam, por seu miudinho viver? Eh, achamos rêses bravas — gado escorraçado fugido, que se acostumaram por lá, ou que de lá não sabiam sair; um gado que assiste por aqueles fins, e que como veados se matava. Mas também dois veados a gente caçou — e tinham achado jeito de estarem gordos... Ali, então, tinha de tudo? Afiguro que tinha. Sempre ouvi zum de abêlha. O dar de aranhas, formigas, abêlhas do mato que indicavam flores.

Todo o tanto, que de sede não se penou demais. Porque, solerte subitamente, pra um mistério do ar, sobrechegamos assim, em paragens. No que nem o senhor nem ninguém não crê: em paragens, com plantas.

De justiça, digo, também: uma regra se teve, sem se saber de quem foi que veio a ideia dessa combinação. Qual foi que a gente se apartou, em grupos de poucos, jornadeando com a maior distância aberta. Mas que, assim, quando um avistasse qualquer coisa diversa, podia dar sinal, chamando os outros para novidade boa.

Eu que digo. Mesmo, não era só capim áspero, ou planta peluda como um gambá morto, o cabeça-de-frade pintarrôxa, um mandacarú que assustava. Ou o xique-xique espinharol, cobrejando com suas lagartonas, aquilo que, em chuvas, de flôr dói em branco. Ou cacto preto, cacto azul, bicho luiz-cacheiro. Ah, não. Cavalos iam pisando no quipá, que até rebaixado, esgarço no chão, e começavam as folhagens — que eram urtigão e assa-peixe, e o neves, mas depois a tinta-dos--gentíos de flôr belazul, que é o anil-trepador, e até essas sertaneja-assim e a maria-zipe, amarelas, pespingue de orvalhosas, e a sinhazinha, muito melindrosa flôr, que também guarda muito orvalho, orvalho pesa tanto: parece que as folhas vão murchar. E herva-curraleira... E a quixabeira que dava quixabas.

Digo — se achava água. O que não em-apenas água de touceira de gravatá, conservada. Mas, em lugar onde foi córrego morto, cacimba d'água, viável, para os cavalos. Então, alegria. E tinha até uns embrejados, onde só faltava o burití: palmeira alalã — pelas veredas. E buraco-pôço, água que dava prazer em se olhar. Devido que, nas beiras — o senhor crê? — se via a coragem de árvores, árvores de mata, indas que pouco altaneiras: simaruba, o aniz, canela-do-brejo, pau-amarante, o pombo; e gameleira. A gameleira branca! Como outro-tempo se cantava:

*Sombra, só de gameleira,
na beira do riachão...*

Assim achado, tudo, e o mais, sem sobranço nem desgosto, eu apalpei os cheios. O respeito que tinham por mim ia crescendo no bom entendido dos meus homens. Os jagunços meus, os riobaldos, raça de Urutú-Branco. Além! Mas, daí, um pensamento — que raro já era que ainda me vinha, de fugida, esse pensamento — então tive. O senhor sabe. O que me mortifica, de tanto nele falar, o senhor sabe. O demo! Que tanto me ajudasse, que quanto de mim ia tirar cobro? — "Deixa, no fim me ajeito..." — que eu disse comigo. Triste engano. Do que não lembrei ou não conhecesse, que a bula dele é esta: aos poucos o senhor vai, crescendo e se esquecendo...

Daí, mesmo, que, certa hora, Diadorim se chegou, com uma avença. Para meu sofrer, muito me lembro. Diadorim, todo formosura.

— "Riobaldo, escuta: vamos na estreitez deste passo..." — ele disse; e de medo não tremia, que era de amor — hoje sei.

— "...Riobaldo, o cumprir de nossa vingança vem perto... Daí, quando tudo estiver repago e refeito, um segredo, uma coisa, vou contar a você..."

Ele disse, com o amor no fato das palavras. Eu ouvi. Ouvi, mas mentido. Eu estava longe de mim e dele. Do que Diadorim mais me disse, desentendi metade.

Só sei que, no meio reino do sol, era feito parássemos numa noite demais clareada. Assim figuro. Dentro de muito sol, eu estava reparando uma cena: que era um jumentinho, um jegue já selvagem caatingano, no limpo do campo caçando o que roer, assaz pelos cardos.

Eu não tinha de tomar tento em coisas mais graves? Mire veja o senhor. Picapau vôa é duvidando do ar. Que tal Zé Bebelo — na hora me lembrei — quando mal irado, ou quando conforme querendo impôr medo a todos: — *"Norte de Minas! Norte de Minas...!"* — o que bramava. E ele estava com a razão. Mas Zé Bebelo era projetista. Eu, eu ia por meu constante palpite. Usando de toda ajuda que me vinha, mas prevenido sempre contra o Maligno: que o que rança, o que azéda. As traças dele são novas sempre, e povoadas tantas, são que nem os tins de areia grãoindo em areal. Então eu não sabia?!

Ah, quase que eu estava cogitando nisso, quando o homem rosnou. Quem ele era, digo, em qualidade: um, troncudo, pardaz, genista, filho não sei de que terra. Assim, casta de gente?

Ah, não. Por meu bem, eu estava em todo o meu siso. Até mais. "Não faço caso!" — eu disse, isto é: pensei dizendo. Eu não queria somar com aquilo nenhum; porque cheirava ao Cujo: esses estratagemas. Era do demo... — eu tirei um enredo. "Pois, então, paz..." — eu falei, me falei. "...Não faço conta..." — me prometi. Eu estava em manhas. Estive que estive no embalançar, em equilibrável. Tico tanto pensei. Mas tudo era frisado ligeiro, ligeiro, feito cavalo que pressente fúria de boi.

Aí escutei a voz — a voz dele tremia nervosa, como de cabrito; da maneira que gritou — à briga. Um desfeliz. Levei os olhos.

Ah, quem o homem era, eu já sabia, ele se chamava Treciziano. O bruto; para falar com ele, só a cajado. Eu sabia. Rebém, que desconfiei do demo. Ali esse Treciziano era fraco de paciências; ou será que estivesse curtindo mais sede do que os outros — segundo esse tremor das ventas — e pegou a malucar? Diziam que ele criava dôr-de-cabeça, e padecia de erupções e dartros. Estava falando contra comigo, reclamando, gritou uma ofensa. Homem zuretado, esbrasêia os olhos. Eu, senhor de minhas inteligências, como fica dito. Eu estava podendo refleitir, em passo de jumento. — "Siô, deixa o padre of'recer missa..." — falei para mim mesmo. Eu queria tolerar, primeiro: porque o demo não era homem para mandar em mim e me pôr em raiva. Aí, era só eu forçar calma, tenteador; depois, com palavras de energia boa, eu acautelava evitando a jerimbamba, e daí repreendia esse Treciziano, revoltoso, próprio por autoridade minha, mas sem pau nem pedra. Que dessa — chefe eu — o O não me pilhava...

Mas — ah! — quem diga: um faz, mas não estipula. O que houve, que se deu. Que vi. Com a sede sofrida, um incha, padece nas vistas, chega fica cego. Mas vi. Foi num átimo. Como que por distraído: num dividido de minuto, a gente perde o tino por dez anos. Vi: ele — o chapéu que não quebrava bem, o punhal que sobressaía muito na cintura, o monho, o mudar das caras... Ele era o demo, de mim diante... O Demo!... Fez uma careta, que sei que brilhava. Era o Demo, por escarnir, próprio pessoa!

E ele endireitou pontudo para sobre mim, jogou o cavalo... O demo? Em mim, danou-se! Como vinha, terrível, naquele agredimento de boi bravo. Levantei nos estribos. — "E-hê!..." Esse luzluziu a faca, afiafe, e urrou de ódio de enfiar e cravar, se debruçando, para diante todo. Tirou uma estocada. Cerrei com ele... A ponta daquela pegou, por um mau movimento, nas coisas e trens que eu tinha na cintura e a tiracol: se prendeu ali, um mero. Às asas que eu com a minha quicé, a lambe leal — pajeùzeira — em dura mão, peguei por baixo o outro, encortei--recortei desde o princípio da nuca — ferro ringiu rodeando em ossos, deu o assovião esguichado, no se lesar o cano-do-ar, e mijou alto o sangue dele. Cortei por cima do adão... Ele Outro caíu do cavalo, já veio antes do chão com os olhos duros apagados... Morreu maldito, morreu com a goela roncando na garganta!

E o que olhei? Sangue na minha faca — bonito brilho, feito um verniz veludo... E ele: estava rente aos espinhos dum mandacarú-quadrado. Conforme tinha sido. Ah-oh! Aoh, mas ninguém não vê o demônio morto... O defunto, que estava ali, era mesmo o do Treciziano!

A morte dele deu certo. E era, segundo tinha de ser? E tinha de ser, por tanto que o demo não existe! As tramoias, armadilhas... Nem nunca mais, daí por diante, eu queria pensar nele. Nem no pobre do Treciziano, que estava ali, degolal, que eu tinha... Um frio profundíssimo me tremeu. Sofri os pavôres disso — da mão da gente ser capaz de ato sem o pensamento ter tempo.

Somente todos me gabaram, com elogios e palavras prezáveis, porque a minha chefia era com presteza. Fosse de tiro, tanto não admiravam a tanto, porque a minha fama no gatilho já era a qual; à faca, eh, fiz! E do outro grupo, longe mas que era o mais perto, da banda da mão esquerda, um escutou ou viu, e veio. Era o Jiribibe, mocinho Jiribibe, num cavalo preto galopeiro. Diadorim tinha disparado tiro, só esmo; de nervosia. Dentro de pouco, todos iam ficar cientes da proeza daquele homem tão morto: das beiras do corte — lá nele — a pele subia repuxada, a outra para baixo tinha descaído tamanhamente, quase nas maminhas até; deixavam formado o buraco medonho horrendo, se aparecendo a toda carnança. Aí Alaripe esclareceu: — "Ao que sei, este era da Serra d'Umã..." O de tão longe, o sapo leiteiro! Uns estavam remexendo nele — não tinha um pelo nos peitos. Assim queriam desaliviar aquele corpo, das coisas de valor principais. Do que alguém disse que ele guardava: um dixe, joiazinha de prata; e as esporas eram as excelentes, de bom metal.

Não turveei. Morte daquele cabra era em ramo de suicídios. — "A modo que morreu? Ele foi para os infernos?" — indagou em verdade o menino Guirigó. Antes o que era que eu tinha com isso, como todos me louvaram? Sendo minha a culpa — a morte, isto sei; mas o senhor me diga, meussenhor: a horinha em que foi, a horinha? Como que o cego Borromeu garrou um fanhoso recitar, pelos terços e responsos. Medo de cego não é o medo real. Diadorim me olhava — eu estivesse para trás da lua. Só aí, revi o sangue. Aquele, em minha roupa, a plasta vermelha fétida. Do sangue alheio que grosso me breava, mal me alimpei o queixo; eu, desgostoso de sangue, mas deixava, de sinal? Ah, não, pois ali me salteou o horror maior. Sangue... Sangue é a coisa para restar sempre em entranhas escondida, a espécie para nunca se ver. Será por isso também que imensa mais é a oculta glória de grandeza da hóstia de Deus no ouro do sacrário — toda alvíssima! — e que mais venero, com meus joelhos no duro chão.

Por mais, o corpo ali ficava, para o ar do *raso*. Sumimos de lá, há-de que tocávamos, adiante. À viajadamente eu ia, desconversei meu espírito. Até às alelúias!

Que, como conto. Aquele Treciziano tinha redobrado destino de triste-fim de louco. Pois nem bem três léguas andadas, daí depois, a gente saía do Liso, como que a ponto: dávamos com uma varzeazinha e um esporão de serra; chapadas, digo. Apeei na terra cristã. Se estava no para ver esses campos crondeubais da Bahia.

Adiante vim para pedir gole d'água, todo pacífico, no rancho de um solteiro; esse deu informação de que, dez léguas em volta, o povoal ia existindo sem questão. Somente seguimos. Dali antes, a gente tinha passado o Alto-Carinhanha — lá é que o Rei-Diabo pinta a cara de preto. Onde chegados na aproximação do lugar que se cobiçava. Dado dia e meio — descrevendo no rumo que certo achamos logo — se havia de ter a casa da raça do Hermógenes! Lei de que íamos dar lá, madrugando madrugada, pegando todos desprevenidos, em movível supetão. Pois o Hermógenes parava longe, em hora recruzando meus antigos rastros, estes rasgos ele não adivinhava. Aí era o meu contrabalanço. Ah! — choca mal, quem sai do ninho...

Ao que, por isso, não tardamos; não tivessem a primeira notícia da gente. Não se tomou nem um dia de fôlego. A trote e a chouto, vencemos uma grande noite — e demos lá, no luzir d'alva. Abarcamos as condições do lugar, em cerco, entendidos uns com uns, por meio de avisos: que eram canto de acauã e assovio de macaco. Porque sempre eles deviam de ter alguns curimbabas na defesa: capangas e carabinas. Daí, só se esperou o listrar da primeira barra e a ponta da manhã estremecente. Segundo nosso uso. Demos fogo.

Digo franco: feio o acontecido, feio o narrado. Sei. Por via disso mesmo resumo; não gloso. No fim, o senhor me completa. Mas, fazia tempo que não se dava combate, e o propor da gente era tribuzana, essas ferocidades assim.

A casa da fazenda — aquele reto claro caiado; mas era um casarão acabando o tope do morrete; enganando, até parecia torta. Varejamos o total a tiro. Aí, e o que se gritava!: azurradamente...

Aqueles que estavam lá eram homens ordinários — derreteram debaixo do pé de meus exércitos. O que foi um desbarate! Como que já estavam de asas quebradas, nem provaram resistências: deles mal ouvi uns tiros. E a gente, nós, estouramos para o centro, a surto, sugre, destrambelhando na polvorada, feito rodeio de vento. Assaz. Do que fiz, desisto. Todos não fizeram? Volvido, receei que Diadorim não me aprovasse; mas Diadorim concordou com os fatos, em armas, em frente. O que se matou e estragou — de gente humana e bichos, até boi manso que lambia orvalhos, até porco magro em beira de chiqueiro. O mal regeu. Deus que de mim tire, Deus que me negocíe... À vez.

De seguida, tochamos fogo na casa, pelos quinze cantos mortos. Armou incendião: queimou, de uma vez, como um pau de umburana branca... E de lá saímos, quando o fogo rareou, tardezinha. E, na manhã que veio, acampou-se em beira-d'água de sossego. A gente traspassava de cansaços, e sobra de sono. Mas, trazida presa, já em muito nosso poder, estava a merecida, que se queria tanto — a mulher legal do Hermógenes.

Aquela mulher sabia dureza; riscava. Ela discordava de todo destino. Assim estava com um vestido preto, surrado muito desbotado; caíu o pano preto, que tinha enlaçado na cabeça, e ela não se importou de ficar descabelada. Deixaram: ela sentar, sentou. Nunca encurtou a respiração. Devia de ter sido bonita, nos festejos da mocidade; ainda era. Deram a ela de comer, comeu. De beber, bebeu. A curto, respondeu a algumas duas ou três coisas; e, logo depois de falar, apertava demais a boca fechada, estreitos finos beiços. Mas falava quase assoviado. Figuro que não mascava fumo nem cachimbava, mas mesmo assim cuspia em roda; mas não passava a sola do pé, por cima, para alimpar o chão, como é costume de se fazer, nessas condições. Adverti que estava descalça, e assim devia de ser fora do uso, decerto por causa da hora e confusão em que tinha sido pega. Se arranjou para ela par de alpercatas. Ela soubesse que não se pertencia com a gente. Aceitou meu olhar, seca, seca, com resignação em quieto ódio; pudesse, até com as unhas dos pés me matava. Enrolou a cara num xale verde; verde muito consolado. Mas eu já estava com ela — com os olhos dela, para a minha memória. Magreza, na cara fina de palidez, mas os olhos diferiam de tudo, eram pretos repentinos e duráveis, escuros secados de toda boa água. E a boca marcava velhos sofrimentos? Para mim, ela nunca teve nome. Não me disse palavra nenhuma, e eu não disse a ela. Tive um receio de vir a gostar dela como fêmea. Meio receei ter um escrúpulo de pena; certo não temi abrir razão de praga. Muito melhor que ela não carecesse de vir. Ser chefe, às vezes é isso: que se tem de carregar cobras na sacola, sem concessão de se matar... E ela ficava assim embiocada, sem semblantes, com as mãos abertas, de palmas para cima — como se para sempre demonstrar que não escondia arma de navalha, ou porque pedisse esmola a Deus. Lembro dessa mulher, como me lembro de meus idos sofrimentos. Essa, que fomos buscar na Bahia.

É de ver que não esquentamos lugar na redondez, mas viemos contornando — só extorquindo vantagens de dinheiro, mas sem devastar nem matar — sistema jagunço. E duro capitaneei, animado de espírito. O Jalapão me viu, os todos Gerais me viram demais. Aqueles distritos que em outros tempos foram do valentão

Volta-Grande. Depois, mesmo Goiás a baixo, a vago. A esses muito desertos, com gentinha pobrejando. Mas o sertão está movimentante todo-tempo — salvo que o senhor não vê; é que nem braços de balança, para enormes efeitos de leves pesos... Rodeando por terras tão longes; mas eu tinha raiva surda das grandes cidades que há, que eu desconhecia. Raiva — porque eu não era delas, produzido... E naveguei salaz. Tem as têlhas e tem as nuvens... Eu podia lá torcer o azul do céu por minhas mãos?! Virei os tigres; mas mesmo virei sendo o Urutú-Branco, por demais.

Somente que me valessem, indas que só em breves e poucos, na ideia do sentir, uns lembrares e sustâncias. Os que, por exemplo, os seguintes eram: a cantiga de Siruiz, a Bigrí minha mãe me ralhando; os buritís dos buritís — assim aos cachos; o existir de Diadorim, a bizarrice daquele pássaro galante: o manuelzinho-da-crôa; a imagem de minha Nossa Senhora da Abadia, muito salvadora; os meninos pequenos, nuzinhos como os anjos não são, atrás das mulheres mães deles, que iam apanhar água na praia do Rio de São Francisco, com bilhas na rodilha, na cabeça, sem tempo para grandes tristezas; e a minha Otacília.

No sirgo fio dessas recordações, acho que eu bateava outra espécie de bondade. Devo que devia também de ter querido outra vez os carinhos daquela moça Nhorinhá, nessas ocasiões. Por que será que, aí, eu não formei a clareza disso, de a-propósito? Por lá, adiante, na vastança, era rumo de onde ela agora morava. Isso, sim, andadamente. Mas não conheci; e demos volta. Tempos escurecidos. O que meus olhos não estão vendo hoje, pode ser o que vou ter de sofrer no dia depois-d'amanhã.

Ao que inventei, enquanto assim se vinha, por pobres lugares, aos poucos eu estive amaestrando os catrumanos, o senhor está lembrado deles; ensinando aqueles catrumanos, para as coisas de armas, do que houvesse de pior. Eles já prometiam puxo; eh, burro só não gosta é de principiar viagens. Aprovei, de ver o Teofrásio, principal deles, apontando em homem malandro inocente, com a velha garrucha que era a dele, com os dois canos encavalados. Mas, que atirasse, não consenti. Zé Bebelo havia de admitir assim, de se fazer excessos? Ali, quem se lembrava de Zé Bebelo eram minhas horas de muita inteligência. Assim, ele ainda vivesse, certo havia de ter algum dia notícia do que eu estava executando: que a gente trazia a Mulher; com ela agarrada em mãos, se ia necessitar o Hermógenes a dar combate.

Essa mulher, conforme vinha, num definitivo mau silêncio, a cara desaparecida pelo xale verde, escanchada em seu cavalo. Tinham dado a ela um chapéu-de-palha de ouricurí, por se tapar do forte sol baiano. A mais, dela não se ouviu queixa ou reclamação; nem mesmo palavra. O que eu desentendia nela era aquela suave calma, tão feroz; que seria aferrada em esperar; essa capacidade. Se o ódio, só, era que dava a ela certeza de si, o ódio então era bom, na razão desse sentido: que às vezes é feito uma esperança já completada. Deus que dele me livrasse!

Mas, o homem em quem o catrumano Teofrásio com sua garrucha antiquíssima apontou, era um velho. Desse, eu digo, salvei a vida. Socorrido assim, pelo fato d'eu não conseguir conhecer a intenção da existência dele, sua razão de sua consciência. Ele morava numa burguéia, em choça muito de solidão, entre as touças da sempreviva-serrã e lustro das folhagens de palmeira-pindoba.

Eu, com outros, tinha subido no tope do môrro, que era de espalha-ventos. De lá do alto, a mente minha era poder verificar muitos horizontes. E, mire veja: em quinze léguas para uma banda, era o São Josèzinho da Serra, terra florescida, onde agora estava assistindo Nhorinhá, a filha de Ana Duzuza. Assunto que, na ocasião, meu espírito me negou, digo o dito. Além, além. Dela eu ainda não tinha podido receber a carta enviada. Para mim, era só uma saudade a se guardar. Hoje é que penso. Nhorinhá, namorã, que recebia todos, ficava lá, era bonita, era a que era clara, com os olhos tão dela mesma... E os homens, porfiados, gostavam de gozar com essa melhora de inocência. Então, se ela não tinha valia, como é que era de tantos homens?

Mas, no vir de cimas desse morro, do Tebá — quero dizer: Morro dos Ofícios — redescendo, demos com o velho, na porta da choupã dele mesmo. Homem no sistema de quase-dôido, que falava no tempo do Bom Imperador. Baiano, barba de piassaba; goiano-baiano. O pobre, que não tinha as três espigas de milho em seu paiol. Meio sarará. A barba, de capinzal sujo; e os cabelos dele eram uma ventania. Perguntei uma coisa, que ele não caprichou de entender, e o catrumano Teofrásio, que já queria se mostrar jagunço decisivo, o catrumano Teofrásio bramou — abocou a garruchona em seus peitos dele. Mas, que não deu tujo. Esse era o velho da paciência. Paciência de velho tem muito valor. Comigo conversou. Com tudo que, em tão dilatado viver, ele tinha aprendido. Deus pai, como aquele homem sabia todas as coisas práticas da labuta, da lavoura e do mato, de tanto tudo. Mas, agora, que tanto aforrava de saber, o derrengue da velhice tirava dele toda possança de trabalhar; e mesmo o que tinha aprendido ficava fora dos costumes de usos. Velhinho que apertava muito os olhos.

Seria velhacal? Não fio. E isto, que retrato, é devido à estúrdia opinião que divulgou em mim esse velho homem. Que, por armas de sua personalidade, só possuía ali era uma faquinha e um facão cego, e um calabôca — porrête esse que em parte ocado e recheio de chumbo, por valer até para mortes. E ele mancava estragado: por tanto que a metade do pé esquerdo faltava, cortado — produção por picada de cobra — urutú geladora, se supõe. Animado comigo, em fim me pediu um punhado de sal grande regular, e aceitou um naco de carne de sol. Porque, no comer de comum, ele aproveitava era qualquer calango sinimbú, ou gambás, que, jogando neles certeiramente o calabôca, sempre conseguia de caçar. Me chamou de: — "Chefão cangaceiro..."

Acabando que, para me render benefício de agradecimento, ele me indicou, muito conselhante, que, num certo resto de tapera, de fazenda, sabia seguro de um dinheirão enterrado fundo, quantia despropositável. Eu fosse lá... — ele disse —; eu escavasse tal fortuna, que merecida, para meus companheiros e para mim... — "Aonde, rumo?" — indaguei, por comprazer. Ele piscou para o mato. Por lá, trinta e cinco léguas, num Riacho-das-Almas... Toleima. Eu ia navegar assim para acolá, passar matos, furar a caatinga por batoqueiras, por louvar loucura alheia? Minha guerra nem não me dava tempo. E, mesmo, se ele sabia assim, e verdade fosse, por que era que não ia, muito pessoalmente, cavacar o ouro para si? Derri dele, brando. Por que é que se dá conselho aos outros? Galinhas gostam de poeira de areia — suas asas... E o velho homem — cujo. Ele entendia de meus dissabôres? Eu mesmo era de empréstimo. Demos o demo... E possuía era meu caminho, nos peitos de meu cavalo. Siruiz. Alelúia só.

E o velho, no esquipático de olhar e ser, qualquer coisa em mim ele duvidava dela. Mas — que é que era? que é que era?!... Eu carecia de indagar. E, mesmo — porque a chefe não convém deixar os outros repararem que ele está ansiando preocupação incerta — tive de indagar leixo, remediando com gracejo diversificado: — "Mano velho, tú é nado aqui, ou de donde? Acha mesmo assim que o sertão é bom?..."

Bestiaga que ele me respondeu, e respondeu bem; e digo ao senhor:

— "Sertão não é malino nem caridoso, mano oh mano!: — ...ele tira ou dá, ou agrada ou amarga, ao senhor, conforme o senhor mesmo."

Respondeu com uma insensatez, ar de ir me ferir, por tanto; jacaré já! Respondeu, apontando com o dedo para o meu peito. Desgostou de meu debique? Dele o dito, eu não decifrava. Sertanejo sem remanso. Mas desabandonamos aquilo, às pressas, porque o velho assoava o nariz com todos os dedos de uma mão, em modo que me deu nôjo. Descemos flauteando o resto do môrro. Quando chegamos cá no acampo, as ramas d'árvores já iam pegando o pó da noite. Ermo meu?

Do que hoje sei, tiro passadas valias? Eh — fome de bacurau é noitezinha... Porque: o tesouro do velho era minha razão. Tivesse querido ir lá ver, nesse Riacho-das-Almas, em trinta e cinco léguas — e o caminho passava pelo São Josèzinho da Serra, onde assistia Nhorinhá, lugarejo ditoso. Segunda vez com Nhorinhá, sabível sei, então minha vida virava por entre outros morros, seguindo para diverso desemboque. Sinto que sei. Eu havia de me casar feliz com Nhorinhá, como o belo do azul; vir aquém-de. Maiores vezes, ainda fico pensando. Em certo momento, se o caminho demudasse — se o que aconteceu não tivesse acontecido? Como havia de ter sido a ser? Memórias que não me dão fundamento. O passado — é ossos em redor de ninho de coruja... E, do que digo, o senhor não me mal creia: que eu estou bem casado de matrimônio — amizade de afeto por minha bondosa mulher, em mim é ouro toqueado. Mas — se eu tivesse permanecido no São Josèzinho, e deixado por feliz a chefia em que eu era o Urutú-Branco, quantas coisas terríveis o vento-das-núvens havia de desmanchar, para não sucederem? Possível o que é — possível o que foi. O sertão não chama ninguém às claras; mais, porém, se esconde e acena. Mas o sertão de repente se estremece, debaixo da gente... E — mesmo — possível o que não foi. O senhor talvez não acha? Mas, e o que eu estava dizendo, mas mesmo pensando em Nhorinhá, por causa. Dói sempre na gente, alguma vez, todo amor achável, que algum dia se desprezou... Mas, como jagunços, que se era, a gente rompeu adiante, com bons cavalos novos para retrôco. Sobre os *gerais* planos de areia, cheios de nada. Sobre o pardo, nas areias que morreram, sem serras de quebra-vento.

Com a campina rôxa brandamente, vagarosa por onde fomos, tocamos, querendo o poente e tateando tudo, chapada sem lugar de fim. Só os punhados daquele capim de lá, com sua magra dureza. O para bem valer era que, agora, quando alguém com o nosso brabo cortejo deparava, seriam gente já distante, desconhecida dela, e que não diziam mais: — "Aquela é a dona de um seô Hermógenes, que estão remetendo para as enxovias..."

Essa mesma não dava trabalhos; a mulher ocultada no xale verde, como dizer. A mulher sem resgate — isto é dizer: que ia para morte de outro homem — à sina sorte. Eu tinha era receio de que ela adoecesse. Dei as todas ordens, de bom tratamento. Tanto a tanto, decidi disposto que não se entrasse com bruteza nos povoados, nem se amolasse ninguém, sem a razoável necessidade. Também pelo que aquilo não me dava glória, e eu ia para um grande fim. Até estive nervoso.

Desde as crondeúbas, nascidas em extraordinárias quantidades, e os montes de areia quase alvos, com as seriemas por cima perpassando, e o mais, tudo eu tinha avistado. Que vi córrego que corta e salga, e comi coco de ouricurí. Desordens não me tentavam, o assaltar e o rixar. Agora, para essas e outras jagunçagens — assim mesmo como para pautear à toa, de abocabaque — eu não tinha interesse de tempo. Não por moleza ou falta de hombridade; ah, não: tanto em que durou minha chefia, e acho mesmo que de dantes, eu aguentei tudo o que é cão e leão. Corrijo e digo: só o frio é que mal tolerei. Quando geava, dormi deveras estreito entre diversas fogueiras. O frio desdiz com jagunço. A gente indo, ali mesmo nos altos tabuleiros, enchemos surrões com talos de canela-de-ema, boa acendedora de fogo. A canela-de-ema de qualidade — crescida mais de metro, acertante. Depois da madrugada, de guardado eu bebia um chá de jurema, me restabelecesse todos os ânimos. Daí diante, melhor, foi desamainando a friagem das madrugadas. E já fazia tempo que eu não passava navalha na cara, contrário de Diadorim. Minha barba luzia grande e preta, conferindo conspeito — isto eu mesmo podia fácil ver, mirando na folha da água, quando meu cavalo Siruiz se debruçava para beber em qualquer riachinho da largura de duas braças. Estórias!

Consabido que meus homens, por sincera precisão de mulher, armavam querer de trazer umas delas, pegadas pelas beiras de estradas, me vinham com lelê disso. O que eu, enérgico, debelei e reprovei: não se estava ainda em ponto para esse desmazelo de bem-passar. Pelo mal de que essas mulheres não davam para ser ao menos uma para cada um, e, por via de júis dessas condições, a companhia delas podia estragar a lei do viver da gente, com arrelias de vuvú e rusgas. O que ajuntávamos, trazendo, era cada bom cavalo que se pegasse. E tocamos concosco cinquenta-e-tantas rêses, de gado baiano; à toa. Por campos gramados, quando havendo, isso ia mais sem estorvo, em conformes. Depois, piorou. Mas outras coisas melhoraram. O senhor tenha na ordem seu quinhão de boa alegria, que até o sertão ermo satisfaz.

Digo mesmo de meu expor, falante de mulheres. Quando se viaja varado avante, sentado no quente, acaba o coxim da sela fala de amores. E eu surgia em sossego assim, passo compasso, o chapadão tão alargante. Lá o ar é repousos. Os hermógenes andavam por bem longe. E nunca que pelotão de soldados havia de ali vir, por cima de nossas batidas. Sossego traz desejos. Eu não lerdeava; mas queria festa simples, achar um arraial bom, em feira-de-gado. Queria ouvir uma bela viola de Queluz, e o sapateado de pés dansando. Mas, por lei, eu carecia de nudezes de mulher. Nesses dias, moderei minha inclinação. Baixei ordens severianas: que todos pudessem se divertir saudavelmente, com as mulheres bem dispostas, não deixando no vai-vigário; mas não obrassem brutalidades com os pais e irmãos e maridos delas, consoante que eles ficassem cordatos. Estatuto meu era esse. Por que destruir vida, à toa, à tôa, de homem são trabalhador? Zé Bebelo não teria outro reger... E vejo, pergunto: donde era que estava então o demo, perseguição? Devo redizer, eu queria delícias de mulher, isto para embelezar horas de vida. Mas eu escolhia — luxo de corpo e cara festiva. O que via com um desprezo era moça toda donzela, leiga do são-gonçalo-do-amarante, e mulher feiosa, muito mãe-de-família. Essas, as bisonhas, eu repelia. Mas, daí então, me deram notícia do Verde-Alecrim. Joguei de galope. Torei o cavalo para lá.

Guia era um exato rapaz, vaqueiro goiano do Uruú. Esse me discriminou — o Verde-Alecrim formava somente um povoado: sete casas, por entre os pés de piteiras, beirando um claro riozinho. Meia-dúzia de cafuas coitadas, sapé e taipa-de-sebe. Mas tinha uma casa grande, com alpendre, as vidraças de janelas de malacacheta, casa caiada e de têlhas, de verdade, essa era das mulheres-damas. Que eram duas raparigas bonitas, que mandavam no lugar, aindas que os moradores restantes fossem santas famílias legais, com suas honestidades. Cheguei e logo achei que lugar tal devia era de ter nome de Paraíso.

Antes, primeiro, pensei em todos, para o justo quinhão, porque eu era chefe. Reparti o pessoal em grupos, determinando que saíssem indo adiante, com via por trechos remarcados. Pois, mesmo a poucas léguas de lá aonde eu, eles iam achar, por um exemplo, dois arraiais — o Adroado e o São Pedro — e até o Barro-Branco, que era um vilório. Entanto que, Diadorim, conforme conveniente, enviei também expresso — ele comandasse os guias tenteadores. Tudo pronto, vim, acompanhado só com uma guarda de dez homens. O que eu não disse: que o Verde-Alecrim ficava em aprazível fundo, no centro de uma serra enrodilhada. Dum alto, se via, duma olhada e olhar. Esporeei, desci, de batida.

Aí cheguei bem de mão. Meus homens, deixei que fossem para as casas domésticas, conversar casadas e suas crias. Eu apeei na das duas. Escolhi assim. Bom, quando há leal, é amor de militriz. Essas entendem de tudo, práticas da bela-vida. Que guardam prazer e alegria para o passante; e, gostar exato das pessoas, a gente só gosta, mesmo, puro, é sem se conhecer demais socialmente... Eu chegasse de noite, e elas estavam com casa alumiada, para me admitir. Como que o amor geral conserva a mocidade, digo — de Nhorinhá, casada com muitos, e que sempre amanheceu flôr. E, isto, a tôrto digo, porque as duas não se comparavam com Nhorinhá, não davam nem para lavar os pés dela.

Mas que, porém, beleza a elas também não faltava, isto sim. Uma — Maria-da-Luz — era morena: só uma oitava de canela. Os cabelos enormes, pretos, como por si a grossura dum bicho — quase tapavam o rosto dela mesma, aquela nhàzinha-moura. Mas a boquinha era gomo, ponguda, e tão carnuda vermelha se demonstrava. Ela sorria para cima e tinha o queixo fino e afinado. E os olhos água-mel, com verdolências, que me esqueciam em Goiás... Ela tinha muito traquejo. Logo me envotou. Não era siguilgaita simples.

A outra, Hortência, meã muito dindinha, era a *Ageala*, conome assim, porque o corpo dela era tão branquinho formoso, como frio para de madrugada se abraçar... Ela era ela até no recenso dos sovacos. E o fio-do-lombo: mexidos curvos de riacho serrano, desabusava. Comprimento exato dele, assim, o senhor medir nunca conseguia. No meio delas duas, juntamente, eu descobri que até mesmo meu corpo tinha duros e macios. Aí eu era jacaré, fui, seja o que sei.

No meio daquela noite, andei com fome, não quis cachaça. Me descansei, comi uma coalhada muito fria. Comi bolo com cidrão. Bebi bom café, adoçado com um açúcar de primeira, branco igual. Porque as duas minhas-damas eram ricas; dizer: deviam de ter muito dinheiro de prata aforrado. Por lá, na casa delas, era ponto de pernoite de lavradores de posses, feito estalagem, com altas pagas. Mas as duas, mesmas, provinham de muito boas famílias, a *Ageala* Hortência era filha de grande fazendeiro paranãnista, falecido. Eram donas de terras, possuíam aquelas roças de milho e feijão nas vertentes da serra, nos *dependurados*. Ali mesmo no Verde-Alecrim, delas era toda a terra plantável. Por isso, os moradores e suas famílias serviam a elas, com muita harmonia de ser e todos os préstimos, obsequiando e respeitando — conforme eu mesmo achei bem: um sistema que em toda a parte devia de sempre se usar.

Como se deu que, enquanto se bebia o café, escutamos uma tosse, da banda de fora. E era do homem que eu tinha deixado de vigia. O qual tinha acontecido de ser o Felisberto — o que, por ter uma bala de cobre introduzida na cabeça, vez em quando todo verdeava verdejante, como já foi dito. E então elas duas pensaram em se mandar o Felisberto entrar para provar do café também, dando que não é justo ficar um desconfortado no sereno, enquanto os outros se acontecem. Sendo as duas, o senhor vê, pessoas muito bondosas.

    Assenti, boamente, nisso, em que elas estavam com a razão. Só que, pelo respeito, eu sendo Chefe, não ia poder deixar o Felisberto me avistar assim, perfeito descomposto nú, como eu estava. Maria-da-Luz aí trouxe uma roupagem velha dela, que era para eu amarrar na cintura, tapando as partes. Experimentei. Daí, entendi o desplante, me brabeei, com um repelão arredei a mulher, e desatei aquilo, joguei longe. Tornei a vestir minhas roupas, botei até jaleco. Elas melhor me riam. Eu era algum saranga? Eu podia dar bofetadas — não fosse a só beleza e a denguice delas, e a estrôina alegria mesma, que meio me encantava.

    O Felisberto entrou, saudou, comeu e bebeu. Naquela ocasião ele estava passando bem, normal. Só assim, ao silenciosamente. Entendo que mais fosse para o galhardo que para o sem-graça, rapaz desses de que as mulheres se arregalam. Em ver, seria mais moço do que eu, mais calmo. Não quisesse ardôres com damas, quisesse os poucos recantos para devagar se resignar. Não cobiçou a qual, ou agrados. Nem na hora reparei que a Maria-da-Luz com ele se olhasse. Só bem, o que ela refletiu, quando o Felisberto, comido e bebido, tornou a sair, ela me disse: — que, se eu no caso dúvida não pusesse, o Felisberto podia com ela se introduzir, no outro cômodo, por variação dumas duas horas, constante que nesse breve prazo eu ainda restava felizardo com a *Ageala* Hortência. Danado eu disse que não; e ela: — "Tu achou a gente casual aqui, no afrutado. Tu veio e vai, fortunosamente. Tu não repartindo, tu tem?..." — assim ela me modificou. A doidivã, era uma afiançada mulher. No sertão tem de tudo.

    E eu tinha falado meu não, era mais somente porque não se pode falhar na regra: de só se pandegar com sentinela posta. Eu era o chefe. O Felisberto era sentinela. Aquela casa de lugar — as delícias que estavam — eu melhores neste mundo não achasse, pensei. Eu quisesse reinar lá, pelos meus prazeres. O senhor sabe: eu chefe, o outro sentinela. Esse Felisberto, pelo jeito, ia viver tão escasso tempo, podia bem que nem fizesse mais conta do ofício. Sendo o mais que pensei: eu, sentinela! O senhor sabe. Ah — ainda que no nocivo desses andares — eu conseguia meditar minhamente: ah, eu não tive os chifres-chavelhos nem os pés de cabra... Ali, pelos meus prazeres eu quisesse me reinar, descambava para fecho de termo. A morte estava com esse Felisberto, coitado desgraçado. A coisa estranha que uma bala de arma tinha entrado nos centros da cabeça mesma dele, recessos da ideia dele — de lá, de vezes em vezes, perturbava com excessos: daí um dia, em curto, era a morte fatal. Agora, podia bem ser que ele quisesse largar de mão de ser jagunço? Aquele fato daquela bala entrada depositada no dentro de um — e que não se podia tirar de nenhum jeito, nem não matava de uma vez, mas não perdoava na data — me enticava. Aquele homem, mesmo com a valia e bizarria dele, eu pudesse querer mais no meu bando? As duas mulheres, belezas assins, dando delícias, bilistrocas... Outra ideia eu tive. Só eu sei: eu sentinela! Só não posso dar uma descrição ao senhor, do estado que eu pensei, achei; só sei em bases.

Amanheceu claro. Mas Maria-da-Luz não era logrã, isso conheci, no ver como ela olhou para o Felisberto, com modos mimosos. Quem sabe ele havia de gostar de ficar para sempre permanecido ali? Perguntei. O Felisberto se riu, tão incerto feliz, que eu logo vi que tinha justo pensado. E elas, demais. — "Deixa o moço, que nós prometemos. Tomamos bom cuidado nele, e tudo, regalado sustento. Que de nada ele há-de nunca sentir falta!" Tanto elas disseram, que tudo transformavam. Mulheres. E o Felisberto ia permanecer, a siso, arrecadado na sujeição desses deleites; podia ter um remédio de fim de vida melhor? Em tal, abracei o companheiro, e abracei as duas, dando para sempre a minha despedida e fazendo mostra de falar de farto. Mulheres sagazes! Até mesmo que, nas horas vagas, no lambarar, as duas viviam amigadas, uma com a outra — se soube. O que, quando eu já ia saindo, acharam de me dizer? Isto:

— "Mas, você já vai, mesmo, nego? Visita-de-médico?..."

Como não pude sofrear meu rir.

Reuni meus outros meus homens. Abalei de lá. Bem que eu sentia — eu exalava uma certa inveja do Felisberto. Mas, aí, eu estimei o Felisberto, como se ele fosse um meu irmão. Como Céu há, com esplendor, e aqui beleza de mulher — que é sede. Deus que abençôe muito aquelas duas. A pois, me ia, e elas ficavam as flores naquele povoadozinho, como se para mim ficassem na beira dum mar. Ah: eu sentinela! — o senhor sabe.

Assim eu queria me esquecer de tudo, terminada aquela folga. O dever de minha hombridade. Aí mais, quando tornei a rever Diadorim, constante vi, que andava à minha espera com os companheiros, num papuã, matando perdizes. E encaminhei para Diadorim, com a meia-dúvida. Eu não tinha razão? Porque Diadorim já sabia de tudo. Como sabia? Ah, o que era meu logo perdia o encoberto para ele, real no amor. — "Riobaldo, você vadiou com as do Verde-Alecrim... Você está comprazido?" — ele de franca frente me perguntou. Eu tibes. Corri mão por meu peito. Mas admirei que Diadorim não estivesse jeriza. Mesmo, ele ao leve se riu, e o modo era de malina satisfação.

— "Você já está desistido dela?" — em fim ele indagou.

— "Hem? Hem? Dela quem dela? Tu significa essas velhacas palavras..." — eu só fiz que respondi, redatado.

Mediante porque: aí logo entendi, no instante. E ele cerrou a conversa. Porque eu entendi: que a referida era Otacília. Minha nôiva Otacília, tão distante — o belo branco rosto dela aos poucos formava nata, dos escuros...

Tudo isto, para o senhor, meussenhor, não faz razão, nem adianta. Mas eu estou repetindo muito miudamente, vivendo o que me faltava. Tão mixas coisas, eu sei. Morreu a lua? Mas eu sou do sentido e reperdido. Sou do deslembrado. Como vago vou. E muitos fatos miúdos aconteceram.

Conforme foi. Eu conto; o senhor me ponha ponto.

Pelo que, do trecho, voltamos. Para mais poente do que lá, só urubùretamas. E o caminho nosso era retornar por *essas* gerais de Goiás — como lá alguns falam. O retornar para estes *gerais* de Minas Gerais. Para trás deixamos várzeas, cafundão, deixamos fechadas matas. O joão-congo piava cânticos, triste lá e ali em mim. Isto é, minto: hoje é triste, naquele tempo eram as alegrias. Suassú-apara corria da gente, com a cabeça empinada quase nas costas, protegendo para não prender nas árvores sua galhadura dele. Galheiro suassú-pucú com sua fêmea suassú-apara. Um dia, vez, se matou uma sucurí, de trinta-e-seis palmos, que de ar engravidava. Dava lugares, em que, de noite, se estava de repente no cabo do revólver, ou em carabinas, mesmo; e carecia de se acender maiores fogueiras, porque, do cheio oco do escuro, podia vir cruzar permeio à gente algum bicho estranhão: formas de grandes onças, que rodeando esturravam, ou a mãe-da--lua, de voo não ouvido, corujante; ou de supetão, às brutas, com forte assovio, vindo do lado do vento, algum macho d'anta, cavalo-rão. E foi aí que o Veraldo, que era do Sêrro-Frio, reconheceu uma planta, que se chamasse *guia-tôrto*, se certo suponho, mas que se chamava *candêia* na terra dele, a qual se acendia e prendia em forquilha de qualquer árvore, ela aí ia ardendo lumiosa, clara, feito uma tocha.

Atravessamos campos. Dias, tão claros, céu de toda altura. A mais voavam eram os gaviões. Goiás estava pondo fogo nos seus pastos. Arte que fumaçava, fumaceava, o tisne. O sol rôxo requeimão. Tive uma saudade de outras audácias. Morreu o Pitolô, por bala de arma que disparou sem ser por querer de ninguém

— caso muito acontecível. Num sítio Padre-Peixoto, morreu o Freitas Macho, também, de uma dôr forte no vão da barriga, banda-da-mão-direita; remédio de chá nele não produziu o vero efeito. Alaripe teve uma carregação-dos-olhos. O Conceiço destroncou o braço, deu trabalho e dôres, para se repor no lugar. Advertido que, antes, dessas passagens assim não lhe vinha minuciando, e que elas corretamente sempre se dão; mas que eram somente as mortes sérias serenas, doutras desgraças diversas, ou doenças para molestar.

E dos fazendeiros remediados e ricos, se cobrava avença, em bom e bom dinheiro: aos cinco, dez, doze contos, todos tinham mesmo pressa de dar. Com o que, enchi a caixa. E abriam para a gente pipotes de cachaça, a qual escanceavam. Se jantava banquete, depois um coreto se cantava. Às vezes, não sei porque, eu pensava em Zé Bebelo, perguntava por ele em outros tempos; e ninguém conhecia aquele homem, lá, ali. O de que alguns tivessem notícia era da fama antiga de Medeiro Vaz. Daí, me dava raiva de ter pensado refletido em Zé Bebelo. Bobéias. E, andantemente, só me engracei foi duma mulher, casada essa, que, com tremor enorme, me desgostou neste responder: — "Ai, querendo Deus, que o meu marido quiser..." Ao que eu atalhei: — "Ah, pois nem eu não quero mais não, minha senhora dona. Não estou de maneira." E, sem ser de propósito, até botei mau-olhado num menino pequeno, que estava perto.

Que assim viemos. Mas, conto ao senhor as coisas, não conto o tempo vazio, que se gastou. E glose: manter firme uma opinião, na vontade do homem, em mundo transviável tão grande, é dificultoso. Vai viagens imensas. O senhor faça o que queira ou o que não queira — o senhor toda-a-vida não pode tirar os pés: que há-de estar sempre em cima do sertão. O senhor não creia na quietação do ar. Porque o sertão se sabe só por alto. Mas, ou ele ajuda, com enorme poder, ou é traiçoeiro muito desastroso. O senhor...

Tomei mais certeza da minha chefia. Quer ver que eu tinha deixado de parte todas as minhas dúvidas de viver, e que apreciava o só-estar do corpo, no balanço daqueles dias temperados tão bem, quando o céu varreu. Dias tão claros. Tanto que as cigarras chiavam em grosas; e de que tal-arte valessem por um atraso das chuvas do ano, alguns já queriam desejar. Não foi. Mas eu cria por mim nas melhores profecias. E sempre dei um trato respeitável amistoso aos homens de valia mais idosa, vigentes no sério de uma responsabilidade mais costumeira. Esses eram João Goanhá, Marcelino Pampa, João Concliz, Alaripe e outros uns restantes — que mereciam de si; e não me esqueci das praxes. Tirante que não pedi conselhos. Mal não houvesse: mas, pedir conselho — não ter paciência com a gente mesmo; mal hajante... Nem não contei meus projetados. O Rio Urucúia sai duns matos — e não berra; desliza: o sol, nele, é que se palpita no que apalpa. Minha vida toda... E refiro que fui em altos; minha chefia.

Diadorim mesmo mal me entendeu. Qual que recordo, foi num durante de tarde, a incertas horas, quando se vinha por um selado, estirão escampante. Nós dois em dianteira, par de homens; um diabo de calor; e os cavalos pisavam légua destinada de cristal e malacachetas. Céu e céu em azul, ao deusdar. O senhor vá ver, em Goiás, como no mundo cabe mundo.

E o que Diadorim me disse principiou deste jeito assim: que perguntou, esconso, se eu queria aquela guerra completamente. Tal achei áspero — que ele me condenava o vir dando tantas voltas, em vez de reto para topar o inimigo ir. Remeniquei:

— "Uai, Diadorim, pois você mesmo não é que é o dono da empreita?!" — e, mais, meio debiquei, com estas: — "Que eu, vencendo vou, é menos feito Guy--de-Borgonha..." Acho que, as palavras que eu disse, agora não estou trastejando...

Mas Diadorim repuxou freio, e esbarrou; e, com os olhos limpos, limpos, ele me olhou muito contemplado. Vagaroso, que dizendo:

— "Riobaldo, hoje-em-dia eu nem sei o que sei, e, o que soubesse, deixei de saber o que sabia..."

Demorei que ele mesmo por si pudesse pôr explicação. E foi ele disse: — "Por vingar a morte de Joca Ramiro, vou, e vou e faço, consoante devo. Só, e Deus que me passe por esta, que indo vou não com meu coração que bate agora presente, mas com o coração de tempo passado... E digo..."

Afirmo que não colhi a grã do que ele disse, porque naquela hora as ideias nossas estavam descompassadas surdas, um do outro a gente desregulava. E o tom mesmo de sério que ele impunha rumou meu pensamento para outros pontos: o Urucúia — lá onde houve matas sem sol nem idade. A Mata-de-São-Miguel é enorme — sombreia o mundo... E Diadorim podia ter medo? — duvidei. Eu sempre sabia: um dia, o medo consegue subir, faz oco no ânimo do mais valente qualquer... Com tanto, eu fui e disse:

— "Tudo na vida cumpre essa regra..."

Duvidei pouco. Diadorim não temia. O que ele não se vexou de me dizer:

— "Menos vou, também, punindo por meu pai Joca Ramiro, que é meu dever, do que por rumo de servir você, Riobaldo, no querer e cumprir..."

Nem considerei. — "É, o Hermógenes tem de acabar!" — eu disse. Diadorim, ia ter certas lágrimas nos olhos, de esperança empobrecida. Me mirava, e não atinei. Será que até eu achasse uma devoção dele merecida trivial? Certo seja. Não dividi as finuras. Mas, também, afiguro que responder mais não pude, por motivos de divertência. Qual que, na hora, deu de dar, diante, um desvôo de tanajuras, que pelas grandes quantidades delas, desabelhadas, foi coisa muito valente, para mim foi o visto nunca visto: em riscos, zunindo como enchiam o ar, caintes então, porque a lei delas é essa, como porque o corpo traseiro pesa tão bojudo, ovado, bichão maduro, elas não aguentam o arco de voar, iam semeando palmos de chão, de preto em acobreadas, e tudo mesmo cheirava à natureza delas, cheiro cujo que de limão ruivo que se assasse na chapa. Bagos dessas, muito mundialmente... Caso que os cavalos se espantavam, uns na só cisma até refugando. E o menino Guirigó, de ver mais que todos, tocou cá para adiante, com gritos e arteirices, tão entusiasmável; como tanto aprovei, porque o menino Guirigó do Sucruiú eu tinha botado viajante comigo era mesmo para ele saber do mundo. Mas o esbagoar estirante das tanajuras vinha para toda parte, mesmo no meio da gente, chume-chume, fantasiado duma chuva de pedras, e elas em tudo caíam, e perturbavam, nos ombros dos homens, e no pelo dos animais. Como digo que eu mesmo a tapas enxotei muitas, e outras que depois tive de sacudir fora da crôa de meu chapéu, por asseio. Içá, savitú: já ouvi dizer que homem faminto come frita com farinhas essa imundície... E os pássaros, eles sim, gaviãozinho, que no campo esmeirinhavam, havendo com o que encher os papos. Mas bem porém que cada tanajura, mal ia dando com o chão, no desabe, sabia que tinha de furar um buraco ligeirinho e se sumir desaparecida na terra, sem escôlha de sorte, privas de suas asas, que elas mesmas já de si picavam desfolhadas, feito papelzinho. Isso é dos bichos do mundo; uso. Mas, então, quando mirei e não vi, Diadorim se desapartou de meus olhos. Afundou no grosso dos outros. Ai-de! hei: e eu tinha mal entendido.

E o senhor tenha bons estribos: que informo que o que disse se deu bem em antes dele Diadorim ter tido a conversa com a mulher do Hermógenes. Que agora, do que sei, vou tosquejar.

Como de fato, desamarrou o tempo. Formou muita chuva. Com assim, emendados chovidos três dias, então certificamos de permanecer esse tempo em prédio, e enchemos a Fazenda Carimã, que era de um denominado Timóteo Regimildiano da Silva; *do Zabudo*, no vulgar. Esse constituía parentesco proximado com os Silvalves, paracatuanos, cujos tiveram sesmarias, na confrontação das divisas, das duas bandas iguais. Do Zabudo: o senhor preste atenção no homem, para ver o que é um ser esperto.

Primeiro, encontramos de repente com ele, quando se ia por um assente — chapadazinha dessas, de capim fraco. Conciso já principiava a chuviscar, e eu estava pensando: que, por ali, menos longe, algum rancho ou alguma casa de sitiante havia de vagar. Nessa mesma horinha, o tal se apareceu. Conforme vinha, num cavalo baio, com uma daquelas engraçadas selas cutucas, que eles usam, e introduzido em botas-de-montar muito boas, dessas de couro de sucurijú, de que eles faziam antigamente. No natural, que foi ele ver a gente e levou choque. Instantezinho, porém, se converteu. Isto, que se desapeou, ligeiro, e tirou o chapéu, com cortesia mór, com gesto de braço, e manifestou:

— "Senhores meus cavaleiros, podem passar, sem susto e com gosto, que aqui está é um amigo..."

— "Amigo de quem?" — eu revidei.

— "Vosso, meussenhor cavaleiro... Amigo e criado..."

Esperança dele era ver a gente pelas costas. Com ele apertei: aonde que morasse? — "Lá daquela banda, meussenhor... Sitiozinho raso..." — outrarte ele respondeu, nhento, pasmado. Atalhei: — "A pois, pra lá vamos, adonde menos chôva. O senhor mostre." Aí ele remudou os modos, falando em muito aprazimento, em honras de sinceridade. A fazenda era ali, só a uns passos. Assim ele já se astuciava.

Do Zabudo, homem somítico, muito enjoativo e sensato. Requeri dele o prêmio — que marquei em arras de sete contos — e ele se desesperou, conforme caretas, e suas costas das mãos, mesmas, uma e depois a outra, diversas vezes ele beijava. Sempre gemendo que não e que sim, pediu vênia de me noticiar como os negócios da lavoura para ele nos derradeiros três anos andavam desandando, com peste que no gado deu e redeu, e praga no canavial: por via dela, nem fervia mais safra. E, tudo que falava, explicava e redizia, mesmo se fiou de querer me levar, debaixo de temporal, para exemplificar minhas vistas com o pejorativo de suas posses. Por causa da caceteação, concedi rebates, acabei deixando o estipulado em trêis-contos-quinhentos; e também por receio de se pegar em mim a nhaca daquele atraso. Se bem que, no repleto de dinheiro ganho goiano, como já se estando, eu descarecia de sistema de bruteza com ninguém. E mesmo se traçou que o sustento nosso ele por metade fornecia gracioso, sem estipêndio; escatimava, mas dava. Ao tanto que o resto eu pagava caro, e os percebidos:

certas dúzias de ferraduras, o milho para os animais, umas mantas de toicinho e dez quartilhos de cachaça — que, em justo dizer, nem prestava. Bom, lá, era o fumo de rolo. E, já dava de ser: como desemboque, eu pagasse a ele só para se comportar calado. Por fim, penso, a falha nossa lá, para aquele do-Zabudo, ficou quase de graça.

E dito e referido, que chovia em Goiás todo, assistimos dentro de casa, só saindo no quintal para chupar jaboticabas. A gente tinha baralhos, se jogou, rouba-monte e escôpa, porque truque eu não consentia, por achar que me faltava floreado rompante para os motes gritos, que nesse endiabrado jogo compertencem; e mesmo por achar vadiado, para a minha chefia. Então bem, enquanto a gente formava essa distração, o do-Zabudo ia e vinha, flauteando, escogitando decerto — para ratinhar e sisar a gente com mangonhas — outras velhaquices choradas. E foi, de repente, ele se chegou com esta, que não se esperava por barato nem caro: — Que a nhã senhora, aquela, suplicava o favor dum particular com o moço chamado Reinaldo...

Essa, nhã, refiro, era a mulher do Hermógenes; que em reserva fechada se tinha, no quarto-do-oratório. E Diadorim, saber o senhor tem, era o conhecido por "Reinaldo".

Que me invocou — o senhor vai dizer — me causou espantos? Havia-de. Eu estava na sala-de-jantar, jogando, com João Goanhá, João Concliz e Marcelino Pampa. Alaripe, com a baciinha de lixívia em areia e com estopa, na soleira da porta para o quintal, acendrava as armas. Ele falou: — "Deus que, olh' lá: que se o Reinaldo não dá cabo da criatura..." Descontamos. — "Eh, ela será que faz mandraca?" — João Goanhá alvitrou, com essas risadas. — "Ara, para obrar bom feitiço, que valha, diz-se que só mesmo negra, ou negro..." Isto que Marcelino Pampa deu de opinião, enquanto pegava o sete-belo com o sete-de-paus. Eu joguei, e João Goanhá somou seis e três, na mesa, conforme pegou com um valete, e escopou. Diadorim se tinha encaminhado para onde estava a mulher, para ir ouvir o que ela queria que ele ouvisse.

Tocou minha vez de baralhar e repartir cartas. Ou seria algum pedido que ela tivesse de fazer a ele, bem. Daí, João Goanhá esteve dizendo que a mulher rogava era por sua liberdade. E eu desconversei, observando casual, primeiro a respeito do luxo de tantos anéis de João Goanhá gostava de botar em cheios dedos; e depois chamei atenção para as goteiras abertas na têlha-vã daquele grande cômodo, que se carecia de dispor umas latas em diversos pontos e até uma gamela, no meio da mesa, fim de se aparar águas da chuva. Mas, mesmo por mim, eu já tinha perdido a simpatia no divertimento do jogo, e me ergui de lá, fui ver a coisa nenhuma, no alpendre, onde até homens dormiam madraços, aborrecidos com um chover tão constante.

Diadorim não vinha, não dava de sair do quarto-do-oratório. E, quando foi que veio, não me contou nada. O que disse, comum: — "Ah, ela só chorou mágoas..." Não perguntei passo. Devido que não perguntei logo à primeira, depois foi não ficando bem, para o meu brio, o perguntar. Diadorim se atarantava quieto, nem não era correto o que ele estava fazendo — escondendo fatos. Palavras que vieram a gume em minha boca, foram estas: — Que eu não gostava de hipocrisias... Pensei, e não disse. Eu podia duvidar das ações de Diadorim? Lá ele alguma criatura para traição? Rosmes! Ideia essa não aceitei, por plausível nenhum. Mas, de motivo como me desgostei, assim resolvi a saída da gente dali da Carimã, no instante mesmo, e dei ordem. Fossem trazer os cavalos, e arrear, atrás do tempo que fizesse — enxurradas tais, nuvens grossas, céu nubloso e trovão em ronco. Chuvas com que os caminhos se afundavam.

E assim cumpriram. Mas, aí nem bem os cavalos vieram no curral, se deu uma estiada muito repentina — por um montão de vento. O céu firmou, e sol, com todos os bons sinais. Ante o que — por isso e por tanto — a admiração do pessoal foi de grandes mostras. E eu vi que: menos me entendiam, mais me davam os maiores podêres de chefia maior.

Só o do-Zabudo, saiba o senhor, parava fora da roda, sem influência nenhuma, feito um tratante. Saiba o senhor que assim ele ainda me veio, com visagens e embaraços, por amortecer a paga, pedindo ágios de calote e prazos mercantís. Agora — mais que tudo — saiba o senhor uma coisa, a que ele, para os fins, executou na hora da confusão da saída, no zafamar. Pois de repente trouxe e ofertou a Diadorim, de regalo, uma caixeta da boa e melhor marmelada goiana, dada a valores: — "Ademais o senhor prove o de que demais gostará... A de Santa Luzia, perto desta, perde por famosa..." Dando aquilo a Diadorim, ele não queria disfarçado me agradar, por vantagens? Se sei. O que é que estivesse adedentro das ideias daquele homem? O jeito estúrdio e ladino de olhar a gente, outrolhos — e que na hora não me fez explicação. Sendo que, mediado esse obséquio a Diadorim, ele conseguiu mesmo me adular. Saranga fui, contracontas, contra aquele paranãnista lordaço. Ele se saíu quite, por pouco não pegou até dinheiro meu emprestado. Mesmo pelos cavalos e burros que cedeu, recebeu igual quantidade dos nossos, bem melhores, somente que estavam cansados. Teve até permissão de conservar o dele próprio, o baio, que disse ser de venerada estimação, por herdado pessoal do pai. Nele, amontado prazido, naquela dita cutuca, pandegamente, pois ainda veio, por quarto-de-légua, fazendo companhia à gente. Coisa assim, não se vê. Tanto ambicionava, que nem temia. Sempre me olhava, finório, com as curiosidades. E assim. Agora, o senhor prestou toda a atenção nesse homem, do-Zabudo? O diabo dele. O senhor me diga: o senhor desconfiou de alguma arte, concebeu alguma coisa?

Sumimos de lá. Em cinco léguas, vi o barro se secar. O campo reviçava. Mas concedi que a viagem viesse à branda, serenada. Queria, quis. O burrinho de Nosso Senhor Jesus Cristo também não levava freio de metal... Isso, na ocasião, emendo que não refleti. Razão minha era assim de ter prazos, para que meu projeto formasse em todos pormenores. Mas — isto afiançoo ao senhor — também eu não sentia açoite de malefício herege nenhum, nem tinha asco de ver cruz ou ouvir reza e religião. Mesmo, me sobrasse tempo algum de interesse, para reparar nesses assuntos? Eu vinha entretido em mim, constante para uma coisa: que ia ser. Queria ver ema correndo num pé só... Acabar com o Hermógenes! Assim eu figurava o Hermógenes: feito um boi que bate. Mas, por estúrdio que resuma, eu, a bem dizer, dele não poitava raiva. Mire veja: ele fosse que nem uma parte de tarefa, para minhas proezas, um destaque entre minha boa frente e o Chapadão. Assim neblim-neblim, mal vislumbrado, que que um fantasma? E ele, ele mesmo, não era que era o realce meu — ? — eu carecendo de derrubar a dobradura dele, para remedir minha grandeza façanha! E perigo não vi, como não estava cismando incerteza. Tempo do verde! Êpa, eu ia erguer mão e gritar um grito mandante — e o Hermógenes retombava. Onde era que estava ele? Sabia não, sem nenhuma razoável notícia; mas, notícia que se vai ter amanhã, hoje mesmo ela já se serve... Sabia; sei. Como cachorro sabe.

Assim, o que nada não me dizia — isto é, me dizia meu coração: que, o Hermógenes e eu, sem dilato, a gente ia se frentear, em algum trecho, nos Gerais de Minas Gerais. Eu conhecia. A pressa para que? Ao ir, ao que ir — aí contra a Serra das Divisões ou sobre o Rio São Marcos. Estrada-real, estrada do mal. Como de fato, aquilo estava impossível, breado de barro alto, num reafundo, num desmancho, que comia com engôlo as ferraduras mesmo cravadas novas, e assujeitava a gente a escorregão e tombos, teve animal que rachou canela, quebrou pescoço. — "Este caminho tem tripas..." — se dizia bem. Às loucuras. E a jorna não rendia, não se podia deszelar o pisar. Retardamos. Retardar, mesmo se me dava de agradável. Eu ia numa caçada, com o grande gosto, ah. Pois não era? Mais tempo se gastou, esbarrados em casas-de-fazendas ou em povoados. Melhor — por lá, também, haviam de aprender a referir meu nome. De em desde, bem que já cumpriam de me recompensar e me favorecer, pela vantagem: porque eu ia livrar o mundo do Hermógenes. O Hermógenes — pelejei para relembrar as feições dele. Achei não. Antes devia de ser como o pior: odiado com mira na gente. — "Diadorim..." — pensei — "...assopra na mão a tua boa vingança..." O Hermógenes: mal sem razão... Para poder matar o Hermógenes era que eu tinha conhecido Diadorim, e gostado dele, e seguido essas malaventuranças, por toda a parte?

Retardamos. Até que, tomando sazão boa no veranico, seguimos em fim, estrotejando. Parávamos léguas perto das divisas, mandei ir vigias e dianteiros. Conferi meu povo nas armas. Tudo prazia. O barranco mineiro ou o barranco goiano. Da beira de Minas Gerais, vinha um mato vagaroso.

E piorou um tico o tempo, em Minas entramos, serra-acima, com os cavalos esticados. Aí o truvisco; e buzegava. O ladeirão, ruim rampa, mas pegamos a ponta da chapada. Foi ver, que com o vento nas orêlhas, o vento que não varêia de músicas. Tudo consabia bem, isto sim, digo; no remedido do trivial, espaço de chuva, a gente em avanço por esses tabuleiros: fazia rio, por debaixo, entre as pernas de meu cavalo. Sertão velho de idades. Porque — serra pede serra — e dessas, altas, é que o senhor vê bem: como é que o sertão vem e volta. Não adianta se dar as costas. Ele beira aqui, e vai beirar outros lugares, tão distantes. Rumor dele se escuta. Sertão sendo do sol e os pássaros: urubú, gavião — que sempre vôam, às imensidões, por sobre... Travessia perigosa, mas é a da vida. Sertão que se alteia e se abaixa. Mas que as curvas dos campos estendem sempre para mais longe. Ali envelhece vento. E os brabos bichos, do fundo dele...

Com trovôo. Trovoadão nos Gerais, a rôr, a rôdo... Dali de lá, eu podia voltar, não podia? Ou será que não podia, não? Bambas asas, me não sei. Bambas asas... Sei ou o senhor sabe? Lei é asada é para as estrelas. Quem sabe, tudo o que já está escrito tem constante reforma — mas que a gente não sabe em que rumo está — em bem ou mal, todo-o-tempo reformando?

Meus homens adianteiros retornaram, que vindos com uma notícia: os hermógenes, bando enorme, tocavam meio para cá — decerto também já cientes de meu caminhar! Era o devido. Se estremeceu, de pressas. Vim. Viemos. Trastopamos com uns campeiros e outros, que vaquejavam, ou que levando gado de volta para o caatingal, por não morrerem suas rêses todas, de pastar o capim novo dos Gerais, que cresce cheio de areia. Mas esses não sabiam de nada coisíssima. A gente contornou, por se chegar primeiro no Nestor, na Vereda-Meã, e no Coliorano, depois do Mujo. Vãozinho-do-Mujo, esse acho que era certo também, o nome. Mas o Coliorano morava num buritizal de lagoa, e fazia chapéus-de-palha fabricados; dos melhores. Nele e no Nestor, carecia de se chegar, em antes do Hermógenes — que lá se tinha côito de munição. Contornamos. Muito brejo e sapal já estavam de volta. Os rios andando sujos, e umbuzeiros dando flôr. Mas a cheia de todo rio carregava muito cuspe de espuma por cima — sinal de que ela ia aumentando, com maiores chuvas nas nascentes. Assim mesmo assim, não perdemos de breve chegar e de arrecadar munição que se queria, total toda. Arredondamos. Agora, em hora. Que era que faltava? Comigo — redor de mim! — quem quisesse guerra...

Todos. E, todos, tinha vez eu achava que queria-bem o meu pessoal, feito fossem irmãos meus, da semente dum pai e na madre de uma mãe gerados num tempo. Meus filhos. Para que relembrar, divulgar dum e dum, dar resenhas? Do Dimas Dôido — que xingava nomes até a galho de árvore que em cara dele espanejasse, ou até algum mosquitinho chupador. Do Diodôlfo — mexendo os beiços num bis-bis: que era que sem preguiça nenhuma rezava baixo, ou repetia coisas de mal, da vida alheia, conversando com si-mesmo. Do Suzarte — tomando olhos de tudo, chão, árvores, poeiras e estilos de vento, para guardar em sua memória aqueles lugares em léu. Do Sicrano João, em ancas de seu burro; e do Araruta — de toda confiança: esse homem já tinha para mais de umas cem mortes. Do Jiribibe, que a recorrer, da guia à culatra, por necessidade de cada coisa ouvir, recontar e saber. Ou do Feliciano — que abria muito o olho são, para melhor entender o que a gente dizia? Tuscaninho Caramé, que cantava, bonita voz, algûa cantiga sentimental. João Concliz, dobrando um assovio comprido sem fim, como esses que são dos tropeiros dos campos goianos? Ou o José do Ponto com o Jacaré — tocando os cargueiros, com sua tralha de cozinhar...

Mas refiro miúdos passos. Coisinhas que a gente vislumbra em ocasião de momento, e que quase não esquecem, com pena. Pois eu pensasse a breve na responsabilidade que a minha era, quando via um homem idosamente respeitável, como Marcelino Pampa — e que já tinha sido chefe — seguindo por seu próprio gosto, no meio do andamento dos outros, ou esbarrar o cavalo nos freios, e, esbarrado assim, mesmo sem virar a cara para mim, mas abaixar um pouco a cabeça, e ficar escutando e meditando o meu conselho. Ou quando um daqueles jagunços mais velhos recomendava a qualquer rapaz como era que deviam de ter cautela, no lidar com as armas de conjunto, e com a munição nas canastras: pois de tudo calados cuidavam; porque então, em sentir, era como se fosse coisa de paz, arranjos miúdos em casa da gente. Ou mesmo quando eu avistava um daqueles catrumanos, gente toda trazida, deportados por mim da terra deles. Esses me davam estima? Ah, acho que me achavam. Antes teriam um admirado receio, o medo maior. E tinha uns — como digo ao senhor que relembro tudo — esse, Assunciano: quando se falava em fogo, ele já ficava com o corpo para diante, meio entortado; e que ele era magro, mas ovante, barrigudo mediamente; e, de um qualquer um chapéu simples, mas um pouco mais enfeitado ou novo, ele já demonstrava mirar de boba inveja... Meus filhos.

Mas, não durava daí, menosmente, eu esquentava outra vez meus altos planos, mais forte; eu refervesse. Eu era assim. Sou? Não creia o senhor. Fui o chefe Urutú-Branco — depois de ser Tatarana e de ter sido o jagunço Riobaldo. Essas coisas larguei, largaram de mim, na remotidão. Hoje eu quero é a fé, mais a bondade. Só que não entendo quem se praz com nada ou pouco; eu, não me serve cheirar a poeira do cogulo — mais quero mexer com minhas mãos e ir ver recrescer a massa... Outra sazão, outros tempos. Eu ia para sofrer, sem saber. E, veja, se vinha, eu comandei: — "É guerra, mudar guerra, até quando onça e couro... É guerra!..." Todos me aprovavam. Ainda mesmo que com o cantar:

"Olererê
Baiana...
Eu ia
e não vou mais...
Eu faço
que vou
lá dentro, ó Baiana:
e volto
do meio
p'ra trás!"

Assim, aquela outra — que o senhor disse: canção de Siruiz — só eu mesmo, meu silêncio, cantava.

Sofreado de minha soberba, e o amor afirmante, eu senti o que queria, conforme declarado: que, no fim, eu casava desposado com Otacília — sol dos rios...

Casava, mas que nem um rei. Queria, quis. — E Diadorim? — o senhor cuida. Ingratidão é o defeito que a gente menos reconhece em si? Diadorim — ele ia para uma banda, eu para outra, diferente; que nem, dos brejos dos *Gerais*, sai uma vereda para o nascente e outra para o poente, riachinhos que se apartam de vez, mas correndo, claramente, na sombra de seus buritizais... Outras horas, eu renovava a ideia: que essa lembrança de Otacília era muito legal e intrujã; e que de Diadorim eu gostava com amor, que era impossível. É. Mire e veja: o senhor se entende? Deixe avante; conto. Mesmo, nos dias, o que era, era ir — vir, corrijo. Até sem ter aviso nenhum, eu me havia do Hermógenes. Pressentidos, todos os ventos eu farejava. O Hermógenes, com seu pessoal dele — que nem em curvas colombinhando, rastejassem, comprido grôsso, mas sem bulha, por debaixo das folhas secas... Mas eu estava fora de minha bainha. Às vezes, eu acordava na metade certa da noite, e estava descansado, como se fosse alto dia. Vão da noite, quando o mato pega a adquirir rumores de sossegação. Ou quando luava, como nos Gerais dá, com estrelas. Luava: para sobressair em azul de luz assim, só mesmo estrela muito forte.

E chegamos! Aonde? A gente chega, é onde o inimigo também quer. O diabo vige, diabo quer é ver... A pois! Sincero, senhor: os campos do Tamanduá-tão; o inimigo vinha, num trote de todos, muito sacudido. Se espandongaram... Campos do Tamanduá-tão — o senhor aí escreva: vinte páginas... Nos campos do Tamanduá-tão. Foi grande batalha.

Não se instruiu que. Nem não houve aviso. Dei guerra. Como se quis: lei a lei, e fogo a fogo. Era na força da lua.

Tamanduá-tão é o varjaz — que dum topo de ladeira se avistava; e para lá descemos por encanado de cava, quase grota, que a vertente entalha. Mas mais de mil bois, ou cavalos e éguas uns oitocentos, se carecesse, cabiam de bom pastar ali naquele baixadão, de raso em raso. Ao muito escuro, duma banda, existia um travessão de mato. Outro braço de mata, da outra banda. Com que, contornada essa mata, a gente estava sempre naquilo que *Tamanduá-tão* é: a enorme vargem. Porque, para tudo quanto havia, o nome era aquele só — que *Mata-Grande* do *Tamanduá-tão*, e *Mata-Pequena* do *Tamanduá-tão*, e tudo. Por mesmo, do *Tamanduá-tão* era a casa-de-fazenda — de muitos antigos tempos, quando tinha tido sanzalas e um engenho-de-pau-em-pé. Mas já estava esquecida, arruinada em esteios, e com restos de parede fechando matagalzinho em cima de montes de terra e pedras, em fim de taperada. Bem sim, que, por perto, assistia alguma pobre gente vinda, cultivando: o quanto se via roça, milharais, feijoal faceiro. Gente, mal se viu. E do *Tamanduá-tão* era a Vereda, com seus buritís altos e a água ida lambida, donzela de branca, sem um celamim de barro. Diz-se que lá se pesca, e gordas piabas. Por cima dela sei é de muito tiro. Tinha um cocho no chão, no campo; o gado ouvia e se fugia, bravo. Às beiras daquela, minha gente galopou — a vereda toda, susã-jusã — feito estivessem sendo surucuiú em fêmea, percorrente doidada... E o inimigo dava para trás! Não achavam esconso... Assim é que se principiou.

A bem, como é que vou dar, letral, os lados do lugar, definir para o senhor? Só se a uso de papel, com grande debuxo. O senhor forme uma cruz, traceje. Que tenha os quatro braços, e a ponta de cada braço: cada uma é uma... Pois, na de cima, era donde a gente vinha, e a cava. A da banda da mão-direita nossa, isto é, do poente, era a Mata-Grande do Tamanduá-tão. Rumo a rumo, a da banda da mão-esquerda, a Mata-Pequena do Tamanduá-tão. A de baixo, o fim do varjaz — que era, em bruto, de repente, a parede da Serra do Tamanduá-tão, feia, com barrancos escalavrados. Os barrancos cinzentos, divulgando uns rebolos e relombos, barrancos muito esquisitos — como as costas de fila de muitos animais... Mas, agora, o senhor assinale, aqui por entremeio, de onde é a Serra do Tamanduá-tão e a Mata-Grande do Tamanduá-tão, mais ou menos, os troços velhos da casa-de-fazenda, que tanto se desmantelou toda; e, rumo-a-rumo, no caminho da Serra para a Mata-Pequena, essas rocinhas de pobres sitiantes. Aí o senhor tem, temos. A Vereda recruza, reparte o plaino, de esguêlha, da cabeceira-do-mato da Mata-Pequena para a casa-de-fazenda, e é alegrante verde, mas em curtas curvas, como no sucinto caminhar qualquer cobra faz. E tudo. O resto, céu e campo. Tão grandes, como quando vi, quando no fim: que ouvi só, no estradalhal, gritos e os relinchos: a muita poeira, de fugida, e os cavalos se azulando...

Mas, primeiro, antes, teve o começo. E aí teve o antes-do-começo; que o que era — a gente vindo, vindo. E vindo bem. Mal ao justo, que, para tão cedo, assim, aquilo não se esperava. A gente vinha acabando a serra. Serra da Chapada. Somente para dali descer, e traduzir essas campinas, a grandeza de vargem. Deles, inimigos, não se tinha aviso nenhum, nem espiação. Eu podia saber? Eu era uma terrível inocência. E de tudo miúdo eu dava de comer à minha alegria. Assim, o por exemplo, quando eu quis experimentar a valia de meus catrumanos. Um, o Dos-Anjos. Esse degozava de mostrar que tinha tomado entendimentos: presto manejava. Achei graça no tirintim ligeiro, como ele recarregou a comblém. Mas era uma arma sem trócha, e muito envelhecida, abaixo de todas as menos, até com cano já gasto. — "X'eu cá ver o arcabuz, mano-velho..." — eu arrecadei. Ele nem queria entregar; conforme que disse, triste: — *"É a méa combleia..."* — e escogitava na arma. Esse, merecia. Que fossem arranjar para ele uma outra, consentã — rifle chapeado ou winchester mão 27, ou carabina qualquer, bala de chumbo. E aí o Dos-Anjos me desofereceu o trabuco dele velho; mais que avexado, e menino-manso me olhava... Mas Marcelino Pampa — acho que foi, — quando a gente acabou de rir, pagou boa lembrança: disse que, num brugo a meio indo para o pique do morro, Medeiro Vaz tinha deixado guardado, uma vez, um feixe de armamento de soldados. Que eram cinco fuzis máuser, oleados bem, num caixote, escondidos no fundo dum grande solapo, no paredão. Se dizia. Tanto que lá nem bicho mateiro não ia, tirante macaco; e que por tudo, por certo, deviam de estar de uso. — "Por que é que Medeiro Vaz escondeu?" "— Por, no tempo, não ter servível munição..." "— E agora se tem, que dê?" "— A pois."

    Eu disse ao senhor: eu não sabia do inimigo, nem o inimigo de mim, e nós vínhamos para se-encontrar. Então? Ah, mas eu parei mais alto — estive muito mais alto, mesmo; e foi assim a sol. Pois logo a gente quebrou caminho, trepando encosta, lá para aquelas burguéias. Os nenhuns fuzís não achamos, adentro do cavernal, que era muito espaçoso, só com uns morcegos, que habitavam. E eu, por um querer, disse que ia subir mais, até no cume. Poucos foram os que comigo vieram. As alturas.

    Poucos; me lembro do Alaripe. Posto, pois foi porque foi. Que estávamos já voltando descendo do ponto do alto, o vento bobeando na cara da gente — e bela-vista adiante, muito descrita. Caminhando, mesmo, a gente tinha enrolado cigarros, que não estava sendo azado de acender, por via do encano do ar, que ventainhava. Esbarramos. Alaripe bateu binga. Mas, repronto, ele mesmo encolheu o corpo, e apontou, exclamando surdo: — "Há, lá: no quembembe..." — o que, quembembe, na linguagem da terra dele, vinha a ser: na virada, na tombada... Como com efeito, acolá, na Serra do Tamanduá-tão, vertente abaixo, vinha um cavaleiro. E eram muitos outros.

    Esses, eles! Mas nós já tínhamos tomado recato. — "Maximé..." — eu disse. E o que eu senti, ah, não foi receio, nem estupor, nem arrocho. O que eu senti foi nada, coisa nenhuma: coisa-nenhuma em branco, ao redor da minha movimentação...

    Quantos com que, assim viessem, se guerreava; mas sempre um chefe é uma decisão. Falei. E, quando mesmo dei tento, já tinha determinado as ordens justas carecidas; tudo atinado, o senhor veja, e tal. Primeiro, que uns três homens fossem levar para aquela dita solapa do morro os que não eram mãos-d'armas: que o menino Guirigó, o cego Borromeu e a mulher do Hermógenes, que lá esperassem o final de tudo. E para isso escolhi também o catrumano Dos-Anjos, que logo vi que bem escolhi, por tanto que ele, na primeira coisa que pensou, foi na quantia de comida que para eles se deixasse. Daí, o da guerra, exato, muito singelo: repartir a gente em três drongos, que íamos descer a serra em diversas bocâinas diferentes. Eu, com o meu, normal rente. João Goanhá, da banda da mão direita; Marcelino Pampa da banda da mão esquerda: eles fossem para ladear, e revir e cometer, dando todas retaguardas!

Num átimo. Discutido assim, o pessoal se arrumou para ir, já indo; jagunço nunca dilata. Mas os de João Goanhá e os de Marcelino Pampa, primeiramente, que deviam de longe. Eu, com os meus, tinha mais tempo, convinha mesmo retardar. Estive contando os cavalos. — "Te arma bem, Diadorim!" — eu disse. — "Te arma bem, mano meu mano!" Por que foi que eu disse? Então, o senhor me confere: que eu ingrato não era, e que nos cuidados de meu amor Diadorim sempre estava. E amor é isso: o que bem-quer e mal faz? Apalpei meu selim, que minhas pernas esquentavam. Empunhei o parabelo. Alguns dos homens ainda aproveitavam a espera para comer o que tivessem, e um quis me obsequiar com a metade duma broa de brote, de se roer, e outro que trazia um embornal-de-couro cheio com cajús vermelhos e amarelos. Rejeitei. Por mesmo que naquele dia eu estava de jejum quebrado só com uma jacuba. Nem quis pitar. Não por nervoso. Mas eu sabia que era o minuto e não era a hora. E o do embornal com os cajús, sendo um João Nonato, diamantinense, decidido agradável me disse: — "Hoje, Chefe, depois que se ganhar, com o bom gol se festeja?" Ôi, sim. E de repente eu disse dizer: — "Tu, menino, meu filho, tu vem adiante, mano-velho: emparelhado comigo... Tu me dá sorte!" Deixamos de esporas.

Descendo na cava, por feliz a gente vinha em oculto. E, justo, já em baixo, no principiar da várzea, era um capim com mais viço, capinzal do fresco de pé--de-serra. Capim mais alto do que eu — nele a gente se tapava. Coincidido que, permeio o verde dos talos, a gente via algumas borboletas, presas num lavarinto, batendo suas asas, como por ser. Caíu o açúcar no mel! Porque, igual também convim que podíamos ladear um tanto; e, daí, separei, de cabeça, um grupo de homens, que iam ir com o Fafafa: esses avançarem primeiramente — como a certa isca — perturbando o cálculo do inimigo, ao dar o dar. Respiramos tempo, naqueles transitórios. De rechêgo, coçando as caras no capim em pontas, que dava vontade de se espirrar. Só o rumor que se ouvia era o dos cavalos abocanhando. Eu tinha pressa de um final, mas o que ia mór em mim era um lavorar de paciência: talento com que eu podia ficar retardando lá, a toda a vida. Safas — que eu podia dar também um pulo, enorme, sustirado, repentemente. Vi: o que guerreia é o bicho, não é o homem. O capinzal repartia tudo diverso: o abafo do ar e o fresco de lugar de grota — frio e calor, lado dum doutro, nas finas folhas mesmo da folhagem. Mas o calor vinha subindo era pernas acima, no meu corpo: o que os meus pés, de tão quentes, suavam. E eu não enxergava o chão; mas o cheiro do lugar ali era de barro amarelo massal. Suspensos no parar, mesmo, a gente se embalançava na sela, banda para banda, na suavidade essa — conforme temperação, de que o espírito necessitava. Sendo o muito quieto, para não assustar os pássaros que comem sementes no capim, porque o revôo deles havia de dar ao inimigo alto aviso no ar.

 Sobre isto, eu tirei um pé do estribo e ajoelhei no coxim da sela. Porque era a hora de olhar; mirei e vi. Como o inimigo vinha: as listras de homens, récua deles: passante de uns cém. Tive mão em tudo, eles ainda estando longe. Fafafa encostou dois dedos no meu joelho, como se até às mudas quisesse poder receber a ordem. Ele esperava um instante certo de meu respirar. Eu brinquei com a mão no arção. Vez de um, vez: todos e todos. Falo o dito de jagunço: que eles mesmos não conseguiam saber se tinham algum medo; mas, em morte, nenhum deles pensava. O senhor xinga e jura, é por sangue alheio.

 Daí, reolhei. Avistei que vinham — e tinham destacado em galope, festinho adiante, uns tais, que se enviassem de vigiar a cava e a passagem de sobe-serra, como cautela. Fechei os olhos, e contei. Até dez, aguentei não, que me deu um deciso já em sete. — "Tu é tu, Fafafa!" — eu disse. E ele gritou: — "Xé, do campo!" —; e correu as esporas. E eu vi o virar dos cavalos — partindo rompendo, amassando cama no capinzal. Seja que, os homens para acompanharem o Fafafa, eu medi em número e soltei, feito em porteira de gado: e pouco passaram de vinte. E eu retinha a duro os outros, que queriam também ir. E Diadorim, desses. — "Eu!" — que Diadorim disse. Eu disse: — "Não!" — como agarrei em baixo a rédea do cavalo dele. Por que foi que fiz? Bastava o meu mando. Aquilo não tinha significado. Só fiz querer Diadorim comigo; e a gente se cabia entre riscos do verde capim, assim eu Diadorim enxergava, feito ele estivesse enfeitado. Se escutando os grandes gritos e tiros: que eram os de Fafafa destruindo a anteguarda dos contrários. Amontado no instante, mas eu mesmo assim tive prazo para me envergonhar de mim, e para sentir que Diadorim não era mortal. E que a presença dele não me obedecia. Eu sei: quem ama é sempre muito escravo, mas não obedece nunca de verdade...

Aí, me alteei, e tive: que era o começo da grande batalha. Sobre o soprar, o Fafafa indo em frente, mais os dele, gritando alardes!

No que, os outros, os hermógenes, também, que primeiro formavam mó, depressa alargaram espaço, se abrindo uns dos outros — mato de gente. Eles tresfuriavam assim, aos urros zurros, quantidade que eram; eh, sabiam vir, à cossa. E tiros mesmo pouco ouvi; mas, no liso seco estradal, do meio do campo, deu um pano de poeira, empenachada. Eu bebi gotas: digo, isto é, que ainda esperei mais. Como o Fafafa, de propósito — porque aqueles outros podiam recachar — retardava a ida avante, num meio-galope somente, muito enganador. A avistar melhor, quase trepei de todo na sela, meu animal cumprindo de não bulir, porque era cavalo consciencioso. Mas, enquanto isso, saiba o senhor o que foi que fiz! Que fiz o sinal da cruz, em respeito. E isso era de pactário? Era de filho do demo? Tanto que não; renego! E mesmo me alembro do que se deu, por mim: que eu estava crente, forte, que, do demo, do Cão sem açamo, quem era era ele — o Hermógenes! Mas com o arrojo de Deus eu queria estar; eu não estava?!

Foi o instante de tempo que era o momento. Só chamei João Concliz: — "Agora é agora..." E joguei a rumo. — "Lá vai obra!" Meu cavalo saíu às cabeçadas. Todos atrás de mim, no arranque; e era o mundo mesmo. Gritei de sussús: — *"Vale seis! — e toma nove!..."* — nas grimpas da voz... E eles meus, gritando tão feroz, que semelhavam sobre-vindos sobre o ar. Menos vi. Mas todo o todo do Tamanduá--tão se alastrou em fogo de guerra.

Suspenso — ouviu? — escapei, à de banda, com meu bom cavalo, repuxei as rédeas. Só assim permaneci, eu estava debaixo duma árvore muito galhosa; canjoão. Que pensei. E rompeu tiro, romperam, na polvorada. Até o capim dava assovio. E, por tudo se desejar de ver, tantamente demorava e ficava custoso, para em alguma justa coisa se afirmar os olhos. O que era feito grande mesa posta, cujos luxos motivos, por dizer, alguém puxa a toalha e, vai, derruba... Quem era que ia poder botar naquilo uma ordem, para um fim com vitória? E estralou bala... Repisei em minhas estribeiras, apertei as pernas nas espendas. Eu tinha de comandar. Eu estava sozinho! Eu mesmo, mim, não guerreei. Sou Zé Bebelo?! Permaneci. Eu podia tudo ver, com friezas, escorrido de todo medo. Nem ira eu tinha. A minha raiva já estava abalada. E mesmo, ver, tão em embaralhado, de que é que me servia? Conservei em punho meu revólver, mas cruzei os braços. Fechei os olhos. Só com o constante poder de minhas pernas, eu ensinava a quietidão a Siruiz meu cavalo. E tudo perpassante perpassou. O que eu tinha, que era a minha parte, era isso: eu comandar. Talmente eu podia lá ir, com todos me misturar, enviar por? Não! Só comandei. Comandei o mundo, que desmanchando todo estavam. Que comandar é só assim: ficar quieto e ter mais coragem.

Mais coragem que todos. Alguém foi que me ensinou aquilo, nessa minha hora? Me vissem! Caso que, coragem, um sempre tem poder de mais sorver e arcar um excesso — igual ao jeito do ar: que dele se pode puxar sempre mais, para dentro do peito, por cheio que cheio, emendando respiração... À fé, que fiz. Se não vivei Deus, ah, também com o demo não me peguei — refiro —; mas um nome só eu falava, fortemente falado baixo, e que pensado com mais força ainda. E que era: — Urutú Branco!... Urutú Branco!... Urutú Branco!... Cujo era eu mesmo. Eu sabia, eu queria.

E quando a guerra para o meu lado relambeu, feito repentina labareda dum fogo. Uns vieram. E os tiros, — deles, — bala batia e rebatia. Cortavam capim do chão, que riscavam com punhado de terra. Tch'avam partes de ramos da árvore por cima de mim, e vagens do angico, que então reconheci por isso. Como quieto fiquei. Eu não era o chefe? Mesmo que uma carga de rifle se passou em meu chapéu-de-couro-de-vaca, e que outra, zoante, em meu jaleco raspou. A mil, que não movi mão, mas dei desprezo. Mas, eu tivesse alargado braço e movido mão, para com tiros de meu revólver ripostar, e eu mal morto estava — ponto que enquadrado de passantes balas, que rentes, até quentes. — *Urutú Branco...* — eu só relembrei, sussurrado ditoso, como quando com mocinha meiga se namora. Cachaças que em minha alegria. Em vento. E balas, mais, só; num enorme num minuto. Mas, bem: que, aluir dali, eu não aluía. Morresse — tive preguiça de pensar — mas, morresse, então morria três-em-pé, de valente: como o homem maior valente no mundo todo, e na hora mais alta de sua maior valentia! À fé, que foi. Dei em lagoa, de tão filho tranquilo...

E, de arrepêlo, tudo demudou. Aqueles torceram os cavalos, revertendo para se espraiarem por longe. Que era porque os de João Goanhá tinham se avindo de contornar, no cabo do mato, e cometiam urrando o grosso do inimigo, por detrás. — *"Fú! Fiáu!"* — que se diz. Que tínhamos de percalçar e de vencer. E aqueles dianteiros hermógenes, que tinham vindo, campavam fuga, de batida. E um, do cavalo preto, que bobeou, o Paspe, o Sesfrêdo e o Suzarte foram nele, galopando num embôlo! — reformaram feia nuvem. E o corpo dele, no retém, foi jogado morto, se tangeu duro no ar, ressaltou: feito uma tábua... Assim um outro, se desatinando — João Vaqueiro, apeado, acertou nele diversas vezes. Esse recurvou — tatú e tal. Ele veio cair, perto exato de mim, ferido muito grave, conforme gemia. — "Desarma, mas não acaba de matar, mano-velho..." — a João Vaqueiro eu disse. Aquele homem inimigo derrubado jeremiava, cris, querendo enterrar as unhas na casca dum pau. O queixume que ele exprimia: que tinham mesmo de perder, por terem vindo com os cavalos deles tão sovados, e avante em empresa tão contrária... De tudo se espiolhava, suave praguejante, aí com três costelas derrotadas. Mas, água, ele pedia, cristão. Sede é a situação que é uma só, mesmo, humana de todos. Rebaixei o corpo e dei nas mãos dele a minha cabaça, quase cheia, e que era boa como um cantil. Rústico, fechei os olhos, para não me abrandar com pena das desgraças. Nem não escutei; que ouvido também se fecha. No cavalo, eu estava levantado. Campo que me competia comandar, dito. Tudo em mim, minha coragem: minha pessoa, a sombra de meu corpo no chão, meu vulto. O que eu pensei forte, as mil vezes: que eu queria que se vencesse; e queria quieto: feito uma árvore de toda altura!

Tiroteio fechava.

E o pessoal de Marcelino Pampa apareceu também, surgindo, para maior mal dos hermógenes. Matamos neles. Pegamos pelos lados. Confiro o que foi. O senhor — só se ouvia era carabina, repetindo. Fogo do Tamanduá-tão: o senhor saiba. E, pá!, ainda no pior do meio, eu adivinhei sabendo: que meu comando tinha dado certo, e que dali a vau tudo estava já ganho, desfêcho do fim desse final. Somente para colher o maduro, eu podia sobreviver. Sei que risquei — joguei de galope, em cima. Ao que vim, aonde que tudo se estardalhava. Dei gritos. Arte que abria no rifle; e matava. Donde era que estava o Hermógenes? A uivos, atrás duns, rompemos em linha na vereda. Todo buriti levou bala.

A mais, o inimigo não tinha o recurso de se apostar — por tanto que perdiam os cavalos. Advindo que o baixadão dali não dava esconderijos de mato para tocaia à jagunça. E os poucos foram os que pegar as distantes brenhas conseguiam, ou o cheio do capinzal, aonde não íamos desentocar ninguém. Aqueles deviam de estar de faca em fúria na mão, cobrejando; somente por meio de cachorros-
-mestres, afirmados em caça de gente, era que podiam ser pegos, o que não se tinha. Os mais, em desrédea, meteram dôida fuga, enquanto mal pudessem, de debaixo de balaços. Menos de poucos passaram. Ao rascampo em viemos, soprando a perseguição. Tinha um valo, varamos um mato de lobeiras. Aí era para a banda das roças novas. Uns morrinhos; demos fogo. Uma tapera, outra tapera.

Demos fogo. Poucos dos poucos deles escaparam. Os que desladeavam, caíam, por nossos esteiras. Era um relanço belo fatal...

Mas, um homem grande — que como pulou abaixo do cavalo grande, que baleado fora — alcançou jeito de correr, e encontrou uma cafúa, em frente. Entrou. De lá, decerto, ia mandar bala. E então nós, a gente, todos, desistindo de mais longe perseguir os sobrantes, cercamos por completo aquela choupana, de regular distância, caçando jeito de entrincheiramento. Ia ser o terrível. Que quem era, aquele homem? — "Ah, o Ricardão!" — se gritava. E eu mesmo sabia. Determinei uma descarga. Cafua de burití, que estremeceu, como que se entortando de lugar, arreganhada em partes. A gente atirando, atirando, com pouco ela ia desaparecer, desmanchada. Mas eu dei ordem de paz. — "E adonde estará o Hermógenes, próprio?" — eu indaguei. Alguém soubesse. De se ter ouvido algum deles, ferido ou agarrado preso: que o Hermógenes não fazia parte atual daquele bando — mais acontecia de andar, com outros, muito adiantado dali, vinte léguas, avanço no poente. Mas, então? E quase nossa gente toda já estava vinda, para apreciarem o derradeiro aprumo do Ricardão. Eu dei comando.

— "Seô Ricardão, o senhor saia para fora!" — eu gritei, do protegido donde estava.

Ele não deu resposta. Daí: — "Pau de fogo, minha gente!" — eu procedi. Pipocaram. Durante o que, a cafua começava nas últimas. Mas de dentro ninguém não ripostou; nem um tiro, nem. Ele estivesse morto? Não tinha munição? Esperei o engulir em seco três vezes. Daí, regritei: — "Seô Ricardão, o senhor se saia!..." E ele, no esquisito, respondeu: — "Vou sair!" — com um grito natural. Enérgico, para o meu povo, eu ordenei muita paz. E o todo silêncio. Espiei.

Lá acolá, o homem abriu devagar os cacos de porta. Saíu, deu uns passos. Como vinha, alto, chapéu na cabeça, até meio sorridente. Não se esbugalhava. Assim estivesse pensando que ia ter julgamento? Achei que. E ele não estava ferido. Caminhou mais. Sendo que — e, aí, foi minha ideia? — ah, não; mas vi que Diadorim, de ódio, ia pular nele, puxar faca. Só fiz fim: num tirte-guarte: atirei, só um tiro. O Ricardão arriou os braços, deu o meio do corpo, em bala varado. Como no cair, jogou uma sua perna para lá e para lá. Como caíu, se deitou. Se deitou, conforme quase não estivesse sabendo que morria; mas nós estávamos vendo que ele já morto já estava.

Acho deveras que todo o mundo respirou com suspiro. Digo que esta minha mão direita, quase por si, era que tinha atirado. Segundo sei, ela devolveu Adão à lama. Só estas minhas artes de dizer — as fantasias...

— "Não enterrem este homem!" — eu disse.

A justiça. Mas, mesmo, como é que se ia poder enterrar a quantidade deles, mortos naquele dia?

Ao quando retornávamos para a Serra, eu ia olhava o céu, vez em quando. Primeiro urubú que passou — foi vindo dos lados do Sungado-do-A — esse se serenou bem, que me parecia uma amizade de aceno. Avoêje...

Mas — o que ia suceder por diante!

Somenos sei, e conto mal certo, o que os três dias foram, no seguinte. Se soalerte o senhor, que estamos descambando: o senhor mesmo se prepare; que para fim terrível, terrivelmente.

Eu podia? Como é que vou saber se é com alegria ou lágrimas que eu lá estou encaixado morando, no futuro? Homem anda como anta: viver vida. Anta é o bicho mais boçal... E eu, soberbo exato, de minha vitória! Conforme prazia o dito do cego Borromeu, que não se entristecia: — "Ah, eu nunca botei em antes o nariz nestes campos..." Soscrêvo. Mas, ele, o que carecia de querer saber, às vezes perguntava. Desses lugares, o divulgado natural, pedia pergunta. Aí, glosava:

Macambira das estrelas,
quem te deu tantos espinhos?

Tibes! Eu, não. Ia demandar de outros o que eu mesmo não soubesse, a ser: nestes meus Gerais, onde eu era o sumo tenente? Não me respondiam. Ninguém mesmo ninguém. A gente vive não é caminhando de costas? Rezo. O que é, o que é: existível como fundo d'água. Agora eu cismo que o cego Borromeu também só do que já sabia era que indagava. Se não, se não, o senhor verse, como bula santa; a cita não é revelável:?

Macambira das estrelas,
xique-xique resolveu:
— Quixabeira, bem me queira,
quem te ama, Bem, sou eu...

Soletrei tudo. Assim ele cantava. Atrás, o menino Guirigó, se envelhecendo, sobre outro cavalo. E a mulher do Hermógenes, montada também, magra malvaz, como podia estar indo em cima duma nuvem. Ela desenrolava a cara, daquele xale verde, sem vexame nenhum, e o que espiava da gente era por riba do queixo. Quem sabe do orgulho, quem sabe da loucura alheia? Ela comia, ela bebia; em um tempo, prazida e moça, tinha se casado. Só com desgosto dos prazos da vida foi que enxerguei aquela mulher... Coisa dita não disse. A pois. O dia estava por dado. Sol rachava os barros. A mulher, o menino e o cego — aqueles saíram, tocaram. Estavam por ordem minha trazidos do brugo do morro, mas sendo levados, sempre de guarda, para o arraial do Paredão: estipados com conduta de dez homens.

Esta é que era a razão: que o Hermógenes, da banda do poente, podia vir. Viesse feito! Como que estavam engrossados com quantidade de bandidos jagunços — se soube — e alguns daqueles, escapes com vida do Tamanduá-tão, já devia de ter ido a ele, levasse aviso. Soltei a faro meus vigiadores — para ter as distâncias vindo medidas. Ah, mas, demeio a parte-do-poente e o Paredão, a passagem certa era um lugar muito plausível, no morro, e que se chamava o Cererê-Velho. Aonde fomos.

Estugados, em boa marcha. Até que o mormaço bateu as asas. Deu trovão, com ventos trapes. Dizendo todos, disso, que ia breve chover — para minha desvantagem. Em beira do mato, no Cererê-Velho, se trabalhou com facão em ramagem e cipó, armando tipoias e latadas. Como que melhorou a experiência do tempo, adiando; esbarrou o vento rufado. Mas aquele trabalho nosso era carecido, folgar não se pôde; nem para palavra minha com Diadorim, que era de todo dia; conforme bem alembro. Noitou. Conforme fui dormir, recansado de falfa. Dormir por pouco. Conforme foi, e que o meu espírito não queria. Que, de repente, acordei.

Madrugada de meia-noite. A lua já estava muito deduzida, o morro e o mato misturados. Relanceei em volta. Todo o mundo dormindo. Só o chochôrro mateiro, que sai de debaixo dos silêncios, e um *ô-ô-ô* de urutau, muito triste e muito alto. Depois, ouvi o uivado inteiro dum cão. Os companheiros todos dormindo, acordado só eu, alevantado de noite. Pesou por diante de meu coração. Devi àquele cão mal-uivante? Ideia tristezinha, que me veio. Por que era que só eu tinha acordado, desoras, tão antes de todos?

Mas eu mesmo queria prosperar de olhos abertos, carecia. O que produzia, era eu aguentar até passar o arrocho no coração. Deus que me punia — que hora tem — ou o demo pegou a regatear? E entendi que podia escolher de largar ido meu sentimento: no rumo da tristeza ou da alegria — longe, longe, até ao fim, como o sertão é grande...

Arte que espiei arriba, levei os olhos. Aquelas estrelas sem cair. As Três-Marias, o Carretão, o Cruzeiro, o Rabo-de-Tatú, o Carreiro-de-São-Tiago. Aquilo me criou desejos. Eu tinha de ficar acordado firme. Depois, daí, vi o escuro tapar, de nuvens. Eu ia esperar, fazendo uma coisa ou outra, até o definitivo do amanhecer, para o sol de todos. Ao menos achei de tirar, do tôo da noite, esse de-fim, canto de cantiga:

Remanso de rio largo...
Deus ou o demo, no sertão...

Amanheceu com chuva. Mundo branco, rajava. Deu raio, deu trovão, escorremos água; e tudo que se pensou ou se fez foi em montes de lama. Diz o senhor, sim: assim é dia-de-véspera? Receio meu era só pela fuga de cavalos. Escapulissem — eles sabem como o Gerais é espaçoso; como no Gerais tem disso: que, passando noite tão serena, desse de manhã o desabe de repente daquela chuva... E igual, de feito, que antes do meio-dia estiou, calibre que ventava. Sol saído; e é ligeiro, a gente vendo, que essa areia seca seus estados... Medi horas. Só o cruzo de meus cavaleiros, amontados todos, enchendo e povoando o saco-de-campo, como abelhas na umburana... Surjo que sabiam o que não sabiam: eles estavam desinquietos em modos.

E os vigieiros chegando, conforme voltavam da espiação, mesmo molhados ensopados. Um disse: — "Por longe, não estando viajando para cá... Só se com retardo..." Adonde estava o Hermógenes? O céu botava mais nuvens. Daí, outro: — "Deles, nada..." E eu expedi ainda outros: que saíssem e fossem e vissem, mais mestres, batessem aquelas beiradas de maior mundo. Que modo que senseei, do vazio do tempo em redor — e que eu entredisse: — "O Sertão vem?" Vinha. Trinquei os dentes. Mordi mão de sina. Porque era dia de antevéspera: mire e veja. Mas isso, tão em-pé, tão perto, ainda nuveava, nos ocultos do futuro. Quem sabe o que essas pedras em redor estão aquecendo, e que em uma hora vão transformar, de dentro da dureza delas, como pássaro nascido? Só vejo segredos. Mas que o inimigo já estava aproximado, eu pressenti: se sabe, pela aperreação do corpo, como que se querendo ter mais olhos; e até no que-é do arraigado do peito, nas cavas, nas tripas. O Hermógenes estava para arremeter, de rancor, se mexendo nos escuros. A guerra estava aprazada em batalha, ali no Cererê-Velho? Mas meus homens, os troados brabos jagunços, por uma palavra minha desatribulados, agora ao ar que esperavam por mim.

E aí foi quando veio o Suzarte, que desde depois do Tamanduá-tão tinha saído enviado até mais longe, para espreitar e espiar, como cachorro correndo os ventos. Chegou, parecia galopando num cavalo já morto. Esbarrou. O cavalo baio, como desmanchado — que arqueava triste as pernas dianteiras — descansou tudo no chão, que da boca e das ventas ajorrava sangue: rebentado dos estômagos e dos peitos. Mas o Suzarte, que antes do ranger-sela já tinha escapado os pés das estribeiras e pulado solerte no chão, tomou um átimo, e relatou: — "Eles estão." E — para o resto — ele apontou com o dedo.

O Hermógenes, mór maldito! Ele vinha errado de mim, os hermógenes, eles. Davam arte de contornar da banda do norte, às tantas. O Suzarte tinha avistado, no dia antes, o movimento dos vigias costaneiros, e definido, de remoto, o corpo do bando: poeira duns oitenta... Era o Hermógenes. Contornava, feito gavião, vônje, como comigo não tinha nenhuma lei de combinação; e esse era o direito dele, de às-avessas de guerra! A um mal, o mal; mas o perigo de astúcia aquela hora mudava maior de lugar. Porque eles podiam vir e sobrevir. Ou menos retos; ou, mesmo — enquanto a gente parava ali, oferecidos, em cama-de-caça — também eles dispunham de revirar, de supêto, no Paredão, por outra banda, e arrebatar a Mulher, contra meus só dez homens, fazer o que quisessem, e para depois emendarem caminho para o Cererê-Velho, em nós, com toda retaguarda... Revesti isso, num relance. Arvorei a minha chefia. Meus jagunços esperavam a certa decisão: aí eles nem me olhavam. — *"Maximé..."* — eu disse. Resumi. Apre, o que eu ia dizendo, no meio do som de minha voz, era o que o umbigo de minha ideia, aos ligeiros pouquinhos, manso me ensinava. E era o traçado.

Tanto que dei ordem. Repartição de gente — se carecia —: determinei assim. Metade — metade. Os com João Goanhá e João Concliz ficavam, altos, no Cererê-Velho, cumprindo espera afôita. E chamei os outros, e Marcelino Pampa de soto-comando: rompemos para o Paredão. Tudo se quatreou num pronto, no volver-voltear dos cavalos. Já um giro dava nos campos, já a gente se esquipava. E, Diadorim, que vinha atrás de mim uns metros, quando virei o rosto vi meu sorriso nos lábios dele. Íamos redeando resolutamente, dando as costas para o sol-entrando. Dividi ideia da guerra que ia ser, no brutalhal. Vindo a cavalo assim, era que eu pensava melhor, nas menos margens.

Do Cererê-Velho até no Paredão, seis léguas; e eu tinha de deixar ao menos um homem em cada meia-légua, em estação, para em caso serem capazes de traspassar recado, de tudo por tudo, com a rapidez da guerra. Eu fiz, só ia sendo. Todo o resto, que viesse, todo o igual. E meus homens cumpriam, capitalmente. Alegria do jagunço é o movimento galopado. Alegria! Eu disse? Ah, não, eu não. O senhor de repente rebata essa palavra, devolvida, de volta para os portos da minha boca...

Que foi, o dito?

Novas novidades.

Conforme vínhamos, a sério tocar, e já a bem uma légua do Paredão se estava, quando apareceu o Trigoso. Esse retornava de traquejar as beiras da banda do sul, e estivesse jejuno vírgem de toda nossa ciência derradeira. Do Hermógenes nem nada sabia — pois, justo. Mas queria por força relatar. Disse coisas sem proveito. Disse. Carecia de impor no meu espírito o rebuliço, de esfriar em mim o sangue nas veias?!

— "...No Saz — uma veredinha, três léguas abaixo — Chefe... Vaqueiro que achei, que me disse, remendando mensagem: que é um homem, chamado Abrão, com uma moça bem arrumada... Que vêm vindo, beiradeando o rio, e a tralha deles trazem em dois burros cargueiros, e condução de dois camaradas..."

Ele falou. E foi a coisa mais de repente, na minha vida. Otacília! Como tudo neste mundo podia ser, e como a minha mente tinha logo puxado de arranco, das palavras do Trigoso, todo verdadeiro significado! Inteirei, comigo: — *Seô Habão? Vigia se ele não traz consigo uma donzela formosíssima, ou se traz em-apenas desilusão...* E o Trigoso disse, estava dizendo completo. Ela era! Otacília. Otacília. Eu tinha de escutar, outra vez, o Trigoso da verdade das coisas menos sabia. Imaginar, eu imaginava. Otacília — a vinda dela, sertão a dentro, por me encontrar e me rever, por minha causa... Mas achava a guerraria de todos os jagunços deste mundo, raivando nos Campos-Gerais. Terríveis desordens em volta dela, longe saída de casa de seu pai, sem garantias nenhumas... Que proteção ia poder dar a ela esse seô Habão, com dois pobres camaradas perrengues, tudo tão malaventurado, como se estavam? Enguli amargos. Me rodeavam meus homens, o silêncio deles me entendia, como bem cientes. Repergunteí: quem sabe, se assim paravam na beira do rio, se então não deviam de ter retrocedido caminho, se encaminhando também para o Paredão?

— "Ah, que não, Chefe. Vaqueiro me disse: de lá para lá, iam indo... Fugindo do perigo para o perigoso... E, no Paredão, mesmo dito, já não tem mais pessoas de séde. As famílias todas, e os moradores, camparam no pé, desgarrados, assim que o medo chegou lá... O medo é demais de grande..."

Estremeci, mor. Eram as horas. Só de ouvirem falar no vago do Paredão, meu povo afastava os cavalos, já querendo regalopar. Entendi e mais entendi, rodei mão na cara. Incerteza de chefe, não tem poder de ser — eu soubesse bem. Mas, era eu ali, em sobregovêrno, meus homens me esperando, e lá Otacília carecendo do meu amparo. E a guerra que podia dar de recomeçar, na boca dum momento, ou antes. Que de mim? Que diversas honras diferentes homem tem, umas às outras contrárias. Na estreitura, sem tempo meu, eu podia desdeixar meus homens? E tinha de ir. Não por bons-e-belos, ah. Mas minha Otacília vinha, em hora tão despertencida, de todas a vez pior. Eu podia requerer amor: — *Me dê primavera?* Vi tudo indeciso de mim, estarrecido — as pedras pretas no meio do capim, o campo esticado. Só fiz que no forte do sentir eu pudesse era este ameaço de reza: — *Me dê o meu, só, e que é o que quero e quero!...* — ao Demo ou a Deus... A lá eu ia. Otacília não era minha nôiva, que eu tinha de prezar como vinda minha mulher? Meio do mundo.

Vai, e eu disse: lá ia, no vou e volto; e já mesmo. Se diz — era um pulo. Para revir e dar guerra, tempo havia de ter. Os outros fossem, para o Paredão, tocassem. Já estava escurecendo.

Só mais que, nesse propósito, muitos acharam de me acompanhar: alegando que, à tal coisa, como chefe, eu carecia de não querer sozinho ir. Abanei cabeça. Em assim, aceitei dois: Alaripe e o Quipes — companhia que me bastava. Eu não ia desarrumar negócio, afracar o forte de minha gente, com mais homens arrecadados. E sendo o de ser. Arremessei ordens, joguei meu cavalo.

Porém, porém: e esbarrei, em saída. Esbarrei, para repontar Diadorim, que vinha vindo. — *A lá, que é?!* — eu disse, asp'ro. Diadorim quisesse me acompanhar, eu duvidava, de que motivos. Não me respondeu. Li nele a forma duma ira, como apertou os olhos em direitura do campo. — *Tu não vai para o Paredão, tu teme?* — eu ainda buli. Diadorim me empaliava, a certas. O ódio luzente, nele, era por conta de Otacília... Ele me ouviu e não disse, ladeando o cavalo. Mirou meio o chão; vergonha que envermelhou. Agora ele me servia dáv'diva d'amizade — e eu repelia, repelia. Mas, fora de minha razão, eu precisei com urgência de ser ruim, mais duro ainda, ingrato de dureza. Invocava minha teima, a balda de Diadorim ser assim. — *Tu volta, mano. Eu sou o Chefe!* — pronunciei. E ele, falando de um benquerer que tinha a inocência enorme, respondeu assaz:

— "Riobaldo, você sempre foi o meu chefe sempre..."

Ainda vi como ele — com a mão, que era tão suave em paz e tão firme em guerra — amimava o arção do selim. Repostei um feio xingo. Bramei isso, porque o azo de Diadorim me transtornava. Dei de rédea. Com um raspo de galope, peguei junto com Alaripe e o Quipes, que mais adiantados me aguardavam. Nem espiei para trás — não ver que Diadorim obedecia, mas como devia de parar estacado lá, té que o meu vulto desaparecesse. Desjustiça. Mas como a obrigação do dia me arrolava. E em tudo não pensei, tocando para ir fazer-e-acontecer, aos baques do coração. O senhor diria, dirá: como naquela hora Diadorim e eu desapartávamos um do outro — feito, numa água só, um torrãozinho de sal e um torrãozinho de açúcar... Fui, com desejos repartidos.

Tropear cavalgada — nós três: o Quipes, Alaripe e eu — meio a esmo, isso é que se tinha. Refiz o frio da ideia. Mas, nos primeiros ares, nem consegui. Eu despropositava. — *Diadorim é dôido...* — eu disse. Todo me surripiei, instanteante: tanto porque "Diadorim" era nome só de segredo, nosso, que nunca nenhum outro tinha ouvido. Alaripe só fez que susteve cara de não entender, e disse somente: — *Hem?* Mas, aí, eu desmanchei o encoberto, dado dando o do passado, me desimportava; consoante expliquei: — "Diadorim" *é o Reinaldo...* Alaripe ficou em silêncio, para melhor me entender. Mas o Quipes se riu: — "*Dindurinh'... Boa apelidação.* Falava feito fosse o nome de um pássaro. Me franzi. — *O Reinaldo é valente como mais valente, sertanejo supro. E danado jagunço...* Falei mais alto. — *Danado...* — repeti. Alaripe, por respeito, confirmou: — *Ah, danado é...* Por que era que não dava outro jeito, d'ele comigo conversar, que não fosse com essas reverências?

E a noite já tinha completado escuro, sem lua ainda aparecida, eu não podia avistar a cara dele como formava opinião, as palavras que eu falei ficaram sendo sem dono. — *Otacília é minha nôiva, Alaripe. Se alembra dela?* Antes de outros silêncios, ele me respondeu: — *Alembro... Lá é um fazendão bom...* Até me desgostava o modo zeloso do Alaripe sempre guiar o caminho, cuidados com que separava os galhos e ramagens de árvore, para o meu cômodo de seguir. E a gente estava quase a passo em passo. Donde de conversar desisti muito. A que a qual a escuridão tapava toda boca.

Aonde para que eu ia? — e carecia de ir, conforme meu dever. Mas minha Otacília não devia de ter escolhido justa essa ocasião, tão destacada de propósitos, para vir aventurar entre homens de morte essa delicadeza, sem proteção nenhuma, filha-de-família... Alaripe e o Quipes não descuidavam de tomar tento em tudo, nos lados, no arredor — figurável que era tempo de guerra, em brenhas de noite, e algum inimigo menos-se-espera podia surgir para o mal. Aonde se ia? Rumo dado, reto em cima da Vereda do Saz, ou seguir seguido, rio Paracatú arriba? Tudo como que tudo se me dava à raiva — tanto por causa desse vaqueiro, trazedor de relatos. Nem eu soubesse certo se era o seô Habão, se era Otacília...

A quase metade do céu tinha suas estrelas, descobertas entre os enuveados para chuva. O setestrêlo, no poente, a uma braça: devia de regular umas nove horas. Nesse ponto, deu de se ouvir um rumor grande, para dentro do cerrado, removendo nas galharias. Só fizemos que esbarramos, rifles em mãos. — *É anta...* — o Quipes disse, conhecedor alertamente. Alguma onça, à espera de lua. Otacília a tudo estava exposta, por culpa de maus conselhos. — *O seô Habão entregou a ela a pedra de ametista...* — eu falei. Alto falei; e não queria que o Alaripe ressoasse: "...entregou a ela a pedra..." Isto é: a pedra era de topázio! — só no bocal da ideia de contar é que erro e troco — o confuso assim. Diadorim sofria mais de tudo, quem sabe, por conta da dávdiva daquela pedra. Otacília não devia de ter vindo. Eu... Essas andanças! Agora, aonde era que se ia encontrar viajor, ou aquele berda-mãe de vaqueiro, para obrigar a definir notícia? Mas o vaqueiro aquele não teria o certo pouso. Só atrás de seu gado urucuiano. Todo o mundo se fugia, do Paredão e de toda parte, suas trouxas nas costas. A quando se divisou um foguinho adiante no campo, seja que pensei: gente arranchada no ar, em caminho para lugar nenhum... Não era. Somente foguinhozinho avoável assim azulmente, que em leve vento se espalhava: fogo-fá, jan-dla-foz. O que não se achava, o que eu pensava. Eu era diferente de todos? Era. Susto disso — como me divulguei. Alaripe, o Quipes, mesmo o calado deles, sem visagens, devia de ser diverso do meu, com menos pensamentos. Era? Sei que eles deviam de sentir por outra forma o aperto dos cheiros do cerradão, ouvir desparêlhos comigo o comprido ir de tantos mil grilos campais. Isso me dava ojeriza, mas também com certo consolo — misturado. Como quando viajando assim, no escuro da noite, a ideia da gente cheia de atormentamentos, e de repente o cavalo bufa, batendo o vulto da cabeça branquenta, e chamando atenção para o cheiro do suor dele, que vale por uma persistência, com paciência de responsabilidade... Aquela noite estava podendo mais do que a minha decisão? Soubesse não sei. Noite lembrada em mim, de sereno a orvalho.

    Revi madrugar, quando esbarramos, na beira duma vereda pagã, por repouso. Aurora: é o sol assurgente — e os passarinhos arrozeiros. Cá o céu tomou as tintas. Aí retoquei muita lembrança madraça, como se estivesse no antigamente. Fez falta foi um café; mas comemos farofa, bebemos gole d'água. O Quipes apanhou araticúm maduro, ele vivia cuidando de achar as frutas em árvores e môitas. E Alaripe ajuntou gravetos e acendeu um fogo; só por calor e costume, só, que não se tinha o que quentar nem assar. Medito como aos poucos e poucos um passarinho maior ia cantando esperto e chamando outros e outros, para a lida deles, que se semêlha trabalho. Me passavam inveja, de como devia de ser o ninho que

fizessem — tão reduzido em artinha, mas modo mandado cabido, com o aos-fins-
-e-fatos. E o que pensei: que aquela água de vereda sempre tinha permanecido
ali, permeio às touças de sassafrás e os buritís dos ventos — e eu, em esse dia, só
em esse dia, justo, tinha carecido de vir lá, para avistar com eles; por quê que era?
Bobéia... Eu estava cansado, com uma dôr na ilharga.

Por desenfastiar, conversei. — *A veja, Alaripe: que nome será que esta vereda
havia de ter, o que merecesse denominado?* Alaripe, agachado ali mesmo, se virou
para mim, esbarrando de assoprar o fogo: — *Figuro que ela algum nome já tem,
só que não se saiba. A modo que, pegando algum morador de por perto, se indaga...*
— ele melhor me respondeu. Mas eu contradisse que não se precisava. Forrei
chão, para um cochilo. De qualquer jeito, a paragem ali tinha de ter demora,
carecia de se dar um lombo aos cavalos. Para o que o dia ia ser, eles requeriam
um descanso, e pastar; cavalo são desdenha de dormir, o senhor sabe: bicho
que só come, come, come. O sono me conseguiu. Ferrei em mais de umas
duas horas.

Por que tudo refiro ao senhor, de tantas passagens? Ah, pelo que quando
acordei, retenha o seguinte. Acordei sentido e mal à parte. Amargava. Devia de
ir ter cólicas. As ânsias essas, mesmo com outro cansaço. Feito sem repouso nenhum, daquelas horas. Assim: eu sem segurança nenhuma, só as dúvidas, e nem
soubesse o que tinha de fazer. Acordei foi com o vozeio de Alaripe e o Quipes,
que já esperavam por mim, e estavam naquela pauteação trivial deles, coisas
sem nenhum fundamento. Depois, Alaripe tirou da capanga um vidro que tinha
cachaça dentro, me ofereceu o primeiro gole. Era um vidro meão, claro, feito
remédio de frasco. Com alívio, tomei. Mas era um alívio mesmo assim triste, e
eu descri; eu quis discorrer qualquer noção. — *O que é que tu acha do que acha,
Alaripe?* Ele não me conheceu: principiou a definir do Paredão, do Cererê-Velho,
do Hermógenes. Atalhei: — que não isso; que da vida, vagada em si, no resumo? — *A pois, isto... Homem, sei? Como que já vivi tanto, grossamente, que degastei a
capacidade de querer me entender em coisa nenhuma...* Ele disse, disse bem. Mas
eu entiquei: — *Não podendo entender a razão da vida, é só assim que se pode ser vero
bom jagunço...* Alaripe esbarrou, como ia quebrar em duas uma palma seca de
buritirana. Me olhou, me falou: — *Se só de entender, cá comigo, eu entendo. Entendo
as coisas e as pessoas...* Respondeu, disse bem. De mim, então, entendia? Desjuízo,
que me veio. Eu ia formar, em roda, ali mesmo, com o Alaripe e o Quipes, relatar
a eles dois todo tintim de minha vida, cada desarte de pensamento e sentimento

meu, cada caso mais ignorável: ventos e tardes. Eu narrava tudo, eles tinham de prestar atenção em me ouvir. Daí, ah, de rifle na mão, eu mandava, eu impunha: eles tinham de baixar meu julgamento... Fosse bom, fosse ruim, meu julgamento era. Assim. Desde depois, eu me estava: rogava para a minha vida um remir — da outra banda de um outro sossego...

Pensei; quase disse. Aquilo durou o de um pingo no ar. Eu havia de? Ah, não, meu senhor. Deu um momento, me tirou disso; e tanto bastou. Doidice, tontura de espírito... — eu repensei, reposto em pé. Xô! O ypsilone dum jegue eu era — zote, do que arrenego, cabeça orelhalmente? Ali eu era era o Chefe, estava para reger e sentenciar: eu era quem passava julgamentos! Então, falei:

— "Vão sozinhos, vocês dois, beira-rio, procurando. Eu não posso ir mais, por meu dever. Retorno, já, para o Paredão..."

Alaripe ainda cruzcruzou: — "A gente — pode ser que lá a gente faz falta..."

Mas eu fechei. Sendo o que eu mesmo não podia, ao menos esses eu mandava. Fossem, já fossem. Eles tinham de encontrar a minha Otacília, a ela render boa proteção. Amontamos, os três. Ainda esperei a saída deles.

Até me lembro de que, escabreado, na hora de saudar e tocar, Alaripe ainda apontou para a linha de mato, vereda-acima, achando: — *Como que avisto, por detrás d'árvores, passar a marcha dum cavaleiro...* Não era. Não era, porque o Quipes não viu, conforme confirmou que não viu; e o Quipes tinha olho de gavião-grande. Aí, pensei: será, o Alaripe estava sendo um homem se envelhecendo? Amigo meu — e meu estranho. Até me lembro, pensei assim.

Retornei, enquanto eles dois iam para a outra banda. Agora eu mudava, para motivos: chega estremeci de influência, aos aos-ares de guerra. Deixei de parte a cisma, do mesmo jeito com que, ainda fazia pouquinho, eu tinha afrouxado ânimo; ah, a gente larga urgente o real desses estados. Agora minha alegria era mais minha, por outro destino. Otacília ia ter boa guarda. E então, por uma vez, eu peguei o pensamento em Diadorim, com certo susto, na liberdade. Constante o que relembrei: Diadorim, no Cererê-Velho, no meio da chuva — ele igual como sempre, como antes, no seco do inverno-de-frio. A chuva água se lambia a brilhos, tão tanto riachos abaixo, escorrendo no gibão de couro. Só esses pressentimentos, sozinho eu senti. O sertão se abalava?

Desfechei. Naquela corrida, meu cavalo teve as dez pernas. E cheguei no Paredão, na derradeira boa-luz da tarde.

Diadorim, me esperava, demais. Ainda vi a alegria no rosto dele.

O Paredão. O senhor ponha. Como esvoaça mosca gorda, de donde se matou boi. Tudo estava perfeito tranquilo. Diadorim — com chapéu xíspeto, alteado. Nele o nenhum negar: no firme do nuto, nas curvas da boca, em o rir dos olhos, na fina cintura; e em peito a torta-cruz das cartucheiras. Os mais, zelando nas armas, corriam os dedos, apalpavam por afago. Conversei com todos. Aqui a guerra — que queriam guerra. Assim os meus catrumanos: quais as caras deles iam ficando de demônios; mais feio no demônio é o nariz e os beiços...

Conferi as sentinelas. Fui ver onde tinham botado a Mulher — ela fechada num quarto, no sobrado. Ficasse remetida lá, sobpé de guarda. O sobrado marcava o meio quase da rua. Mas, para a gente em armas, de que é que valia aquele arraial inteiro, tão vazio? Determinei: deixar lá mesmo só uns poucos, como vigias. Tanto o resto todo, para um ponto viemos, circunstância de umas duzentas braças, aonde um lugar mais alto desenhado, que seria para porta dos caminhos e apropriado para ali se resistir. Formamos bons preparos. Minha mãe vivesse e viesse, ela mesma por nenhum descuido mero não havia de poder me reprovar.

Assim apreciei a gente — às mansas e às bravas — a minha jagunçada. Agora eles estavam arrumando o mundo de outra maneira. Tudo se media munição, e era fuzil e rifle se experimentando. A guerra era de todos. A juízo, eu não devia de mestrear demais, tudo prescrevendo: porque eles também tinham melindre para se desgostar ou ofender, como jagunço sabe honra de profissão. Dos modos deles, próprios, era que eu podia me saber, certificado, ver a preço se eu estava para ser e sendo exato chefe. Com modos, eu falasse: — "Olh', vigia, fulano: aí está bom; mas lá acolá não é melhor?" — e receava que ele respondesse, me explicando por que não era, não. Eu questionava, comigo, que eles deviam de lavorar maior raiva. Raiva tampa o espaço do medo, assim como do medo a raiva vem. Reparei isto: como nenhum não citava o nome do Hermógenes. Aí estava direito — que no imigo, em véspera, não se proseia. Mal que um disse: — *"Ele não é laço: — é argola..."* — Ou outro, que: — *"Ele adôida..."* Mas os mais não glosavam. Com o que prazi. Gastura que eu tinha era só de que, a ventos vai, um fosse acrescentar: — *...Ele é pactário...*

Ah. E que fosse? Menção não era de se afirmar, regalia nenhuma. Pois o demo não é de todos?! Alt'arte abri o meu maior sentir: que eu havia de ter a vitória... Dali, o Hermógenes não saía com vida, maneira nenhuma, testamental. Tive ódio dele? Muitos ódios. Só não sabia por quê. Acho que tirava um ódio por causa de outro, cosidamente, assim seguido de diante para trás o revento todo. A modo que o resumo da minha vida, em desde menino, era para dar cabo definitivo do Hermógenes — naquele dia, naquele lugar. Pelejei para recordar as feições dele, e o que figurei como visão foi a de um homem sem cara. Preto, possuindo a cara nenhuma, feito se eu mesmo antes tivesse esbagaçado aquele oco, a poder de balas... E tudo me deu um enjoo. Tinha medo não. Tinha era cansaço de esperança.

Também eu queria que tudo tivesse logo um razoável fim, em tanto para eu então poder largar a jagunçagem. Minha Otacília, horas dessas, graças a Deus havia de parar longe dali, resguardada protegida. O tudo conseguisse fim, eu batia para lá, topava com ela, conduzia. Aí eu aí desprezava o ofício de jagunço, impostura de chefe. Sei quem é chefe? Só o gatilho de arma-de-fogo e os ponteiros do relógio. Sensato somente eu saísse do meio do sertão, ia morar residido, em fazenda perto de cidade. O que eu pensei: ...rio Urucúia é o meu rio — sempre querendo fugir, às voltas, do sertão, quando e quando; mas ele vira e recai claro no São Francisco... Agora, Alaripe e o Quipes, regulando, deviam de já ter achado a minha Otacília, demais, pelo Paracatú-acima, tão longe; e até semelhasse invenção, isto que, na madrugada, eu mesmo também tinha estado em caminho de lá, em tão precipitados surtos. Artezinha. Sei o grande sertão? Sertão: quem sabe dele é urubú, gavião, gaivota, esses pássaros: eles estão sempre no alto, apalpando ares com pendurado pé, com o olhar remedindo a alegria e as misérias todas...

Nessas e noutras muito extremadas coisas eu tornava a pensar, o espírito em meia-mão, por diante permeio os outros meus entretimentos de-verdade. Agora tudo estava pronto, das obrigações — afora a de esperar, que é a que regasta e se recoze. A noite foi se esquentando assaz. Ali também, por avisante, não se acendia fogueira. Mas o campo esparramava muito vagalume. Os homens formando grupos, acocorados assim, eles conversavam. O quase que o legal, agora, era de se caçoarem uns dos outros, desafiando quem fosse ser medroso ou duvidado na coragem. Razão disso meava uma confiança, a mais, eu escutando satisfeito aquelas bobices com que eles porfiavam: — *"Caranguejinho, sem cachaça tu vai?" "— Eh, não: tu! Vai saudar o gado!"* Pelos risos e debiques que divertissem, de todos eu percebia a forte certeza. Cada cada-um, dali a pouco, ia ser perigoso, de nele se encostar, feito um sapo que espirra. — *"Que te falo: amarra o burro, que a carga é sua..." "— Minha, a carga está salva... Mal a bem, oxente, quero é ver o que vou ver..."* Assim se zé-zombavam. Aos ditos ditados, feito estivessem jogando um truque, sem baralhos nenhuns. Por que é que aquilo me comprazia? E Diadorim parava calado, próximo de mim, e eu concebia o verter da presença dele, quando os nossos dois pensamentos se encontravam. Que nem um amor no ao-escuro, um carinho que se ameaçava. — *"...Tiroteio fêrvo, se será! Aí é que vou ver um mais menino que o J'bibe..."* *"— Se tu não sabe, você vai saber: que eu já fiz minha fama..."* *"— Jiribibe? Pois, aquele, eh: ele pede esmola ao rei..."* E reproduziam muitas essas gaitagens. Agora estavam acostumados com a hora do lugar, e para qualquer repente refrescados. Igual a um gado — que vem num pasto novo, e anda e fareja, reconhecendo tudo, mas depois tudo aceita e então começa a resfeição. Agora, agora, sim, meus homens estavam em ponto de fogo. Melhor mesmo não irem dormir, antes de forte sono, por se evitar espertina de criatura sozinha, em espera de possível má morte. Tive pena deles? Disser isto, o senhor podia se rir de mim, declarável. Ninguém nunca foi jagunço obrigado. Sertanejos, mire veja: o sertão é uma espera enorme.

Vai, vai, uma hora eu perguntei a Diadorim: — *"A Mulher dissesse alguma coisa?"* Isto eu não sabia por que era que estava indagando. Aí eu não queria ciência de se a Mulher tivesse falado alguma coisa trivial. Eu quisesse achar de saber — era se ela alguma doidice de profecias havia de ter pronunciado? Diadorim disse: — *"Não."* Mas ele devia de estar curtindo outro instar de outro assunto. Sustido eu sabia: o que era dele sempre pensar — o imaginável de Otacília... Depois de remedir o tamanho de um silêncio, ele mesmo veio: — *E o Alaripe, mais o Quipes; aonde foi que ficaram?* Esse ciúme de Diadorim, não sei porque, daquela vez não me deu prazer de vantagem. E eu desdenhei, na meia-resposta: — *Por aí...* — que eu disse. Aí era o cão da noite, que meu beiço indicava. Vagalumes, mais de milhar. Mas o céu estava encoberto, ensombrado. Sofismei. Meio arrependido do dito, puxei outra conversa com Diadorim; e ele me contrariou com derresposta, com o pique de muita solércia. Me lembro de tudo. O que me deu raiva. Mas, aos poucos, essa raiva minou num gosto concedido. Deixei em mim. Digo ao senhor: se deixei, sem pêjo nenhum, era por causa da hora — a menos sobra de tempo, sem possibilidades, a espera de guerra. Ao que, alforriado me achei. Deixei meu corpo querer Diadorim; minha alma? Eu tinha recordação do cheiro dele. Mesmo no escuro, assim, eu tinha aquele fino das feições, que eu não podia divulgar, mas lembrava, referido, na fantasia da ideia. Diadorim — mesmo o bravo guerreiro — ele era para tanto carinho: minha repentina vontade era beijar aquele perfume no pescoço: a lá, aonde se acabava e remansava a dureza do queixo, do rosto... Beleza — o que é? E o senhor me jure! Beleza, o formato do rosto de um: e que para outro pode ser decreto, é, para destino destinar... E eu tinha de gostar tramadamente assim, de Diadorim, e calar qualquer palavra. Ele fosse uma mulher, e à-alta e desprezadora que sendo, eu me encorajava: no dizer paixão e no fazer — pegava, diminuía: ela no meio de meus braços! Mas, dois guerreiros, como é, como iam poder se gostar, mesmo em singela conversação — por detrás de tantos brios e armas? Mais em antes se matar, em luta, um o outro. E tudo impossível. Três-tantos impossível, que eu descuidei, e falei: — *...Meu bem, estivesse dia claro, e eu pudesse espiar a cor de seus olhos...* —; o disse, vagável num esquecimento, assim como estivesse pensando somente, modo se diz um verso. Diadorim se pôs pra trás, só assustado. — *O senhor não fala sério!* — ele rompeu e disse, se desprazendo. "O senhor" — que ele disse. Riu màmente. Arrepio como recaí em mim, furioso com meu patetear. — *Não te ofendo, Mano. Sei que tu é corajoso...* — eu disfarcei, afetando que tinha sido brinca de zombarias, recompondo o significado. Aí, e levantei, convidei para se andar. Eu queria airar um tanto. Diadorim me acompanhou.

Era uma noite de toda fundura. Estava dando um vento, esquisito para aquele tempo, por ser um vento em-hora do lado suão, em-hora do norte, conforme se riscando um fósforo, ou jogando punhado de areia fina clara para cima, se conhecia. Andamos. Mas, agora, eu já tinha demudado o meu sentir, que era por Diadorim uma amizade somente, rei-real, exata de forte, mesmo mais do que amizade. Essa simpatia que em mim, me aumentava. De tanto, que eu podia honestamente dizer a ele o meu benquerer, constância da minha estimação.

Não disse. Por quê que não disse, foi porque o perigo da ocasião me invocou: achei que podia ser agouro, em véspera de guerra, a conversa afeiçoada assim. Diadorim — em que era que ele devia de estar pensando?; é o que eu não soube, não sei, à minha morte esta pergunta faço... Como certo é que só do sem-mais de coisas falamos, sem nenhuma expedição. Até que o vento revirou: mudando inteiro, que vinha era só do norte, conforme neste lado da minha cara ele só se fez quente, refrescando. O sertão ventou rouco. Com formas que logo se ajuizou de poder supravir chuva forte, e carecido foi que determinamos de retornar com tudo, para se ir dormir mesmo nas casas do arraial, só uns poucos homens de vigia se deixando naquele alto, a padastro. E isso era o exato, mas me aborreceu demais e me cansou, mais do que as outras peripécias. Consabido que na noite antes eu tinha viajado em todo regime das estrelas, e mais ainda no dia, afora as duas ou três horinhas de sono, de madrugada. Foi eu ver um catre, e me trespassei. Ainda disse uma recomendação: que, tirante caso resoluto, em hora qualquer não me chamassem. Dormi mortalmente. Essa, foi noite que eu dormi: sendo o chefe Urutú-Branco, mesmo dizer — o jagunço Riobaldo...

Acordei último. Alteado se podia nadar no sol. Aí, quase que não se passavam mais os bandos de pássaros. Mesmo perfiz: que o dia ia dever ser bonito, firme. O calor fortalecia, e logo ia se secando o chão, umas poças de lama e as árvores com gotêjos — porque de noite tinha caído uma bruega. Bebi café, comi um naco de carne gorda, repassada na farinha, mastiguei um taco de rapadura. Enquanto vi, meu pessoal discorria na mesma disposição, influentes como antes. Tornamos para o ponto demonstrado de espera, cada um caçando seu atrincheirado. Chegou o Cavalcânti, vindo do Cererê-Velho, com recado: nenhumas novidades. Para o Cererê-Velho recambiei aviso: nenhumas novidades, minhas também. O que positivo era, e do que os meus vigiadores do rededor davam confirmação. Antes, mesmo, por mais, que eu quisesse ficar prevenido, o dia era de paz. Todos percebessem. Era uma paz gritável. — *Será que não vão vir?* — algum maldisse, no rifle se escorando. Vez vendo, duvidei. Chegou a me dar desânimo, fato que não viessem — e a gente ter de adiar fim, recomeço, rodando por esse mundo a fora em vã caçada. — *Ah, não!* — retemperei. Homem nenhum podia deixar a mulher sojugada presa em mão de outros, e demorar desistido de ataque. Vinha que vinha, mais hora menos hora. Todos esperassem. E eu mesmo de todas minhas armas não larguei, quando desci para momento de lavar o corpo no rio. Que tão perto era. E, de lá, todo movimento dos meus eu avistava.

Dúv'do? Desavistei foi na mente, não foi dos olhos. Como que o avio de descangar as armas de sobre mim e as cartucheiras, e o vagar de tirar a roupa e remolhar os pulsos, e fazer menção para entrar na água com conforto — essas ações tiravam conta do meu estar, como um alívio de sossego. Eu tinha a certeza de paz, por horas. E o demo me disse? Disse; mas foi assim: tiros!

Choque que levei — foi feito um trovão. Começou a se bradar.

Os gritos, tiros. Que foi, mesmo, que eu primeiro ouvi? Primeiro, dum pulo bruto, eu já estava lá, pegando minhas roupas, armado prestes. E vi o mundo fantasmo. A minha gente — bramando e avisando, e descarregando: e também se desabalando de lá, xamenxame de abêlhas bravas. Mas, por que? — eu desentendi; e tornei a entender, depressa demais: que o inimigo dera de se estourar, todo de-repentemente, da banda outra, lugar donde não devia de vir, nem ali possível de ser esperado. Eles eram quantidade. Crú e crú que avançavam, avançando, como que já iam tomar o Paredão, as casas na ponta do arraial. Estarreci. Que, na prema da minha ausência, o muito mundo se acabava. Tudo diferente da cartada. E eu sei o que é estupor: que eu tinha pegado calça e camisa em mão, e esbarrei, num demorado sem termo, no meio de me revestir, e eu num latêjo frouxo pensando: — *Não chego em tempo... Não adianta... Não chego em tempo nenhum...*

Sei lá o tanto que isso durou? E eu via o meu pessoal avançar também, com brabura e diligência, na outra ponta, a modo de impedir que o arraial fosse tomado... Porque o Paredão era uma rua só; e aquilo ficou de enfiada — um cano de balas. Mas, no mesmo ar de ar em que eu via aquilo, lavorei pensando: que eu era tonto, e burro, e idiota as mil vezes, porque agora estava perdida irremediavelmente minha ocasião, e a guerra descambava, fora do meu poder... E eu acabei de me enroupar, mal mal, e escutava essas vozes: — *Tu não vai lá, tu é dôido? Não adianta... Não vai, e deixa que eles mesmos uns e outros resolvam, porque agora eles começaram tudo errado e diferente, sem perfeição nenhuma, e tu não tem mais nada com isso, por causa que eles estragaram a guerra...* Assim ouvi, sussurro muito suave, vozinha mentindo de muito amiga minha. O meu medo? Não. Ah, não. Mas meus pelos crescendo em todo o corpo. Mas essa horrorizância. Daquela doçura nojenta de voz. E senti meu corpo muito grande. Me xinguei. Um sujeito vinha correndo, nele eu quase atirei. Desertor? Ah, não, esse o Sidurino era, correndo por um cavalo. Ah — e bem fosse! — ia voltear para o Cererê-Velho, chamar, trazer reforço, para darem retaguarda. E eu casei com meu rifle, vim, vim, vim. Desconheci temor nenhum. Vivo em vida, me ajuntei com os companheiros. Meus homens! — dei ordens. As balas estralejavam.

Foi fogo posto. Arrasar que vem de para onde não se olha: feito forte sol; e vem como sol nascendo! Rachavam lascas, espatifavam. Aí podiam descascar os arvoredos de uma dessas, floresta toda inteira... Apraz que os ares!

Ah esses meus jagunços — apragatados pebas — formavam trincheira em chão e em tudo. Eles sabiam a guerra, por si, feito já tivessem sabido, na mãe e no pai. Só se aos uivos urros, se zurrava. Aí — como tomei chegada e peguei postura. Valia ver — comandar? Gritei: — "Chagas de Cristo!..." Os meus davam ainda outros gritos. A carabina, em mãos, coisa mexedora. A gente disparava dentro dos quintais, avançávamos. E de detrás das casas. E guardávamos o emboque da rua. Diz que lê?; diz-que escreve! Tiro ali era máquina. Aos tantos, juntos, relando — cinco deles, cinco dedos, cinco mãos. A gente tinha de caber em buracos escavacados. A cabeça da gente é que dá voltas, mesmo no esconderijo, como para se desviar. Mas não se tem medo a gasto. Eu dizia: *fré!* — e botava bililica na agulha. — *Amanso!* Eu queria que Diadorim não se descuidasse. Diadorim disse: — "Toma cautela, Riobaldo..." Diadorim se descabelou, bonitamente, o rosto dele se principiava dos olhos. Eu comandava? Um comanda é com o hoje, não é com o ontem. Aí eu era Urutú-Branco: mas tinha de ser o cerzidor, Tatarana, o que em ponto melhor alvejava. Medo não me conheceu, vaca! Carabina. Quem mirou em mim e eu nele, e escapou: milagre; e eu não ter morrido: milagremente. A morte de cada um já está em edital. Dia de minha sorte. O que digo e desdigo; o senhor escute. Mas o inimigo fuzuava — tiroteio total.

Tudo ali era à maldição, as sementes de matar. De ouvir o renje uim-uim dessas, perto de nossos cabelos — eles sobem, de si —; e chega a doer de nervoso: mas dói real, como se umas daquelas atravessassem até buracal do olho da gente, mas feito dôr que vara do céu-da-boca, por dentro dos ossos, pontudamente, igual quando às vezes se come sorvête de gelo... Era a cara pura da morte. — *Av'ave!* Marcelino Pampa, logo esse. Nem olhou ninguém. Curvou o corpo quase se quebrando em dois, ia encostar testa no chão; e largou tudo, espaireceu as mãos, e bofou da boca diversos dois feixes de sangue. Sangue dele. Semelhava que um boi nele tivesse pisado... E eu desfechei dez, para a frente, vingando fosse. Daí, vigiei. Um homem morre mais que vive, sem susto de instantaneamente, e está ainda com remela nos olhos, ranho môco no nariz, cuspes na boca, e obra e urina e restos de de-comer, nas barrigas... Mas Marcelino Pampa era ouro, merecia lágrimas dalguma mulher perto, mão tremente que lhe fechasse bem os olhos. Porque não se vê outro assim, com tão legítimo valor, capaz de ser e valer, sem querer parecer. E uma vela acêsa, uma que fosse, ali ao pé, a fim de que o fogo alumiar a primeira indicação para a alma dele — que se diz que o fogo somente é que vige das duas bandas da morte: da de lá, e da de cá... E eu peguei puxei o corpo para não ficar em cima dum vestígio de lama — porque ali de noite tinha chovido; e Diadorim panhou o chapéu-de-couro, com qual tapou o rosto do dono. A paz no Céu ainda hoje-em-dia, para esse companheiro, Marcelino Pampa, que de certo dava para grande homem-de-bem, caso se tivesse nascido em grande cidade. Ah pá-pá! falei fogo. Aquilo em volta se arrebentava, balalhava.

Mas a gente tinha conseguido de firmar possessão — agarramos mais da metade do arraial, do arruado. O sobrado restou nosso. Com ansêio, olhei, para muito ver, o sobrado rico, da banda da mão direita da rua, com suas portas e janelas pintadas de azul, tão bem esquadriadas. Aquela era a residência alta do Paredão, soberana das outras. Dentro dela estava sobreguardada a Mulher, de custódia. E o menino Guirigó e o cego Borromeu, a salvos. Da parte de cima, das janelas, e das portas, no rés, vez a vez meus homens descarregavam. Aquele sobrado, sobradão, parava lá, sobre sereno — me prazia tudo comandando.

Ir lá?

— "Atual, em riba, estão dois: um é o José Gervásio. Em baixo, na venda, uns quatro..." — quem me informou disso foi o Jiribibe, em meu ouvido carecendo de altear voz, tanto que espingardaria estrondava.

— "Pouco é, para ações. Tu vai lá, Riobaldo..." — quem me disse foi Diadorim, em tanto. Surriada zuniu. O tutuco das balas, e as que batiam no chão, as raivosas, tirando terra.

Atirei, seco. Umas três ou quatro vezes. Carreguei em novamente.

— "Aqui é que é meu dever, Diadorim. Por o mais perigoso..." — eu falei, muito alerta. Tudo que Diadorim aconselhasse, eu punha de remissa; a modo de que com pressentimentos.

— "Tu vai, Riobaldo. Acolá no alto, é que o lugar de chefe. Com teu dever, pela pontaria mestra: que lá em riba, de lá tu mais alcança... Constante que, aqui, o negócio está garantido..." — ele disse, mansinho, de me persuadir.

Troquei o rifle-papo pelo máuser, movi mão, fogo. Nesse ato, nem sei se matei. Às artes, lá, o sobrado, que torna mirei e admirei. Meu posto? O quanto também olhei Diadorim: ele, firme se mostrando, feito veada-mãe que vem aparecer e refugir, de propósito, em chamariz de finta, para a gente não dar com o veadinho filhote onde é que está amoitado... Aquele sobrado era a torre. Assumido superior nas alturas dele, é que era para um chefe comandar — reger o todo cantão de guerra!

— "Eu vou..." —; fui.

Deixado João Curiol no meu lugar, e esse tinha muita valia. Rastejei, tomei saída, conforme tinha de ir: pelos quintais das casas. Ainda virei, relanceando. Sempre queria ver Diadorim. O querer-bem da gente se despedindo feito um riso e soluço, nesse meio de vida.

Avancei, furando os terreiros e as hortas das casas, eu debaixo de armas, nos arreios. Toda a parte ali tinha gente nossa, que com brados me saudavam: conforme vale, quando um chefe mostra mor valentia. Gente com o Jõe Bexiguento, sobrechamado o "Alpercatas". E estava lá o João Nonato — que dava boa-sorte, com o bom ar. Avancei, rompi uma cerquinha de taquara, contornei um pano de muro, onde o Paspe tinha furado os adobes, cavando torneiras. E dei fé: que o

Jiribibe vinha me acompanhando. O menino bom. Os olhinhos dele a gente só via era porque eram inventados de pretos. — "Será, da banda de lá, estão bem governando, os clavinoteiros?" — ele me disse. Aí, por que me dizia? Soubesse não que o brinquedo agora era mortal? Sobre o que, se riu, me apresentando: o que era, no fofo da terra, debaixo duma roseira, um gatinho preto e branco, dormindo seu completo sossego, fosse surdo, refestelado: ele estava até de mãos postas... Mas, perto de mim, veio grão d'aço — que varou cheiamente um pé de mamoeiro. — "Vigia, te abaixa!" — eu ralhei com o Jiribibe. A gente ouvia a urração, ou cita seja, destemperada, dos inimigos, e um desentoar de cantiga, que toda pessoa era filho-da, segundo a qual. Aos canalhas! Mas mais xingava o Jiribibe, ripostando. Daí, depressa, ganhamos trincheiras, atrás dum fôrno de assar biscoitos: e berraram punhadão de disparos, para nosso lado, chega semelhava rajada de chuva-de-pedra. Lugar danoso! Aguardamos, deitados. — "Te foge, Jiribibe, que figuro eles têm gente atirando de cima de árvores..." — eu total aconselhei. Assim rastejávamos. E pouco faltava para o quintal do sobrado: só uma cerca miúda, com um xuxuzeiro dependurado com xuxús grandes; eram uns xuxús enormes. — "Vam' bora, Chefe!" — que o Jiribibe gritou. E caiu morto, para pra cá — acertado na testa. Não gritei, e rastejei. Ao quando dar o derradeiro lance, na porta da cozinha do sobrado, derrubei uma bacia grande, que lá em-pé encostada estava. Aí entrei. Aquela bacia atrás de mim levou uma carga de tirázios, com a qual retiniu toda, lata velha... No eu entrar, os que ali vi me saudaram: — "Epa, Chefe!" Respondi: — "Eh, êpa!" E, naquele instante, pensei: aquela guerra já estava ficando adoidada. E medo não tive. Subi a escada.

O senhor escute meu coração, pegue no meu pulso. O senhor avista meus cabelos brancos... Viver — não é? — é muito perigoso. Porque ainda não se sabe. Porque aprender-a-viver é que é o viver, mesmo. O sertão me produz, depois me enguliu, depois me cuspiu do quente da boca... O senhor crê minha narração?

Subi aquela escada-de-redor, escutando a madeira nos meus passos, e avisando: — "Quem evém sou eu, minha gente!" — repetido. Aquilo meio sombrio, o ar que dava era como de ser antigo dia-de-domingo. Aí, notei que eu mesmo arfava um pouco e estava com uma sede. Por lá devia de ter algum pote fresco — imaginei. — "É eu! minha gente..." — eu disse; mesmo assim eles se assustaram primeiro, depois tomaram satisfação por me ver. Os que na sala que dava para a frente da rua estavam, os quais eram: que o Araruta e o José Gervásio, nas armas; e o menino Guirigó e o cego Borromeu, assentados no banco, encostado na parede para o interno. Esses dois, muito juntos, como que tremiam um tanto; deviam de estar rezando.

— "Que e a mulher?" — eu indaguei.

O menino Guirigó queria mostrar: ela estava presa num quarto. Ela também estivesse rezando? Corredor velho, para ele davam tantas portas, por detrás duma delas tinham fechado a mulher, num cômodo. A chave estava na mão do cego Borromeu. Era uma chave de todo-tamanho, ele fez menção de me entregar; rejeitei. — "Tem talha d'água, por aqui?" — eu disse, eu tinha uma pressa desordenada, de certo. — "Diz que lá em baixo tem..." — foi o que o menino Guirigó me deu resposta. Entendi que ele curtia sede, igualmente, e querendo comigo ir — por seguro temia descer sozinho a escada. E o cego Borromeu, também, que não respondeu, mas que mexeu a boca, mole, mole, fazendo desse rumor de quem termina de mastigar rapadura. Me enjoou. Mas ele não tinha comido alguma coisa. Não tive comigo: — "Tu me ouve, xixilado, tu me ouve? Assim tu me dá respeito e agradece interesses de ter tomado conta de você, e trazido em companhia minha, por todas as partes?!" Eu disse. Ele disse: — *"Deus vos proteja, Chefe, dê ademão por nós todos... E de tudo peço perdão..."* Ele se ajoelhou. Ouvir e ver isso me embaraçasse, eu já pegava ponta de remorso. Porque esse homem, sem visão carnal, de valia nenhuma, maldade minha era que tinha sido a trazida dele, de em desde o começo de lugar onde ele cumpria sua vida. E agora ele devia de padecer o redobrado medo, concebendo que vai ou vai a gente fugisse dali, e ele para trás parasse, para as unhas dos outros. Mas a cena desses todos pensamentos em mim foi ligeira demais, conforme não tinham geração. A meio me lembro, e conto, é só para firmar minha capacidade. Como o reslumbre, que, no tento da hora, eu prezei em Otacília, juízo vago. Como para a janela eu fui, quase que na imaginação de botar meu olhar e haver de ver, no longe tal, o lugar aonde ela andava. Conto, para o senhor conhecer quanta espécie de causa, no mover da mente, no mero da tragagem de guerra. E o José Gervásio e o Araruta, cada um em beira duma janela, agachados, carabinas em mãos, as cheias cartucheiras. Para mim era que olhavam, estudados, querendo algum qualquer sinal. E aí uma bala alta abelhou, se seguindo sozinha, muito rente, com cujo barulho de música que fez eu conheci que era de comblém. Eu tinha de dar mais espertação ainda àqueles dois. Tenência. Para uma janela me cheguei. E endureci no rifle. Em volta relanceei. Eu — o bedegas!

Saiba o senhor: eu estava ali, assim em padastro de todos, de do ar, de rechego, feito que em jirau-de-espera, para castigar onça assassinã. Vi ou não vi? Só espreitei. Dono do que lucrei, de espreitar. Uns deles, num terreiro acolá, manobravam a gosto, nas más armas. Assestei. Um era um sujeitão, muito baiano nos trajes. Do gatilho do rifle, no triz, me mandei nele. Aquele caíu tôrto; o outro completou. Assim eram três: o derradeiro percebeu que tinha céu, e correu, dando gambetas. Zumba! levou não sei quantas esburacadoras, na tampa de suas costas... Ah, ali valia; donde que eu estava. Ao mesmo quando revingaram, com umas descargas, despejadas. Dei atrás, mas sobranceei, de talaia. Fazia bem duas horas que aquela batalha tinha principiado. Se estava no poder do meio-dia.

De graça berra é o boi, tirante a vaca. Dessa daquela vez, tudo não acabava sem um fim — ferrado que o Hermógenes não era cão de desmorder os dentes; e ele vinha de cinquenta léguas! Toada tinha de ter um prazo. E há um vero jeito de tudo se contar — uma vivença dessas! Os tiros, gritos, éco, baque boléu, urros nos tiros e coisas rebentáveis. Dava até silêncio. Pois porque variava, naquele compasso: que bater, papocar, lascar, estralar e trovejar — truxe — cerrando fogo; e daí marasmar, o calado de repente, ou vindo aos tantos se esmorecendo, de devagar. Tempo que me mediu. Tempo? Se as pessoas esbarrassem, para pensar — tem uma coisa! —: eu vejo é o puro tempo vindo de baixo, quieto mole, como a enchente duma água... Tempo é a vida da morte: imperfeição. Bobices minhas — o senhor em mim não medite. Mas, sobre uns assuntos assim, reponho, era que eu almejava ter perguntado a Diadorim, na véspera, de noite, conforme quando com ele passeei. Naquela hora, eu cismasse de perguntar a Diadorim:

— "Tu não acha que todo o mundo é dôido? Que um só deixa de dôido ser é em horas de sentir a completa coragem ou o amor? Ou em horas em que consegue rezar?"

Não indaguei. Mas eu sabia que Diadorim havia de me dar resposta:

— "Joca Ramiro não era dôido nenhum, Riobaldo; e ele, mataram..."

Então, eu podia, revia:

— "...Mas, porém, quando isto tudo findar, Diá, Di, então, quando eu casar, tu deve de vir viver em companhia com a gente, numa fazenda, em boa beira do Urucúia... O Urucúia, perto da barra, também tem belas crôas de areia, e ilhas que forma, com verdes árvores debruçadas. E a lá se dão os pássaros: de todos os mesmos prazentes pássaros do Rio das Velhas, da saudade — jaburú e galinhol e garça-branca, a garça-rosada que repassa em extensos no ar, feito vestido de mulher... E o manuelzinho-da-crôa, que pisa e se desempenha tão catita — o manuelzinho não é mesmo de todos o passarinho lindo de mais amor?..."

Podia ser? Impossivelmente.

Eu não tinha sido capaz de perguntar aqueles ensalmos a Diadorim, de fato só em coisa à toa se conversou, trivial a respeito de munição e meus armamentos, e avio de guerra. Véspera. As horas é que formam o longe. Mas, agora, ali, em ocasiões de morte, eu repisei; e, mesmo, amontado no momento, que era que eu ia dizer a Diadorim, se perto de mim ele parasse? Hoje, não sei. Não soubesse, naqueles adiantes. Ali, por onde eu estava, eu marcava muito suave a mão da morte; feito um boiadeiro, que, em janela ou porta, ou tábua de curral ou parede de casa, por todas as partes por onde anda, carimba remarcada a amostra do ferro dele de seu gado, para se conhecer. Assim. Como lembro, que eu tinha uma dôr-de-cabeça; era uma dôr-de-cabeça forte, fincada num ái só, furante de verrumas. Aguentei. Devia de ser da sede.

Dá, deu: bala beija-florou. Zúos — ao que rachavam ombreiras das janelas, estraçalhavam, esfarelavam fasquia. Umas que caíam quase como colhidas, no assoalho do chão — tinham dansado de ricochete — e ficavam para lá, amolgadas, feito pedaço de cano, ou aveladas de maduras. Essas podiam se esfriar, de vagarinho. Perdiam sem valia aquele feio calor, que podia ter sido a vida de uma pessoa. O José Gervásio e o Araruta recuaram para o meio da sala, me recomendaram me acautelasse. Mas eu permaneci. Disse que não, não, não. Minhas duas mãos tinham tomado um tremer, que não era de medo fatal. Minhas pernas não tremiam. Mas os dedos se estremecitavam esfiapado, sacudindo, curvos, que eu tocasse sanfona. Aí, gritei: — "Estrumes!" Deram fuzilada. Fogo fechado, as cargas de pólvora e o despejar e assoviar — como o vento ronda, no final das águas... Mesmo assim eu queria e visava, dali não saí, do vão aberto, não dando de meu poder. Desfechei bem. Por mim, meu desprezo, como essas assoviantes deles varejavam... Eu não estava caçando a morte — o senhor bem me entenda. Eu queria era a coragem maior. Macho com meu fuzil reiuno, dei salvas. Tive fechado o corpo? Quero que não; não pergunto. Não morri, e matei. E vi. Sem perigo de minha pessoa.

Aí, quando foi, momental, peguei susto: lá em baixo, muito estava demudando. Só se fez que, inesperadamente, parte do povo do Hermógenes, que tantos eram — a rascorja! — tinham alcançado de rodear por trás da minha gente, na ponta da rua, tomando retaguarda. Iam vencer, fosse possível? Temi por todos. Ah, não, que não regiam. D'ind'hoje, o amigo meu João Vaqueiro eu estou vendo: mais homem, mais moreno, arrenegando de todos os macacos, nem suor ele não desperdiçava... o que ele vestiu, vestiu, couro é... e vai embora, dando muito as costas... lá adiante, acometendo, contra outros outros... Morreu, que mataram. Em obra de umas cem braças.

Ah, não! Os nossos aguentavam o relance, arre disparando, a mastro de balas; foi um fogo...

E eu, hesitado nos meus pés, refiz fé: teve o instante, eu sabia meu dever de fazer. Descer para lá, me ajuntar com os meus, para ajudar? Não podia, não devia de; daí, conheci. Ali, um homem, um chefe, carecia de ficar — naquele meu lugar, no sobrado. Mas, resoluto, mandei ao Araruta e ao José Gervásio, que fossem, mas fossem! Eles mesmos queriam ir. Eles desceram a escada. Estado daquele fogo era um pipoco mal-acreditado. Tudo não sendo guerra? — entendi. Um panelão na trempe, o que se cozinhava... Sobrestive. Surgindo o fim, eu restava desandado ao para trás, sozinho só, com os dois. O menino Guirigó — uma mão apertando as costas da outra, seguidos esses estremecimentos, repuxava a cara, mas com os beiços abertos em dôr, tudo uma careta. Ele era um menino. E o cego Borromeu fechava os olhos.

Tive pena. Não ouvi nada; eu disse: — "Deveras?" Eu disse: — *"Vocês têm paciência, meus filhos. O mundo é meu, mas é demorado..."* A arte que prometi: que, mais baque, mais retumbo, a gente ganhava: a gente ganhava... a gente ganhava! Antes bati uma palmada firme, no liso da minha coronha. A vitória! Ah — a vitória — eu no meio dela, que com os ventos arrastado...

E não era? Durou dali a meia-hora, nem bem, e vislumbrei outro alvoroço, mas da ponta da outra banda, e festivo para mim, me dando milagre. — *Eh, do ar! Eh, dunga!* Ao que era que tal era que: repentemente, o pessoal meu do Cererê-Velho, sequazes de João Goanhá suprachegavam também, enfrentando os hermógenes pelas costas — davam a toda retaguarda! De alegre ser, destampei tiro sobre tiro. A guerra, agora, tinha ficado enorme.

O senhor supute: lado a lado, somando, derramavam de ser os trezentos e tantos — reinando ao estral de ser jagunços... Teria restado mais algum trabuco simples, nos Gerais? Não tinha. E ali era para se confirmar coragem contra coragem, à rasga de se destruir a toda munição. Dessa guisa enrolada: como que lavrar uma guerra de dentro e outra de fora, cada um cercado e cercando. Recompor aquilo, no final? Só com a vitória. Duvidei não. Nasci para ser. Esbarrando aquele momento, era eu, sobre vez, por todos, eu enorme, que era, o que mais alto se realçava. E conheci: ofício de destino meu, real, era o de não ter medo. Ter medo nenhum. Não tive! Não tivesse, e tudo se desmanchava delicado para distante de mim, pelo meu vencer: ilha em águas claras... Conheci. Enchi minha história. Até que, nisso, alguém se riu de mim, como que escutei. O que era um riso escondido, tão exato em mim, como o meu mesmo, atabafado. Donde desconfiei. Não pensei no que não queria pensar; e certifiquei que isso era ideia falsa próxima; e, então, eu ia denunciar nome, dar a cita: ...*Satanão! Sujo!*... e dele disse somentes — S... — Sertão... Sertão...

Na meia-detença, ouvi um limpado de garganta. Virei para trás. Só era o cego Borromeu, que moveu os braços e as mãos; feio, feito negro que embala clavinote. Sem nem sei por que, mal que perguntei:

— "Você é o Sertão?!"

— "Ossenhor perfeitamém, ossenhor perfeitamém... Que sou é o cego Borromeu... Ossenhor meussenhor..." — ele retorquiu.

— "Vôxe, uai! Não entendo..." — tartamelei.

Gago, não: gagaz. Conforme que, quando ia principiar a falar, pressenti que a língua estremecia para trás, e igual assim todas as partes de minha cara, que tremiam — dos beiços, nas faces, até na ponta do nariz e do queixo. Mas me fiz. Que o ato do medo não tive. Mandei o cego se sentar, e ele obedeceu, ele estava no aparvoado; mas não se abancando no banco: que melhor se agachou, ficou agachado. Riu, de me dar nôjo. Mas nôjo medo é, é não? Destemor maior Deus não me desse, segundo retornei para a praça da janela, donde eu dava e mandava. Sobreolhava. Ah, máuser e winchester que assoviamzinho sutil. E chio de espingardão velho antigo. Chumbeou. Há-de varavam. Como refiro, que também eu não persistia ali aparte de tudo, desperdício; mais antes: quem se avultasse, baqueava... Carabina.

Sucinto que se passou, horas tantas, estalos e estrondos estouros, sotrançando no chicotear das balas-balas, sempre disso. Sempremente. Ao constante que eu estive, copiando o meu destino. Mas, como vou contar ao senhor? Ao que narro, assim refrio, e esvaziado, luiz-e-silva. O senhor não sabe, o senhor não vê. Conto o que fiz? O que adjaz. Que eu manejava na mira. Dava, dava. E que não pronunciei insultos e gritos, mesmo porque minha boca, a modo que naquele preciso tremor, me mal-obedecia. Sapateei, em vez, bati pé de pilão nas tábuas do assoalho tão surdo — o senhor é capaz que escute, como eu escutei? E que o furor da guerra, lá fora, lá em baixo, tomava certa conta de mim, que a quase eu deixava de dar fé da dôr-de-cabeça, que forte me doía, que doesse vindo do céu-da-boca, conforme desde, aos poucos, que o fogo tinha começado. E que água não provei bebida, nem cigarro pitei. Esperançando meu destino: desgraça de mim! Eu! Eu...

Como vou contar, e o senhor sentir em meu estado? O senhor sobrenasceu lá? O senhor mordeu aquilo? O senhor conheceu Diadorim, meu senhor?!... Ah, o senhor pensa que morte é choro e sofisma — terra funda e ossos quietos... O senhor havia de conceber alguém aurorear de todo amor e morrer como só para um. O senhor devia de ver homens à mão-tente se matando a crer, com babas raivas! Ou a arte de um: tá-tá, tiro — e o outro vir na fumaça, de à-faca, de repelo: quando o que já defunto era quem mais matava... O senhor... Me dê um silêncio. Eu vou contar.

Tudo estava tão pendurado para o fim... Derradeiro ainda foi, que eu virei para trás, para repreender o cego Borromeu; e que eu estava com dormente dôr, nos braços. Sem-ordem daquele cego, estúrdio, agachado lá, cocoral. Só fez que disse, bronco: — "Quem me dê um de-comer?" Respondi: ralhei. Ah, há-de-o, singular ficasse, mesmo ali, mascando fumo grosso e cuspindo amarelo e preto... Dei num suor. Vozeiro dele, então, de repente: que principiou a cantar, ele estava cantando um louvado...

Como os braços me testemunhavam um peso... Mesmo estranhei, quando fui notando que o tiroteio da rua tinha pousado termo; achei que fazia um certo minuto que o fogo teria sopitado. Cessaram, sim. Mas gritavam, vuvú vavavá de conversa ruim, uns para os outros, de ronda-roda. Haviam de ter desautorizado toda munição? Olhando, desentendi. Atirar eu pudesse? Acho que quis gritar, e esperei para depoismente, mais tarde. Mesmo o que vi: aquele mexinflól. E que quem saía duma porta, para ir se juntar com o bando de todos — armou, segurando frente de si engatilhada uma garrucha de dois canos, pôs a mira — que era o catrumano Teofrásio, como se fosse braço-d'armas! E vi, chefiando os dele, o Hermógenes! Chapéu na cabeça era um bandejão redondo... Homem que se desata...

Entendi. O senhor me socorre.

Conheci o que estava para ser: que os dele e os meus tinham cruzado grande e dôido desafio, conforme para cumprir se arrumavam, uns e outros, nas duas pontas da rua, debaixo de forma; e a frio desembainhavam. O que vendo, vi Diadorim — movimentos dele. Querer mil gritar, e não pude, desmim de mim-mesmo, me tonteava, numas ânsias. E tinha o inferno daquela rua, para encurralar comprido... Tiraram minha voz.

Como vinham de lá e de lá, em contra-ranchos, a tomar armas, as cartucheiras de tiracol. Atirar eu pude? A breca torceu e lesou meus braços, estorvados. Pela espinha abaixo, eu suei em fio vertiginoso. Quem era que me desbraçava e me peava, supilando minhas forças? — *"Tua honra... Minha honra de homem valente!..."* — eu me, em mim, gemi: alma que perdeu o corpo. O fuzil caiu de minhas mãos, que nem pude segurar com o queixo e com os peitos. Eu vi minhas agarras não valerem! Até que trespassei de horror, precipício branco.

Diadorim a vir — do topo da rua, punhal em mão, avançar — correndo amouco...

Ái, eles se vinham, cometer. Os trezentos passos. Como eu estava depravado a vivo, quedando. Eles todos, na fúria, tão animosamente. Menos eu! Arrepele que não prestava para tramandar uma ordem, gritar um conselho. Nem cochichar comigo pude. Boca se encheu de cuspes. Babei... Mas eles vinham, se avinham, num pé de vento, no desadoro, bramavam, se investiram... Ao que — fechou o fim e se fizeram. E eu arrevessei, na ânsia por um livramento... Quando quis rezar — e só um pensamento, como raio e raio, que em mim. Que o senhor sabe? Qual: ...*o Diabo na rua, no meio do redemunho*... O senhor soubesse... Diadorim — eu queria ver — segurar com os olhos... Escutei o medo claro nos meus dentes... O Hermógenes: desumano, dronho — nos cabelões da barba... Diadorim foi nele... Negaceou, com uma quebra de corpo, gambetou... E eles sanharam e baralharam, terçaram. De supetão... e só...

E eu estando vendo! Trecheio, aquilo rodou, encarniçados, roldão de tal, dobravam para fora e para dentro, com braços e pernas rodejando, como quem corre, nas entortações. ...*O diabo na rua, no meio do redemunho*... Sangue. Cortavam toucinho debaixo de couro humano, esfaqueavam carnes. Vi camisa de baetilha, e vi as costas de homem remando, no caminho para o chão, como corpo de porco sapecado e rapado... Sofri rezar, e não podia, num cambaleio. Ao ferreio, as facas, vermelhas, no embrulhável. A faca a faca, eles se cortaram até os suspensórios. ...*O diabo na rua, no meio do redemunho*... Assim, ah — mirei e vi — o claro claramente: aí Diadorim cravar e sangrar o Hermógenes... Ah, cravou — no vão — e ressurtiu o alto esguicho de sangue: porfiou para bem matar! Soluço que não pude, mar que eu queria um socôrro de rezar uma palavra que fosse, bradada ou em muda; e secou: e só orvalhou em mim, por prestígios do arrebatado no momento, foi poder imaginar a minha Nossa-Senhora assentada no meio da igreja... Gole de consolo... Como lá em baixo era fel de morte, sem perdão nenhum. Que enguli vivo. Gemidos de todo ódio. Os urros... Como, de repente, não vi mais Diadorim! No céu, um pano de nuvens... Diadorim! Naquilo, eu então pude, no corte da dôr: me mexi, mordi minha mão, de redoer, com ira de tudo... Subi os abismos... De mais longe, agora davam uns tiros, esses tiros vinham de profundas profundezas. Trespassei.

Eu estou depois das tempestades.

O senhor nonada conhece de mim; sabe o muito ou o pouco? O Urucúia é ázigo... Vida vencida de um, caminhos todos para trás, é história que instrui vida do senhor, algum? O senhor enche uma caderneta... O senhor vê aonde é o sertão? Beira dele, meio dele?... Tudo sai é mesmo de escuros buracos, tirante o que vem do Céu. Eu sei.

Conforme conto. Como retornei, tarde depois, mal sabendo de mim, e querendo emendar nó no tempo, tateando com meus olhos, que ainda restavam fechados. Ouvi os rogos do menino Guirigó e do cego Borromeu, esfregando meu peito e meus braços, reconstituindo, no dizer, que eu tinha estado sem acordo, dado ataque, mas que não tivesse espumado nem babado. Sobrenadei. E, daí, não sei bem, eu estava recebendo socôrro de outros — o Jacaré, Pacamã-de-Prêsas, João Curiol e o Acauã —: que molhavam minhas faces e minha boca, lambi a água. Eu despertei de todo — como no instante em que o trovão não acabou de rolar até ao fundo, e se sabe que caíu o raio...

Diadorim tinha morrido — mil-vezes-mente — para sempre de mim; e eu sabia, e não queria saber, meus olhos marejaram.

— "E a guerra?!" — eu disse.

— "Chefe, Chefe, ganhamos, que acabamos com eles!... João Goanhá e o Fafafa, com uns dos nossos, ainda seguiram perseguindo os restos, derradeira demão..." — João Concliz deu resposta. — "O Hermógenes está morto, remorto matado..." — quem falou foi o João Curiol. Morto... Remorto... O do Demo... Havia nenhum Hermógenes mais. Assim de certo resumido — do jeito de quem cravado com um rombo esfaqueante se sangra todo, no vão-do-pescoço: já ficou amarelo completo, oca de terra, semblante puxado escarnecente, como quem da gente se quer rir — cara sepultada... Um Hermógenes.

Nas vozes, nos fatos, que agora todos estavam explicando: por tanto que, assim tristonhamente, a gente vencia. Sobresseguida à doideira de mão-de-guerra na rua, João Goanhá tinha carregado em cima dos bandidos deles que estavam dando retaguarda, e com eles rebentado... Aquilo não fazia razão. Suspendi minhas mãos. Vi que podia. Só o corpo me estivesse meio duro, as pernas teimando em se entesar, num emperro, que às vezes me empalhava. Sendo que me levantei, sustentando, e caminhei os passos; as costas para a janela eu dava.

Nesse ponto, foi que o Alaripe e o Quipes vinham chegando. Notícia de Otacília me dessem; eu custava a me lembrar de tantas coisas. Aqueles dois vinham alheios, do que vinham, desiludidos da viagem deles:

— "Era a vossa nôiva não, Chefe..." — o que Alaripe relatava. — "O homem se chamava só Adão Lemes, indo conduzindo a irmã dele, fazendeira, cujo nome é Aesmeralda... Iam de volta para suas casas... Os que, então, no Porto-do-Ci deixamos, na barra do Caatinga..."

Tanta gente tinha o mundo... — eu pensei. Tanta vida para a discórdia. Agradeci ao Alaripe, mas virei para os outros nossos; perguntei:

— "Mortos, muitos?"

— "Demais..."

Isto o João Curiol me respondeu, prestativamente, sistema de amigo. Solucei em seco, debaixo de nada. Agora um me dizendo: que, com as ferramentas, uns estavam trabalhando de abrir covas para enterro, revezados. Alaripe fez um cigarro, queria dar para mim; que rejeitei. — "E o Hermógenes?" — aí foi o que o Alaripe perguntou.

Como estavam indo abrir aquele quarto, trazendo do corredor a mulher do Hermógenes. Ela visse. — *A senhora chegue na janela, dona, espia para a rua...* — o que João Concliz falou. Aquela Mulher não era malina. — *A senhora conheça, dona, um homem demõiado, que foi: mas que já começou a feder, retalhado na virtude do ferro...* Aquela Mulher ia sofrer? Mas ela disse que não, sacudindo só de leve a cabeça, com respeito de seriedade. — *Eu tinha ódio dele...* — ela disse; me estremecendo. Ou eu ainda não estava bem de mim, da dôr que me nublou, tive de sentar no banco da parede. Como no perdido mal ouvi partes do vozeio de todos, eu em malmolência. — *Tomaram as roupas da mulher nua?* Era a Mulher, que falava. Ah, e a Mulher rogava: — Que trouxessem o corpo daquele rapaz moço, vistoso, o dos olhos muito verdes... Eu desguisei. Eu deixei minhas lágrimas virem, e ordenando: — "Traz Diadorim!" — conforme era. — "Gente, vamos trazer. Esse é o Reinaldo..." — o que o Alaripe disse. E eu parava ali, permeio o menino Guirigó e o cego Borromeu. — *Ai, Jesus!* — foi o que eu ouvi, dessas vozes deles.

Aquela mulher não era má, de todo. Pelas lágrimas fortes que esquentavam meu rosto e salgavam minha boca, mas que já frias já rolavam. Diadorim, Diadorim, oh, ah, meus buritizais levados de verdes... Burití, do ouro da flôr... E subiram as escadas com ele, em cima de mesa foi posto. Diadorim, Diadorim — será que amereci só por metade? Com meus molhados olhos não olhei bem — como que garças voavam... E que fossem campear velas ou tocha de cera, e acender altas fogueiras de boa lenha, em volta do escuro do arraial...

Sufoquei, numa estrangulação de dó. Constante o que a Mulher disse: carecia de se lavar e vestir o corpo. Piedade, como que ela mesma, embebendo toalha, limpou as faces de Diadorim, casca de tão grosso sangue, repisado. E a beleza dele permanecia, só permanecia, mais impossivelmente. Mesmo como jazendo assim, nesse pó de palidez, feito a coisa e máscara, sem gota nenhuma. Os olhos dele ficados para a gente ver. A cara economizada, a boca secada. Os cabelos com marca de duráveis... Não escrevo, não falo! — para assim não ser: não foi, não é, não fica sendo! Diadorim...

Eu dizendo que a Mulher ia lavar o corpo dele. Ela rezava rezas da Bahia. Mandou todo o mundo sair. Eu fiquei. E a Mulher abanou brandamente a cabeça, consoante deu um suspiro simples. Ela me mal-entendia. Não me mostrou de propósito o corpo. E disse...

Diadorim — nú de tudo. E ela disse:

— "A Deus dada. Pobrezinha..."

E disse. Eu conheci! Como em todo o tempo antes eu não contei ao senhor — e mercê peço: — mas para o senhor divulgar comigo, a par, justo o travo de tanto segredo, sabendo somente no átimo em que eu também só soube... Que Diadorim era o corpo de uma mulher, moça perfeita... Estarreci. A dôr não pode mais do que a surpresa. A côice d'arma, de coronha...

Ela era. Tal que assim se desencantava, num encanto tão terrível; e levantei mão para me benzer — mas com ela tapei foi um soluçar, e enxuguei as lágrimas maiores. Uivei. Diadorim! Diadorim era uma mulher. Diadorim era mulher como o sol não acende a água do rio Urucúia, como eu soluquei meu desespero.

O senhor não repare. Demore, que eu conto. A vida da gente nunca tem termo real.

Eu estendi as mãos para tocar naquele corpo, e estremeci, retirando as mãos para trás, incendiável: abaixei meus olhos. E a Mulher estendeu a toalha, recobrindo as partes. Mas aqueles olhos eu beijei, e as faces, a boca. Adivinhava os cabelos. Cabelos que cortou com tesoura de prata... Cabelos que, no só ser, haviam de dar para baixo da cintura... E eu não sabia por que nome chamar; eu exclamei me doendo:

— "Meu amor!..."

Foi assim. Eu tinha me debruçado na janela, para poder não presenciar o mundo.

A Mulher lavou o corpo, que revestiu com a melhor peça de roupa que ela tirou da trouxa dela mesma. No peito, entre as mãos postas, ainda depositou o cordão com o escapulário que tinha sido meu, e um rosário, de coquinhos de ouricuri e contas de lágrimas-de-nossa-senhora. Só faltou — ah! — a pedra-de-ametista, tanto trazida... O Quipes veio, com as velas, que acendemos em quadral. Essas coisas se passavam perto de mim. Como tinham ido abrir a cova, cristãmente. Pelo repugnar e revoltar, primeiro eu quis: — "Enterrem separado dos outros, num aliso de vereda, adonde ninguém ache, nunca se saiba..." Tal que disse, doidava. Recaí no marcar do sofrer. Em real me vi, que com a Mulher junto abraçado, nós dois chorávamos extenso. E todos meus jagunços decididos choravam. Daí, fomos, e em sepultura deixamos, no cemitério do Paredão enterrada, em campo do sertão.

Ela tinha amor em mim.

E aquela era a hora do mais tarde. O céu vem abaixando. Narrei ao senhor. No que narrei, o senhor talvez até ache mais do que eu, a minha verdade. Fim que foi.

Aqui a estória se acabou.

Aqui, a estória acabada.

Aqui a estória acaba.

Resoluto saí de lá, em galope, doidável. Mas, antes, reparti o dinheiro, que tinha, retirei o cinturão-cartucheiras — aí ultimei o jagunço Riobaldo! Disse adeus para todos, sempremente. Ao que eu ia levar comigo era só o menino, o cego, e os dos catrumanos vivos sobrados: esses eu carecia de repor de volta, na terra deles, nos lugares. E, a Mulher, também dela me despedi, há-de ver que esturdiamente, sem continuação de continuação. Ainda encomendei a João Curiol, que era um baiano bom, na palavra e no caráter, que providenciasse o retorno daquela, para onde quisesse ir outra vez.

Desapoderei.

Aonde ia, eu retinha bem, mesmo na doidagem. A um lugar só: *às Veredas--Mortas...* De volta, de volta. Como se, tudo revendo, refazendo, eu pudesse receber outra vez o que não tinha tido, repor Diadorim em vida? O que eu pensei, o pobre de mim. Eu queria me abraçar com uma serrania? Mas, nessa parte, de muito mal me lembro, pelo revés em minha saúde. Ao que eu ia, de repente, me vinha um assombramento de espírito, muita vez tonteei, de ter de me segurar, de cair; e, depois, durante muitos espaços, eu restava esquecido de tudo, de quem eu era, de meu nome. Mas o Alaripe, Pacamã-de-Prêsas, o Quipes, o Triol, Jesualdo, o Acauã, João Concliz, e o Paspe, me cuidavam; esses tinham, por toda a lei, forçado de me acompanharem, vinham comigo; e o Fafafa, mais João Nonato e Compadre Ciril, que vieram depois. Amigos meus. Aí eu vinha.

Chapadão. Morreu o mar, que foi.

Eu vim. Pelejei. Ao deusdar. Como é que eu sabia destornar contra minha tristeza? O dito, vim, consoante traçado. Num lugar, o Tuim, me alembro: eu tive de mudar para outro cavalo. E um sitiante, no Lambe-Mel, explicou — que o trecho, dos marimbús, aonde íamos, se chamava mais certo não era *Veredas--Mortas*, mas Veredas-Altas... Coisa que compadre meu Quelemém mais tarde me confirmou. Daí, mais para adiante, dei para tremer com uma febre. Terçã. Mas o sentido do tempo o senhor entende, resenha duma viagem. Cantar que o senhor fosse. De ai, de mim. Namorei uma palmeira, na quadra do entardecer...

Na morna, baqueei, não podendo mais. Me levaram, por primeiro, de revêxo. Depois me botaram para dentro duma casa muito pobre. Desembestei doente. Por último, como perdi meu conhecimento, estavam me deitando num catre.

Que foi febre-tifo, se diz, mas trelada com sezão, mas sezão forte especial — nas altíssimas! Que a febre que eu tinha era tamanha tanta, como nunca se viu — o Alaripe depois me disse —; que no decorrer dos acessos eu tresvariava. Do que, no ouvir contado, recordei a estória dum fazendeiro, o mais maldoso, que o demônio por fim salteou, por suas ruindades: e que, endemoninhado, no quarto de sua casa, uivando lobúm, suplicava alívio do calorão, e carecia mesmo que os escravos despejassem nele latas e baldes d'água, ao constantemente, até para evitar que, de tudo devorante tão quente, não viesse e desse de pegar fogo no cômodo, de incêndios... Doidice. Em dansa de demônios, que nem não existem. Pois, então, só a doença não bastasse? O tempo que fiquei, deslembrado, detido. O quanto foi? Mas, quando dei acordo de mim, sarando e conferindo o juízo, a luz sem sol, mire e veja, meu senhor, que eu não estava mais no asilo daquela casinha pobre, mas em outra, numa grande fazenda, para onde sem eu saber tinham me levado.

Eu estava na Barbaranha, no Pé-da-Pedra, hóspede de seo Josafá Ornelas. Tomei caldo-de-galinha, deitado em lençóis alvos, recostado. E já parava meio longe aquele pesar, que me quebrantava. Lembro de todos, do dia, da hora. A primeira coisa que eu queria ver, e que me deu prazer, foi a marca dos tempos, numa folhinha de parede. Sosseguei de meu ser. Era feito eu me esperasse debaixo de uma árvore tão fresca. Só que uma coisa, a alguma coisa, faltava em mim. Eu estava um saco cheio de pedras.

Mas aquele seo Ornelas era homem de muita bondade, muita honra. Ele me tratou com categoria, fui príncipe naquela casa. Todos — a senhora dele, as filhas, as parentas — me cuidavam. Mas o que mormente me fortaleceu, foi o repetido saber que eles pelo sincero me prezavam, como talentoso homem-de-bem, e louvavam meus feitos: eu tivesse vindo, corajoso, para derrubar o Hermógenes e limpar estes Gerais da jagunçagem. Fui indo melhor.

Até que, um dia, eu estava repousando, no claro estar, em rede de algodão rendada. Alegria me espertou, um pressentimento. Quando eu olhei, vinha vindo uma moça. Otacília.

Meu coração rebateu, estava dizendo que o velho era sempre novo. Afirmo ao senhor, minha Otacília ainda se orçava mais linda, me saudou com o salvável carinho, adianto de amor. Ela tinha vindo com a mãe. E a mãe dela, os parentes, todos se praziam, me davam Otacília, como minha pretendida.

Mas eu disse tudo. Declarei muito verdadeiro e grande o amor que eu tinha a ela; mas que, por destino anterior, outro amor, necessário também, fazia pouco eu tinha perdido. O que confessei. E eu, para nôjo e emenda, carecia de uns tempos. Otacília me entendeu, aprovou o que eu quisesse. Uns dias ela ainda passou lá, me pagando companhia, formosamente.

Ela tinha certeza de que eu ia retornar à Santa Catarina, renovar; e trajar terno de sarjão, flôr no peito, sendo o da festa de casamento. Eu fui, com o coração feliz, por Otacília eu estava apaixonado. Conforme me casei, não podia ter feito coisa melhor, como até hoje ela é minha muito companheira — o senhor conhece, o senhor sabe. Mas isto foi tantos meses depois, quando deu o verde nos campos.

Eu já estava de todo bom, firme para as arremessadas, quando ali na Barbaranha se surgiu para mim igualmente a visita de seô Habão — ele com o seo

Ornelas se tivessem entre tempos pacificado. Homem baseado. Demonstrou que tinha muita satisfação em me ver, assim como para mim vinha trazendo outro cavalo de presente — o qual era ruço-rodado, ordem de valor e estampa. Ali agraciado aceitei, meu sinceramente. Mas ele portava causa maior — a que tinha ido confirmar e saber, e agenciar, por seus bons préstimos. E era que meu padrinho Selorico Mendes acabara falecido, me abençoando e se honrando, orgulhoso de meus atos; e as duas maiores fazendas ele tinha deixado para mim, em cédula de testamento. Seô Habão queria logo me levar lá, no Curralim, no Corinto, para eu entrar em paz de posses. Rejeitei; adiei, isto é. Porquanto, de fato, fui, e tudo recebi em limpo, sem precisão de tocar demandas, por falta de outros mais legítimos herdeiros, e o que também devido dou ao advogado meu que zelou a sucessão — Dr. Meigo de Lima.

Só que isso foi mais tarde.

Pois, primeiro, eu tinha outra andada que cumprir, conforme a ordem que meu coração mandava. Tudo agradeci, dei a despedida, ao seo Ornelas e os dele — gente-do-evangelho. Saí somente com o Alaripe e o Quipes, os outros deixei à espera de minha volta, que, por muita companhia numerosa, de nós não cobrassem duvidado. Mas, antes de sair, pedi à dona Brazilina uma tira de pano preto, que pus de funo no meu braço.

Aonde fui, a um lugar, nos gerais de Lassance, Os-Porcos. Assim lá estivemos. A todos eu perguntei, em toda porta bati; triste pouco foi o que me resultaram. O que pensei encontrar: alguma velha, ou um velho, que da história soubessem — dela lembrados quando tinha sido menina — e então a razão rastraz de muitas coisas haviam de poder me expor, muito mundo. Isso não achamos. Rumamos daí então para bem longe reato: Juramento, o Peixe-Crú, Terra-Branca e Capela, a Capelinha-do-Chumbo. Só um letreiro achei. Este papel, que eu trouxe — batistério. Da matriz de Itacambira, onde tem tantos mortos enterrados. Lá ela foi levada à pia. Lá registrada, assim. Em um 11 de setembro da éra de 1800 e tantos... O senhor lê. De Maria Deodorina da Fé Bettancourt Marins — que nasceu para o dever de guerrear e nunca ter medo, e mais para muito amar, sem gozo de amor... Reze o senhor por essa minha alma. O senhor acha que a vida é tristonha?

Mas ninguém não pode me impedir de rezar; pode algum? O existir da alma é a reza... Quando estou rezando, estou fora de sujidade, à parte de toda loucura. Ou o acordar da alma é que é?

E, o pobre de mim, minha tristeza me atrasava, consumido. Eu não tinha competência de querer viver, tão acabadiço, até o cumprimento de respirar me sacava. E, Diadorim, às vezes conheci que a saudade dele não me desse repouso; nem o nele imaginar. Porque eu, em tanto viver de tempo, tinha negado em mim aquele amor, e a amizade desde agora estava amarga falseada; e o amor, e a pessoa dela, mesma, ela tinha me negado. Para quê eu ia conseguir viver? Mas o amor de minha Otacília também se aumentava, aos bêrços primeiro, esboço de devagar. Era.

Passado esse tempo, conforme foi, pouca tardança.

Mas, então, quando se estava de volta, m'embora vindo, peguei uma inesperada informação, na Barra do Abaeté. De Zé Bebelo! Tinha mesmo de ser. Não sei por que foi, que com aquilo me renasci. Que Zé Bebelo estava demorando léguas para cima, perto do São Gonçalo do Abaeté, no Porto-Passarinho. Me fiz para lá. E como era, que, antes e antes, eu não tivesse pensado em Zé Bebelo? Trote tocamos, viemos, beirando aquele rio. O senhor sabe — o rio Abaeté, que é entristecedor audaz de belo: largo tanto, de môrro a môrro. E em minha vida eu já pensava.

Zé Bebelo gritou: — "Safa! Safas!..." — e me abraçou como amigo cordial, contente de muito me ver, constante se nada tivesse destruído o nosso costume. Conto que estava o mesmo, aposto e condizente.

— "Tudo viva!, Riobaldo, Tatarana, Professor..." — ele concisou. — "Tu quis paz?"

Sagaz assim me olhava, chega me cheirar só faltasse, de tornados a encontrar no curral, como boi a boi. Disse que eu estava feliz, mas emagrecido, e que encovava mais os olhos.

— "Estais p'ra trás... Sabe? Negociei um gado... Mudei meus termos! A ganhar o muito dinheiro — é o que vale... Pó d'ouro em pó..." — o que ele me disse.

E era a pura mentira. Mas podia ser verdade.

Porque ele, para se viver, carecia daquela bazófia, forte mestreava. Como logo me pregou:

— "Há-te! Acabou com o Hermógenes? A bem. Tu foi o meu discípulo... Foi não foi?"

Deixei: ele dizer, como essas glórias não me invocavam. Mas, então, ele não me entendendo, esbarrou e se pôs. Cujo:

— "A bom, eu não te ensinei; mas bem te aprendi a saber certa a vida..."

Eu ri, de nós dois.

Três dias falhei com ele, lá, no Porto-Passarinho.

E Zé Bebelo corrigiu, para eu ouvir, os projetos que ele tinha. Aí, ái, fanfarrices. Não queria saber do sertão, agora ia para a capital, grande cidade. Mover com comércio, estudar para advogado. — "Lá eu quero deduzir meus feitos em jornal, com retratos... A gente descreve as passagens de nossas guerras, fama devida..." "— Da minha, não senhor!" — eu fechei. Distrair gente com o meu nome... Então ele desconversou. Mas, naqueles três dias, não descansou de querer me aliviar, e de formar outros planejamentos para encaminhar minha vida. Nem indenizar completa a minha dôr maior ele não pudesse. Só que Zé Bebelo não era homem de não prosseguir. Do que a Deus dou graças!

Porque, por fim, ele exigiu minha atenção toda, e disse:

— "Riobaldo, eu sei a amizade de que agora tu precisa. Vai lá. Mas, me promete: não adia, não desdenha! Daqui, e reto, tu sai e vai lá. Diz que é de minha parte... Ele é diverso de todo o mundo."

Mesmo escreveu um bilhete, que eu levasse. Ao quando despedi, e ele me abraçou, senti o afeto em ser de pensar. Será que ainda tinha aquele apito, na algibeira? E gritou: — "Safas!" —; maximé.

Tinha de ser Zé Bebelo, para isso. Só Zé Bebelo, mesmo, para meu destino começar de salvar. Porque o bilhete era para o Compadre meu Quelemém de Góis, na Jijujã — Vereda do Burití Pardo. Mais digo? O senhor vá lá. No tempo de maio, quando o algodão lãla. Tudo o branquinho. Algodão é o que ele mais planta, de todas as modernas qualidades: o rasga-letras, biból, e mussulim. O senhor vai ver pessoa de tal rareza, como perto dele todo-o-mundo para sossegado, e sorridente, bondoso... Até com o Vupes lá topei.

Compadre meu Quelemém me hospedou, deixou meu contar minha história inteira. Como vi que ele me olhava com aquela enorme paciência — calma de que minha dôr passasse; e que podia esperar muito longo tempo. O que vendo, tive vergonha, assaz.

Mas, por fim, eu tomei coragem, e tudo perguntei:

— "O senhor acha que a minha alma eu vendi, pactário?!"

Então ele sorriu, o pronto sincero, e me vale me respondeu:

— "Tem cisma não. Pensa para diante. Comprar ou vender, às vezes, são as ações que são as quase iguais..."

E me cerro, aqui, mire e veja. Isto não é o de um relatar passagens de sua vida, em toda admiração. Conto o que fui e vi, no levantar do dia. Auroras.

Cerro. O senhor vê. Contei tudo. Agora estou aqui, quase barranqueiro. Para a velhice vou, com ordem e trabalho. Sei de mim? Cumpro. O Rio de São Francisco — que de tão grande se comparece — parece é um pau grosso, em pé, enorme... Amável o senhor me ouviu, minha ideia confirmou: que o Diabo não existe. Pois não? O senhor é um homem soberano, circunspecto. Amigos somos. Nonada. O diabo não há! É o que eu digo, se for... Existe é homem humano. Travessia.

∞

SOBRE *GRANDE SERTÃO: VEREDAS*

CARTAS*
Fernando Sabino e Clarice Lispector

Rio, 19 de julho de 1956.

Clarice,
[...]
O melhor de tudo, porém, é o livro do Guimarães Rosa, não o Corpo de Baile, que não li, mas o Grande Sertão — Veredas, que estou na metade e é obra de gênio, não deixo por menos. Adeus, literatura nordestina de cangaço, zélins, gracilianos e bagaceiras: o homem é um monstro para escrever sobre jagunços do interior de Minas e com uma linguagem que nem Gil Vicente, nem ninguém. Meu entusiasmo é de quem não terminou a leitura, pode ser que não se sustente, mas duvido. Se recebeu, leia — senão, me diga que mando. No princípio, dez primeiras páginas, é meio assim-assim, custa um pouco a engrenar, mas de repente a gente se embala no ritmo dele e não larga mais.
[...]

Fernando

---

* Publicadas originalmente em *Cartas perto do coração* (Rio de Janeiro: Record, 2011), pp. 127 e 169.

Washington, 11 dezembro 1956, terça-feira

Fernando,
    estou lendo o livro de Guimarães Rosa, e não posso deixar de escrever a você. Nunca vi coisa assim! É a coisa mais linda dos últimos tempos. Não sei até onde vai o poder inventivo dele, ultrapassa o limite imaginável. Estou até tola. A linguagem dele, tão perfeita também de entonação, é diretamente entendida pela linguagem íntima da gente — e nesse sentido ele mais que inventou, ele descobriu, ou melhor, inventou a verdade. Que mais se pode querer? Fico até aflita de tanto gostar. Agora entendo o seu entusiasmo, Fernando. Já entendia por causa de Sagarana, mas este agora vai tão além que explica ainda mais o que ele queria com Sagarana. O livro está me dando uma reconciliação com tudo, me explicando coisas adivinhadas, enriquecendo tudo. Como tudo vale a pena! A menor tentativa vale a pena. Sei que estou meio confusa, mas vai assim mesmo, misturado. Acho a mesma coisa que você: genial. Que outro nome dar? Esse mesmo.
    Me escreva, diga coisas que você acha dele. Assim eu ainda leio melhor.
    Um abraço da amiga

Clarice

Feliz Natal!

GRANDE SERTÃO: A FALA*
Roberto Schwarz

O livro de Guimarães Rosa, em atenção à sua linhagem de obra-prima, furta-se à composição usual dos conceitos críticos. Sem ser rigorosamente um monólogo, não chega a diálogo. Tem muito de épico, guarda aspectos da situação dramática, seu lirismo salta aos olhos. O modo original e entranhado pelo qual obtém essa combinação dos gêneros parece-nos uma das chaves para seu próprio modo de ser, que tentaremos abordar.

O leitor de ficção está habituado a encontrar, esparsos no curso de um romance, diálogos entre personagens. A história, por um momento, dispensa o narrador, flui do simples contato verbal de suas figuras. É fácil imaginar uma situação-limite, em que o encargo de relatar seja todo distribuído entre as falas de personagens; desapareceria a função narrativa, estaríamos em face de um texto dramático exclusivamente composto por interação oral. Supondo que a trama tenha permanecido a mesma, alguma coisa terá mudado; estará ausente a função mediadora do *contar*, a história passa agora a desenrolar-se na proximidade *imediata* do leitor. Este a vê *quando se passa*, em lugar de saber dela *através* da narração.

Grande sertão: veredas começa por um traço, travessão, sinal colocado pelo autor para comunicar sua ausência. O discurso que nasce irá correr ininterrupto e exclusivo até o fim do livro: sua fonte é uma personagem. Não tivéssemos mais dados, poderíamos supor um longo monólogo fictício, destinado a mostrar pelo ângulo psicológico a vida aventurosa do jagunço, tema da obra. Haveria acordo com o travessão, com a narrativa em primeira

---

* Publicado originalmente em *A sereia e o desconfiado: Ensaios críticos* (Rio de Janeiro: Civilização Brasileira, 1965), pp. 23-7.

pessoa, e haveria perspectiva de uma exploração exaustiva da alma rústica. Logo as primeiras palavras, entretanto, mostram que não. Trazem à *cena* um interlocutor, estabelecendo uma situação dialógica. Riobaldo, personagem central, diz: "Tiros que o senhor ouviu [...]" (p. 13) — e sabemos que não está só, que há colóquio. Ao passar das páginas, contudo, não veremos surgir de próprio corpo o parceiro de prosa; sua presença é patente apenas pelo reflexo no relato de Riobaldo, única voz do livro. Poderíamos falar, então, em diálogo pela metade, ou diálogo visto por uma face. De qualquer modo, trata-se de um monólogo inserto em situação dialógica. O contexto indica a situação *dramática* em primeiro plano, *servida* pela memória épica de um dos interlocutores. Se quisermos figurar nossa interpretação, podemos imaginar um T cuja trave horizontal (relação dialógica e dramática, discussão do problema do diabo) está voltada para o leitor, haurindo sua substância, seu material de exemplificação, pela trave perpendicular (curso épico das aventuras), que se estende para o passado. Funda-se, pois, na própria estrutura da obra a função *exemplar* que o passado tem perante a discussão do primeiro plano, a qual deve ilustrar. "O senhor ri certas risadas...", diz Riobaldo a seu interlocutor, que usa óculos, toma notas, homem de muita instrução. E fica estabelecido o contexto de tudo o mais que o livro traz: o jagunço, em face do homem da cidade, passa em revista seu passado, seu mundo, suas crenças. Essa revisão é a essência do livro. Faz-se por um monólogo em situação dramática, valendo-se de longos excursos de cunho épico; não estivesse indicado o diálogo, o passado de Riobaldo seria uma aventura; existindo o interlocutor, passa a servir de exemplo.

Quisemos, até aqui, discutir o modo pelo qual coexistem na obra de Guimarães Rosa os gêneros épico e dramático, responsáveis por sua estrutura e ordenação. O gênero lírico ficou excluso, por ser antes uma atitude em face da linguagem e da realidade, da relação entre as duas, que uma concepção de arquitetura narrativa. Sua presença é questão de *tom*; é compatível com os outros gêneros e pode realizar-se a um tempo com eles. Não pede, portanto, localização à parte no desenho lógico da obra, não força o acréscimo de uma perna ao nosso T. Seu lugar e modo de ser estão, ao menos em parte, determinados pela estrutura que tentamos apontar; é nela que deve estribar o exame do comportamento específico da linguagem.

Grande sertão: veredas não se passa no recesso de uma consciência, onde sua ousadia linguística poderia ser reduzida aos delírios de um espírito modorrento: faz-se do diálogo de duas personagens, entre as duas, no espaço social que exige a *objetivação* das relações por meio da língua falada. *Trata-se de um fluxo oral.* Em contraste com a maioria de seus pares na grande literatura contemporânea, a obra de Guimarães Rosa tem a *virtude* de colocar o experimento estético no nível da consciência, reivindicar para ele a condição acordada. Não partilha a profunda nostalgia de irracionalismo representada, em última análise, pela pesquisa exclusiva dos níveis pré-conscientes. Sua audácia é mais audaz, pois não se escora no caráter informe dos estados anteriores à formulação; realiza-se ao criar um poderoso jorro verbal, em cujo curso e sintaxe a palavra adquire qualidade poética. Não fica essa qualidade restrita a determinadas passagens do livro, que impregna tudo. Independe da temática, é produto de um fluxo retórico peculiar, no qual, veremos, o vocábulo é valorizado a ponto de reviver com a intensidade que identificamos ao lirismo.

Uma contagem que ninguém irá fazer revelaria o predomínio, em *Grande sertão: veredas*, da oração coordenada sobre a subordinada. Mais interessante, contudo, é notar como esta última, ainda que gramaticalmente identificável, deixa de preencher sua função propriamente subordinante e, portanto, estruturadora. A virgulação muito frequente cria uma segmentação desobrigada em face da gramática, responsável apenas diante da necessidade descritiva. Os segmentos acumulam-se, determinam progressivamente seu objetivo; da sequência nasce o sentido da frase. Revelar o esqueleto gramatical, no caso, quando existe, não é o primeiro passo da compreensão. Podemos afirmar mesmo, dado encontrarmos frases irredutíveis ao esquema comum, serem estas as que devem orientar nosso modo de ler, por realizarem mais radicalmente a dicção do livro. Através de umas tantas orações sem fio gramatical definível, fica instaurado um universo linguístico em que mesmo as proposições de lógica perfeita passam a pedir uma leitura diversa, que poderíamos chamar de *lançadeira*. O discurso anuncia uma direção, lança uma Gestalt que se sobrepõe à gramática e tem força para incorporar, segundo sua dinâmica de sentido, os segmentos mais diversos; estes não precisam entrar em conexão gramatical explícita, podem simplesmente se acumular, guardando seu modo de ser mais próprio; não é a sintaxe normativa que determina seu posto, ainda quando com ela concordam; enquadram-se na configuração (referentes, misturadamente, a dados sensíveis e emocionais), visando a uma recriação quanto possível integral da experiência. Trata-se de uma espécie de técnica pontilhista. Caminho semelhante deverá seguir a fruição da obra: deixa-se tomar pela dinâmica da frase e vai recebendo a sequência das impressões; importante não é o desenho lógico da sucessão, mas o acúmulo; o efeito é dado pelo curto-circuito (recurso poético) entre segmentos cuja ligação gramatical, fosse importante, seria precária. Exemplo: Riobaldo, lembrando seu amor insólito por Diadorim, diz "que vontade era de pôr meus dedos, de leve, o leve, nos meigos olhos dele, ocultando, para não ter de tolerar de ver assim o chamado, até que ponto esses olhos, sempre havendo, aquela beleza verde, me adoecido, tão impossível" (p. 40). Com malabarismo, infidelidade e muita perda, seria fácil recompor nosso exemplo sem atentado à gramática. A interpretação ficaria empobrecida de algumas ambiguidades e, particularmente, da qualidade lírica do texto, dada na relativa autonomia dos segmentos em face do fluxo que compõem. Estaríamos supondo que Guimarães Rosa busca sua riqueza expressiva no simples complicar de regras dadas. É o que não se dá. O livro foi composto segundo outra ordem e atitude, já descritas. E é no discurso por elas determinado que tentaremos encontrar a libertação do vocábulo que identificamos com lirismo.

Notamos, pouco acima, um fato paradoxal: a segmentação miúda da frase, a fragmentação em partículas tornadas equivalentes pela menor estruturação gramatical, acompanha a presença de um poderoso jorro verbal. A atenção como que não se detém no desenho da frase, oscila entre o fluxo como direção geral e os segmentos isolados. Pela ausência relativa do mediador (o desenho sintático), aumenta a importância dos extremos. O mesmo se dá com relação à palavra. O poder do fluxo não lhe limita a força, pelo contrário, possibilita que, liberta de conexões gramaticais secundárias, exista mais solitária e apresente mais pleno seu sentido. Exemplo: "o vão que os outros dias para mim foram, *enquanto*" (p. 168). Gramaticalmente, o advérbio que grifamos não tem referência clara. Pelo sentido geral da narração, sabemos que se prende à ausência de Diadorim; é o que torna viável a frase no contexto. Ficam esfumaçados, entretanto, os limites para a vigência temporal do advérbio; solto, ele seria puro sinal da duração que se tornaria ilimitada; preso na prisão muito especial que é o fluxo de Guimarães Rosa, retém como que uma tendência para o absoluto. Estamos próximos da conceituação de Sartre, na qual a palavra poética se distingue da comum por preterir a função utilitária e simbólica, transparente com vista ao mundo objetivo, em favor da opacidade, do ser símbolo e gozo dela mesma. O problema da tensão entre vocábulo e sintaxe é resolvido, em *Grande sertão: veredas*, de modo peculiar: a solução consegue, a par da rigorosa articulação do livro como um todo, resguardar a autonomia da palavra, que aspira ao estatuto lírico.

Voltando: o relato épico serve uma situação dialógica, trazendo o fluxo para o nível da palavra falada; revela-se uma dicção narrativa que suspende, pela extrema segmentação, a estrutura gramatical; do acúmulo segmentar nasce a dinâmica do discurso, que, por sua vez, como totalidade, localiza o sentido de cada segmento; este localizar não se confunde com determinar, a relativa inarticulação dá margem à plenitude do vocábulo; a palavra, símbolo dela mesma, tende a absoluta; é o que chamamos lirismo.

O CERTO NO INCERTO: O PACTÁRIO*

Walnice Nogueira Galvão

> *Eu era dois, diversos? O que não entendo hoje,*
> *naquele tempo eu não sabia.*
> *Grande sertão: veredas, p. 351.*

Nos meados do romance *Grande sertão: veredas*, quando já vai bem adiantada a narração, é contado o caso de Maria Mutema. Num romance tão cerrado, com uma unificação tão forte, mantida sem desfalecimento por mão de mestre num monólogo recitado para um interlocutor-ouvinte, surge como peça estranha este conto, perdido no meio do romance e ocupando várias páginas. Ademais, embora seja o narrador quem o conte, ele está reproduzindo o que ouviu de Jõe Bexiguento na longa conversa que travaram por ocasião da vigília subsequente ao batismo de fogo de Riobaldo. Todavia, apesar de sua extensão — única, dentro do romance — e minúcia, justifica-se por sua ligação com outros *causos* portentosos que, embora curtos, ocorrem em massa logo no início da narração e esparsos no restante, a modo de ilustração objetivada dos grandes problemas metafísicos que Riobaldo está tentando elucidar.[1] É o que se passa, por exemplo, com os casos de Pedro Pindó (p. 17) e de Aleixo (p. 16). No primeiro, pais muito bons têm um filho mau; castigam-no, para corrigir sua maldade, e acabam sentindo prazer em castigá-lo. No segundo, é o indivíduo mau, porém que ama muito os quatro filhos, que mata gratuitamente um velhinho esmoler; seus filhos, então, têm sarampo e ficam cegos; depois o pai se arrepende e se torna um homem bom. Ambos surgem logo no início da narração, quando Riobaldo abre a discussão sobre a existência do Diabo, se ele existe "solto, por si, cidadão" (p. 15) ou se, não tendo corpo e individualidade específica, age por outros meios.

---

* Publicado originalmente como o nono capítulo do livro *As formas do falso: Um estudo sobre a ambiguidade no Grande sertão: veredas* (São Paulo: Perspectiva, 1972), pp. 117-32.

Os dois casos são apresentados como portentos, como exemplos do fluir da vida, em que nada fica parado ou detido, onde tudo muda incessantemente. Nas palavras de Riobaldo:

> Mire veja: o mais importante e bonito, do mundo, é isto: que as pessoas não estão sempre iguais, ainda não foram terminadas — mas que elas vão sempre mudando. Afinam ou desafinam. Verdade maior. É o que a vida me ensinou. Isso que me alegra, montão. E, outra coisa: o diabo, é às brutas; mas Deus é traiçoeiro! (p. 24)

Essas historietas mostram como o contrário sempre surge de seu contrário; todavia, como são um apanhado geral de eventos, elas têm, arbitrariamente, um ponto de partida e um ponto-final; fecham-se, portanto. Mas o comentário de Riobaldo reabre-as, apontando dúvidas que mostram novas possibilidades de desenvolvimento: o menino mau, embora mau, quando está sendo castigado sofre igual a um menino bonzinho; e que culpa tinham as crianças cegadas da maldade anterior do pai?

O caso de Maria Mutema é, nessa linha, o mais extenso, o mais completo e sobretudo o mais importante para o romance. Maria Mutema é uma mulher que vivia numa vila sertaneja e cujo marido amanhece um dia morto, na cama, sem doença prévia ou ferimento aparente. Enterrado o marido, Maria Mutema vai vivendo séria e digna em sua condição de viúva, sempre de preto e de pouco falar; só que deu de ir à igreja, confessando-se a cada três dias. O Padre Ponte, homem bonachão e gordo, mostrava relutância em ouvi-la em confissão, e foi emagrecendo e minguando até que morreu. Nunca mais Maria Mutema foi à igreja. Um dia, aparecem na vila uns padres estrangeiros, que vêm em missão de reavivamento religioso, pregando e apelando para o arrependimento geral. Na última noite, Maria Mutema aparece na porta da igreja e é interpelada pelo padre, do púlpito; primeiro, ele interrompe a salve-rainha que está rezando; depois, diz a Maria Mutema que quer ouvi-la em confissão na porta do cemitério, onde estão enterrados dois defuntos. Então, Maria Mutema confessa tudo, ali mesmo, em público, aos gritos. Matara seu marido sem motivo, gratuitamente, introduzindo-lhe chumbo derretido no ouvido enquanto ele dormia; depois, confessou o crime ao Padre Ponte, dizendo-lhe que o fizera por amor ao padre, o que era mentira. E quanto mais o padre sofria e definhava, mais ela insistia na mentira. E não sabia por quê, sabia apenas que sentia prazer nisso; levara também o padre à morte e agora pedia o perdão de Deus, confessando tudo publicamente. Maria Mutema vai presa, e na cadeia continua de joelhos, rezando e clamando seus pecados; desenterrado o esqueleto do marido, o crime se confirma. E a história termina assim: "Mesmo, pela arrependida humildade que ela principiou, em tão pronunciado sofrer, alguns diziam que Maria Mutema estava ficando santa" (p. 166).

Essa parábola, que fala do mal puro, o mal em si sem motivação, mostra como Maria Mutema tinha "um prazer de cão" em atormentar o Padre Ponte, a quem vinha confessar-se mentirosamente, quando "confirmava o falso, mais declarava — edificar o mal" (p. 166). E assassinara o marido "sem motivo nenhum, sem malfeito dele nenhum, causa nenhuma —; por que, nem sabia" (p. 165). Enquanto seus crimes não são miraculosamente descobertos, Maria Mutema continua a mesma; tudo está parado e detido. Mas, depois do arrependimento, a vida volta a fluir, a redenção é entrevista através da modificação pessoal de Maria Mutema, que pôs para fora seus pecados e assim está se transformando, talvez até ficando santa.

Os dois crimes de Maria Mutema são, formalmente, um só. O crime é executado mediante a introdução de algo no cérebro pelo conduto auditivo, algo que se solidifica ou se consolida, e mata. Também em ambos os casos o crime é um pacto entre duas pessoas — um agente e um receptor passivo — e com o mesmo efeito: a morte para o receptor, a danação para o agente. E a falta de motivo indica a intervenção do mal, que estava dentro do agente e que foi levado para dentro do receptor, sem que por isso o agente dele se livrasse. O chumbo derretido, portanto em estado móvel, transforma-se numa bola sólida; a mentira pecaminosa, que o padre não põe em dúvida, é recebida como uma certeza. No caso do marido, a bola de chumbo figura a certeza; no caso do padre, a certeza se dá de modo direto.

Simultaneamente, Maria Mutema livra-se do mal pela mesma via: falando, isto é, introduzindo nos ouvidos das pessoas sua confissão pública. Mas com uma diferença essencial agora: não é mais pacto porque não envolve apenas duas pessoas, a multidão está implicada; e, segundo o texto, o povo a perdoou, não ficou passivo, possibilitando assim a dissolução da certeza, admitindo que Maria Mutema pode deixar de ser má, que ela está deixando de ser má, que ela está ficando santa. O povo não fixou Maria Mutema em sua maldade para sempre; ao contrário, abriu-lhe a possibilidade de mudar.

O assassínio do marido, que se passou ao nível do concreto, é comprovável, e é denunciado pelo rumor que o metal produz dentro da caveira: "No meio-tempo, desenterraram da cova os ossos do marido: se conta que a gente sacolejava a caveira, e a bola de chumbo sacudia lá dentro, até tinia!" (p. 166). Já o assassínio do padre se passa em nível abstrato, mas nem por isso deixa de ser o mesmo processo, estando presentes no texto até mesmo o ouvido e o metal: "o Padre Ponte visível tirasse desgosto de prestar a ela pai-ouvido naquele sacramento, que entre dois só dois se passa e tem de ser por ferro de tanto segredo resguardado" (p. 164).

Temos, portanto, o mesmo crime e a mesma imagem, diversos apenas quanto ao nível de concreção ou de abstração. Chumbo ou palavra, entrando pelo ouvido e se aninhando no mais íntimo de um homem, seu cérebro ou sua mente, matam. É o pacto como garantia de certeza, o certo dentro do incerto, a certeza que mata e dana: morte real e morte abstrata. O pacto, como o crime, é algo que atenta contra a natureza do existir, em sua fluidez, em sua permanente transformação. É a tentativa de ter uma certeza dentro da incerteza do viver. Nas belas palavras de Riobaldo: "A vida é ingrata no macio de si; mas transtraz a esperança mesmo do meio do fel do desespero" (p. 162). Uma coisa sai da outra, e dessa outra sai outra, e assim sucessivamente. Tentar parar esse movimento, só por meio do pacto; e sua imagem é justamente a de uma coisa dentro da outra, porém cristalizada, endurecida, resíduo do mal, sem abertura para a transformação, como a bola de chumbo dentro da caveira.

A dupla imagem — concreta e abstrata — que se encontra no caso de Maria Mutema é a matriz imagética mais importante do romance. A imagem da *coisa dentro da outra*, visualmente tão impressiva e tão rica do significado global do romance — bem como dos fragmentos de significado que o compõem —, reitera-se em suas páginas, em diversas variantes.

Todas essas variantes gravitam em torno do fulcro central que lhes deu origem; o que varia é a natureza do material que põem em jogo, o espaço abrangido, o grau de abstração etc. A coisa dentro da outra pode tomar tanto a forma de um bicho repulsivo como de um mau sentimento; ou então a coisa pode estar contida por algo tão grande quanto a própria Terra ou tão pequeno como o olho de um homem; o ouvido e o som podem ser traços relevantes ou podem desaparecer por completo. Ainda, a coisa que está dentro da outra pode se dar à percepção apenas por um sinal externo, ou, ao contrário, é a menção dela que faz pressupor os efeitos que causa.

Apenas para dar um exemplo, descrevo a ocorrência da imagem por duas vezes numa mesma cena, e em duas variantes, diferentes uma da outra. Quando o bando está acampado sob o comando de Medeiro Vaz, quando, portanto, Riobaldo já está consciente do amor total que tem por Diadorim, este surge com uma cabaça nas mãos para falar com Riobaldo. "Mas balançou a cabaça: tinha um trem dentro, um ferro, o que me deu desgosto; taco de ferro, sem serventia, só para produzir gastura na gente" (p. 51). O incidente não tem explicação; registra-se mesmo que Diadorim estranhou a reação de Riobaldo. Mas, tentando-se destrinçar a embaralhada cronologia da primeira parte da narração — é só da página 227 em diante que a cronologia passa a ser linear —, verifica-se que Riobaldo já ouvira a essa altura o caso de Maria Mutema, que é a razão da gastura inexplicada que sente ao ouvir o barulho: taco de ferro na cabaça, bola de chumbo na caveira. Essas duas imagens têm um paralelismo total, na forma e natureza do contido (pedaço de metal), na forma esferoide do continente, no movimento que faz um bater contra o outro, no rumor que as endereça ao sentido da audição.

Por outro lado, como esse incidente é narrado bem antes do caso de Maria Mutema, está sendo preparado o efeito "sensível" que vai eclodir logo adiante, para o leitor e para o interlocutor.

Ainda na mesma cena, e em continuação, Riobaldo e Diadorim dirigem-se para um olho-d'água, para beber do belo poço azul, meio escondido por uma palmeira de folhas pensas. Riobaldo tem um mau pensamento: "Sofismei: se Diadorim segurasse em mim com os olhos, me declarasse as todas as palavras?" (p. 51). Debruça-se sobre a água, para apanhá-la com um copo, quando ambos dão um pulo para trás: "Mas, qual, se viu um bicho — rã brusca, feiosa: botando bolhas, que à lisa cacheavam" (p. 51). Não é mais o metal dentro do esferoide, produzindo rumor ao ser sacudido, mas o bicho nojento que estava escondido dentro da água bonita e que faz perder a vontade de bebê-la. Mudou a natureza do continente e a natureza do contido; persiste o fundamental, que é a imagem da coisa dentro da outra; persiste, ainda, a impressão de gastura, a sugestão de rumor e a forma do continente, esta projetada num plano, passando de esferoide a circular: "O poço abria redondo, quase, ou ovalado" (p. 51).

Toda classificação é necessariamente arbitrária. Contudo, é possível perceber que as imagens da coisa dentro da outra constituem um conjunto, geradas que são pela mesma matriz; é possível perceber também que elas são agrupáveis em subconjuntos, pois, guardando embora todas elas a chancela da matriz, certos traços as distinguem por grupos. Tentarei, então, isolar esses subconjuntos do conjunto das imagens da coisa dentro da outra, utilizando um critério mais ou menos empírico, mas por isso mesmo mais compreensivo e que supõe no leitor do romance um estado de receptividade aberto para as sugestões sensíveis que emanam do texto.

Um dos subconjuntos se caracteriza pela presença de um bicho vil na posição do contido, tal como aquela mencionada acima, e que reaparece quase igual em outra passagem. Na metade da narração, Riobaldo faz um resumo de tudo o que relatou anteriormente, dizendo que não precisa contar mais nada (pp. 223-7); é daí em diante que se inicia a narração em linha reta. No meio das reminiscências soltas e em súmulas, aparece o seguinte: "De dentro das águas mais clareadas, aí tem um sapo roncador" (p. 225). Enquanto a outra imagem, a da rã no olho-d'água, é apenas descritiva, esta, por sua generalização, se transforma em metáfora; neste caso, o próprio narrador está falando metaforicamente. A imagem aparece outra vez na noite da tocaia, quando Riobaldo, ao lado do Hermógenes, vai travar sua primeira batalha. Algumas dúvidas que lhe vêm à mente perturbam sua concentração guerreira, o que o faz dizer: "Osgas, que a gente tem de enxotar da ideia: eu parava ali para matar os outros — e não era pecado?" (pp. 152-3). Osga dentro da ideia: a palavra "osga" mantém seu duplo significado, o literal, de pequeno sáurio, e o figurado, que é o de aversão entranhada. Cabe no mesmo subconjunto a imagem, já mencionada, que Riobaldo utiliza quando descobre que ama Diadorim de amor carnal: "Mas — de dentro de mim: uma serepente" (p. 211).

Até aqui, o traço constante que caracteriza esse subconjunto é a presença de animais vis e inferiores — rã, sapo, osga, cobra —, répteis ou batráquios, que se dão à nossa percepção como as formas mais rudimentares e mais degradadas dos seres vivos. Mas a esse subconjunto pertence também uma imagem em que o contido é um ser inanimado — a pedra —, dotado da feição fantástica de segregar peçonha, que metamorfoseia o ser inanimado em animal nojento e perigoso. Diz Riobaldo: "Tem até tortas raças de pedras, horrorosas, venenosas — que estragam mortal a água, se estão jazendo em fundo de poço" (p. 16), ao fazer para o interlocutor o inventário das coisas ruins que existem. Imagem, aliás, que se desdobra ainda, comportando sua própria explicação: "o diabo dentro delas dorme: são o demo" (p. 16); a água é envenenada pelas pedras, que se tornaram venenosas pela internação do Diabo.

Esse subconjunto é ainda mais aparentado no Hermógenes do que os demais. Esses bichos rastejantes e repelentes, essas pedras peçonhentas, preparam e cercam o nível de realidade em que existe o Hermógenes. É verdade que ele é comparado a animais emblemáticos de alguma dignidade, como o cavalo e o cachorro, embora nunca ao nobre touro, reservado para fixar a figura dos chefes. Todavia, a comparação não é pura: "ele grosso misturado — dum cavalo e duma jiboia... Ou um cachorro grande" (p. 153). Ele é ainda comparado a outros mamíferos, embora limitada e diminuída a comparação pela palavra que se segue, seja o "raposo meco" da página 171, seja o "tigre, e assassim" da página 20. Não apenas ele é chamado de "caramujo de sombra" (p. 157) e "carangonço" (p. 127), ou seja, escorpião, que anda "caranguejando" (p. 134) — nomes que se apresentam de imediato como parentes, não só pela sugestão material como ainda pelo som —, mas é definido, numa bela imagem da coisa dentro da outra, como algo que partilha da natureza misteriosa e repulsiva de toda essa área dos seres: "Ele era sujeito vindo saindo de brejos, pedras e cachoeiras, homem todo cruzado" (p. 191).

Outro subconjunto, menos interessante talvez porque mais convencional, é o que apresenta a coisa dentro da outra com ênfase maior na superposição. A coisa contida é sugerida como estando embaixo, denunciando-se aos sentidos por algo que de lá se escapa, em movimento para cima. Mais diretamente representativa dos mundos ínferos — aquilo que está por baixo, inferno ou inconsciente —, é percebida pelo ouvido ou pela vista. Assim, ao contar como, na Guararavacã do Guaicuí, teve a revelação completa de seu amor por Diadorim, e como resolveu dizer a si mesmo que negava isso, Riobaldo diz: "O senhor vê, nos Gerais longe: nuns lugares, encostando o ouvido no chão, se escuta barulho de fortes águas, que vão rolando debaixo da terra" (p. 212). Essa imagem, comentário figurado do sentir reprimido pelo consciente, reforça mais a sugestão do som. Outras insistem de preferência na sugestão visual, como a do fogo-fátuo, que é relatada por Riobaldo para mostrar a crendice fácil do povo.

Assim, olhe: tem um marimbú — um brejo matador, no Riacho Ciz — lá se afundou uma boiada quase inteira, que apodreceu; em noites, depois, deu para se ver, deitado a fora, se deslambendo em vento, do cafôfo, e perseguindo tudo, um milhão de lavareda azul, de jãdelãfo, fogo-fá. Gente que não sabia, avistaram, e endoideceram de correr fuga. (p. 59)

Historieta embora, registra algo que sai e que é o sinal visível de que algo está lá dentro, matéria orgânica em decomposição que produz o fogo-fátuo. Mas outra historieta menciona apenas o que entrou, e por que entrou, sem que apareça na imagem aquilo que sai e que, presumivelmente, deverá sair, por paralelismo com a historieta anterior. Riobaldo narra como seu bando conseguiu liquidar os soldados que o perseguiam, atraindo-os para os tremedais insuspeitados, onde afundaram e pereceram; e acrescenta: "Ei! Porque, debaixo da crôsta seca, rebole ocultado um semifundo, de brejão engulidor..." (p. 55).

Outras vezes, o sinal dos mundos ínferos é não só visível como bastante concreto: "Lá tem um lajeiro — largo: onde grandes pedras do fundo do chão vêm à flor" (p. 75). Nesta imagem, é mais forte a impressão visual e a sugestão de movimento, de algo que surge do *fundo* e *vem à flor*. Semelhante nesse movimento, com sugestão visual mas ênfase maior na sugestão auditiva, é esta outra: "Em um lugar, na encosta, brota do chão um vapor de enxofre, com estúrdio barulhão, o gado foge de lá, por pavor" (p. 27). Mas também se encontra a gravação visual, estática e nítida, do compartimento inferior onde o mal grassa: "E agora me lembro: no Ribeirão Entre-Ribeiros, o senhor vá ver a fazenda velha, onde tinha um cômodo quase do tamanho da casa, por debaixo dela, socavado no antro do chão — lá judiaram com escravos e pessoas, até aos pouquinhos matar..." (p. 59). A suma abstrata desse subconjunto de imagens é feita pelo narrador nas últimas páginas do texto: "Tudo sai é mesmo de escuros buracos, tirante o que vem do Céu" (p. 426).

Há ainda o subconjunto do internado em ser humano. Alguma coisa, literal ou simbólica, entrou em uma pessoa ou está dentro de uma pessoa, agindo sobre ela e causando um efeito; este, também, às vezes literal e às vezes simbólico. Clara e impressiva em seus traços visuais é a imagem da bala dentro da cabeça do jagunço Felisberto, da qual periodicamente emanavam fluidos que o tornavam verde: "o Felisberto — o que, por ter uma bala de cobre introduzida na cabeça, vez em quanto todo verdeava verdejante" (p. 377). Bala que não podia ser extraída por estar localizada no cérebro e que um dia mataria seu portador: "Aquele fato daquela bala entrada depositada no dentro de um — e que não se podia tirar de nenhum jeito, nem não matava de uma vez, mas não perdoava na data — me enticava" (p. 379). Esta, das mais literais, ilumina por aproximação outra mais obscura e sutil, mas que obedece ao mesmo esquema. O jagunço é outro, é o Treciziano, em quem o Diabo encarna e que tenta matar Riobaldo: "Diziam que ele criava dôr-de-cabeça, e padecia de erupções e dartros" (p. 367), sinais exteriores e sensíveis da possessão demoníaca. Também Riobaldo tem dor de cabeça (p. 421) quando sente a proximidade do Diabo na batalha final do Tamanduá-tão.

O internado pode ser também uma emoção ou sentimento. Riobaldo, depois da experiência difícil da primeira tocaia, magoado por Diadorim, que viajou e não dá notícia, perturbado pela proximidade do Hermógenes, que lhe inspira medo e ódio ao mesmo tempo, dá-se conta de que está com raiva de todos, um por um e sem motivo especial. "E foi então que eu acertei com a verdade fiel: que aquela raiva estava em mim, produzida, era minha sem outro dono, como coisa solta e cega" (p. 173). A materialização do sentimento, transformado em coisa e desligado daquele que o contém, lembra imediatamente a matriz verbal da qual provém a imagem. O mesmo ocorre numa imagem que se poderia chamar de prévia, pois é anterior ao efeito, embora o efeito esteja sugerido nos materiais que compõem a imagem. É assim que Riobaldo define o amor, quando está falando do complexo e ambíguo sentimento que o une a Diadorim: "O amor? Pássaro que põe ovos de ferro" (p. 50). Refere-se ainda a esse mesmo sentimento por Diadorim com outra imagem do mesmo tipo: "As prisões que estão refincadas no vago, na gente" (p. 229); ou então, em nível abstrato, esta outra: "e concebia por ele a vexável afeição que me estragava" (p. 65).

Aquilo que se internou pelo homem adentro pode ser o próprio Diabo; esse é o caso do Hermógenes, e Riobaldo pormenoriza os aspectos da proteção que Ele dá: "Do tamanho dum bago de aí-vim, dentro do ouvido do Hermógenes, por tudo ouvir. Redondinho no lume dos olhos do Hermógenes, para espiar o primeiro das coisas" (p. 219). Mas também é o processo geral que o Diabo utiliza para realizar sua missão, instrumentalizando as pessoas: "o diabo vige dentro do homem, os crespos do homem — ou é o homem arruinado, ou o homem dos avessos" (p. 15).[2] Da mesma maneira, a maldade pura e gratuita, que caracteriza desde pequeno o menino Valtêi, filho de Pedro Pindó, faz Riobaldo assim defini-lo: "gostoso de ruim de dentro do fundo das espécies de sua natureza" (p. 17). Quando não é o próprio Diabo que se interna, pode ser um emissário seu, que utiliza a palavra para fazer o mal penetrar no âmago do outro. É por isso que Riobaldo teme dar atenção ao que lhe diz o Hermógenes: "Meus ouvidos expulsavam para fora a fala dele" (p. 139). Novamente uma imagem prévia, que pressupõe os efeitos. Mas o Antenor, homem do Hermógenes, falando mal de Joca Ramiro, consegue atingir Riobaldo: "Aquele Antenor já tinha depositado em mim o anúvio de uma má ideia: disidéia" (p. 132). É o mal que penetra pelo ouvido, que se interna pela pessoa adentro e começa a causar efeitos.

O internado pode ser o espaço onde o mal campeia; de tanto viver nesse espaço, aceitando as regras do jogo, e de um jogo tremendo que leva à morte e à danação, o sujeito como que transporta o espaço exterior para dentro de si: "Compadre meu Quelemém diz: que eu sou muito do sertão? Sertão: é dentro da gente" (p. 224).

Esses subconjuntos de imagens que venho de analisar — o do bicho vil, o dos mundos ínferos e do internado em ser humano — têm todos sua matriz no caso de Maria Mutema, na dupla imagem do crime "concreto" e do crime "abstrato", e impregnam todos os níveis de elaboração literária do romance. Aparecem em historietas avulsas ao enredo, aparecem sob a forma de ideias gerais como o ditado e o adágio, aparecem na história de vida de personagens secundários, aparecem nos incidentes que compõem a trama do enredo, seja em discurso direto, seja em falar figurado.

Ligam-se, por outro lado, ao próprio núcleo central do enredo e à figura do narrador--personagem. O fio do enredo é o tormento do narrador por ter vendido a alma ao Diabo; esse fio atravessa o romance todo e se estende da primeira página até a última; o que o narrador está narrando, em suma, são os antecedentes que o levaram ao ponto de fazer um pacto com o Diabo e as consequências que disso adviveram para ele e para os outros. Quanto à figura do narrador-personagem, seus instrumentos são os mesmos de Maria Mutema: o instrumento da personagem-jagunço é a bala, o instrumento do narrador-letrado é a palavra.

E assim como Maria Mutema se libera de seus crimes falando, repartindo entre todos o peso do segredo, abandonando sua condição de Mutema[3] e começando a tornar-se santa, também o narrador usa a palavra neste imenso monólogo que finge a forma de um diálogo para examinar suas culpas e poder entrever, ao menos, a esperança. A palavra pode matar mas também pode redimir; pode ser um meio de minar a certeza e criar novamente a incerteza, refazendo ao contrário o processo anterior. A esperança está em quebrar a coisa que está dentro da outra, admitindo-se que dentro da coisa internada pode haver uma abertura; nas palavras de Riobaldo: "Mas liberdade — aposto — ainda é só alegria de um pobre caminhozinho, no dentro do ferro de grandes prisões" (p. 222).

As imagens da coisa dentro da outra funcionam como um padrão que se repete analogicamente em todos os níveis da natureza, que nossa experiência e tradição cultural estão habituadas a separar: nos homens, nos animais, nos elementos naturais, nos seres inanimados. É lógico que o padrão reiterado em todos os níveis da natureza revela a analogia imanente a todos eles e se traduz em panteísmo. Em termos literários, o padrão é um operador que veicula, mostrando e sugerindo "sensivelmente" essa analogia e esse panteísmo.

Se por um lado tudo é Deus, por outro lado nenhum domínio é defeso ao Diabo. Assim como a alma dos homens, todo o reino da criação pode ser penetrado pelo demônio e ser sujeitado a ele, tornando-se seu instrumento. "Bem, o diabo regula seu estado preto, nas criaturas, nas mulheres, nos homens. Até: nas crianças — eu digo. Pois não é ditado: 'menino — trem do diabo'? E nos usos, nas plantas, nas águas, na terra, no vento... Estrumes. ... *O diabo na rua, no meio do redemunho...*" (p. 15). Como se não bastasse a demonstração que o texto faz desse princípio, aí está, logo nas primeiras páginas, seu límpido enunciado.

O diabo na rua no meio do redemoinho, epígrafe do livro, ritornelo que surge e ressurge a intervalos no seio do texto, texto-súmula que o narrador compôs para si mesmo como um extrato (tanto no sentido de "tirado de" como de "concentrado") de toda a sua experiência de vida, é a imagem-mor que fixa essa concepção, por um lado, e por outro todas as imagens da coisa dentro da outra. O Diabo, algo concretizado e corporificado, no meio de algo móvel e envolvente como o redemoinho, é a imagem-mor do certo no incerto.

> Do vento. Do vento que vinha, rodopiado. Redemoinho: o senhor sabe — a briga de ventos. O quando um esbarra com outro, e se enrolam, o dôido espetáculo. A poeira subia, a dar que dava escuro, no alto, o ponto às voltas, folharada, e ramarêdo quebrado, no estalar de pios assovios, se torcendo turvo, esgarabulhando. Senti meu cavalo como meu corpo. Aquilo passou, embora, o ró-ró. A gente dava graças a Deus. (p. 179)

Essa é a primeira descrição que aparece no texto da visão do redemoinho, seguida pela oportuna explicação do fenômeno de que se trata, ou seja, um dos receptáculos do Diabo: "O demônio se vertia ali, dentro viajava" (p. 179).

Essa é a imagem que ocorre ao narrador quando, no final, relata o duelo entre Diadorim e o Hermógenes, em que Diadorim mata o Hermógenes e é morto, enquanto Riobaldo a tudo assiste, do alto da janela de um sobrado, sem poder intervir porque está sob possessão demoníaca. A descrição do duelo à faca no meio da rua por seu uso insistente de vocábulos que dão conta de movimento confuso e rodopiante ("pé de vento", "baralharam", "rodou", "roldão", "rodejando", "remando") cria a impressão, confirma-a e se afina com a tríplice repetição, em meia página ou dois parágrafos, do estribilho: "...*o diabo na rua, no meio do redemunho*...".

Na concepção do narrador, o Diabo vige dentro do homem, mas também vige dentro de todos os seres da natureza — até mesmo os inanimados, como o vento e a pedra. Tudo se passa como se o cosmos fosse Deus, princípio positivo, mas admitindo a existência de um princípio negativo que leva o nome de Diabo. Da permanente disputa entre ambos nasce a frase: "Viver é muito perigoso" — mote de que o livro inteiro é glosa. Deus é tudo que existe, menos o Diabo: e este disputa a primazia daquele. O Diabo ganha pequenas paradas, rápidas e logo concluídas dentro do grande fluir de tudo que existe e que é Deus; mas nessas pequenas paradas pode se danar um homem. O Diabo implica a certeza dessas pequenas paradas que se ganha ou se tenta ganhar, dentro da incerteza geral que é o fluir, onde tudo se transforma, onde uma coisa sai de outra, e dessa outra vai sair outra, e assim sucessivamente. Tentar parar esse fluir através de uma certeza é a tarefa do Diabo. "Deus é paciência. O contrário, é o diabo" (p. 20).

A essência da vida é o movimento e a mudança. Este, o sentido dela: o de um processo dinâmico, sem pressa, constante em sua inconstância. Esse sentido impregna as próprias figuras do falar de Riobaldo, quando à vida se refere: "os êrros e volteios da vida em sua lerdeza de sarrafaçar. A vida disfarça? Por exemplo" (p. 67). Querer ter alguma certeza no seio do movimento e da mudança é atentar contra a desordem natural das coisas, que é sua ordem recôndita. Como diz Riobaldo: "No real da vida, as coisas acabam com menos formato, nem acabam. Melhor assim. Pelejar por exato, dá erro contra a gente. Não se queira. Viver é muito perigoso..." (p. 67).

Deixar-se levar pelo movimento e aceitar a mudança é a maneira de viver com plenitude. Querer subjugar o mundo e fazê-lo curvar-se às suas ordens pode redundar em danação. Assim agiu Riobaldo, vendendo sua alma e perdendo Diadorim. Diadorim, que se apresentava como homem e a respeito de quem Riobaldo tinha a certeza de que era um homem; afinal, dentro da certeza do ser um homem não se escondia uma mulher? Riobaldo conseguiu o que queria, que era acabar com o Hermógenes; mas de que isso lhe adianta agora e que diferença, para melhor, fez em sua vida? A certeza mata e espolia. É o que faz dizer, sobre o "máu amor oculto" (p. 65) que tem por Diadorim: "Acertasse eu com o que depois sabendo fiquei, para de lá de tantos assombros... [...] Digo: o real não está na saída nem na chegada: ele se dispõe para a gente é no meio da travessia" (pp. 52-3). A ideia de um presente que flui, em contraste com um passado e um futuro ilusórios e que impedem o fruir do fluir, reitera-se na associação a Diadorim:

Ah, tem uma repetição, que sempre outras vezes em minha vida acontece. Eu atravesso as coisas — e no meio da travessia não vejo! — só estava era entretido na ideia dos lugares de saída e de chegada. Assaz o senhor sabe: a gente quer passar um rio a nado, e passa; mas vai dar na outra banda é num ponto muito mais em baixo, bem diverso do em que primeiro se pensou. Viver nem não é muito perigoso? (p. 32)

Não é por coincidência que a presença do rio (e a imagem da travessia) é tão importante neste romance. Matéria, ser mítico, símbolo do fluir permanente, o rio nele figura sempre, desde as veredas do título, passando pelos rios maiores — com um dos quais, o Urucuia, Riobaldo se identifica — até o pai de todos, o rio São Francisco, na ambivalência de suas duas bandas.[4] Ligada à mesma constelação de significados, embora matéria de outras origens e menos importante como presença, aparece a ideia da roda da vida. Diz Riobaldo: "o real roda e põe diante" (p. 105). A roda da vida, encarnação do movimento e da mudança de tudo o que existe, ao fim e ao cabo reporta-se a Deus: "Deus que roda tudo!" (p. 36).

Diadorim também tinha sua certeza; disso lhe advém a frustração e a morte. Sua certeza é o ódio ao Hermógenes, assassino de seu pai, e o dever de executar a vingança, matando por sua vez o assassino. Nisso, Diadorim não titubeia. Esse é o internado de Diadorim: "Diadorim, não, ele não largava o fogo de gelo daquela ideia" (p. 30).

Certeza tão entranhada que desvirtua a manifestação dos sentimentos, confundindo quem o testemunha: "E ele suspirava de ódio, como se fosse por amor" (p. 28).

A certeza do ódio é a causa da morte de Diadorim, e morte dupla: obriga-o a desperdiçar a vida e o amor de Riobaldo, proibindo-o de assumir seu ser de mulher, e leva-o diretamente para a destruição de si mesmo. Como tão bem diz Riobaldo, nas palavras a modo de epitáfio que profere sobre Diadorim: "De *Maria Deodorina da Fé Bettancourt Marins* — que nasceu para o dever de guerrear e nunca ter medo, e mais para muito amar, sem gozo de amor..." (p. 432).

Já Riobaldo é um homem sem certezas. Diz de si mesmo que divergia de todo mundo, que não guardava fé nem fazia parte. Presa de múltiplas dúvidas, recorre ao pacto com o Diabo para ser capaz de adquirir também uma certeza, que todas as pessoas ao seu redor têm.

De fato, depois do pacto consegue caminhar em linha reta para o objetivo. Toma a chefia, que antes recusara por saber que não possuía os requisitos para ela. Quando Medeiro Vaz morre e o bando fica acéfalo, Diadorim indica Riobaldo para a chefia; mas este discorda e propõe Marcelino Pampa, que aceita; todavia, pouco depois chega Zé Bebelo e passa a comandar o bando. Mais tarde, através dos descaminhos pelos quais Zé Bebelo guia o bando, sem nunca deparar com os inimigos, Riobaldo começa a duvidar de que Zé

Bebelo seja capaz de bem conduzi-los. Embora ache justo o motivo da vingança, não tem nisso tanto empenho quanto Diadorim: ele secunda e apoia Diadorim, mas a empresa não é dele. Só por meio do pacto com o Diabo adquire a certeza de que é necessário acabar com o Hermógenes; e torna-se um só, ou seja, só chefe de jagunços. Para enfrentar um pactário é preciso outro pactário: o Diabo está com o Hermógenes mas também está com Riobaldo. Na hora do combate final, o Diabo está na rua no meio do redemoinho, mas também está ao lado de Riobaldo e dentro dele. Ao cabo, Riobaldo consegue cumprir sua missão de acabar com o Hermógenes. Mas o Diabo cumpre o prometido com as tramoias que a tradição lhe atribui, ou seja, da maneira mais dolorosa e mais inesperada para aquele que lhe vendeu a alma: Riobaldo acaba com o Hermógenes, mas no mesmo ato Diadorim morre. Afinal, foi Riobaldo o instrumento da morte de Diadorim: ele, adquirindo por meio do pacto a certeza de Diadorim e eficazmente pondo-a em prática, conduziu-o para a morte. Daí a culpa que menciona desde o início da narração: culpa de ter vendido a alma ao Diabo e assim ter levado o amigo à morte.

NOTAS

1. Lembro que casos desse tipo ocorrem frequentemente na Bíblia, nos textos do budismo e nos textos confucianos. Apenas para registro: o que há de comum entre o falar caipira ou sertanejo e tais textos tão ilustres deve ser, em primeiro lugar, a oralidade originária, entranhada na posterior escrita, e, em segundo, o caráter primitivo e pré-conceitual da objetivação, em personagens humanos, animais, divinos, inanimados, de princípios morais.
2. Em 1957, Antonio Candido já havia chamado a atenção para a importância dessa concepção, em *Tese e antítese: Ensaios* (São Paulo: Companhia Editora Nacional, 1964), pp. 119-40.
3. Partindo da forma e da ideia da palavra "fonema", que vem do grego com o significado de "som de voz" através do latim até o português, segundo Antenor Nascentes, Guimarães Rosa cria simetricamente um antônimo, derivado do radical *mut*, do latim *mutus, -a, -um* (= mudo).
4. Cf. Candido, op. cit., pp. 124-5.

A MATÉRIA VERTENTE*
Benedito Nunes

I

Uma abordagem filosófica de *Grande sertão: veredas*, como a que tentaremos fazer aqui, recai dentro do problema mais geral das relações entre filosofia e literatura.

O que pode a filosofia conhecer da literatura? Tudo quanto interessa à elucidação do poético, inerente à linguagem e, portanto, tudo quanto se refere à simbolização do real nesse domínio. Essa resposta, num trabalho anterior,[1] baseou-se na ideia de que não há um método filosófico específico para a análise literária, em concorrência com os da teoria da literatura, que se assentam, contudo, em pressupostos filosóficos, quaisquer que sejam os campos científicos de que se originam.

Em filosofia, método e concepção se interligam. Assim, o método fenomenológico é a consecução da fenomenologia, e a fenomenologia é, em si mesma, uma posição metodológica. Quando Roman Ingarden estabeleceu o modelo de análise fenomenológica das obras literárias, foi a fenomenologia toda que ele inverteu no processo de conhecimento da arte da palavra, o que significa dizer que os procedimentos correspondentes de análise estão comprometidos com a preliminar atitude fenomenológica, de caráter reflexivo. Aplicar o método da fenomenologia já pressupõe a compreensão prévia da obra como totalidade significativa de níveis distintos, que mantêm entre si nexos de fundação e de complementação.[2] Não se pode isolar da filosofia o método que a constitui e que com ela se confunde.

---

* Publicado originalmente em *Seminário de ficção mineira II: De Guimarães Rosa aos nossos dias* (Belo Horizonte: Conselho Estadual de Cultura de Minas Gerais, 1983), pp. 9-29.

Dialético ou existencial, hermenêutico ou lógico-analítico, os métodos filosóficos, quaisquer que sejam, transportam para a análise da literatura ou para a apreciação da arte em geral diferentes modos de compreensão e de interpretação.

Por conseguinte, o que a filosofia pode conhecer da literatura é o que dela já compreendeu antecipadamente, segundo a perspectiva em que se situa. Em princípio, isso proporciona o discernimento de novas dimensões da arte literária, dimensões de que as próprias obras se tornam instâncias de confirmação. Essa vantagem tem como contrapartida o risco de poder converter-se a literatura numa dependência da filosofia, numa ilustração de seus princípios, numa versão de teses gerais, como nos romances existencialistas de Sartre, caso muito peculiar, na medida da afinidade de base com a arte literária que distingue a concepção filosófica sartriana.

A discussão do problema das relações entre filosofia e literatura deve partir de um dos dados da consciência filosófica atual: o enraizamento da filosofia na linguagem. A filosofia é reflexão crítica abrangente, que se sabe condicionada a estruturas verbais da língua, a metáforas e aos mecanismos retóricos do discurso. Antes de ser intuição poética à luz dos conceitos, o diálogo da alma consigo mesma, que foi como Platão entendeu o pensamento, a reflexão filosófica é um discurso encadeando palavras.

Marcadas por irredutíveis diferenças, a filosofia e a literatura relacionam-se através da linguagem, como o elemento comum do pensamento de que ambas participam. Desde logo, porém, não é o romance, e sim a poesia — tomada na acepção estrita de poesia lírica —, que maior proximidade mantém com a filosofia. Pode-se dizer, de modo geral, empregando-se expressões de Warren Shibles, que ambas realizam "uma penetração nas palavras e com as palavras".[3] Mas, ao contrário da poesia que permanece presa às palavras, a filosofia delas se desprende no movimento do conceito, sem perda dos fios metafóricos, das analogias e dos esquemas imaginativos que ligam o pensamento conceptual à linguagem ordinária.

Um verdadeiro poema neutraliza o uso comunicacional corrente da linguagem, mas nos fala de alguém e sobre alguma coisa. Nele perdura o vínculo com os enunciados de realidade.[4] O romance é ficção: elabora, firmado em estruturas narrativas, um completo universo imaginário. Os componentes verbais desse universo estão neutralizados como enunciados de realidade pela própria mimese, pela criação da obra ficcional, na acepção de Käte Hamburger.[5] Entretanto, o romance também pode realizar, em determinados casos, por efeito de sua narrativa, o jogo da linguagem poética.

Os grandes romances, a exemplo de *Grande sertão: veredas*, não são, como afirmou Maurice Merleau-Ponty, apenas aqueles que se deixam guiar por duas ou três ideias filosóficas. "A função do romance não é tematizar essas ideias, mas fazê-las existir diante de nós à maneira de coisas. O papel de Stendhal não era discorrer sobre a subjetividade, bastou-lhe torná-la presente."[6]

Para esse filósofo francês, ainda hoje confundido com os existencialistas, a metafísica, entendida como explicitação da vida humana e não como ciência suprema do real, transferira-se para a criação romanesca. Alcançar o ente em sua totalidade, por meio da razão — por meio da ordem racional dos conceitos ou da intuição —, foi, desde o começo, com Platão e Aristóteles, o alvo da metafísica, da ciência primeira — a filosofia por excelência, historicamente atuante — que Descartes e Hegel preservaram.

Esse entendimento da metafísica, que a despoja de seu tradicional caráter de conhecimento superior, vai ao encontro da atitude valorizadora da intuição dos poetas e da mensagem dos mitos. O pensamento como atenção à linguagem é o que reclama Heidegger. Em essência, os poetas e os pensadores falam do ser. Seria preciso auscultar as palavras, ouvir o que elas dizem poeticamente. Num romance que seja poético, elas poderão dizer da articulação do mundo, da existência e da temporalidade, propondo-nos o termo-limite, mostrado e não demonstrado, de questões fundamentais que Walter Benjamin chamou de *ideal do problema*.[7]

Nada mais pretendemos neste trabalho do que fazer uma aproximação hermenêutica a *Grande sertão: veredas*, para focalizar nele o *ideal do problema*, isto é,

> a ideia de uma verdade que, sendo da própria obra como tal, é não um mero problema filosófico extrínseco e avulso por ela levantado, mas a intrínseca verdade que prenuncia, verdade que por si só constitui, ainda que como interrogação expressa não se formule, e independentemente de sua prévia aliança com o discurso característico da filosofia, uma instância de questionamento.[8]

Seria a temporalidade relacionada com a temática do romance, e integrante de seu processo narrativo, a instância do questionamento filosófico em *Grande sertão: veredas*.

II

Numa estimativa dos componentes de sua obra, Guimarães Rosa atribuiu a mais alta cotação — quatro pontos — ao valor metafísico-religioso, contra três pontos para a poesia, dois pontos para o enredo e um ponto para o cenário e a realidade sertaneja.[9]

Como Fernando Pessoa, o criador de *Grande sertão: veredas* emprestou a mais alta importância à metafísica. E, como Fernando Pessoa, estendeu esse termo, aliás com propriedade, ao elemento religioso do pensamento, englobando neste as correntes místicas ocidentais e orientais que se interligam no conjunto heterogêneo e fluido do ocultismo, amálgama das ideias neoplatônicas e das doutrinas heterodoxas do cristianismo — o hermetismo e a alquimia —, da cabala e dos ensinamentos maçônicos. "Quero ficar com o Tao, com os Vedas e Upanixades, com os Evangelistas e São Paulo, com Platão, com Plotino, com Bergson, com Berdiaeff — com Cristo, principalmente."[10] Em muitas outras fontes do pensamento religioso-filosófico terá buscado, de acordo com o universalismo ocultista, as concordâncias doutrinárias, os pontos de convergência acerca do sentido transcendente da existência humana e de seu desenvolvimento espiritual. Guimarães Rosa assinalou passagens de boletins do Círculo Esotérico da Comunhão do Pensamento, anotou textos da Christian Science, de livros dos padres Sertillanges e Romano Guardini, segundo o diligente inventário que das leituras do romancista fez Suzi Frankl Sperber.[11] A compreensão neoplatônica, reconheceu Mary L. Daniel, ligou-se ao artesanato romanesco do escritor e progrediu no curso da elaboração de sua obra.[12]

Diante de fontes tão diversas, embora equilibradas em suas tendências espiritualistas comuns, o neoplatonismo é apenas uma rubrica genérica da visão do mundo de Guimarães Rosa. Designaria o vislumbre da transcendência para além e dentro da alma — o "quem das coisas" ou da "sobre-coisa"[13] na experiência comum —, o desapontar das afinidades secretas entre seres, o aceno de conversão do homem a si mesmo ou a suspeita de uma presença real por trás das aparências enganosas, a mão invisível que guia o tortuoso e casual itinerário das personagens — tudo isso, enfim, que, como movimento da criatura humana em meio a contrastes, a oposições extremas (carne/espírito, amor/ódio, bem/mal), conflui, por diferentes situações, conflitos e desfechos nas novelas de *Sagarana* e de *Corpo de baile*, nos contos de *Primeiras estórias* e em *Grande sertão: veredas*. Essa confluência estaria centrada, finalmente, na "atitude contemplativa que é característica do misticismo de inspiração neoplatônica".[14]

Sabe-se como Guimarães Rosa verteu a doutrina, a simbologia hermética e as figurações da iniciação ocultista na matéria de suas narrativas. Estão aí, para nos restringirmos às mais estudadas, "São Marcos", de *Sagarana*, "Recado do morro" e "Cara-de-Bronze", de *Corpo de baile*.

Pedro Orósio, de "Recado do morro", relaciona-se com os céus planetários (Júpiter, Vênus, Mercúrio, Lua, Marte e Sol), subimpressos nos nomes de seus companheiros de viagem (o Jovelino, o Veneriano, o Zé Azougue, o João Lualino, o Martinho, o Hélio Dias) às seis fazendas visitadas (Jove, Dona Vininha, Nhô Hermes, Nhá Selena, Marciano e Apolinário).[15] A viagem do Grivo em busca do "quem das coisas" é uma peregrinação iniciática, o recluso Cara-de-Bronze e a paisagem da região que seu emissário percorre enquadrados na simbologia maçônica e cabalística.[16] Simples detalhes de uma estória, substância, como o alvor do polvilho das lajes quebradas de uma pedreira, que envolve a beleza de Maria Exita, diante do fazendeiro Sionésio, adquirem projeção alegórica; no alvor do polvilho enxerta-se a imagem transubstanciadora da *pedra filosofal*. Personagens têm dupla natureza, típica e arquetípica, como a moça-velha, dona Rosalina, de "A estória de Lélio e Lina". Nomes de lugares, de coisas e de pessoas trazem mensagens cifradas da tradição heterodoxa do ocultismo, a cuja paciente decifração entregou-se, não sem êxito, Consuelo Albergaria, em seu *Bruxo da linguagem no Grande sertão*.[17] Quando conhecemos essas mensagens cifradas, sentimo-nos, diante da obra de Guimarães Rosa, como aquele que, num quadro de Holbein, *Os embaixadores*, há longo tempo contemplado, descobre, olhando-o através de um espelho, uma caveira ao longo e abaixo da mesa, entre os dois vultos imponentes, que a visão direta não distinguira. Um elemento alegórico sobressalente se oculta no retrato realista: sobressalente, digo, porquanto isso acrescenta ao valor representativo da pintura uma notação de contraste, que se rebate sobre a primeira mensagem plástica recebida, sem alterar a ordem da composição pictural. Do mesmo modo, o leitor de Rosa, a par dessas *anamorfoses* ocultistas de Zé Bebelo, de Diadorim e de Riobaldo, perceberá as camuflagens doutrinárias da história, sobressalentes à ação do romance — lido por Albergaria como um texto esotérico de iniciação —, que não alteram o jogo ficcional e que constituem prolongamentos do mesmo plano alegórico decorrente da visão do mundo de Guimarães Rosa.

Pode-se dizer, de *Grande sertão: veredas*, o mesmo que Dante disse da *Divina comédia* ao enviá-la ao seu protetor, o magnífico senhor Can Grande de Scala:

> [...] esta obra não tem sentido simples, mas ao contrário pode-se até chamá-la de polissema, isto é, que tem mais de um significado; pois o primeiro é o que se tem na própria letra, e o outro que tira seu sentido daquilo que se diz pela letra. O primeiro se chama literal; o segundo, alegórico ou místico.[18]

Este último, tal como na *Divina comédia*, desdobrar-se-ia, em *Grande sertão: veredas*, numa significação moral e numa significação *anagógica*, propriamente mística, proposta ao leitor.

Segundo a retórica medieval, a composição poética, realizada com o recurso de imagens e figurações que se destinam a exprimir verdades, era um modo fraco do pensamento filosófico. Medido por essa bitola da alegoria, Guimarães Rosa trabalharia como filósofo — *en philosophe*, nas palavras de Jean de Meung. Mas o filósofo que alegoriza em *Grande sertão: veredas* é, antes de tudo, um pensador-poeta trabalhando como romancista. Enquanto o pensador-poeta desce até as palavras para construir o solo metafórico do Sertão, onde dissemina imagens neoplatônicas, ideias agostinianas e filamentos de textos teológico-místicos, o romancista articula a história do jagunço Riobaldo, por este mesmo contada, numa estrutura meândrica, labiríntica, que envolve também formas diferentes de romance, das quais extraiu esquemas característicos para construir o formato complexo inconfundível de sua obra.

A primeira dessas formas é a que circunscreve o traçado épico de *Grande sertão: veredas*, na acepção, frequentemente ressaltada, de epopeia cavaleiresca, dentro do vetusto esquema do *romance de busca* ou *de demanda*,[19] desenvolvido em três fases: uma jornada ou viagem perigosa (*agon*), precedida ou seguida de peripécias menores, uma luta crucial ou batalha mortal (*páthos*) contra um inimigo terrível, em que o herói também pode perecer, e o reconhecimento (*anagnórisis*) final da missão heroica que se cumpriu. Protagonista e opositor são homens comuns ou seres dotados de atributos extraordinários e opostos, benéficos ou divinos os do primeiro, maléficos ou demoníacos os do segundo.

Riobaldo atravessa o Sertão numa empresa de vindita, para exterminar o grande inimigo Hermógenes, traiçoeiro e cruel, assassino de Joca Ramiro; vence-o em batalha renhida e é reconhecido como o libertador das paragens sertanejas. Mas sobre esse esquema do romance arcaico, próximo do mito solar — the mythos of summer —,[20] Guimarães Rosa implanta, distendendo cada etapa, uma outra forma, a do moderno romance de introspecção, que faz passar a demanda de Riobaldo, em sua condição de cavaleiro-jagunço, ao plano reflexivo do relato em primeira pessoa, autobiográfico, que se volta para a ação consumada a fim de questionar-lhe o sentido.

Tanto a primeira como a segunda etapa — a da viagem e a da batalha mortal — são mediadas por um singular coadjuvante, ao mesmo tempo opositor: a personagem de Diadorim, objeto de atração e repulsa para o herói, preso aos laços de um "máu amor oculto" (p. 65), amor de "jeito condenado" (p. 73), companheiro e amante que o leva a defrontar-se com o arqui-inimigo. "Para poder matar o Hermógenes era que eu tinha conhecido Diadorim..." (p. 388). A batalha final se trava quando Riobaldo ascende à chefia do bando, sucedendo a Zé Bebelo, depois do pacto com o demo, invocado nas Veredas-Mortas. No combate mortal, é Diadorim, o ambíguo Reinaldo, quem mata o adversário e que morre ao fazê-lo. O reconhecimento do herói sucede à sua derrota trágica: a morte de Reinaldo, espécie de transfiguração reveladora de sua vera natureza feminina, entretanto amado como homem.

Esse trajeto da aventura, da viagem perigosa no Sertão, é o que Riobaldo, como personagem-narrador, recolheu em sua memória, e que recompõe, dificultosamente, refletindo de maneira interrogativa acerca do sentido da ação consumada, sob o foco da questão premente da existência real do Maligno. "E me inventei neste gosto, de especular ideia. O diabo existe e não existe? Dou o dito. Abrenúncio" (p. 15).

De duas maneiras conjugadas, Guimarães Rosa modifica a forma introspectiva do romance moderno: mantendo o registro épico dos acontecimentos, dentro do relato de Riobaldo, como desfio da recordação, e dando à recordação um alcance inquisitivo, numa linha semelhante à da anamnese platônica.[21] "Eu sei que isto que estou dizendo é dificultoso, muito entrançado. [...] Eu queria decifrar as coisas que são importantes. E estou contando não é uma vida de sertanejo, seja se for jagunço, mas a *matéria vertente*" (p. 77). Riobaldo não recorda para recuperar a lembrança, devolutiva do passado. Estamos longe da busca proustiana do tempo perdido, da recolha do *"albâtre translucide de nos souvenirs, duquel nous sommes incapables de montrer la couleur"*.[22]

Reviver a memória, a necessidade proustiana fundamental, é meio para decifrar aquelas coisas que são importantes, para compreender a "ação escorregada e aflita, mas sem sustância narrável" (p. 103), para compreender-se agindo, num recuo ao instante das decisões, aos momentos dos atos, das "coisas que formaram passado para mim com mais pertença" (p. 78). A recordação transporta Riobaldo ao fundo de si mesmo, levando-o ao dúbio conhecimento do que foi e daquilo que se tornou, em meio ao vago discernimento do que poderia ter sido. É que a lembrança converte-se em *reminiscência*, recordação obscura através da qual, paradoxalmente, pode ver com súbita clareza o que importa. "Sou um homem ignorante. Gosto de ser. Não é só no escuro que a gente percebe a luzinha dividida?" (p. 224).

A anamnese platônica, que se transferiu à doutrina de Santo Agostinho, tem como limite a reminiscência, interno aposento dos palácios da memória de que nos fala o santo doutor em suas *Confissões*,[23] e que são os de Riobaldo, "aonde o demônio não consegue espaço de entrar" (p. 338). "No coração da gente, é o que estou figurando. Meu sertão, meu regozijo!" (p. 338). À reminiscência, que isentaria a alma dos transtornos da mudança, reconduzindo-a, de acordo com o neoplatonismo, à sua verdadeira origem, opõe-se a sucessão dos atos que configuram o Destino, na medida em que formam o passado.[24]

A interrogação de Riobaldo sobre a existência do diabo, e consequentemente sobre a possibilidade de ter sido pactário, é a pergunta acerca do Destino, isto é, a pergunta em torno da predeterminação ou da liberdade de sua existência.

> Digo ao senhor: tudo é pacto. Todo caminho da gente é resvaloso. Mas, também, cair não prejudica demais — a gente levanta, a gente sobe, a gente volta! Deus resvala? Mire e veja. Tenho medo? Não. Estou dando batalha. É preciso negar o que o "Que-Diga" existe. (p. 226)

Essa é a demanda reflexiva intérmina de Riobaldo contando sua história — para saber "o que é que vale e o que é que não vale?" (p. 109). "O senhor entende, o que conto assim é resumo; pois no estado do viver, as coisas vão enqueridas com muita astúcia" (p. 295). Contando o que se passou, Riobaldo põe em causa o pacto, que ficou para trás, e o Destino como sina, que o fadou a tornar-se chefe jagunço e a amar Diadorim.

A reflexividade se instaura no processo de narração, que reabre, a cada passo, a aventura do personagem projetada como travessia do Sertão. O Sertão tematiza o mundo, e a travessia, conforme se verá, tematiza o Tempo, numa figuração da temporalidade. Mas já estamos em face da estrutura meândrica da narrativa que absorve, gerando a forma complexa de *Grande sertão: veredas*, o esquema do romance introspectivo, ao qual se integrou o do romance de busca.

III

Essa estrutura de labirinto acompanha o vaivém de uma conversa descosida, espaçada, posto que a narração de Riobaldo, um puro reconto articulado sob o ritmo de impostação oral, faz-se diante de um outro, que o escuta — de uma segunda pessoa sempre presente a cada volta do labirinto e que, embora não tome a palavra, marca sua interferência silenciosa e descontínua, mediante perguntas subentendidas sobre os incidentes da aventura relatada, pausas dentro de um diálogo[25] ao qual se deve o prosseguimento sinuoso, de interrupção a interrupção, da história ("olhe", "o senhor pergunte", "o senhor vê", "explico ao senhor", "o senhor ouvia, eu lhe dizia", "tanto, digo", "bom, ia falando", "o senhor... mire veja", "minto").

A esse outro se dirigem as indagações do ex-jagunço, especulando ideia; dele quer saber se o Cujo existe ou não existe, se é ou não pactário. No circuito da conversação assim desenrolada é que Riobaldo recorda, o interlocutor silente colocado diante dele como o intérprete da ação decorrida. "Falar com o estranho assim, que bem ouve e logo longe se vai embora, é um segundo proveito: faz do jeito que eu falasse mais mesmo comigo" (p. 35). Em confronto com esse outro, a subjetividade do narrador — que reflete — se exterioriza, o conhecimento de si mesmo obtido no curso do diálogo, intersubjetivamente.

A figura do *narratário*, nessa segunda pessoa, cristaliza pois o espaço do intercurso dialogal dentro do romance. Há, porém, um terceiro proveito que Riobaldo espera tirar daquele com quem dialoga: a versão escrita de seu relato, a suma textual do narrado, como repensamento em forma de letra que o subtraia do entrançado dos acontecimentos e da contingência dos atos que lhes deram origem, configurando o traçado do Destino. "Mas o senhor é homem sobrevindo, sensato, fiel como papel, o senhor me ouve, pensa e repensa, e rediz, então me ajuda" (p. 77). Homem instruído, o imaginário interlocutor contará como nos livros, seguidamente. "A vida é um vago variado. O senhor escreva no caderno: sete páginas..." (p. 359). "Campos do Tamanduá-tão — o senhor aí escreva: vinte páginas... Nos campos do Tamanduá-tão. Foi grande batalha" (p. 391).

Na presença do *narratário* reflete-se não só a esquiva presença do escritor: insinua-se a autorreferencialidade da própria obra, que engloba todos os eventos do relato e da existência do sujeito narrador. Por meio da forma do intercurso dialogal, manter-se-á, dentro do romance, uma oposição entre o *falado* e o *escrito* — entre o discurso de vida e o texto que o recolhe.

A figuração da temporalidade, que procuraremos identificar, apoia-se no *tempo da narrativa*, que concerne à ordem dos eventos narrados e à sua duração.[26]

No que diz respeito à *ordem*, deve ser dito, em primeiro lugar, que uma grande e geral anacronia marca os eventos da história: a distância entre cada um deles e a situação delimitada pelos segmentos do relato oral, que indiciam, como os já anteriormente mencionados ("olhe", "senhor pergunte" etc.), as passagens da conversação.

> Eh, que se vai? Jàjá? É que não. Hoje, não. Amanhã, não. Não consinto. O senhor me desculpe, mas em empenho de minha amizade aceite: o senhor fica. Depois, quinta de-manhã-cedo, o senhor querendo ir, então vai, mesmo me deixa sentindo sua falta. Mas, hoje ou amanhã, não. Visita, aqui em casa, comigo, é por três dias! (p. 25)[27]

Desse eixo fincado no presente dialogal é que parte o encadear dos eventos, entramadamente, ora por meio de *retrospecções* (por exemplo, o conhecimento de Diadorim, ainda menino, e o de Zé Bebelo, a quem Riobaldo serviu, precedem, em tempos anteriores aos dos momentos da ação ou do enredo), ora por meio de *antecipações* indicadas por advertências (a luta do Paredão, a morte de Diadorim). Umas e outras são tão numerosas — até pelo menos o anúncio da morte de Joca Ramiro, no lugar chamado Guararavacã, talvez a divisória do romance — que a ordem da história narrada parece surgir da reflexão questionante do personagem-narrador: dos atalhos da recordação e das veredas da especulação.

A *duração*, que se pode avaliar na segunda porção da obra, mais episódica, onde encontramos uma pausa, também sumária — depois da volta de Zé Bebelo, quando começa a guerra contra o Hermógenes —, que recapitula os principais eventos e situações (a atuação de Joca Ramiro, as atitudes de Medeiros Vaz e de Sô Candelário, os amores de Riobaldo, principalmente Otacília, Nhorinhá e Diadorim) —, não está isenta de calculado desajuste entre o tempo do que é narrado e a extensão cronológica do acontecimento respectivo.

> Vá de retro! — nanje os dias e as noites não recordo. Digo os seis, e acho que minto; se der por os cinco ou quatro, não minto mais? Só foi um tempo. Só que alargou demora de anos — às vezes achei; ou às vezes também, por diverso sentir, acho que se perpassou, no zúo de um minuto mito: briga de beija-flôr (p. 248),

como se diz da demora do cerco do bando na Casa dos Tucanos.[28]

Ocorre que tanto num caso como noutro, seja sob o aspecto da *ordem*, seja sob o aspecto da *duração*, o tempo do esquema épico do romance sofre a interferência da reflexividade da narração, que tematiza a experiência temporal, juntamente com o mundo. Sob a englobante perspectiva da reflexão, distinguem-se vários modos de temporalidade, referidos em distintas passagens, como que intercalados no curso da aventura: o *cósmico*, repetitivo, como ciclo das estações e dos anos ("Milho crescia em roças, sabiá deu cria, gameleira pingou frutinhas, o pequí amadurecia no pequizeiro e a cair no chão, veio veranico, pitanga e cajú nos campos", p. 220); o *psicológico*, enquanto *durée* ("Tem horas antigas que ficaram muito mais perto da gente do que outras, de recente data", pp. 76-7); e o *instantâneo*, rapto e arroubo místicos, depois da invocação do demo nas Veredas-Mortas ("Despresenciei. Aquilo foi um buracão de tempo", p. 304).

Essa tematização mostra-nos que Riobaldo debate o tempo e se debate contra ele, arguindo-o como raiz do suceder e, portanto, do Destino. "Tudo o que já foi, é o começo do que vai vir, toda a hora a gente está num cômpito" (p. 226). À medida que o relato rememorativo se perfaz, uma nova consciência do passado vai surgindo. "Em certo momento, se o caminho demudasse — se o que aconteceu não tivesse acontecido? Como havia de ter sido a ser? Memórias que não me dão fundamento. O passado — é ossos em redor de ninho de coruja..." (p. 374). O passado não se isola do presente, onde está contido, nem do futuro, de onde proveio. Não haveria três tempos diferentes na sucessão, que mede as coisas e divide nossos atos, ensinou Santo Agostinho, no Livro XI das *Confissões*. O passado é a lembrança, inteligível mediante a visão das coisas presentes e a expectativa das futuras. "Pelo que, pareceu-me que o tempo não é outra coisa senão extensão (*distentio*); mas de que coisa o seja, ignoro-o. Seria para admirar que não fosse a do próprio espírito."[29]

Já quase no final do romance, quando se prepara para a batalha mortal, Riobaldo exclama: "Tempo que me mediu. Tempo? Se as pessoas esbarrassem, para pensar — tem uma coisa! —: eu vejo é o puro tempo vindo de baixo, quieto mole, como a enchente duma água... Tempo é a vida da morte: imperfeição" (p. 420). Como para Plotino e Santo Agostinho, o tempo é imperfeição: a finitude da criatura em sua parte corporal, em contraposição à eternidade, ao *nunc stans* do ser absoluto, divino, origem e fim da alma.[30]

A figuração da temporalidade que a narração sustenta — em seu ir e vir, pela recordação, a momentos *presentes* no passado e, pela expectativa, a momentos *presentes* no futuro, retrovindo-se e projetando-se com o movimento do relato oral do narrador na direção de quem o escuta, é a *temporalização extática*,[31] lance indiviso da existência humana que os eventos recortam, mas que se recobra a cada instante, como a aventura de Riobaldo, terminada no recolhimento. "Vender sua própria alma... Invencionice falsa! E, alma, o que é? Alma tem de ser coisa interna supremada, muito mais do de dentro, e é só, do que um se pensa: ah! alma absoluta!" (p. 25).

Por esse caminho hermenêutico, a verdade da obra, como *ideal do problema* — a verdade do pensamento poético de *Grande sertão: veredas* —, está na juntura da temporalidade, que nos redime da pura sucessão, e do Destino, desdobrado em contingência: a *travessia* no mundo, o Sertão mítico, sob a paciência de Deus e a impaciência do diabo. O refrão do *viver perigoso* demarca a instância do questionamento filosófico do extraordinário romance de Guimarães Rosa.

ACHEGA FINAL

Como pode o romance, que é ficção, colocando a criação verbal fora do sistema de enunciação da linguagem, mostrar poeticamente um limite do pensamento?

Já em si, a narrativa em primeira pessoa constitui um embaraçoso problema teórico para Käte Hamburger. A autora de *A lógica da criação literária* prefere considerá-la como fingimento. Uma fingida mimese, porquanto o sujeito narrador é sujeito de enunciação.

Grande sertão: veredas confunde, entretanto, os exemplos canônicos. Nesse romance, o jogo da linguagem também questiona a ficção, através do caráter dubitativo que imprime à narrativa: o tema do falseamento da experiência vivida, pela incerteza, pela insegurança e pela incompletude do contar dificultoso. Riobaldo não acerta no contar porque está "remexendo o vivido longe alto, com pouco carôço" (p. 131). Só consegue dar relato do que reuniu "relembrado e verdadeiramente entendido" (p. 105). O dificultoso que há nisso vem da "astúcia que têm certas coisas passadas — de fazer balancê, de se remexerem dos lugares" (p. 136).

A astúcia do passado reproduz-se nas ciladas da narrativa em permanente balancê, o sujeito narrador voltando-se para a linguagem, a cada momento preso às palavras e a cada momento fazendo *ver* através delas o que não pode ser narrado, mas só poeticamente mostrado. A dialética do falado e do escrito, na tensão do relato oral dentro do *texto*, condiciona a passagem da mimese à *poiesis*.

O plano alegórico de *Grande sertão: veredas* — o da visão mística e do mito — recebe dessa narrativa poética e dessa poesia pensante seu alcance anagógico, de convite à contemplação.

NOTAS

1. Benedito Nunes, "Literatura-filosofia: A análise de *Grande sertão: veredas* de João Guimarães Rosa". *Cadernos da PUC-RJ*, 1976.
2. Roman Ingarden, *A obra de arte literária*. Lisboa: Fundação Calouste Gulbenkian, 1965.
3. Warren Shibles, "Poesia e filosofia", *Wittgenstein: Linguagem e filosofia*. São Paulo: Cultrix, 1974, pp. 21-7.
4. Käte Hamburger, *A lógica da criação literária*. São Paulo: Perspectiva, 1975, pp. 167 ss.
5. Ibid., pp. 39-45.
6. Maurice Merleau-Ponty, "Le Roman et la métaphysique", in: *Sens et non-sens*. Paris: Nagel, 1966, p. 45.
7. Walter Benjamin, "*Affinités electives* de Goethe", in: *Œuvres choisies*. Paris: Julliard, 1959, p. 150.
8. Nunes, op. cit. Convém estendermos esta nota, esclarecendo conjuntamente o método empregado e a terminologia, a começar pelo "ideal do problema".

   A palavra "ideal", na expressão de Walter Benjamin, é um termo-chave do idealismo germânico, usado crítica e especulativamente. Kant empregou-o de maneira crítica para assinalar a função reguladora das Ideias racionais — Deus, por exemplo — sobre o conhecimento. Como ideia de uma causa absoluta dos fenômenos, que ultrapassa a experiência, extrapolando a categoria de causalidade, e desligada do tempo e do espaço, Deus não pode ser realmente conhecido. Representa, porém, relativamente à ordem empírica de nossos conhecimentos, o *ideal* de unidade de todas as causas: a *ideia* apenas reguladora, de alcance metodológico, da ciência total, do sistema completo do universo. Nesse sentido, o *ideal* é autolimitação do conhecimento racional. O uso especulativo, em Hegel, faz do *ideal* a Ideia racional em via de realização; a Ideia une verdade e beleza; o belo é a "aparição sensível da Ideia" (*sinnlich Scheinen der Idee*).

   O *ideal do problema* referido por Walter Benjamin, em seu ensaio de interpretação de *As afinidades eletivas*, de Goethe, retorna ao parentesco legítimo que o Romantismo estreitou entre a filosofia e a arte — parentesco que autorizaria, sob muitas reservas e cautelas, quer o tratamento filosófico da criação artística, quer o tratamento artístico das obras filosóficas.

   "O todo da filosofia, seu sistema", diz o ensaísta alemão, "estende sua soberania mais para além das respostas que pode reclamar o conjunto de seus problemas" (op. cit., p. 150). Não há problemas filosóficos isolados, fora da ordem sistemática dos conceitos na base dos quais são formulados e ao mesmo tempo resolvidos; a solução decorre da formulação ou a formulação implica a solução; ambas valem dentro do sistema de que os problemas formam o arcabouço. Mas se todas as questões filosóficas podem ser solucionadas de acordo com o sistema de conceitos do qual fazem parte, a articulação mesma dessas questões, em sua unidade sistemática, não é objeto de indagação expressa, e permaneceria insolúvel se o fosse. Sem que se dissipe, a ideia da unidade dos problemas persiste enquanto ideia-limite ou ideal da solução de todos, uma vez resolvido o princípio que lhes é comum e em que se assenta o sistema. "O que os filósofos chamam de ideal do problema é essa mesma ideia de uma questão inexistente incidindo sobre a unidade da filosofia" (op. cit., p. 150). Seria a solução do todo sistemático da filosofia, a verdade como ideal realizado.

Mas, para Benjamin, as obras de arte "apresentam uma profunda afinidade" com o ideal da unidade da filosofia. Essa afinidade, que se concerta no plano ontológico, só pode ter por base a correspondência entre o que é belo e o que é verdadeiro. Benjamin aplica a lição de Hegel, que lhe era familiar. A correspondência avizinha, aproxima dois domínios simetricamente inversos, posto que o belo torna manifesta, no sensível, a verdade da ideia, racionalmente independente do sensível.

Sem ser objeto de interpretação expressa, a verdade pende sobre a grande ou autêntica obra de arte, como exigência de completude. Mas também se pode dizer que a arte, cuja existência genérica é uma abstração, submete a exigência de realização conceptual, determinante na esfera do pensamento especulativo, ao modo de ser concreto e individual que a caracteriza como obra. Em termos hegelianos, a obra é um todo, e como tal uma *totalidade de sentido no sensível*, o ideal inseparável das aparências, da fenomenalidade em que se manifesta.

Transpondo-se esse entendimento da arte para o terreno da literatura, sob o foco da aproximação hermenêutica, que utilizaremos na leitura de *Grande sertão: veredas*, diremos que a verdade da obra, quando esta é filosoficamente interpretada e, portanto, quando examinada do ponto de vista dos problemas filosóficos que deixa entrever, ou que se encontram nela tematizados, isto é, incorporados aos seus temas e recondicionados à sua forma específica, concerne ao *mundo* que se articula no discurso — no discurso feito texto, cujo sentido, objetificado pela escrita, e assim distanciado das intenções do autor, a leitura interpretativa reatualiza. No caso particular do romance, a leitura de aproximação hermenêutica, que acompanha a pauta temática do texto, vai ao encontro, através do mundo nele constituído — a ordem dos acontecimentos e a situação dos personagens —, da *instância de questionamento*: a questão por meio da qual a verdade da obra se mostra. Essa questão, implícita às demais, não expressamente formulada como pergunta, e que a todas confere sentido, envolve o elemento conceptual, genérico, da ideia — o ideal do problema, a unidade do pensamento filosófico — sem se resolver, entretanto, como ideia. Transparecendo à custa da ação, guardando constante nexo com os conflitos desenrolados, mas sem nenhum poder de síntese sobre eles, a questão, ideia irrealizada que se projeta no horizonte do mundo criado, apresenta para o pensamento filosófico interrogativo, de que é a instância dentro da obra, ao mesmo tempo que uma figura da existência real, um "claro enigma", um limite da racionalidade.

A leitura hermenêutica, retomando o discurso, interroga o texto em busca da questão que o mundo da obra propõe ao pensamento. A simples descrição da *visão do mundo* (*Weltanschauung*), da mundivivência, é apenas uma via de acesso à instância de questionamento, que a coloca em causa ou torna-a problemática.

A exegese filosófica de *Grande sertão: veredas* é reclamada pelo caráter reflexivo de um texto que narra rememorando, e que, rememorando, interroga os motivos de uma ação transcorrida. As perguntas que encaminham à narrativa delineiam o elemento conceptual, o núcleo dos problemas gerais explicitados pela leitura.

9. João Guimarães Rosa, *Correspondência com seu tradutor italiano Edoardo Bizzarri*. São Paulo: Instituto Cultural Ítalo-Brasileiro, 1986, p. 68. A complexidade de *Grande sertão: veredas* está apenas esquematizada nessa estimativa. O cenário e a realidade regionais desdobram-se no Sertão da aventura humana. Na paisagem sertaneja localizam-se as "regiões" ética e espiritual. A poesia, como ação verbal, entrama-se à ação propriamente dita, de que o enredo é o esqueleto épico, ao mesmo tempo aventura e busca do personagem-narrador em função do mito (o pacto com o demônio) que as mobiliza, gerando

um éthos, um modo de ser e de agir levado ao plano reflexivo. O mito cristão-medieval do Tentador é excedido pelo *demoníaco*, no sentido que Goethe deu a esse termo: força obscura, contraditória, transcendendo a individualidade de que emana, oposta à ordem do mundo e entrecruzando-se com ela (ver Goethe, *Poesia e verdade*, vigésimo livro).

Riobaldo seria o "herói problemático", que procura situar-se "num mundo degradado", segundo a formulação já clássica da teoria do romance, de Lukács. A riqueza dos componentes do romance espelha-se na complexidade da forma — aparentemente simples em seu desenvolvimento monologal. "É somente no romance", diz Lukács, "que o tempo se mostra ligado à forma" (*La Théorie du Roman*. Paris: Gonthier, 1971, p. 121).

Em *Grande sertão: veredas*, o tempo é o eixo da forma da narração e do mundo romanesco. Usamos a palavra "temporalidade" para significar a dimensão originária do existente humano, facticamente situado e aberto na compreensão de si mesmo e do mundo, como *projeto*, às suas possibilidades. A conhecida procedência dessa terminologia (Heidegger, *Ser e tempo*) atesta o vínculo de nossa leitura com a fenomenologia hermenêutica.

10. Rosa, op. cit., p. 67.
11. Suzi Frankl Sperber, *Caos e cosmos: Leituras de Guimarães Rosa*. São Paulo: Duas Cidades, 1976.
12. Mary L. Daniel, *João Guimarães Rosa: Travessia literária*. Rio de Janeiro: José Olympio, 1968, p. 173.
13. O "quem das coisas" é o que busca o Grivo em "Cara-de-Bronze", de *Corpo de baile*. A "sobre-coisa": referência ao saber do compadre Quelemém (*Grande sertão: veredas*, p. 189).
14. Francisco Faus, "João Guimarães Rosa, le 'contemplatif transparent'", in: Mary L. Daniel, op. cit., pp. 15-6.
15. Rosa, op. cit., p. 64.
16. Ver Milton de Godoy Campos, "Guimarães Rosa: mestre ocultista". Suplemento Literário d'*O Estado de S. Paulo*, 6 jan. 1974, n. 858, ano XVIII.
17. Consuelo Albergaria, *Bruxo da linguagem no Grande sertão: Leitura dos elementos esotéricos na obra de Guimarães Rosa*. Rio de Janeiro: Tempo Brasileiro, 1977.
18. Dante Alighieri, "Epístolas", in: *Obras completas*. São Paulo: Editora das Américas, [s.d.], v. X, p. 170.
19. Cf. Northrop Frye, *Anatomy of Criticism*. Nova York: Atheneum, 1966, pp. 186-7.
20. Ibid.
21. Ver, acerca das fontes filosóficas da anamnese em Guimarães Rosa, o livro de Suzi Frankl Sperber, *Caos e cosmos*, já mencionado.
22. Marcel Proust, "La Prisionnière", in: *À la Recherche du temps perdu*. Paris: Gallimard, 1927, v. XII, p. 111. A busca do *tempo perdido* é a busca do centro, da convergência das lembranças. O *tempo reencontrado* é de certo modo o tempo abolido — o artifício estético da temporalidade conquistada, redimida pela memória, como objeto de uma obra a ser escrita. Os instantes revividos são mais do que um momento do passado. "*Rien qu'un moment du passé? Beaucoup plus, peut-être; quelque chose qui commun à la fois au passé et au présent, est beaucoup plus essentiel qu'eux deux*" ("Le Temps retrouvé", v. II). Mas esse elemento comum é intemporal. "*Une minute affranchie de l'ordre du temps a recréé en nous pour la sentir l'homme affranchi de l'ordre du temps*" (ibid.).
23. Santo Agostinho, *Confissões*. Porto: [s. n.], 1948, livro X, p. 280. "Transporei então esta força de minha natureza, subindo por degraus até aquele que me criou. Chego aos *campos* e *vastos palácios da memória*, onde estão tesouros de inumeráveis imagens trazidas por percepções de toda espécie." Segundo Santo Agostinho, as noções que não provêm dos sentidos originam-se do pensamento, que colige as coisas dispersas e desordenadas na memória, chegando à lembrança da lembrança, ou seja, à reminiscência de Deus.

24. O neoplatonismo, pelo menos em sua fonte primeira — Plotino —, nega o curso fatal do Destino como encadeamento causal necessário (influência dos astros ou de demônios) de agentes exteriores. Ver, a respeito, o tratado 1 da terceira *Enéada*.
25. Roberto Schwarz, "*Grande sertão*: a fala", *A sereia e o desconfiado: Ensaios críticos*. Rio de Janeiro: Civilização Brasileira, 1965, pp. 23-7.
26. Seguimos a distinção de Gérard Genette (*Figures III: Discours du récit, essai de méthode*. Paris: Éditions du Seuil, 1972) entre *ordre et durée*.
27. "O senhor ponha enredo. Vai assim, vem outro café, se pita um bom cigarro. Do jeito é que retôrço meus dias: repensando. Assentado nesta boa cadeira grandalhona de espreguiçar, que é das de Carinhanha" (p. 224). "Nosso pessoal, montão deles, pegou a mazelar. Mas isto eu refiro depois. O senhor já que me ouviu até aqui, vá ouvindo" (p. 275). "O senhor escute meu coração, pegue no meu pulso. O senhor avista meus cabelos brancos... Viver — não é? — é muito perigoso" (p. 418). "O senhor nonada conhece de mim; sabe o muito ou o pouco? O Urucúia é ázigo... Vida vencida de um, caminhos todos para trás, é história que instrui vida do senhor, algum? O senhor enche uma caderneta... O senhor vê aonde é o sertão? Beira dele, meio dele?... Tudo sai é mesmo de escuros buracos, tirante o que vem do Céu. Eu sei" (p. 426).
28. Antecedendo o trecho citado: "Mas conto menos do que foi: a meio, por em dobro não contar. Assim seja que o senhor uma ideia se faça. Altas misérias nossas. Mesmo eu — que, o senhor já viu, reviro retentiva com espelho cem-dobro de lumes, e tudo, graúdo e miúdo, guardo — mesmo eu não acerto no descrever o que se passou assim, passamos, cercados guerreantes dentro da Casa dos Tucanos, pelas balas dos capangas do Hermógenes, por causa" (p. 248). Ainda como exemplo: "Curtamente: dali da Sempre-Verde, com um dia mais, desapartamos" (p. 207).
29. A análise agostiniana (livro XI das *Confissões*) alcança criticamente a concepção do tempo exposta por Aristóteles na *Física*: a medida do movimento segundo o anterior e o posterior. De acordo com Santo Agostinho, não haveria três tempos — o anterior do *passado*, o posterior do *futuro* e o "agora" do *presente* —, mas um só movimento da alma como presente das coisas passadas pela lembrança, presente das presentes pela atenção e presente das futuras pela expectativa. A reminiscência é a lembrança do que esquecemos, do Deus oculto, ser eterno e imutável. "Na eternidade [...] nada passa, tudo é presente, ao passo que o tempo nunca é todo presente. [...] Quem poderá prender o coração do homem para que pare e veja como a eternidade imóvel determina o futuro e o passado?" (*Confissões*, livro XI).
30. "Um ser que dura, mesmo completo, como, por exemplo, o corpo completado pela alma, ainda tem necessidade do futuro; ele tem, portanto, uma falha, porque necessita do tempo" (Plotino, *Enéada III*, livro 7). O temporal é defectivo; o eterno, idêntico a si mesmo, é infinito, total e perfeito. Eis a doutrina plotiniana. No debate de Riobaldo com o tempo, a nova consciência do passado que surge com o avanço da rememoração também acarreta uma nova consciência do futuro. "O que é de paz, cresce por si: de ouvir boi berrando à forra, me vinha ideia de tudo só ser o passado no futuro" (p. 209). A visão neoplatônica do mundo tenderia a submeter o temporal ao eterno, a existência humana à transcendência do ser divino; mas a verdade da obra desprende-se da mundivivência do autor.
31. Não bastaria dizer que a temporalidade é o *continuum* da existência humana enquanto cada um de seus momentos — passado, presente e futuro — corresponde a uma dimensão do existente (*Dasein*), como ser-no-mundo e à estrutura do *cuidado* (*Sorge*) que caracteriza a existência humana. De acordo com a fenomenologia heideggeriana do tempo, o passado corresponde à situação global do homem no mundo (facticidade), o presente ao confronto com os entes e o futuro ao projetar-se das possibilidades. O *Dasein* é o que foi na medida do que pôde ser, projetado no futuro e presente a si mesmo. A temporalidade é, pois, um *ek-statikon: movimento fora de si*, de que cada componente constitui um *ek-stase*, em recíproca ligação com os demais. Entretanto, a primazia cabe ao "futuro", que garante a

estrutura do *cuidado*, o ser projetante do *Dasein*. Da temporalidade — o tempo originário que funda, por assim dizer, o tempo objetivo e o tempo subjetivo, e ao qual não se pode aplicar nem a noção de ente nem a de fluxo — convém afirmar, embora tautologicamente, que se *temporaliza* a partir de cada *êxtase*. Não há sucessão entre os êxtases. Mas, dessa forma, a temporalidade se torna uma descrição da finitude do ser humano e, consequentemente, da contingência de todo acontecer oriundo da ação. "Possível o que é — possível o que foi. O sertão não chama ninguém às claras; mais, porém, se esconde e acena. Mas o sertão de repente se estremece, debaixo da gente... E — mesmo — possível o que não foi" (p. 374). A temporalidade é o cômpito, a encruzilhada. Como obra, *Grande sertão: veredas* figura a temporalidade como temporalização, ou seja, a existência humana em sua fragilidade enigmática de evento. "Viver — não é? — é muito perigoso. Porque ainda não se sabe. Porque aprender-a-viver é que é o viver, mesmo" (p. 418). Nesse sentido, a *travessia* perigosa no sertão do mundo é uma errância. "Em desde aquele tempo, eu já achava que a vida da gente vai em êrros, como um relato sem pés nem cabeça, por falta de sisudez e alegria. Vida devia de ser como na sala do teatro, cada um inteiro fazendo com forte gosto seu papel, desempenho. Era o que eu acho, é o que eu achava" (p. 179).

O MUNDO MISTURADO:
ROMANCE E EXPERIÊNCIA EM GUIMARÃES ROSA*

Davi Arrigucci Jr.

O JAGUNÇO CANSADO

Numa das reviravoltas do destino, o jagunço (e narrador) Riobaldo se vê combatendo seu ex-aluno e de certo modo também seu mestre Zé Bebelo, a quem muito aprecia, mas cujas expectativas acaba traindo, ao abandoná-lo sem explicação.[1] Na luta contra esse amigo, está aliado ao Hermógenes, por quem sente desde logo funda desconfiança, imaginando-o "grosso misturado — dum cavalo e duma jiboia" (p. 153). Tem de obedecer a ele, agir a seu mando, matar sob as ordens desse que, pouco depois, se mostrará traidor e assassino, virando seu pior inimigo, o *judas* por excelência.

A inversão de posições, misturas e reversibilidades em vários planos — do sexual ao metafísico, do moral ao político —, com as complicações decorrentes, não devem causar estranheza a um leitor de *Grande sertão: veredas*, em que fatos como esses ocorrem com frequência, expondo o desconcerto na conduta dos seres e quebrando a ordem linear do relato. Um deles, no centro do enredo, é nada menos que a paixão entre dois jagunços, num meio onde manda quem é mais forte e a paz depende da guerra, sendo a regra a violência. Ali tudo vira problema.

Com efeito, já no início do livro nos defrontamos com os limites sempre instáveis do sertão e das opiniões — "pão ou pães, é questão de opiniães" (p. 13) —, ou com o tão falado poder do diabo de se misturar em tudo. No momento referido, porém, a complexidade

---

* Publicado originalmente em *Novos Estudos Cebrap* (São Paulo, n. 40, nov. 1994), pp. 7-29.

costumeira, própria de uma obra-prima como essa, que soma dificuldades o tempo inteiro e não conhece frouxidão, mostra-se aguçada pelo acúmulo das contradições que tendem a brotar de todo lado. Passagens assim demonstram a articulação geral e profunda dos componentes que estruturam o livro e fazem sua força, sempre pronta a aflorar a qualquer instante, tornando-se visível em toda a sua inteireza.

Riobaldo se encontra a caminho do Cansanção-Velho (nome em que ainda ecoa o sertão de Euclides da Cunha e que indicia talvez o cansaço e o incômodo do personagem naquele trecho).[2] Está exausto, insone e muito dividido em seus pensamentos, após o longo e violento combate contra o bando dos zé-bebelos. Parece que os percalços de sua vida, aumentados pelo mal-estar do momento, se enroscam em redemoinho para roubar-lhe o sossego, quando chega àquele remanso do riachinho do Jio, depois da dura batalha. Está longe de Diadorim, que provavelmente foi ferido e por cuja sorte se preocupa; matou um homem desprevenido, de manhãzinha, e com certeza outros depois; perdeu dois companheiros por ele mesmo escolhidos para segui-lo na luta; doem-lhe os pés e a cabeça; está triste de tão cansado e não sabe dizer bem o estorvo que sente.

A fala caudalosa que dá corpo à narração de Riobaldo conhece muitos remansos, em geral líricos, com forte carga evocativa da paisagem do sertão. Neste, porém, de retirada da luta, predominam as perplexidades do jagunço cansado e varado de dúvidas, a quem as lembranças só acodem para aumentar o desconforto. Um desconforto sem nome preciso: *estorvo* que incomoda e não deixa quieto.

É agora que temos acesso ao lado contemplativo do herói, ao que de mais íntimo o inquieta. Quando posto fora da ação, mostra sua interioridade contraditória: o guerreiro batido pelo cansaço tem o espírito enxameado de ideias em desacordo. Logo na chegada ao esconderijo, que tem tudo para ser um lugar ameno, à beira do riacho, já se entrega à tristeza e a sentimentos complicados que se acumulam, levando-o a repassar o vivido: pena ou dó, não propriamente remorso, sensação de desgraça ou de ter perdido alguma coisa... Quer dizer: é neste momento fugaz de parada e lassidão do corpo que o espírito tende ao máximo de movimentação, deixando ver o incômodo sem nome e sem espécie — o Mal — que o aflige.

Nessa interrupção da aventura, o herói se mostra penetrado pelo Mal, exatamente quando, exausto, está à mercê do que sabe ou do que não sabe e quer saber, ou seja, da movimentação do desejo de conhecimento, num instante de ensimesmamento e espiritualização profunda. "O modo de existência mais autêntico do Mal é o saber, e não a ação",[3] observa Benjamin a propósito do Satã barroco. Sobre a miséria física, abre-se em contrapartida a espiritualidade absoluta como um abismo em que se verte, reverte e perverte o pensamento. Riobaldo lembra Fausto e o dr. Faustus, mas também a psicologia demoníaca de tantos outros personagens do romance moderno.

Desta vez, em meio ao remanso, quando não pensa explicitamente no demo, o jagunço parece estar tomado por seu turbilhão: "O mal ou o bem, estão é em quem faz; não é no efeito que dão" (p. 75), conforme ele mesmo diz em outra parte. É pelo pensamento que ele se abisma no Mal. Certamente, o demônio é um objeto explícito e constante de sua interpretação do mundo e, pelo pacto que procurou fazer, uma questão em sua vida; é também uma presença, um fato cultural do lugar, onde o povo supersticioso parece acreditar nele, conforme tantos casos que o próprio Riobaldo se encarrega de contar; mas é também e sobretudo a forma que assume sua interioridade dividida, como se estivesse presente desde sempre em seu próprio interior: diabo encarnado nos refolhos do homem.[4]

Aqui reponta, portanto, o demonismo íntimo do personagem, a sua interioridade partida entre as contradições fundas da existência que agora vêm de arrasto a seu espírito revolto, deixando ver o modo de ser de um *herói problemático*,[5] debruçado sobre o fluxo do vivido. De fato, o que estamos lendo não é apenas a história de "uma vida de sertanejo, seja se for jagunço, mas a matéria vertente" (p. 77). Como num presente contínuo, o problema está sempre retornando ou pronto a retornar.

Por um efeito admirável da construção, que parte a ordem cronológica, corre outro rio secreto de coisas fundas, acompanhando as andanças do herói, rio que revém ao seu espírito e aflora à vista do leitor.

Que narrativa é essa que afinal estamos lendo? Que herói é este, cuja interioridade o segrega da ação e o lança na aventura do conhecimento de si mesmo, enredando-o num labirinto demoníaco? Como é possível que isto se dê em pleno sertão brasileiro, fazendo-nos lembrar de coisas distintas e distantes, mas aí aproximadas: a velha teologia barroca do Mal, a imagem fáustica de Goethe ou de Thomas Mann, o herói problemático do romance?

É preciso encontrar um ponto de partida. Se, como diz o narrador, "o diabo, é às brutas" (p. 24), convém buscar com calma esse ponto.

AS CISMAS DE RIOBALDO

Em meio ao sono pesado dos companheiros no acampamento, Riobaldo acorda em sobressalto e, mesmo insistindo, já não consegue dormir, apesar de ter comido bastante e de toda a fadiga. Resta-lhe a companhia de Jõe Bexiguento, o Alpercatas, estranha figura de jagunço, entendido em ervas e mezinhas, que, pouco depois, vai lhe contar o caso não menos estranho de Maria Mutema. Mas é ainda o momento anterior a essa narrativa que merece reflexão mais detida.

"Agora eu estava cismado" (p. 160), assim se exprime ele, no começo do diálogo com Jõe Bexiguento, imaginando algum aviso secreto na própria inquietação. Mas logo desvia da ameaça e fixa o pensamento na lembrança de Zé Bebelo, na fazenda da Nhanva — "a vida é cheia de passagens emendadas" (p. 161) —: recorda a velha simpatia pelo homem que agora repugna à sua inteligência combater. Apaziguado por Jõe Bexiguento em seu desassossego, Riobaldo continua, conforme diz, "ponteando opostos" (p. 162):

> Que isso foi o que sempre me invocou, o senhor sabe: eu careço de que o bom seja bom e o rúim ruím, que dum lado esteja o preto e do outro o branco, que o feio fique bem apartado do bonito e a alegria longe da tristeza! Quero os todos pastos demarcados... Como é que posso com este mundo? A vida é ingrata no macio de si; mas transtraz a esperança mesmo do meio do fel do desespero. Ao que, este mundo é muito misturado... (p. 162)

O desejo de Riobaldo de entender as coisas claras, delimitando os opostos, acaba por se defrontar, portanto, com a mistura do mundo. Essa mistura do mundo que o livro exemplifica sobejamente, em variadíssimos aspectos e planos, coloca também uma questão decisiva, que é a mistura das formas narrativas utilizada para representar a realidade de que nos fala.

Ao que parece, a singularidade do livro, que se impõe desde logo ao leitor, depende em profundidade da mescla das formas narrativas que o compõem, intrinsecamente relacionada com o mundo misturado que tanto desconcerta o narrador. Esta relação orgânica entre a forma de contar e a matéria de que se trata, espelhando-se na mescla narrativa, é o primeiro ponto crítico de que se pode partir. De algum modo, a mescla das formas se articula com a psicologia demoníaca do herói problemático.

A questão crítica pertinente é, pois, deslindar em que consiste a especificidade da mescla, definindo-lhe primeiro o modo de ser. A complexidade da tarefa não é pequena, como logo se vê.

Para Jõe Bexiguento, para quem "tudo poitava simples" (p. 163), no dizer do narrador, "não reinava mistura nenhuma neste mundo — as coisas eram bem divididas, separadas" (p. 163). No entanto, Jõe, que contava casos, conta o que se passou, no sertão do Jequitinhonha, com Maria Mutema, assassina calada, que despeja chumbo derretido no ouvido do marido dormindo, e guarda o crime em segredo, sem demonstração. E que dá curso à ruindade secreta no confessionário, inoculando o Mal, mediante mentira, no pobre Padre Ponte, que lhe presta ouvidos e também é aniquilado. Mas Maria Mutema, depois, confessa tudo em público, na igreja, e vai virando santa, para nosso desconcerto. O exemplo, que traz consigo a violência da palavra, mortal como o chumbo, ironicamente, sem declarar, confirma o princípio da mistura — no mundo e no relato —, recolocando o problema.

AS FORMAS DA MISTURA

Linguagem

É fácil entender como aparece esse mundo misturado e como ele é objeto de uma representação ficcional também misturada. A mescla começa pelo meio concreto utilizado na construção do sertão como espaço ficcional e universo literário, que é a linguagem.

Curiosamente, porém, a construção dessa linguagem mesclada obedece a uma intenção explícita e paradoxal de pureza e de volta metafísica à origem do verbo, correspondendo a uma vontade criadora que se concebe homóloga à que teria presidido na criação divina. Guimarães Rosa deu a entender isso, insistindo por vezes na consideração da língua como seu *elemento metafísico*.[6]

Por certo, a interpretação mítico-metafísica poderá indicar uma das dimensões de sua criação. Mas não dá a dimensão real do instrumento em que ela se funda, resultante de um sábio e inspirado trabalho com as palavras, nas mãos desse estudioso de línguas e leitor contumaz de dicionários. A verdade é que o escritor, como artista verbal, trabalha muito prática e concretamente como um artesão da linguagem. Assume a atitude do *poietés*, na acepção antiga e aristotélica de fazedor de objetos verbais. Para tanto, mobiliza um vasto saber linguístico, formado com afinco ao longo de anos de muito estudo. É sobre um amplo e rico material idiomático, pesquisado com perseverança, acumulado e soldado numa síntese ímpar, que ele forja seu uso peculiar da linguagem, "para ter ainda mais possibilidade de expressão".[7]

Rosa parece partir sempre de uma insuficiência do seu instrumento de trabalho, donde um esforço contínuo de ênfase expressiva, que tende a realçar os significantes — o aspecto material do signo verbal —, liberando e potenciando os significados, de modo a obter uma liga poética de alta e concentrada intensidade, mas, ao mesmo tempo, de enorme força expansiva da significação. Linguagem em movimento que retém e reconcentra a carga expressiva, para melhor soltar e expandir o conteúdo significativo. Cunhagem de permanente invenção, de fina e radiosa mistura, com a qual se busca dar com a novidade da surpresa a todo custo, com o achado verbal, evitando-se o já lexicalizado e esteticamente morto.

No *Grande sertão: veredas*, obra de um artista maduro no pleno domínio de seus meios, desde o início da fala do narrador ("— Nonada. Tiros que o senhor ouviu [...]" — p. 13) até a última palavra com que ela se encerra ("Travessia" — p. 435), a linguagem é misturadíssima. E denuncia uma poderosa vontade de estilo (explicitada pelo próprio Rosa) de tudo moldar ou remoldar conforme a necessidade de expressão, que não se satisfaz jamais com o código expressivo herdado, o lugar-comum, a forma tradicional.

Num primeiro momento, parece que o escritor só faz recircular a tradição, dando-lhe vida nova: uma palavra como "nonada", pouco usada e surpreendente obstáculo inicial, traz consigo o peso do antigo uso sertanejo, de Euclides, de Godofredo Rangel (o da *Vida ociosa*), até da herança mineira do poeta Drummond (de "Os bens e o sangue"), de modo que seu significado de "coisa de nenhum ser ou de pouca importância", conforme a bela definição do dicionário de Moraes, ganha outra espessura no texto onde, recorrente, se desdobra em outras inesperadas dimensões. Vê-se, então, que ele trabalha por exacerbar o sistema de expressão de herança tradicional, levando-o ao limite.

Trata-se, com efeito, de uma busca expressiva que, indo sempre além do meramente dado, por vezes beira a paródia de si mesma, tal a vigilância consciente com que acompanha e revê o já cristalizado, revirando-o pelo avesso, mediante o ímpeto inventivo que deve refazer as formas linguísticas banais e desgastadas em novas refacções e descobertas. Nisto, um estilo de aparente impulso barroco, presa de surpresas: "Tem coisa e cousa, e o ó da raposa..." (p. 29). Acompanhado, porém, de uma lucidez moderna, de uma vertente intelectualista, que talvez se casasse melhor com os artistas da *maniera*, não fosse o atrevimento crítico-paródico mais radical em nosso tempo, do que aquela concepção do estilo sem ingenuidade, própria dos maneiristas históricos.

Um estilo, portanto, que procura, de modo consciente, a desautomatização da percepção linguística, largamente lograda pela refundição das formas velhas em mesclas renovadas. Isso parece o fundamental, embora pudesse buscar, por esse meio mesclado, a fonte primeira e intocada da linguagem: uma língua em estado de percepção nascente, feita de palavras limpas das impurezas do uso cotidiano e corriqueiro, reinvestidas da força de criar um mundo. Em síntese, trata-se de uma linguagem de "puras misturas",[8] para dizer com as palavras contraditórias, mas exatas, do próprio autor.

Como é de se prever, essa linguagem de surpresas incessantes, de intenção metafísica e pretensão cosmogônica, só pode ser construída com os materiais dados de línguas ou falares existentes, de algum modo trabalhados no cadinho da experimentação, em soldas inusitadas, com fins precisos de construção de um determinado mundo ficcional. Coerente com o mundo de sua experiência da realidade brasileira — em particular, mineira — e de sua formação, Rosa foi buscar no falar regional do centro-norte de Minas a matriz de seu estilo.

Ninguém encontrará decerto nessa região a fala de Riobaldo, ou a linguagem recorrente, embora com mudanças e diferenças substanciais, do restante da obra rosiana. Sob esse aspecto, o sertão rosiano é um artifício, ainda que ligado metonimicamente à sua região de origem, pelo lastro da documentação. Ali se pode encontrar apenas e quando muito o material bruto ou a fonte principal de que partiu o escritor, levado, sem dúvida, por uma profunda curiosidade intelectual, pelo enorme desejo de conhecimento daquele que era o seu mundo desde a infância, a vasta região agropastoril onde se criou, onde se situa Cordisburgo: "Só quase lugar, mas tão de repente bonito",[9] em meio aos gerais do sertão de Minas, reino do boi e dos vaqueiros contadores de *estórias*. Deve-se recordar ainda Euclides: "É a paisagem formosíssima dos *campos gerais*, expandida em chapadões ondulantes — grandes tablados onde campeia a sociedade rude dos vaqueiros...".[10] E tudo isso se traduziu na vasta e rigorosa documentação a que procedeu e de que se pode ter notícia hoje em seu acervo. Mas não convém subestimar nunca sua capacidade, igualmente incomum, de transfigurar o dado factual, seja de que espécie for.

Como se disse, levava-o também uma não menos forte vontade de estilo, que nada deixa intocado e tudo transforma, no sentido de reinventar literariamente dados da experiência, da memória e da própria tradição literária, de que é um feroz e sutil reaproveitador. Lança a mão de tudo, da Bíblia, de Dante, de Shakespeare, de uma infinidade de outros grandes autores, de filósofos e místicos, dos viajantes estrangeiros que andaram pelo sertão, e sobretudo da tradição literária brasileira, da linhagem sertaneja que vem dos românticos e se desdobra nos regionalistas posteriores — de Alencar a Taunay, passando por Afonso Arinos e Euclides, provavelmente também por Godofredo Rangel, Hugo de Carvalho Ramos e Valdomiro Silveira, pelo Mário de Andrade de *Macunaíma*, e decerto por muitos outros. Toda uma tradição literária alimentada por aqueles que antes já haviam trabalhado de algum modo com material semelhante ao dele, extraído da região de Minas (e em parte também do oeste de Goiás e do sul da Bahia ou de regiões similares do Brasil).[11]

É sempre difícil, se não impossível, saber ao certo o que é material bruto da experiência, retirado diretamente da realidade sertaneja, a que o escritor teria tido acesso em seus contatos com aquele espaço regional, ou o que é mediado pela informação cultural, tendo derivado de leituras literárias e afins, do estudo científico ou de outras fontes. O fato é que encontramos, na base da linguagem, o falar regional do norte de Minas, certamente muito estilizado, de combinação com latinismos; arcaísmos tomados ao português medieval — "esse magnífico idioma já quase esquecido: o antigo português dos sábios e poetas daquela época dos escolásticos da Idade Média, tal como se falava, por exemplo, em Coimbra";[12] indianismos; neologismos; termos aproveitados e adaptados de múltiplos idiomas (do inglês, do alemão, do francês, do árabe etc.); vocábulos cultos e raros, bebidos nos clássicos portugueses; elementos da linguagem das ciências, e sabe-se lá de que fontes mais. Enfim, as virtualidades[13] da língua atualizadas e manipuladas na direção de uma mescla única, difícil de definir e de entender num primeiro momento, que estranha e surpreende e vai, entretanto, se apoderando do leitor, à medida que se entrega ao fluxo rítmico da narrativa também misturada.

É quase um idioleto próprio do escritor, chamando a atenção sobre si todo o tempo, pelo inusitado da invenção, os achados constantes, a graça verbal, a forte ênfase. Um idioma maleável, feito de "compensações", em curso de contínua oralidade, com largo aproveitamento dos materiais linguísticos mais heterogêneos, fundidos em liga incomum, mas homogeneizante, que funciona como marca de fábrica, permitindo logo a identificação do autor e deixando ver rápido nos imitadores o pastiche. No final das contas, sendo sempre prosa, uma extraordinária linguagem de poesia.

Diante do relevo quase topográfico dessa linguagem, que se ergue, opaca e ambígua, diante do leitor, como se imitasse na materialidade do signo — por meio do ritmo e da sintaxe, dos recursos sonoros e imagéticos — a áspera beleza da terra do sertão, pode-se pensar que há uma tendência a absolutizar o valor da palavra em si mesma, tomando-a como a verdadeira palavra-coisa da poesia, conforme a conhecida distinção de Sartre.[14] Em parte isso é verdade, pois é intenso e constante o lirismo que se exprime numa linguagem como essa, de permanente realce da função poética. No entanto, a mais poderosa e impressionante poesia desse grande livro de prosa narrativa, para a qual os recursos poéticos da linguagem parecem confluir, é um elemento constitutivo de sua estrutura e, em parte também, um efeito dela, na dependência precisamente do amálgama de formas que o compõem como um todo orgânico, de cerrada e complexa unidade estética.

Para se compreender a fonte e a força dessa poesia mesclada às formas épicas que se amalgamam no todo, será necessário, por isso mesmo, penetrar na intimidade mais funda da obra, onde a multiplicidade se articula em unidade. Para tanto, é preciso caminhar aos poucos.

Caracterização

Quando se pensa no livro como um todo, logo se percebe que a mistura vai muito além dos níveis da fala que preenche as quase seiscentas páginas da sua primeira edição, de 1956. Essa mistura está presente também no modo de caracterização das personagens que comparecem na obra.

O livro se abre com uma discussão sobre a existência material do demônio e, como vimos, sobre a própria mistura. Tudo é muito misturado, quando se fala do demônio: "Arre, ele está misturado em tudo" (p. 16). Um dos aspectos centrais do debate da abertura é justamente se o diabo está misturado nas coisas, em que coisas se mistura, que fatores podem abrandar sua presença, como o amor ou a família. E, a propósito, o narrador conta alguns dos seus melhores casos, como o do Aleixo das traíras ou de Pedro Pindó e seu filho Valtêi, narrativas em que a ruindade e a bondade se alternam entranhada e inexplicavelmente fundidas, como faces de uma mesma moeda.

A questão da mistura parece estar, na essência, ligada à própria ideia do demoníaco, sabidamente uma das formas arquetípicas da divisão do ser. A ideia de que "o diabo vige dentro do homem, os crespos do homem — ou é o homem arruinado, ou o homem dos avessos" (p. 15) condiz perfeitamente com esse modo de pensar.

Nesse sentido, Hermógenes, o único dos jagunços que, na visão do narrador, já "nasceu formado tigre, e assassim" (p. 20), é visto sempre como um ser muito misturado, conforme se assinalou anteriormente, no referido momento da luta contra Zé Bebelo. De fato, ali aparece, num "bró de fantasia" (p. 153), como a soma insólita e grotesca de dois animais muito apartados na esfera da realidade: o cavalo e a jiboia, enlaçados em mistura esdrúxula, na qual a irrupção do elemento demoníaco parece aflorar da profundeza ctônica e arcaica da terra para penetrar nas dobras do homem. A primeira vez que o vê, Riobaldo nota logo, com receio, as dobras ou crespos desse homem, deixando clara a continuidade telúrica e grotesca da sua imagem disforme, que mal assoma do chão:

> estava de costas, mas umas costas desconformes, a cacunda amontoava, com o chapéu raso em cima, mas chapéu redondo de couro, que se que uma cabaça na cabeça. Aquele homem se arrepanhava de não ter pescoço. As calças dele como que enrugavam demais da conta, enfolipavam em dobrados. As pernas, muito abertas; mas, quando ele caminhou uns passos, se arrastava — me pareceu — que nem queria levantar os pés do chão. (p. 89)

Por outro lado, já no seu nome completo — Hermógenes Saranhó Rodrigue Felipes —, a marca do plural (/s/) como que salta de Rodrigue, onde deveria estar, para o Felipes, numa paródia caricatural e também grotesca, indiciando mais uma vez a divisão (*filipe*, convém lembrar, se diz, por exemplo, das sementes unidas do algodão, do grão duplo do café ou dos dedos grudados do pé).

O aparecer do demônio como ser misturado não é, porém, a única mistura que se encontra na representação dos personagens do livro. Se recordarmos o segundo capítulo da *Poética* de Aristóteles, que trata das espécies de poesia conforme o objeto da imitação, referindo-se precisamente aos níveis da representação poética, segundo os quais os homens podem ser representados melhores, iguais ou piores do que nós, veremos que no *Grande sertão* se percorre toda essa gama de variações representativas na caracterização dos personagens principais.

Basta lembrar aquela espécie de carta de brasão em que surgem evocados por alguns traços fundamentais, logo no começo do texto, os grandes chefes jagunços que reinam no sertão rosiano, apartando-se do comum dos mortais. São todas grandes figuras, mas em fina gradação e com diferentes perspectivas no "concertar consertado" (p. 19) com que cada um puxa o mundo para si, segundo Riobaldo: "Montante, o mais supro, mais sério — foi Medeiro Vaz. Que um homem antigo..." (p. 19).

Um homem que aparece com a estatura elevada de um nobre ou de um rei dos Gerais, ou seja, uma figura heroica de porte *romanesco*, contaminada provavelmente, como já foi apontado pela crítica, pelos modelos dos homens d'armas dos romances de cavalaria.[15] Caracterizado com traços sóbrios e fortes, até pela linguagem de expressões arcaizantes, deixa ver o modo elevado e idealizado de representação próprio das aventuras romanescas como as da cavalaria. Assim, ao sair para a guerra, ele, que era homem de posses, larga tudo, terras e gado, como querendo voltar limpo ao nascimento; bota fogo na casa da fazenda, herança familiar de gerações, arrasa o túmulo da mãe, monta "em ginete, com cachos d'armas" (p. 39) e parte com uma "chusma de gente corajada" (p. 39) para impor a justiça no sertão, tomado pelos "desmandos de jagunços" (p. 38). Quando morre, esse homem sisudo de "conspeito" (p. 39) tão forte que "perto dele até o doutor, o padre e o rico, se compunham" (p. 39), provoca "como de propósito: uma chuva de arrobas de peso" (p. 63). O vínculo direto com a natureza parece compor a massa dessa figura de elevação cósmica, caracterizada ainda com traço mitificante, próximo dos deuses imortais: "como era que um daquele podia se acabar?!" (p. 63).

De Medeiro Vaz até Riobaldo, além de narrador, participante e protagonista de todo o livro, temos uma gradação muito variada dos grandes chefes, demonstrando que a mistura na constituição dos caracteres é realmente ampla e complexa, indiciando, provavelmente, diferentes espécies de narrativas conjugadas, por sua vez articuladas a níveis diversos de linguagem e de representação literária da realidade. Desde um "grande homem príncipe" (p. 19), como José Otávio Ramiro Bettancourt Marins, o Joca Ramiro, que "era mesmo assim sobre os homens" (p. 35) e "igualmente saía por justiça e alta política, mas só em favor de amigos perseguidos; e sempre conservava seus bons haveres" (p. 39), até um homem ainda mais perto do comum dos mortais como Zé Bebelo, que "quis ser político, mas teve e não teve sorte: raposa que demorou" (p. 19). Sendo de porte menor, Zé Bebelo também é, no entanto, elevado: lembra por vezes em sua inquietação e operosidade o movimento de uma abelha. Estando bem perto da natureza, por um lado, por outro é um homem da cultura, da ilustração: herói civilizador que quer acabar com o sertão da jagunçagem, trazendo os valores da cidade. Na verdade, não pertence ao mundo mais arcaico dos demais chefes, situando-se quanto a isso no extremo oposto ao Hermógenes, conforme, aliás, o acusam no momento literariamente extraordinário em que é julgado em pleno sertão. A norma civilizada que ele procura introduzir no sertão revela o modelo modernizante que encarna, ocupando constantemente a imaginação de Riobaldo, que o livra da morte e sempre o tem na maior conta, escapando graças a ele, no final, da desorientação em que se mete depois da morte de Diadorim.

Visto dessa perspectiva, entende-se que Riobaldo, para ter acesso a esse mundo da alta política da jagunçagem, mundo da guerra e da coragem, mas também da alta traição e da divisão do ser — de Hermógenes e do demo —, para fazer-se Urutú-Branco, obter a certeza que nunca teve, vingar-se do judas — tudo para ganhar Diadorim —, só pode buscar o caminho do pacto. Este é assim, entre tantos outros aspectos que pode assumir, um meio de participação numa esfera mais elevada e decerto mais arcaica, da qual procurará depois se remir pelo *esclarecimento*. É o que se verifica ao fim (e começo) do livro, pelo "gosto" tão seu "de especular ideia" (p. 15), fazendo-se o narrador nostálgico do sertão que já não há, e pelo aburguesamento do ex-jagunço aposentado e barranqueiro do São Francisco em que se transforma, dono, além do mais, de três "possosas fazendas" (p. 143) herdadas do padrinho (na verdade, pai), Selorico Mendes.

O fato é que nessas mesclas, mudanças e reversibilidades tão expressivas se exprime o princípio contido numa das observações mais notáveis de todo o livro sobre o modo de ser e a conduta dos seres: "Mire veja: o mais importante e bonito, do mundo, é isto: que as pessoas não estão sempre iguais, ainda não foram terminadas — mas que elas vão sempre mudando. Afinam ou desafinam. Verdade maior. É o que a vida me ensinou" (p. 24). Por esse princípio, verifica-se ainda mais claramente que o *grande sertão* representado no livro, através de seus personagens, supõe uma perspectiva histórica da mudança, com figuras em gradação diferente, em diferentes estágios de realidade, envolvendo temporalidades distintas, ainda que combinadas.

Embora o sertão não se enquadre claramente na História — sabemos que a história contada se passa provavelmente na segunda década do século XX, em função de uma referência à Coluna Prestes e de várias referências a alguns jagunços históricos e a fatos realmente acontecidos —, o sertão está referido ao processo histórico (e ao mundo urbano). Da região se passa diretamente ao mundo, mas o mundo está também introjetado no sertão. Embora as balizas propriamente históricas sejam poucas no relato, a temporalidade histórica está presente no interior do sertão como processo, como uma dimensão da *matéria vertente*, de que trata o relato. Até onde se pode ver com mais clareza, Rosa oculta ou dissolve as marcas da História, incorporando, no entanto, o processo.

Apesar desse procedimento, é possível notar a significativa mistura dos níveis da realidade histórica, combinados nas profundezas do sertão, demonstrando como esse espaço tão particular se acha siderado pelos valores da cidade, que penetram fundo nos modos de vida onde parece que reina apenas a natureza.

Pouco antes de se tornar chefe dos jagunços, Riobaldo se aprofunda com o bando de Zé Bebelo no sertão: por erro, vão dar, em "fundos fundos" (p. 276), em terras incultas, onde se defrontam com homens "de estranhoso aspecto" (p. 276) barrando o caminho. São os catrumanos, misteriosa gente, enterrada no atraso, no Pubo, em "burguéias" (p. 277) daquelas brenhas, "só molambos de miséria" (p. 276), e, ao que parece, em outro século (pelos trapos da vestimenta, pelo dobrão de prata com efígie do imperador, pelos bacamartes e trabucos, pela linguagem de arcaísmos e termos deformados, pelo jumento da montaria). Amarelos de tanto comer só polpa de buriti e de tomar o refresco do coco dessa palmeira, alguns falando como em pajelança, gemendo "feito o demônio gemedeiro" (p. 277), orelhudos — "que a regra da lua tomava conta deles, e dormiam farejando" (p. 280) —, parecem mais bichos do mato que gente: "estavam menos arredados dos bichos do que nós mesmos estamos" (p. 280), conforme diz Riobaldo, depois de se surpreender, ter medo e rir deles como os demais jagunços. Percebe, entretanto, a diferença daquela gente — "raça daqueles homens era diverseada distante, cujos modos e usos, mal ensinada" (p. 280) —, e, com agudeza, se dá conta de que na realidade eram apenas "homens reperdidos sem salvação naquele recanto lontão de mundo, groteiros dum sertão" (p. 277). O pior é que são brasileiros que nem nós, como diria Mário de Andrade, e, embora cheios de sugestões primitivas e mágicas, são "tabaréus canhestros", como os que observou Euclides. Ao final do episódio, não é à toa que a figura de Zé Bebelo, portador das luzes, é confrontada com esse escuro do sertão e que ele seja visto como "canoeiro mestre" (p. 282), deixando o sertão para trás e fazendo Riobaldo recordar a coragem de Diadorim na travessia do rio.

Os catrumanos barram o caminho porque grassa a bexiga preta no arraial do Sucruiú, para onde vão os jagunços que não respeitam a advertência. Perto dali, no Valado, Riobaldo vai conhecer "seô Habão", chamado ali Abrão, que tanto papel vai desempenhar em sua vida: é um capitão da Guarda Nacional, exemplo acabado de fazendeiro capitalista, de "calma muito sensata e firmada, junto com um miúdo comportamento" (p. 297), que por pouco não transforma os jagunços em seus assalariados, "adiantado e sagaz" (p. 297) como era: "espiava gerente para tudo, como se até do céu, e do vento suão, homem carecesse de cuidar comercial" (p. 297). Diante de um homem assim, "sujeito da terra definitivo" (p. 297), Riobaldo reconhece que "jagunço não passa de ser homem muito provisório" (p. 298). A fazenda do Valado de fazendeiro-mor também fica na Coruja, retiro decadente e cheio de febres, pertencente ao mesmo dono. Meia légua dali, supõe-se a encruzilhada das Veredas-Mortas, onde Riobaldo buscará o pacto. Naqueles fundos é que Riobaldo e Diadorim acabam fazendo o julgamento de morte do Hermógenes. Nesses fundos tão fundos, não se poderia esperar maior mistura de tempos e níveis de realidade histórica.

Considerado, pois, em seu conjunto, esse modo mesclado de caracterizar, com suas articulações sutis entre níveis distintos de representação da realidade, logo permite ver que estamos de fato diante de diferentes formas de narrativa misturadas, correspondendo no mais fundo a temporalidades igualmente distintas, mas coexistindo mescladas no sertão que é o mundo misturado. Não é à toa que esse é o lugar do atraso e do progresso imbricados, do arcaico e do moderno enredados, onde o movimento do tempo e das mudanças históricas compõe as mais peculiares combinações.

A MISTURA DAS FORMAS

O fundo arcaico — de cujo oco mais profundo no sertão, reino de uma mitologia ctônica, parece ter saído o Hermógenes — é também o da cercania do mito. Dali brota a aventura dos heróis romanescos, dos grandes chefes jagunços: narrativa propriamente épica, que acaba por se definir como história de uma busca de vingança, incitada e tensionada pela paixão amorosa — amor e morte em estreita liga numa demanda aventurosa puxada pelo fio (pela *quicé*) de Diadorim.

Mas, sobre essa *estória* romanesca, em que age o jagunço Riobaldo — o Cerzidor, o Tatarana, o Urutú-Branco —, Riobaldo-narrador constrói a tentativa de esclarecimento do sentido de sua vida, o relato de sua experiência individual, singularizada a partir de um encontro único e enigmático com o Menino, que será Diadorim — marco de sua travessia pessoal e ponto de interrogação que lhe coloca questões que não pode responder.

Ou seja, misturada à primeira, surge o romance de aprendizagem ou de formação, forma literária que a burguesia do Ocidente transformou, com o advento da era moderna, num dos principais instrumentos de seu espírito, debruçado sobre o sentido da experiência individual. Um discurso narrativo que prossegue mesmo depois do fim da estória romanesca, que se encerra com a morte de Diadorim (e de Hermógenes) no derradeiro combate no arraial do Paredão.

Mas no todo "muito entrançado" (p. 77) — como se diz do próprio discurso do narrador —, não são apenas essas grandes formas narrativas que se tornam perceptíveis. Quando se pensa na obra como um todo, acabada a primeira leitura, verifica-se que na fala ininterrupta do narrador se recortam diversos outros tipos de narrativa.

Em primeiro lugar, uma espécie de narrativa que poderia ser considerada uma "forma simples", segundo a expressão de André Jolles,[16] como é o provérbio, ou formas similares, como as frases aforismáticas tantas vezes utilizadas por Riobaldo à maneira de ditados. São formas elementares e de certo modo arcaizantes, com aquele ar de "ruínas de antigas narrativas", conforme as denominou Walter Benjamin.[17]

Depois, há os causos ou casos, narrativas exemplares próprias daqueles narradores anônimos que cruzam o sertão, desde os vaqueiros, os capiaus de moradia provisória, os fazendeiros, os cegos transeuntes, os mesmos jagunços, o próprio Riobaldo, toda a população, enfim, de homens precários que se deslocam naquele espaço de muita solidão, no qual os seres muitas vezes se solidarizam apenas pelos fios das histórias entretecidas na errância. Essa vasta matéria épica da tradição oral atua como uma espécie de tecido conjuntivo do sertão, como espaço ficcional, e do livro, como discurso narrativo, entremeando suas partes principais, mas com elas estabelecendo intrincadas relações miúdas de variada importância.

Quando se abre o *Grande sertão*, não aparecem de início os fios de uma história principal, mas essa multidão de histórias ou historietas, constituindo uma gama enorme de formas narrativas, que vão desde essas formas mais primitivas assinaladas até os causos mais longos, semelhantes aos que ainda se ouvem pelo interior do Brasil. Quer dizer: ao abrir o texto, nos defrontamos com um narrador que conta causos, *estórias*, à maneira de qualquer narrador dessa cadeia imemorial de contadores orais da tradição épica do Ocidente. Assim, a base fundamental do livro é constituída pela narrativa breve, o conto oral, de cujo tecido menor vai se armando e despregando aos poucos outro tipo de relato longo, que é a vida do herói.

Riobaldo se apresenta, pois, em primeiro lugar, como um narrador tradicional, como alguém que, estando de "range rede" (p. 15) e possuindo "os prazos" (p. 15), sedentário no ócio, depois de uma existência aventurosa, se dispõe a contar, exercitando ademais o gosto de "especular ideia" (p. 15) que o caracteriza.

Esse quadro do narrador tradicional se arma logo nas primeiras páginas: Riobaldo se apresenta como o homem que, tendo acumulado longa experiência na ação e no convívio com outros homens — a vida de aventuras do jagunço —, agora assentado na condição social e travado pela doença, se põe a narrar, como se deixasse a chama já tênue de sua narração ir consumindo a mecha da vida que lhe resta, conforme a imagem modelar do narrador tradicional que nos legou Benjamin em seu ensaio célebre.[18] Nele, a mobilidade do marinheiro e o sedentarismo do agricultor — protótipos do narrador, para Benjamin — se reúnem de modo exemplar. Tendo acumulado "um saber de experiências feito", pelas muitas andanças através do sertão, agora, já imobilizado e doente, o expõe a um interlocutor letrado da cidade, a fim de compreender o sentido do que viveu.

Ao abrir-se o texto, o travessão, que é a marca da oralidade, evidentemente introduz uma situação dialógica, reiterada ao longo de todo o livro pelas constantes referências ao interlocutor, a cuja voz o leitor não tem acesso direto, mas que está sempre virtualmente presente nos sinais perceptíveis e constantes que deixa na fala do narrador: "O senhor ri certas risadas..." (p. 13). Essa situação de diálogo virtual ou pela metade, mesmo permitindo, na prática, o desenvolvimento daquilo que é propriamente um vasto monólogo ininterrupto, muda-lhe, na verdade, o sentido. A relação com esse destinatário em primeiro plano estabelece a comunicação entre o universo do sertão e o mundo citadino, entre o universo da cultura rústica de base oral e o mundo da cultura escrita, preservando no entanto o modo de ser do outro, que fala ao interlocutor, com quem o leitor culto de algum modo se identifica.

O quadro do narrador oral se articula, assim, dramaticamente, com o quadro da cultura letrada num esquema narrativo de notável simplicidade e eficácia, uma vez que por ele se dá vazão à voz épica que vem do sertão, garantindo-lhe, em princípio, a autenticidade do registro, sem fazer dela a apropriação culta característica do narrador dos romances regionalistas tradicionais, concessivo diante das peculiaridades pitorescas da fala, do modo de ser e da conduta do homem rústico a que dá voz.

A sabedoria desse esquema técnico, diversas vezes utilizado por Guimarães Rosa[19] em algumas de suas mais notáveis narrativas, parece derivar, em primeiro lugar, da imitação do quadro real do escritor em busca do outro, ou seja, em busca desse que ele deseja conhecer e de alguma forma representar literariamente. Nasce de uma relação real e orgânica do escritor com a matéria que vai trabalhar, matéria com a qual pode ter e decerto tem as mais profundas afinidades, mas ao mesmo tempo representa para ele um desafio de conhecimento, pelas diferenças que comporta.

O esquema dramatiza esse contato problemático com o outro, reproduzindo mimeticamente a situação do pesquisador que busca o acesso a outra cultura, como um etnólogo improvisado, e, por esse meio, funda-se uma espécie de antropologia poética, em que a penetração na alma do rústico se encena, ao mesmo tempo, como processo dialógico de esclarecimento. Na realidade, assim se abre uma sorte de palco dramático propício ao confronto e ao debate de ideias, onde o *mythos* se faz *logos*, encenação dramática em que o enredo narrativo se traduz no discurso intelectual.

A perspectiva do sertão vem do fundo de outro espaço e de outro tempo, com tudo o que tem de real e imaginário, de consciente e inconsciente, e se confronta com a perspectiva da cidade, sob a forma dramática desse debate de primeiro plano. Nele, o narrador tradicional, que é Riobaldo, contador dos *mythoi* de um mundo supostamente primitivo, entre os quais o de sua própria vida, não surge em absoluto diminuído diante do interlocutor, "senhor, com toda leitura e suma doutoração" (p. 18). Ao contrário, dá sempre mostras daquele gosto de especular, que faz dele um fino e irônico rastreador de ideias, indagador sempre inquieto, ser inquisitivo, que reconhece a marca da própria diferença com relação aos outros, que sabe que nada sabe, mas desconfia de muita coisa e, sobretudo, faz perguntas que ninguém, nem mesmo o doutor citadino, pode responder. A ironia dessa situação básica serve perfeitamente bem aos desígnios do romancista.

Quer dizer: Riobaldo formula questões que vão muito além do saber que caracteriza o homem de bom conselho que é o narrador tradicional, cuja sabedoria prática se funda em larga medida na experiência comunitária. Na verdade, as interrogações que formula sobre o sentido de sua experiência configuram a pergunta pelo sentido da vida típica do romance burguês, voltado para os significados da experiência individual no espaço moderno do trabalho e da cidade capitalista. Aqui, no entanto, a questão brota do sertão e dos avatares de um narrador proverbial em sua travessia em busca do sentido do que viveu. Esse paradoxo define um dos aspectos fundamentais da obra e nos leva ao coração da mescla, fazendo ressaltar suas articulações profundas com o contexto histórico-social do sertão (e do país) a que remete.

Arrancando do meio do sertão, a fala do narrador se dirige para a cidade; o livro por assim dizer traz para o presente e para o mundo urbano as peculiaridades de uma região em princípio atrasada, imersa em outros tempos: esse é o movimento do mito à pergunta pelo sentido; do espaço arcaico, em múltiplas gradações, rumo ao espaço urbano e moderno do universo burguês. O esquema narrativo adotado, mesclado, por sua vez, ao diálogo dramático de primeiro plano, há pouco descrito, propicia justamente esse movimento do enredo ou do *mythos* rumo ao diálogo esclarecedor, porque neste se encena a pergunta pelo sentido. O enigma das formas misturadas assim se busca esclarecer.[20]

Compreender o movimento do sentido no livro é, em grande parte, compreender como é moderno. O que equivale a dizer: como o romance — forma da épica moderna — se desenrola da mistura das formas épicas tradicionais, com as quais aparentemente nada tem a ver.

Com efeito, é sabido que a tradição oral, fonte da epopeia, nada tem a ver com o modo de ser próprio do romance, forma em ascensão a partir do início da era moderna que, pela primeira vez, entre as diferentes espécies de narrativa, como observou ainda Walter Benjamin, não provém da tradição oral nem a alimenta. No entanto, aqui é como se assistíssemos ao ressurgimento do romance de dentro da tradição épica ou de uma nebulosa poética primeira, indistinta matriz original da poesia, rumo à individuação da forma do romance de aprendizagem ou formação, com sua específica busca do sentido da experiência individual, própria da sociedade burguesa. Forma que se caracteriza precisamente pela falta de senso de harmonia entre o ser (o herói) e o mundo, de modo a resolver-se na procura impossível de um sentido que se desgarrou da vida ordinária.

O herói do romance é justo aquele que já não pode falar exemplarmente de suas preocupações; já não é o homem de bom conselho, a quem pudesse bastar o saber tradicional. Por isso, para ele a travessia individual é também o enredamento num labirinto de dúvidas para cuja saída de nada valem a sabedoria e as normas tradicionais: "Porque aprender-a--viver é que é o viver, mesmo" (p. 418), como dirá Riobaldo quase ao fim de seu percurso.

Para compreender, portanto, como essa interrogação própria do romance surge para Riobaldo no miolo mesmo do sertão é preciso refazer sua travessia individual em busca do esclarecimento. Perseguir a pergunta pelo sentido de sua existência tortuosa; sentido que ele mesmo persegue em tempos diversos — unidade desgarrada entre a consciência e o ser; identidade espatifada no tempo, que é um modo da imperfeição: "Tempo é a vida da morte: imperfeição" (p. 420).

Sua experiência é a de uma travessia errante que a narrativa misturada enreda ao retraçar a história de seus passos. É assim que se configura seu destino, modo de ser no tempo, cujo sentido se propõe como questão essencial: para Riobaldo-narrador, para o interlocutor citadino e para o leitor que neste se espelha. Ora, essa é também a travessia do romance em meio às formas da épica tradicional. Compreender os pontos de ligação desse enredamento por vezes labiríntico é tocar no modo de ser fundamental do grande livro. Aqui se arma também o problema teórico mais fundo implicado na construção dessa espantosa obra-prima, a dialética entre gênero e História que ela de algum modo encarna em sua forma mesclada e paradoxal.

O FIO DA MEADA

Conforme ficou dito, Riobaldo se apresenta como um narrador de pequenas histórias, exatamente como os narradores da tradição oral. É bem provável que a novidade e a força linguística do livro — o aspecto mais vistoso e em geral mais comentado de Guimarães

Rosa, com os equívocos que isso acarreta, levando o escritor a ser, sem mais, comparado a James Joyce — dependam desse espírito épico. É que este sopra inesperadamente contra as expectativas do leitor habitual dessa forma de narrativa escrita que é o romance.

O texto, que se abre pelo travessão do diálogo, dá vazão à tradição da épica oral, incorporando no movimento da fala do narrador o modo de ser das narrativas anônimas do sertão. Quer dizer: desde o primeiro momento, a linguagem se dedica à imitação do mundo que lhe serve de referência, transfundindo no discurso narrativo a continuidade do espaço de que partiu, mas que em muitos aspectos transfigurou.

Embora possa parecer outra coisa, o esforço primeiro e mimético da linguagem é por se adequar a um espaço particular que tem na mira. Nisso é um projeto absolutamente singular. De certa maneira, o escritor se insulou, para reconhecer no mundo peculiar do sertão a que se dedicou amorosamente, com toda a alma, o universo de todos os homens e dos problemas que lhes podem corresponder. A passagem do *grande sertão* ao vasto mundo é imediata.[21] Nesse sentido seria possível falar, quem sabe, de um *regionalismo cósmico*, comparável, sob esse ângulo, ao projeto de Joyce. A própria tendência a pôr recursos poéticos a serviço da prosa de ficção, comum ainda a ambos, em larga medida depende do anterior, ou seja, das diferenças dos mundos a que têm de adequar seus respectivos meios, tão diversos quanto à tradição literária de que dependem, quanto a seus fins e muito mais.[22]

Pelo lado da restauração da poesia épica, muito afastada do universo do romance europeu há séculos, talvez a comparação mais adequada, pela direção do projeto, fosse com Alfred Döblin, que se opõe, no final da década de 1920, à herança flaubertiana da escrita do romance, por outro lado tão vigorosa em Joyce ou no André Gide de *Os moedeiros falsos*. Opondo-se a essa herança, em que o romance é visto como uma forma escrita, Döblin voltou-se também para a linguagem falada, o dialeto berlinense, servindo-se da montagem de documentos heterogêneos da vida cotidiana e glosando o estilo das narrações populares, para fazer explodir estrutural e estilisticamente o romance. Como se vê, porém, o seu é um mundo urbano e muito diferente daquele que serviu aos propósitos de Guimarães Rosa, anos mais tarde. Mas, se é bem verdade, como observou Benjamin, que a trajetória de Franz Biberkopf, de proxeneta a pequeno-burguês, no mundo dos marginais em torno do centro comercial que é a Alexanderplatz de Berlim, constitui um avatar do romance de formação do período burguês, também a travessia de Riobaldo em meio aos jagunços do sertão mineiro o é. Se, no primeiro caso, temos uma espécie de *educação sentimental* de um marginal, no outro temos igualmente a educação sentimental de um jagunço. Como isso se dá em pleno sertão é o que se vai procurar compreender.

Riobaldo principia, pois, como um contador de causos ou casos — narrativas exemplares que tendem a ilustrar sua preocupação com o demo; mais tarde, conta casos que de algum modo fizeram parte de sua vida, entremeando-os à história principal. Esses casos principiam, já no primeiro parágrafo de definição do sertão, com a aparição do bezerro "erroso" (p. 13), que introduz o tema do demônio, e vão se enredando, sob a forma de exemplos, à discussão dos modos de existência do diabo, até que um fio, primeiro tênue, que se interrompe rápido, vai se encorpando, mediante sucessivas evocações, e tomando conta da fala do narrador, como se este não pudesse escapar ao relato de sua própria vida e à necessidade de se recordar de Diadorim. Assim surge, pois, como algo parecido e misturado com os demais continhos, como um fio d'água que paulatinamente vai engrossando em caudal. Decerto essa narrativa que aos poucos vai se firmando no curso da fala, assenhoreando-se do discurso, tem o mesmo ar de família das demais da tradição da oralidade.

A história que afinal acabamos por ler no *Grande sertão: veredas* não preenche todo o livro. É uma história de aventura — de violência, amor e morte —, extraordinariamente atraente e impositiva, capaz de envolver por completo o leitor. Tarda, no entanto, a começar, como se nos jogasse primeiro numa espécie de limbo ou de labirinto liminar, entre fios entrecruzados, antes de definir o rumo.

Todo motivo retardante deve ser considerado épico, como lembrava a seu tempo Goethe, na correspondência com Schiller. Aqui não é diferente. Embora comece *in medias res*, a ação central de que tratará o livro principia por negaceios, avanços e recuos, demorando, até se mostrar sobranceira e dominadora sobre os continhos todos que a fala de Riobaldo vai fiando em meio à glosa das preocupações com o demo.

E começa pela evocação poética da paisagem grandiosa do sertão. Pela beleza e vastidão desse espaço que será muito mais que um mero cenário para a ação de rudes homens de armas em suas lutas e disputas de poder.

Desde sua aparição no título e nas primeiras linhas do texto, essa palavra — *sertão* — vai se rodeando, pela indeterminação de seus limites e plurivalência de seus significados, das mais fundas e complexas ressonâncias significativas, que só crescem pela recorrência no decorrer do livro, impondo-se como símbolo poderoso, inextrincavelmente ligado ao enredo como um todo. Mas, desde que surge, provoca o sentimento épico de que o conteúdo de um vasto assunto com ela se abre à nossa consideração.

A princípio, entra na fala de Riobaldo quase como uma desculpa, por ser o espaço onde se deve tolerar a superstição popular em torno do demo: "O senhor tolere, isto é o sertão" (p. 13). Mas sua presença se efetiva verdadeiramente como paisagem pelo toque de Diadorim: "Quem me ensinou a apreciar essas as belezas sem dono foi Diadorim..."

(p. 26), transformando-se em objeto de evocação lírica, ligado por um momento à necessidade, aparentemente incontrolável, que sente o narrador de ter presente aquele mundo, distante sobretudo no tempo, mas quem sabe apresentável ainda ao interlocutor: "Lhe mostrar os altos claros das Almas: rio despenha de lá, num afã, espuma próspero, gruge [...]" (p. 26).

Essa evocação, pelas mãos de Diadorim, dará lugar à narração propriamente dita da vida de Riobaldo. Seguindo Diadorim, que "pôs o rastro dele para sempre em todas essas quisquilhas da natureza" (p. 28), o narrador se vê de repente contando, depois de várias narrações encetadas e abandonadas, o episódio de Nhorinhá e de Ana Duzuza, que precede a primeira tentativa de travessia do Liso do Sussuarão, em plena luta. Digamos que a narrativa romanesca tarda a começar, mas, quando começa, o faz pelo conflito em si mesmo, pelo *agon*, que é a base ou o tema arquetípico das estórias romanescas, movidas pelo desenrolar de aventuras, sobretudo o de uma principal, a busca, que lhe dá a forma característica, consecutiva e progressiva.[23]

Diadorim é o fio da meada dessa busca que assim começa, em meio a uma paisagem que, pelas marcas que traz daquele ser de mediação, parece revelar, em sua extraordinária poesia, um toque de possível transcendência. Levado ao miolo do conflito numa procura de vingança a todo custo, siderado pela paixão por Diadorim, Riobaldo busca alguma coisa além, algo que se afigura próximo e possível todo o tempo e que, entretanto, se faz cada vez e sempre mais impossível, à medida que se vai o tempo. Uma busca assim inevitável como uma sina — demanda implacável do impossível — tem a sua dimensão trágica, que no entanto se adia, até se tornar patente no arraial do Paredão, quando se choca com o inevitável, a que estava destinada desde o início: "E a beleza dele permanecia, só permanecia, mais impossivelmente" (p. 428).

A aventura se cumpre, portanto, num movimento de círculo, que encerra sem se cerrar de todo, salvo no fim da luta, e se reproduz de algum modo no fluxo da fala do narrador, em ritmo de vórtice, de águas em rodopio ou torvelinho, redemoinhando e suscitando de dentro do próprio verbo, das volutas labirínticas do discurso algo barroco, a imagem da divisão e do desconcerto — do demo, sempre glosado nos motivos recorrentes do "Viver é muito perigoso" (p. 19) e de "*O diabo na rua, no meio do redemoinho...*": frase do subtítulo que, no Paredão, marca o desenlace e o desencontro fatal.

Essa narrativa em torvelinho, ao se firmar de repente, em meio a tantos fios, apanha o leitor desprevenido, obrigando-o a participar do desconcerto num "lavarinto" (p. 360) de veredas, de pequenos cursos d'água entremeados, que são também caminhos possíveis da narrativa, fios do discurso, até que, de súbito, se descortina, com a evocação de Diadorim e da paisagem, o grande sertão: o vasto mar da guerra jagunça, que é o espaço épico propriamente dito.

Desde o princípio, estamos, por assim dizer, diante do rio da fala. Essa impressão de fluxo fluvial da fala é sempre poderosa porque depende certamente do ritmo de fato caudaloso e ininterrupto do discurso e de seu movimento de recorrências e remoinhos, com pontos de tensão de luta, de célere correnteza e precipitação de ações violentas e passionais, alternados com largos remansos líricos, desenhando contrações e distensões no hausto longo do relato. A sugestão fluvial está posta já no título, pela presença do termo "veredas", que no falar regional do sertão significa o curso fluvial pequeno, além da acepção normal de trilha ou caminho: "*Rio* é só o São Francisco, o Rio do Chico. O resto pequeno é *vereda*. E algum ribeirão" (p. 59). Na topografia sertaneja, as terras baixas e alagadiças das veredas, reino dos belos buritis, são caminhos naturais em meio às chapadas, cujas encostas, os *resfriados*, na designação do lugar, já insinuam a presença da água. A justaposição dos termos do título, em que o *grande sertão* se abre para as *veredas*, pode reforçar ainda, retrospectivamente, a impressão metafórica de labirinto fluvial, do intrincado miúdo das águas e dos caminhos no interior do espaço maior, abrindo-se para o múltiplo e o desconcerto. Ao mesmo tempo, é possível notar como é expressiva, na perspectiva da construção de toda a obra, a contiguidade ou junção desses espaços tão significativos, de certo modo nos levando a considerar a vastidão afunilando-se no espaço pequeno multiplicado e este, que se inclui, de repente, no maior. E o maior é o verdadeiro mar que é o sertão — um mar também de histórias entremeadas. Com efeito, "não há nada mais épico que o mar", como observou Benjamin; do ponto de vista da poesia épica, a existência costuma assumir a vasta dimensão do mar.[24]

Diante do mar, abrem-se duas possibilidades para o narrador, diria ainda o pensador alemão. Ou ele assume a posição do poeta épico que, da margem, recebe serenamente os ecos das ações do mundo marítimo — ele é aquele que recolhe o que o mar atira à praia, aquele que apenas repousa como o povo que, no poema épico, descansa depois do dia de trabalho, para ouvir, sonhar e colher —, ou é o romancista, que se arrisca na travessia solitária e muda do mar. O romancista, apartado do povo, se concentra no indivíduo em sua solidão. Concentra-se na experiência individual de um homem que não pode falar exemplarmente de suas preocupações, que não pode dar nem receber conselhos, pois "escrever um romance significa descrever a existência humana, levando o incomensurável ao paroxismo".[25] Aquilo que não tem medida; a medida do impossível. A perda das normas e das certezas de como viver, exatamente o que torna o viver "muito perigoso", se faz patente no romance: essa insuficiência é que se torna um fato justamente no romance de aprendizagem ou formação, que deixa ver, sob esse aspecto, o modo de ser fundamental do romance como gênero.[26] Voltando-se para o indivíduo segregado, que perdeu a dimensão do bem viver, a garantia baseada na sabedoria — a dimensão épica da verdade —, fundada na experiência comunitária, o romance dá as costas para a tradição épica, que tampouco ele pode alimentar: é forma escrita, ligada ao livro e ao desenvolvimento moderno da imprensa.

Ora, o *grande sertão* é uma espécie de mar. Desde o começo, o mar se infiltra no imaginário do livro. Quando o imaginário guerreiro e literário aparece reunido pela primeira vez para Riobaldo, quando os jagunços chegam à Fazenda São Gregório e ele pode experimentar o contato direto com o mundo romanesco que antes só conhecia pelas estórias de seu padrinho (como um pequeno aprendiz de narrador escuta do pai as narrativas que passará também a narrar), quando ele vê encarnados diante dele aquelas grandes figuras dos casos sertanejos, eles são cavaleiros que "tinham navegado na sela a noite toda" (p. 91) pelo sertão. Quando Diadorim morre, é o mar que morre: "Chapadão. Morreu o mar, que foi" (p. 430). O sertão é um espaço tão vasto, tão vago e indeterminado quanto o mar dos narradores épicos, mas é também o lugar de uma *travessia* individual, ou seja, da travessia de um romance de formação.

O problema que ora se coloca é, pois, compreender como se dá a sutura entre as formas que vêm da tradição dos narradores anônimos da épica oral sertaneja (presente desde sempre na literatura brasileira) e o nascimento de uma forma da sociedade urbana moderna — o romance — que renasce em pleno interior do Brasil, de dentro do arcaico que é o mar do sertão, como se de repente se refizesse em nosso meio a história de um gênero decisivo para a modernidade, brotando de um outro tempo. A questão é, pois, ainda entender a forma mesclada de um livro em que diversas temporalidades narrativas se misturam, correspondendo ao mundo misturado que é a nossa própria realidade.

PONTOS DE SUTURA

A forçada passagem do espaço ficcional restrito ao grande, que também faz parte da aprendizagem do herói em sua aventura através do mundo, é provavelmente uma forma de imitar, desde o começo, o desconcerto do *encontro*, motivo básico, de reconhecida universalidade, que a estória central do livro reproduz muitas vezes, fazendo eco à antiquíssima tradição das narrativas de aventura, conforme se vê pelo romance grego, voltado para essa modalidade de prosa de ficção.[27] Um dos modos de ler o *Grande sertão: veredas* é lê-lo como uma trajetória de grandes encontros e de um desencontro fatal.

Desde o começo, o desencontro fatal está contido em semente nos encontros, uma vez que representa a medida do impossível a que está obrigada a relação entre Riobaldo e Diadorim. Essa medida se associa, como se disse, à inevitabilidade da paixão que estala e cresce entre os dois jagunços, mas brota antes, já no primeiro encontro entre ambos na confluência de dois rios, o de Janeiro e o São Francisco: ali se dá a travessia que simboliza, em diversos planos, a passagem do espaço restrito ao mais vasto. Impossibilidade e inevitabilidade unidas conferem à narrativa a dimensão trágica já mencionada, cujo cumprimento implacável, entretanto, só se dá ao fim da demanda de vingança, ainda pelas mãos de Diadorim, no arraial do Paredão.

O ponto de desenlace onde a estória romanesca termina, com a morte de Diadorim — "Aqui a estória se acabou. Aqui, a estória acabada. Aqui a estória acaba" (p. 429) —, coincide com o reconhecimento da verdade sobre a moça virgem travestida no homem d'armas Reinaldo, mascarado e indefinido sob esse sonoro e delicado nome de pássaro que é Diadorim.[28] É decerto um dos pontos mais altos a que chegou a ficção brasileira; uma cena que faz o livro alçar-se à altura dantesca do sublime trágico, onde pode mais a surpresa da revelação do que a dor de Riobaldo. Índices disseminados por toda a obra ali se juntam para reforçar-lhe a unidade poderosa da forma, momento de *anagnórisis*, em que fulgura, com toda a pujança, o brilho sensível da ideia.

Dela resulta a transformação do herói romanesco que, até certo ponto, foi o jagunço Riobaldo, como personagem de uma busca de vingança arrastado pela paixão, no ser definitivamente desgarrado da transcendência, num mundo de repente já desencantado, que é o herói do romance: "Tal que assim se desencantava, num encanto tão terrível" (p. 428). Compreende-se que com Diadorim se vai a poesia do sertão, que é a mesma do coração de Riobaldo, a quem toca doravante só o prosaísmo do mundo, destituído de toda a intensidade anterior, como se deixa ver nas imagens de apagamento que se seguem à morte do ser amado: "um pano de nuvens" (p. 426); "da dôr que me nublou" (p. 427); "o céu vem abaixando" (p. 429); "a luz sem sol" (p. 430).

A perda definitiva de Diadorim significa a necessidade de reconciliação do homem sem certezas que luta contra o medo, do herói problemático que foi sempre Riobaldo, com a realidade concreta e social onde deve levar até o fim de seus dias. Reconciliação que ele tentou em vão pela via da aventura e do destino de jagunço, no qual nunca se sentiu inteiramente integrado, mas que lhe oferecia um obscuro e contraditório ideal a perseguir, como se percebesse nos rastros de Diadorim os sinais de uma esperança ilusória, suficientemente positiva para que sua busca fosse possível, embora no fundo insuficiente para que cumprisse o ideal absoluto com que lhe acenava.[29] Desde o começo, está clara a divisão entre a interioridade do herói e a aventura a que se lança em busca do absoluto que não pode conhecer de todo e do qual tampouco pode se aproximar completamente, embora com frequência lhe dê a ilusão da proximidade.

Ao final da aventura, a separação entre o mundo da ação e a contemplação se faz mais uma vez patente, como se vê pela posição do narrador já afastado do tempo da ação, logo no início do livro, sendo a narração em retrospecto apenas um modo de confirmar a divisão problemática que marca o modo de ser e o destino do personagem ao longo de toda a sua travessia. Nisso reside propriamente seu caráter demoníaco, pois seu destino de jagunço, de criminoso ou bandido rural, obrigado a buscar valores a que não pode ter acesso, se mostra como uma exteriorização da divisão profunda que atinge o seu ser, forçando-o a demandar pelo avesso, pelos crespos do homem, uma autenticidade que o mundo em que vive — reino da violência e dos desmandos de poder — lhe nega.

A *estória* que chega ao fim no Paredão se inicia de fato com o começo dessa relação entre Riobaldo e Diadorim e principia precisamente pelo motivo romanesco aludido, sob a forma do encontro com o Menino. Esse é um episódio decisivo e dos mais belos do livro, a partir do qual a narração se ordena, tomando uma direção propriamente biográfica, para relatar o processo de uma formação. Ao recontar a história de sua vida, o narrador se dá conta da importância desse encontro, espécie de travessia em pequeno: "Foi um fato que se deu, um dia, se abriu. O primeiro" (p. 78).

A experiência que representa para o pequeno herói ingênuo essa travessia é a das mais complexas e difíceis de sua vida e se deixa mal exprimir por palavras: "Muita coisa importante falta nome" (p. 84). A travessia dos rios pode ser vista em diversos níveis, do mito à experiência real, envolvendo sempre múltiplos aspectos da existência, em síntese complexa, com uma dimensão simbólica inegável, uma vez que se articula ao desenvolvimento do enredo como um todo.

Espécie de rito de passagem para a vida adulta, ela suscita o mito — latente no motivo do encontro com a criança divina —,[30] sugerindo, com essa dimensão arquetípica, a metafísica, pela aproximação ao sagrado, como uma abertura à integralidade do ser. Mas se deixa ler também, no plano já deslocado do mito, como parte da estória romanesca, ou seja, como uma miniatura da jornada perigosa em que o herói mocinho põe à prova seu valor, preparando-se para a aventura propriamente dita que viverá mais tarde. Equivale, de qualquer forma, no plano real da experiência, à passagem da ignorância ao conhecimento, momento de reconhecimento ou revelação simbólica, em que se dá a descoberta do que mal se pode formular, pelo poder de síntese de uma totalidade complexa, abrangendo aspectos e contradições de toda a existência: do sexual ao afetivo, do ético ao político. Ao sair da aventura, em que descobre o medo e a coragem, a tristeza e a alegria, o masculino e o feminino, o homem e a mulher, a força e a fraqueza, o real e a máscara, o natural e o artificial, o claro e o ambíguo, o bem e o mal, e muito mais, tudo misturado, ao mesmo tempo e de uma só vez, percebe a mudança profunda: "eu não sentia nada. Só uma transformação, pesável" (p. 84).

Tão importante, porém, quanto o conteúdo complexo dessa experiência profunda e decisiva por que passa o pequeno herói é a questão que ela permite ao narrador formular, sem poder dar-lhe resposta: "Mas, onde é bobice a qualquer resposta, é aí que a pergunta se pergunta. Por que foi que eu conheci aquele Menino?" (p. 84).

Com efeito, essa experiência, que equivale a um momento de individuação do ser, suscita a pergunta que corresponde à singularização do herói de romance, pois dá a dimensão da experiência individual que o diferencia e o afasta da comunidade dos homens e das narrativas da tradição oral. Ao recontar a aventura, cujo significado não pode traduzir claramente em palavras para o interlocutor, na verdade Riobaldo formula a pergunta pela razão de ser do episódio que é decisivo para toda a sua existência, pelo sentido de um encontro que equivale, no mais fundo, ao sentido de toda a sua vida. E essa é a questão fundamental do romance. Não é à toa que, depois dela, a narração, abandonando as inversões da luta, tome a forma linear da biografia, típica do romance, com que passa a relatar o processo de uma aprendizagem ou formação. A pergunta retroage a essa aprendizagem primeira, que é a travessia dos dois rios, ainda uma vez pela mão de Diadorim, pois nela se constitui o enigma de um caráter e de um destino.

Esse encontro com o Menino prepara, de certo modo, um novo encontro, que ocorre logo depois: aquele com os jagunços, que se passou na Fazenda São Gregório de Selorico Mendes, já mencionado. Ambos os momentos estão íntima e poeticamente interligados; de fato, o encontro com o Menino vem recifrado numa canção, que Riobaldo conhece no mesmo instante em que, pela primeira vez em sua vida, entra em contato direto com o universo romanesco dos jagunços, que só conhecia através das "altas artes de jagunços" (p. 85), das histórias que Selorico Mendes, contador de casos, gostava de narrar. Quando os jagunços chegam à Fazenda São Gregório e se apresenta para Riobaldo o mundo das armas, este já surge conjugado ao mundo das letras e da poesia. O encontro com o Menino ressurge como um enigma, sob a forma épico-lírica de uma balada, a canção de Siruiz: "cantiga, estúrdia, que reinou para mim no meio da madrugada [...]; aquilo molhou minha ideia" (p. 93).

Ao buscar um lugar para esconder os jagunços, a mando do padrinho, Riobaldo vai juntar-se ao bando que esperava fora da casa da fazenda e ouve então alguém perguntar alto, "aquilo era bonito e sem tino: — *'Siruiz, cadê a moça virgem?'*" (p. 91). E escuta Siruiz cantar "a toada toda estranha" (p. 91). Aí se desenrola o enredo enigmático da cantiga, cujas palavras muitas vezes voltarão ao texto do relato de Riobaldo. Um poeta no meio dos jagunços entoa a balada, forma mesclada da poesia que se liga à tradição da épica oral, ao mesmo tempo que serve à expressão lírica. A canção atinge tão profundamente Riobaldo que o transforma num homem de letras; a partir dali será também um fazedor de versos.

O episódio da Fazenda São Gregório reúne os termos do tópico decisivo no modo de ser e no destino de Riobaldo, juntando *armas e letras*, ao mesmo tempo que articula esse motivo importante na caracterização do personagem ao motivo da *donzela guerreira*, de larga história na tradição épica popular da península Ibérica e presente também na tradição literária do regionalismo brasileiro.[31]

O tema de Riobaldo se casa dessa forma ao tema de Diadorim. A revelação de um Riobaldo letrado, que deverá narrar a própria experiência mediante palavras medidas, surge assim ao mesmo tempo que a cavalgada de jagunços, encarnando concretamente o ideal heroico das estórias romanescas ouvidas pelo rapazote, chama para a aventura das armas. E no entremeio o misterioso tema da paixão: a virgem guerreira mascarada, que arrasta o apaixonado para a guerra. Do *rimance* ao romance, as temporalidades diversas se fundem: a tradição desemboca no moderno.

É sabido que a balada é em geral a narrativa de um encontro fatal, como se verifica em tantos exemplos: as baladas de Keats; "Meu sonho", de Álvares de Azevedo; "A dama branca", de Manuel Bandeira; "A balada da moça do Miramar", de Vinicius de Moraes, e tantas outras. A canção de Siruiz, forma híbrida também ela de narração épica e instantâneo lírico, contém cifrado em suas palavras enigmáticas o destino de Riobaldo. Desse fundo obscuro da poesia oral vai se desenrolar a história de sua vida. O *Grande sertão: veredas* é o desdobrar-se dessa balada.

Misturados na essência da balada estão o mistério da travessia individual e também a poesia vasta da épica do sertão. A partir desse momento, vemos que uma das divisões centrais à personalidade de Riobaldo, a divisão entre as armas e as letras — ele vai ser jagunço, mas teria podido ser professor ou padre —, está ali dada pela primeira vez. No núcleo da balada está realmente a origem das formas misturadas que caracterizam o livro.

Não é à toa, pois, que ao longo de sua vida Riobaldo jamais deixará de se interessar pelo destino de Siruiz ou dele se lembrar: feito chefe Urutú-Branco, Siruiz será o nome de seu cavalo de estimação. Mas Siruiz será sempre também um eco da poesia que percorre o espaço todo do sertão. A poesia que imanta o sertão como uma presença do sentido: o toque de transcendência que corresponde a Diadorim.

Assim, esse momento tão importante do encontro com as armas é também o momento do encontro com a poesia e o enigma do destino individual. O romance de formação que se acabará lendo junto com essa aventura de jagunços nada mais será do que uma tentativa de *esclarecer* esse enigma posto como tema na balada. Desse *mythos* primeiro, da canção cifrada, o romance desenvolve o processo de uma aprendizagem, uma tentativa de entendimento de um sentido secreto no desenrolar da ação. O sentido da *matéria vertente*, que se quer esclarecer.

Na realidade, no interior do *Grande sertão*, a relação entre mito e esclarecimento parece repetir e desenvolver em enredo narrativo o mesmo esquema da *dialética do esclarecimento* que Adorno e Horkheimer apontaram já no interior da epopeia homérica. "Desencantar o mundo é destruir o animismo",[32] conforme notaram aqueles autores, e não é outra coisa que se registra na obra rosiana, na travessia de Riobaldo, que acaba, a seu modo, por exorcizar a projeção antropomórfica do homem na natureza do sertão, que é o demônio, reconhecendo por fim a objetividade do mundo desencantado. Riobaldo acaba por acatar a direção de Zé Bebelo, depois da morte de Diadorim, procurando na religião e nos conselhos do compadre Quelemém a paz de espírito, mas mantendo firme a razão, na tentativa de se reconciliar com o mundo. De qualquer modo, vai contra a mitologia ctônica representada por Hermógenes e tenta, pelo esclarecimento, que é o relato de sua vida, dissolver o pacto — "Não. Nada" (p. 304) —, que lhe surge como obstáculo, amoldando-se, astuciosamente como Ulisses, à natureza, para por fim lográ-la, livrando-se de toda culpa. À inevitabilidade do destino, a que foi levado pelo encontro com Diadorim, beirando a catástrofe trágica, responde com a razão, agarrando-se ao discurso, à palavra, descobrindo-lhe novos significados, que desmancham em nada — ainda uma vez *nonada* — a violência mítica que teve de enfrentar.

Como história do esclarecimento de um destino individual, o romance se vê obrigado a retomar o começo para tentar responder às perguntas sobre o sentido dessa travessia solitária e enigmática, que, no entanto, não podem ser respondidas. Porque esta é a história do romance: "O caminho acaba, e a viagem começa", como bem afirmou Georg Lukács em sua teoria do romance, na década de 1920. Espécie de peregrinação errante num labirinto desencantado que é o mundo moderno, o mundo sem Diadorim, o mundo sem sol do sertão que já não há, da aventura esvaziada e do encanto desfeito.

O impossível que surge desde o primeiro contato com Diadorim só irá crescer à medida que o tempo passar. Já perto do fim, num desses momentos tão extraordinários e tão comuns nessa obra, Riobaldo quase não pode suportar a contradição central de sua vida e, à beira de ceder ao desejo do corpo do outro, explicita mais uma vez o sentimento da impossibilidade que lhe rói a alma:

Deixei meu corpo querer Diadorim; minha alma? Eu tinha recordação do cheiro dele. Mesmo no escuro, assim, eu tinha aquele fino das feições, que eu não podia divulgar, mas lembrava, referido, na fantasia da ideia. Diadorim — mesmo o bravo guerreiro — ele era para tanto carinho: minha repentina vontade era beijar aquele perfume no pescoço: a lá, aonde se acabava e remansava a dureza do queixo, do rosto... Beleza — o que é? [...] o formato do rosto de um: e que para outro pode ser decreto, é, para destino destinar... E eu tinha de gostar tramadamente assim, de Diadorim, e calar qualquer palavra. Ele fosse uma mulher, e à-alta e desprezadora que sendo, eu me encorajava: no dizer paixão e no fazer — pegava, diminuía: ela no meio de meus braços! Mas, dois guerreiros, como é, como iam poder se gostar, mesmo em singela conversação — por detrás de tantos brios e armas? Mais em antes se matar, em luta, um o outro. E tudo impossível. Três-tantos impossível, que eu descuidei e falei: — ...*Meu bem, estivesse dia claro, e eu pudesse espiar a cor de seus olhos...* —; o disse, vagável num esquecimento, assim como estivesse pensando somente, modo se diz um verso. (pp. 412-3)

Cada vez mais, Riobaldo se desgarrará da origem e do absoluto a que aspira; por isso, cada vez mais será o desterrado transcendental que Lukács viu no herói problemático e demoníaco do romance: o homem desterrado de sua verdadeira pátria, errante numa travessia solitária, sem retorno possível — homem moderno, descentrado e sem volta a uma verdadeira casa, que já não pode existir. *Travessia* só, em aberto, do homem humano, esclarecido e reconciliado, na medida do possível, é a última palavra do grande livro.

NOTAS

1. Mais tarde, depois de ter salvado sua vida, Riobaldo volta a combater sob a chefia de Zé Bebelo e chega a pensar em matá-lo por traição, quando, na Fazenda dos Tucanos, cercados pelo bando de Hermógenes, seu chefe pede a ajuda dos soldados.
2. Em Euclides, Cansanção é um "minúsculo povoado" que uma emersão de terreno fértil torna verde, em contraste com a monotonia dos areais ressequidos ao redor. Cf. Euclides da Cunha, *Os sertões* (ed. crítica de Walnice Nogueira Galvão. São Paulo: Brasiliense; Secretaria do Estado da Cultura, 1985, p. 100). Mas o termo é também nome comum de várias plantas, como uma espécie de urtiga, queimante ao menor contato; virou alcunha de radicais da Independência, transformando-se em sobrenome: João Lins Vieira Cansanção de Sinimbu.
3. Cf. Walter Benjamin, "Terrores e promessas de Satã", *Origem do drama barroco alemão* (trad. de Sérgio Paulo Rouanet. São Paulo: Brasiliense, 1984), p. 253.
4. "[...] o demo então era eu mesmo?" (p. 338), pergunta-se Riobaldo a certa altura.

5. Expressão com que Georg Lukács define o herói do romance. Ver, do autor, a justamente célebre *A teoria do romance: Um ensaio histórico-filosófico sobre as formas da grande épica* (trad. de José Marcos Mariani de Macedo. São Paulo: Ed. 34, 2000).
6. Ver, nesse sentido, a entrevista citada na nota seguinte, sobretudo as pp. 80 e seguintes da edição citada.
7. A afirmação é do próprio escritor em entrevista a Günter Lorenz. Cf. Günter Lorenz, "Diálogo com Guimarães Rosa", in: Eduardo de Faria Coutinho (Org.), *Guimarães Rosa* (Rio de Janeiro: Civilização Brasileira, 1983), pp. 62-97. A citação se acha à p. 81.
8. A expressão foi descoberta no arquivo do escritor e utilizada, pela primeira vez, que eu saiba, por Sandra Vasconcelos, como título de sua tese de doutorado sobre "Uma estória de amor (Festa de Manuelzão)", de *Corpo de baile*, apresentada e defendida em São Paulo, na FFLCH-USP, em 1991.
9. Cf. João Guimarães Rosa, "Discurso de posse", *Em memória de João Guimarães Rosa* (Rio de Janeiro: José Olympio, 1968), p. 57.
10. Cf. Cunha, op. cit., p. 95.
11. Nessa linha da tradição regionalista, deve-se pensar também na proximidade de Rosa com o gaúcho João Simões Lopes Neto, a quem o primeiro decerto leu e deve tê-lo impressionado, entre outras coisas, pela força da estilização modernizante e o aproveitamento da linguagem oral. Ver, nesse sentido, Ligia Chiappini Moraes Leite, *No entretanto dos tempos* (São Paulo: Martins Fontes, 1988), sobretudo o cap. 4 da parte III.
12. A frase é do próprio escritor, na entrevista citada a Günter Lorenz, p. 81.
13. Já Manuel Cavalcanti Proença apontava, em estudo pioneiro, "a ampla utilização de virtualidades da nossa língua", fato que ele descreve largamente em suas "Trilhas no *Grande sertão*". Ver, desse autor: *Augusto dos Anjos e outros ensaios* (Rio de Janeiro: José Olympio, 1959), pp. 151-241. A citação se acha à p. 217.
14. Roberto Schwarz foi o primeiro, que eu saiba, a discutir a combinação dos gêneros no *Grande sertão*; ao caracterizar o aspecto lírico do livro, dependente, a seu ver, da atitude em face da linguagem e da realidade, ressalta a absolutização da palavra e sua opacidade, lembrando a distinção sartriana, que separa a palavra-coisa da poesia do uso utilitário e simbólico da prosa, transparente ao mundo objetivo. Cf. desse autor o ensaio "*Grande sertão*: a fala", em seu livro *A sereia e o desconfiado: Ensaios críticos* (Rio de Janeiro: Civilização Brasileira, 1965), pp. 23-7. [Reimpresso aqui, nas pp. 441-4.]
15. Antonio Candido, retomando a observação de José Geraldo Vieira e a análise de Cavalcanti Proença sobre o romance, insistiu bastante nesse aspecto. Ver dele "O homem dos avessos", em *Tese e antítese: Ensaios* (São Paulo: Companhia Editora Nacional, 1964), pp. 119-40.
16. Ver André Jolles, *Formas simples* (trad. de Álvaro Cabral. São Paulo: Cultrix, 1976).
17. Cf. Walter Benjamin, "O narrador: Considerações sobre a obra de Nikolai Leskov", *Obras escolhidas: Magia e técnica, arte e política* (trad. de Sérgio Paulo Rouanet. São Paulo: Brasiliense, 1985), p. 221.
18. Ibid.
19. O mesmo esquema técnico já se insinua em "A hora e vez de Augusto Matraga", repetindo-se em "O espelho" e no "Meu tio o Iauaretê", para lembrar alguns dos exemplos principais.
20. Sobre a passagem do mito ao esclarecimento já na epopeia homérica, ver Theodor W. Adorno e Max Horkheimer, *Dialética do esclarecimento* (trad. de Guido Antonio de Almeida. Rio de Janeiro: Zahar, 1991).
21. Em sua primeira versão, o ensaio pioneiro de Antonio Candido sobre o livro já sugeria esse fato desde seu título: "O sertão e o mundo", concluindo pela afirmação: "O sertão é o mundo". Ver *Diálogo* (São Paulo: Sociedade Cultural Nova Crítica, n. 8, nov. 1957).
22. A expressão "regionalismo cósmico" foi empregada por Harry Levin para designar a tendência de Joyce de lançar o leitor dos subúrbios de Dublin à órbita das sete esferas. Ver, desse autor: *James Joyce: Introducción crítica* (trad. de Antonio Castro Leal. México; Buenos Aires: Fondo de Cultura Económica, 1959), p. 20.

23. Para a teoria do romanesco, ver: Northrop Frye, *Anatomia da crítica* (trad. de Péricles Eugênio da Silva Ramos. São Paulo: Cultrix, 1973). Sobre a forma característica da narrativa romanesca, cf. pp. 185 ss.
24. Walter Benjamin, "A crise do romance", *Obras escolhidas: Magia e técnica, arte e política*, op. cit., p. 54.
25. Ibid.
26. Nesse sentido, ver ainda de Benjamin o referido ensaio "O narrador", op. cit., pp. 201-2.
27. Sobre o motivo do encontro no romance grego de aventuras, ver, por exemplo, Mikhail Bakhtin, "Le Roman grec", *Esthétique et théorie du roman* (Paris: Gallimard, 1978), pp. 239-60.
28. O nome *Diadorim*, certamente alteração de Deodorina (Maria Deodorina da Fé Bettancourt Marins), além de sugestivas segmentações a que se presta (uma delas — *diá* — é um dos nomes do diabo para Riobaldo), faz pensar em outros nomes em -*im* dos romances de cavalaria, como o donzel Durim do *Amadis de Gaula*, lembrado por Leonardo Arroyo. Ver, deste autor, *A cultura popular em* Grande sertão: veredas (Rio de Janeiro: José Olympio; INL; Pró-Memória, 1984), p. 94.
29. O tema da reconciliação do *herói problemático*, conceito central à sua teoria do romance, foi admiravelmente exposto por Georg Lukács, ao mostrar a tentativa de síntese do romance de formação.
30. Ver, sobre a criança divina, C. G. Jung e C. Kerényi, *Introduction à l'essence de la mythologie: L'Enfant divin et la jeune fille divine* (Paris: Payot, 1974).
31. Sobre a donzela guerreira, ver Walnice Nogueira Galvão, "Ciclo da donzela-guerreira", *Gatos de outro saco: Ensaios críticos* (São Paulo: Brasiliense, 1981), pp. 8-59. Ver também Arroyo, op. cit.
32. Cf. Theodor W. Adorno e Max Horkheimer, "O conceito de esclarecimento e Ulisses ou mito e esclarecimento", in: *Dialética do esclarecimento*, op. cit., pp. 19-52 e 53-80, respectivamente. A citação se acha à p. 20.

CABO DAS TORMENTAS*

Silviano Santiago

No ano de 1956 se publica *Grande sertão: veredas*, romance escrito por Guimarães Rosa. Como um monstro, ele emerge intempestivamente na discreta, ordeira e suficientemente autocentrada vida cultural brasileira, então em plena euforia político-desenvolvimentista. Guimarães Rosa o escreve monstro para que sua qualidade selvagem se destaque com nitidez na paisagem modernizadora do Brasil, tal como configurada pelo plano de metas da presidência da República, que maximiza a indispensável e rápida industrialização do país, até então reputado subdesenvolvido. E também para que sua beleza selvagem seja mais bem apreciada se lida e analisada — em ambiente linguístico, social e político que lhe é refratário, insista-se — como objeto estético insólito, uma pedra lascada, e não uma pilastra em concreto armado, geometricamente perfeita. Uma pedra lascada difícil de ser compreendida pela mera revisão acrítica do passado pátrio. Intolerável, se lida em seu presente anacrônico. E indigesta, se assimilada espontaneamente pelo leitor compulsivo, ou às pressas pelo medíocre estudioso das letras nacionais.

Anote-se este detalhe revelador. O topônimo "rio de-Janeiro" (naquela época, nome da capital federal do Brasil) é várias vezes citado no romance, mas se refere apenas ao afluente do rio São Francisco.

Naquele momento histórico, o monstro rosiano desorganiza e desnorteia o ideário em pauta da nacionalidade porque ele sobrevive confinado em circuito estreito e fechado, au-

---

* Publicado originalmente como o primeiro capítulo do livro *Genealogia da ferocidade: Ensaio sobre* Grande sertão: veredas, *de Guimarães Rosa* (Recife: Cepe, 2017), pp. 11-26.

têntico *enclave arcaico* dentro da jovem nação brasileira. Segundo as palavras do presidente da República, o Brasil se modernizaria cinquenta anos em apenas cinco anos de governo. Bem desenhadas na região conhecida por Alto São Francisco, as fronteiras do enclave monstruoso não bloqueiam o transpasse dos limites naturais e imprecisos por viajantes estrangeiros ou por visitantes brasileiros. Pelo contrário, atiçam a curiosidade e a ambição dos estranhos. Cite-se o caso dos cientistas a catalogar espécimes raros em biologia, dos mineradores em busca de pedras preciosas, das tropas militares em luta contra os *coronéis* e dos artistas, de que foi exemplo o contista Afonso Arinos e é exemplo notável o romancista João Guimarães Rosa.

São os olhos dos pesquisadores estrangeiros, dos visitantes brasileiros e dos ambiciosos de poder que, em pleno século XX, transformam o grande sertão mineiro — o Alto São Francisco, ou o "rio dos currais", segundo o historiador Capistrano de Abreu — em multifacetado Gabinete de Curiosidades (*Wunderkammern*), ou seja, um amplo e comprimido salão em que se organiza e se exibe em bricabraque uma multiplicidade de objetos raros e arcaicos, coletados por exploradores europeus e brasileiros nos três ramos da biologia (*animalia, vegetalia* e *mineralia*). Uma miniatura exemplar do Gabinete de Curiosidades — metáfora viva — é a caixa que se encontra na coleção Brasiliana do Itaú Cultural. Lê-se no catálogo:

> esta caixa chegou até nós, tal como foi montada pelo príncipe Maximiliano, com amostras colhidas durante sua expedição ao Brasil, de 1815 a 1817. Contém ovos, presas e caveiras de cobras, ainda embalados num jornal alemão da época. No interior da caixa foi também deixado um desenho original do príncipe naturalista descrevendo parte do seu conteúdo.

Temo usar o termo "vanguarda" para caracterizar o modo inédito de o monstro rosiano afrontar o gosto do público brasileiro letrado nos anos 1950, embora da vanguarda o romance traga o *susto* que ele prega em seus leitores, valor que enobrece toda e qualquer obra de arte no século XX. Lembre-se do título dado pelos cubofuturistas russos ao seu manifesto: "A bofetada no gosto público" (1912). O romance é, antes de mais, uma bofetada no Homem. Meu temor em usar o termo "vanguarda" para caracterizá-lo se reforça pelo fato de Guimarães Rosa não ter sido colaborador de suplemento literário em moda nem pertencer a *igrejinhas* europeizadas (não por falta de competência para tal, frise-se). Tendo exercido a medicina desde os anos 1920 e sendo diplomata de carreira a partir de 1934, o romancista é considerado como o oposto dos que se dizem *profissionais* das letras e das artes (que, na realidade, não o são). Refiro-me aos mais gloriosos e menos gloriosos escritores diletantes, vaidosos e ditatoriais, que, na capital federal e nos estados mais importantes da União, se reúnem em torno de manifesto literário, de suplemento e de revista, e se articulam entre eles na base de produção estética coletiva, porque geracional.

Quando publica *Grande sertão: veredas*, Rosa é um romancista solitário, relativamente desconhecido tanto na imprensa tradicional quanto na emergente imprensa nanica. É por isso que, tão logo lançado o livro, tem de se insinuar estrategicamente pelas brechas da vida literária nacional, fantasiando-se de solitário cavaleiro andante em defesa da insólita e exclusiva causa estética, política e social, seu monstro.

Quando os primeiros leitores anônimos de *Grande sertão: veredas* e os escritores brasileiros bem estabelecidos passam a verbalizar em conversa e nos jornais provocações grosseiras contra o romancista e impropérios contra a obra, Rosa não pode compartilhar o infortúnio com um grupo fechado de companheiros e militantes que o defenderia em praça pública, como é o caso anterior dos poetas da Geração de 45, contestados pelos ideólogos de plantão por serem formalistas demais; e é também o caso dos vanguardistas da arte concreta (São Paulo) e da neoconcreta (Rio de Janeiro), escorraçados pelos leitores tradicionais de poesia, infectados desde sempre pelas bactérias sentimentais do *sonetococcus brasiliensis*. As hoje consideradas vanguardas históricas, surgidas no início do século XX e prolongadas como *experimentalismo artístico* nos anos 1950, sempre trabalharam em ordem unida.

A artilharia dos vanguardistas e dos experimentalistas sempre se manteve segura e firme não só nos ataques contra os diluidores ("diluters", apud Ezra Pound) de nobre causa estética como na defesa dos legítimos e autênticos inventores ("inventors", idem). Em época em que o artista enquadra a si e aos demais em altíssimo e inquestionável patamar e o julgamento da obra pelo crítico tem de ser consequentemente fulminante, Guimarães Rosa e seu romance só são o que os outros os deixam ser. Os dois sobrevivem desvalidos, sem apoio de grupo geracional e à espera de uma estratégia de lançamento eficiente, a ser assumida às pressas pelo autor, figura relativamente desconhecida na cena artística.

Na América Latina, durante os anos 1950, implanta-se como única a radicalização estética que, desde o *Manifesto futurista* (1909), vinha sendo legitimada pelos intelectuais vanguardistas que declaram como só sendo autênticas e válidas as categorias críticas elitistas e autoritárias. Naqueles anos e na situação brasileira, destacam-se os escritos críticos de Ezra Pound, entre eles o de mais fácil compreensão do leitor jovem, *ABC of Reading* (livro traduzido por Augusto de Campos, do grupo concreto paulista, e por José Paulo Paes, e publicado em 1970). As categorias estéticas de Pound, nomeadas e descritas no capítulo IV desse manual prático de leitura, serviram indiscutivelmente para caracterizar o percurso escalonado e altamente competitivo do modo como o noviço nas *belles lettres* deve movimentar-se a partir do momento em que busca ter acesso ao *gradus ad parnassum*. Em ordem decrescente, são seis as categorias poundianas que hierarquizam a atividade criativa: (1) "inventores", (2) "mestres", (3) "diluidores", (4) "bons escritores sem qualidades salientes", (5) "beletristas" (*writers of belles lettres*) e (6) "lançadores de modas". No julgamento da produção literária e artística, a autoproclamada empáfia do criador vanguardista ou experimental, bem como a afiadíssima e bárbara navalha do crítico — já então com formação universitária —, são talheres de uso cotidiano à mesa da arte.

Guimarães Rosa — assim como os poetas concretos e neoconcretos que lhe são contemporâneos — se enquadra na mais alta categoria poundiana. É um *inventor*. Porém, ao contrário dos poetas e artistas paulistas e cariocas, não se apresenta ao público por manifesto literário, publicado previamente em suplemento ou em revista. Nada de teórico ou de programático o salvaguarda, ou seja, nenhum a priori estético respalda seus sucessivos e inúmeros escritos em prosa. Rosa não tem companheiros de geração ou de escola a defendê-lo; será, no entanto, estudado e avaliado pela melhor e também pela boa crítica literária brasileira. Algo e muito pouco de sua própria arte poética está disseminado nas entrevistas que passa a conceder aos jornais, nas cartas que escreve aos tradutores e, principalmente, em quatro "prefácios" — assim os denomina o autor — intercalados na coleção de contos *Tutaméia: Terceiras estórias* (1967).[1]

Rosa é um inventor. "Inventores" — recorramos novamente às palavras de Ezra Pound —, "homens que descobriram um novo processo ou cuja obra nos dá o primeiro exemplo conhecido de um processo." Rosa está à frente do seu tempo nas literaturas da América Latina, embora não seja correto classificá-lo como autor de vanguarda ou experimental, até porque a primeira revista de cultura que acolhe a obra-prima de modo rico, atraente e circunstanciado, *Diálogo* (1957), não é tipicamente literária, é antes filosófica, heideggeriana, e não é publicada no Rio de Janeiro, mas por um grupo alternativo de intelectuais paulistas, liderado pelo filósofo conservador Vicente Ferreira da Silva e a poeta Dora Ferreira da Silva, devota leitora e tradutora da poesia de Rainer Maria Rilke, autor da espantosa "Oitava Elegia de Duíno",[2] inspiradora do filósofo heideggeriano Giorgio Agamben.

Às vésperas da publicação do número especial da revista *Diálogo*, dedicado a ele e à sua obra-prima, repito, é tamanha a alegria de Guimarães Rosa que o homem se comporta como criança mimada que na verdade quer palmada. Leia-se este trecho da carta que escreve ao romancista sergipano Paulo Dantas, radicado em São Paulo: "Já estou entusiasmado com o número do *Diálogo*. (Avise-me, quando for para sair, quero adquirir logo uns trinta exemplares.) Depois, terei de fazer um mês de penitência, para purgar venenos e ranço da vaidade — doença danosa — que vocês estão injetando em mim".[3] Quando o número 8 da revista lhe chega finalmente às mãos, volta a escrever ao amigo sergipano:

Fiquei deslumbrado, tudo formidável. Vocês me atordoaram, depois direi por inteiro as impressões, sensações, emoções, comoções. Que pilha de ouro de generosidade! Ó gente doida! O mundo, que de tão grande não se entende... Enriqueci, de súbito. Foi uma rebentação cósmica, nem sei dizer as palavras de maior caber.

Palavras semelhantes e exageradas de Rosa serão também transmitidas por Paulo Dantas a Carmen Dolores Barbosa, responsável por um importante salão literário em São Paulo, que vem a premiar o romance — execrado por muitos dos confrades cariocas — como o melhor do ano em 1956. Ei-las: "Gratíssimo, meu caro; e grato a dona Carmen Dolores, principalmente. A ela vão todos os meus sentimentos claros, dos que sempre devemos à Beleza, à Bondade e à Inteligência".

Pode-se crer também que a euforia sentida pelo romancista ao saber que *Grande sertão: veredas* está finalmente arrebatando bons e sofisticados leitores (os *happy few*, de que falam Stendhal e Machado de Assis) seja apenas um prolongamento menos intenso do sentimento de euforia anterior, maior e obsessivo, que tomou conta do diplomata nos meses que antecederam a entrega dos originais do romance ao editor José Olympio. Retiro de uma carta que escreve ao compadre Antônio Azeredo da Silveira, então embaixador do Brasil em Madri e posteriormente chanceler, o rico e comovente depoimento que transcrevo abaixo. Datada do dia 9 de fevereiro de 1956, a carta foi posta no correio do Rio de Janeiro, onde Rosa responde pela chefia da Divisão de Orçamento (Itamaraty), e nela está dito:

Conto a você que, na última semana, antes de entregar ao José Olympio o *Grande sertão*, passei três dias e duas noites trabalhando sem interrupção, sem dormir, sem tirar a roupa, sem ver cama, sem tomar pervitin nem nenhuma outra droga: foi uma brusca sensação de renascimento, de completa e incômoda liberação, de rejuvenescimento: eu ia voar, como uma folha seca. Imagine, eu passei dois anos num túnel, um subterrâneo, só escrevendo, só escrevendo eternamente... Daí, veio-me uma forte gripe, naturalmente; e, você sabe bem, a gripe é uma das mães da humildade.[4]

Publicado o romance, Guimarães Rosa teve de aprender a enfrentar corajosamente a primeira e pouco auspiciosa recepção que lhe é dada. Despe-se da farda diplomática, embora guarde da profissão todos os ensinamentos retóricos que levam à boa negociação entre as partes e a arrematam, e constrói pouco a pouco — pelo recurso à vaidade pessoal e à indefectível gravatinha-borboleta a tremular no pescoço — a persona de escritor de gênio. Nos anos subsequentes à publicação do romance, é essa persona que recebe os admiradores brasileiros e estrangeiros que vão visitá-lo nas majestosas dependências do Ministério das

Relações Estrangeiras, antigo e aristocrático palacete situado no centro do Rio de Janeiro. A *petite histoire* local narra em profusão historietas bem-humoradas, saborosas e picantes.

Inicialmente, *Grande sertão: veredas* abre sorrisos e caretas nos leitores e recebe na cara o silêncio constrangedor dos romancistas e poetas então em destaque na capital federal. Os escritores membros do coro dos descontentes acabam por ser convidados a concederem entrevista ao boletim bibliográfico *Leitura*, editado no Rio de Janeiro e de nítida inclinação para a esquerda. Os depoimentos são reunidos em torno de título em si agressivo, "Escritores que não conseguem ler *Grande sertão: veredas*". Exemplo estranho e alarmante de escritor desgostoso com o romance é o do jovem poeta Ferreira Gullar, autor do originalíssimo *A luta corporal* (1954) e corajoso crítico de arte da vanguarda. Declara: "Li setenta páginas do *Grande sertão: veredas*. Não pude ir adiante. A essa altura, o livro começou a parecer-me uma história de cangaço contada para os linguistas. Parei, mas sempre fui um péssimo leitor de ficção". Embora menos alarmante, não será diferente a primeira recepção ao romance pelo crítico uruguaio/brasileiro Emir Rodríguez Monegal. Em depoimento para a parisiense *Mundo Nuevo* (fevereiro de 1968), afirma:

> Cada palavra, quase cada sílaba do romance havia sido submetida a um processo criador, que obrigava o leitor a progredir, se progresso havia, a passos de tartaruga. Custei um pouco a vencer a humilhação de crer que havia perdido uma das línguas de minha infância.

Dentre os muitos descontentes, o mais incisivo dos críticos é o romancista baiano Adonias Filho, líder de uma nova corrente literária regionalista e futuro membro da Academia Brasileira de Letras. Escreve e publica o artigo intitulado "Guimarães Rosa: um equívoco literário".

É 1956. Onze anos antes, em 1945, os desesperados e raivosos alicerces ideológicos que vinham sustentando e inspirando os artistas brasileiros desde os anos 1930 tinham sido implodidos com a queda da ditadura Vargas no Brasil e a derrota das tropas nazifascistas no mundo ocidental. Se visto de outra perspectiva, a dos anos 1930, 1945 representa um grande corte anterior a *Grande sertão: veredas* nas artes brasileiras, já que aquele ano dá por terminada uma época extraordinária em que a produção artística no Brasil se notabiliza pelo engajamento político. Entre 1930 e 1945, destacam-se os livros em prosa participante, como o romance neonaturalista nordestino de Graciliano Ramos (*Vidas secas*, 1938) e de Jorge Amado (*Terras do sem-fim*, 1943), ou as coleções de poemas empenhados, como os versos de Carlos Drummond de Andrade (*Sentimento do mundo*, 1942, e *A rosa do povo*, 1945) e, ainda, as telas impregnadas de denúncia social, como as de Cândido Portinari (a série *Os retirantes*, 1944).

Se esses e outros trabalhos de arte comprometidos com o discurso político não colocaram o Brasil no mapa-múndi da arte engajada internacional, pelo menos não nos deixavam fazer feio quando comparados aos que se tornavam os clássicos universais dos anos de guerra mundial, como é o sempre citado painel *Guernica*, de Pablo Picasso. No contexto das literaturas latino-americanas, a brasileira não chegara a alcançar os pincaros de Gabriela Mistral, de Miguel Ángel Asturias ou de Pablo Neruda (não por casualidade os três são recipientes do prêmio Nobel de literatura), mas se fazia conhecer e ser reconhecida no mundo europeu pelo recato e a modéstia que a língua portuguesa — nos versos de Olavo Bilac, "última flor do Lácio inculta e bela/ és a um tempo esplendor e sepultura" — lhe confere desde o berço lusitano.

Se *Grande sertão: veredas* pouco ou quase nada tem a ver com os modestos, sofridos e lacrimosos 26 anos literários e artísticos que o precedem, tampouco engrossa a enxurrada de louvações à mais elogiada — no Brasil e no estrangeiro — obra de planejamento urbano que tem sua idade. Refiro-me à utópica cidade de Brasília[5] que — em desenho de leves, nítidas e belas linhas retas e curvas, de responsabilidade dos arquitetos urbanistas Oscar Niemeyer e Lúcio Costa — salta solitária em concreto branco, vidro e geometria feminina no distante, despovoado e árido planalto goiano. Apesar de obrigar o cidadão brasileiro citadino a pisar também e de modo inesperado o áspero interior do país, *Grande sertão: veredas* é — ao contrário da nova capital federal — ribeirinho e verde, barrento e encardido, anárquico e selvagem. É acrimoniosa e destemperadamente varonil. Pela soma dessas características, o romance nada tem a ver com a artificialidade do lago Paranoá, cujas águas banham as belas obras arquitetônicas femininas sem jamais tê-las fertilizado. À semelhança de Brasília, acrescente-se, *Grande sertão: veredas* tem muito de religioso, se não se tomar como única referência a forma cristã da cruz que inspira e conforma o plano piloto da nova capital federal do Brasil.[6]

Um mote de *Grande sertão: veredas* é válido tanto para Brasília quanto para o romance: "Vivi puxando difícil de difícel, peixe vivo no moquém: *quem mói no asp'ro, não fantasêia*" (p. 15, grifo meu). Apesar de moer no áspero e não fantasiar, Guimarães Rosa nada bebe do econômico construtivismo lógico-matemático e abstrato que se torna marca registrada da primeira e grandiosa Bienal de São Paulo (1951) no momento em que celebra como vencedoras a escultura *Unidade tripartida*, do suíço Max Bill, e a tela *Formas*, do brasileiro Ivan Serpa. O romance de Rosa manuseia dicionários reais e estapafúrdios, pessoais e imaginários e, em sintaxe travessa e com pontuação anárquica, esparrama perdulariamente palavras, tocos de palavra e interjeições onomatopaicas pela página em branco. Não preocupa o escritor se os vocábulos se duplicam e, inúmeras vezes, se multiplicam em sinônimos vernaculares ou artificiais, como é o caso, por exemplo, da infindável série que referenda a presença do Diabo nos sertões do Alto São Francisco. A enumeração de sinônimos numa única frase não abastarda o estilo, transforma antes a prosa ficcional de Rosa em forma original e peculiar de ladainha às avessas ou de exorcismo:

E as ideias instruídas do senhor me fornecem paz. Principalmente a confirmação, que me deu, de que o Tal não existe; pois é não? O Arrenegado, o Cão, o Cramulhão, o Indivíduo, o Galhardo, o Pé-de-Pato, o Sujo, o Homem, o Tisnado, o Côxo, o Temba, o Azarape, o Coisa-Ruim, o Mafarro, o Pé-Preto, o Canho, o Duba-Dubá, o Rapaz, o Tristonho, o Não-sei-que-diga, O-que-nunca-se-ri, o Sem-Gracejos... Pois, não existe!

São 52, se não me engano, os nomes atribuídos à figura do Diabo em *Grande sertão: veredas*. Equivoca-se quem entra no romance esperando que menos é mais.

O romance de Rosa pouco teria a ver com os poemas precisos e exatos, mãos de vaca, de inspiração mallarmaica e valeryana, do contemporâneo e também diplomata João Cabral de Melo Neto, que vão desaguar anos mais tarde na teorização verbivocovisual expressa pelo "Plano piloto da poesia concreta" (1958), de responsabilidade dos irmãos Augusto e Haroldo de Campos e de Décio Pignatari e publicado na revista *Noigandres*. O monstro rosiano guarda semelhanças evidentes apenas com certo interesse lúdico dos poetas experimentais pelo trabalho na linguagem, feito no molde da criação de neologismos nas línguas anglo-saxônicas, de que são exemplo as invenções em prosa de James Joyce e em poesia de e. e. cummings. Molde este também avançado por Ezra Pound como recurso tomado ao ideograma chinês tal como exposto por Ernest Fennolosa em *The Chinese Written Character as a Medium for Poetry* (1918). Aliás, *Grande sertão: veredas*, publicado em 1956, não é citado nas obras elencadas no *paideuma* concreto divulgado pelo "Plano piloto", embora o ano da assinatura desse manifesto já seja o de 1958. As afinidades entre os concretos e Rosa são manifestadas tardiamente.

O monstro de Guimarães Rosa nada tem a ver com o singelo, doce e nostálgico balanço da bossa-nova que, tão cool quanto o jazz moderno que o adjetivo inglês qualifica tão bem, assalta as estações de rádio e o mercado fonográfico das capitais em busca de um mercado internacional adoçado pelo bem-estar alcançado no pós-guerra pelas sociedades do Primeiro Mundo. Para as imaginações ilustradas e bem pensantes, *Grande sertão: veredas* é ácido, corrosivo e principalmente intempestivo. Ao se distanciar "do barquinho a deslizar no macio azul do mar" (Roberto Menescal), dispensa todo e qualquer antídoto contra os absurdos retóricos de que se faz campeão absoluto na avara e impecável língua gramatical de Luís de Camões, Machado de Assis e Graciliano Ramos.

Também seria um despropósito comparar o monstro com dois outros bons romances publicados no ano de 1956, *O encontro marcado*, bildungsroman de Fernando Sabino, e *Vila dos Confins*, prosa regionalista do também mineiro Mário Palmério. Ambos abrem uma trilha que se tornará populosa numa nação que se industrializa ao ritmo do capitalismo avançado — a das narrativas ficcionais escritas segundo o padrão ditado pelo consumismo aliado aos temas da atualidade, padrão exigido pelo mercado editorial e corroborado pela publicação nos suplementos literários da todo-poderosa lista dos best-sellers da semana.

Em 1956, na qualidade de monstro propriamente literário, *Grande sertão: veredas* interrompe o caudal de leituras do historiador ou do especialista em prosa e poesia brasileira, atravancando o fluxo histórico. Interrompe o percurso linear e cronológico das obras literárias, que descendem da incontornável *Carta de Pero Vaz de Caminha*, como um rochedo que despenca do alto da montanha em virtude da erosão causada no terreno pelas chuvas torrenciais, e arrasa de vez com a bitola estreita dos trilhos por onde vinha sacolejando tranquilamente o trenzinho caipira da literatura brasileira, modernizado *macunainicamente* nos anos 1920 pelos participantes da Semana de Arte Moderna. O rochedo interrompe a viagem do trenzinho. Fá-lo descarrilar e o joga para fora dos trilhos, ribanceira abaixo. E passa a exigir — sem muito sucesso, o que é natural, já que se trata de algo monstruoso que despenca do alto da montanha — que as locomotivas que daquele momento em diante passem por ali tenham de se adequar à bitola larga, larguíssima da modernidade literária inaugurada pelo inédito *Grande sertão: veredas*. E tenham de bufar vapor pelas chaminés que nem touro bravio. Que se cuidem o historiador e o crítico da literatura!

Pensem que, de repente, o embalo lírico proposto pela célebre composição musical de Villa-Lobos, "O trenzinho do caipira", que integra as *Bachianas brasileiras n. 2* (1939) sob a forma de tocata, fosse suplantado pelos ruídos sinfônicos cacofônicos, onomatopaicos e estridentes que escoam da execução de *Pacific 231* (1923), do compositor Arthur Honneger.

No panorama da literatura brasileira, *Grande sertão: veredas* — e, de maneira geral, a prosa mais experimental de Guimarães Rosa — sobrevive como aberração inquietante, perturbadora e solitária, tendo possivelmente como referência única *O guesa errante* (1868), poema épico romântico escrito por Sousândrade e trazido à baila pela vanguarda concreta à época em que Guimarães Rosa começa a ganhar definitivamente nome entre críticos, professores e leitores.[7]

A monstruosidade do romance de Guimarães Rosa guarda metaforicamente os traços fisionômicos do gigante Adamastor, figura épica e mítica que emerge do oceano Atlântico e se insurge contra a audácia da navegação portuguesa pela costa africana. Ao se levantar das águas e ganhar corpo, Adamastor é guardião. Não libera o caminho para que os navegantes possam ir além de Taprobana, como imagina Luís de Camões no poema *Os lusíadas* (canto v). Neste, lemos:

Cum tom de voz nos fala, horrendo e grosso,
Que pareceu sair do mar profundo.
Arrepiam-se as carnes e o cabelo,
A mim e a todos, só de ouvi-lo e vê-lo.

Grande sertão: veredas fala com tom de voz horrendo e grosso, que sai do enclave selvagem. Interrompe a circulação cronológica e progressista da narrativa ficcional brasileira e, caso algum escritor tente transpor a muralha imposta pelo monstro, e alguns poucos o quiseram no mundo lusófono, ele passa a monitorar o próximo e inevitável naufrágio do navegador atrevido ou a indicar como ideal um além, muito além, da navegação linguageira humana. Por ser mais utópico que passível de existir concretamente, o além-do-além em prosa ficcional deixa o romancista pós-colonial em língua portuguesa (que é posterior a Guimarães Rosa no calendário)[8] como que obrigado a engatar uma marcha a ré na máquina ficcional e dar para trás, refazendo — em modo cabisbaixo e humilhado — o percurso de volta e salientando tudo o que na verdade *Grande sertão: veredas* não é, tudo o que ele não deixa que o prolongue por ser, em sua monstruosidade, o final da linha. Com a palavra, Carlos Drummond de Andrade:

Stop.
A vida parou
ou foi o automóvel?

NOTAS

1. São eles: "Aletria e hermenêutica", "Hipotrélico", "Nós, os tremulentos" e "Sobre a escova e a dúvida".
2. Cito os versos iniciais da elegia na tradução (1951) de Dora Ferreira da Silva: "Com todos os seus olhos, a criatura vê o *Aberto*./ Nosso olhar, porém, foi revertido e como armadilha/ se oculta em torno do livre caminho./ O que está além, pressentimos apenas/ na expressão do animal; pois desde a infância/ desviamos o olhar para trás e o espaço livre perdemos,/ ah, esse espaço profundo que há na face do animal./ Isento de morte. Nós só vemos/ morte" (grifo meu).
3. Paulo Dantas, *Sagarana emotiva: Cartas de J. Guimarães Rosa*. São Paulo: Duas Cidades, 1975.
4. *24 cartas de João Guimarães Rosa a Antônio Azeredo da Silveira* (edição da família Azeredo da Silveira). Pervitin era um estimulante vendido sem receita nas farmácias brasileiras.
5. Sua construção se inicia em novembro de 1956 e a cidade é inaugurada no dia 21 de abril de 1960.
6. Escute-se esta fala de Riobaldo: "Muita religião, seu moço! Eu cá, não perco ocasião de religião. Aproveito de todas. Bebo água de todo rio... Uma só, para mim é pouca, talvez não me chegue. Rezo cristão, católico, embrenho a certo; e aceito as preces de compadre meu Quelemém, doutrina dele, de Cardéque. Mas, quando posso, vou no Mindubim, onde um Matias é crente, metodista: a gente se acusa de pecador, lê alto a Bíblia, e ora, cantando hinos belos deles. Tudo me quieta, me suspende" (p. 19).
7. Augusto e Haroldo de Campos, *Re-visão de Sousândrade*. São Paulo: Invenção, 1964. Sobre o destino de seu livro, escreve Sousândrade, premonitoriamente: "Ouvi dizer já por duas vezes que *O guesa errante* será lido cinquenta anos depois; entristeci — decepção de quem escreve cinquenta anos antes".
8. Na literatura africana de língua portuguesa são citados os romancistas Luandino Vieira (Angola) e Mia Couto (Moçambique).

CRONOLOGIA

1908

27 DE JUNHO João Guimarães Rosa nasce em Cordisburgo, no centro de Minas Gerais. O distrito de Sete Lagoas "era o lugar mais formoso, devido ao ar e ao céu, e pelo arranjo que Deus caprichara em seus morros e suas vargens; por isso mesmo, lá, inicialmente, se chamava Vista-Alegre" ("O recado do morro"). Joãozito é o primeiro filho de Florduardo Pinto Rosa, o seu Fulô, proveniente de Caeté (MG), e de Francisca Guimarães Rosa, a d. Chiquitinha, em solteira Lima Guimarães, de família tradicional da vizinha Paraopeba. Seu Fulô tem um armazém de secos e molhados ao lado da estação ferroviária do arraial, numa esquina da rua Padre João de Santo Antônio, atual avenida Padre João, 748. Dona Chiquitinha rege a casa geminada ao armazém, número 744, que tinha paredes de adobe e um quintal "sombroso de espaços e de árvores" ("O imperador"). Depois virão mais seis irmãos: Maria Luiza (Iza), Maria José (Zezé), Maria Auxiliadora (Dora), José Luís, Oswaldo (Vavá) e Maria Izabel, que morre criança. A bisavó materna de Rosa, d. Chiquinha, reside com a família.

1908-17

Cresce ouvindo causos do sertão contados por boiadeiros, mascates, caçadores e tropeiros no comércio de seu Fulô. "Sempre grudado num livro", como recordará d. Chiquitinha, o futuro escritor e diplomata se interessa desde pequeno por línguas, geografia e história natural, entretido com mapas e coleções de folhas e insetos.

1915

Com sete anos incompletos, já sabendo ler, começa a frequentar a escola de mestre Candinho, a única de Cordisburgo. Estuda francês por conta própria. Pede de presente de aniversário ao avô Luís Guimarães, médico e professor, seu padrinho, o *Curso metódico de geografia*, de Joaquim M. Lacerda.

1917

Brinca de escrever jornais com "artigo de fundo, conto, noticiário, seção humorística e crítica de costumes sociais" (Vicente Guimarães). Pratica holandês, francês e alemão com o padre Canísio Zoetmulder.

Antes de completar nove anos, muda-se para a casa do avô materno em Belo Horizonte. Começa a usar óculos para corrigir a miopia, diagnosticada por acaso em Cordisburgo. Compra uma gramática alemã "para estudá-la, sozinho, sentado à beira da calçada, nos intervalos de jogar, com outros meninos, *football* de rua" ("O Reno e o Urucuia"). Conclui o curso primário no Grupo Escolar Afonso Pena.

1918

Depois de um curto período no internato do Colégio Santo Antônio, em São João del-Rei, onde não se adapta, regressa à capital mineira. Matricula-se no ginásio interno do Colégio Arnaldo, administrado por padres alemães da Congregação do Verbo Divino.

1919-24

Destaca-se entre os primeiros alunos do Arnaldo. Estuda violino e frequenta assiduamente a biblioteca municipal. Aperfeiçoa os conhecimentos germânicos com os padres do colégio. É coroinha na matriz de São José. No fim de 1924, é aprovado nos exames oficiais do Ginásio Mineiro com um inédito dez na prova oral.

1925

MARÇO Com dezessete anos incompletos, ingressa na Faculdade de Medicina de Minas Gerais, onde é contemporâneo de Pedro Nava e Juscelino Kubitschek. Durante o curso, a faculdade será incorporada à recém-fundada Universidade de Minas Gerais, hoje UFMG.

Mora na pensão de um tio com seu irmão Vavá. Residirá em outras pensões da capital mineira ao longo da faculdade.

1928

5 DE OUTUBRO O jornal *Minas Geraes*, órgão oficial do governo mineiro, publica "A organização científica em Minas Gerais", sua tradução do artigo "Die Organisation der Wissenschaft in Minas Geraes" (*Ibero-Amerikanisches Archiv*, Bonn, v. 2, n. 4, maio 1928), do alemão Otto Quelle, professor de geografia da Universidade de Bonn.

27 DE DEZEMBRO É contratado como agente itinerante da Diretoria do Serviço de Estatística Geral do Estado de Minas Gerais, vinculado à Secretaria de Agricultura.

1929

3 DE JANEIRO Toma posse no Serviço de Estatística.

23 DE JULHO Publica o artigo "A estética do idioma de Zamenhof" no *Minas Geraes*, a propósito da Semana do Livro Esperantista, promovida pelo Montara Esperanto-Klubo, do qual é sócio: "O dr. Zamenhof, criador do esperanto, além de poliglota era também um poeta. [...] Por isso, ao lançar as bases do idioma internacional, ele agiu principalmente como artista". Segundo a documentação disponível, é seu primeiro texto a aparecer em letra impressa. No dia 31, sai no mesmo diário o ensaio "A estrutura lógica do esperanto — Algumas justificações — Um pouco de filologia comparada". Vicente Guimarães contará que o sobrinho aprendeu a língua em 27 dias, num curso no começo do ano. O estímulo para o estudo do idioma parte do chefe da repartição, Mário Teixeira de Freitas, fundador do IBGE na década seguinte, que lhe confia a correspondência do Serviço de Estatística em esperanto.

7 DE DEZEMBRO A publicação de "O mistério de Highmore Hall" em *O Cruzeiro* (ano II, n. 57) assinala sua estreia como ficcionista. O conto de suspense é o vencedor de um concurso semanal da revista carioca. Ambientada na Escócia, a história tem duas ilustrações em aquarela do pintor Carlos Chambelland. Nos meses seguintes, ganhará mais três concursos da revista.

1930

2 DE FEVEREIRO O semanário *A Cruz* (RJ) elogia um estudo "estatístico-corográfico" sobre Minas Gerais de sua autoria, produzido no Serviço de Estatística a pedido do cônsul brasileiro em Paris para o *Annuaire du Brésil Économique et Financier*. Em 23 páginas, compendia "em informes e algarismos" dados como área, população, clima, produção agrícola, pecuária, industrial e mineral do estado.

9 DE FEVEREIRO O conto "Makiné" sai na capa do número de estreia do Suplemento dos Domingos de *O Jornal* (RJ), órgão líder dos Diários Associados. A trama se passa numa época remota na região da gruta de Maquiné, em Cordisburgo. Um problema técnico impede o encaixe do texto na edição correspondente da revista, também dos Associados. Ilustração em nanquim aquarelado de Chambelland.

21 DE JUNHO O conto "Chronos kai anagke" [Tempo e destino] aparece em *O Cruzeiro* (ano II, n. 85). A história se passa no sul da Alemanha. O texto tem duas ilustrações em aquarela de Chambelland. Nesses três primeiros contos, assina seu nome completo.

27 DE JUNHO Casa-se em Belo Horizonte com Lygia Cabral Penna, de dezesseis anos, normalista natural de Sete Lagoas. As famílias dos noivos são amigas e vizinhas na capital mineira.

12 DE JULHO "Caçadores de camurças", conto protagonizado por camponeses grisões nas montanhas suíças, é publicado em *O Cruzeiro* (ano II, n. 88) com três ilustrações em aquarela de Henrique Cavalleiro. Adota a abreviação "J. Guimarães Rosa", mantida em todas as suas publicações até 1956. O conjunto dos quatro contos de 1929-30 permanecerá inédito em livro até 2011.

OUTUBRO Engaja-se no serviço médico das forças revolucionárias em Belo Horizonte.

21 DE DEZEMBRO Cerimônia de formatura em medicina na sede do Congresso estadual, em Belo Horizonte, com a presença de Olegário Maciel, presidente do estado de Minas Gerais. Discursa em nome dos formandos. Cita Montaigne, Hermes Trismegisto, Lérmontov, D'Annunzio, Molière, De Maistre e um provérbio em eslovaco ("'*Když je nouze nejvišší, pomoc bývá nejbližší!*' — Quando mais terrível é o desespero, é que o socorro já vem perto!"). "Muito aplaudido", o discurso é publicado pelo *Minas Geraes* nas edições de 22 e 23 de dezembro.

1931

5 DE FEVEREIRO Obtém licença da Diretoria de Saúde Pública para o exercício profissional da medicina. Pouco depois se muda com Lygia para Itaguara, no Oeste mineiro, distrito de Itaúna. Abre o consultório como "Dr. J. Guimarães Rosa — Clínica médica — Pediatria — Moléstias das vias urinárias". Atende numa sala da casa alugada onde mora. Na zona rural, calcula o valor das consultas segundo a distância da viagem a cavalo até os pacientes. "A Itaguara devo estes contos: 'A volta do marido pródigo', 'Sarapalha', 'São Marcos' e 'Conversa de bois'" (da entrevista a José César Borba, 1946).

5 DE JUNHO Nascimento de Vilma, sua primeira filha, em Itaguara. "Nervosíssimo", realiza o parto assistido por uma amiga da família.

5 DE SETEMBRO A *Revista da Semana* (Rio de Janeiro, ano XXXII, n. 38) publica uma "Carta dirigida ao dr. Carlos da Silva Araújo pelo snr. dr. J. Guimarães Rosa, médico clínico residente em Itaguara, no Oeste de Minas". No texto, parte de um anúncio publicitário, o médico-escritor elogia os remédios hepáticos do laboratório Carlos da Silva Araújo & Cia. O reclame de 26 linhas, raro documento do período como médico rural, narra uma pequena história de Itaguara. O anúncio é reproduzido por *O Cruzeiro* três semanas mais tarde.

1932

28 DE ABRIL Nomeado inspetor escolar em Itaguara.

JULHO OU AGOSTO Alista-se como médico voluntário na Força Pública mineira, incorporada às tropas federais durante a Revolução Constitucionalista. Serve como oficial no front da Mantiqueira, ao lado de Juscelino Kubitschek. É dispensado no final de outubro.

1933

4 DE ABRIL É contratado pelo Serviço de Saúde da Força Pública de Minas Gerais, precursora da Polícia Militar, aprovado em concurso.

Muda-se com a família para Barbacena. Trabalha no 9º Batalhão de Infantaria, recém-instalado na cidade, com a patente de capitão-médico. Em Barbacena, torna-se amigo de Geraldo França de Lima, estudante secundarista e futuro escritor.

1933-5

Trabalha no Serviço de Proteção ao Índio.

1934

17 DE JANEIRO Nascimento de Agnes, sua segunda filha, em Barbacena.

20 DE MARÇO Em carta ao amigo Pedro Barbosa, confessa ter se "decepcionado com a realidade da medicina, sentindo até algum arrependimento por não ter estudado direito. [...] Não nasci para isso, penso [...]". Sobre o período em Barbacena, dirá a José César Borba em 1946: "Estudava línguas para não me afogar completamente na vida do interior".

MARÇO OU ABRIL Inscreve-se no concurso para cônsul de terceira classe do Ministério das Relações Exteriores, por sugestão de Geraldo França de Lima: "Por conhecer sua aversão à medicina, supus que o concurso seria interessante [...]. Ele conhecia Goethe profundamente, e lia, falava, escrevia e discursava em alemão. Sabia muito bem também grego e latim, além do francês".

18 DE JUNHO Na primeira etapa do concurso do Itamaraty, a prova de francês, surpreende a comissão julgadora e a plateia ao responder a uma pergunta sobre o que conhecia da literatura francesa clássica: "Toda. Os clássicos, comecei a ler aos nove anos".

7 DE JULHO Divulgação do resultado do concurso diplomático. É classificado em segundo lugar, empatado com Renato Maia de Mendonça, futuro embaixador na Índia.

11 DE JULHO Nomeado cônsul de terceira classe. É lotado no Serviço de Passaportes, subordinado à Secretaria-Geral do Itamaraty, ministério então comandado por Félix Cavalcanti de Lacerda.

13 DE AGOSTO "Penso que encontrei ainda a tempo a minha verdadeira vocação. Pretendo [...] especializar-me em direito internacional e em línguas eslavas, escrever alguns livros de literatura e ver o mundo lá fora" (de uma carta a Pedro Barbosa).

Muda-se com a família para o Rio de Janeiro. Inicialmente residem numa casa alugada na rua Eduardo Raboeira, no Engenho Novo.

1936

18 DE MARÇO Registra numa carta a Lygia que *Magma*, seu livro de poemas em preparo, está "sendo agora passado a limpo por uma datilógrafa" para concorrer ao Prêmio de Poesia da Academia Brasileira de Letras (ABL). O original à máquina se encontra hoje no Instituto de Estudos Brasileiros da Universidade de São Paulo (IEB-USP), com 89 peças agrupadas em 63 títulos.

31 DE JULHO Terminado o estágio probatório, é confirmado no cargo de cônsul de terceira classe, com aumento salarial, e transferido para o Serviço de Protocolo (Cerimonial) da Secretaria-Geral do Itamaraty. Nessa função recepciona visitantes e delegações estrangeiros. Em novembro, participa da recepção ao presidente norte-americano Franklin D. Roosevelt, em visita oficial ao Brasil.

NOVEMBRO Representando o ministro Mário Brandão, preside a sessão inaugural do IX Congresso Brasileiro de Esperanto, no Palácio Itamaraty. Discursa no "idioma de Zamenhof".

17 DE DEZEMBRO *Magma* é declarado vencedor do concurso de poesia da Academia Brasileira de Letras. O livro supera 23 concorrentes, entre inéditos e já publicados. O júri da premiação, presidido por Laudelino Freire, não atribui o segundo lugar por sugestão do relator Guilherme de Almeida, "tão distanciados estão do primeiro premiado os demais concorrentes". Em 1947, explicará ao *Diario da Noite* (RJ): "Escrevi o meu livro de poesias *Magma* [...] inspirado na poesia de Felipe de Oliveira e na de Ronald de Carvalho". *Magma* permanecerá inédito até 1997.

1937

Continua na divisão de Protocolo do Itamaraty.

20 DE MAIO Começa a escrever a primeira versão de *Sagarana*, intitulada *Sezão*. "Passei horas de dias, fechado no quarto, cantando cantigas sertanejas, dialogando com vaqueiros de velha lembrança, 'revendo' paisagens [...]" (do depoimento a João Condé, 1946).

29 DE JUNHO Cerimônia de premiação dos concursos literários de 1936 no Petit Trianon, sede da ABL. Discursa em nome dos laureados: "O poeta não cita: canta. Não se traça programas, porque a sua estrada não tem marcos nem destino". O discurso é reproduzido na *Revista da Academia Brasileira de Letras* (v. 29, n. 53, 1937). Trechos da fala saem nos principais jornais do Rio.

AGOSTO O poema "Chuva", de *Magma*, aparece no primeiro número da *Revista de Cultura e Técnica* (RJ), da União Universitária Feminina. Cecília Meireles colabora na mesma edição com "A última cantiga".

4 DE DEZEMBRO Conclui *Sezão*. O livro reúne doze contos: "Sezão" (mais tarde "Sarapalha"), "Conversa de bois", "A volta do marido pródigo", "Duelo", "Minha gente", "Bicho mau", "Corpo fechado", "Envultamento" ("São Marcos"), "Questões de família", "Uma história de amor", "O burrinho pedrês" e "A oportunidade de Augusto Matraga". O posfácio, "Porteira de fim de caminho", será posteriormente suprimido.

14 DE DEZEMBRO Promovido a cônsul de segunda classe, por merecimento.

31 DE DEZEMBRO Inscreve o volume *Contos* no Concurso Humberto de Campos da Livraria José Olympio Editora, para livros inéditos, sob o pseudônimo Viator ("viajante", em latim), alusão a sua iminente transferência para a Europa. Trata-se de um título circunstancial de *Sezão* "para melhor resguardar o anonimato", como explicará a João Condé em 1946. O prêmio oferece uma edição de 2 mil exemplares pela José Olympio. Prudente de Morais Neto, João Peregrino Júnior, Marques Rebelo, Graciliano Ramos e Osvaldo Dias da Costa compõem o júri.

1938

4 DE MARÇO É transferido para o consulado-geral em Hamburgo, na função de cônsul adjunto.

13 DE ABRIL Embarca no transatlântico alemão *General Artigas* com destino a Hamburgo, sem a família.

5 DE MAIO Sob as ordens do cônsul Joaquim de Sousa Ribeiro, assume seu posto no consulado, onde conhece Aracy Moebius de Carvalho. Também poliglota, de mãe alemã, Aracy é responsável pela seção de vistos. A paranaense de 29 anos será sua segunda mulher. Desquitada, tem um filho pequeno, Eduardo de Carvalho Tess.

Na Alemanha, mantém um diário no qual relata as agruras da guerra, as leituras (Machado de Assis, Eça de Queirós, Charles Baudelaire, Joaquim Nabuco), a ida a museus e concertos e o trabalho consular. Também escreve estudos literários e refere a "correção" intermitente dos contos de *Sezão*. Desse diário de 208 páginas, que permanece inédito, sobrevive uma cópia arquivada na UFMG. Seis textos recolhidos em *Ave, palavra* abordarão sua experiência na Alemanha, entre os quais "O mau humor de Wotan" (1948) e "A senhora dos segredos" (1952).

1939

3 DE MARÇO Divulgação do resultado do Concurso Humberto de Campos. Entre os 63 inscritos, o vencedor é o pernambucano Luís Jardim, com *Maria Perigosa*. Os *Contos* de Viator obtêm o segundo lugar, sem premiação. Mais tarde, membros do júri revelarão os bastidores do concurso. Dias da Costa, Peregrino Júnior e Graciliano Ramos votam em Jardim. Marques Rebelo e Prudente de Morais Neto preferem *Contos*, cujo autor permanece incógnito.

ABRIL No feriado de Páscoa, viaja de carro com Aracy até a Tchecoslováquia, então anexada ao Reich alemão. Passam por Magdeburgo, Dresden, Teplitz, Iena e Weimar, onde visitam as casas de Goethe e Schiller. "Foi uma das minhas grandes emoções nesta terra, fazendo-me enorme bem" (de uma carta a Vicente Guimarães).

20 DE MAIO Numa carta a Pedro Barbosa, registra o tenso movimento da chancelaria do consulado brasileiro: "Somos acossados de pedidos, rogos, prantos, ameaças, o diabo! [...] Nem sempre a gente pode atender". Depois do fim da Segunda Guerra Mundial, Aracy e Rosa receberão reconhecimento oficial pela concessão de vistos a judeus e outras vítimas do regime nazista, em desobediência à política imigratória do Estado Novo.

1940

Durante a guerra, Hamburgo sofre bombardeios por aeronaves aliadas. Rosa comenta os ataques aéreos no diário, em meio a notas literárias e pessoais: "12.IX.40 — Ontem houve *Grossangriff* [ataque em larga escala], às 11 da noite. Chuva de bombas. Fui, com Ara, ver as casas destruídas, na Sierichstrasse e Mühlenkamp". Frequenta o zoológico Hagenbecks, "principalmente nos dias das horríveis vitórias nazistas".

NOVEMBRO   Escreve uma carta jocosa de três páginas a Jorge Kirchhofer Cabral, cônsul brasileiro em Frankfurt, apenas com palavras iniciadas em "c". O texto será reproduzido em *Guimarães Rosa: diplomata* (1987).

1941

11 DE MAIO   Uma bomba de aviação destrói parcialmente o consulado brasileiro em Hamburgo, sem vítimas.

28 DE MAIO   Viaja a Lisboa como correio diplomático da embaixada brasileira. No regresso à Alemanha, faz escala em Madri. Reapresenta-se em Berlim no dia 9 de junho. Escreve um relatório detalhado da viagem, com observações sociais, econômicas e políticas sobre Portugal e Espanha, recolhido em *Guimarães Rosa: diplomata*.

20 DE SETEMBRO   "Ontem começou a obrigação do distintivo na roupa dos judeus. Hoje, à tarde, vi o primeiro. [...] Horrível" (do diário em Hamburgo).

1942

28 DE JANEIRO   Rompimento das relações diplomáticas entre o Brasil e a Alemanha. Nos primeiros dias de fevereiro, Rosa, Aracy e dezenas de funcionários do Itamaraty são confinados no Hotel Brenners em Baden-Baden, com delegações de outros países latino-americanos. Trava amizade com o pintor Cícero Dias, também confinado, que o estimula a publicar seus contos.

23 DE MAIO   Terminadas as negociações da troca de diplomatas com a Alemanha, mediadas pelo governo português, Rosa e Aracy viajam com outros funcionários da chancelaria brasileira num trem especial para Lisboa, aonde chegam no dia 29.

21 DE JUNHO   Embarcam para o Rio de Janeiro no vapor *Bagé*, do Lloyd Brasileiro.

2 DE JULHO   É transferido por decreto presidencial para a embaixada brasileira na Colômbia, com promoção a segundo-secretário.

9 DE JULHO   Desembarca no Rio de Janeiro com Aracy.

30 DE AGOSTO   Viaja à Colômbia de avião, com escalas em cinco países. Aracy, que deixa o Itamaraty, permanece no Brasil.

4 DE SETEMBRO   Assume seu novo posto na embaixada do Brasil em Bogotá. Acometido de *soroche* (mal de altitude), demora a se adaptar ao ar rarefeito da capital colombiana. O episódio será evocado em "Páramo" (*Estas estórias*), conto póstumo de teor autobiográfico.

1943

4 DE ABRIL Conclusão do processo de desquite de Lygia.

1944

5 DE JULHO É transferido de Bogotá para a Secretaria de Estado do Itamaraty.

9 DE DEZEMBRO É designado auxiliar de gabinete do chefe do Departamento de Administração. Muda-se com Aracy para um apartamento alugado na praia do Russell, bairro da Glória. Depois residirão na rua Figueiredo Magalhães, em Copacabana. O casal começa a criar gatos de raça, paixão que se estenderá pelo resto da vida.

1945

ABRIL Participa do X Congresso Brasileiro de Esperanto, no Palácio Itamaraty.

JUNHO Inicia uma extensiva reformulação de *Sezão*. Três contos são suprimidos: "Uma história de amor", "Questões de família" e "Bicho mau", recolhido no póstumo *Estas estórias* (1969) em versão modificada. A ordem dos textos é alterada: "O burrinho pedrês" passa a abrir o livro. "A hora e vez de Augusto Matraga" recebe seu título definitivo.

13 DE JULHO É designado para a chefia do Serviço de Documentação do Departamento de Administração, responsável pela biblioteca, a mapoteca e o Arquivo Histórico do Itamaraty.

OUTUBRO Conclui a revisão de *Sezão*. Entre o começo do trabalho e a entrega dos originais à editora Universal, no início de novembro, o título do livro muda para "*Sagarana*: coisa que parece saga... Filei um sufixo do nheengatu" (da entrevista a Ascendino Leite, 1946).

25 DE OUTUBRO É diplomado como sócio titular da Sociedade de Geografia do Rio de Janeiro, precursora da Sociedade Brasileira de Geografia.

4 DE DEZEMBRO Chega de trem à capital mineira para visitar os pais, "seguindo para Vila Paraopeba (de ônibus) — [fazenda] Três Barras — Cordisburgo (a cavalo), e regressando, de trem, mas sem demorar em Belo Horizonte. A viagem é em companhia do Pedro (dr. Pedro Barbosa), e a convite do mesmo. [...] Creio que será uma excursão interessante e proveitosa, que irei fazer de cadernos abertos e lápis em punho [...]" (de uma carta ao pai). Regressa ao Rio no dia 13. As cadernetas de campo da "Grande excursão a Minas" se perderam, mas o IEB-USP conserva um original à máquina de duas páginas com notas da viagem aproveitadas em *Corpo de baile* e *Grande sertão: veredas*, publicados mais de dez anos depois.

20 DE DEZEMBRO É empossado na Sociedade de Geografia do Rio de Janeiro. Em seu discurso, declara-se "velho amoroso da geografia" e resume os pontos altos da viagem recente ao interior mineiro.

Começa a enviar cartas-questionários ao pai, nas quais indaga sobre personagens, episódios, costumes, provérbios, bichos, plantas e lugares do sertão. "Uma expressão, cantiga ou frase, legítima, original, com a força de verdade e autenticidade, que vem da origem, é como uma pedrinha de ouro, com valor enorme" (1947).

1946

JANEIRO Corrige as últimas provas de *Sagarana*.

20 DE JANEIRO A *Gazeta de Paraopeba* publica seu discurso de posse na Sociedade de Geografia, mais tarde reproduzido pelo órgão oficial da entidade (*Revista da Sociedade Brasileira de Geografia*, tomo LIII, 1946).

22 DE JANEIRO É dispensado da chefia do Serviço de Documentação.

2 DE FEVEREIRO Assume a chefia de gabinete do novo ministro das Relações Exteriores, João Neves da Fontoura, de quem se torna amigo.

14 DE MARÇO Registra numa carta ao pai que *Sagarana* "já entrou em máquinas".

12 DE ABRIL Em seu rodapé no *Correio da Manhã* (RJ), então o mais influente do Brasil, o crítico Álvaro Lins escreve uma resenha entusiástica de *Sagarana*, com o título "Uma grande estreia": "Desejo [...] anunciar ao público a presença, na literatura brasileira, de um novo grande livro, e saudar, no autor [...], o companheiro que entra na vida literária com o prestígio de um mestre na arte da ficção". É o marco inicial da celebridade literária de Rosa. Nas semanas seguintes aparecem na imprensa críticas elogiosas de Lauro Escorel, Marques Rebelo, Augusto Frederico Schmidt, Paulo Rónai, Sérgio Milliet, José Lins do Rego, Graciliano Ramos e Antonio Candido, entre outros.

21 DE ABRIL *O Jornal* publica um "trailer" de *Sagarana*, comparado a "um grande filme colorido", reproduzindo o trecho inicial de "O burrinho pedrês". O livro, cuja impressão não fora totalmente concluída, ainda circulava de modo restrito.

FINAL DE ABRIL *Sagarana* começa a ser vendido nas livrarias cariocas. O volume de 340 páginas tem capa desenhada por Geraldo de Castro. É o segundo título lançado pela pequena Universal, do jornalista Caio Pinheiro, redator da *Tribuna da Imprensa*. A editora encerra suas atividades logo depois do êxito do livro, cuja primeira edição se esgota em pouco mais de um mês.

19 DE MAIO O *Correio da Manhã* publica "Histórias de Itaguara e Cordisburgo", entrevista a José César Borba, na qual recorda sua trajetória e comenta aspectos de sua literatura. Assume a influência de Kipling, rejeita a de Euclides da Cunha e declara que Rilke é seu poeta predileto. É sua primeira entrevista conhecida.

26 DE MAIO Uma reportagem-entrevista de Ascendino Leite em *O Jornal*, intitulada "Arte e céu, países de primeira necessidade", resume uma hora de conversa com o escritor: "[...] O que me interessa, na ficção, primeiro que tudo, é o problema do destino, sorte e azar, vida e morte. O homem a N dimensões, ou então, representado a uma só dimensão: uma linha, evoluindo num gráfico".

21 DE JULHO Publica "Confissões — *Sagarana*" na coluna "Os arquivos implacáveis" de João Condé, no suplemento Letras e Artes de *A Manhã* (RJ). No texto, que figurará em edições póstumas de *Sagarana*, explica a gênese do livro.

24 DE JULHO A Universal lança a segunda edição de *Sagarana*, que também se esgota rapidamente. No mesmo dia, viaja a Paris de avião, como primeiro-secretário da delegação brasileira à Conferência de Paz.

AGOSTO/SETEMBRO Em missão na Europa, passa por Alemanha, França, Bélgica e Holanda com o chanceler Neves da Fontoura e parte da delegação brasileira. Visita o tribunal dos criminosos de guerra nazistas e negocia acordos imigratórios.

30 DE NOVEMBRO Conclui o prefácio "Minas Gerais tem suas coisas. Belas, como um copo de ouro", destinado a *Gerais e cerradões*, livro inédito de Alexandre Barbosa da Silva. O texto sairá na *Revista do Brasil*, em 1984 (Rio de Janeiro, quinta fase, ano I, n. 1).

6 DE DEZEMBRO Dispensado da chefia de gabinete do ministro — Neves da Fontoura pedira exoneração em 1º de novembro —, regressa ao quadro geral da Secretaria de Estado.

1947

16 DE JANEIRO A Sociedade Felipe de Oliveira atribui a *Sagarana* o prêmio de melhor livro de 1946.

22 DE JANEIRO É designado para a chefia da Secretaria do Instituto Rio Branco.

22 DE FEVEREIRO Retoma as publicações na imprensa carioca. A *Revista da Semana* (ano VII, n. 8) reproduz "Sarapalha", ilustrado com desenhos de A. Pacheco.

26 DE MARÇO Em carta ao pai, diz estar sobrecarregado pelo trabalho como examinador do concurso de admissão ao Itamaraty: "Estou escrevendo outros livros".

ABRIL Deixa a Secretaria do Instituto Rio Branco.

19 DE ABRIL "São Marcos" aparece na revista carioca *Vamos Lêr!* (ano IX, n. 559), com ilustração em nanquim de Jerônimo Ribeiro.

20 DE ABRIL "Histórias de fadas" (*Ave, palavra*) sai no *Correio da Manhã*.

11 DE MAIO Em carta a Vicente Guimarães, enuncia seu programa literário. O artista deve ser "humilde", "independente", "corajoso", "profundamente sincero" e "infinitamente paciente". "A gente tem de propor-se a levantar uma literatura clara, culta, viva e apresentável. Sem orgulhos nem vaidades. Só por dever de artista. E, até mesmo, por elementar patriotismo."

JULHO Viaja ao Pantanal mato-grossense, "vestido de cáqui, com polainas de lona, com mochila, cantil, capacete de explorador" (de uma carta a Antônio Azeredo da Silveira). Dessa viagem resultarão textos como "Sanga Puytã" (*Ave, palavra*) e "Com o vaqueiro Mariano" (*Estas estórias*).

AGOSTO A editora Ipê (RJ) anuncia o lançamento de *Magma*, afinal não concretizado.

17 DE AGOSTO O *Correio da Manhã* publica "Sanga Puytã".

26 DE OUTUBRO A primeira parte de "Com o vaqueiro Mariano" aparece no *Correio da Manhã*. Seguem-se outras duas partes em 22 de fevereiro e 7 de março de 1948.

DEZEMBRO   Lançamento da antologia *Dez histórias de bichos*, das Edições Condé (RJ), da qual participa com "O burrinho pedrês", ao lado de Luís Jardim, Marques Rebelo e Graciliano Ramos, entre outros. Prefácio de Carlos Drummond de Andrade.

Casa-se com Aracy na embaixada do México.

1948

15 DE FEVEREIRO   "Cidade" aparece no *Correio da Manhã*. Em *Ave, palavra*, o título mudará para "Em-cidade". Duas semanas depois, o mesmo jornal publica "O mau humor de Wotan".

28 DE MARÇO   Parte de avião rumo a Bogotá, onde atua como secretário-geral da delegação brasileira na IX Conferência Internacional Americana, preparatória da fundação da Organização dos Estados Americanos.

9 DE ABRIL   O assassinato de Jorge Gaitán, líder do Partido Liberal e favorito às eleições presidenciais de 1950, deflagra uma rebelião popular na capital e em outras cidades da Colômbia, com milhares de mortos. Rosa se refugia na residência do embaixador brasileiro durante alguns dias e, alheio aos acontecimentos na cidade, aproveita para reler Proust. O correspondente do *Correio da Manhã*, Antonio Callado, escreverá sobre o episódio: "Ignorou a cidade que pegava fogo porque já tinha todas as guerras de que precisava dentro da cabeça".

22 DE JUNHO   Removido para a embaixada do Brasil na França, com promoção a primeiro-secretário.

4 DE JULHO   Responde enquete de José Condé no *Correio da Manhã* sobre os dez maiores poetas do Brasil: "1. Alphonsus de Guimaraens; 2. Augusto dos Anjos; 3. Augusto Frederico Schmidt; 4. Castro Alves; 5. Cecília Meireles; 6. Cruz e Sousa; 7. Manuel Bandeira; 8. Olavo Bilac; 9. Pereira da Silva; 10. Vicente de Carvalho. Não incluo Carlos Drummond de Andrade para evitar acumulação: deixo-o para os 'Dez maiores prosadores'. Carlos Drummond é, a meu ver, o maior dominador do idioma [...]".

7 DE AGOSTO   Viaja a Paris, onde dois dias depois assume a primeira-secretaria da representação brasileira.

8 DE AGOSTO   "Coisas de que mais gosto: gatos, bois, chuva e capim" (*Correio da Manhã*).

SETEMBRO   Escreve um relatório reservado sobre a conjuntura política da França (*Guimarães Rosa: diplomata*). Aracy e Vilma chegam a Paris.

16 DE NOVEMBRO   Em carta a Pedro Barbosa, fala sobre a intenção de descer o rio das Velhas em canoa, imitando a viagem de Richard Burton em 1867, como projeto de expedição literária.

Em Paris, mantém um diário intitulado *Nautikon*, com notas pessoais, literárias e culturais. Trechos dos cadernos originais perdidos subsistem em cópia datilografada no IEB-USP, alguns aproveitados na série "Do diário em Paris" (*Ave, palavra*).

1949

23 DE JANEIRO   Conclui a primeira versão do conto "Meu tio o Iauaretê", de *Estas estórias*, conforme a data anotada numa pasta de cartolina do fundo Aracy de Carvalho Guimarães Rosa do IEB-USP.

JANEIRO-FEVEREIRO Férias de dez dias em Chamonix com Aracy e Vilma.

7-8 DE ABRIL Viaja a Puy-Lacroix, na região de Limoges, para visitar uma granja-modelo e colher informações sobre a possível emigração de agricultores franceses para o Brasil. O memorial da visita será reproduzido em *Guimarães Rosa: diplomata*.

SETEMBRO Representa o Brasil na IV Conferência Geral da Unesco, em Paris. Vilma regressa ao Rio de Janeiro.

OUTUBRO-NOVEMBRO Férias de um mês com Aracy na Itália. Numa carta a Azeredo da Silveira, qualificará a pátria de Dante de sua "paixão dos 40 anos".

NOVEMBRO É lançado em Paris o volume de luxo *Janela do caos*, com onze poemas traduzidos de Murilo Mendes e seis litografias de Francis Picabia. Colabora na edição do volume, de 197 exemplares numerados, patrocinada pela embaixada brasileira.

1950

5 DE FEVEREIRO O suplemento Letras e Artes (*A Manhã*) publica uma entrevista de Rosa e Cícero Dias ao correspondente Louis Wiznitzer, realizada no ateliê do artista em Paris. Nesse período, estreita a amizade com o pintor, iniciada em Baden-Baden. Estuda aspectos técnicos e teóricos da arte da pintura com Dias, seu colega na embaixada brasileira.

ABRIL-MAIO Viagens ao interior da França.

25 DE MAIO Recebe o título honorífico de conselheiro da embaixada brasileira.

JULHO Viaja a Londres, Fontainebleau e Barbizon com Pedro Barbosa.

SETEMBRO-OUTUBRO Nova viagem de férias à Itália com Aracy e Eduardo Tess. Os dois périplos italianos o estimulam a reler Dante e Homero.

Ao longo do ano, registra outras leituras no *Nautikon*: La Fontaine, Baudelaire, Proust, Thomas Mann, Kafka, Machado de Assis e Katherine Mansfield. Compila centenas de notícias jornalísticas relativas a animais num álbum de notas, provavelmente um projeto de obra denominado *Um ano zoológico*, do qual sobrevivem 158 páginas no arquivo do IEB-USP. Do período em Paris também resultam muitos estudos literários.

1951

23 DE JANEIRO Representando o embaixador Ouro Preto, preside o júri de um concurso de misses para eleger a "embaixatriz de Paris" no Carnaval carioca.

14 DE FEVEREIRO Removido para a Secretaria de Estado do Itamaraty, no Rio de Janeiro.

21 DE FEVEREIRO Indicado para a chefia do gabinete de João Neves da Fontoura, novo ministro das Relações Exteriores.

8 DE MARÇO Regressa ao Rio de avião para assumir seu novo posto. De início mora num hotel no Flamengo e depois novamente na praia do Russell, com Aracy.

12 DE ABRIL Aracy comenta numa carta à sua mãe, conservada no IEB-USP, que o marido escreve todos os dias, de manhã até a noite.

15 DE JUNHO   O presidente Vargas assina sua promoção a ministro plenipotenciário de segunda classe.

AGOSTO   *Seleções do Reader's Digest* (RJ) publica na contracapa a crônica "O lago do Itamaraty" (*Ave, palavra*).

NOVEMBRO   A José Olympio lança a terceira edição de *Sagarana*, com texto revisto e capa de Tomás Santa Rosa. À exceção de duas edições de luxo para colecionadores, a tradicional editora carioca — que chamará de "minha casa" — passa a publicar todos os seus livros.

10 DE DEZEMBRO   Recebe diploma de sócio efetivo da Sociedade Brasileira de Geografia.

1952

JANEIRO   Integra o conselho deliberativo do Museu de Arte Moderna do Rio de Janeiro, então instalado no Palácio Capanema, sede do Ministério da Educação e Saúde.

FEVEREIRO   Começa os preparativos da viagem ao sertão do rio São Francisco. Em vez de navegar em canoa, acompanhará uma boiada.

MAIO   Viaja ao sertão mineiro, começando por Cordisburgo, vindo de trem via Belo Horizonte. Da cidade natal, vai de jipe a Paraopeba e à fazenda da Sirga, em Três Marias, às margens do Velho Chico, acompanhado por Pedro Barbosa. Passa seis dias na fazenda, propriedade de seu primo Francisco Guimarães Moreira. Participa da festa de inauguração da capela de Nossa Senhora do Perpétuo Socorro no cemitério da Sirga, promovida pelo capataz Manuel Nardi, o Manuelzão de "Uma estória de amor" (*Corpo de baile*). No dia 19, parte com a comitiva de uma boiada de 180 cabeças rumo à fazenda São Francisco, em Araçaí, invernada vizinha a Cordisburgo, também de Chico Moreira. Monta a mula Balalaika. À frente da expedição, Manuelzão chefia os vaqueiros Zito, Bindoia, Gregório, Aquiles, Sebastião de Morais, Sebastião de Jesus e João Rosa, que "tomava nota, escrevia na caderneta [...]. Outra-mão, ele desenhava, desenhava: de tudo tirava traço e figura leal" ("O recado do morro"). O trajeto de 220 quilômetros é percorrido em dez dias. Dessa viagem — "não de observação, mas de observância", como definirá — resultam centenas de notas preparatórias da composição de *Corpo de baile* e *Grande sertão: veredas*. Subsistem no arquivo do IEB-USP dois cadernos resultantes da expedição, *A boiada 1* e *A boiada 2*, formados por 160 páginas de apontamentos à máquina transcritas das cadernetas de viagem, a maioria das quais perdidas. Esses documentos-chave do "díptico de 1956" (Benedito Nunes) serão publicados em edição fac-similar em 2011.

Na jornada final da viagem, uma equipe de *O Cruzeiro* alcança a boiada, entrevista Rosa — que agora monta o burro Canário — e os vaqueiros e fotografa a comitiva. A reportagem "Um escritor entre seus personagens" é publicada na edição de 21 de junho (ano XXIV, n. 36).

Depois de alguns dias de descanso, volta ao Rio com um papagaio do sertão, o Louro, antes Cravo, que aparece em *Corpo de baile*.

INÍCIO DE JUNHO   Publicação de *Com o vaqueiro Mariano* em volume de luxo de 52 páginas, impresso manualmente em papel Ingres, com tiragem para colecionadores de 110 exemplares, pelas Edições Hipocampo (Niterói). Ilustração em água-forte de Darel Valença Lins.

23 DE JUNHO   A convite do senador Assis Chateaubriand, dono dos Diários Associados, viaja de avião a Caldas do Cipó (atual Cipó), na Bahia. No dia seguinte, assiste a uma vaquejada com "cerca de 600 vaqueiros autênticos dos 'encourados'". Participa de uma escolta montada no aeroporto para recepcionar o presidente Vargas, que inaugura um hotel na cidade e recebe a "Ordem do Vaqueiro", condecoração inventada por Chatô. Vestido de "uniforme de couro", comanda "os vaqueiros de Soure e de Cipó (!). Depois o desfile, brilhante" (de uma carta ao pai, 1952).

FINAL DE AGOSTO   Muda-se para um imóvel próprio na rua Francisco Otaviano, 33, ap. 501, em Copacabana. Nesse endereço vizinho à praia do Diabo residirá com Aracy até o fim da vida.

6 DE DEZEMBRO   "A senhora dos segredos" (*Ave, palavra*) sai no *Correio da Manhã*.

28 DE DEZEMBRO   "Mensagem da Ordem do Vaqueiro: Pé-duro, chapéu-de-couro", misto de relato e ensaio resultante das viagens a Minas e Bahia, aparece em *O Jornal* com cinco ilustrações em xilogravura de Quirino Campofiorito. Revisto, o texto será reaproveitado em *Ave, palavra*.

A partir de 1952, participa em várias ocasiões dos exames de admissão ao Itamaraty, como examinador de cultura geral. Colabora na formulação do programa das provas.

1953
11 DE JANEIRO   A crônica "Os doces", inédita em livro, sai no *Diario de Minas*, de Belo Horizonte. Duas semanas depois, o mesmo jornal publica "Terrae vis" (*Ave, palavra*).

17 DE FEVEREIRO   A *Folha da Manhã* (SP) publica "Cipango" (*Ave, palavra*).

5 DE ABRIL   "Ao Pantanal", também de *Ave, palavra*, aparece no *Diario de Minas*.

19 DE ABRIL   "Teatrinho" (*Ave, palavra*) sai em Letras e Artes (*A Manhã*). O matutino carioca veicula mais textos do livro póstumo nas semanas seguintes: "O homem de Santa Helena" (3 maio), "Do diário em Paris" (17 maio) e "Fantasmas dos vivos" (24 maio).

14 DE JUNHO   A semanal *Flan* (RJ) publica uma reportagem de Carlos de Laet sobre os gatos persas do casal Guimarães Rosa: Tout Petit, Xizinha de Keram e Boyzinho.

19 DE JUNHO   Com a demissão de Neves da Fontoura, é dispensado da chefia de gabinete do ministro das Relações Exteriores.

7 DE OUTUBRO   Designado para a chefia da Divisão de Orçamento do Departamento de Administração do Itamaraty.

7 DE DEZEMBRO   Numa carta ao amigo Mário Calábria, informa que *Corpo de baile* já tem cinco partes escritas.

1954
6 DE ABRIL   "A chegada de Subles" (*Ave, palavra*) sai em Letras e Artes (*A Manhã*). Seguem-se "Do diário em Paris" (13 abr.), "Risada e meia" (4 maio), aproveitado como um dos prefácios de *Tutaméia*, "Aquário (Nápoles)" (11 maio) e "Uns índios (sua fala)" (25 maio).

17 DE ABRIL   O colunista literário Geraldo de Freitas, de *O Cruzeiro*, informa que Rosa "tem pronto [sic]" *Corpo de baile* e *Veredas mortas*, título original de *Grande sertão: veredas*. É a primeira menção conhecida ao romance.

12 DE JULHO "Eu estou trabalhando 'burramente', dia e noite, para terminar os livros que estou escrevendo — pois, em vez de um, como comecei, a coisa logo virou dois..." (de uma carta ao pai). Segundo Ana Luiza Martins Costa, *Corpo de baile* inicialmente incluía *Veredas mortas* e "Meu tio o Iauaretê".

21 DE JULHO É designado representante do Itamaraty no Conselho de Fiscalização das Expedições Artísticas e Científicas do Brasil, do Ministério da Agricultura.

DEZEMBRO Com Manuel Bandeira, Antônio Houaiss e Francisco de Assis Barbosa, entre outros escritores, integra a comissão organizadora de uma edição especial para colecionadores de *O rio*, poema-livro de João Cabral de Melo Neto vencedor do prêmio José de Anchieta do IV Centenário da cidade de São Paulo, em 1953.

1955

25 DE MARÇO É indicado para representar o Itamaraty na Assistência Técnica em Educação e Cultura, órgão assessor do Ministério da Educação e Cultura.

FINAL DE ABRIL Entrega os originais de *Corpo de baile* à editora José Olympio, dos quais a Biblioteca Brasiliana Guita e José Mindlin da USP conserva dois volumes de datiloscritos com retoques à mão.

23 DE NOVEMBRO Trinta e dois minutos depois da meia-noite, dá por concluída a escrita de *Grande sertão: veredas*, como registra no original chamado de "Segundo rascunho", de 461 páginas datilografadas (cópia em papel carbono) com inserções e correções manuscritas, arquivado no IEB-USP. Também sobrevive um "rascunho" anterior de 356 páginas. O "Segundo rascunho" corresponde ao texto enviado em dezembro à editora José Olympio, que ainda não constitui a versão final do livro.

1956

9 DE FEVEREIRO Em carta a Azeredo da Silveira, relata a entrega dos originais do romance à editora, concluído na semana anterior: "passei três dias e duas noites trabalhando sem interrupção, sem dormir, sem tirar a roupa, sem ver cama: foi uma verdadeira experiência transpsíquica, estranha, sei lá, eu me sentia um espírito sem corpo, pairante, levitando, desencarnado — só lucidez e angústia. [...] Passei dois anos num túnel, um subterrâneo, só escrevendo, só escrevendo, escrevendo eternamente".

29 DE FEVEREIRO *Corpo de baile* começa a ser vendido nas livrarias do Rio de Janeiro. O ciclo de sete novelas, divididas em dois volumes, tem 824 páginas. As capas e contracapas são desenhadas por Poty Lazzarotto. No primeiro tomo, "Campo geral", "Uma estória de amor" e "A estória de Lélio e Lina"; no segundo, "O recado do morro", "Dão-Lalalão", "Cara-de-Bronze" e "Buriti". As orelhas do volume 1 transcrevem o poema em prosa "Buriti perdido", de Afonso Arinos (*Pelo sertão*, 1894), com uma breve alocução de Rosa. No segundo volume, as orelhas trazem uma apresentação de Poty pela editora. Retoma a assinatura "João Guimarães Rosa", que manterá nas publicações seguintes. No mesmo dia é lançada a quarta edição de *Sagarana*, novamente revista, anunciada como a "versão definitiva", com capa de Poty. O artista paranaense segue suas orientações para compor as capas dos quatro volumes lançados em 1956.

27 DE MARÇO   Nomeado chefe da Divisão de Fronteiras do Departamento Político e Cultural do Itamaraty, subordinado à Secretaria de Estado. Toma posse do novo cargo em 2 de abril. No mesmo dia, o vespertino *A Noite* (RJ) noticia que o escritor desistiu de concorrer à vaga aberta na ABL pela morte de dom Aquino Correia, que será ocupada por Raimundo Magalhães Júnior.

11 DE JULHO   É indicado pelo Itamaraty como representante especial do ministério no Diretório Central do Conselho Nacional de Geografia do IBGE.

16 DE JULHO   *Grande sertão: veredas* estreia nas estantes cariocas. O romance de 594 páginas tem capa e contracapa ilustradas por Poty. Nas orelhas, uma resenha do autor sobre os lançamentos de *Sagarana* (quarta edição) e *Corpo de baile*, não assinada, na qual qualifica a epopeia de Riobaldo de "livro diferente, terrível, consolador e estranho". Também na orelha, uma nota do autor tenta prevenir spoilers: "Aos leitores, e aos que escreverem sobre este livro, pede-se não revelar a sequência de seu enredo, a fim de não privarem os demais do prazer da descoberta". O romance é dedicado a Aracy, a quem transmite os direitos do livro no Brasil e no exterior. A exemplo do ciclo de novelas, *Grande sertão: veredas* é recebido com entusiasmo pela maior parte da crítica e provoca uma "barulhada tremenda", como define em carta ao pai. A minoria reticente ou francamente hostil vocaliza um setor refratário às inovações linguísticas da prosa rosiana. *Grande sertão: veredas* frequenta as listas de mais vendidos durante vários meses.

10 DE SETEMBRO   Viaja a São Paulo para uma série de homenagens e eventos literários. No dia 11, é homenageado com um almoço para trinta convidados no Hotel Excelsior, organizado pela editora José Olympio. Na ocasião, declara: "Minas Gerais foi obra dos paulistas de outrora. [...] Sinto-me nesta cidade como em minha própria casa". À tarde, sessão de autógrafos na Livraria Cultura Nacional, seguida de uma visita à redação de *O Estado de S. Paulo*. Na noite do dia 12, coquetel no Esplanada Hotel. Antonio Candido, Sérgio Milliet e Sérgio Buarque de Holanda, entre outros intelectuais, participam da comissão da recepção ao escritor.

19 DE SETEMBRO   "Sou essencialmente um homem do sertão. Todos os meus personagens existem e são todos meus amigos. [...] Quando escrevo, como que sou tomado pelos caboclos de Minas" — de uma entrevista a Paulo Dantas na *Tribuna da Imprensa* (RJ).

5 DE NOVEMBRO   Dispensado do Conselho de Fiscalização das Expedições Artísticas e Científicas do Brasil.

1957
JANEIRO   Viaja ao canteiro de obras de Brasília.

20 DE JANEIRO   Condecorado com a medalha Mérito Santos-Dumont da Força Aérea Brasileira, no Rio.

MARÇO   A Casa do Estudante do Brasil (RJ) lança a antologia *Contos e novelas*, selecionada por Graciliano Ramos. Participa com "A hora e vez de Augusto Matraga".

14 DE MARÇO Vence o prêmio Carmen Dolores Barbosa por *Grande sertão: veredas*. A eleição do melhor livro de 1956 tem votação unânime do júri, formado por Sérgio Milliet, Edoardo Bizzarri (seu futuro tradutor italiano), Ruggero Jacobbi e Sérgio Cardoso, entre outros.

ABRIL O *Boletim da Biblioteca do Exército* (Rio de Janeiro, v. 19) publica a crônica "Dois soldadinhos mineiros" (*Ave, palavra*), derivada da "Grande excursão a Minas", de dezembro de 1945.

11 DE ABRIL Responde a uma enquete de Antônio Olinto na coluna "Porta de livraria", de *O Globo* (RJ), sobre as palavras mais bonitas da língua portuguesa: "1. Alegria; 2. Alma; 3. Primavera; 4. Querência; 5. Floresta; 6. Sota-vento; 7. Dar; 8. Rutilar; 9. Saudade; 10. Vaga-lume".

18 DE JUNHO *Grande sertão: veredas* vence o Prêmio Machado de Assis do Instituto Nacional do Livro/ MEC, julgado por unanimidade o melhor livro de ficção de 1956. O júri é composto por Alceu Amoroso Lima, Aníbal Machado, Manuel Cavalcanti Proença, Lúcia Miguel Pereira e Valdemar Cavalcanti. Recebe 100 mil cruzeiros (ou 16 mil reais), então o maior prêmio literário do país.

JULHO A Civilização Brasileira (RJ) publica *Antologia do conto húngaro*, organizada e traduzida por Paulo Rónai, com seu prefácio "Pequena palavra".

5 DE JULHO Comparece à comemoração das bodas de ouro dos pais, em Itaguara.

24 DE AGOSTO "Aí está Minas: A mineiridade" sai na revista *Manchete* (Rio de Janeiro, n. 279). O texto será recolhido em *Ave, palavra* com o título "Minas Gerais".

24 DE SETEMBRO Declara-se candidato à sucessão de José Lins do Rego na cadeira 25 da ABL.

28 DE SETEMBRO Cerimônia do prêmio Carmen Dolores Barbosa, em São Paulo.

DEZEMBRO "A hora e vez de Augusto Matraga" figura em *Obras-primas da novela brasileira*, coletânea da editora Martins (SP), com seleção de Raimundo de Meneses e Fernando de Barros Martins.

Começa a escrever o romance inacabado *A fazedora de velas*, do qual restam fragmentos no IEB-USP. Algumas fontes datam o projeto de 1951.

No Conselho Nacional de Geografia, participa dos estudos para a realização do Censo de 1960.

Maria Augusta de Camargos Rocha, a Madu, chefe do Serviço de Publicações do Itamaraty, torna-se sua amiga, secretária e colaboradora. Madu participará da organização de seus livros póstumos.

Início dos problemas de saúde relacionados ao tabagismo e ao sobrepeso.

1958

14 DE JANEIRO *Grande sertão: veredas* recebe o prêmio Paula Brito de melhor obra de ficção de 1956, atribuído pela prefeitura do Distrito Federal (Rio de Janeiro).

23 DE JANEIRO É derrotado por Afonso Arinos de Melo Franco pelo placar de 27 votos a dez, já no primeiro escrutínio da eleição à ABL.

MARÇO A revista portenha *Ficción* (n. 11) publica "La oportunidad de Augusto Matraga", traduzido por Juan Carlos Ghiano e Néstor Kraly. É a primeira tradução de um texto seu no exterior.

MAIO As Éditions Seghers (França) lançam a antologia *Les Vingt Meilleures Nouvelles de l'Amérique Latine*, da qual participa com "L'Heure et la chance d'Augusto Matraga", em tradução de Antônio e Georgette Tavares Bastos. Aparece a quinta edição de *Sagarana*, "retocada (forma definitiva)", com nova capa e ilustrações de Poty.

5 DE MAIO Alcança o topo da carreira diplomática com a promoção a ministro de primeira classe (embaixador). O presidente Kubitschek, seu amigo, telefona para lhe dar a notícia em primeira mão.

COMEÇO DE JUNHO Nova viagem a Brasília. As visitas ao Planalto Central originarão os contos "As margens da alegria" e "Os cimos", de *Primeiras estórias*.

JULHO Participa com "Sarapalha" da antologia *Maravilhas do conto moderno brasileiro*, lançada pela editora Cultrix (SP), com organização de Diaulas Riedel e introdução de José Paulo Paes.

Com seu homólogo boliviano, preside a Comissão Mista Demarcadora de Limites Brasil-Bolívia, destinada a fixar as linhas geodésicas da fronteira binacional.

AGOSTO Lançamento da segunda edição de *Grande sertão: veredas*, com "texto definitivo". A capa e a contracapa são idênticas às de 1956. Nas orelhas, desenhadas por Poty sob sua orientação, mapas das regiões noroeste e nordeste de Minas Gerais, constelados de figuras e símbolos enigmáticos.

O último dos maçaricos, sua tradução da versão condensada de *Last of the Curlews*, do canadense Fred Bodsworth, só sai no volume 6 da Biblioteca de Seleções do *Reader's Digest*, editado pela Ypiranga (RJ). A tradução data de junho de 1957.

30 DE NOVEMBRO Sofre um enfarte. O tratamento inclui repouso, medicação anti-hipertensiva e dieta rigorosa. "Tenho de evitar qualquer esforço físico, e as emoções, surpresas, contrariedades, sustos etc. Fazendo assim — dizem os médicos — poderei chegar aos 90 anos" (de uma carta aos pais). Emagrece catorze quilos em três meses. No ano seguinte, reduz suas atividades literárias e profissionais.

1959

JANEIRO Começa a se corresponder com seu tradutor italiano, Edoardo Bizzarri, e sua tradutora norte-americana, Harriet de Onís. A correspondência com Bizzarri, na qual explica muitos aspectos de *Corpo de baile*, será publicada em 1972.

FEVEREIRO Assina contrato com as Éditions du Seuil (Paris) para a publicação de *Corpo de baile* em francês. Depois de lhe remeter um exemplar de *Grande sertão: veredas*, envia a primeira carta a Curt Meyer-Clason, seu tradutor alemão. A correspondência com Meyer-Clason, centrada no romance, será publicada em 2003.

MARÇO Assina contrato com a Knopf (Nova York) para a edição de *Grande sertão: veredas* em inglês.

MARÇO-ABRIL O jornal *Il Progresso Italo-Brasiliano* (n. 6-7), editado na capital paulista, publica "Il duello", tradução de Bizzarri para o conto de *Sagarana*.

ABRIL   Vende os direitos de tradução francesa de *Grande sertão: veredas* para a Albin Michel (Paris).

JULHO   Participa com "Duelo" da antologia *O conto mineiro*, seleção e notas de Edgar Cavalheiro, lançada pela Civilização Brasileira.

4 DE JULHO   Depõe à Comissão de Relações Exteriores da Câmara dos Deputados, em sessão secreta, sobre a atualização do Acordo de Roboré (1938) com a Bolívia, ratificada pelo governo no ano anterior e rejeitada pela oposição.

27 DE SETEMBRO   Intitulado "Simples passaporte", seu prefácio a *De 7 Lagoas aos 7 mares*, de Vasconcelos Costa, aparece em *O Jornal*. O livro é lançado no mês seguinte pela editora Itatiaia de Belo Horizonte.

NOVEMBRO   A revista nova-iorquina *Noonday* (n. 3) publica "The Duel", tradução de Harriet de Onís.

21 DE NOVEMBRO   É designado para a chefia interina do Departamento Político e Cultural do Itamaraty. Exerce o cargo durante dezoito dias na ausência do titular.

DEZEMBRO   Firma contrato com a editora Nuova Accademia (Milão) para a publicação de "Duelo" e "A hora e vez de Augusto Matraga" em italiano.

1960

15 DE MARÇO   "Meus livros não são feitos para cavalos, que vivem comendo a vida toda, desbragadamente. São livros para bois. Primeiro o boi engole, depois regurgita para mastigar devagar e só engole de vez quando tudo está bem ruminado. Essa comida vai servir, depois de tudo, para fecundar a terra" (*Jornal do Brasil*).

ABRIL   "A simples e exata estória do burrinho do comandante" (*Estas estórias*) sai na "Seção de Literatura" de *Senhor* (n. 4), revista carioca dirigida por Paulo Francis.

JUNHO   "Devagarinho, vou ultimando as novelas para entregar em livro" (de uma carta a Paulo Dantas). Provavelmente se refere à escrita de *Estas estórias*, de publicação póstuma.

25 DE SETEMBRO   O *JB* registra sua visita ao 3º DP (Copacabana) para observar a rotina das atividades policiais e tomar notas para seu capítulo no romance coletivo *O mistério dos MMM*, sob encomenda de *O Cruzeiro*, publicado no ano seguinte.

OUTUBRO   Anunciada como a primeira adaptação dramática de um texto rosiano, a comédia musical *A volta do marido pródigo*, inspirada no conto de *Sagarana*, estreia no Teatro Maison de France, no Rio de Janeiro, com direção e adaptação de Leo Gilson Ribeiro. A companhia amadora é formada por alunos do Istituto Italiano do Rio.

NOVEMBRO   Lançamento da segunda edição de *Corpo de baile*. As sete novelas são reunidas num volume único de 516 páginas, com xilogravuras de Poty na nova capa e contracapa.

1961

7 DE JANEIRO Começa a publicar uma coluna fixa aos sábados na seção "Porta de Livraria", de Antônio Olinto, em *O Globo*. Estreia com "De stella et adventu magorum" (*Ave, palavra*). Ao longo da colaboração, que dura até 26 de agosto, assina 34 contos e crônicas, dos quais doze serão recolhidos em *Primeiras estórias*, três em *Tutaméia* e dezenove em *Ave, palavra*. "A terceira margem do rio" sai em 15 de abril. Em alguns textos, adota pseudônimos anagramáticos: Soares Guiamar, Meuriss Aragão e Sá Araújo Ségrim.

FEVEREIRO Vende a Antônio de Souza-Pinto, da editora Livros do Brasil (Lisboa), os direitos para a publicação de *Sagarana* em Portugal.

4 DE FEVEREIRO É condecorado com a Ordem do Mérito da República Federal da Alemanha, no grau de Grande Oficial. Na cerimônia realizada na embaixada germânica, no Rio, o governo da Alemanha Ocidental reconhece oficialmente sua atuação em favor de judeus perseguidos pelo regime nazista, durante o trabalho consular em Hamburgo.

MARÇO "Meu tio o Iauaretê" aparece em *Senhor* (n. 25).

ABRIL As Éditions du Seuil publicam *Buriti*, primeiro volume da edição francesa de *Corpo de baile*, com "Dão-Lalalão", "Le Message du morne" e "La Fête à Manuelzão". A tradução é de Jean-Jacques Villard e o prefácio, de Javier Domingo. É sua estreia em livro no exterior. Nos meses seguintes, dezenas de editoras estrangeiras lhe escrevem para tratar de possíveis traduções.

29 DE JUNHO Recebe o Prêmio Machado de Assis da ABL, pelo conjunto da obra. Três meses depois, seu discurso na cerimônia aparece na *Revista da Sociedade de Amigos de Machado de Assis* (Rio de Janeiro, n. 7).

JULHO Integra a comissão brasileira do II Concurso Bíblico Internacional, promovido pelo governo israelense.

24 DE AGOSTO Discursa na solenidade do 25º aniversário do PEN Clube do Brasil, no Palácio Itamaraty.

NOVEMBRO Assina contrato com a editora Feltrinelli (Milão) para a edição de *Corpo de baile* em italiano. *Sagarana* é publicado em Portugal pela editora Livros do Brasil, como volume 51 da coleção homônima. Prefácio e glossário de Alberto da Costa e Silva.

DEZEMBRO "O burro e boi no presépio" (*Ave, palavra*) sai em *Senhor* (ano 3, n. 12). "Alguns bichos" aparece em *Brasil*, publicação da embaixada brasileira em Lisboa (n. 19).

16 DE DEZEMBRO *O Cruzeiro* publica seu capítulo de *O mistério dos MMM*, romance coletivo coordenado por João Condé. Iniciada em outubro com o texto de Viriato Correia, a trama policial reúne Dinah Silveira de Queiroz, Lúcio Cardoso e Jorge Amado, entre outros autores. Escreve o sétimo capítulo, com ilustração de Percy Deane. O romance sairá em volume em 1962.

1962

16 DE JANEIRO É nomeado chefe do Serviço de Demarcação de Fronteiras, sucessor da Divisão de Fronteiras do Itamaraty.

MARÇO "A estória do homem do pinguelo" (*Estas estórias*) é publicada em *Senhor* (n. 37). Seguem-se, na mesma revista, "Substância" (n. 38, abril), "Partida do audaz navegante" (n. 39, maio) e "Nenhum, nenhuma" (n. 42, agosto), de *Primeiras estórias*.

JULHO Escreve o prefácio de uma exposição de arte sacra no Palácio Itamaraty, no Rio, com obras de coleções particulares. "Pirlimpsiquice" (*Primeiras estórias*) aparece na revista *Comentário* (n. 11), do Instituto Brasileiro-Judaico de Cultura e Divulgação (RJ).

25 DE AGOSTO Começa a circular o número 5 da revista *Movimento*, editada pela União Nacional dos Estudantes, com "Nada e a nossa condição", de *Primeiras estórias*. O convite para a publicação partira de seu amigo Alaor Barbosa.

SETEMBRO *Les Nuits du sertão*, segunda parte de *Corpo de baile*, é lançado na França com tradução e nota introdutória de J.-J. Villard. O livro contém a novela "Buriti". As demais novelas do ciclo sairão em 1969 com o título *Hautes Plaines* e tradução de Villard.

14 DE SETEMBRO Viaja a Berlim para o Colóquio de Escritores Latino-Americanos e Alemães, promovido pela revista *Humboldt*, de Hamburgo. Rubem Braga e Raimundo Magalhães Júnior também participam da reunião. Passa quinze dias na Alemanha. Conhece Curt Meyer-Clason pessoalmente. Comparece à Feira do Livro de Frankfurt, onde assina contrato com a Kiepenheuer & Witsch, de Colônia, para a edição germânica de *Grande sertão: veredas*, *Corpo de baile*, *Sagarana* e *Primeiras estórias*. A tradução deste último, por Meyer-Clason, sairá postumamente, em 1968.

FINAL DE SETEMBRO Lançamento de *Primeiras estórias*, com 180 páginas. Capa, contracapa, orelhas e sumário desenhados por Luís Jardim. Dos 21 contos, quatro são inéditos: "Fatalidade", "O espelho", "Luas-de-mel" e "Darandina".

OUTUBRO Publicação de *O mistério dos MMM*, pelas Edições O Cruzeiro (RJ). "La Troisième Rive du fleuve" sai na revista *Planète*, de Paris (n. 6), com tradução de Maria José Frias e Maurice Pons.

DEZEMBRO Assina contrato com a Knopf para a tradução de *Sagarana*. O jornal uruguaio *Marcha* publica uma tradução de "A terceira margem do rio", a cargo de Virginia Wey. "A hora e vez de Augusto Matraga" é incluído na antologia *15 contam histórias*, organizada por Léa Reis e Mercedes Pêcego, em prol da Associação Brasileira Beneficente de Reabilitação, do Rio.

1963

MARÇO *Il duello* é publicado na Itália, com o conto homônimo em tradução de Edoardo Bizzarri e "L'Ora e il momento di Augusto Matraga" por Pasquale Jannini, que também escreve a apresentação. Assina contrato com a Livros do Brasil para a edição portuguesa de *Corpo de baile* em três partes, começando por *Miguilim e Manuelzão*, lançado em junho.

ABRIL "Duelo" ("Vendetta") é traduzido na Suécia por Arne Lundgren, na antologia *Latin-amerikanska berättare*, da Norstedt & Söners, de Estocolmo.

2 DE ABRIL   Declara-se candidato à cadeira n. 2 da ABL na vaga aberta pela morte de João Neves da Fontoura, em 31 de março. Três dias depois envia a comunicação oficial. Nos meses anteriores, a imprensa carioca deu como certa sua eleição por aclamação na primeira vaga disponível. Marques Rebelo e Guilherme Figueiredo desistem da disputa em seu favor.

8 DE ABRIL   "Tenho pavor de retrato. Eu queria aparecer forte e valente, mas não há jeito. E, depois, não gosto da minha cara. Um dia me olhei no espelho, sem querer. Pra quê? Nunca vi sujeito tão antipático" (declaração à coluna de seu amigo Pedro Bloch no *Diario de Noticias*).

15 DE ABRIL   A Knopf lança *The Devil to Pay in the Backlands*, tradução de James H. Taylor e Harriet de Onís, prefácio de Jorge Amado. A versão norte-americana de *Grande sertão: veredas* aparece simultaneamente no Canadá pelo selo Random House.

21 DE ABRIL   Conclui o conto "Os chapéus transeuntes" (*Estas estórias*), sua contribuição ao volume coletivo *Os sete pecados capitais*, representante da soberba.

MAIO   É designado assessor-geral da reforma administrativa do Itamaraty. Assina contrato com as Éditions du Seuil para a tradução francesa de *Primeiras estórias* (não lançada).

JULHO   A cidade de Sete Lagoas, cujo prefeito é Vasconcelos Costa, batiza uma rua com seu nome.

17 DE JULHO   É declarado vencedor do prêmio Luísa Cláudio de Sousa do PEN Clube do Brasil por *Primeiras estórias*, eleito o melhor livro de contos de 1962 por 43 críticos e colunistas literários. Na cerimônia de premiação, uma semana depois, no auditório do clube, discursa em nome dos outros escritores laureados (Carlos Drummond de Andrade, Fernando Sabino e José Condé).

21 DE JULHO   "Maior meu Sirimim" aparece no *Diario Carioca*. Em *Ave, palavra*, o título mudará para "Mais meu Sirimim".

8 DE AGOSTO   Eleito à ABL com 34 votos. O romancista potiguar José Bezerra Gomes não é votado. Os dois sufrágios em branco são atribuídos pelos jornais a Álvaro Lins e Aurélio Buarque de Holanda.

25 DE NOVEMBRO   "[...] Os meus livros, em essência, são anti-intelectuais [...]. Quero ficar com o Tao, com os Vedas e Upanixades, com os Evangelistas e São Paulo, com Platão, com Plotino, com Bergson, com Berdiaeff — com Cristo, principalmente. Por isto mesmo, como apreço de essência e acentuação, assim gostaria de considerá-los: a) cenário e realidade sertaneja: 1 ponto; b) enredo: 2 pontos; c) poesia: 3 pontos; d) valor metafísico-religioso: 4 pontos" (de uma carta a Edoardo Bizzarri).

DEZEMBRO   Terceira edição de *Grande sertão: veredas*. "El caballo que bebía cerveza", em tradução de Ángel Crespo, sai na *Revista de Cultura Brasileña* (Madri, n. 7).

16 DE DEZEMBRO   É designado membro do Comitê de Promoções do Itamaraty.

1964

FEVEREIRO   Segunda edição de *Primeiras estórias*.

8 DE FEVEREIRO   "Fita verde no cabelo" é publicado em *O Estado de S. Paulo*. Duas semanas depois, sai no mesmo jornal outro texto de *Ave, palavra*: "As garças".

MARÇO   Lançamento da sexta edição de *Sagarana* pela coleção homônima e de *Os sete pecados capitais*, pela Civilização Brasileira. Otto Lara Resende, Carlos Heitor Cony, Mário Donato, Guilherme Figueiredo, José Condé e Lygia Fagundes Telles também integram o livro coletivo.

ABRIL   Assina contrato com a Feltrinelli para a edição italiana de *Grande sertão: veredas*, publicada em 1970.

JUNHO   *Miguilim e Manuelzão*, com as duas primeiras novelas de *Corpo de baile*, aparece em Portugal.

25 DE JUNHO   Pronuncia a conferência "O romancista Coelho Neto", na ABL, como parte de um curso comemorativo do centenário do autor de *Turbilhão*.

JULHO   Aparece na *Antologia dos poetas bissextos contemporâneos* (Rio de Janeiro: Simões), organizada por Manuel Bandeira, com "Seis poemas de Soares Guiamar".

AGOSTO   Assina contrato com a Seix Barral, de Barcelona, para a tradução de *Grande sertão: veredas* ao espanhol.

SETEMBRO   A Sociedade dos Cem Bibliófilos do Brasil publica uma edição de luxo de "Campo geral" com desenhos coloridos de Djanira gravados em cobre e linóleo por Darel, papel Vélin d'Arches em prensa manual, com 120 exemplares de 142 páginas. Viaja à Alemanha para o lançamento de *Grande sertão*. Participa da Semana Cultural Latino-Americana em Berlim. Visita a Kiepenheuer & Witsch em Colônia.

OUTUBRO   Assina a apresentação de *Cronistas do absurdo*, de Leo Gilson Ribeiro, reunião de ensaios sobre Kafka, Ionesco, Brecht e Büchner.

NOVEMBRO   Lançamento de *Manuelzão e Miguilim*, primeira parte da terceira edição de *Corpo de baile*, dividida em três livros independentes. As capas são as mesmas de 1960, com outras cores. Assina com a editora Albert Bonniers (Estocolmo) para a tradução sueca de *Grande sertão: veredas*.

DEZEMBRO   *Corpo di ballo*, com tradução, notas e glossário de Edoardo Bizzarri, sai na Itália. Na capa, uma foto do escritor montado no burro Canário durante a boiada de maio de 1952.

5 DE DEZEMBRO   O jornal *Die Welt* (Frankfurt) veicula a tradução alemã do conto "Sorôco, sua mãe, sua filha" (*Primeiras estórias*), por Meyer-Clason.

1965

JANEIRO   Firma contrato com a editora Zora, de Belgrado, para a edição de *Grande sertão: veredas* em servo-croata (não lançada).

21 DE JANEIRO Viaja para Gênova, na Itália, onde participa do Congresso Internacional de Escritores Latino-Americanos, promovido pelo Instituto Columbianum com apoio da Unesco. Na ocasião, é eleito vice-presidente da recém-fundada Sociedade de Escritores Latino-Americanos, ao lado de Miguel Ángel Asturias. Numa das sessões, abandona a sala quando as discussões se encaminham para assuntos políticos. Nas duas semanas de viagem, também passa por Milão e Roma. Durante o congresso em Gênova, concede sua célebre entrevista ao jornalista Günter Lorenz, com quem conversa por cerca de sete horas.

9 DE FEVEREIRO "Todos os meus livros são simples tentativas de rodear e devassar um pouquinho o mistério cósmico, esta coisa movente, impossível, perturbante, rebelde a qualquer lógica, que é a chamada 'realidade', que é a gente mesmo, o mundo, a vida" (de uma carta a Curt Meyer-Clason).

MARÇO Lançamento de *Diadorim*, versão francesa de *Grande sertão: veredas*, pela Albin Michel, com tradução de J.-J. Villard. *A aventura nos campos gerais*, segunda parte de *Corpo de baile*, aparece em Portugal.

9 DE MARÇO Almoça com o presidente Castelo Branco e um grupo de escritores na Livraria José Olympio, no Rio.

ABRIL A revista *Temas*, de Montevidéu, publica em seu primeiro número uma tradução do conto "Nenhum, nenhuma" por Virginia Wey.

9 DE ABRIL Homologa os pareceres técnicos do Serviço de Demarcação de Fronteiras e da expedição demarcadora bilateral, que estabelece a posição e a altitude dos picos da Neblina e 31 de Março, disputados pela Venezuela desde sua descoberta, em 1962.

22 DE ABRIL Como convidado especial, entrega o I Prêmio Walmap de melhor romance a Assis Brasil, vencedor com *Beira rio beira vida*, na sede carioca do Banco Nacional de Minas Gerais.

MAIO Lançamento de *No Urubùquaquá, no Pinhém*, segunda parte da terceira edição de *Corpo de baile*, com "O recado do morro", "Cara-de-Bronze" e "A estória de Lélio e Lina".

15 DE MAIO Inicia com "A escova e dúvida" (*Tutaméia*) sua colaboração na revista médica semanal *Pulso* (RJ). Alterna-se com Drummond na coluna literária do periódico. Até julho de 1967, assinará 56 contos em *Pulso*, dos quais 44 aproveitados em *Tutaméia* e o restante em *Ave, palavra*.

21 DE JUNHO Estreia do longa-metragem *Grande sertão*, adaptado do romance de 1956, com direção e produção dos irmãos Geraldo e Renato Santos Pereira.

JULHO Lançamento de *Noites do sertão*, terceira parte da terceira edição de *Corpo de baile*, com "Dão-Lalalão" e "Buriti".

AGOSTO Completam-se dois anos da eleição à ABL, cujo regulamento prevê nova eleição se o titular não for empossado nesse prazo. Continua sem agendar sua posse, alegando motivos variados.

5 DE AGOSTO   Condecorado com a Ordem do Mérito Militar por decreto presidencial, no grau de comendador.

SETEMBRO   Convidado oficialmente pelo Itamaraty, Meyer-Clason vem ao Brasil e se reúne com Rosa e outros escritores na Livraria José Olympio. No mês seguinte, o tradutor recebe a Ordem do Cruzeiro do Sul, por indicação sua.

NOVEMBRO   Quarta edição de *Grande sertão: veredas.*

22 DE NOVEMBRO   *A hora e vez de Augusto Matraga*, longa de Roberto Santos com produção de Luiz Carlos Barreto, baseado no conto de *Sagarana*, vence quatro dos seis prêmios do I Festival de Brasília: melhor diálogo (João Guimarães Rosa), melhor argumento e direção (Roberto Santos) e melhor ator (Leonardo Vilar).

DEZEMBRO   Sai em Madri a *Revista de Cultura Brasileña* (n. 15), com tradução de "A terceira margem do rio" por Rodolfo Alonso.

1966

JANEIRO   Assina contrato com a Belles Lettres de Praga para a edição de *Grande sertão: veredas* em tcheco, publicada pela Mladá Fronta em 2003 com tradução de Pavla Lidmilová.

10 DE MARÇO   Estreia de *A hora e vez de Augusto Matraga* em São Paulo. O longa chega às telas cariocas no começo de maio, quando representa o Brasil no XX Festival de Cannes.

ABRIL   *Sagarana* é lançado nos Estados Unidos, com tradução de Harriet de Onís e introdução de Franklin de Oliveira.

27 DE ABRIL   Depõe à Comissão de Relações Exteriores da Câmara, em Brasília, sobre o problema fronteiriço com o Paraguai na região de Sete Quedas, em Guaíra.

29 DE ABRIL   Condecorado com a Medalha da Inconfidência em Belo Horizonte pelo governador Israel Pinheiro. Seus pais comparecem à cerimônia.

1º DE MAIO   Conclui "O Reno e o Urucuia" para homenagear o sexagésimo aniversário de seu editor alemão, Joseph Witsch. O texto é publicado em alemão na revista institucional da Kiepenheuer & Witsch e será recolhido em *Correspondência com seu tradutor alemão Curt Meyer-Clason.*

JUNHO   Sétima edição de *Sagarana.*

11 DE JUNHO   Viaja a Nova York para representar o Brasil no XXXIV Congresso Internacional do PEN Club, com delegados de 54 países.

JULHO   Autoriza a Knopf a negociar a adaptação de "A volta do marido pródigo" para um musical da Broadway, a ser estrelado por Harry Belafonte. A produção não vai adiante.

SETEMBRO   Pavla Lidmilová traduz "Nenhum, nenhuma", "A terceira margem do rio" e "Os irmãos Dagobé" (*Primeiras estórias*) para a revista tcheca *Svetová Literatura* (Praga, n. 4).

OUTUBRO "Falo: português, alemão, francês, inglês, espanhol, italiano, esperanto, um pouco de russo; leio: sueco, holandês, latim e grego (mas com dicionário agarrado); entendo alguns dialetos alemães; estudei a gramática: do húngaro, do árabe, do sânscrito, do lituano, do polonês, do tupi, do hebraico, do japonês, do tcheco, do finlandês, do dinamarquês; bisbilhotei um pouco a respeito de outras" (de uma carta-questionário a sua prima Lenice). *Noites do sertão* sai pela Livros do Brasil em Portugal. *Corps de Ballet* é lançado na Alemanha, com tradução de Meyer-Clason.

2 DE DEZEMBRO Recebe do ministro Juraci Magalhães as insígnias da Grã-Cruz da Ordem de Rio Branco, no Palácio Itamaraty.

1967

JANEIRO Saem a terceira edição de *Primeiras estórias*, com introdução de Paulo Rónai, e a quinta de *Grande sertão: veredas*. *Gran sertón: veredas* é lançado na Espanha, traduzido por Ángel Crespo, que também assina o glossário e as notas. Firma contrato com a Państwowy Instytut Wydawniczy (Varsóvia) para a edição de *Noites do sertão* em polonês (não lançado), e com a Seix Barral para a tradução espanhola de *Primeiras estórias*, lançada em 1982 e assinada por Virginia Wey.

10 DE JANEIRO Viaja a Manaus para uma reunião de embaixadores brasileiros nos países amazônicos.

FEVEREIRO Assina o texto de orelha da quarta edição de *Nordeste*, de Gilberto Freyre (José Olympio).

22 DE FEVEREIRO Nomeado por decreto presidencial para o Conselho Federal de Cultura, onde se torna amigo de Ariano Suassuna.

12 DE MARÇO Viaja para o II Congresso Latino-Americano de Escritores, na Cidade do México, do qual é vice-presidente. Na sessão de 20 de março, repete o gesto de Gênova, em 1965, e deixa o recinto em protesto contra críticas ao governo norte-americano pelos delegados cubanos e panamenhos. Renuncia à vice-presidência do evento. Seu discurso "Emocíon del Brasil" será publicado em *El Despertar Americano* (Cidade do México, v. 1, n. 2, maio 1967).

14 DE MARÇO Torna-se membro honorário do Diretório Central do Conselho Nacional de Geografia.

ABRIL "As garças" (*Ave, palavra*) intitula a coletânea *Die Reiher und Andere Brasilianische Erzählungen* (Berlim: Horst Erdmann), traduzida e organizada por Meyer-Clason.

MAIO Em versão de Virginia Wey para o espanhol, "Sorôco, sua mãe, sua filha" aparece em *Mexico en la Cultura* (Cidade do México, n. 947).

JUNHO Lançamento da oitava edição de *Sagarana*.

JULHO Participa com "The Third Bank of the River" da antologia *Modern Brazilian Short Stories*, publicada pela editora da Universidade da Califórnia, com organização e tradução de William L. Grossman.

22 DE JULHO Lançamento de *Tutaméia: Terceiras estórias*. O livro tem 44 textos e 194 páginas. Capa de Luís Jardim.

29 DE JULHO *Pulso* publica sua última colaboração: "Rogo e aceno", texto inédito em livro, em que se despede dos leitores da revista e anuncia *Tutaméia*.

AGOSTO Lançamento de *O segredo de sinhá Ernestina*, de Eduardo Canabrava Barreiros, com seu prefácio "Dezesseis vezes Minas Gerais", escrito em setembro de 1966. O jornal *Il Secolo XIX* (Gênova) publica uma tradução de "A terceira margem do rio" por Bruna Becherucci.

SETEMBRO Como relator da Câmara de Letras do Conselho Federal de Cultura, escreve um "Parecer sobre a unificação da ortografia portuguesa", contrário à reforma proposta por filólogos portugueses e brasileiros. O texto é publicado na *Revista Cultura* (Rio de Janeiro, n. 3). Em tradução de P. R. Joscelyne, "A terceira margem do rio" figura na antologia *Latin American Writing Today*, organizada por John Michael Cohen para a Penguin Books (Londres), ao lado de autores como Juan Rulfo, Gabriel García Márquez e Alejo Carpentier.

26 DE SETEMBRO Premiação do II Concurso Walmap. Participa do júri com Jorge Amado e Antônio Olinto. O prêmio vai para Osvaldo França Júnior, por *Jorge, um brasileiro*.

16 DE NOVEMBRO Toma posse na ABL. Escolhe Afonso Arinos de Melo Franco, que o derrotara em 1957, para o discurso de recepção. Em seu discurso de posse, "O verbo e o logos", homenageia a memória de João Neves da Fontoura. O texto começa e termina com a palavra "Cordisburgo".

19 DE NOVEMBRO Morre às 20h45, em casa, de enfarte. O velório acontece no Salão dos Poetas Românticos da ABL. No dia seguinte, é sepultado com seus óculos de míope na urna 13 do mausoléu da Academia, no cemitério São João Batista, no Rio de Janeiro.

1969

DEZEMBRO A José Olympio lança *Estas estórias*, com 236 páginas e nove textos: "A simples e exata estória do burrinho do comandante", "Os chapéus transeuntes", "Entremeio: Com o vaqueiro Mariano", "A estória do homem do pinguelo", "Meu tio o Iauaretê", "Bicho mau", "Páramo", "Retábulo de São Nunca" e "O dar das pedras brilhantes". Capa e contracapa de Poty, nota introdutória de Paulo Rónai e o prefácio "Apenas saudade", de Vilma Guimarães Rosa. Nas orelhas, nota crítica de Leo Gilson Ribeiro.

O pico mais alto da cordilheira Curupira, na fronteira Brasil-Venezuela, com 2018 metros de altitude, é batizado com seu nome.

1970

DEZEMBRO Lançamento de *Ave, palavra* pela José Olympio. O livro tem 56 textos e 231 páginas. A capa é de Gian e a nota introdutória, de Paulo Rónai.

1972

Publicação da *Correspondência com seu tradutor italiano Edoardo Bizzarri* (São Paulo: Instituto Cultural Ítalo-Brasileiro).

1973

O IEB-USP adquire da família seu acervo de 3,5 mil livros e 20 mil documentos, entre correspondências, recortes de periódicos, fotos de viagens e cadernos manuscritos de sua criação literária.

1974
Inauguração do Museu Casa de Guimarães Rosa, em Cordisburgo.

1984
Carlos Alberto Prates Correia dirige o longa *Noites do sertão*, baseado em "Buriti" (*Corpo de baile*).

1985
A minissérie *Grande sertão: veredas*, em 25 capítulos, é transmitida pela Rede Globo. Os papéis principais são de Tony Ramos e Bruna Lombardi. Direção de Walter Avancini e adaptação de Walter Durst.

1987
Publicação de *Guimarães Rosa: diplomata*, com textos oficiais produzidos pelo escritor ao longo da carreira no Itamaraty. Organização de Heloísa Vilhena de Araújo (Brasília: Fundação Alexandre de Gusmão).

1989
Criação do Parque Nacional Grande Sertão: Veredas, área de cerrado na fronteira entre Minas Gerais e Bahia, atualmente com 230 mil hectares.

1994
A editora Nova Aguilar (RJ) publica sua *Ficção completa*, em dois volumes.

1997
A editora Nova Fronteira (RJ) publica *Magma*.

1999
Pedro Bial dirige *Outras estórias*, longa com cinco adaptações de contos de *Primeiras estórias*.

2003
A Editora UFMG, a ABL e a Nova Fronteira publicam a *Correspondência com seu tradutor alemão Curt Meyer-Clason*.

2007
Estreia do longa *Mutum*, com direção de Sandra Kogut, baseado em "Campo geral" (*Corpo de baile*).

2012
Estreia de *A hora e a vez de Augusto Matraga*, adaptação do conto de *Sagarana* dirigida por Vinícius Coimbra.

FONTES

ARAÚJO, Heloísa Vilhena de. *Guimarães Rosa: diplomata*. Brasília: Funag, 2007.

BARBOSA, Alaor. *Sinfonia Minas Gerais: A vida e a literatura de João Guimarães Rosa*. Brasília: LGE, 2007.

CATÁLOGO Eletrônico do Arquivo do IEB-USP. Disponível em: <http://200.144.255.59/catalogo_eletronico/consultaAcervosArquivo.asp>.

COSTA, Ana Luiza Martins. "Veredas de Viator" e "Ave, palavras". *Cadernos de Literatura Brasileira*, Rio de Janeiro, n. 20-1, pp. 10-58 e 283-342, 2006.

COVIZZI, Lenira Marques; VERLANGIERI, Iná Valéria Rodrigues. "Pequena bibliografia de Guimarães Rosa". *Revista do Instituto de Estudos Brasileiros*, São Paulo, n. 41, pp. 213-32, 1996.

DANTAS, Paulo. *Sagarana emotiva: Cartas de J. Guimarães Rosa*. São Paulo: Duas Cidades, 1975.

GINZBURG, Jaime. "Notas sobre o 'Diário de Guerra' de João Guimarães Rosa". *Aletria*, Belo Horizonte, v. 20, n. 2, pp. 95-107, 2010.

GUIMARÃES, Vicente. *Joãozito: A infância de João Guimarães Rosa*. São Paulo: Panda Books, 2006.

JORNAIS e revistas da Hemeroteca Digital Brasileira. Disponível em: <http://bndigital.bn.gov.br/hemeroteca-digital/>.

LEONEL, Maria Célia de Moraes. *Guimarães Rosa: Magma e gênese da obra*. São Paulo: Editora Unesp, 2000.

LIMA, Sônia Maria van Dijck. "João Guimarães Rosa: Cronologia de vida e obra". *Revista do Instituto de Estudos Brasileiros*, São Paulo, n. 41, pp. 249-54, 1996.

_____. "Canto e plumagem de *Sagarana*". *Graphos*, João Pessoa, v. 12, n. 2, pp. 81-93, 2010.

MILANO, Gustavo; SALLA, Thiago Mio. "Os *Contos* antes de *Sagarana*: Desdobramentos da participação de Guimarães Rosa e Graciliano Ramos no Prêmio Humberto de Campos". *Revista USP*, São Paulo, n. 115, pp. 77-88, 2017.

NUNES, Benedito. "De *Sagarana* a *Grande sertão: veredas*". In: _____. *Crivo de papel*. São Paulo: Ática, 1998, pp. 247-61.

ROSA, João Guimarães. *Correspondência com seu tradutor alemão Curt Meyer-Clason*. Belo Horizonte: Editora UFMG; Rio de Janeiro: ABL; Nova Fronteira, 2003.

_____. *Correspondência com seu tradutor italiano Edoardo Bizzarri*. Belo Horizonte: Editora UFMG; Rio de Janeiro: Nova Fronteira, 2003.

_____. *A boiada*. Rio de Janeiro: Nova Fronteira, 2011.

ROSA, Vilma Guimarães. *Relembramentos: João Guimarães Rosa, meu pai*. Rio de Janeiro: Nova Fronteira, 1983.

Joãozito com os pais, d. Chiquitinha e seu Fulô, em 1909.
Acervo pessoal de Vilma Guimarães Rosa.

Aracy e Rosa com uma ninhada de seus gatos persas. Rio de Janeiro, 1951.

O escritor observa os tamanduás-bandeira do zoológico da Quinta da Boa Vista. Rio de Janeiro, 1952.

Guimarães Rosa, à direita, montado no burro Canário,
durante a boiada de maio de 1952 pelo sertão de Minas.

Na última noite da boiada, Rosa e seus companheiros de estrada se reúnem em volta da fogueira. À direita, sem chapéu, o vaqueiro Manuelzão.

Rosa com o gato Tout Petit e o papagaio Louro. Rio de Janeiro, 1953.

> *Afinal*
>
> o esperado romance de
>
> GUIMARÃES ROSA!
>
> ## «Grande Sertão: Veredas»
>
> **Guimarães Rosa** apresenta ao leitor o sertão com suas veredas mortas, seus jagunços, suas histórias violentas. Ciúme e sangue, os cavalos na madrugada, a mulher prêsa no sobrado. E em todo o livro, unindo as personagens, aquela ternura humana e a misteriosa verdade: «o sertão é dentro da gente».
>
> Quando V. ler êsse livro, não passe adiante o seu enrêdo. Deixe aos outros o prazer de descobrir o «GRANDE SERTÃO: VEREDAS».
>
> LIVRARIA
> **José Olympio**
> EDITÔRA

Anúncio publicitário do lançamento de *Grande sertão: veredas* no *Correio da Manhã* (RJ) em 17 de julho de 1956.

Guimarães Rosa, em 1964, no escritório de seu apartamento em Copacabana.

Rosa na escadaria da Academia Brasileira de Letras, ensaiando dias antes de sua posse da cadeira n. 2.

SUGESTÕES DE LEITURA

ALBERGARIA, Consuelo. *Bruxo da linguagem no* Grande sertão: *Leitura dos elementos esotéricos presentes na obra de Guimarães Rosa*. Rio de Janeiro: Tempo Brasileiro, 1977.

ARAÚJO, Heloísa Vilhena de. *O roteiro de Deus: Dois estudos sobre Guimarães Rosa*. São Paulo: Mandarim, 1996.

ARRIGUCCI JR., Davi. "O sertão: Mar e rios de histórias". In: _____. *O guardador de segredos*. São Paulo: Companhia das Letras, 2010, pp. 113-29.

ARROYO, Leonardo. *A cultura popular em* Grande sertão: veredas: *Filiações e sobrevivências tradicionais, algumas vezes eruditas*. Rio de Janeiro: José Olympio; INL, 1984.

BOLLE, Willi. *grandesertao.br: O romance de formação do Brasil*. São Paulo: Ed. 34; Duas Cidades, 2004.

CAMPOS, Augusto de. "Um lance de 'dês' do *Grande sertão*" [1959]. In: _____. *Guimarães Rosa em três dimensões*. São Paulo: Conselho Estadual de Cultura, 1970, pp. 41-70.

CANDIDO, Antonio. "O sertão e o mundo: Estudo sobre Guimarães Rosa". *Diálogo*, São Paulo, n. 8, pp. 5-18, 1957.

_____. "O homem dos avessos". In: _____. *Tese e antítese*. São Paulo: Companhia Editora Nacional, 1978, pp. 119-39.

CASTRO, Nei Leandro de. *Universo e vocabulário do* Grande sertão. Rio de Janeiro: José Olympio, 1970.

CAVALCANTI PROENÇA, Manuel. *Trilhas no* Grande sertão. Rio de Janeiro: MEC, 1958.

CHIAPINI, Ligia; VEJMELKA, Marcel (Orgs.). *Espaços e caminhos de João Guimarães Rosa: Dimensões regionais e universalidade*. Rio de Janeiro: Nova Fronteira, 2009.

CORPAS, Danielle. *O jagunço somos nós: Visões do Brasil na crítica de* Grande sertão: veredas. Campinas: Mercado de Letras, 2015.

COUTINHO, Eduardo (Org.). *Guimarães Rosa*. Rio de Janeiro; Brasília: Civilização Brasileira; INL, 1983. (Coleção Fortuna Crítica).

DANIEL, Mary L. *João Guimarães Rosa: Travessia literária*. Rio de Janeiro: José Olympio, 1968.

FINAZZI-AGRÒ, Ettore. *Um lugar do tamanho do mundo: Tempos e espaços da ficção em João Guimarães Rosa*. Belo Horizonte: Editora UFMG, 2001.

GALVÃO, Walnice Nogueira. *A donzela-guerreira: Um estudo de gênero*. São Paulo: Senac, 1998.

GRANATO, Fernando; FIRMO, Walter. *Nas trilhas do Rosa: Uma viagem pelos caminhos de* Grande sertão: veredas. São Paulo: Scritta, 1996.

HANSEN, João Adolfo. *O ó: A ficção da literatura em* Grande sertão: veredas. São Paulo: Hedra, 2000.

LARA, Cecília de. "A edição genético-crítica de *Grande sertão: veredas* de Guimarães Rosa". In: WILLEMART, Philippe (Org.). *Gênese e memória. Anais do IV Encontro Internacional de Pesquisadores do Manuscrito e de Edições*. São Paulo: Annablume, 1995, pp. 153-65.

LLOSA, Mario Vargas. "Épopée du sertão, tour de Babel ou manuel du satanisme?". In: ROSA, João Guimarães. *Diadorim*. Trad. de Maryvonne Lapouge-Pettorelli. Paris: Albin Michel, 1991. (Reproduzido em *Folha de S.Paulo*, 30 mar. 1991).

LOURENÇO, Eduardo. "Guimarães Rosa ou o terceiro sertão". In: _____. *A nau de Ícaro*. São Paulo: Companhia das Letras, 2001, pp. 207-19.

MACHADO, Ana Maria. *Recado do nome: Leitura de Guimarães Rosa à luz do nome de seus personagens*. São Paulo: Companhia das Letras, 2013.

MARTINS, Nilce Sant'Anna. *O léxico de Guimarães Rosa*. São Paulo: Edusp, 2001.

MAZZARI, Marcus Vinícius. "Veredas-Mortas e Veredas-Altas: A trajetória de Riobaldo entre pacto demoníaco e aprendizagem". In: _____. *Labirintos da aprendizagem: Pacto fáustico, romance de formação e outros temas de literatura comparada*. São Paulo: Ed. 34, 2010, pp. 17-91.

MENESES, Adélia Bezerra de. "*Grande sertão: veredas* e a 'psicanálise' de Riobaldo". In: _____. *As cores de Rosa: Ensaios sobre Guimarães Rosa*. Cotia: Ateliê, 2010, pp. 21-54.

MONTEIRO, Adolfo Casais. "Guimarães Rosa: Uma revolução no romance brasileiro". In: _____. *O romance: Teoria e crítica*. Rio de Janeiro: José Olympio, 1964, pp. 235-47.

MORAIS, Márcia Marques de. *A travessia dos fantasmas: Literatura e psicanálise em* Grande sertão: veredas. Belo Horizonte: Autêntica, 2001.

NUNES, Benedito. "A matéria vertente". *Seminário de ficção mineira II: De Guimarães Rosa aos nossos dias*. Belo Horizonte: Conselho Estadual de Cultura de Minas Gerais, 1983, pp. 9-29.

_____. "*Grande sertão: veredas*: uma abordagem filosófica". *Bulletin des Études Portugais et Brésiliens*, Paris, n. 44-5, pp. 389-404, 1985.

_____. "O amor na obra de Guimarães Rosa". In: _____. *O dorso do tigre*. São Paulo: Perspectiva, 1969, pp. 143-71.

PASSOS, Cleusa Rios P.; ROSENBAUM, Yudith; VASCONCELOS, Sandra Guardini (Orgs.). *Infinitamente Rosa: 60 anos de* Corpo de baile *e de* Grande sertão: veredas. São Paulo: Humanitas, 2018.

PASTA JR., José Antonio. "O romance de Rosa: Temas do *Grande sertão* e do Brasil". *Novos Estudos Cebrap*, n. 55., pp. 61-70, nov. 1999.

PRADO JR., Bento. "O destino decifrado: Linguagem e existência em Guimarães Rosa". In: _____. *Alguns ensaios: Filosofia, literatura psicanálise*. São Paulo: Max Limonad, 1985, pp. 195-226.

RÓNAI, Paulo. "Três motivos em *Grande sertão: veredas*". In: _____. *Encontros com o Brasil*. Rio de Janeiro: MEC; INL, 1958, pp. 151-8.

RONCARI, Luiz. *Lutas e auroras: Os avessos do* Grande sertão: veredas. São Paulo: Editora Unesp, 2018.

ROSA, João Guimarães. *A boiada*. Rio de Janeiro: Nova Fronteira, 2011.

ROSENFIELD, Kathrin H. *Os (des)caminhos do demo: Tradição e ruptura em* Grande sertão: veredas. Rio de Janeiro: Imago; São Paulo: Edusp, 1993.

ROWLAND, Clara. *A forma do meio: Livro e narração na obra de João Guimarães Rosa*. Campinas: Unicamp; São Paulo: Edusp, 2011.

SANTOS, Edna Maria Fernandes dos. "Descrição das duas primeiras edições e do 'segundo rascunho' do *Grande sertão: veredas*". In: WILLEMART, Philippe (Org.). *II Encontro de Edição Crítica e Crítica Genética: Eclosão do Manuscrito*. São Paulo: FFLCH, 1990, pp. 151-5.

SCHWARZ, Roberto. "*Grande sertão* e *Dr. Faustus*". In: _____. *A sereia e o desconfiado: Ensaios críticos*. Rio de Janeiro: Civilização Brasileira, 1965, pp. 28-36.

SPERBER, Suzi Frankl. *Caos e cosmos: Leituras de Guimarães Rosa*. São Paulo: Duas Cidades, 1976.

STARLING, Heloisa. *Lembranças do Brasil: Teoria, política, história e ficção em* Grande sertão: veredas. Rio de Janeiro: Revan, 1999.

UTÉZA, Francis. *JGR: Metafísica do* Grande sertão. Trad. de José Carlos Garbuglio. São Paulo: Edusp, 1994.

VIGGIANO, Alan. *Itinerário de Riobaldo Tatarana*. Rio de Janeiro: José Olympio; MEC, 1978.

CRÉDITOS DAS IMAGENS

p. 10: Stefan Rosenbauer/ Acervo família Tess

p. 545: Acervo pessoal de Vilma Guimarães Rosa

pp. 546 e 547: Acervo família Tess

p. 548: Eugênio Silva/ Fundo Guimarães Rosa/ Arquivo do Instituto de Estudos Brasileiros – USP

p. 549: Eugênio Silva/ Arquivo O Cruzeiro/ EM/ D.A. Press

p. 550: Fundo Zero Hora/ Arquivo Público do Estado de São Paulo

p. 551: Acervo Fundação Biblioteca Nacional – Brasil

p. 552: Fundo João Guimarães Rosa/ Arquivo do Instituto de Estudos Brasileiros – USP

p. 553: Teixeira/ CPDoc JB

22ª EDIÇÃO [2019] 13 reimpressões

Esta obra foi composta por Sarah Bonet
em Velino Text e impressa pela Geográfica em
Ofsete sobre papel Pólen da Suzano S.A. para
a Editora Schwarcz em março de 2025

A marca FSC® é a garantia de que a madeira utilizada na fabricação do papel deste livro provém de florestas que foram gerenciadas de maneira ambientalmente correta, socialmente justa e economicamente viável, além de outras fontes de origem controlada.